Kronland
Bergen
Rauhenberg
Hardt
Thosbach
Leinfeld
Hochstahl
Neuhafen
Herrnreuth
Wetterstein
Wallersberg
Wiesenheim
Dalen
Haselbrunn
Breitenbach
Halmesholm
Drachenkopf
Wolkenstein
Erendor
Erzklamm
Delving
Kohlstein
Erzloch
Schmiedeberg
Schwarzach
Tiefengründig
Linden
Veldenstein
Streitberg
Abenberg
Südhafen

# Feuerjäger

Band 1

Die Rückkehr der Kriegerin

Susanne Pavlovic

Jürgen Eglseer, Traunstein

Covergestaltung: Christian Günther
Lektorat: Carmen Weinand
Korrektorat: Sabine Steck
Illustrationen: Kristina Gehrmann
www.mondhase.com
Kartendesign: Martin Lorber



ISBN – 978-3-95869-041-7

Besuchen Sie unsere Webseite:
**http://amrun-verlag.de**

Bibliografische Information der Deutschen Nationalbibliothek:
Die Deutsche Nationalbibliothek verzeichnet diese Publikation in der Deutschen Nationalbibliografie; detaillierte bibliografische Daten sind im Internet unter http://dnb.d-nb.de abrufbar

# ERBE UND EHRE

# 1

»Ich muss dann mal los«, sagte Krona.

Der junge Mann, der halb auf ihr drauflag, murmelte verschlafen und rückte seinen Kopf an ihrem Hals zurecht.

Krona nahm ihn bei den Schultern.

»Hast du gehört?«

»Mmmh.«

Krona packte zu und schob den jungen Mann von sich herunter. Das machte ihn wach.

»Was? Aber ... es ist doch noch nicht mal richtig hell.«

»Sehe ich aus wie eine, die zum Frühstück bleibt?«

Sie schob die Beine aus dem Bett und blieb eine Weile auf der Kante sitzen. Die Kälte biss ihr in die Haut, aber sie linderte auch die Kopfschmerzen, die sich hinter ihrer Stirn ballten.

Zu viel süßer, dunkler Wein gestern Abend.

Hinter ihr richtete sich ihr Bettgefährte auf die Ellenbogen auf und strich sich die blonden Haare aus der Stirn.

Noch etwas, das gestern Abend vielleicht zu viel und zu süß gewesen war. Andererseits, wer entschied das schon.

Beinahe taten ihr die harschen Worte leid. Sie küsste ihn flüchtig auf den Mundwinkel und brachte dann ihre schmerzenden Knochen in Bewegung. Die lange Seereise hatte nicht dazu beigetragen, dass sie sich jünger oder gesünder fühlte. Der Boden war kalt unter ihren Füßen, als sie nackt zu dem kleinen Dachfenster hinüber ging, um Licht in den Raum zu lassen.

Der mit geöltem Leder bespannte Fensterrahmen quietschte in seinen Scharnieren, als sie ihn aufstieß. Tatsächlich war die Sonne gerade aufgegangen. Schwaden von Nieselregen senkten sich aus dem grauen Himmel. Ein Stockwerk unter ihr schlug das Wirtshausschild mit loser Kette gegen die Fassade. Krona legte den Kopf schief und versuchte, die verwitterte Malerei auf dem Schild zu erkennen.

Roter Eber? Roter Hirsch? Egal. So erbärmlich wie das Schild war die ganze Herberge.

»Wo willst du denn hin?«

Der Blick des jungen Mannes lag auf ihrer Haut. Sie ignorierte seine ausgestreckte Hand, ging zur Waschschüssel und sah hinein. Das Wasser wirkte einigermaßen frisch. Ihr Gesicht, das sich flüchtig darin spiegelte, nicht.

Sie fuhr mit beiden Händen ins Wasser und zerstörte das Bild.

»Ich habe etwas zu erledigen.«

»Kann das nicht warten?«

»Warum? Weil es später weniger weh tut?«

Er schwieg. Wie alt mochte er sein? Anfang, Mitte zwanzig? Kaum halb so alt wie sie selbst. Er wusste nichts vom Leben.

Sie fuhr sich mit den Fingern durch die Haare, sie hatte beinahe vergessen, wie grau sie geworden waren.

»Es ist später nicht einfacher, Junge. Es ist nie einfach.«

Ihre Reisekleidung war gereinigt worden und fühlte sich gut und sauber an, als sie hineinschlüpfte. Sie verstaute einen schmalen Dolch im Stiefelschaft und gürtete ihr altgedientes Schwert.

Dann ging sie hinüber zum Bett und setzte sich auf die Kante.

»Wir hatten eine Abmachung«, sagte sie leise. »Eine Nacht, nicht mehr, nicht weniger. Frühstücken kannst du mit deiner Verlobten.«

Er packte sie und zog sie zu sich herunter. Sie ließ ihn gewähren, legte ihre Lippen auf die seinen und schob vorsichtig ihre Zunge zwischen seine Zähne. Er vergrub die Hände in ihrem Haar und erwiderte den Kuss leidenschaftlicher, als sie es beabsichtigt hatte. Plötzliches, hitziges Begehren rauschte durch ihren Körper. Atemlos befreite sie sich aus seinem Griff.

»Ich muss gehen. Jetzt.«

»Was sind das für Geschäfte, die du abwickeln willst?«

Krona seufzte. »Geschäfte, mit denen du nichts zu tun haben willst.«

»Aber werde ich dich wiedersehen? Später, falls du wieder einmal in der Stadt bist?«

»Wer weiß. Bei den Soldaten gibt es eine Redensart: Man trifft sich im Leben immer zweimal.«

»Dann halte ich die Augen nach dir offen.«

Sie nickte, erhob sich von der Bettkante, schulterte ihr Gepäck und verschwand leise aus der Tür, ohne sich umzudrehen.

Das obere Stockwerk des Gasthofes lag dunkel und still. Die Treppe knarrte, als Krona hinunterging in die Schankstube. Das Leben fühlte sich gut an, klar und kühl und scharf wie ein frisch geschliffenes Messer. Sie war zurück auf ihrer Straße, und sie brauchte niemanden.

Sie hinterließ eine silberne Viertelkrone auf dem Tresen, um ihre Rechnung zu begleichen, und trat unter dem scheppernden Wirtshausschild hinaus in den Nieselregen.

Die Straßen waren noch menschenleer. Zwischen Pfützen und Unrat, den die Leute achtlos aus den Fenstern geworfen hatten, suchte sie sich ihren Weg in die Stadtmitte. Sie hatte es nicht eilig, aber wenn sie sich nicht warmhielt, würde das Wetter ihre Knochen rosten lassen wie ein altes Schwert.

Sie mochte Halmesholm nicht besonders: zu reich, zu herausgeputzt und selbstzufrieden, wie es da am Ufer des Grünmeeres saß wie eine fette, vollgefressene Kröte. Die Bürger taten so, als sei es heldenhaft, sich hinter Mauern von Goldkronen zu verschanzen. Nicht einmal das Grünmeer war, was der Name versprach, sondern einfach nur ein großer See. Immerhin zog die Stadt allerlei Leute an, die Arbeit suchten, und Krona suchte Leute, die Arbeit suchten.

Auf dem Rathausplatz wurden die ersten Marktstände aufgebaut. Der frische Wind, von dem diese Stadt viel zu wenig hatte, riss Tücher los und ließ Leinen flattern. Die Händler beäugten Krona argwöhnisch, als sie sich ihren Weg durch die Budenstraßen suchte.

In einer Bäckerei auf der anderen Seite des Platzes brannte schon Licht. Als Krona eintreten wollte, fand sie die Tür verschlossen. Sie klopfte und trat einen Schritt zurück.

Stimmengemurmel von drinnen, und nichts geschah.

Krona klopfte erneut, diesmal mit der Faust.

»Meridias nackter Arsch! Öffnet, oder ich trete die verfluchte Tür ein!«

Sie überlegte gerade, ob sie ihre Drohung wahr machen sollte, als sich ein Schlüssel im Schloss drehte und die Tür eine Handbreit aufging.

»Wir haben noch nicht geöffnet«, sagte eine Frau, die ihre füllige Leibesmitte mit einer Schürze verschnürt hatte, unfreundlich. »Kommt wieder, wenn die Sonne über den Dächern ist.«

Sie wollte die Tür wieder schließen, aber Krona hatte schon ihren Fuß in den Spalt gestellt.

»Und wie Ihr geöffnet habt. Zumindest für mich.«

Unsicherheit malte sich auf den Zügen der Bäckerin. Krona ergriff die Gelegenheit, legte ihre Schulter an die Tür und schob sie mit einem Ruck auf. An der eingeschüchterten Bäckersfrau vorbei betrat sie den Verkaufsraum, der ihr in diesem Augenblick erschien wie das Paradies: angefüllt von goldenem Licht und der Wärme eines Feuers, die Luft voller verführerischer Düfte.

»Wunderbar«, sagte sie zufrieden. »Rieche ich da nicht Schwarztee? Ihr könnt mir gerne etwas davon abgeben. Und spart nicht mit dem Zucker.« Sie befreite sich von ihrem schweren Rucksack und stellte ihn mitten im Durchgang ab.

»Aber ...« Die Bäckerin stand wie festgewachsen, die Klinke in der Hand.

»Macht Euch keine Umstände wegen mir«, sagte Krona, umrundete den Verkaufstisch und betrachtete die ausgebreiteten Leckereien. »Ich werde mich inzwischen selbst bedienen.«

»Das ist Diebstahl«, brachte die Bäckersfrau hervor.

»Quatsch. Es ist ein Frühstück. Diebstahl ist es erst, wenn ich gehe, ohne zu bezahlen – dann könnt Ihr Euch aufregen. Was soll das sein?« Sie fasste mit zwei Fingern ein mit Honig übergossenes Gebäckstück und hielt es hoch. »Ein Apfelkrapfen? Und schließt endlich die Tür, oder wollt Ihr die Straße heizen?«

»Ich werde die Stadtwache rufen«, drohte die Bäckersfrau, die sich offenbar vom ersten Schreck erholt hatte. »Ihr habt mich überfallen und bedroht. Sie werden Euch einsperren! Hier herrschen Recht und Ordnung, wenn Ihr das noch nicht gemerkt habt!«

»Aha! Und warum wohl?« Krona ließ den Apfelkrapfen achtlos auf den Boden fallen, wo er unter den Verkaufstisch rollte und im dort ausgebreiteten Stroh, das augenblicklich an dem Gebäckstück festklebte, liegen blieb. »Warum herrschen wohl Recht und Ordnung in dieser fabelhaften Stadt und nicht, sagen wir, das Faustrecht eines dicken, stinkenden, mit Knochen behängten Clanführers? Der Euch einfach mal so Eure speckige Hand abhackt, wenn Eure Brötchen ihm nicht schmecken? Warum dürft Ihr alle Euch frei bewegen und Euer Gold horten, anstatt in den Steinbrüchen zu schuften? Soll ich Euch das mal erklären?«

Das Kinn der Bäckerin zitterte. Krona nahm das als Zustimmung.

»Weil wir sie nicht in die Ebenen gelassen haben, Schätzchen. All die Schrate und Trolle und Riesen, die nicht länger auf ihren Felsen hocken wollten, sondern scharf auf Euer fruchtbares Land waren. Wir – eine ganze Armee von tapferen Soldaten, wir haben uns die Ärsche aufgerissen, um die Kreaturen in ihren Löchern zu halten, ganz oben im Gebirge, wo sie Euch nicht stören!«

Sie kam hinter dem Verkaufstisch hervor und näherte sich mit hartem Schritt der Bäckerin, die sich erschreckt gegen die Wand drückte.

»Könnt Ihr Euch vorstellen, was es heißt, im Winter Krieg zu führen? Bis zum Knie im Dreck? Sich die Finger abzufrieren, und nicht zu wissen, wird der nächste Schrat dich erledigen oder der nächste Schneesturm? Ich war dort, Teuerste, bis zum bitteren Ende, ich habe mein Blut dort gelassen und habe Freunde sterben sehen, was sage ich, verrecken sehen, in den Schneelöchern, die wir unseren Stützpunkt nannten! Und jetzt kommt Ihr daher mit Eurem fetten Arsch und wollt mir vorschreiben, wann ich mein Brötchen essen soll? Wir wär's? Lassen wir sie beim nächsten Mal doch einfach runter in die Ebenen, und dann gute Nacht, Halmesholm!«

Sie holte tief Luft. Sie merkte, sie hatte sich in Eifer geredet, mehr als ursprünglich beabsichtigt, doch es tat gut. Sie wollte gerade aufs Neue ansetzen, als ein unerwartetes Geräusch sie herumfahren ließ.

Jemand klatschte Beifall. In der offenen Tür stand ein Mann, hochgewachsen, schlank und in die Farben des Waldes gekleidet. Glattes schwarzes Haar fiel ihm über die Schultern. Ein leichter Stoppelbart legte einen Schatten auf sein Kinn. An der Seite trug er ein schmuckloses Schwert und über dem Rücken einen langen Bogen.

»Welch flammende Rede«, sagte er und lächelte, Krona konnte auf den ersten Blick nicht entscheiden, ob freundlich oder spöttisch. »Was ist denn der Grund für diesen frühmorgendlichen Aufruhr?«

»Und wer seid Ihr, dass es Euch etwas angeht?«, fauchte Krona, die so schnell ihre Ruhe nicht wiederfand.

»Nur ein Wanderer auf der Suche nach einem warmen, trockenen Ort für ein Frühstück.«

»Wir reden hier gerade über Frühstück«, erklärte Krona etwas besänftigt. »Unter anderem.«

Die Bäckersfrau sah zwischen den beiden düsteren Eindringlingen hin und her.

»Ich ... ich werde dann Euren Tee holen ... das heißt, wenn Ihr noch welchen möchtet ...«, schlug sie mit schwacher Stimme vor. Krona, die sie immer noch zwischen sich und der Wand quasi eingeklemmt hatte, trat einen Schritt zurück.

»Es macht Euch doch sicher keine Umstände, eine zweite Tasse zu bringen, oder?«, fragte der Fremde höflich. »Eine gute, starke Tasse Tee ist genau das Richtige nach einer so regnerischen Nacht.«

Die Bäckerin sah gehetzt zu Krona hinauf.

»Ihr habt es gehört«, sagte die. »Tee für mich und meinen Freund hier.«

Fluchtartig verschwand die Bäckersfrau nach hinten in einem Nebenraum.

Hochzufrieden setzte Krona sich auf den Verkaufstisch, nahm sich einen Apfelkrapfen aus dem Korb und begann, mit den Beinen baumelnd, zu essen.

Der Fremde ließ seinen Rucksack von den Schultern gleiten und zog sich einen Hocker heran, der zu niedrig für seine langen Beine war. Von unten herauf musterte er Krona eingehend. Das Lampenlicht legte einen gelblichen Schein auf seine Augen, was ihm ein irritierendes Aussehen verlieh.

»So, so – Ihr habt also im Winterkrieg gekämpft.«

»Ich war Offizier im Rang eines Hauptmanns«, sagte Krona mit vollem Mund. »Ich kommandierte eine Kompanie von hundertfünfzig Mann.«

Der Fremde nickte anerkennend. »Er muss hart gewesen sein ... der Winterkrieg.«

»Jeder Krieg war hart. Das liegt in der Natur der Sache.«

»Aber nun habt Ihr dem Kriegshandwerk den Rücken gekehrt?«

»Wollt Ihr reden oder frühstücken?« Krona griff sich ein noch warmes Brötchen und warf es ihm zu. Er fing es geschickt und roch daran, bevor er hineinbiss.

»Und wer seid Ihr?«, fragte sie nach einer Weile, in der sie beide einträchtig frühstückten. »Habt Ihr einen Namen?«

»Ihr mögt mich Fenrir nennen«, sagte der Fremde. Krona lachte. »So, na dann *mögt* Ihr mich Krona Karagin nennen, denn einen anderen Namen habe ich nicht. Und woher kommt Ihr? Ich nehme an, Ihr seid in dieser Stadt so fremd wie ich.«

»Ich bin fremd in jeder Stadt. Ich halte mich fern von Städten, wann immer es geht. Ich bin nur hier, um meine Ausrüstung zu ergänzen.«

»Menschenscheu?«

»Gelegentlich.«

»Wo bleibt der verfluchte Tee? Meridias nackter Arsch, sie wird es bereuen, wenn ich ihn mir selber holen muss!«

Nur Augenblicke später erschien die völlig eingeschüchterte Bäckerin mit zwei Tonbechern und einer Kanne, aus der es dampfte.

»Danke schön«, sagte Krona liebenswürdig. »Stellt es hier ab. Sehr aufmerksam von Euch.«

Sie klopfte neben sich auf den Tisch, und die Bäckerin tat, wie ihr geheißen, und flüchtete in die hinteren Räume.

»Ich sehe, Ihr habt Euren Spaß«, sagte Fenrir mit einem Lächeln, das sein bisher so ernstes Gesicht auf eine überraschend gewinnende Art aufhellte.

»Ja.« Krona erwiderte das Lächeln sehr vergnügt. »Macht mir wirklich gute Laune, so etwas.«

Sie tranken Tee, aßen von dem noch warmen Gebäck und lächelten sich hin und wieder über die Ränder ihrer Becher hinweg an.

Krona betrachtete ihr Gegenüber möglichst unauffällig. Dieser Fremde hatte zwei Gesichter. Zwar saß er ruhig auf seinem Hocker und trank in kleinen Schlucken den heißen Tee, aber die Art, wie das kleinste Geräusch seine Aufmerksamkeit weckte, selbst wenn nur eine Maus im Stroh auf dem Boden raschelte oder der Wind draußen um die Häuserecke pfiff, verriet ihr, dass seine Sinne geschärft waren. Er schien auf der Hut, wie ein Raubtier, entspannt, aber aufmerksam. Wenn er dann lächelte, war der lauernde Eindruck aus seinem Gesicht verschwunden.

Sie mochte dieses Lächeln, fühlte sich empfänglich dafür, obwohl die Wärme ihrer nächtlichen Bekanntschaft ihr noch zwischen den Schenkeln lag. Sie legte den Kopf ein wenig schräg und musterte sein Schwert. Es schien eine sauber gearbeitete Waffe zu sein, und sie war tadellos gepflegt.

»Und?« Der Fremde verzog spöttisch den Mund. »Was ist das Ergebnis Eurer Musterung, Hauptmann?«

Krona spürte, wie das Blut ihr in die Wangen schoss, und versteckte ihr Gesicht in ihrem Becher. In ihrer Hast verbrannte sie sich die Lippen und unterdrückte einen Fluch.

»Ich habe nachgedacht«, erklärte sie und betastete vorsichtig ihre Oberlippe. »Ihr sagtet, Ihr würdet die Stadt meiden. Bedeutet das, Ihr kennt Euch in den Wäldern hier in der Gegend aus?«

»Ich kenne jeden Baum zwischen hier und dem Wetterstein«, bestätigte Fenrir.

»Und Ihr könnt auch mit diesem Schwert umgehen?«

»Wenn es sein muss. Was bewegt Euch zu diesen Fragen?«

Krona schluckte den letzten Bissen ihres Apfelkrapfens hinunter und leckte sich Fett und Zucker von den Fingern.

»Einen wie Euch könnte ich gut gebrauchen. Ich suche Leute für einen Auftrag. Zwei, drei Wochen. Begrenztes Risiko.«

»Bezahlung?«

»Aber natürlich. Umsonst ist nur der Tod.«

»Und dieser Auftrag ist außerhalb der Stadt zu erledigen?«

Krona hatte den seltsamen Eindruck, dass dieser Umstand dem Fremden wichtiger war als die Höhe des Verdienstes.

»Ja«, sagte sie. »In den Wäldern unterhalb des Wetterstein. Es gibt eine Karte, aber die ist wirklich nicht sehr genau.«

»Vielleicht erzählt Ihr mir zunächst, worum es sich handelt?«

Diesmal blies Krona über ihren Tee, bevor sie einen Schluck nahm. Ihre Oberlippe prickelte unangenehm. Für einen Augenblick bereute sie, dass sie ihren militärischen Rang erwähnt hatte. Ein Hauptmann, der sich anwerben ließ wie ein gemeiner Söldner. Die Geschichte eines Abstiegs.

»Es gibt ein angesehenes und sehr reiches Handelshaus hier in der Stadt«, holte sie aus. »Mandor Markholt der Ältere. Stoffe und Gewürze. Dieser Markholt war ein alter Bekannter von mir. Wir haben einige Reisen gemeinsam unternommen, bevor er sesshaft wurde und das Abenteurerleben aufgab – was ich auch hätte tun sollen, nebenbei bemerkt. Ich kam kürzlich hierher, um ihn aufzusuchen, erfuhr dann aber, dass er vor einigen Wochen gestorben ist.«

»Das tut mir leid«, sagte Fenrir.

»Muss es nicht. Er war nicht gerade einer meiner engsten Freunde. Ist ein bisschen verbohrt geworden, seit er in den Handel eingestiegen ist.«

»Was wolltet Ihr von ihm?«

Krona zögerte kurz.

»Ich wollte mir Geld leihen. Ich komme gerade von einer Seereise, die meine Ersparnisse aufgebraucht hat, und der Winter steht ins Haus.«

»Verstehe.«

»Das glaube ich nicht, aber es tut auch nichts zur Sache. Ich traf seine Nichte an, Jerina Markholt, sie ist die Erbin des gesamten Unternehmens. Ein linkisches, reizloses Mädchen, keine zwanzig Jahre alt, und reichlich überfordert mit der Situation. Ich kam gerade im rechten Augenblick, aus ihrer Sicht. Es gibt da nämlich ein kleines Problem mit der Erbschaft, genauer gesagt, mit den Schätzen, die der alte Markholt von seinen Reisen mitgebracht hat. Er hat sie ihr nicht einfach hinterlassen, sondern er hatte die schrullige Idee, dass die Kleine sich das Erbe erarbeiten soll. Er hat in diesen Wäldern ein Versteck angelegt, wo der ganze Schatz liegt, aber laut Testament kann man nicht einfach reinmarschieren und das Zeug mitnehmen, sondern muss eine Art Hindernislauf hinter sich bringen. Prüfungen verschiedener Art, Kampfkraft und Ähnliches. Das Testament sagt, man sollte es nicht ohne einige gute Freunde an seiner Seite versuchen.«

»Und Euch als alte Bekannte des Verstorbenen hat diese junge Dame um Unterstützung ersucht«, ergänzte Fenrir.

»Genau genommen beabsichtigt diese junge Dame nicht, sich selbst die Hände schmutzig zu machen. Das Handelshaus wirft einen Haufen Gewinn ab. Genug, um Leute zu bezahlen, die das für sie erledigen.«

»Ihr werdet doch nicht etwa Geld nehmen für diesen Freundschaftsdienst?«

»Na, aber doch. Ich habe vor, den Winter in einem netten, ruhigen Haus zu verbringen und nicht irgendwo unter Bäumen auf gefrorenem Boden.«

Fenrir sah sie lange an, mit dem eigenartigen gelben Widerschein in den Augen.

»Was?«, fauchte sie schließlich. »Ihr glaubt doch nicht, dass die Kleine sich arm macht, indem sie mir den Ausflug bezahlt! Jeder muss sehen, wo er bleibt, oder nicht?«

Er hob abwehrend die Hände. »Es liegt mir fern, moralische Urteile zu fällen. Ihr werdet schon wissen, was Ihr tut.«

»Schön. Moral macht nämlich nicht satt. Eine anständige Bezahlung aber schon.«

»Und Euer Schwert gehört jedem, der anständig bezahlt?«

Krona rutschte vom Verkaufstisch. »Ich suche mir einen anderen. Ihr stellt mir zu viele Fragen.«

»Ist das nicht verständlich? Ich muss doch ein wenig über Euch wissen, bevor ich entscheiden kann, ob ich auf Euer Angebot eingehe.«

Sie blieb mitten im Raum stehen, die Arme vor der Brust verschränkt, die linke Hand ruhte auf dem glatten, abgegriffenen Knauf ihres Schwertes, und sah zu ihm hinunter.

»Nicht jedem«, sagte sie schließlich. »Aber die Wahrscheinlichkeit steigt mit der Höhe der Bezahlung. In diesem Fall sage ich mir, dem alten Markholt kann es egal sein, und es ist gutes, schnell verdientes Geld.«

»Wie viel?«

»Fünfundachtzig Goldkronen, zuzüglich zehn Prozent des Gegenwertes von dem, was wir finden.«

»Für jeden?«

Sie lachte auf. »Nein. Für mich. Und ich bezahle davon meine Mitstreiter.«

Er sah sie mit seinem lauernden Blick an. »Und wie viel gedenkt Ihr, zu bezahlen?«

»Darüber verhandeln wir, sobald Ihr mir sagt, dass Ihr wirklich interessiert seid.«

»Ich überleg's mir.«

Sie begann, in dem engen Bäckerladen herumzuwandern. Das Gespräch hatte einen toten Punkt erreicht, aber sie verspürte wenig Lust, sich wieder hinaus in den kalten Nieselregen zu begeben. Sie schlenderte hinter den Verkaufstisch und zog eher aus Langeweile denn aus Neugier eine Schublade auf. Sie enthielt einen hölzernen Einsatz mit drei Vertiefungen. In einer davon lagen einige Kupferpfennige, die anderen waren leer. Krona kramte in ihren Taschen, bis sie eine kleine silberne Viertelkrone gefunden hatte, und legte sie in die mittlere der Vertiefungen. Es war eine fürstliche Bezahlung für ein Frühstück, aber sie hoffte, dass es die Bäckerin von dem Gedanken abbringen würde, ihr die Stadtwache hinterher zu schicken.

Sie schloss die Schublade, nahm sich ein Hörnchen und biss hinein. Fenrir saß nach wie vor entspannt, aber wachsam auf seinem Hocker und beobachtete sie. Der Regen draußen nahm zu, hin und wieder peitschte der Wind einen prasselnden Schauer gegen die Fenster. Allein bei dem Gedanken an das Wetter zog Krona die Schultern hoch. Sie hatte gehofft, es würde trocken sein, während sie in diesem Wald unterwegs war. Ihr Körper war nicht mehr sehr tolerant gegenüber regnerischen Nächten auf kalten, durchweichten Böden.

Sie stellte sich das Markholt-Erbe vor, eine Kammer voller Gold und Edelsteine, kostbarer Geschmeide und fremdländischer Artefakte. Es würde der jungen Erbin sicher nicht auffallen, wenn irgendwo ein Edelstein fehlte. Ein schön geschliffener, erbsengroßer Diamant, und der Winter wäre gerettet. Sie würde ein kleines Haus mieten, weit entfernt von der biederen Halmesholmer Gesellschaft, und einfach nur ausruhen, während draußen der Schnee fiel.

»Wie viele Mitstreiter habt Ihr eigentlich bisher angeworben?«, fragte Fenrir in ihre Gedanken hinein. Sie zuckte zusammen und biss heftiger in das Hörnchen als beabsichtigt. Es war mit Marmelade gefüllt, stellte sie fest, als die rote, noch warme Flüssigkeit ihr über das Kinn lief. Sie fing sie mit dem Handrücken auf und lutschte sie sorgfältig ab, bevor sie antwortete.

»Bisher noch keinen. Ich ließ gestern einen Aushang auf dem Marktplatz machen und beauftragte einen Marktschreier mit der Bekanntgabe. Die Interessenten sollen sich heute, zwei Stunden nach Sonnenaufgang, im Goldenen Horn einfinden. Dann werde ich mal sehen, was ich so zur Auswahl habe.«

»Die Auswahl wird nicht sehr groß sein. Dies ist eine ruhige Stadt in einer ruhigen Gegend.«

»Das lasst nur meine Sorge sein. Ihr für Euren Teil überlegt Euch lieber, ob Ihr nun dabei seid oder nicht.«

»Ich denke, ich bin dabei.«

»In Ordnung.« Krona verbarg ihre Erleichterung, die nur seinen Preis in die Höhe treiben würde. »Wenn alles gut geht, brechen wir morgen bei Sonnenaufgang auf.«

»Einverstanden«, sagte er und erhob sich. »Und nun brauche ich etwas frische Luft, das heißt, so frisch man sie eben in dieser stinkenden Stadt bekommen kann. Ich sehe Euch später im Goldenen Horn.«

Er schulterte seinen Rucksack und schob sich an ihr vorbei. Dicht vor ihr hielt er inne und lächelte. Überrascht stellte sie fest, dass das gelbliche Leuchten in seinen Augen nicht vom Schein der Lampen stammte. Es war die eigentliche Farbe seiner Augen.

»Falls Ihr heute noch plant, weitere Handelsleute einzuschüchtern, solltet Ihr die Marmelade aus dem Mundwinkel wischen«, sagte er. »Ihr verhunzt sonst Euren ganzen Auftritt.«

Sie schlug die Hand vor den Mund und wandte sich ab, während Blut ihr in die Wangen schoss. Mit dem Ärmel beseitigte sie das kleine Missgeschick. Als sie sich wieder zu ihm drehte, war er bereits unter der Tür.

»Danke für das Frühstück«, sagte er, dann verschwand er im Regen.

»Wer hat gesagt, dass ich Euch einlade?«, rief sie ihm hinterher, war aber nicht sicher, ob er es noch gehört hatte. »Ich zieh's Euch vom Lohn ab«, knurrte sie leise.

Sie beendete ihr Frühstück, hob dann ihren Rucksack auf den Tisch und verstaute ein Fladenbrot und einige Brötchen darin. Mit Mühe schloss sie die Klappe. Von den Bäckersleuten war nichts zu sehen oder zu hören.

»Ich bedanke mich für den gastfreundlichen Empfang«, rief sie nach hinten. »Ich würde Euch ja sogar weiterempfehlen, aber ich kenne niemanden in dieser Stadt! Also, nichts für ungut!«

Der Morgen empfing sie grau und nasskalt. Sie zog den Kopf zwischen die Schultern und marschierte los.

Drei Stunden später schien es, als würde Fenrirs Vorhersage sich bewahrheiten. Krona saß in dem stillen Nebenraum des Gasthofes zum Goldenen Horn und wartete auf die Bewerber, die schlichtweg ausblieben. Nicht einmal der Waldläufer mit den seltsamen Augen hatte sich wieder blicken lassen. Sie hatte die Füße an der Tischkante abgestützt und schwenkte Tee in ihrem Becher, dem dritten an diesem Morgen. Diesen allerdings hatte sie durch einen Schuss Klaren verstärken lassen, was ihren Missmut etwas besänftigte. Draußen peitschten heftige Windstöße den Regen gegen die dicken, trüben Scheiben. Sie überlegte, ob sie den Auftrag alleine durchführen sollte, falls sich niemand sonst fand. Es gab ein schlagendes Argument dafür: fünfundachtzig Goldkronen und zehn Prozent des Fundes. Was konnte ein Gelegenheitsabenteurer wie Mandor Markholt schon an Gefahren erzeugen, denen sie nicht auch alleine gewachsen war? Sie streckte sich und gähnte. Wenn nur der Regen nachließe.

»Ich hoffe, ich störe nicht«, sagte eine helle Stimme. Krona erschrak zu Tode, fuhr in die Höhe, vergaß den Becher in ihrer Linken und schüttete sich heißen Tee über die Hand. Lauthals fluchend schüttelte sie die Flüssigkeit ab, während sie den tropfenden Becher von sich weg hielt.

»Hab ich Euch erschreckt?«, sagte die Stimme. »Das tut mir leid. War nicht meine Absicht.«

Der Sprecher, der wie aus dem Boden gewachsen vor ihr stand, hatte höchstens die Größe eines Zwergen, doch war er viel zu schmächtig, um einer zu sein. Sein Gesicht war bartlos und sehr jung, und riesengroße Augen leuchteten darin in wasserhellem Blau. Ein blonder Schopf stand ihm wie gesträubtes Gefieder vom Kopf ab, und daraus hervor ragten zwei große Ohren, die in zartem Rosa leuchteten und in auffallender Art nach vorne gerichtet waren.

Sie stellte den Becher auf dem Tisch ab und musterte den Ankömmling, nicht gerade begeistert von dem, was sie sah. Selbst wenn man sich an seiner winzigen Statur nicht störte, so war er doch viel zu jung. Er konnte gar keine Wildniserfahrung haben.

»Ich weiß, was Ihr denkt«, sagte der Kleine. »Keine Sorge, jeder denkt das, der mich sieht. Er denkt, warum ist der Kerl nur so klein? Die Antwort ist, ich kann's Euch nicht sagen. Ab einem bestimmten Zeitpunkt in meiner Jugend habe ich mich eben darauf beschränkt, meinen Verstand zu vergrößern. Gestattet übrigens, dass ich mich vorstelle«, damit deutete er eine drollige Verbeugung an. »Mein Name ist Pintel Luffelheim, und ich habe Euren Aushang auf dem Marktplatz gelesen. Ich sehe, Ihr werdet von Bewerbern nicht gerade überrannt. Also habt Ihr vielleicht Verwendung für mich.«

»Ihr seid über eine Stunde zu spät«, erklärte Krona düster. »Die anderen Bewerber sind längst weg.«

»Ach so«, sagte der Kleine und verzog den Mund zu einem breiten, äußerst ansteckenden Grinsen. »Und? War was dabei?«

»Ich habe mich noch nicht entschieden. Also ... wie, dachtet Ihr, könnte denn meine *Verwendung* für Euch aussehen?«

»Keine Ahnung«, sagte Pintel achselzuckend. »Ich weiß ja noch nicht, worum es geht.«

»Setzt Euch«, wies Krona ihn an und zeigte auf einen Stuhl.

Pintel kletterte darauf und stützte das spitze Kinn auf die Fäuste, während Krona in kurzen Zügen die Art der Unternehmung beschrieb.

»Prima«, sagte Pintel, als sie geendet hatte. »Klingt genau nach der Art von Abwechslung, die ich suche. Ich bin dabei, wenn Ihr mich haben wollt.«

»Ich wiederhole meine Frage«, sagte Krona. »Worin liegt mein Nutzen, wenn ich Euch wähle? Was ich plane, ist Arbeit, kein lustiges Picknick.«

»Euer *Nutzen* ist ganz vielfältiger Art. Wollt Ihr Euch nicht überraschen lassen?«

»Ungern.«

»Lassen wir es einfach auf uns zukommen. Wir haben doch alle im Leben mehr gelernt als nur die Dinge, die wir zum Broterwerb nutzen. Und wer weiß, was wir davon brauchen können? Habt Ihr Euch schon mal aus einer kritischen Situation herausgekocht?«

»Ähm ... nein.«

»Schon mal eine Gefahr weggetanzt?«

»Jetzt hört mal, Meister – wie war noch Euer Name? *Pinsel* oder so?«

»Pintel.«

»Also, Pintel. Ich habe nicht den ganzen Tag Zeit. Raus mit der Sprache, oder ich verliere mein Interesse an Euch.«

Pintel seufzte. »Na gut. Ich bin ein Reinlasser.«

»Ein was?«

»Ein Reinlasser. Ich komme überall rein, und fast überall raus. Das heißt, bisher kam ich überall raus, aber genau kann man das ja immer erst sagen, wenn man drin ist, und dann kann es ja eigentlich auch schon zu spät sein. Könnt Ihr mir folgen?«

»Ja.« Krona nahm einen großen Schluck von ihrem verbesserten Tee.

»Außerdem kann ich mich wirklich leise bewegen. Mich hört keiner, wenn ich es nicht will. Oder habt Ihr mich gehört, als ich reinkam?«

»Nein.«

»Genau. Und ich bin klein. Ich werde gerne übersehen. Man sieht mich nicht, man hört mich nicht – das ist fast, als wäre ich nicht da – nur dass ich's doch bin.«

»Aha. Noch was?«

»Ich kann kochen.«

»Und was bringt uns das?«

»Ähm – gutes Essen?«

Krona hielt dem entgeisterten Blick des anderen ungerührt stand.

»Also gut. Einen Schleicher kann ich sicher brauchen. Ihr seid dabei, wenn Ihr wollt. Die Bezahlung beträgt zehn Goldkronen und eine Kleinigkeit aus dem Erbe, je nachdem, was wir dort vorfinden.«

»In Ordnung«, strahlte Pintel. »Wann soll es losgehen?«

»Morgen früh«, sagte Krona, und gleichzeitig klopfte es. »Herein!«

Es war Fenrir, der den Kopf durch die Tür steckte und dann abwartend auf der Schwelle stehen blieb.

»Und?«, sagte er. »Habt Ihr Eure Auswahl beendet?«

»Ja«, sagte Krona. »Ich habe beschlossen, die Gruppe klein zu halten, das macht sie wendig und schnell. Außerdem werden wir wohl kaum eine Armee brauchen, um die Aufgabe zu lösen.«

»Und Ihr müsst von Eurem Verdienst weniger abgeben«, fügte Fenrir lächelnd hinzu.

»Auch das«, sagte Krona. »Das hier ist übrigens Pintel – äh ...«

»Luffelheim«, sprang Pintel hilfsbereit ein.

»Genau«, sagte Krona. »Schleicher und Reinlasser. Und dies hier ist Fenrir, der uns den Weg durch den Wald zeigen wird.«

»Hallo«, sagte Pintel mit strahlendem Lächeln und streckte dem Waldläufer die Hand hin. Fenrir nickte kurz und ernst. Pintel zuckte die Achseln und ließ die ungeschüttelte Hand wieder fallen.

»Schön.« Krona erhob sich. »Das war's dann. Wir treffen uns morgen bei Sonnenaufgang am Osttor.«

Der nächste Morgen hielt für Krona eine Überraschung bereit. Als sie sich am Osttor einfand, noch etwas unausgeschlafen und bettschwer, wurde sie nicht nur von Fenrir, sondern überdies von Jerina Markholt erwartet. Kronas Laune, die nicht übel gewesen war an diesem Morgen, sank augenblicklich. Die junge Frau hatte einen Mantel umgelegt und einen Rucksack auf dem Rücken. *Alle Götter, welcher beschissene Geist reitet sie? Das muss doch wirklich nicht sein.*

»Guten Morgen«, sagte Krona. »Na, das ist aber eine Überraschung. Was verschafft uns die Ehre?«

»Auch Euch einen guten Morgen«, wünschte Jerina. Ihre Stimme klang ein wenig schüchtern, und sie wich Kronas unverhohlenem Blick unbehaglich aus. Jerina war groß und sehr dünn, ihre Bewegungen staksig wie die eines Fohlens, und sie bemühte sich redlich, eine spannkräftige Haltung einzunehmen. Nach Kronas Einschätzung war sie keinesfalls eine Person, die man in die Wildnis mitnahm.

»Ich habe mich anders entschieden«, sagte Jerina. »Ich möchte Euch begleiten.«

Krona wechselte einen Blick mit Fenrir, in dessen Mundwinkeln ein winziges Lächeln spielte.

»Tatsächlich«, sagte sie. »Wie kommt's? Schließlich war ich gestern Abend noch bei Euch, und Ihr erwähntet nichts dergleichen.«

»Ich war mir gestern Abend noch nicht sicher, aber dann wurde mein Gefühl immer schlechter, je näher der Zeitpunkt Eurer Abreise kam. Mein Gewissen plagte mich. Schließlich ist es mein Erbe, und es wäre nicht im Sinne meines Onkels, wenn ich nicht an seiner Erlangung teilhätte.«

»Sehr rechtschaffen«, sagte Fenrir und legte seinen seltsamen Blick auf die junge Frau. »Euer Gefühl ist ein guter Ratgeber, meine Dame.«

»Und *mein* Gefühl sagt mir, ich täte besser daran, Euch hier zu lassen«, sagte Krona entschieden. »Ihr habt keine Wildniserfahrung, habe ich recht? Wir wissen nicht, was uns erwartet. Könnt Ihr überhaupt mit einer Waffe umgehen?«

Jerina schlug den Mantel zur Seite und zeigte einen langen Dolch, den sie in einer Lederscheide am Gürtel trug.

»Ich bin keine Meisterkämpferin, aber ich kann wohl auf mich aufpassen.«

»Das werdet Ihr müssen, wenn Ihr mit uns kommt«, erklärte Krona, »denn ich kann es nicht tun.«

»Seid gewiss«, erwiderte Jerina mit leichtem Lächeln, »ich werde Euch nicht im Weg stehen.«

»Euer Entschluss ist endgültig?«

»Ja.«

»Es kann anstrengend werden. Wir werden jeden Tag eine weite Strecke zurücklegen.«

»Das macht mir nichts.«

Krona stieß ein tiefes Seufzen aus. »Ich kann's Euch ja kaum verbieten. In Ordnung. Unter einer Bedingung allerdings.«

»Stellt sie nur, Hauptmann.«

»Ich behalte das Kommando über die Unternehmung. Im Zweifelsfall tut Ihr, was ich sage.«

»Ich dachte keinen Augenblick an etwas anderes«, versicherte Jerina. »Ihr seid diejenige, die Erfahrung hat.«

»Dann sind wir uns ja einig.« Krona hatte ein dummes Gefühl bei der Sache. Es würde schwierig werden, ihren persönlichen Anteil am Erbe aufzustocken, wenn die Erbin höchstpersönlich ihr über die Schulter sah. Außerdem hätte sie ihren Hintern darauf verwetten mögen, dass die junge Dame sich immer dann einmischen würde, wenn es am wenigsten passte.

»Wo ist der verdammte Kurze?«, fauchte sie und sah sich um, als könne er irgendwo im Straßengraben aus dem Boden wachsen.

»Er wird schon noch kommen«, sagte Fenrir. »Was ist übrigens mit einem Packpferd? Werden wir keines brauchen, um unsere Errungenschaften zu transportieren?«

»Nein«, sagte Jerina, ihre Stimme klang immer noch schüchtern. »Im Testament steht, das Erbe sei von großem Wert, aber geringem Gewicht. Das Einzige, was wir brauchen werden, ist ein Schlüssel, der dem Testament beilag. Und die Karte, die den Eingang zu der Höhle, oder was immer es ist, verzeichnet. Beides hat aber gestern schon der Hauptmann an sich genommen.«

»Äh«, sagte Krona, »ja«, während vor ihrem inneren Auge die Kammer voller Gold und Edelsteine unangenehm schrumpfte.

»Euer Onkel war ein fürsorglicher Mensch«, bemerkte Fenrir. »Er wollte Euch sogar den Ärger ersparen, überflüssigerweise ein Pferd mit Euch zu führen. Und was unseren jungen Mitstreiter betrifft – da kommt er.«

Er zeigte in Richtung des Stadttores, wo eine kleine, schmächtige Gestalt zwischen den bunten Uniformen der Stadtwachen hindurchschlüpfte und sich im Laufschritt näherte. Krona schob die Gedanken an Hände voller glitzernder Edelsteine beiseite.

»Guten Morgen«, schnaufte Pintel. Die Morgensonne schien durch seine abstehenden Ohren und verlieh ihnen einen rosa Schimmer. »Verzeiht die Verspätung – ich wurde von der Stadtgarde aufgehalten. Irgendwo ist irgendetwas passiert, ein Feuer, glaube ich, und jetzt filzen sie jeden, der fremd aussieht.«

»Dann lasst uns schnell verschwinden«, sagte Krona mit einem argwöhnischen Blick auf die Torwachen, »bevor die feststellen, dass noch ein paar mehr unter uns fremd aussehen.«

»Sind wir vollzählig?« Jerina sah sich erstaunt um. »Ich hatte mit einer größeren Gruppe gerechnet.«

»Vier ist völlig ausreichend«, sagte Krona entschieden. »Drei wären ausreichend gewesen. Oder wollt Ihr ein Heer bestellen?«

»Nein«, sagte Jerina gekränkt. »Ihr werdet wissen, was Ihr tut, Hauptmann.«

»Genau«, bestätigte Krona. »Verlasst Euch nur auf mich. Und jetzt, los geht 's.«

Die ersten Tage ihrer gemeinsamen Reise führten sie durch ruhiges Land. Sie folgten der Straße über grüne Grashügel, auf knarrenden Holzbrücken über kleine, lebhaft sprudelnde Bäche, durch lichtes Gehölz, Ausläufer der großen, wilden Wälder, von denen die Flanke des Gebirges bedeckt war, und vorbei an Dörfern und Bauernhöfen, wo sie ihre Lebensmittelvorräte ergänzten. Krona benutzte die ruhigen Stunden des Wanderns, um sich einen Eindruck von ihren Begleitern zu verschaffen.

Eine bunte Truppe gaben sie ab, das ließ sich nicht leugnen. Der schweigsame Fenrir ging zumeist voran, sein langer, gleichmäßiger Schritt verriet den geübten Wanderer. Krona war froh, ihn als Begleiter gewonnen zu haben, denn seine Ortskenntnis war ausgezeichnet und er führte sie immer wieder auf Abkürzungen abseits der Straße, die ihnen stundenlange Umwege sparten.

Pintel mit seinen kurzen Beinen bewies eine Ausdauer, die Krona dem schmächtigen Kerlchen niemals zugetraut hätte. Kaum jemals blieb er zurück oder verlangte nach einer Pause, und während der abendlichen Lagerfeuer erwies er sich als unterhaltsamer Geschichtenerzähler und, zur Freude der Reisegefährten, tatsächlich als begabter Koch.

Jerina blieb für Krona schwer zu durchschauen und damit ein Problem. Die junge Frau hielt sich zurück und beteiligte sich selten an Gesprächen, was man für Schüchternheit hätte halten können, wenn Krona sich nicht immer wieder auf seltsame Art von ihr beobachtet gefühlt hätte. Es schien, als sei Jerina mehr als bedacht darauf, alle verfügbaren Informationen in sich aufzunehmen, ohne jedoch etwas von sich selbst preiszugeben. Krona wurde das Gefühl nicht los, dass sich hinter der linkischen, unbeholfenen Art der jungen Frau ein messerscharfer Verstand verbarg. Fenrir schien ihre Vorbehalte zu teilen, denn am zweiten Abend, als Jerina sich mit Pintel zum Holzsammeln entfernt hatte, kam er zu Krona und ließ sich neben ihr nieder.

»Ich weiß nicht«, sagte er und deutete leicht mit dem Kinn in die Richtung, in die Jerina sich entfernt hatte. »Ich kann sie nicht leiden. Sie hat etwas Seltsames an sich, findest du nicht?«

»Ich wünschte auch, sie wäre daheimgeblieben«, bestätigte Krona leise. »Aber nun ist es so, und wir müssen damit klarkommen. Sie ist jung und unerfahren, ich denke, sie tut ihr Bestes.«

»Das ist es nicht.«

»Was dann?«

»Ich weiß nicht. Es ist ein Gefühl, das ich nicht genau benennen kann. Ich werde sie jedenfalls gut im Auge behalten.«

»Tu das« sagte Krona und verbarg ihr Unbehagen. Fenrir hatte ziemlich genau das ausgesprochen, was sie empfand.

In dieser Nacht, als Krona wach lag und in die glühenden Reste des heruntergebrannten Lagerfeuers starrte, bemerkte sie, wie Fenrir sich leise aufrichtete, aus seinen Decken schlüpfte und sich lautlos vom Lager entfernte.

Seine Ausrüstung ließ er unangetastet zurück. Als er länger wegblieb, als nötig gewesen wäre, um sich irgendwo abseits des Lagers zu erleichtern, wurde sie unruhig. Schließlich kroch sie leise fluchend aus ihrem Schlafsack, packte ihr Schwert, entzündete eine Fackel und machte sich auf die Suche.

Das Wäldchen, in dem sie ihr Lager aufgeschlagen hatten, lag still, dennoch wagte Krona nicht, sich weit von ihren beiden schlafenden Gefährten am Feuer zu entfernen.

Die Waldluft legte sich wie ein kalter Schleier auf jede unbedeckte Stelle ihres Körpers, Feuchtigkeit tropfte von den Bäumen. Es roch intensiv nach Moos und Erde.

»Fenrir?«, rief sie gedämpft. »Wo bist du?«

Keine Antwort. Undurchdringliche Schatten zuckten im Fackelschein. Heidelbeergestrüpp und Unterholz knackten unter ihren Stiefeln und stellten ihr bei jedem Schritt Fußangeln.

»Fenrir, du verdammter Hund, wenn du dich in Schwierigkeiten gebracht hast, schlitz ich dich auf!«

»Deine Besorgnis ist rührend.«

Sie wirbelte herum und riss das Schwert hoch.

»Fenrir! Meridias nackter Arsch, hast du mich erschreckt!«

»Was machst du hier draußen?«, fragte Fenrir. Sie musterte ihn, sein Hemd stand am Hals offen, einer der Ärmel war verdreht. Sie hätte schwören können, er hatte Wams und Mantel getragen, als er sich vom Lager entfernt hatte.

»Und du? Bäume streicheln, oder was?«

»Übertreib es nicht, Hauptmann.« Fenrirs gelbe Augen leuchteten gefährlich im Fackelschein. »Ich habe eine gewisse Wertschätzung für dich entwickelt. Dennoch kenne ich dich kaum drei Tage, und das ist nicht lange genug, um dich davor zu bewahren, dass man irgendwann einmal deine bleichen Knochen im Moos findet.«

»Ich bin hier, um dich zu suchen, du Irrer!«, fauchte Krona. »Ich bin es nicht gewohnt, dass Leute sich ohne ein Wort vom Lager entfernen und nächtliche Spaziergänge machen!«

»Und ich bin es nicht gewohnt, rund um die Uhr überwacht zu werden!«

»Du wärest dankbar um diese Überwachung, wenn dir etwas zugestoßen wäre!«

Fenrir lachte böse auf. »Glaub mir, Hauptmann, die Einzige, die dieses Risiko eingeht, bist du. Und jetzt geh zurück zum Lager und leg dich schlafen. Morgen früh werde ich wieder ganz zu deiner Verfügung stehen. Bis dahin kümmere dich nicht um mich.«

Damit ließ er sie stehen und verschwand lautlos, wie er erschienen war, unter den Bäumen. Sie leuchtete ihm nach, aber schon nach wenigen Schritten war er ihrem Blick entzogen.

»Prima«, schimpfte sie ihm hinterher. »Lass dich doch von den Wölfen fressen! Ist mir doch egal!«

Sie blieb noch für einen Augenblick stehen, unschlüssig und mit dem unangenehmen Gefühl, sich zum Narren gemacht zu haben, dann bahnte sie sich durch Gestrüpp und Unterholz den Weg zurück zum Lager, wo sie schließlich verschwitzt, mit Tannennadeln im Kragen und in übelster Laune wieder eintraf.

»Was ist los?«, murmelte Pintel, als sie die Fackel in der feuchten Erde löschte und zurück in ihren Schlafsack kroch.

»Nichts«, sagte sie und bemühte sich, normal zu klingen. »Ich habe nur nach dem Rechten gesehen.«

»Dann ist es ja gut«, murmelte Pintel, zog sich die Decke bis zum Hals und schlief sofort weiter. Krona brauchte lange, bis sie seinem Beispiel folgen konnte.

Am nächsten Morgen erwähnte keiner von ihnen den Vorfall. Fenrir war wieder da, als Krona erwachte, und im Laufe des Vormittags war die Anspannung zwischen ihnen verflogen.

Sie näherten sich den flachen, sanften Ausläufern des Gebirges und ließen die bewohnten Gegenden hinter sich. Am fünften Tag ihrer Reise tauchten sie in den kühlen Halbschatten des Waldes und begannen, bergan zu steigen. Obwohl die Tage noch spätsommerlich warm waren, lag der Herbst bereits in der Luft, färbte die ersten Blätter und kühlte die Nächte.

Die Straße hatten sie längst hinter sich gelassen, aber Fenrir blieb kaum jemals stehen, um sich des Weges zu vergewissern. Krona meinte manchmal, er folgte seiner Nase und nicht seinen Augen. Er führte sie durch hohen, hellen Laubwald, zwischen den mächtigen Stämmen der Buchen hindurch, die aufragten wie Säulen, über felsige Hänge und weiter oben durch feuchte, grüne, efeu- und farnüberwucherte Einschnitte, in denen kleine Gewässer zu Tal tröpfelten. Zumindest tagsüber, wenn es warm und trocken war, erinnerte Krona sich daran, warum ein sesshaftes Leben nie ihre Sache gewesen war.

Am siebten Tag ihres Marsches, gegen Abend, mussten sie feststellen, dass die idyllische Unberührtheit des Waldes sie getrogen hatte. Fenrir, der wie üblich vorangegangen war, hielt inne und ging auf die Knie, um den Boden zu untersuchen.

»Was ist?«, fragte Pintel. »Pilze? Wo? Das wäre wunderbar fürs Abendessen!«

»Keine Pilze«, sagte Fenrir. »Dafür Beunruhigendes. Eine Spur.«

»Was für eine Spur?«, fragte Krona. Ihre Hand fand von selbst den Schwertgriff, ihr Blick strich rasch durch den ruhigen Wald.

»Sie kreuzt unseren Weg«, erklärte Fenrir. »Hier, von Süden kommend, bergauf. Der Wanderer ist sehr groß. Keinesfalls menschlich.« Er brachte sein Gesicht tief über den Boden, blickte dann bergauf in die von ihm angegebene Richtung, die Augen zusammengekniffen. *Als würde er Witterung aufnehmen*, dachte Krona mit leichtem Unbehagen.

»Ein Troll«, sagte Fenrir.

»Au weia«, sagte Pintel. »Pilze wären mir lieber gewesen, ehrlich.«

»Es gibt diese Geschichten, in denen Trolle zu Stein werden, wenn sie ins Tageslicht geraten«, sagte Jerina, die plötzlich nervös wirkte.

»Trolle werden tagsüber ebenso wenig zu Stein wie Menschen oder Zwerge«, sagte Fenrir. »Aber es geht noch weiter. Spuren eines Pferdes mit beschlagenen Hufen und Fußspuren eines einzelnen Wanderers. Beschlagene Stiefel und ein schwerer oder schwer bepackter Wanderer. Sie kamen zeitversetzt hier entlang. Erst der Troll, dann Wanderer und Reiter.«

Fenrir ging einige Schritte gebückt auf der Spur entlang. »Wanderer und Reiter waren nicht gemeinsam unterwegs. Die Hufspuren zeigen hier eiliges Traben an. Der Schritt des Wanderers ist gleichmäßig. Geringe Schrittlänge übrigens. Könnte ein Zwerg gewesen sein. Welche der Spuren nun älter ist, lässt sich nicht bestimmen. Sie müssen einander dicht auf den Fersen gewesen sein. Der Troll allerdings hatte zu den beiden anderen einige Tage Abstand.«

»Aha.« Krona starrte auf den Waldboden, auf dem sie rein gar nichts sah. »Wie alt sind die jüngsten Spuren?«

»Einen Tag höchstens.« Fenrir richtete sich auf. »Wir sollten uns vorsehen.«

»Sie führen nicht in unsere Richtung«, sagte Krona. »Vorsicht ja, aber bitte keine Panik. Lasst uns noch ein gutes Stück zurücklegen, bevor wir rasten. Der Troll ist längst weg, sagtest du, und die anderen sind *zwei*. Mit denen werde ich allein fertig, wenn es sein soll.«

»Gut zu hören«, sagte Jerina, klang aber nicht sonderlich beruhigt.

Sie setzten ihren Weg fort, allerdings nicht lange. Kaum eine halbe Stunde später hielt Fenrir erneut inne. Diesmal untersuchte er nicht den Boden, sondern hielt das Gesicht in den Wind.

»Wartet hier auf mich«, sagte er, setzte sich in Trab und rannte leichtfüßig zwischen den Bäumen davon.

»Was soll das?«, rief Krona ihm ungehalten hinterher, aber er hörte es nicht oder wollte es nicht hören. Sie sah sich zu ihren beiden verbleibenden Begleitern um. Pintel ließ sich gerade mitsamt seinem Gepäck zu Boden plumpsen. Sein blasses Gesicht war vor Anstrengung gerötet, er sah aus, als könne er die Rast gebrauchen. Jerina war immer noch unruhig und sah sich in alle Richtungen um.

»Hast du schon mal gegen einen Troll gekämpft?«, fragte sie Krona.

»Nein. Und ich habe es auch nicht vor.«

»Und was machen wir, wenn es nötig wird?«

Krona nahm ihren Rucksack ab und lockerte die schmerzenden Schultern. »Gewinnen oder sterben, vermute ich«, sagte sie gleichmütig, bereute die Bemerkung aber sofort, als sie Jerinas gehetzten Gesichtsausdruck bemerkte.

»Es wird nicht nötig werden«, versuchte sie die junge Frau zu beruhigen. »Fenrir wird unseren Weg so wählen, dass wir ausreichend Abstand zwischen uns und den Troll bringen. Und vergiss nicht, die Spur ist Tage alt. Er ist längst nicht mehr hier.«

»Ich hoffe sehr, dass du recht behältst«, seufzte Jerina. »Ich hatte vor, dieses Erbe lebendig anzutreten.«

»Wo du gerade davon sprichst«, sagte Krona. »Nimm's mir nicht übel, aber du scheinst über den Verlust deines Onkels nicht allzu betrübt zu sein. Alles, wovon du sprichst, ist das Erbe, oder trügt mich dieser Eindruck?«

»Wie darf ich diese Frage verstehen?« Jerinas Stimme klang mit einem Mal angespannt. Pintel stützte sich auf seinen Rucksack und sah interessiert von einer zur anderen.

»So, wie ich sie gestellt habe«, sagte Krona. »Oder ist irgendetwas unklar?«

»Mein Onkel hat mich immer korrekt behandelt«, sagte Jerina sehr reserviert. »Ich lebte bei ihm, seit meine Eltern am Fieber starben. Aber er war mir gegenüber nie etwas anderes als korrekt, wenn du verstehst.«

»Ja«, sagte Krona und versuchte, diese Aussage mit dem herzlichen, gefühlvollen Mandor Markholt in Einklang zu bringen, den sie in Erinnerung hatte. »Dennoch hat er dir sein gesamtes Vermögen hinterlassen.«

»Ich bin die letzte Markholt. Viele in meiner Familie sind kinderlos geblieben.«

Fenrirs Rückkehr ersparte es Krona, sich eine passende Antwort zu überlegen.

»Es gibt etwas zu sehen«, berichtete er. »Einen Kampfplatz, keine drei Steinwürfe von hier.« Er wies in die Richtung, aus der er gekommen war.

Kurz darauf standen sie alle am Fuß eines hohen, vereinzelten Felsens, den Fenrir als Adlerfelsen bezeichnete, und starrten auf die zertrampelten Reste eines Lagerfeuers, niedergetretenen Waldboden und fünf von Fliegen umschwirrte Schratleichen.

»Auch das noch«, sagte Krona. »Schrate!«

»Ich nehme an, dass unsere beiden Wanderer hier gelagert haben«, sagte Fenrir. »Es sind dieselben Stiefelabdrücke. Und dieser eine«, er wies auf einen der Schrate, der mit dem Gesicht im Waldboden lag, »ist durch etwas umgekommen, das mir wie Zauberei aussieht.«

Pintel ging hinüber und beugte sich über die Leiche, wobei er angewidert das Gesicht verzog.

»Du hast recht«, sagte er. »Eine arkane Entladung, würde ich sagen. Kein besonders kunstfertiger Zauber, aber effizient. Puh – wie die stinken!« Er machte einen großen Schritt rückwärts.

»Schrate, ein Troll, irgendwelche Wanderer, die über Zauberkräfte verfügen«, zählte Krona zusammen. »Könnte eine spannende Nacht werden.«

»Keine Sorge«, sagte Pintel und brachte sich außer Reichweite des Gestanks. »Da lasse ich mir schon was einfallen.«

»Ich mache mir keine Sorgen«, knurrte Krona.

»Umso besser«, sagte Pintel unbeschwert. »Dann muss ich mir ja auch keine machen.«

Sie nahmen ihre Wanderung wieder auf. Krona ließ Jerina voran und hielt Pintel am Zipfel seiner Kapuze bei sich.

»Ist es eigentlich üblich bei den Reinlassern, sich so gut mit Zauberei auszukennen?«

Pintel machte ein unschuldiges Gesicht. »Wieso? Was meinst du?«

»Ich bin nicht dämlich, Pintel. Du hattest eine echte Vorstellung von dem, was da mit den Schraten passiert ist. Das fällt nicht mehr unter Allgemeinbildung.«

Pintel fasste nach oben, um seine Kapuze aus ihrem Griff zu entwinden.

»Ein Freund von mir ist ein Zauberer. Er hat die Academia Arcana besucht und mir so einiges erzählt. Ich fand ... Zauberei ... schon immer spannend ... hrrrrf... würde es dir etwas ausmachen, mich loszulassen? Es atmet sich so schlecht, wenn jemand an deiner Kapuze zieht.«

Krona ließ die Kapuze los, und Pintel schnappte übertrieben nach Luft und richtete seine Kleidung.

»Was ist los?«, rief Jerina aus einiger Entfernung. »Noch etwas gefunden?«

»Ich bin nicht sicher«, rief Krona zurück, ohne den Blick von Pintel zu nehmen. »Wir gehen erst mal weiter.«

Hangaufwärts stießen sie auf einen zweiten Kampfplatz. Auch hier lagen Schrate, vier übelriechende Leichen, zwei davon durch Zauberei gefällt.

»Es ist eine Verschmutzung«, sagte Fenrir abfällig. »Kein Tier wird sie fressen wollen. Sie werden liegen, bis die Maden ihr Fleisch von den Knochen genagt haben und das Wetter ihre Gebeine zu Staub gemacht hat. Es wird Jahre dauern.«

»Mahlzeit«, sagte Pintel. »Und wo wir gerade beim Thema sind: Es wird bald dunkel, und ich bin fast verhungert. Wie wäre es mit einem Lagerplatz?«

»Lasst uns gehen, bis ich ihren Gestank nicht mehr in der Nase habe«, schlug Fenrir vor. »Dann können wir lagern.«

Als die Dunkelheit hereinbrach, hatten sie felsiges Gelände erreicht, das guten Schutz bot. In einer überdachten Felsnische schlugen sie ihr Lager auf.

»Ich brauche sofort ein Feuer«, verlangte Jerina, die blass und erschöpft aussah. »Ich bin völlig durchgefroren.«

»Tatsächlich?«, sagte Pintel. »Komisch. So kalt war es doch gar nicht.«

»Wir werden keines machen«, sagte Krona. »Das Risiko ist viel zu hoch. Ich will schlafen, nicht ungebetenen Besuch empfangen.«

»Aber ich brauche ein Feuer«, wiederholte Jerina beharrlich.

»Ich sagte dir, es würde kein Spaziergang werden! Du wirst ohne auskommen müssen.«

»Vielleicht auch nicht« warf Pintel ein. »Ich hätte nämlich auch gerne eines.«

»Ich sagte doch eben ...«

»Du hast mir die Geschichte mit meinem Freund sowieso nicht geglaubt, oder?«

»Dein Freund, der Zauberer?«

»Genau. Den gibt's nämlich gar nicht.«

»Überraschung.«

Pintel lächelte schief.

»Ich war selber auf der Academia. Ich bin Träger des dritten Arkanen Gradienten. Ich könnte darauf bestehen, dass man mich *ehrwürdiger Zaubermeister Pintel Luffelheim* nennt.«

»Du bist ein Zauberer?«, sagte Fenrir erstaunt.

»Aber kein sehr mächtiger«, maulte Jerina.

»Und wie willst du das beurteilen?«

Jerina warf Fenrir einen giftigen Blick zu.

»Ist nur so ein Eindruck.«

»Warum hast du es nicht von Anfang an gesagt?«, fragte Krona. »Wenn ich ein Zauberer wäre und einen Auftrag bekommen wollte, würde ich es doch nicht verheimlichen.«

»Ich wollte nicht als Angeber daherkommen«, sagte Pintel bescheiden. »Wo ich doch schon so viele andere Sachen kann.«

»Ach so. Ja, klar.«

»Bekomme ich jetzt mein Feuer?«, fauchte Jerina.

»Nein, verdammt! Ich will schlafen, nicht Schrate aufschlitzen!«

»Ich könnte unseren Platz tarnen, wenn ihr wollt«, sagte Pintel. »Niemand wird uns finden, und wenn wir den halben Wald anzünden.«

»Wie soll das gehen?«, fragte Fenrir.

»Willst du die wissenschaftliche Erklärung oder die allgemein verständliche?«, fragte Pintel zurück.

»Die verständliche, bitte.«

»Ich mache Nebel.«

»Das ist alles?«, fragte Krona.

»Es ist eine ganze Menge«, widersprach Pintel. »Es ist ein besonderer Nebel. Man verläuft sich darin und wird von unserem Lager weggeführt. In diesem Nebel würde man sich vor der eigenen Haustür verlaufen. Es ist eine Mischung aus Materiemanipulation und psychischer Desorientierung. Der Nebel fungiert als Trägersubstanz für die arkanen Wellen, die im Gehirn des Empfängers den Orientierungssinn stören und seinen Weg so manipulieren, dass er nicht mal in die Nähe des Erzeugers, also mir, kommt. Kombiniert mit einer leicht psychotropen Wirkweise kann man ...«

»Danke«, sagte Krona. »Es reicht. Mach den Nebel.«

»In Ordnung«, sagte Pintel friedfertig.

Zwischen Misstrauen und Interesse verfolgte Krona, wie Pintel tief Luft holte und die Schultern straffte. Dann begann er, leise zu singen. Die Sprache kam Krona entfernt bekannt vor: Es musste Orda sein, die alte Sprache der Wissenschaft und Zauberei. Gleichzeitig vollführten seine dünnen kleinen Hände eine Reihe von Bewegungen, als würde er Luftströme einfangen und sie zu einem Teppich verweben. Eine kühle

Berührung legte sich auf Kronas Gesicht. Sie zuckte zurück. Sie hatte nicht bemerkt, wie der Nebel aufgekommen war, aber er wirbelte um die kleine Gestalt des Zauberers herum, zog lange Streifen und ballte sich zu dicken Wolken zusammen. Schließlich beendete Pintel seinen Singsang und wedelte mit den Händen, als wolle er Hühner verscheuchen. Der Nebel wich zurück und bildete einen dicken, undurchdringlichen Kreis um das Lager. Pintel steckte die Hände in die Hosentaschen und grinste.

»Schließlich wollen wir hier nicht übers Feuer stolpern.«

»Beeindruckend«, sagte Krona aufrichtig.

»Danke schön«, strahlte Pintel. »Er wird sich im Umkreis von einigen Stunden im Wald ausbreiten. Wir sind hier so sicher wie daheim in unserem Wohnzimmer.«

»Es ist eine Weile her, dass ich ein Wohnzimmer hatte«, erklärte Krona und streckte sich vorsichtig. Der lange Tagesmarsch steckte ihr in den Knochen. »Aber ich erinnere mich.«

Im engsten Umkreis des Felsens, um nicht der Wirkung des Nebels zu erliegen, suchten sie Brennholz zusammen und verbrachten dann längere Zeit mit dem Versuch, ein Feuer zu entfachen, doch das Holz war feucht und wollte nicht brennen. Fenrir, der sich noch an der Holzsuche beteiligt hatte, stand nun einige Schritte abseits und starrte hinaus in den Wald, sein Blick hatte beinahe etwas Sehnsüchtiges. Jerina saß gegen den Felsen gelehnt und hatte ihren Mantel eng um sich gewickelt.

»Was hast du eigentlich vorher gemacht?«, fragte Pintel, während er und Krona versuchten, ein zögerndes Flämmchen am Leben zu halten. »Vor dieser Aufgabe, meine ich.«

Schlagartig bereute Krona ihre fahrlässige Bemerkung über Wohnzimmer.

»Ich war auf Reisen«, erwiderte sie ungenau. »Ich bin erst kürzlich zurückgekommen.«

»Und wo warst du?«, fragte Pintel.

»Auf den Südlichen Inseln.« Sie hatte mittlerweile Pintels Hartnäckigkeit kennengelernt, die er an den Tag legte, wenn er sich für etwas interessierte.

»Tatsächlich?«, sagte Pintel. »Wie spannend! Ich wäre auch beinahe einmal dort hingekommen. Ein Kollege von mir hat Forschung auf dem

Gebiet der Teleportation betrieben und einige bemerkenswerte Ergebnisse erzielt, aber als ich sah, in welchem Zustand die Kuh war, die er aus ihrem Stall auf die Weide teleportiert hatte, wollte ich lieber doch nicht. Sie war mitten im Zaun materialisiert. Es war kein schöner Anblick.« Er verzog das Gesicht. Krona fluchte leise, das Flämmchen war erloschen.

»Wie ist es nun dort?«, fragte Pintel, während sie einen neuen Versuch unternahmen.

»Es könnte schön sein, wenn nicht Krieg wäre. Es ist nicht so viel anders als hier. Nur besser. Wärmer. Es fällt kein Schnee im Winter, und die Sommernächte sind mild. Es wachsen andere Dinge dort, Früchte und Ähnliches, es gibt viel davon, weil die Böden fruchtbar sind.«

»Klingt wie das Paradies.«

»Es ist das Paradies. Deshalb will jeder es haben, und deshalb ist Krieg dort. Von Zentallo aus versuchen sie, die Inseln zu unterwerfen. Sie nennen es nur anders. Sie sagen, sie bringen die Zivilisation. Straßen und solche Dinge.«

»Hatten die denn vorher keine Straßen?«

»Natürlich hatten sie welche.« Krona rieb Feuerstein und Eisen heftig gegeneinander. »Die kamen ganz gut klar, denke ich, auch ohne König und Staatsstraßen. Deshalb haben sie sich ja um Hilfe an uns gewandt. Sie hatten wenig Lust, zentallinische Kronkolonie zu werden, aber konnten gegen ihre Armeen wenig ausrichten.«

»Und du hast dich an diesem Feldzug beteiligt«, ergänzte Pintel. »Um die Südlichen Inseln vor den Eindringlingen zu beschützen.«

»Ja.«

»Komisch. Von solchen Sachen hört man gar nichts, so als Normalbürger.«

»Es ist weit weg. Die Seereise hat über vier Wochen gedauert.«

»Und?«, fragte Pintel erwartungsvoll. »Wart ihr erfolgreich?«

»Ich bin nicht bis zum Schluss geblieben«, erklärte Krona und wünschte sich, er würde aufhören zu fragen.

»Warum nicht?«, fragte Pintel. Krona seufzte.

»Ich war mir gegen Ende nicht mehr sicher, ob wir die Inseln wirklich befreien sollen, oder ob der König sie nicht nur für sich haben wollte – und den Zentallinern nebenbei eins auswischen. Eine abrantinische Kronkolonie im Süden, das könnte ihm gefallen, unserem König.«

»Dann gehört dein Schwert also doch nicht jedem«, kam Fenrirs

Stimme von hinten. Er hatte sich dem Gespräch zugewandt, ohne seinen Posten zu verlassen.

»Hab ich dich nach deiner Meinung gefragt?«, fauchte sie. »Ich lasse mich nur nicht gern verarschen, das ist alles.«

»Wie lange warst du dort?«, fragte Pintel und ignorierte die aufkeimende Missstimmung.

»Fast drei Jahre.«

»Lange Zeit.«

»Ja.«

Es folgte keine weitere Frage. Krona atmete auf.

»Langsam verliere ich die Lust«, sagte Pintel nach einer Weile, in der sie schweigend und erfolglos versucht hatten, den sorgfältig aufgebauten Holzstoß zu entzünden. »Geh mal einen Schritt beiseite.« Er warf dem Holzstoß einen bitterbösen Blick zu, streckte die Hand aus, mit einem lauten Zischen schoss ein Feuerstrahl aus seinen Fingerspitzen und hoch schlugen die Flammen, als der Holzstoß Feuer fing.

Krona, die seiner Aufforderung im letzten Augenblick Folge geleistet hatte, schnappte nach Luft.

»Warum nicht gleich so?«

Pintel lächelte sanft. »Ich wollte dir die Gelegenheit geben, etwas aus deiner Vergangenheit zu erzählen.«

»Na, besten Dank.«

Krona hielt ihre Hände den Flammen entgegen und rieb die klammen Finger. Auch in Jerina, die bisher reglos und mit geschlossenen Augen im Schutz des Felsens gekauert war, kam nun Bewegung, sie rückte ans Feuer und schien die Wärme begierig in sich aufzusaugen.

»Ich kann mir nicht helfen, Mädchen«, sagte Krona zu ihr, »aber du siehst krank aus. Jeden Tag ein bisschen mehr, seit wir aufgebrochen sind. Bist du sicher, dass du noch durchhalten kannst?«

»Als ob ich jetzt noch eine Wahl hätte«, sagte Jerina missmutig. »Ich halte durch, keine Sorge. Nach der Karte können es höchstens noch zwei Tage Marsch sein.«

»Und dann kommt die eigentliche Prüfung. Und dann kommt der Rückweg.«

»Du hast eine bemerkenswerte Art, Leute aufzumuntern.«

»Ich sage nur, wie es ist.«

»Wir kriegen das schon irgendwie hin«, sagte Pintel unbeschwert.

»Was soll ich kochen?«

»Ich könnte jagen gehen«, erbot sich Fenrir.

»Hast du nicht zugehört?«, fragte Pintel. »Der Nebel würde dich in die Irre führen. Nein, Fenrir, heute nicht, obwohl ich deinen Beitrag zum Abendessen vermissen werde.«

Trübsinnig durchwühlte er seine Kochvorräte. »Rüben mit Kräutern«, sagte er schließlich. »Mehr kann ich euch heute nicht anbieten. Keine Pilze, keine Beeren ... was für ein Tag.«

»Es wird genügen«, sagte Krona. »Ich habe schon Schlimmeres gegessen.«

»He, Jerina«, sagte Pintel später, als sie darauf warteten, dass die Rüben in der Glut des Feuers gar würden. »Erzähl doch mal von Onkel Mandor. Er muss ein interessanter Mensch gewesen sein, wenn er sich solche Sachen ausdachte wie das hier.«

»Es geht so«, sagte Jerina kurz angebunden.

»Hast du ihn gern gehabt?«, fragte Pintel voll Mitgefühl.

»Geht so«, sagte Jerina wieder. »Ich bin müde, Pintel.«

»Trotzdem solltest du noch etwas von diesen Rüben essen, bevor du dich schlafen legst. Und bis sie gar sind, können wir uns unterhalten. Du redest sowieso sehr wenig, findest du nicht?«

»Es muss nicht jeder so viel reden wie du.«

»Uh«, sagte Pintel, kurz aus dem Konzept gebracht. »Das könnte ich als Beleidigung auffassen, weißt du? Aber ich tu's nicht. Ich bin sicher, du hast es nicht so gemeint. Du bist müde, und du vermisst deinen Onkel, auch wenn du's nicht zugibst, nicht wahr?«

»Von mir aus.«

»Er war ein feiner Mensch«, sagte Krona. »Er war ehrlich und aufrichtig und kein Hasenfuß, zumindest als ich ihn kannte. Er ist zuletzt ein wenig schrullig geworden, hat sich vielleicht ein bisschen viel mit Zahlen beschäftigt, aber er verdient es nicht, dass man so abschätzig über ihn spricht.«

»Ich frage mich, weshalb du dir ein Urteil erlauben kannst«, sagte Jerina feindselig.

»Das kann ich«, sagte Krona. »Ich war eine Weile mit ihm unterwegs, und ich habe gelegentlich mit ihm geschlafen, wenn du's genau wissen willst.«

Jerina starrte sie schockiert übers Feuer hinweg an, und Pintel kicherte.

»Was willst du?«, fragte Krona. »Er war ein bisschen älter als ich, aber ein hübscher Mann. Ist übrigens viel zu früh gestorben, der Gute.« Sie entgegnete Jerinas Blick, bis diese sich wegdrehte.

»Wie lange brauchen diese Rüben noch?«, fragte Krona. »Ich könnte sterben vor Hunger.«

»Die kleinen sind gar«, sagte Pintel, der mit einem Stöckchen im Feuer herumstocherte. »Hier, die erste ist für unsere zauberhafte Jerina.«

Sie aßen schweigend und vorsichtig, um sich nicht Lippen und Finger zu verbrennen, und legten sich früh schlafen. Keiner hatte das Bedürfnis, sich der gedrückten Stimmung am Lagerfeuer weiter auszusetzen.

Krona fand keinen Schlaf. Der verzauberte Nebel lag wie eine riesige Glocke über dem Lager, verdeckte die Sterne und dämpfte die nächtlichen Geräusche des Waldes. Es war ein seltsames Gefühl, so abgeschnitten vom Rest der Welt zu sein. Sie drehte sich zur Seite und betrachtete ihre Gefährten. Jerina und Pintel schienen bereits fest zu schlafen, ihre Deckenburgen lagen reglos am Feuer. Fenrir aber wälzte sich ruhelos hin und her. Sie überlegte gerade, ob sie die Wärme ihres Schlafsackes verlassen und zu ihm hinüber gehen sollte, als er seine Decken zurückschlug, aufstand und sich lautlos vom Lager entfernte. Sie sah, wie er zwischen den Bäumen stehen blieb und hinaus in den Nebel starrte. Sie betrachtete seine reglose Silhouette, sein Körper war schlank und sehnig, ein wenig dünner, als sie es gewöhnlich bevorzugte, aber er hatte eine leichte, fast tänzerische Art, sich zu bewegen, die ihr gefiel.

Sie fragte sich, ob sie es darauf ankommen lassen sollte. In der Regel bekam sie, was sie sich in den Kopf setzte, doch bei diesem zugeknöpften Burschen mochten ihre Karten schlecht stehen.

Sie seufzte und drehte sich. Mehr als alles andere fehlte ihr eine kleine Aufmunterung, etwas Entspannung, eine kleine selbstgemachte Illusion von Nähe und Gemeinsamkeit. Danach würde sie schlafen können, sie kannte das, es funktionierte zuverlässig.

Sie sah zu ihm hinüber. Da stand er, wie angewachsen, und schaute in den Nebel.

Was, wenn er der Versuchung erlag und hinaus in den Nebel ging? Sie hatte keine Ahnung, was er an diesen Nachtspaziergängen fand,

aber sie schienen ihm etwas zu bedeuten, denn er war bisher in jeder Nacht für einige Stunden verschwunden.
Sie kroch aus ihrem Schlafsack, kam leise stöhnend auf die Füße und ging etwas steifbeinig zu ihm hinüber.

Er hörte sie kommen, bewegte sich auf sie zu und sah sie kurz an, bevor sein Blick wieder in den Nebel hinausging.

»Na?«, sagte sie und stellte sich neben ihn, Hände in den Hosentaschen. »Heute kein Nachtspaziergang?«

»Pintel hat mich dringend gewarnt«, sagte Fenrir. »Ich denke, ich tue gut daran, seinen Rat zu befolgen. Wir könnten sonst den morgigen Tag damit verbringen, uns zu suchen.«

Krona nickte und lockerte mit der Stiefelspitze einen Stein aus dem Erdreich, während sie ihre weitere Vorgehensweise bedachte.

»Warum schläfst du nicht?«, fragte Fenrir.

»Schlechter Schläfer. Mehr als vier, fünf Stunden schaffe ich nicht. Das macht das Soldatenleben.«

»Und das genügt dir?«

Sie zog eine Grimasse. »Man gewöhnt sich dran.«

Der Stein gab ihren Bemühungen nach und löste sich. Sie kickte ihn weg, und er verschwand raschelnd in einem Gebüsch.

»Und?«, fragte sie nach einer Weile. »Heute noch was vor?«

Er musterte sie, ein kleines Leuchten lag in seinen bernsteinfarbenen Augen, obwohl er dem Lagerfeuer abgewandt stand, dann lächelte er sein überraschendes Lächeln.

»Die Möglichkeiten sind recht gering in dieser Gegend. Dachtest du an etwas Bestimmtes?«

»Na ja ... Ich lasse dich ran, wenn du willst.«

Sie wusste, er würde ablehnen, noch während sie sprach, doch sein völlig überrumpeltes Gesicht und die Art, wie er nach Worten suchte, entschädigten sie.

»Götter!«, sagte er schließlich. »Du hast eine, äh ... recht direkte Art in diesen Dingen, meinst du nicht?«

»Ab einem gewissen Alter ist Zeit etwas Kostbares«, sagte sie lächelnd. »Also, was ist? Ich mache nicht jedem so ein Angebot.«

»Und ich fühle mich sehr geehrt - glaube ich - trotzdem lehne ich ab.«

»Bist du sicher?«, fragte sie mit diesem tiefen Schnurren in der Stimme, das selten seine Wirkung verfehlte, trat von hinten an ihn heran und rieb sich sachte an seinem Rücken. Sein langes Haar war weich und roch nach Wald. Er machte einen fluchtartigen Schritt nach vorne. Sie ließ ihn und verbiss sich ein Grinsen. Das hier war besser, als ein *Ja* es jemals hätte sein können.

»Der Nebel«, erinnerte sie ihn. »Du solltest besser nicht hineingeraten.«

»Ich weiß«, sagte er, der allmählich seine Sicherheit zurückgewann. »Und ja, ich bin sicher.«

»Besser, Geschäftliches und Privates getrennt zu halten, was?«

»Nicht unbedingt. Es ist nur ... nun ja, ich glaube, ich kann einfach nicht mit Frauen, die fluchen und ins Feuer spucken.«

Sie lachte leise.

»Du hast keine Ahnung, was dir entgeht.«

»Eine Menge, da bin ich sicher.«

»Was 'n hier los?«, kam Pintels verschlafene Stimme vom Lagerfeuer. »Wem entgeht was?«

»Nichts«, sagte sie laut. »Schlaf weiter, Pintel.«

»Geht schlecht, bei der Lautstärke«, maulte er.

»Ist gut. Wir sind schon still. Komm«, sagte sie zu Fenrir. »Wir legen uns schlafen. Jeder auf die eigene Matte, versteht sich.«

Im Vertrauen auf Pintels Nebel verzichteten sie auf eine Wacheinteilung und verbrachten eine ungestörte Nacht.

Am Nachmittag des übernächsten Tages waren sie am Ziel, und Krona dankte allen Göttern dafür. So sehr sie Pintels und Fenrirs Gesellschaft zu schätzen gelernt hatte, so sehr war ihr Jerina in den letzten Tagen auf die Nerven gegangen. Die junge Frau verbreitete ein immer größeres Maß an Unruhe und Eile. Sie tat, als könne sie diese Reise nicht schnell genug hinter sich bringen, und gleichzeitig schien sie sich über ihre Grenzen hinaus zu beanspruchen. Die Anstrengung wollte gar nicht mehr aus ihrem blassen Gesicht weichen, und je erschöpfter sie war, desto weniger gab sie sich Mühe, höflich zu bleiben. Krona war mehrmals kurz davor gewesen, ihr Manieren beizubringen, und nur der Gedanke an ihre Bezahlung und manchmal Fenrirs bremsende Hand hatten sie zurückgehalten.

Die letzten Stunden waren sie mit der Karte in der Hand gegangen.

»Wir müssen nah dran sein«, sagte Pintel, der es im Gehen fertigbrachte, sich auf die Zehenspitzen zu stellen und einen Blick auf die Karte zu werfen, die Jerina trug. »Gibt's hier Felsen? Der Eingang liegt in einem Felsspalt, oder so lese ich das jedenfalls.«

»Drüben, wenn ich mich recht erinnere.« Fenrir zeigte quer zum Hang in südliche Richtung. »Eine größere Felsgruppe, nicht weit von hier. Es würde lohnen, sie zu untersuchen.«

Eine kurze Wegstrecke später standen sie vor einer Felswand von etwa doppelter Mannshöhe, die sich von Nord nach Süd durchs Gelände zog. Auf ihrem Rücken setzte sich der dichte Wald fort, und er reichte bis direkt an ihren Fuß heran. Die Wand selbst war dicht mit pelzigem Moos bewachsen. Farne ragten wie Federbüsche aus schmalen Felsspalten, und die glatten, dunklen Blätter eines dichten Efeuvorhanges glänzten in der schräg stehenden Sonne.

»Dann lasst uns mal suchen«, sagte Krona. »Pintel und ich hier entlang, Fenrir und Jerina in die andere Richtung. Seht zu, dass wir in Rufweite bleiben.«

»Jawoll, Hauptmann!« Pintel salutierte grinsend. Fenrir warf Krona einen langen, schweigenden Blick zu, setzte sich dann in Bewegung und zog Jerina mit sich. Der jungen Frau hätte eine Pause gut getan, sie schien kurz vor dem Zusammenbruch, folgte Fenrir aber ohne zu zögern.

Es war kein leichtes Vorankommen auf dem felsigen, abschüssigen Boden. Baumwurzeln krallten sich in den Fels und gaben wirksame Stolperfallen ab, und der Nadelwald war mancherorts so dicht an die Felswand herangerückt, dass ihnen nichts übrig blieb, als sich durch das stachelige Gesträuch zu kämpfen. Krona, die voranging, bemühte sich, gleichzeitig auf ihren Weg zu achten und dabei die Felswand im Auge zu behalten. Von hinten drang Pintels atemloses Geplapper zu ihr.

»Ist das spannend! Was werden wir wohl vorfinden? Ich frage mich, ob es ein verzaubertes Labyrinth sein wird. Weißt du, es ist etwas völlig anderes, die Zauberei in der Theorie zu studieren, oder ihr von Angesicht zu Angesicht gegenüberzutreten! Die Zauberei ist eine präzise Wissenschaft, aber ein Quäntchen Unberechenbarkeit ist immer in ihr. Ich habe das nämlich lange studiert! Es gibt da die Rosenbergsche Unschärferelation, die besagt, dass die arkanen Kräfte gelegentlich ein wenig anders reagieren als berechnet. Natürlich ist es eigentlich viel komplizierter. Manchmal ist nur die Farbe anders, das heißt, wenn es sich um einen Zauber handelt, der mit Farben zu tun hat, manchmal wirken sie sich etwas schwächer oder stärker aus als geplant, und manchmal passieren völlig unvorhergesehene Dinge, das ist glücklicherweise selten, sonst gäbe es keine alten Zauberer, aber so Sachen wie das mit der Kuh gehören beinahe schon zum Alltag eines Zauberers ...«

Krona hörte kaum hin. Für sie verband sich Pintels Wortschwall mit den Geräuschen des Waldes zu einer Geräuschkulisse, die sie entspannt über sich hinweg streichen ließ. Sie wurde erst hellhörig, als Pintel verstummte.

Sie drehte sich um. Pintel war verschwunden. Sie ging einige Schritte zurück.

»Pintel?«, rief sie. Keine Antwort.

Sie schluckte plötzliche Nervosität, strich sie sich eine Haarsträhne aus der Stirn und sah sich um. Was hatte er erzählt, von Zauberei, die manchmal nicht funktionierte? Hatte er sich versehentlich in Luft aufgelöst? Sie schüttelte den Kopf. *Dumme Kuh. Es ist wahrscheinlicher, dass er einfach den Hang hinunter gepurzelt ist.* Sie beugte sich vor, um hangabwärts etwas erkennen zu können, und hätte beinahe selbst das Gleichgewicht verloren, als seine Stimme plötzlich hinter ihr erklang.

»Ich hab's gefunden«, verkündete er strahlend und hielt einen dichten Vorhang von Efeu beiseite.

»Mach das nicht noch mal«, sagte sie und versuchte, ihr galoppierendes Herz zu beruhigen.

»Kann ich gar nicht«, erklärte er. »Ich meine, jetzt, wo ich' s einmal gefunden habe, werde ich' s nicht noch einmal finden, weil ich es ja nicht mehr suchen muss. Es gibt zwar Dinge, die man mehrmals finden kann, wenn man sie immer wieder verliert – Geldbeutel und Ähnliches – obwohl andererseits die Wahrscheinlichkeit äußerst gering ist, dass man einen verlorenen Geldbeutel wieder findet ...«

»Pintel!«

»Höhleneingänge jedenfalls würde ich nicht dazu zählen«, schloss Pintel rasch.

Krona spähte unter den Efeuvorhang. Tatsächlich befand sich dort, im Schatten kaum sichtbar, ein schmaler Spalt, der in den Hang hinein führte.

»Das soll 's sein? Sieht mir nicht aus, als würde es sonderlich tief rein gehen.«

»Tut es auch nicht«, bestätigte Pintel.

»Also was ist dann damit?«

»Es geht nicht tief rein, weil es nach ein paar Schritten an einer Tür endet«, erklärte Pintel.

»Du Spaßvogel! Sag das doch gleich.«

»Für meine Verhältnisse war das gleich.«

»Holen wir die anderen«, sagte Krona seufzend.

Kurz darauf standen sie vollzählig vor dem Spalt und schauten hinein.

»Ich könnte vorangehen und die Tür öffnen«, erbot sich Pintel eifrig. »Ich brauche nur ein bisschen Licht. Ich kriege jedes Schloss auf. Na, fast jedes.«

»Nicht nötig«, sagte Jerina. »Der Hauptmann hat doch diesen Schlüssel.«

»Oh«, sagte Pintel enttäuscht.

»Worauf warten wir?«, drängte Jerina. »Lasst uns gehen!«

Krona warf der jungen Frau einen Seitenblick zu. Jerina war eindeutig vom Schatzfieber gepackt, auf ihren blassen Wangen leuchteten rote Flecken. Sie konnte es kaum erwarten, sich in den dunklen Spalt zu stürzen, aus dem feuchte, kalte Luft drang. Krona fand das ungewöhnlich für ein Stadtkind. Sie selbst hätte es vorgezogen, die Aufgabe unter freiem Himmel erledigen zu können, und Fenrir, so meinte sie aufzufangen, teilte ihre Empfindung. Er hielt sich einen Schritt fern von dem Spalt und ließ den Blick unruhig über den Wald schweifen.

»Macht Licht«, befahl Krona. »Eine Fackel und eine Laterne. Jerina, du trägst die Fackel, Pintel nimmt die Laterne. Wir sollten sparsam mit unserem Vorrat umgehen. Ich will da drin nicht ohne Licht festsitzen.«

»Es gibt Zauber, die Licht machen«, erklärte Pintel, während er seinen Rucksack abnahm und seine Laterne aus ihrer Halterung löste. »Allerdings nur kurz, und oft machen sie einen riesigen Wumms dazu. Es gibt auch andere, aber die beherrsche ich nicht. Ich dachte immer, ich lerne lieber, die Dinge mit Zauberei zu machen, die ich ohne nicht kann, versteht ihr? Fliegen und so.«

»Du kannst fliegen?«, fragte Krona erstaunt.

»Noch nicht.« Pintel zwinkerte. »Aber ich arbeite daran. Na ja, und ehe ich nicht sicher bin, will ich's nicht versuchen.«

Als Jerinas Fackel brannte, leuchtete sie in den Spalt. Gelb flackerte das Licht auf dem Fels und zeigte einen sich verschmälernden Zugang, dessen unebener Boden deutlich ins Innere abfiel. Sie konnten etwa vier Schritte weit sehen, dann bog der Spalt um die Ecke und entzog seinen weiteren Verlauf ihrem Blick.

»Ich denke, es ist das Beste, wenn ich hier am Eingang Wache stehe«, sagte Fenrir. »Dieser Wald ist voller Schrate.«

»Du spinnst wohl«, gab Krona zurück. »Die einzigen Schrate, die wir zu Gesicht gekriegt haben, waren seit Tagen tot. Wir brauchen dich da drin.«

»Ich weiß nicht, ob das eine gute Idee ist«, widersprach Fenrir, sein gelber Blick war unruhig.

»Aber ich weiß«, sagte Krona, »und das ist genug. Die Diskussion endet hier. Los geht 's.«

»Ich lasse mir keine Befehle erteilen, Hauptmann.« In Fenrirs Stimme klang ein gefährliches Knurren. »Ich bin nicht einer deiner Soldaten, und du machst einen Fehler, wenn du mich trotzdem so behandelst.«

»Die Leitung des Unternehmens liegt bei mir«, fauchte sie zurück. »Das wusstest du, und du kannst sofort nach Hause gehen, wenn dir das nicht gefällt!«

»Ich dachte, du brauchst mich da drin?«

»Nicht so dringend!«

»Doch«, sagte Pintel. »Sehr dringend. Wir können auf ein zweites Schwert nicht verzichten. Und nicht auf deine Beiträge zum Abendessen«, fügte er hinzu. »Außerdem, stell dir vor, wenn all diese komischen Leute, Reiter und Trolle und Zauberer, auf dem Rückweg wieder hier vorbei kommen. Willst du dann alleine sein?«

»Zauberer sind wirklich komische Leute«, sagte Fenrir und wandte seinen gelben Blick von Krona zu Pintel.

»So ist es«, bestätigte Pintel unschuldig lächelnd.

»Aber sie haben gute Argumente«, sagte Fenrir. »Ich komme mit.«

»Na endlich«, sagte Jerina ungeduldig. »Gehen wir.«

Hintereinander betraten sie den Spalt. Der Fels war feucht und kühl. Krona lief ein Frösteln den Rücken hinunter. Jerina war vorangegangen, obwohl Krona ein ungutes Gefühl dabei hatte. Sie folgte ihr dichtauf. Hinter sich hörte sie Fenrirs leisen Schritt, und Pintel mit der Laterne kam zum Schluss. Sie bogen um die Ecke, die sie vom Eingang aus hatten sehen können, und der Spalt verschmälerte sich, bis der Fels von beiden Seiten an Kronas Schultern herangerückt war und ihr Rucksack ein unangenehmes Schleifgeräusch verursachte. Kurz nach der Biegung kamen sie an eine Stelle, an der Rußspuren sich am Felsen entlang zogen.

»Vorsicht«, sagte Krona. »Hier ist kürzlich jemand gewesen.«

»Ja, ich«, sagte Pintel. »Ich habe einen kleinen Blitz gemacht, damit ich wenigstens kurz mal was sehe. Die Zaubereiästheten können das auch ohne Ruß, aber das ist wirklich sehr aufwendig.«

Noch während er sprach, blieb Jerina stehen. Der Spalt war so schmal, dass Krona an ihr vorbei kaum etwas erkennen konnte, aber der Weg schien mit groben, dunklen Holzbalken versperrt zu sein.

»Schlüssel«, sagte Jerina. Ihre Stimme wurde dumpf zwischen den Felswänden hin und her geworfen.

»Moment.« Krona nestelte den Schlüssel aus ihrer Gürteltasche und reichte ihn nach vorne. Im Austausch empfing sie Jerinas Fackel. Im gelben Lichtschein sah sie, wie Jerinas Hände zitterten.

Jerina probierte eine ganze Weile herum, bis endlich ein metallisches Schnappen laut wurde. Sie schob die Tür auf, die in ihren Scharnieren nervenzermürbend knarzte.

»Hereinspaziert, hereinspaziert«, intonierte Pintel in der Art eines Jahrmarktschreiers. »Bestaunt und bewundert die größten Attraktionen, die diese Welt je hervorgebracht hat. Der erste Blick ist umsonst!«

Zunächst jedoch hielt sich ihr Staunen in Grenzen, denn der Gang setzte sich hinter der Tür fort, wurde eben und verbreiterte sich allmählich.

»Lasst die Tür offen«, sagte Fenrir. Seine Stimme klang angespannt. »Wir sollten uns nicht den Fluchtweg versperren.«

»In Ordnung«, bestätigte Pintel unbeschwert von hinten.

Sie gingen tiefer in den Berg, Krona zählte dreiundsechzig Schritte und verbot sich, an die Tonnen von Gestein zu denken, die über ihr lasteten, dann gelangten sie an eine Treppe, die steil abwärts führte. Jenseits der Reichweite ihres Lichtes gähnte der Treppenschacht wie ein tiefer, schwarzer Schlund. Vorsichtig machten sie sich an den Abstieg.

Es war still hier unten, die einzigen Geräusche brachten sie selbst mit. Die Luft war feucht und wurde kälter, während sie hinab stiegen. Krona spürte, schon während sie sich bewegte, wie die kalte Feuchtigkeit ihr in den Körper kroch. Der Gedanke lenkte sie vom Zählen der Stufen ab, sie verhaspelte sich irgendwo bei achtundvierzig und gab es auf.

Kurz darauf endete die Treppe, und ein schmaler Gang führte sie nach einigen Schritten in einen großen, näherungsweise runden Raum. Tropfsteine wuchsen aus dem Boden und warfen im Fackellicht zuckende Schatten. Am Rande ihres Lichtscheines konnten sie eine unregelmäßige Öffnung auf der gegenüberliegenden Seite erkennen, durch die es tiefer in den Berg ging.

Sie bemerkten die Veränderung zuerst gar nicht, bis Pintel mit einem verwunderten Ausruf den Arm ausstreckte und auf die gegenüberliegende Wand deutete. Nicht nur dort, sondern rund um sie begannen Felsadern, in mattem goldenem Licht zu schimmern, das sich stetig erhellte, bis die Wände überzogen waren von einem Netz aus sich schlängelnden Lichtfäden.

»Oh«, sagte Pintel begeistert, rannte hinüber und berührte einen der Lichtfäden. »Zauberhaft«, sagte er, während die anderen sich staunend umsahen. »Im doppelten Wortsinn. Es verläuft in irgendwelchen Gesteinseinschlüssen! Ein auf Besucher programmierter Lichtzauber. Großartig. Zauberer haben das manchmal in ihren Festungen, zumindest erzählt man sich das. Ich war noch nie in einer richtigen Zaubererfestung. Die sind teuer im Unterhalt, deshalb leben die meisten Zauberer in Häusern oder höchstens in Türmen, aber …«

»Pintel«, unterbrach Fenrir ihn. »Es gibt noch mehr zu sehen.«

Die anderen hatten längst ihre Aufmerksamkeit auf einen Punkt etwa in der Mitte der Höhle gerichtet. Der Boden war an dieser Stelle eben und frei von Tropfsteinen, und ein schimmerndes Muster aus Licht war dort erschienen. Zwischen Staunen und Alarmbereitschaft verfolgten sie, wie sich daraus ein Wirbel aus glitzernden Lichtfünkchen erhob, der sich alsbald zu einer durchscheinenden Gestalt ordnete.

»Mandor«, sagte Krona staunend und ließ ihr Schwert, das sie gezogen hatte, sinken.

Ein großer, breitschultriger Mann mittleren Alters stand ihnen gegenüber. Er hatte kurz geschnittenes, dunkles Haar und einen sauber gestutzten Vollbart. Seine Kleidung war pelzverbrämt und prächtig bestickt. Er sah völlig lebensecht aus, abgesehen von der Tatsache, dass man durch ihn hindurch die hintere Höhlenwand sehen konnte.

Das Abbild breitete die Arme aus, als wolle es die Besucher an seine geräumige Brust ziehen.

»Hochverehrte Erbin des Markholt-Imperiums, meine geliebte kleine Jerina«, sagte es. »So du dies vernimmst, bedeutet es, dass ich tot bin und mein Nachlassverwalter dir ordnungsgemäß alle Papiere überstellt hat. Ich hoffe, das Schlitzohr hat dich nicht übervorteilt. Du solltest besser nachprüfen, ob er dir auch die Besitzurkunden für die Getreidespeicher im Hafen übergeben hat. Aber du bist natürlich nicht hier, um dir gute Ratschläge zu holen, obwohl ich dir unvermeidlich noch einige erteilen werde.«

Jerina setzte zu einer Erwiderung an, doch das Abbild fuhr in seiner Rede fort.

»Du kannst dich nicht mit ihm unterhalten«, flüsterte Pintel ihr zu. »Es ist lediglich eine Botschaft.«

»Du hast dir hoffentlich einige gute Freunde mitgebracht, denn ohne sie ist das, was vor dir liegt, kaum zu bewältigen. Du sollst nicht denken, das Ganze sei die Schikane eines schrulligen reichen Mannes. Es ist vielmehr eine notwendige Vorsichtsmaßnahme. Warum sie notwendig ist, wirst du verstehen, wenn du den Schatz in Händen hältst. Mein Großvater hat eine ebenso wichtige wie geheime Aufgabe angenommen, die über meinen Vater auf mich kam und die ich nun dir übertrage. Alles, was du wissen musst, wirst du am Ende erfahren. Du trägst nun eine große Verantwortung, kleine Jerina. Ich wünschte, ich hätte sie dir ersparen können. Aber ich bin sicher, du wirst ihr gewachsen sein.

Drei Ebenen der Prüfung liegen nun vor dir: die Kraft, das Glück, die Macht. Alle drei wirst du benötigen, um dein Erbe weise zu verwalten. Bedenke, dass es kein Zurück gibt, sobald du die Ebenen der Prüfung einmal betreten hast. Sobald du wohlbehalten zurückgekehrt bist, benenne deinerseits einen Erben, denn sollte dir viel zu früh etwas zustoßen, was die Götter verhindern mögen, darf das Erbe nicht ohne einen Nachfolger bleiben. Versetze auch die Ebenen der Prüfung zurück in den Ausgangszustand.

Wende dich hierzu an Gendig Runenmeister. Er lebt in Tiefengründig und ist der Erbauer dieses wundersamen Ortes. Und nun, mein Liebes, sei mutig, klug und stark, dann wirst du die Prüfung zweifelsohne bestehen. Viel Glück.«

Das Abbild verblasste. Einzelne schimmernde Lichtkörnchen schwebten zu Boden und erloschen. Es wurde still.

»Meine liebe kleine Jerina«, murmelte Krona. »Aber er hat dich nicht anders als korrekt behandelt, was?« Jerina antwortete nicht. In ihrem Blick lag pures Gift.

»Runenmeister«, sagte Pintel. »So nennen die Zwerge ihre Zauberer. Onkel Mandor war ein Mann mit weitreichenden Kontakten.«

»Es ist Abend«, sagte Fenrir, seine Stimme klang immer noch angespannt. »Es gibt kein Zurück, wenn wir die Ebenen einmal betreten haben. Wollen wir nicht lieber morgen früh ausgeruht beginnen?«

»Nein«, sagte Jerina sofort. »Keine Zeit verlieren. Bringen wir es hinter uns.«

»Ich bin ausgeruht.« Pintels Augen leuchteten beinahe wie die Lichtfäden an der Wand. »Ich könnte sowieso nicht schlafen. Ich bin so gespannt!«

Krona fühlte sich nicht sonderlich ausgeruht nach einem langen Tagesmarsch durch weglosen Wald, konnte das aber unmöglich zugeben. »Mir ist's egal«, sagte sie möglichst gleichmütig.

»Zwei dafür, das reicht«, sagte Jerina. »Wir gehen.«

»Ach so, neuerdings führst du hier das Kommando«, sagte Krona. »Ist ja interessant.«

»Wieso? Dir war's doch egal?«

»Das heißt nicht, dass du ...«, begann Krona, unterbrach sich dann aber selber. »Was soll's. Gehen wir.«

Sie überquerten die Stelle, an der das Abbild erschienen war, nicht ohne dass Pintel sich auf die Knie niederließ und nach Resten der Lichtkörnchen suchte, und näherten sich dem Durchgang. Dahinter erwartete sie ein weiterer Treppenschacht, dessen abwärts führender Schlund sie dunkel angähnte.

»Wenn wir nur lange genug hinuntersteigen, wird es auch wieder wärmer«, sagte Pintel, während sie hinab stiegen, und schlug im Gehen die Arme um sich, so dass seine Laterne gefährlich schaukelte. »Dann nähern wir uns dem Erdmittelpunkt, und da ist es wirklich schön warm.«

Krona hörte nur beiläufig zu. Es war ihr nicht gelungen, die Spitze der Gruppe einzunehmen. Vor ihr ging Jerina mit der Körperspannung eines Jagdhundes, der Beute gewittert hatte. Krona versuchte angespannt, in der Dunkelheit vor ihnen etwas zu erkennen, doch Jerinas Fackel blendete sie, so dass sie kaum weiter als bis auf den Rücken der jungen Frau sehen konnte.

Zunächst stießen sie am Fuß der Treppe erneut auf eine Tür. Sie unterschied sich in der Machart nicht von der oberen, allerdings war auf dieser hier eine Schrift angebracht. Die Buchstaben glänzten golden im Fackellicht.

»*Die Ebene der Kraft eröffnet den Reigen*«,

las Jerina laut vor.

»*Ob ihr sie bewältigt, wird sich zeigen.*
*Nur mutig voran, seid nicht verzagt,*
*und Kampfkraft ist hier wirklich sehr gefragt.*
*M.M.*

»Kinderkram«, sagte Krona kopfschüttelnd. »Soll ich das wirklich ernst nehmen?«

»Wir werden sehen«, sagte Fenrir. »Nun kommt schon, bringen wir es hinter uns.«

»Hast du noch mehr Schlüssel?«, fragte Pintel Jerina.

»Nein.« Sie probierte die Klinke. »Ist auch nicht nötig. Sie ist unverschlossen.«

»Langsam«, warnte Krona noch, aber Jerina hatte bereits die Tür geöffnet und mit der Fackel hindurch geleuchtet. »Lass mich voran gehen!« Sie packte Jerina unsanft bei der Schulter. »Bei der nächsten Tür schauen wir erst durch einen Spalt, bevor wir sie aufreißen«, knurrte sie, während sie sich an Jerina vorbei schob. »Das heißt, wenn dein Leichtsinn es zulässt, dass wir die nächste Tür erleben.«

Hinter der Tür befand sich eine weitere Treppe, kürzer diesmal, schon nach zehn Stufen hatten sie einen kurzen Gang vor sich, der dann in einen seltsamen Raum mündete. Er war durch Lichtfäden erleuchtet und erstreckte sich lang und schmal mindestens ein Dutzend Schritte vor ihnen. Seine Wände standen nicht senkrecht, sondern strebten nach unten aufeinander zu, sodass der Raum eher einer Rinne glich. Die ebene Fläche zwischen den beiden steilen Schrägen war gerade so breit, dass ein Mensch darauf stehen konnte. Am anderen Ende des Raumes befand sich eine Steintür, neben ihr ragten ein Hebel und Teile eines Räderwerkes aus der Wand. Über der Tür, fast unter der Decke, die mit großen Tropfsteinen behangen war, befanden sich zwei Schächte in der Wand, die dunkel in den Berg hinein führten.

Sie standen unter der Tür und starrten in den Raum, Kronas Hand immer noch wie ein unerbittlicher Schraubstock auf Jerinas Schulter.

»Was ist das?«, fragte Pintel atemlos. »Ich wette, etwas Komisches passiert, wenn wir da rein gehen. Aber was?«

»Vielleicht fallen diese Tropfsteine auf uns runter«, überlegte Krona. »Findet ihr es nicht bemerkenswert, dass es nur oben welche gibt? In der oberen Höhle hatte jeder Tropfstein an der Decke auch einen Partner auf dem Boden.«

»Vielleicht gab es unten auch welche, bevor der Raum zu dieser Form verändert wurde«, sagte Fenrir. »Solche Tropfsteine wachsen nicht von heute auf morgen nach.«

»Aber Tropfsteine müssen tropfen, um zu wachsen«, wandte Pintel ein. »Das sagt schon der Name. Und hier tropft gar nichts.«

»Du hast recht«, sagte Fenrir erstaunt. »Wirklich sehr seltsam.«

»Löscht euer Licht«, sagte Krona. »Wir werden es nicht brauchen, und wahrscheinlich ist es gut, wenn wir beide Hände frei haben. Fenrir, mach deinen Bogen bereit.«

»Das habe ich gemacht, während du noch nachdachtest, Hauptmann«, gab Fenrir kalt zurück.

»Gut«, sagte sie und schluckte vergeblich an ihrem Ärger. »Jerina, wie wäre es dann, du würdest mal den Dolch in die Hand nehmen, der deinen Gürtel ziert?«

Mit einem verächtlichen Schnauben kam Jerina der Aufforderung nach.

»Wir rennen durch«, sagte Krona. »Ich nehme an, der Hebel dort öffnet die Tür. Ich geh zuerst, mach die Tür auf, und ihr anderen kommt nach, so schnell ihr könnt, klar?«

»Klar«, bestätigte Pintel hörbar aufgeregt.

Krona machte einen Schritt in den Raum und spannte sich zu einem Sprint, die Gedanken fest auf ihre zukünftige kleine Privatsammlung erlesener Diamanten gerichtet. Doch was gleichzeitig geschah, nagelte sie vorerst auf ihrer Position fest. Wie sie es befürchtet hatte, löste sich, kaum dass sie den Raum betreten hatte, ein gewaltiger, tonnenschwerer Tropfstein von der Decke und raste auf den Boden zu, doch statt dort mit betäubendem Knall zu zerbersten, erzeugte sein Aufprall eher das Geräusch von feuchtem Lehm, der auf Stein klatscht. Der Tropfstein verlor seine Form und verwandelte sich in einen flachen, grauen Fladen, doch gleich darauf zog sich die seltsame Masse zusammen und richtete sich zu einem grob menschenähnlichen Wesen auf.

Fenrir zog scharf die Luft durch die Zähne. Pintel gab ein erstauntes »Oh« von sich. Krona warf einen raschen Blick zur Decke, doch augenblicklich wollte kein weiterer Tropfstein seinen Platz verlassen. Sie richtete den Blick wieder auf das eigenartige Wesen und hob das Schwert, doch es schien nicht auf Kampf aus zu sein. Stattdessen machte es einen schmatzenden Schritt rückwärts bis zu dem Hebel und legte ihn um.

Zunächst geschah gar nichts. Dann erwachte, irgendwo tief im Berg, ein entferntes, aber gewaltiges Brummen, das sich näherte, sich zu einem Dröhnen steigerte und zu einem Fauchen und Rauschen, und dann brach Wasser aus den beiden gegenüberliegenden Schächten, schlug klatschend auf dem Steinboden auf und strudelte die Rinne hinunter, die sich rasch füllte. Das Wesen bezog vor der Steintür Posten und sah mit blicklosem Gesicht zu der Gruppe hinüber.

»Ich verstehe«, sagte Fenrir. »Besiege den Wächter und lege den Hebel um, bevor du ertrunken bist.«

»Worauf warten wir dann?«

Mit einer schnellen Bewegung entledigte Krona sich ihres Gepäcks, nahm das Schwert vor sich und stürmte voran. Als sie ihren Gegner erreichte und ihren ersten Hieb führte, schäumte ihr das eiskalte Wasser bereits um die Waden.

Das Wesen hob den Arm und parierte Kronas Angriff mit einer Wucht, die ihren Schwertarm schmerzen ließ. Gleichzeitig holte es mit einer Faust von der Größe eines Vorschlaghammers zum Gegenangriff aus. Krona duckte sich zur Seite und landete an der Schräge. Wenigstens hatte sich das Wesen nicht angefühlt, als sei es wirklich aus Stein, vielmehr erinnerte es an die mit Stroh ausgestopften, ledergeharnischten Übungspuppen auf dem Exerzierplatz, und aus der Nähe sah die undefinierbare graue Masse auch nicht aus wie Stein, eher wie Wachs.

Sie stieß sich von der Wand ab und führte einen neuen Angriff. Diesmal durchschnitt die scharfe Klinge etwas von der Masse, blieb dann stecken, und sie verbrachte einige gefährliche Augenblicke, bis sie ihr Schwert befreit hatte. Sie tauchte unter der Faust des Tropfsteinwesens durch und führte einen neuen Angriff. Sie war viel schneller und musste es nutzen, denn unaufhörlich spien die zwei Schächte neue Wassermassen in den schmalen Raum.

Die Luft war angefüllt mit betäubendem Rauschen und eiskalter Gischt. Krona ging dazu über, ihr Schwert beidhändig zu führen, um mit ihren klammen Händen besseren Griff zu haben. In ihrem Kopf hatte sich längst das altbekannte Räderwerk in Bewegung gesetzt. Die Schwächen des Gegners ausfindig machen, die eigenen Stärken dagegen setzen, taktisch vorgehen. Kraft sparen. Effizient sein, schnell töten.

Binnen kurzer Zeit stieg das Wasser ihr bis übers Knie und gefror ihre Füße zu Eisklumpen. Ihr Mantel tauchte ins Wasser und zog schwer nach unten. Der nächste Schlag, den sie führte, trennte dem Wesen eine Hand ab, doch schien es sich nicht sonderlich daran zu stören. Mit dem glatten grauen Stumpf schlug es zurück und schmetterte Krona gegen die Schräge, wo sie für Augenblicke nach Luft schnappte. Sie hörte die Stimmen von Fenrir und Pintel, die ihr etwas zuriefen, doch die Worte wurden von dem Brüllen der Wasserfälle verschluckt. Fast gleichzeitig schwirrte ein Pfeil an ihr vorbei und fand sein Ziel, gefolgt von einem zweiten, in rascher Schussfolge einem dritten, der es zwischen den Augen getroffen hätte, wenn da Augen gewesen wären, und einem vierten mitten in der Brust. Krona presste sich flach gegen die Schräge, sie nahm an, dass ihre Gefährten genau das von ihr verlangt hatten, und dann zischte eine Folge von blauen Lichtstrahlen an ihr vorbei und schlugen in dem Wesen ein, wobei sie bemerkenswert große Löcher verursachten.

Krona warf einen raschen Blick hinüber zu ihren Gefährten. Fenrir setzte seinen Beschuss fort: In einer einzigen, fließenden Bewegung zog er einen Pfeil aus dem Köcher auf seinem Rücken, spannte, zielte, schoss, ein Zyklus von beeindruckender Schnelligkeit und Präzision. Pintel stand schon beinahe bis zu den Hüften im Wasser. Krona sah, wie die Lippen des kleinen Zauberers sich bewegten, während seine dünnen Finger durch die Luft huschten, um eine neue Serie Lichtstrahlen auf den Weg zu bringen.

All das hätte gereicht, um einen anderen Gegner zwei- oder dreimal zu töten. Das Tropfsteinwesen schien jedoch durch die klaffenden Löcher in seinem Leib nicht sonderlich behindert. Ungeachtet der Angreifer wandte es sich wieder zu Krona, die damit am wenigsten gerechnet hatte. Wer unter solchem Beschuss stand, wandte sich normalerweise nirgendwohin. Sie konnte sich gerade noch zur Seite werfen, ehe die riesige Faust des Wesens dort gegen die Schräge krachte, wo soeben noch ihr Kopf gewesen war. Auf dem nassen Stein verlor sie den Halt und fiel auf die Knie. Das strudelnde Wasser bremste ihren Sturz. Die Kälte verschlug ihr den Atem, eine Welle klatschte ihr heftig ins Gesicht. Für einen Augenblick war sie orientierungslos, dann wischte sie sich mit einem triefenden Ärmel Wasser aus den Augen und erhob sich. Ihr Schwert war, wo es hingehörte, zuverlässig in ihrer Rechten. Sie wirbelte herum und führte es mit aller Kraft gegen die Körpermitte ihres Gegners. Die Klinge sank in die seltsame Masse ein. Krona warf sich rückwärts, um sie frei zu bekommen, für einen Augenblick meinte sie, die Arme würden ihr ausgerissen, dann kam ihr Schwert los und sie taumelte rückwärts.

»Das war Nummer vier!«, schrie sie das Wesen an. »Mindestens! Sag mir, wie oft ich dich töten muss, bevor du endlich verschwindest!«

Das Wesen antwortete nicht. Krona hatte auch nicht damit gerechnet. Sie stand keuchend und starrte ihren Gegner, der, übel zugerichtet, nicht einmal schwankte. Sie fragte sich, ob er überhaupt mit Waffen und Kampfkunst zu besiegen war, aber in Ermangelung einer Alternative, und weil das Wasser ihr bereits beinahe bis zur Hüfte reichte, führte sie einen neuen Angriff. Diesmal schlug das Wesen mit der Faust ihre Klinge weg und verpasste ihr gleichzeitig mit dem Armstumpf einen mächtigen Schlag gegen die Schulter. Krona ging in die Knie. Sie ignorierte den Schmerz und prüfte sofort, ob sie den Arm noch bewegen konnte, er fühlte sich taub an, gehorchte ihr aber, nichts gebrochen, also weiter. Sie erhob sich platschend und wich einem neuerlichen Angriff des Wesens aus. Das Kämpfen wurde mühsamer, das Wasser entzog ihr alle Körperwärme, jede Bewegung kostete mehr Kraft, als für sie gut war. Während sie sich von der Schräge abstieß und sich zu einem neuen Angriff bereit machte, nahm sie seitlich eine Bewegung wahr. Pintels blonder Schopf ragte aus den Fluten. Er wurde von den Wellen herumgeworfen wie ein Korken, ging aber ebenso wenig unter, und er paddelte unbeirrt auf die Steintür zu und begab sich dabei gefährlich in die Reichweite des Wesens. Krona führte einen hastigen, ungeschickten Angriff, die Klinge prallte an der Oberfläche des Wesens ab, doch zumindest hatte sie seine Aufmerksamkeit auf sich gerichtet. Sie machte einen Schritt rückwärts, behindert durch das tiefe Wasser, das Schwert drohend erhoben. Das Wesen folgte ihr. Ein Blick unter dem Arm ihres Gegners hindurch nach hinten zeigte ihr, dass Pintel begonnen hatte, sich an der Tür zu schaffen zu machen.

»Geht nicht«, japste er. »Lässt sich nicht öffnen! Keine Klinke dran.«

Das Wesen wandte sich zu Pintel, und Krona verlor keine Zeit. Ihr nächster Angriff öffnete einen langen Spalt an seiner Seite, und im letzten

Augenblick parierte sie den mächtigen Faustschlag, der auf sie herab sauste.

»Hebel!«, schrie sie. »Hebel!«

Pintel antwortete nicht, ließ aber von der Tür ab und paddelte hinüber zu der Vorrichtung. Der Hebel allerdings war so hoch angebracht, dass er ihn zwar mit den Fingerspitzen erreichen, ihn aber nicht nach oben umlegen konnte. Krona fluchte derb und versuchte einen Positionswechsel, doch der Plan ging nicht auf. Statt in Pintels Nähe zu gelangen, wurde sie zwischen der Schräge und der Faust des Wesens schier zerquetscht. Sie ließ sich unter Wasser rutschen und entkam dem tödlichen Griff mit schmerzendem Brustkorb. Unter Wasser öffnete sie die Augen und riskierte einen Blick. Die Säulenbeine des Wesens standen wie festgewachsen. Dahinter, im schäumenden Strudel der Wasseroberfläche, sah sie Pintels strampelnde Beine. Dicht über dem Boden zog sie ihren Dolch aus dem Gürtel, stieß sich mit Händen und Füßen am Boden ab, auf das Wesen zu, umfasste den Dolchgriff dann mit beiden Händen und rammte die Klinge dem Wesen in den Unterleib. Sie befreite die Klinge, stieß erneut zu, bekämpfte das Bedürfnis, aufzutauchen und Luft zu holen, trieb die Klinge tief in die graue Masse und riss sie dann nach oben, öffnete einen tiefen Spalt, der länger wurde, tauchte auf und japste nach Luft, beide Hände immer noch um den Dolch gelegt, den sie nach oben zog. Das Wesen schwankte.

»Pintel!«, schrie Krona, »Vorsicht!«

Dann stürzte der Koloss nach hinten und verschwand in den Fluten.

»Verdammt, war der zäh«, keuchte Krona.

Pintel hatte den Sturz des Wesens unbeschadet überstanden, indem er sich an den Hebel geklammert und sich dicht an die Rückwand gepresst hatte. Krona, die sichergehen wollte, tauchte unter und sah sich nach ihrem Gegner um. Zu ihrem Erstaunen schien er sich in den formlosen Fladen zurück verwandelt zu haben. Das Wasser trübte sich bereits ein, als die weiche Masse sich auflöste und von den Strudeln aufgewirbelt wurde. Krona tauchte auf und nickte Pintel zu.

Das Wasser war mittlerweile so tief, dass Schwimmen einfacher war als Gehen. Krona griff nach dem Hebel und versuchte, ihn umzulegen. Er bewegte sich mit lautem, hölzernem Knarren etwa eine Handbreit. Krona zerrte mit all ihrer verbliebenen Kraft daran. Nichts tat sich. Ein weiterer Versuch. Nichts.

»Wir brauchen Fenrir«, keuchte Krona. »Wo ist er überhaupt? Was tut er die ganze Zeit?«

»Wir hatten ein kleines Jerina-Problem«, berichtete Pintel mit aufeinander schlagenden Zähnen. Seine Lippen waren blau verfärbt, und er klammerte sich an Kronas Schulter, um nicht abgetrieben zu werden. »Als sie das Wasser sah, ist sie völlig außer sich geraten. Offenbar hat sie panische Angst vor Wasser.«

»Na prima«, knurrte Krona. »Der geht's wohl zu gut. Unsereins reißt sich hier den Arsch auf, und die Dame hat Angst vor Wasser.«

In ihrer Wut zerrte sie erneut am Hebel, und tatsächlich bewegte er sich ein winziges Stück. Sie drehte sich um und sah hinüber zum anderen Ende des Raumes. Der Gang stand unter Wasser. Jerina war nirgends zu sehen, aber Fenrir machte sich gerade auf den Weg durch den Raum. Kurze Zeit später war er am Hebel angelangt.

»Auf drei«, sagte Krona. Das Wasser erreichte ihren Hals, einzelne Wellen schwappten ihr bereits ins Gesicht.

»Eins – zwei – drei!«

Gemeinsam zerrten sie den Hebel in die Höhe. Knirschend bewegte er sich bis zur Hälfte. Die Wassermassen, die von oben auf sie herab stürzten, verringerten sich allmählich.

»Noch mal«, sagte Fenrir, brachte seine Schulter unter den Hebel und stemmte sich ab. Krona umfasste gleichzeitig das Ende des Hebels und drückte. Einmal über der Hälfte, ließ er sich nun leichter bewegen. Die Fluten versiegten. Als der Hebel endlich nach oben umgelegt war, tröpfelte nur mehr ein Rinnsal aus den Schächten. Die Wasseroberfläche beruhigte sich. Krona lehnte sich keuchend gegen die Wand. Ihr Körper war taub von der Kälte des Wassers, in ihren Ohren klang noch das Brüllen der Wasserfälle.

In einer Mischung aus Waten und Schwimmen bewegte Fenrir sich hinüber zu der Steintür. Er drückte dagegen, und tatsächlich ließ sie sich aufschieben. Das drängende Wasser vergrößerte den Spalt, bis Fenrir bequem hindurchpasste. Er warf jedoch nur einen Blick hinter die Tür und kam dann zu Krona zurück.

»Wir müssen aus dem Wasser«, sagte er. »Vor allem du. Du bist schon zu lange drin. Hinter der Tür ist ein Stück Gang und dann eine Treppe, genau wie auf der anderen Seite. Ich schlage vor, du gehst da hinauf, bis du im Trockenen bist. Ich bringe das Gepäck und kümmere mich um Jerina.«

Krona nickte. »Was ist mit ihr?« Ihre Zähne schlugen mittlerweile so sehr aufeinander, dass sie sich kaum mehr verständigen konnte.

»Ich weiß es nicht. Sie hat auf das Wasser reagiert wie eine Kuh auf einen Hornissenschwarm. Ich werde ihr sagen, dass wir sie zurücklassen, wenn sie sich anstellt.«

»Tu das«, sagte Krona zähneklappernd. »Ich hab die Nase voll von ihrem Getue.«

»Geh die Treppe rauf«, sagte Fenrir. »Nimm Pintel mit. Ich komme nach, mit oder ohne sie.«

»Mein Sch-Sch-Schw ...«, klapperte Krona mit blauen Lippen.

»Schwert«, sagte Pintel hilfsbereit. »Warte, ich hol's dir.« Er holte Luft und tauchte unter. Nach kurzer Zeit kam er wieder nach oben, mit einer Hand paddelnd, mit der anderen etwas Schweres hinter sich her ziehend. Dankbar nahm Krona ihm das Schwert ab. Ein weiterer Tauchgang Pintels barg eine Handvoll Pfeile und Kronas Dolch aus den Fluten. Bevor er ein drittes Mal untertauchen konnte, griff sie ihn am Kragen und zog ihn mit sich durch die Steintür. Der Gang dahinter war nicht beleuchtet, die Treppe ebenso wenig, nur der Schein der Lichtfäden aus dem Wasserraum spiegelte sich auf der unruhigen Wasseroberfläche. Sie erreichten die Stufen und kletterten sie hinauf, bis sie auf der Hälfte der Treppe endlich im Trockenen waren.

Krona brach auf den Stufen zusammen. Sie war sicher, noch nie in ihrem Leben so gefroren zu haben, nicht im Winterkrieg und auch nicht während der Überfahrt auf die Südlichen Inseln. Mit völlig steifen Fingern streifte sie ihren Mantel ab. Ihre Kleider klebten an ihr wie eine tödlich kalte Umarmung. Es schien ihr eine Ewigkeit zu dauern, bis sie ihre Stiefel aufgeschnürt und ausgezogen und das Wasser darin ausgeschüttet hatte. Mit einiger Mühe entledigte sie sich ihres triefenden Waffenrockes und der zähen, kalten Hosen und behielt nur das Hemd an.

»Du machst das Gleiche«, wies sie Pintel an. »Du holst dir sonst den Tod.«

»Aber es ist so kalt«, widersprach Pintel zähneklappernd.

»Genau. Und mit den nassen Kleidern noch kälter. Jetzt mach schon.«

Pintel gehorchte widerstrebend. Krona untersuchte währenddessen die Blessuren, die das Tropfsteinwesen ihr beigebracht hatte. Es waren einige hässliche Quetschungen auf Brust und Schultern, die bereits rot und blau anliefen. Sie würde den Schulterriemen ihres Rucksackes polstern müssen, wenn sie nicht bei jedem Schritt Schmerzen haben wollte. Zitternd schlang sie die Arme um sich. Sie würde morgen keinen Schritt tun können, so viel war klar.

Dann kam Fenrir mit Kronas Rucksack, den er über den Kopf gehoben hatte, um ihn trocken zu halten.

»Schöne Beine hast du, Hauptmann«, sagte er grinsend, obwohl auch er vor Kälte zitterte.

»Ich zeige sie dir gerne bei anderer Gelegenheit«, gab sie mit schwachem Lächeln zurück.

»So war's dann doch nicht gemeint«, sagte Fenrir und stellte den Rucksack ab.

»Götter!«, sagte Krona. »Jetzt werde nicht gleich rot, ja? Dass ihr harten Kerle immer so empfindlich sein müsst.«

Während Fenrir das restliche Gepäck holte, rieb Krona sich kräftig trocken und schlüpfte in ihre Ersatzkleidung. Nur ganz langsam kehrte die Wärme in ihren Körper zurück. Pintels Rucksack kam als Nächstes an, und der Zauberer folgte Kronas Beispiel umgehend. Nur von Jerina war nichts zu sehen.

»Vielleicht kehrt sie um und lässt uns ohne sie weiter machen«, sagte Krona hoffnungsvoll zu Pintel, doch ihre Hoffnung wurde enttäuscht. Mit seinem eigenen Rucksack brachte Fenrir Jerina mit, fast trieb er sie vor sich her. Die junge Frau hielt ein Bündel Kleider über ihrem Kopf und wirkte völlig panisch. Ihre Augen waren so weit aufgerissen, dass man rundum das Weiße sah, ihr Gesicht war schneeweiß und sie zitterte so sehr, dass sie kaum gehen konnte.

»Sie sieht aus, als hätte sie den Verstand verloren«, bemerkte Pintel, und Krona fand den Vergleich sehr treffend. Auf der ersten trockenen Stufe brach Jerina zusammen. Krona fasste Fenrir am Arm und half ihm, über die zitternde Gestalt zu steigen, die ihm den Weg aus dem Wasser versperrte. Sie hatte aus seinem Gepäck bereits eine Decke und trockene Kleidung bereitgelegt und half ihm nun aus den schweren, nassen Sachen, bis er sie mit ernstem Gesicht bat, sich umzudrehen.

»Als hätte ich noch nie einen Kerl ohne seine Kleider gesehen«, sagte sie grinsend. »Aber gut. Wie du willst. Du musst nicht schon wieder rot werden.«

»Ich wünschte, ich könnte rot werden«, sagte er hinter ihrem Rücken. »Dann wäre noch etwas Blut in meinem Körper übrig, das noch nicht zu Eis gefroren ist.«

Während Fenrir sich umzog, sah Krona nach Jerina. Pintel kniete neben ihr und versuchte, sie zu bewegen, damit sie die nassen Kleider wechselte, doch sie lag steif wie eine Strohpuppe auf der Stufe, zitterte und starrte ins Leere.

»Wie kann sie so zittern«, sagte Pintel ratlos. »Sie war doch nur ganz kurz im Wasser.«

»Das haben wir gleich.«

Krona, beugte sich zu Jerina hinunter, zerrte sie mit einer Hand in die Höhe und versetzte ihr dann zwei kräftige, klatschende Ohrfeigen. Jerina schrie auf und starrte Krona entrüstet an.

»Das hätte ich schon längst mal tun sollen«, sagte Krona sehr zufrieden und ließ die junge Frau los. »Geht's wieder? Zieh dich um. Wir haben nicht den ganzen Tag Zeit. Wo sind eigentlich ihre Sachen?«, fragte sie zu Fenrir gewandt.

»Sie hat sie drüben gelassen«, erwiderte er, seine Stimme klang dumpf unter der gefütterten Weste, die er sich gerade über den Kopf zog.

»Aber warum das?«, fragte Krona.

»Sie waren ihr wohl zu schwer«, sagte Fenrir gleichmütig.

»Du hast sie nicht tragen wollen«, fauchte Jerina. »Die von allen anderen, aber nicht meine!«

»Alle anderen sind, länger als gesund ist, im Wasser herum geplantscht und haben dir den Weg freigeräumt.« Verglichen mit Fenrirs Stimme hatte das Wasser Badewannentemperatur. »Während du auf der Treppe standest und bemüht warst, keine nassen Füße zu bekommen. Erkennst du den Unterschied?«

»Du wirst dich noch wundern!«

»Das tu ich jetzt schon, und zwar darüber, dass wir dich nicht längst irgendwo im Wald ausgesetzt haben.«

»Du machst besser, was Krona sagt«, riet Pintel Jerina. »Umziehen, meine ich. Bevor sie richtig wütend wird.«

Jerina warf Pintel einen vernichtenden Blick zu, gehorchte aber.

Kurze Zeit später waren sie auf dem Weg die Treppe hinauf. Jerina war tatsächlich nicht zu bewegen gewesen, ihr Gepäck nachzuholen, und so blieb es am anderen Ufer des neu entstandenen Sees zurück.

Das Polster, das Krona unter dem Schulterriemen ihres Rucksackes angebracht hatte, nützte wenig, ihre Schulter schmerzte bei jedem Schritt, doch sie biss die Zähne zusammen und sagte nichts. Die Treppe mündete in einen Gang, und Fenrir, der vorausging, blieb stehen. Der Gang war durch Lichtfäden erleuchtet und mit großen Steinplatten im Schachbrettmuster ausgelegt.

»Die weißen«, sagte Krona.

»Die schwarzen«, sagte Fenrir gleichzeitig.

Sie sahen sich an.

»Ist nur so ein Gefühl«, sagte Krona. »Die schwarzen, von mir aus.«

»Du bist der Hauptmann«, sagte Fenrir. »Entscheide du.«

»Eins schwarz, eins weiß«, schlug Pintel vor.

»Das nun gar nicht«, sagte Krona. »Entweder oder.«

»Dann die weißen«, sagte Pintel.

»Ist das nicht egal?«, herrschte Jerina die anderen an. »Wir wissen so und so nicht, was passiert.«

»Trotzdem kann man ja mal drüber nachdenken«, sagte Pintel beleidigt und legte sich zur Überraschung aller flach auf den Bauch.

»Was tust du da?«, fragte Fenrir.

»Ich schaue«, war die ungenaue Antwort.

»Und wonach?«

»Nach irgendwas.« Pintel kniff die Augen zusammen. »Ich habe Geschichten gehört von solchen Räumen, da klappt der Boden um, wenn man die falsche Farbe nimmt, und man fällt auf lauter angespitzte Pfähle drauf, oder es ist eine Grube darunter mit Giftschlangen.« Er richtete sich auf die Ellenbogen auf und stützte das spitze Kinn in die Hand. »Andererseits glaube ich nicht, dass wir mit lebenden Tieren rechnen müssen. Ich meine, es wäre wirklich aufwendig, immer hierher zu kommen und sie zu füttern, damit sie nicht verhungert sind, wenn der Erbe kommt, nicht wahr?«

»Der Erbauer ist ein Zwerg«, erinnerte Krona. »Ich finde, Giftschlangen passen nicht zu einer zwergischen Falle.«

»Du hast recht. Vielleicht doch lieber die Pfähle.«

»Wolltest du nicht genau danach schauen?«, fragte Fenrir.

»Ich sehe nichts. Was nicht heißt, dass da nichts ist. Es ist nur nichts Sichtbares da.«

»Dann lasst es uns ausprobieren, wenn wir keine andere Möglichkeit haben«, sagte Krona. »Aber einer nach dem anderen. Dann bleibt vielleicht einer übrig, der den Rest befreien kann.«

»Wenn sie nicht vorher gefressen werden«, ergänzte Pintel. »Wer geht?«

»Jerina«, sagte Fenrir ohne eine Spur Bosheit in der Stimme. »Sie war doch vorhin noch so erpicht darauf, die Spitze der Gruppe einzunehmen.«

Jerina gab ein verächtliches Schnauben von sich und drängte sich grob nach vorne.

»Schwarz«, sagte Krona.

»Weiß«, sagte Fenrir gleichzeitig.

»Haben wir mal ein Glück, dass das hier kein zwölffarbiges Mosaik ist«, sagte Pintel, stand auf und klopfte sich die Hosen ab.

Jerina betrat den Gang auf den weißen Platten. Es waren etwa zehn Schritte zurückzulegen, und sie erreichte unbeschadet und ohne Zwischenfälle den glatten Steinboden jenseits des Schachbrettmusters. Der Gang setzte sich weiter fort, bis er sich an einer Biegung ihren Blicken entzog.

»Schön, dass wir mal drüber diskutiert haben«, sagte Pintel fröhlich und hüpfte auf den weißen Platten Jerina hinterher. Fenrir folgte, dann Krona, die dem Frieden nicht traute und sich ständig nach allen Seiten umsah.

»Wahrscheinlich haben wir uns gerade komplett lächerlich gemacht«, vermutete sie düster, als sie sich vor der Gangbiegung versammelten.

»Ich erzähle es niemandem, wenn du es auch nicht tust«, sagte Pintel augenzwinkernd.

Der Gang hinter der Biegung verlief einige Schritte geradeaus und endete an einer Treppe, die steil hinaufführte. Die Lichtfäden, die hier noch in den Wänden schimmerten, wurden zur Treppe hin spärlicher, das Ende der Treppe lang völlig im Dunkeln. Auf halber Strecke befand sich eine Öffnung in der Wand, die in einen Seitenraum zu führen schien. Während sie für den Aufstieg ihr Licht entzündeten, warf Pintel einen Blick in den Raum und verschwand dann darin.

»Ich glaube, der Raum gehört zur Prüfung«, hörten sie seine aufgeregte Stimme. »Jedenfalls gibt es hier Lichtfäden, und die waren bisher überall, wo Prüfung war. Andererseits sieht es nicht sehr nach Prüfung aus.« Sie hörten ihn rumoren, ein gedämpftes Rumpeln und Poltern. »Nichts als ein Haufen Gerümpel. Verrottetes Holz … könnte mal eine Leiter gewesen sein oder eine Art Baugerüst – uh, ich hab noch nie so matschiges Holz gesehen – und das hier war wohl mal ein Tisch, nur dass er keine Beine mehr hat – ich glaube, sie haben das Zeug hier einfach vergessen, als sie mit Bauen fertig waren …« Seine Stimme brach ab, dann drang ein heller, halb erschreckter, halb überraschter Schrei zu ihnen. Krona ließ das Feuerzeug fallen und war mit einem Satz in der Türöffnung, das Schwert vor sich.

Der Raum war klein, mit nicht mehr als vier Schritten zu durchmessen, und, wie Pintel beschrieben hatte, zum großen Teil angefüllt mit Müll, verrostetem Eisenschrott und sich zersetzenden Holzbalken. In den Müllberg war jedoch Leben gekommen, ein Krabbeln und Knacken und Huschen von unzähligen Füßen, sich windende und schlingende Bewegungen, und dann fiel aus einem Holzgerüst etwas Langes, Flaches, landete auf seinem gepanzerten Rücken, ruderte mit Dutzenden von kurzen Beinchen in der Luft, bis es ihm gelang, sich umzudrehen. Fühler tasteten die Umgebung ab, und dann kam es zielstrebig auf Pintel zu, einem Tausendfüßler ähnlich mit seinem in Segmente gegliederten Leib und den unzähligen kleinen Klauenfüßen, mit denen es sich vorwärts schob. Es hatte die Länge von Pintels Beinen. Weitere fielen aus dem Gerümpelhaufen, knackend und raschelnd, und folgten dem ersten. Pintel stieß einen spitzen Schrei aus und rettete sich zur Tür.

»Weg hier«, sagte Krona und zog den kleinen Zauberer hinaus auf den Gang. »Ich glaube nicht, dass sie Treppen steigen können.«

»Warte noch«, sagte Fenrir, der das Feuermachen Jerina überlassen hatte. »Pintel hat recht. Wenn es beleuchtet ist, haben wir vielleicht etwas in diesem Raum zu erledigen.«

»Es sind Dutzende von den Dingern«, sagte Krona schaudernd. »Ich weiß nicht, was du da erledigen willst.«

»Zum Beispiel an den goldenen Schlüssel gelangen, den das eine auf dem Rücken trägt«, schlug Fenrir nach einem Blick in den Raum vor. »Und Dutzende sind es nicht. Ein Dutzend vielleicht.«

»Goldener Schlüssel«, schnaubte Krona. »Du spinnst wohl.« Sie warf ebenfalls einen Blick in den Raum, der mittlerweile angefüllt war von den riesigen Krabbeltieren. Eines davon trug einen Schlüssel auf dem Rücken, er war groß, etwa so lang wie eine Menschenhand, und schimmerte matt. »Ich nehm's zurück«, sagte sie. »Mandor hat schon zu Lebzeiten einen seltsamen Humor gehabt.«

Pintel warf einen vorsichtigen Blick in den Raum.

»Warum kommen sie nicht raus?«

»Wahrscheinlich warten sie darauf, dass wir rein kommen«, vermutete Krona. »Die müssen ganz schön hungrig sein, mit nichts als Holz und Dreck zum Fressen.«

»Es gibt Lebewesen, die nahezu unbegrenzt ohne Nahrung auskommen«, sagte Fenrir. »Sie fallen in eine Art Starre, man könnte sie dann für tot halten.«

»Und wie kommen wir jetzt an den blöden Schlüssel? Ich habe keine große Lust, da rein zu gehen, Starre hin oder her.«

»Lasst mich das mal machen«, sagte Pintel.

»Vergiss es«, sagte Krona. »Die frühstücken dich.«

»Wer hat gesagt, dass ich da rein gehe? Ich räuchere sie aus. Das ist viel einfacher. Ihr müsst nur Abstand zu dieser Tür halten und wirklich dicht an der Wand bleiben.«

»Wozu?«, fragte Fenrir.

»Um nicht gebraten zu werden«, erklärte Pintel.

»Klingt beruhigend«, knurrte Fenrir und presste sich einige Schritte weiter flach gegen die Wand. »Gut so?«

»Ja«, sagte Pintel. »Krona daneben. Und Jerina, wenn ich bitten darf.«

Jerina gehorchte wortlos.

»Rührt euch nicht«, warnte Pintel, dann bezog er vor der Türöffnung Stellung. Einige Worte, eine ausholende Geste, dann schnellten seine Hände mit gespreizten Fingern nach vorne. Ein blendend heller, rot glühender Feuerball war plötzlich entstanden, den er in den Nebenraum schleuderte. Fast gleichzeitig warf Pintel sich zur Seite, rollte geschickt ab und kugelte auf dem harten Steinboden einige Schritte bis vor Fenrirs Füße, der ihn packte und an die Wand zerrte, gerade als ein betäubender, dumpfer Knall durch die Höhle peitschte. Der Fels ächzte, und eine gewaltige Flammenzunge schoss aus der Türöffnung an die gegenüberliegende Wand, teilte sich dort und züngelte in beide Richtungen die Wand entlang, bevor sie verlosch.

Für einen Augenblick hatte sich unerträgliche Hitze auf Kronas Gesicht gelegt, ein einziger Atemzug schien ihre Lungen versengt zu haben. Sie hustete und atmete tief die feuchte Luft, die rasch wieder abkühlte. »Meridias nackter Arsch«, keuchte sie. »Was war das?«

»Feuerball«, erklärte Pintel und wischte sich Tränen von den Wangen. »Es ist eigentlich streng verboten, ihn in geschlossenen Räumen zu werfen. Aber ich dachte, wir können die Sache auf diese Art abkürzen.«

Jerina, die am nächsten zur Tür gestanden war, schien die Explosion gut überstanden zu haben. Sie hatte aufgehört zu zittern, und eine gesunde Farbe war in ihre Wangen zurückgekehrt. Sie wirkte geradezu erholt, als sie sich von der Wand abstieß und die wenigen Schritte zu der Türöffnung zurücklegte, aus der dicker, stinkender Rauch quoll.

»Scheiße«, sagte Krona. »Ich hoffe, du hast mit dem Ausräuchern nicht auch uns im Sinn gehabt, Pintel. Jerina! Warte! Was tust du, verdammt?«

»Sie geht in den Raum rein.« Pintel hustete. »Es stinkt wirklich.«

»Das feuchte Holz verbrennt«, sagte Fenrir und hielt sich den Ärmel vor die Nase. »Und die Insekten natürlich.«

»An den Rauch hab ich nicht gedacht«, gab Pintel kleinlaut zu.

»Sie kann da drin binnen weniger Augenblicke das Bewusstsein verlieren«, sagte Fenrir, »und ersticken, ohne dass sie es merkt. Stört uns das?«

»Ja«, sagte Pintel und tauchte mit einem Satz in die dicken Rauschschwaden, die sich den Gang entlang verteilten. Krona hatte noch nicht entschieden, wie sie die Situation, die ihr ganz eindeutig entglitten war, unter ihre Kontrolle bringen sollte, als Pintel schon wieder auftauchte, Jerina im Schlepptau, die in der Hand einen großen, mit schwarzen Rußflecken verunzierten Schlüssel hielt. Der kleine Zauberer hustete so sehr, dass er kaum gehen konnte. Kurzerhand hob Krona ihn von den Füßen, schulterte ihn und trug ihn die Treppe hinauf. Die anderen folgten. Fenrir nahm die Laterne, die Jerina vorhin noch in Gang gebracht hatte. Das schwankende Licht glänzte auf den feuchten Wänden, als sie die Treppe hinaufhasteten, auf der Flucht vor dem Rauch, und nach etwa zwei Dutzend Stufen an einer Tür anlangten. Krona schenkte der goldenen Schrift auf ihr keine Beachtung. Sie stellte Pintel wieder auf die Beine, schob die Tür vorsichtig einen Spalt breit auf und riskierte einen Blick, bevor sie die Tür gänzlich öffnete. Ein weiterer dunkler Gang führte vor ihnen in den Berg.

»Wartet«, sagte Pintel, noch heiser vom Husten, dann las er von der Tür:

*»Die Ebene des Glücks betretet ihr.*
*Nicht die reine Stärke zählt ab hier.*
*Doch seid ihr pfiffig und gewandt*
*Liegt der Erfolg in eurer Hand!*
*M.M.«*

Pintel warf einen kurzen Blick in die Runde. »Ein Glück, dass Onkel Mandor besser rechnen konnte als reimen«, sagte er grinsend. »Er hätte es sonst nicht sehr weit gebracht mit seinem Imperium.«

»Lasst uns diese Tür schließen«, sagte Fenrir und schob die anderen vorwärts, »damit wir den Rauch los sind.«

Hinter der Tür erinnerte sich Krona an etwas.

»Zeig mal diesen Schlüssel«, sagte sie zu Jerina. »Ich frage mich, was wir damit sperren sollen.« Als Jerina zögerte, nahm sie ihr den Schlüssel kurzerhand weg und ließ ihn gleich darauf mit einem Aufschrei fallen.

»Er ist heiß«, keuchte sie und hielt sich die verbrannte Hand. Fenrir sah zwischen Krona und dem Schlüssel hin und her, der matt schimmernd auf dem Boden lag, dann packte er Jerina und zerrte ihre Hand nach vorne. Die Haut war weiß und glatt und unversehrt.

»Wie hast du das gemacht«, knurrte er sie an, seine gelben Augen leuchteten gefährlich im Schein der Laterne.

»Ich weiß nicht«, erwiderte sie unwirsch und versuchte, sich aus Fenrirs unerbittlichem Griff zu befreien. »Ich hab nicht drüber nachgedacht.«

»Du warst mir von Anfang an nicht geheuer«, sagte Fenrir. »Es steckt mehr hinter dieser harmlosen Maske. Du verbirgst etwas.«

Jerina gab ihre Versuche, sich zu wehren, auf.

»Du sprichst Worte, die auf dich selbst zutreffen, Waldläufer. Ich an deiner Stelle wäre vorsichtig.«

Zu Kronas Erstaunen ließ Fenrir Jerinas Handgelenk los, drehte sich um und ging den Gang hinunter.

»Momentchen«, sagte Krona. »Stop. Alle. Fenrir, warte.« Sie sah von einem zum anderen.

»Es sind hier gerade ein paar Sachen passiert, für die ich keine Erklärung habe. Aber wir stecken mittendrin. Es ist weder Zeit noch Ort, um sich anzufeinden. Wer also den Auftrag abbrechen möchte, soll das jetzt tun und zurückgehen.«

»Das wird kaum möglich sein«, meldete sich Pintel zu Wort. »Der Rückweg ist versperrt. Ich hab's versucht, während das Wasser stieg, um uns einen Fluchtweg bereitzuhalten. Ich wollte diese Tür öffnen, aber sie rührte sich nicht, und es erschien eine Schrift, *Vorwärts immer, rückwärts nimmer* oder so. Ich glaube, wir müssen das bis zum Ende durchstehen. Etwas Ähnliches hat Onkel Mandor ja auch gesagt, wenn ich mich recht erinnere.«

»Von mir aus«, sagte Krona. »Dann hat keiner von uns eine Wahl. Vielleicht erhöht das die Bereitschaft zur Zusammenarbeit. Können wir gehen?«

»Ja«, sagte Pintel sofort.

»Ich warte nur, bis du deine Rede beendet hast, Hauptmann«, sagte Fenrir.

»Sie ist beendet«, erklärte Krona. »Jerina, heb den Schlüssel auf. Jetzt stell dich nicht an, du hast ihn die ganze Zeit in der Hand gehabt. Gehen wir.«

Ihr Weg erstreckte sich dunkel und in leichter Linkskurve, senkte sich dann und lieferte die Gruppe schließlich in einer lang gestreckten Höhle ab. Lichtfäden leuchteten im Gestein und ließen eine ruhige Wasseroberfläche glitzern. Auf der anderen Seite des Sees führte ein erleuchteter Gang aus der Höhle hinaus.

»Nicht schon wieder«, stöhnte Pintel. »Ich bin gerade trocken.«

»Schaut mal«, sagte Fenrir und zeigte mit dem Finger auf einen nassen, abschüssigen Uferstreifen. Pfützen standen dort in den natürlichen Unebenheiten des Felsgrundes. »Ich denke, das Wasser unten kam von hier. Der See stand vor kurzem noch bis zur Wand, aber jetzt können wir auf dem Uferstreifen entlang gehen.«

»Und wozu brauche ich dann Glück und Geschick?«, sagte Krona. »Das scheint mir zu einfach.«

»Ich befürchte, deine Frage wird sich bald von selbst beantworten«, erwiderte Fenrir düster.

»Ich gehe voran«, erbot sich Pintel. »Ich bin wahrscheinlich der Geschickteste von uns.«

»Aber du kannst dich kaum alleine verteidigen«, widersprach Krona. Pintel blinzelte ihr zu.

»Wie süß von dir, dass du dir Sorgen machst. Aber ich komme schon zurecht.«

»Na gut. Geh nicht weiter als bis ans andere Ufer, damit wir dich im Blick behalten.«

»Alles klar.« Pintel hüpfte auf den Uferstreifen.

»Womöglich ist es auch gar keine Prüfung, sondern einfach nur ein Wasserspeicher«, drang seine helle, vom Echo verzerrte Stimme zu ihnen. »Ich meine, es musste irgendwo einen geben, und vielleicht ist er sogar natürlichen Ursprungs ... ups!«

Letzteres bezog sich auf einen Stein, der sich unter seinem Stiefel löste und hinunter ins Wasser rollte, wo er mit einem Platschen aufschlug. Pintel ruderte kurz mit den Armen, behielt aber das Gleichgewicht.

»Aufpassen!«, rief Krona unnötigerweise. »Wer weiß, was in diesem Teich wohnt.«

»Ich falle nicht rein! Es ist nur sehr glitschig hier, und es liegt jede Menge Geröll herum, und die Lichtfäden sind zwar toll, aber taghell ist trotzdem anders ...« Pintels Worte gingen in einen Aufschrei über. Dort, wo der Stein ins Wasser gerollt war, begann die Wasseroberfläche plötzlich zu brodeln. Wellen entstanden, breiteten sich aus und schlugen klatschend gegen das felsige Ufer. Ein Schatten zeichnete sich unter der Wasseroberfläche ab, beängstigend groß, er näherte sich Pintels Position, der wie angewachsen da stand und ihn mit offenem Mund anstarrte.

»Lauf!«, schrie Krona. »Pintel! Lauf!«

Es war zu spät. Der Schatten hatte sich dem Ufer bis auf sieben oder acht Schritte genähert und verharrte dort im tiefen Wasser, doch von seiner Position aus schnellte etwas wie Beine oder Tentakel empor, einen glitzernden Tropfenregen hinter sich her ziehend, und jetzt endlich kam Bewegung in den kleinen Zauberer. Er warf sich zur Seite, und die Tentakel schlugen krachend gegen die Höhlenwand. Der Aufprall klang metallisch, und nun, als die seltsamen Gliedmaßen sich suchend in der Luft bewegten, wurde sichtbar, dass sie in einzelne Segmente gegliedert waren, deren Oberfläche dunkel schimmerte. Pintel war dem Angriff gerade noch entkommen. Auf Händen und Füßen versuchte er, den gegenüberliegenden Gang zu erreichen. Sie hörten seine Stiefel hektisch auf dem Fels schaben, als er nach Halt suchte, doch der Schatten im Wasser begleitete ihn. Wie die Beine einer scheußlichen Spinne verfolgten die seltsamen Gliedmaßen ihr Opfer, und nur Augenblicke später verschwand Pintels kleine Gestalt in einem Gewirr von Tentakeln.

Pfeile lösten sich schwirrend von Fenrirs Bogensehne, doch sie prallten von der Oberfläche des Wesens ab, ohne Schaden anzurichten, und fielen nutzlos zu Boden.

»Götter«, murmelte Krona, und als sie Pintels entsetzten Schrei hörte, überlegte sie nicht länger.

»He, Untier!«, schrie sie, packte einen Stein und warf ihn mit aller Kraft ins Wasser, dass es platschte. »Hierher!« Ein neuer Stein folgte. Fenrir ließ den Bogen sinken und begann ebenfalls, Steine zu werfen.

»Ich hoffe, du hast einen Plan«, sagte er, während Krona weiter schrie und Steine warf.

»Die Ablenkung sollte genügen, damit er sich in den Gang retten kann«, sagte Krona mit mehr Gewissheit, als sie in sich hatte.

»Die Ablenkung sind wir«, sagte Fenrir.

»Wenn du einen besseren Plan hast, nur raus damit«, fauchte Krona.

Es waren nicht viele Steine nötig, bis das seltsame Wesen von Pintel abließ. Es zog seine Beine ein und verschwand mit leisem Plätschern im Teich. Krona sah, wie Pintel auf die Füße kam und dem gegenüberliegenden Durchgang zustrebte. Dann brach direkt vor ihr eine riesige, metallisch schimmernde Masse aus dem Wasser, füllte ihr Blickfeld gänzlich aus und schleuderte eine Anzahl Beine in ihre Richtung. Krona packte Fenrir am Arm und rannte den Gang hinein, den sie gekommen waren, Jerina, die noch dort stand, grob vor sich her stoßend. Hinter ihnen ertönte ein hässliches, schabendes, schleifendes Geräusch. Dann verlosch plötzlich der Lichtschein, der von der Höhle aus in den Gang gedrungen war. Pechschwarze Finsternis legte sich über die Gruppe. Sie klammerten sich aneinander und kamen stolpernd zum Stehen. Die Dunkelheit war erfüllt von metallischem Kratzen und Schaben.

»Was ist passiert?« Jerinas atemlose Stimme klang eher ärgerlich als ängstlich.

»Licht«, sagte Krona und versuchte, nüchtern und bestimmt zu klingen. »Jerina, du musst noch von vorhin das Feuerzeug in der Tasche haben. Ich hab eine Fackel in meinem Rucksack. Warte einen Augenblick.«

Sie nahm ihren Rucksack ab, unterdrückte mit aufeinander gebissenen Zähnen einen Fluch, als ihre Schulter sich schmerzhaft in Erinnerung brachte, und zog die Fackel aus ihrem Gepäck.

»Hier«, sagte sie und tastete in der Dunkelheit um sich. »Hier ist sie.«

Jerina hantierte mit dem Feuerzeug, und die Fackel tat ihnen den Gefallen und brannte mit hell aufspringender Flamme, obwohl sie feucht geworden war.

Sie leuchtete den Gang hinunter zu der Quelle des metallischen Kratzens, und dann standen alle drei still und starrten auf den Anblick, der sich ihnen bot.

Die Kreatur hatte sich, ihrer Beute folgend, an Land begeben und offenbar versucht, sie aus dem Durchgang zu fischen. Nun steckte sie, Beine voraus, mit ihrem massigen, unförmigen Körper in der viel zu engen Öffnung fest. Die Beine zuckten und schabten über den Fels. Sie waren mit Widerhaken von der Länge einer Dolchklinge versehen, die auf dem Fels Funken schlugen, und nun erkannten sie auch, dass es sich um eine Art Krake handeln musste, denn die Beine entsprangen nicht dem Rumpf, sondern waren am Kopf rund um eine dunkle Öffnung angebracht. Der Rumpf war dick und ballonförmig und war mit solcher Wucht in den Durchgang getrieben worden, dass sich das Material an dieser Stelle verformt hatte. Es wies Dellen und Knicke auf, die jetzt auch verhinderten, dass die Kreatur sich wieder in den Teich zurückzog.

»Es steckt fest«, sagte Fenrir. »Und, nebenbei bemerkt, wir auch.«

Krona zog ihr Schwert, wartete einen günstigen Moment ab und führte dann einen raschen Angriff gegen einen der Tentakel. Klirrend prallte ihre Klinge von der Oberfläche des Wesens ab, und sie zog sich rasch aus der Reichweite der Widerhaken zurück.

»War das nicht klar?«, fragte Fenrir. »Du hast gesehen, wie wirkungslos meine Pfeile waren.«

»Ich wollte nur sichergehen«, sagte sie und untersuchte ihre Schwertklinge, die eine neue Scharte aufwies.

»Das bist du nun. Und wie lauten deine Befehle, Hauptmann?«

Sie beschloss, seinen herausfordernden Unterton zu überhören.

»Lass mich in Ruhe nachdenken.«

»Wir können es nicht töten, und es kann sich offenbar aus eigener Kraft nicht befreien«, sagte Fenrir. »Ich nehme an, dein Rettungsplan sieht etwas vor für diesen Fall?«

»Der Plan sieht vor, dass ich ihm den Bogenschützen zum Fraß vorwerfe, wenn er mich weiter beim Denken stört«, fauchte Krona. Fenrir lächelte fein und verstummte.

»Wir haben kaum Möglichkeiten«, sagte Jerina gereizt. »Ich weiß nicht, worüber du nachdenken willst. Es gibt keinen Weg, es zu umgehen, was immer es ist. Und mit Waffen können wir es nicht bekämpfen.«

»Da ist noch Pintel«, erinnerte Krona sie. »Vielleicht kann er etwas unternehmen.«

Jerina schnaubte abfällig. »Der kleine Stümper. Er hat doch keine Ahnung von dem, was er da betreibt.«

»Noch so eine Bemerkung, und ich vergesse mich!«

»Spar dir deine Drohungen. Geh mir lieber aus dem Weg und lass mich das Problem hier lösen, denn du wirst es auch mit fortgesetztem Nachdenken nicht in den Griff bekommen.«

»Und wie«, sagte Krona und rührte sich nicht vom Fleck, »gedenkst du, dieses Problem zu lösen?«

»Die Erklärung würde dein simples Soldatengemüt überfordern, meine Liebe. Gestatte deshalb, dass ich darauf verzichte.«

Krona schnappte nach Luft, ihre Fäuste ballten sich, während sie sich dicht vor der jungen Frau aufbaute.

»Lass sie«, kam Fenrirs ruhige Stimme von hinten. »Sie ist uns lange genug zur Last gefallen. Es wird Zeit, dass sie sich nützlich macht. Wollen wir doch mal sehen, welche versteckten Talente in dieser unscheinbaren Hülle schlummern.«

Krona atmete aus und wich einen widerstrebenden Schritt zurück. Ohne sie eines Blickes zu würdigen, ging Jerina an ihr vorbei und stellte sich vor den metallischen Kraken, der seine Position um keinen Fingerbreit verändert hatte. Sie baute sich vor ihm auf und streckte die Hände nach vorne aus. So blieb sie stehen.

Nichts geschah. Bis auf das andauernde Klacken und Schaben der Tentakel war es still.

»Pass auf, gleich macht es Männchen«, spottete Krona.

Nach einiger Zeit wurde aus dem suchenden Herumtasten ein Zucken, das sich frenetisch steigerte. Die Tentakel begannen, ziellos um sich zu schlagen. Wie gewaltige Peitschenschwänze zischten sie durch die Luft und krachten gegen die Wände des Ganges, wo sie Steinbrocken lösten, die auf dem Boden zersprangen. Gleichzeitig geschah eine weitere Veränderung.

»Es wird warm«, sagte Fenrir. »Spürst du es? Es kommt von dem Kraken.«

Krona nickte und sah gebannt zu, wie der Krake mit aller Gewalt versuchte, sich aus dem Durchgang zu befreien. Der Fels ächzte.

»Götter«, murmelte Krona. »Sie wird doch nicht das ganze Ding zum Einsturz bringen?« Sie wischte sich mit dem Ärmel über die Augen und sah genauer hin. Von dem Kraken, vor allem dort, wo er den Fels berührte, ging ein feines rotes Leuchten aus, das aus seinem Inneren zu dringen schien, und es verstärkte sich, während die Hitze zunahm, wurde heller, ein leuchtendes Karmesinrot, das sich in blendend helles Orange wandelte und auf den gesamten Rumpf des Kraken übergriff. Mit einem betäubenden Krachen und Schleifen kam der Krake frei und schoss nach hinten aus dem Durchgang, zurück in den Teich, wo er platschend versank. Eine Dampfwolke stieg zur Höhlendecke. Das Wasser brodelte und zischte und beruhigte sich erst allmählich.

Jerina drehte sich zu ihren Begleitern um.

»Ist noch jemand hier ein Zauberer?«, fragte Krona in die Runde. »Fenrir? Du liebe Güte, ich beginne, mich wie eine Minderheit zu fühlen.«

»Bedanke dich nicht zu überschwänglich«, erwiderte Jerina kalt. »Und wenn ihr mit Staunen fertig seid, können wir gehen.«

»Beeindruckend, wirklich«, sagte Fenrir. »Ich wundere mich nur, warum du diese Kräfte nicht schon viel früher in den Dienst dieser Sache gestellt hast.«

»Frage besser nicht«, sagte sie über die Schulter, während sie sich in Bewegung setzte, »wenn du nicht möchtest, dass auch ich dir einige Fragen stelle.«

»Was meint sie damit?«, fragte Krona Fenrir, doch der zuckte nur die Achseln und ging mit düsterem Gesicht hinter Jerina her.

Sie umrundeten den Teich und wurden auf der anderen Seite von Pintel in Empfang genommen. Er strahlte übers ganze Gesicht und hüpfte von einem Fuß auf den anderen.

»Großartig!«, plapperte er. »Wie habt ihr das gemacht? Götter, bin ich froh, euch zu sehen! Ich dachte schon, wir würden hier für immer festsitzen! Ich hab ein paar Sachen probiert, um euch zu befreien, aber es hat nicht funktioniert. Ich bin auf ihm rumgeklettert und hab versucht, ihn mit Lampenöl zu schmieren, wisst ihr, damit er glitschig wird und aus dem Loch raus kommt, aber ich hatte nicht genug Öl, und meine Zauber waren auch alle ungeeignet, also bin ich mal da entlang gegangen -«, er zeigte mit dem Finger auf den Durchgang hinter sich, »und habe einige wirklich spannende Sachen entdeckt! Seht ihr, hier zum Beispiel -«, sein Finger fuhr hinunter auf den Boden des Ganges, der zur Verwunderung der anderen mit Holzbalken ausgelegt war, »das ist kein Holzboden, sondern eine Kurbelbrücke. Weiter hinten ist eine Kurbel, damit kann man das Ding über den See ausfahren. Es ist lang genug, dass es bis zur anderen Seite reicht. Eine Brücke, die in der Mitte aufhört, wäre ja sinnlos, aber wir haben Onkel Mandors Humor ja schon zur Genüge kennen gelernt, doch dies ist offenbar keiner von seinen Scherzen. Wir brauchen sie jetzt nicht mehr, aber ich finde die Konstruktion als solche sehr interessant, und wenn die Kurbel nicht so hoch angebracht wäre, hätte ich die Brücke auch mal ausgefahren ...«

»Pintel«, unterbrach Fenrir ihn, »hast du gesehen, was sich noch auf dieser Ebene befindet?«

»Nicht sehr viel«, berichtete Pintel atemlos. »Ein langer Gang, nämlich dieser hier, ich meine, er muss ja lang sein, damit die Brücke hineinpasst, und da hinten ist eine Tür, die ist verschlossen und mit arkanen Runen gesichert. Ist aber kein Problem, denn da ist auch ein Wächter, mit dem habe ich mich ganz nett unterhalten, und er hat auch einen passenden Schlüssel.«

»Ein Wächter?«, wiederholte Krona zweifelnd.

»Ja«, sagte Pintel. »Ein Zwerg, sein Bart geht ihm fast bis zum Knie. Ein ganz netter Kerl. Ach ja, und er ist so durchscheinend, wie Onkel Mandor es war. Sprecht ihn aber bitte nicht darauf an, er reagiert empfindlich bei diesem Thema.«

»Und sonst ist nichts auf dieser Ebene?«, fragte Fenrir nach.

»Nein. Nicht vor der Tür, jedenfalls. Hinter die Tür habe ich noch nicht geschaut.«

»Worauf warten wir dann«, sagte Jerina. »Nehmen wir uns diesen Wächter vor.«

»Geht schon mal voran«, sagte Krona. »Ich habe hier mit Pintel noch etwas zu besprechen.«

Sie wartete, bis die anderen sich einige Schritte entfernt hatten, dann bückte sie sich, um auf Augenhöhe mit dem kleinen Zauberer zu sein.

»Du fragtest vorhin, wie wir uns befreit hätten. Ich glaube, du kannst mir das besser erklären als ich dir.« In kurzen Zügen beschrieb sie die Geschehnisse, während Pintels Augen immer größer wurden.

»Sie hat es anders gemacht als du«, schloss sie. »Sie hat weder Worte gesprochen noch Gesten vollführt. Sie stand einfach nur da. Hast du eine Erklärung?«

»Keine eindeutige. Nicht alle, die etwas bewirken, müssen dabei Worte sprechen. Es kommt darauf an, wo man die Arkanenergie für den Zauber hernimmt. Einfach erklärt, es gibt da zwei Prinzipien: Die einen nehmen die Energie aus der Umgebung. Das sind die Zauberer, so wie ich. Die Arkanenergie ist überall, musst du wissen, auch hier in dem Fels und im Wasser. Um an sie heranzukommen, muss man Formeln sprechen. Manchmal hilft es auch, ein bisschen mit den Fingern zu wedeln. Es ist nicht unbedingt nötig, macht aber Eindruck.« Er zwinkerte und grinste breit. »Die anderen«, fuhr er fort, »haben die Energie in sich und holen sie von dort, wenn sie zaubern. Sie haben sie sozusagen immer vorrätig. Die meisten von ihnen machen eine Gottheit für diesen Umstand verantwortlich, was wissenschaftlich keinem Beweis standhält, nebenbei bemerkt. Es gibt außerdem noch eine Reihe von Wesen, die arkaner Natur sind, wie Elementargeister, Untote, Drachen, Kobolde und ähnliche. Die tragen auch ihren eigenen Energievorrat mit sich herum, und wenn sie intelligent genug sind, können sie auf diese Weise zaubern. Die Existenz der meisten von ihnen ist allerdings keineswegs bewiesen, und ...«

»Was ist mit Jerina?«, unterbrach Krona. »Ich glaube kaum, dass sie in Wirklichkeit ein Kobold ist, oder?«

»Nein«, sagte Pintel. »Dann schon eher eine von diesen Zauberpriestern. Ich bin wirklich erstaunt. Ich muss sie zu diesem Thema befragen, sobald die Zeit ist. Warum hat sie nie erwähnt, dass sie zaubern kann?«

»Wer weiß – vielleicht wollte sie nicht angeberisch rüberkommen?«

»Wie nett von ihr. Ich werde sie jedenfalls im Auge behalten.«

»Genau darum wollte ich dich bitten.«

Fenrir erwartete sie einige Schritte weiter im Gang.

»Er hat den Schlüssel, den wir brauchen«, sagte er mit entnervtem Gesichtsausdruck. »Und er wird ihn uns geben, wenn wir ihm drei Rätsel gelöst haben. Ich komme mir vor wie in einer Gutenacht-Geschichte«, fügte er kopfschüttelnd hinzu.

»Rätsel find' ich gut«, verkündete Pintel. »Jedenfalls tausendmal besser als wilde Tentakelwesen.«

»Ich bin nicht sehr gut im Rätsellösen«, sagte Krona düster.

»Macht nichts«, sagte Pintel. »Ich schon.«

»Na gut. Dann löse du diese Rätsel für uns, damit wir vorankommen.«

Der durchscheinende Zwerg erwartete sie in einem kleinen Nebenraum, der sich vom hinteren Teil des Ganges aus öffnete. Es gab nicht mehr darin als einen verstaubten, wackeligen Tisch und einen Hocker, auf dem das Zwergenabbild saß. Seine lebende Entsprechung schien ein noch rüstiger Zwerg fortgeschrittenen Alters gewesen zu sein: In seinem wirklich langen Bart schimmerten weiße Strähnen, und sein Gesicht war von einem Gespinst feiner Fältchen durchzogen. Sein Blick wandte sich zu den Gefährten, und er sah sie hellwach und durchdringend an, als sie sich in dem engen Raum versammelten.

»Da seid ihr«, sagte er mit tiefer, knarrender Stimme. »Habt euch bis hierher durchgeschlagen, was? Tapfer, tapfer. Und nun, frischen Mutes auf zum letzten Abschnitt? Wer von euch ist der junge Markholt?«

»Ich«, sagte Jerina und trat einen Schritt nach vorne.

»Soso, soso.« Der Zwerg nickte, während er die junge Frau lange betrachtete. »Eine Erbin also. Auch recht. Und ein halbes Kind noch.«

Krona beobachtete, wie Jerina ihre Fäuste öffnete und schloss, aber nichts erwiderte.

»Nun ja, nun ja«, sagte der Zwerg. »Hast dir feine Gefährten mitgebracht, Mädchen? Ist einer dabei, der mir drei Rätsel lösen wird?«

»Ich werde sie selbst lösen«, entgegnete Jerina kühl.

»Aber …«, sagte Pintel.

»Halt den Mund«, zischte Jerina zu ihm hinunter, und beleidigt kam er der Aufforderung nach.

»Also, Mädchen«, sagte der Zwerg. »Hier kommt das erste.

*Ich mache hart, ich mache weich*
*Ich mache arm, ich mache reich*
*Ein jeder hat mich gern*
*Und doch hält man sich von mir fern.*«

»Das ist einfach«, sagte Jerina beinahe abfällig. »Feuer, natürlich.«

»Du hast es erraten, Mädchen«, bestätigte der Zwerg. »Nun löse mir das zweite:

*Ein Tal voll und ein Land voll*
*Und doch ist's keine Hand voll.*«

»Ich hab's gleich«, sagte Jerina. »Warte nur einen Augenblick.«

Schweigen legte sich in den Raum, während Jerina angestrengt nachdachte.

»Ich weiß es«, quietschte Pintel plötzlich unterdrückt und begann, von einem Fuß auf den anderen zu hopsen. »Ich weiß es!«

»Ich weiß es nicht«, fauchte Jerina. »Also lass mich nachdenken.«

Diesmal aber gehorchte Pintel nicht, er hängte sich an Jerinas Gewand und formte das Lösungswort mit den Lippen, während er versuchte, sie zu einem Blick nach unten zu bewegen, doch sie ignorierte ihn.

»Sei still.« Krona machte einen Schritt und legte Pintel die Hand auf die Schulter. »Wer weiß, vielleicht wird einer von uns zu Stein verwandelt, wenn wir vorsagen. Sie ist so klug, sie wird schon selbst drauf kommen.«

»Weißt du's?«, fragte Pintel mit hochroten Wangen.

»Nö«, sagte Krona. »Wie ging es noch mal? Ein Land voll und keine Handvoll?«

»Nebel«, sagte Jerina. »Ich hätte es längst gewusst, wenn ich mal in Ruhe hätte nachdenken können.«

»Keine Eile nötig«, versicherte der Zwerg. »Ich habe Zeit. Und deine Antwort ist richtig, junge Dame. Nun kommt das dritte. Aber warte mal, du sollst nicht die ganze Arbeit alleine machen müssen. Ich werde es einem deiner Gefährten stellen. Und zwar dir.«

Sein durchscheinender Finger schnellte vor und zeigte auf Krona.

»Ach nein«, sagte Krona entnervt. »Muss das sein? Hier, stellt es ihm.« Sie nahm Pintel bei den Schultern und schob ihn nach vorne. »Er ist unser Rätselfachmann.«

»Ich stelle es dir«, wiederholte der Zwerg unbeirrt. »Keine Sorge, du wirst es lösen können. Hier ist es:

*Leise komm ich*
*Keinen verschon ich*
*Dein Herz brach ich*
*Dein Liebstes nahm ich*
*Und bald hol ich dich.«*

»Das ist ein schlechter Scherz«, sagte Krona mit blutleeren Lippen.

»Niemand lacht«, erklärte der Zwerg. »Nun, Kriegerin, kennst du die Antwort?«

»Der Tod«, sagte sie ausdruckslos. »Und das war das dritte. Jetzt gib uns den Schlüssel.«

»Eilig, eilig, immer so eilig«, murmelte der Zwerg kopfschüttelnd und begann, sein durchscheinendes Gewand zu durchsuchen. »Aber wie heißt es so schön – Reisende soll man nicht aufhalten. Hier ist er.« Aus einer versteckten Tasche förderte er einen großen, bärtigen Schlüssel zu Tage, er schimmerte matt und bestand aus beruhigend solidem Eisen.

»Deine Antwort war übrigens richtig«, sagte er zu Krona, während Jerina ihm den Schlüssel wegschnappte.

»Tatsächlich«, sagte Krona, die sich bereits zum Gehen wandte. Pintel sprang an ihre Seite, seine Augen waren riesengroß, als er zu ihr hinaufstarrte, und sie sah, wie er den Mund öffnete und ansetzte.

»Nicht«, sagte sie, und etwas war in ihrer Stimme, das Pintels Mund zuschnappen ließ.

»Viel Glück bei der letzten Prüfung« wünschte der durchscheinende Zwerg noch, dann löste er sich in den Schatten auf.

Der Schlüssel passte. Sie schoben die Tür einen Spaltbreit auf. Ein dunkler Gang erstreckte sich vor ihnen, und als Fenrir die Laterne hob, sahen sie, dass er nach etwa zehn Schritten an einer weiteren Tür endete, auf der goldene Schriftzeichen schimmerten.

Der Spruch, der sie dort erwartete, lautete folgendermaßen:

*Weit habt ihr es bisher gebracht.*
*Nun betretet ihr die Ebene der Macht.*
*Hier herrscht allein die Zauberei.*
*(Ich hoffe, ihr habt einen Zauberer dabei.)*
*M.M.*

»Und nicht nur einen, wie es scheint.« Krona warf einen finsteren Blick zu Jerina. Die tat, als hätte sie die Bemerkung nicht gehört, und sah vorsichtig durch den Türspalt. Dann öffnete sie die Tür.

Sie betraten einen großen, kreisrunden Raum. Über ihnen wölbte sich eine von Lichtfäden durchzogene Kuppel. In der Mitte befanden sich zwei mächtige steinerne Säulen, die das Dach der Halle trugen. Der Raum war völlig leer, und zu ihrem Erstaunen gab es auch keine weiteren Ausgänge.

»Großartig«, sagte Fenrir. »Sind wir irgendwo falsch abgebogen? Haben wir einen Abzweig übersehen?«

»Einen versteckten vielleicht«, sagte Pintel ratlos und drehte sich suchend um sich selbst, als erwarte er, dass ein Ausgang aus dem Nichts erschiene. »Das ist ja aber das Problem mit versteckten Türen. Man sieht sie nicht. Wenn es so ist, könnte sie überall zwischen hier und dem Eingang sein. Zwerge sind wirklich gut im Verstecken von Türen, habe ich gehört.«

»Das ergibt keinen Sinn«, sagte Krona. »Wir können den Weg nicht zurückgehen, dafür wurde gesorgt. Wir wären gescheitert und säßen außerdem in der Falle, wenn es nicht von hier aus weiterginge.«

»Vielleicht sind wir's ja«, vermutete Pintel düster. »Gescheitert, meine ich.«

»Glaube ich nicht«, widersprach Krona. »Das wäre eine hinterhältige Art, uns ins Messer laufen zu lassen. Mandor muss aber ein Interesse daran gehabt haben, dass die Aufgabe lösbar ist.«

»Na gut.« Fenrir stellte seinen Rucksack ab. »Dann suchen wir jetzt nach einer Tür. Es muss eine geben, oder etwas anderes, das sich aufschließen lässt. Wir haben noch den Schlüssel von den Tausendfüßlern.«

Sie begannen, die Wände abzutasten, auf Vorsprünge zu drücken, in Ritzen zu leuchten. Lange waren sie so beschäftigt, schweigend und konzentriert. Pintel arbeitete sich von der Eingangstür aus nach links voran, Fenrir und Krona nach rechts, und als sie sich nach einem halben Rund trafen, war ihre Suche ergebnislos geblieben, ebenso wie die von Jerina, die in der Zwischenzeit den Boden untersucht hatte. Sie setzten ihre Suche in gleicher Richtung fort, untersuchten nun die Bereiche des jeweils anderen, in der Hoffnung, etwas zu entdecken, das beim ersten Mal übersehen worden war, und blieben doch erfolglos. Schließlich trafen sie sich an der Eingangstür, um zu beraten.

»Es gibt wieder so eine Energiewand«, berichtete Pintel, der einen Blick durch die Eingangstür warf. »Sie ist unmittelbar hinter der Tür. Im Gang brauchen wir wohl nicht zu suchen.«

»Ich verstehe das nicht«, sagte Krona ratlos. »Es muss doch weitergehen von hier aus.«

Ihre Worte blieben in dem stillen Raum stehen, niemand wusste etwas zu erwidern. Mit einem frustrierten Schnaufen plumpste Pintel neben Krona zu Boden und wischte sich mit beiden Händen Haarsträhnen aus der verschwitzten Stirn. Auch Fenrir ließ sich im Schneidersitz auf dem Boden nieder. Nur Jerina streifte durch den Raum wie ein eingesperrtes Tier.

Ungebetene Gedanken schlichen sich in Kronas Kopf. Was, wenn ihr unfreiwilliger Aufenthalt länger andauern würde? Wenn aus der

Prüfung ein Gefängnis würde? Wie lange würden ihre Wasservorräte reichen? Sie seufzte unterdrückt und legte das Gesicht in die Hände. Es konnte nicht so enden. Die Prüfung war lösbar, also würde sie sie lösen. Etwas anderes kam gar nicht in Frage.

Nur wie?

Sie verstand nichts von versteckten Türen und geheimen Ausgängen. Fintenreiches Vorgehen war nicht ihre Sache. Sie war Soldatin, ein schlichtes Gemüt, so lautete ihr Urteil über sich selbst, man solle ihr einen Feind geben, und sie würde ihn zu besiegen wissen.

Sie lehnte den Kopf zurück gegen die kühle Steinwand und erschrak heftig, als Pintel neben ihr plötzlich in die Höhe schoss und »Wir sind dämlich!« verkündete.

»Was?«, sagte sie irritiert.

»Wir sind dämlich«, wiederholte Pintel strahlend. »Wir haben nicht nachgedacht. Wir befinden uns hier auf der Ebene der Zauberei, richtig? Stand unübersehbar am Eingang. Also müssen wir auch nicht nach einer mechanisch versteckten Tür suchen, sondern nach einer *verzaubert* versteckten!«

»Klingt gut«, sagte Fenrir, ohne sich zu rühren, während Jerina sich auf dem Absatz umdrehte und Pintel scharf musterte. »Und wie findet man eine zauberisch versteckte Tür?«

»Na ja«, sagte Pintel. »Da gibt es mehrere Möglichkeiten. Man könnte zum Beispiel, einfach gesprochen, eine Art Flicken aus einer anderen Realität aufsetzen. Eine in einer anderen Realität zweifelsfrei existente Steinwand zum Beispiel, die man über die Tür, na ja, klebt, wenn ihr so wollt. Es ist natürlich eigentlich viel komplizierter. Der Vorteil ist, dass die Tür definitiv unauffindbar ist, wenn man nicht weiß, wo der Flicken sich befindet.«

»Nicht gerade ein Vorteil für uns«, warf Fenrir ein.

»Nein«, sagte Pintel. »Aber wenn wir daran festhalten, dass die Tür auffindbar sein soll, ist eine Tarnung durch Illusion wahrscheinlicher. In dem Fall ist die Tür völlig sichtbar und unversteckt, aber der Zauber bewirkt, dass wir Wand sehen, wo die Tür ist. Sozusagen nicht die Tür ist bezaubert, sondern wir.«

»Na herzlichen Dank«, knurrte Krona, die bei dem Gedanken, bezaubert zu sein, heftiges Unbehagen befiel. »Und kann man da etwas dagegen tun?«

»Na klar«, strahlte Pintel. »Ich kann den Zauber aufheben. Also, zumindest kann ich 's versuchen.«

»Ich bitte darum«, sagte Krona entschieden.

Abermals verfiel Pintel in tiefe Konzentration, begann, fremde Worte zu sprechen und Gesten zu weben. Dann ging er nacheinander zu Krona, zu Fenrir und zu Jerina, die sich spürbar widerstrebend zu ihm hinunter beugte, und berührte jeden an der Stirn.

Krona blinzelte. Eine leichte Unschärfe hatte sich in ihren Blick geschlichen, Konturen lösten sich auf, sie schüttelte den Kopf und rieb sich die Augen.

Dann war das Bild wieder klar und am Verhalten der anderen erkannte sie, dass auch sie die Veränderung sehen konnten.

Eine der Säulen bestand nicht aus Stein, sondern aus einer Eisenkonstruktion, die sich wie ein Käfig vom Boden bis hinauf zur Decke zog und dort in einem dunklen Loch verschwand. Im Inneren des Käfigs, etwa auf Bodenhöhe, schwebte eine kreisrunde Scheibe von etwa zwei Schritt Durchmesser, der ein mattes, gelbliches Licht entströmte. Durch eine Gitterpforte konnte man ins Innere gelangen.

»Was, bei allen Göttern, ist das?«, fragte Krona.

»Ich habe keine Ahnung«, sagte Pintel begeistert. »Toll, nicht?«

»Eine einfache Tür wäre mir lieber gewesen«, sagte Fenrir misstrauisch.

»Wir sollten keine Ansprüche stellen«, sagte Pintel. »Nehmen wir, was wir kriegen.« Er ging hinüber und probierte die Klinke der Pforte. »Verschlossen ... Ich nehme an, ihr wollt den goldenen Schlüssel ausprobieren? Falls nämlich nicht, könnte ich ...«

»Weg da«, sagte Jerina und schob den kleinen Zauberer beiseite. Mit einer raschen Bewegung drehte sie den goldenen Schlüssel im Schloss. Es knackte, und die Tür schwang bereitwillig auf.

»Prima«, sagte Pintel und hüpfte an Jerina vorbei auf die Scheibe. »Hereinspaziert, Herrschaften!«

Mühsam kam Krona auf die Füße und schulterte ihr Gepäck. Jerina war bereits vor ihr an der Käfigsäule und sprang auf die Scheibe, gefolgt von Fenrir, der sich umsah und Krona die Hand entgegen streckte, als er sah, wie sie zögerte.

Ihr Misstrauen und Fenrirs Hand ignorierend stieg Krona auf dic Scheibe und schloss die Pforte hinter sich. Als sei dies das Signal gewesen, setzte die Platte sich geräuschlos in Bewegung und schwebte der Höhlendecke entgegen.

»Toll«, sagte Pintel begeistert und lehnte sich nach vorne, um besser nach unten sehen zu können. »Schaut nicht runter, es könnte einem schwindlig werden.«

Die Öffnung in der Höhlendecke näherte sich rasch und verschluckte sie. Für die Dauer einiger Atemzüge waren sie von dunklem Fels umgeben, der still an ihnen vorbei glitt, dann öffnete sich ein weiterer Raum und die Scheibe kam zum Stillstand.

»Wo sind wir?«, fragte Pintel und flüsterte unwillkürlich.

»Am Ziel, wie mir scheint«, sagte Jerina, drängte sich unsanft nach vorne und stieß die Pforte auf, die sich auch hier in dem Eisenkäfig befand.

»Wie«, sagte Krona. »Das kann doch wohl nicht sein.«

Der Raum war nicht größer als eine gewöhnliche Wohnstube und erhellt von Lichtfäden, die sich durch die Wände zogen. Die Decke war niedrig. Er war leer bis auf ein steinernes Podest an einer Wand, auf dem ein eingewickelter Gegenstand von der Größe eines Kohlkopfes ruhte, daneben ein Beutel, der, was immer er enthalten mochte, für Kronas Geschmack viel zu klein war. Keine Truhen voll Gold, keine Edelsteine, kein teurer Schmuck. Kein ruhiger Winter am Feuer in einem hübschen kleinen Haus. Krona ballte ihre Hände zu Fäusten. Sollte dies nun wirklich das Erbe sein, so war es auf eine mehr als enttäuschende Weise überschaubar.

»Endlich«, sagte Jerina, deren Stimme eigenartig vibrierte, und stürmte voran. Krona sprang ihr nach, um nicht den geringen Hauch einer Chance zu verpassen, der ihr noch blieb. Fenrir und Pintel folgten.

Mit wenigen Sätzen war Jerina an dem Podest und riss den eingehüllten Gegenstand an sich. Den Sack warf sie achtlos beiseite und enthüllte etwas, das die anderen innehalten und staunen ließ. Das Licht spiegelte und brach sich auf der schimmernden Oberfläche eines Kristalls, der in der Form eines Totenschädels bearbeitet war. Als Jerina ihn in den Händen bewegte, versprühte er einen Wasserfall aus Lichtfunken. Jerina lachte auf, ihre Stimme klang tiefer als sonst und eigenartig fremd, und hob den Totenschädel vor ihr Gesicht. Das glitzernde Licht floss ihre Arme hinunter und ließ ihre Haut durchscheinend schimmern, als sei sie belebt von einem inneren Feuer. Dann begann sie zu wachsen, das Spiel von

Licht und Schatten legte fremde Konturen über ihr Gesicht. Das unscheinbare Mädchen löste sich auf, und im nächsten Augenblick war sie verschwunden, eine Flammenzunge schlug aus dem Boden, wo sie gestanden hatte, plötzliche Hitze und ein Gestank nach Verbranntem füllten den Raum.

Längst hatte Krona ihr Schwert gezogen, während sie sich noch vergeblich bemühte, zu begreifen, was ihre Augen sahen.

Die Flammenzunge streckte sich zur Decke. In ihrem Inneren schwebte der kristallene Totenschädel und übergoss die Umgebung mit Lichtfunken von schmerzhafter Helligkeit, und außerdem war da eine weibliche Gestalt zu erkennen, verzerrt und wabernd wie ein Spiegelbild auf unruhigem Wasser und in ihrer Nacktheit von einer gleichzeitig abstoßenden und fesselnden Schönheit. Sie hielt den Totenschädel in den Armen, und Hitze überflutete die drei Gefährten, als sie sich zu ihnen beugte.

»Das Ding«, schrie Krona und wich zurück, das Schwert drohend erhoben. »Es hat etwas mit Jerina gemacht! Wir müssen es zerstören!«

Die Flammengestalt gab ein tiefes, dunkles Lachen von sich, in dem die Vernichtungsgewalt eines brausenden Großbrandes lag.

»Mach dir keine Sorgen um Jerina«, sagte sie, ihre Stimme klang verzerrt und hohl. »Und bemühe dich nicht länger, zu begreifen. Dein geringer Verstand wäre ohnehin überfordert.«

»Ich muss nichts begreifen, um dich aufzuschlitzen«, knurrte Krona, doch die Feuerfrau gab ein neuerliches Lachen von sich, offensichtlich unbeeindruckt.

»Ich bin am Ziel, mit eurer Hilfe«, sagte sie. »Und nun werdet ihr gestatten, dass ich euch verlasse.«

Sie bewegte sich in Richtung des Käfigschachtes, doch Fenrir vertrat ihr den Weg. Seine Schwertklinge schimmerte wie flüssiges Feuer. Die Hitze trieb ihm glitzernde Schweißperlen auf die Stirn.

»Wir gestatten es nicht«, sagte er.

»Geh mir aus dem Weg.« Die Stimme der Flammengestalt erhob sich wie ein brausender Feuersturm.

»Ich will wissen, was hier vorgeht«, sagte Fenrir. »Und was du bist. Du schuldest uns eine Erklärung.«

»Fenrir«, flüsterte Pintel hinter Krona.

»Gib ihr den Weg frei!«

Doch Fenrir stand, unverrückbar, das Schwert auf die Flammengestalt gerichtet. An ihr vorbei suchte Krona seinen Blick, und sie verständigten sich ohne Worte. Fast gleichzeitig führten sie ihren Angriff, Fenrir frontal, Krona von hinten anstürmend, doch gerade im letzten Augenblick konnte Krona ihr Schwert hochreißen und Fenrirs Schlag parieren. Die Flammengestalt hatte sich wie flüchtige Luft ihren Klingen entzogen und strebte nun wieder dem Schacht zu. Krona warf einen Blick zu Pintel. Der, ungewöhnlich blass, schüttelte nur wild den Kopf. Doch Fenrir hatte die Warnung nicht gesehen, er wirbelte herum und stürzte der Flammengestalt nach und schrie: »Wer bist du? Was willst du? Bleib hier und steh uns Rede und Antwort!«

Tatsächlich hielt die Flammengestalt, die den Schacht beinahe erreicht hatte, inne.

»Und warum sollte ich das tun?«, fragte sie mit ihrem hässlichen Lachen.

»Du bist es uns schuldig. Wir haben dir hierher verholfen.«

»Und das ist der Grund, warum ihr noch am Leben seid. Meine Form der Dankbarkeit.«

»Ich will eine Erklärung!«, schrie Fenrir. »Ich verzichte auf deine Gnade und Großzügigkeit!«

»Wenn das so ist«, sagte die Flammengestalt, »dann verdienst du sie nicht. Stirb.«

Wie eine fallen gelassene Marionette brach Fenrir an Ort und Stelle zusammen. Krona schrie und rannte gegen die Flammengestalt an, doch ehe sie ihre Position erreicht hatte, beugte die Flammengestalt sich zum Boden und ergoss sich wie brennende Flüssigkeit auf die leuchtende Scheibe, die sich sofort in Bewegung setzte und lautlos nach unten schwebte.

Krona prallte gegen die schmerzhaft heißen Gitterstäbe der Käfigsäule und starrte hinunter in den Schacht, in dem die leuchtende Scheibe versank.

»Scheiße«, sagte sie und schlug mit der Faust gegen die Gitterstäbe. »Scheiße!«, schrie sie und trat mit dem Stiefel so heftig dagegen, dass der Schmerz ihr bis in die Hüfte hinauf fuhr. »Wir müssen sie verfolgen!«

»Wie willst du denn das machen«, sagte Pintel, der ganz gegen sein sonstiges Erscheinungsbild müde und erschöpft aussah. Seine Hände hingen an seiner Seite herunter, er stand neben Fenrir und starrte auf den leblosen Körper. Krona ließ ihr Schwert fallen und ging neben dem Bogenschützen in die Knie.

Äußerlich sah er völlig unverletzt aus. Seine Augen waren weit aufgerissen, auf seinem Gesicht lag ein Ausdruck der völligen Überraschung. Sie lauschte nach Atem und fand keinen.

»Er ist tot«, sagte Pintel. »Niemand kann so lange geradeaus schauen, ohne zu blinzeln.«

Sie griff nach Fenrirs Hand und fühlte vergeblich nach Puls.

»Ich habe versucht, ihn zu warnen«, sagte Pintel. »Er hat mich nicht gehört. Ich war zu leise. Aber ich hatte solche Angst!« Dann brach er in Tränen aus.

Krona legte Fenrirs Hand behutsam auf seiner Brust ab, zog den kleinen Zauberer zu sich hinunter und nahm ihn in die Arme. Ihr eigener Körper nahm die Erschütterungen auf, die Pintels Schluchzen verursachte, doch ihre Augen blieben trocken und brannten schmerzhaft, als sie auf Fenrirs reglose Gestalt hinunter starrte. Sie versuchte, etwas zu fühlen. Es gelang ihr nicht. Ihre Gedanken kreisten einzig um die verfahrene Situation, in der sie sich befand: Was war eigentlich vorgefallen? Was war mit Jerina geschehen? Fenrir musste begraben werden, aber dazu mussten sie zuerst einen Weg ins Freie finden. Diese ganze Aktion hatte mehr Opfer gefordert, als zu vertreten war. Und der Winter würde sehr kalt werden, ohne ein Dach über dem Kopf.

Sie rief sich zur Ordnung. Immer eines nach dem anderen, und der Weg ins Freie war das Vordringlichste.

Sie wartete, bis Pintels Schluchzer seltener wurden. Dann richtete sie ihn vorsichtig auf und gab ihm ein Taschentuch in die Hand.

»Wir müssen auf die Beine kommen«, sagte sie. »Einen Ausgang suchen.«

»Ich kann nicht«, schluchzte Pintel.

»Doch«, sagte Krona. »Du kannst. Es sind nur noch wir beide übrig, und wir haben Dinge zu erledigen.«

»Aber«, murmelte Pintel und schnäuzte sich geräuschvoll.

»Kein Aber«, sagte Krona. »Wir können später traurig sein. Jetzt sehen wir zu, dass wir hier wieder raus kommen.« Sie stand auf und stellte Pintel kurzerhand auf die Füße. Der wischte sich mit dem Ärmel übers Gesicht, vergeblich bemüht, den Tränenfluss zu stoppen, konnte aber den Blick nicht von Fenrir wenden.

»Ich mochte ihn gern«, sagte er mit unsicherer Stimme. »Auch wenn er manchmal etwas merkwürdig war. Er hat es nicht verdient, so zu sterben.«

»Die wenigsten haben den Tod verdient«, sagte Krona. »Und sie sterben trotzdem. Das gehört offenbar zum Leben.«

»Zu deinem vielleicht. Zu meinem hat es bisher nicht gehört.«

»Nun komm schon. Hilf mir. Lass uns einen Ausgang suchen. Sieh dich hinten bei dem Podest um. Ich versuche einstweilen, die Scheibe zurückzuholen.«

»Ich verstehe das alles nicht«, sagte Pintel schniefend.

»Schade.« Krona setzte sich in Bewegung. »Ich hatte gehofft, du könntest mir das eine oder andere erklären.«

»Er sollte eigentlich nicht tot sein«, sagte Pintel und starrte unverwandt zu Fenrir hinunter.

»Das sollten viele nicht, die tot sind«, erwiderte Krona und schluckte einen bitteren Geschmack hinunter.

»Das habe ich nicht gemeint«, sagte Pintel. »Es passt nicht zusammen. Sehr mächtige Zauberer, und ich spreche von wirklich sehr mächtigen Zauberern, haben die Möglichkeit, jemanden mit einem Wort zu töten. Sie halten einfach sein Herz an. Ein so mächtiger Zauberer hängt sich aber nicht an eine Gruppe wie uns dran, um an einen Schatz zu kommen. Der teleportiert sich einfach rein und nimmt sich, was er braucht.«

»Tele was?« Krona rüttelte probeweise am Gestänge der Pforte.

»Er versetzt sich von einem Ort zum anderen, über eine beliebige Entfernung, in der Dauer eines Wimpernschlages« erklärte Pintel.

»Praktisch«, sagte Krona und trat einen Schritt zurück, als die Pforte unter ihrer Bemühung aufschwang und sie an den Rand des dunklen Loches brachte.

»Die wenigsten können das«, sagte Pintel. »Ich kenne keinen. Nur diesen Kollegen von mir, du weißt schon, der mit der Kuh, aber der zählt eigentlich nicht, denn er hatte es nicht richtig im Griff. Und ich frage mich, warum unsere Feuerfreundin diesen Aufwand mit uns herkömmlichen Reisenden betreibt, wenn sie doch so mächtig ist.«

»Keine Ahnung«, sagte Krona. »Und ich habe noch mehr Fragen. Was, bei Meridia und ihrem Totenheer, war sie?«

»Eine Valdar, höchstwahrscheinlich. Ein Wesen aus Schatten und

Feuer, geschaffen am Anbeginn der Zeit. Ich kann nur vermuten, ich habe nie zuvor eine gesehen.«

»Ich auch nicht. Und ich bin wirklich herumgekommen.«

»Sie sollte überhaupt nicht hier sein. Ihre Heimat liegt auf den Äußeren Welten.«

»Was hat es mit Jerina gemacht? Hat es sie – verbrannt?«

»Ich glaube nicht, dass wir zu irgendeinem Zeitpunkt mit Jerina unterwegs waren«, sagte Pintel düster. »Wahrscheinlich ist Jerina schon zu Hause ausgetauscht worden. Zauberei gibt einem die Möglichkeit, wie jemand anderes auszusehen.«

»Dann ist das Mädchen tot«, sagte Krona.

»Ich glaube auch«, seufzte Pintel. »Was für ein blutiges Abenteuer.«

»Und es ist noch nicht zu Ende. Nicht bevor wir einen Ausgang gefunden haben. Diese Scheibe lässt sich anscheinend nicht zurückholen.«

Sie lehnte sich gegen die noch warmen Gitterstäbe und ließ den Blick durch den Raum gleiten.

»Vielleicht gibt's ja wieder eine versteckte Tür«, vermutete sie hoffnungsvoll.

Pintel hatte sich schließlich doch in Bewegung gesetzt und die Umhüllung des Kristallschädels vom Boden aufgehoben, die das Feuerwesen zuvor achtlos fallen gelassen hatte.

»Da ist noch was drin.« Er förderte ein gefaltetes und versiegeltes Stück Pergament zu Tage. »An die Erbin Jerina Markholt persönlich, und nur von ihr zu öffnen«, las er vor.

»Mach's auf«, sagte Krona. »Jerina ist wohl dazu kaum mehr in der Lage, und vielleicht steht etwas von einem Ausgang drin.«

Nach kurzem Zögern brach Pintel das Siegel und entfaltete das Pergament.

»Jerina, Mädchen«, las er vor, »meinen Glückwunsch! Ich wusste, du würdest erfolgreich sein. Was ich dir nun mitteile, ist geheim und muss es bleiben, auch deinen Gefährten gegenüber, die dich bis zu diesem Ort begleitet haben. Sicher hast du das bemerkenswerte Artefakt, den Kristallschädel, bereits bewundert. Damit du aber weißt, was du da in Händen hältst, muss ich dir etwas aus seiner Geschichte erzählen, das wenige zumindest, was mir bekannt ist. Es handelt sich dabei um ein außerordentlich wertvolles Kunstwerk von großer zauberischer Macht. Es ist Teil einer Vorrichtung, die, wenn sie vollständig zusammengesetzt wird, Zauberei von gewaltigen Ausmaßen ermöglicht, von der auch große Gefahr ausgehen kann. Der Vater meines Großvaters bekam seinerzeit den ehrenvollen und wichtigen Auftrag, dieses Artefakt sicher und geheim aufzubewahren, denn die Vorrichtung sollte nicht verwendet werden. So hatte der Rat der Zauberer entschieden. Auch die anderen Teile der Vorrichtung wurden an geheime Orte gebracht.

Die Aufgabe, den Kristallschädel sicher aufzubewahren, ist nunmehr auf dich übergegangen, und es ist von größter Wichtigkeit, dass du ihr gewissenhaft nachkommst, denn, so wurde mir von meinem Vater versichert, auch ein einzelner Teil der Vorrichtung verfügt über Kräfte, die ein Kundiger nutzen und auch missbrauchen könnte. Am besten, du lässt ihn hier unten. Wende dich an Gendig Runenmeister, er ist ein alter Freund der Familie, und setze die Prüfungsebenen umgehend wieder in Stand. Und erzähle niemandem davon. Für deine finanziellen Aufwendungen hinterlasse ich dir zusätzlich zu meinem hoffentlich nach wie vor profitablen Unternehmen einen Beutel mit Gold, er sollte genügen, um deine Kosten zu decken. Überdies wirst du noch etwas finden, das dich auf direktem Weg wieder an die Oberfläche bringt.

Solltest Du, geneigter Leser, nicht Jerina sein, sondern einer ihrer Begleiter, so kann es nur daran liegen, dass ihr etwas zugestoßen ist, ein schrecklicher Gedanke, dem ich aber ins Auge sehen muss. In diesem Fall wende ich mich an Dich mit der eindringlichen Bitte, Jerinas Aufgabe zu übernehmen und fortzuführen, wie ich es beschrieben habe. So danke ich auch Dir, ehrenwerter Fremder, für Dein gutes Werk.

M. M.

Nachtrag: Du lässt diesen Brief jetzt besser fallen, denn sobald Du diese Zeilen gelesen hast, wird er sich selbst zerstören.«

Pintel ließ das Pergament los und machte einen Schritt rückwärts. Noch ehe es den Boden erreicht hatte, entzündete es sich mit einer Stichflamme und verbrannte rasch zu dünner, krümeliger Asche, die zu ihren Füßen auf den Boden schwebte.

»Nicht schlecht«, sagte Krona. »Zumindest eines unserer Probleme scheint sich zu lösen. Wir bekommen unseren Ausgang.« Sie nahm den Beutel, der noch auf dem Podest lag und sich angenehm schwer anfühlte. Sie sah hinein. Er enthielt zwei oder drei Handvoll Goldkronen und ein weiteres kleines, fest verschnürtes Beutelchen. Sie fischte das Beutelchen heraus und warf es Pintel zu, der es aus der Luft fing.

»Sieh mal nach, ob das etwas mit unserem Ausgang zu tun hat«, sagte sie.

Pintel knotete das Beutelchen auf und sah vorsichtig hinein, während Krona den Goldbeutel an ihrem Gürtel befestigte.

»Es ist ein Puder«, meldete er. »Man kann solche verwenden, um Illusionen aufzudecken.«

Behutsam schüttete er sich den Inhalt des Beutels auf die Hand, holte dann tief Luft und blies. Flirrender Staub verteilte sich in der Kammer und ließ Krona heftig niesen. Dann senkte sich der Staub langsam und enthüllte in der Wand neben dem steinernen Podest die Umrisse einer Tür. Während Krona sich noch die Tränen aus den Augenwinkeln wischte, legte Pintel die Hand in den schimmernden Umriss und schob. Lautlos schwang der Stein auf und enthüllte den Fuß einer Treppe, die in einem dunklen Schacht steil nach oben führte.

»Großartig«, sagte Krona. »Nichts wie raus hier.«

Der nächtliche Wald, der sie an der Oberfläche empfing, erschien ihnen hell und mit Geräuschen angefüllt nach der dunklen Stille in der Höhle. Krona brachte den langen Aufstieg zweimal hinter sich, einmal beladen mit ihrem und Fenrirs Gepäck, einmal mit Fenrirs schwerer, lebloser Gestalt. Als sie ihn endlich an der Oberfläche hatte, legte sie ihn vorsichtig ab und ließ sich mit einem Aufstöhnen auf den weichen Waldboden sinken. Ihre Beine zitterten und krampften.

»Wir müssen ihn begraben«, sagte Pintel, der im Schneidersitz neben Krona saß und düster in die dunklen Schatten zwischen den Bäumen starrte.

»Morgen«, stöhnte Krona. »Ich werde mich heute nicht mehr vom Fleck rühren.«

»Soll ich ein Feuer machen?«

»Gute Idee.«

Während Pintel mit seiner kleinen Laterne auf Holzsuche ging, ließ Krona sich zurücksinken. Der moosige Waldboden war weich und duftete nach Fichtennadeln und Feuchtigkeit. Sie atmete tief durch und rieb sich mit beiden Händen übers Gesicht. Der Auftrag war kein Erfolg gewesen, wirklich nicht. Was so harmlos begonnen hatte, war in ein Himmelfahrtskommando umgeschlagen, das die Hälfte der Gruppe nicht überlebt hatte. Sie tastete nach dem Goldbeutel, der an ihrem Gürtel hing. Ein kleiner Ortswechsel war das, was sie brauchte. Kein

Grund, sich länger in Halmesholm aufzuhalten. Die Insel bot noch einige Flecken, die ihr unbekannt waren. Warum sich nicht dort einmal umsehen, bevor der Winter kam.

»Und was machen wir jetzt?«, fragte Pintel. Krona schrak hoch. In einem flachen Erdloch brannte ein niedriges Feuer. Pintel saß ihr gegenüber und kramte in seinen verbliebenen Essensvorräten. Krona blinzelte irritiert.

»Habe ich dich geweckt?«, fragte Pintel. »Tut mir leid. Ich habe nicht gemerkt, dass du schläfst.«

»Das habe ich selber nicht«, sagte Krona und richtete sich mühsam auf die Ellenbogen auf.

»Und?«, wiederholte Pintel seine Frage. »Was wollen wir denn nun tun?«

»In welcher Angelegenheit?« Krona zog ihren Rucksack heran und kramte nach ihrem Wasserschlauch.

»Das fragst du noch? In unserer Erbe-Angelegenheit natürlich.«

»Ich verstehe nicht ganz. Ich habe zu keinem Zeitpunkt etwas geerbt. Ich hatte nur einen Auftrag.«

»Den du leider nicht erfüllen konntest wie geplant.«

»Das kommt vor.«

»Und das ist alles?« Ungläubige Entrüstung klang aus Pintels Stimme.

»Ja«, sagte Krona mit allem Nachdruck, den sie aufbrachte.

»Das ist nicht dein Ernst«, sagte Pintel.

»Doch«, sagte Krona. »Natürlich steht dir ein Anteil des Goldes zu, das wir da drin gefunden haben. Keine Bange. Ich habe noch niemanden um seinen Anteil beschissen.«

»Es geht doch nicht um das Gold!«, schrie Pintel. »Wie kannst du nur an so etwas denken!«

»Ganz einfach«, sagte Krona, plötzlich müde. »Ich habe mein Blut vergossen da drin. Ich mache das nicht für die Ehre und einen Händedruck. Es muss schon auch etwas dabei rüberkommen.« Ihre tastenden Finger stießen im Rucksack gegen eine kleine Feldflasche aus verstärktem Leder. Auch gut. Besser sogar. Sie zog die Flasche heraus, entkorkte sie und nahm einen tiefen Schluck. Eine heiße Welle brandete durch ihr Inneres und wärmte sie.

»Das Gold steht dir nicht zu«, sagte Pintel.

»Versuch, es mir wegzunehmen«, sagte sie gleichgültig.

»Darum geht es doch nicht!« In einer entnervten Geste warf Pintel die Hände in die Luft. »Siehst du nicht, dass wir eine Verantwortung tragen? Etwas hier ist ganz schrecklich schief gegangen. Dieser Schädel hätte das Labyrinth nie verlassen dürfen, und nicht nur hat er es verlassen, sondern auch noch in den völlig falschen Händen! Oder glaubst du etwa, diese Feuerfrau wird seine Kräfte benutzen, um die Not der Armen und Kranken zu mildern? Wohl kaum! Was immer sie damit vorhat, es ist etwas Schlimmes. Und wir haben ihr den Weg geebnet!«

»Es ist geschehen.« Krona schickte einen zweiten Schluck dem ersten hinterher. »Was willst du denn jetzt noch ändern?«

»Nichts ändern«, erklärte Pintel. »Dazu ist es zu spät. Aber wieder gutmachen. Wir sollten versuchen, ihre Spur aufzunehmen. Vielleicht können wir den Schädel wieder an uns bringen.«

»Wir beide.« Krona zog spöttisch eine Augenbraue hoch. »Eine lädierte Soldatin und ein zu kurz geratener Zauberer. Prima Idee, wirklich.«

»Dann lass uns Verstärkung suchen. Ich habe ein paar Freunde, und du hast sicher auch welche. Oder wir finden etwas über diesen Schädel heraus. Aber, bei allen Göttern, lass uns irgendetwas tun!«

»Ich habe keine Freunde.«

»Das ist schade. Trotzdem kann es nicht dein erklärter Wille sein, die Angelegenheit einfach auf sich beruhen zu lassen. So abgebrüht bist du nicht.«

»Du würdest nicht glauben, wie abgebrüht.«

»Nein«, widersprach Pintel. »Sonst wärst du nämlich noch auf diesen Südlichen Inseln, und es wäre dir egal, für welche Sache du kämpfst.«

»Das ist etwas völlig anderes.«

»So? Warum denn?«

»Erkläre ich dir ein andermal. Ich bin jetzt wirklich zu geschafft für große Diskussionen.«

Sie schwiegen eine Weile, die Krona dazu benutzte, in Ruhe die Feldflasche zu leeren. Der Schmerz in ihrem Brustkorb ließ nach. Eine leichte, angenehme Schaukelbewegung des Waldbodens versetzte sie in Schläfrigkeit. Ohne sich unnötig zu bewegen, zerrte sie ihre Decke zu sich heran und wickelte sich ein.

»Was ist mit Fenrir?«, fragte Pintel schließlich, der in der Zwischenzeit gedankenverloren an einem Stück getrockneten Fladenbrotes herumgekaut hatte.

»Was soll mit ihm sein«, murmelte Krona. »Er ist tot.«

»Aber tut dir das nicht leid?«

»Doch. Natürlich. Ich kann's aber trotzdem nicht ändern.«

»Und hast du nicht das Bedürfnis, Rache zu nehmen?«

»So nahe stand er mir auch wieder nicht«, erklärte sie. »Und jetzt halt den Mund und leg dich hin. Wir haben einen langen Tag vor uns.«

Sie schloss die Augen und suchte nach einer bequemen Schlafhaltung, die den Schmerz in ihrem Brustkorb nicht wieder aufwecken würde. Auf der anderen Seite des Feuers hörte sie Pintel rumoren und herzzerreißend seufzen.

»Ich kann nicht schlafen«, sagte er nach einer Weile, als Krona jenes schon beinahe gelungen war.

»Schlaflied gibt's nicht«, murmelte sie.

»Es ist – es ist wegen *ihm*«, erklärte Pintel in beschwörendem Flüsterton. »Ich meine, drei Schritte neben uns liegt ein toter Mann. Ich fühle mich wirklich nicht wohl.«

»Er wird deinen Schlaf sicher nicht stören«, sagte Krona und drehte sich stöhnend auf die andere Seite. »Im Gegensatz zu dir und meinem Schlaf.«

»Dir macht das gar nichts aus«, stellte Pintel mit hörbarem Schaudern fest. »Wie kannst du nur.«

»Ich habe auf Schlachtfeldern geschlafen, auf denen mehr als ein toter Mann herumlag. Man gewöhnt sich an alles.«

»Ich nicht«, sagte Pintel. »In meinem Leben gab es bisher nicht so viele tote Menschen. Keine, genau genommen. Und ich will mich auch wirklich nicht dran gewöhnen.«

Krona sammelte ihre verbliebene Kraft, um sich aufzurichten und zu Pintel hinüber zu sehen. Er hatte sich bis zum Hals in seine Decke gewickelt, nur sein spitziges Gesichtchen leuchtete hell im Schein des niederbrennenden Feuers.

»Sollen wir ihn begraben?«, fragte sie. »Fühlst du dich dann besser?«

»Ich glaube nicht«, sagte Pintel bekümmert. »Ich habe auch noch nie an einem Grab geschlafen. Es würde keinen Unterschied machen.«

»Wir könnten uns danach einen anderen Lagerplatz suchen.«

Pintel seufzte und schüttelte den Kopf. »Nein. Ich will ihn anständig und in Ruhe begraben, wenn ich es schon tun muss, und dazu brauchen wir Tageslicht.«

Krona ließ sich zurücksinken und verbarg ihre Erleichterung. »Versuch einfach, nicht so viel nachzudenken. Und sei für eine Weile ruhig. Reden und Einschlafen verträgt sich nicht.«

»Es gibt etwas, wodurch ich mich besser fühlen würde«, sagte Pintel nach einer Weile.

»Was«, murmelte Krona.

»Ich würde gerne bei dir auf deiner Seite des Feuers schlafen«, sagte Pintel und klang schüchtern. »Ich würde mich dann nicht so allein fühlen.«

»Du kannst schlafen, wo du willst«, murmelte sie. »Hauptsache, du bist ruhig.«

Die Geräusche Pintels, der sein Lager verlegte, entfernten sich von ihr, als endlich der Schlaf über sie kam, und sie wehrte sich nicht, als Pintel sich an ihren Rücken kuschelte und dort endlich still liegen blieb.

Sie wusste nicht, wie viel Zeit vergangen war, und im ersten Augenblick wusste sie auch nicht, was geschehen war, aber plötzlich stand sie aufrecht, ihr Schwert in der Hand, zum Schlag erhoben, und ihr Herz raste. Pintel schrie, als risse man ihm bei lebendigem Leib das Herz aus.

»Was?«, schrie sie und sah wild um sich. »Was?«

Ihr Blick streifte Pintel, der panisch versuchte, sich aus seiner Decke zu befreien, die sich um seine Beine gewickelt hatte und ihn an Ort und Stelle festhielt. Dann folgte sie seinem angststarren Blick und schluckte mühsam, während ihre Handflächen plötzlich feucht und kalt wurden.

Fenrirs leblose Gestalt hatte sich aufgerichtet, er saß dort leicht schwankend und gab ein hohles Stöhnen von sich. Pintel hatte sich endlich aus der Decke befreit und flüchtete sich unter den nächsten Baum. Krona umfasste das Heft ihres Schwertes fester. Erinnerungen, die sie lieber begraben gewusst hätte, stahlen sich in ihren Kopf, von Soldaten, deren Leichen sich auf Geheiß eines dunklen Zauberers vom Schlachtfeld erhoben und ihren Kampf wieder aufnahmen, mit leerem Blick und zerrissenem Körper. Sie schauderte.

»Zauberei«, stieß sie zwischen zusammengebissenen Zähnen hervor. »Pintel, das ist dein Geschäft. Soll ich ihn in Stücke hauen?«

»Nein«, war die Antwort, aber sie kam nicht von Pintel. Die Stimme war die Fenrirs. »Gib mir zu trinken. Ich verdurste.«

»Ich trinke nicht mit Toten«, knurrte Krona.

»Ich bin nicht tot«, entgegnete Fenrirs Stimme. »Ich hoffe, das enttäuscht dich nicht zu sehr, Hauptmann.«

Krona umrundete das Feuer, um genauer das betrachten zu können, was soeben noch Fenrirs Leiche gewesen war. Sorgfältig behielt sie das erhobene Schwert zwischen sich und ihm.

Er sah nicht aus wie eine zauberisch belebte Leiche, vielmehr schien er ganz er selbst zu sein, er bewegte sich vorsichtig und rieb sich stöhnend die Stirn.

»Was ist nun?«, sagte er. »Wenn ich nicht gleich etwas zu trinken bekomme, sterbe ich vielleicht doch noch.«

Ohne ihn aus den Augen zu lassen oder das Schwert zu senken, ging Krona in die Knie, griff nach Pintels halbvollem Wasserschlauch und warf ihn zu Fenrir hinüber. Misstrauisch beobachtete sie ihn, während er trank. Er sah tatsächlich lebendig aus, wenngleich nicht sehr gesund.

»Pintel«, sagte sie laut.

»Ich weiß es nicht«, kam seine Antwort, ihre Frage gar nicht abwartend. »Keine Ahnung. Ich habe noch nie von so etwas gehört.«

»Dann erklär du es mir«, forderte sie Fenrir unfreundlich auf. »Was hat das zu bedeuten? Du warst tot. Ich habe dich die Treppe rauf getragen. Du warst leblos wie ein Sack voll Mehl.«

»Ich weiß.« Fenrir wischte sich mit dem Handrücken Wassertropfen vom Kinn. »Dennoch war ich nicht tot. Und eine Erklärung kannst du wohl kaum von mir erwarten, wenn schon unser Zauberkundiger keine hat.

Ich kann nur berichten, was mir geschah: Der Zauber der Feuerfrau traf mich, und ich wurde zu Boden geschleudert. Von da an war mein Wille von meinem Körper abgeschnitten. Ich konnte mich nicht bewegen, ich konnte nicht sprechen, es war, als gehörte mein Körper einem anderen. Gleichzeitig hörte ich aber eure Gespräche und konnte auch sehen, worauf mein Blick zufällig fiel. Nebenbei bemerkt, ich bin doch recht dankbar, dass ihr mein Begräbnis auf den nächsten Morgen verschoben habt«, fügte er hinzu und lächelte schwach.

»Also war es kein Todeszauber«, warf Pintel ein und kam noch etwas zögernd unter seinem Baum hervor, »sondern nur ein Sieht-aus-als-ob-Zauber …«

»Scharf beobachtet, kleiner Hexenmeister«, sagte Fenrir und ließ sich mit einem Stöhnen zurücksinken.

»Das heißt, die Flammenfrau ist nicht so mächtig, wie sie sich den Anschein gibt«, fuhr Pintel fort. »Das sind gute Neuigkeiten.«

»Mir ist gleich, wie mächtig sie ist«, sagte Fenrir, seine Stimme klang trotz der hörbaren Erschöpfung finster und drohend. »Jedes Wesen hat seine schwache Stelle und lässt sich zur Strecke bringen. Und das ist mein Vorhaben. Sobald ich wieder gehen kann, werde ich sie jagen.«

»Du wirst jemanden brauchen, der sich mit Zauberei auskennt«, sagte Pintel sofort. »Ich bin dabei, wenn du mich haben willst.«

»Was leider nicht für jeden an diesem Feuer gilt.« Fenrir warf einen langen, dunklen Blick zu Krona, die sich erhoben und ihr Schwert weg gesteckt hatte. »Manche hier tun nichts, wofür sie nicht bezahlt werden.«

»Und manche mischen sich zu bereitwillig in die Angelegenheiten anderer«, gab sie unfreundlich zurück.

»Es ist unsere Angelegenheit«, betonte Pintel. »Das habe ich vorhin schon versucht, dir klarzumachen.«

»Und einmal reicht. Ich rate dir übrigens, mir nicht weiter mit dem Thema auf die Nerven zu gehen, sonst verspielst du die letzte Chance, dass ich meine Meinung vielleicht doch noch ändere.«

»Dann wirst du noch mal darüber nachdenken?«, fragte Pintel hoffnungsvoll.

»Ja«, sagte sie. »Und jetzt gib Ruhe.«

»Schön«, strahlte Pintel. »Fenrir, habe ich dir schon gesagt, ich bin wirklich froh, dass du nicht tot bist. Du nicht auch, Krona?«

Krona ließ sich umständlich auf ihrem Lager nieder und murmelte etwas, das man als Zustimmung deuten konnte. Während Pintel Fenrir mit Fragen beschoss (»Wie hast du geatmet? Man hat gar nichts gesehen. Warum bist du nicht erstickt? Konntest du denken? Woran hast du gedacht?«), starrte sie in die sanft glühenden Reste des Lagerfeuers und fand keinen Schlaf, was nicht allein an Pintels Geräuschuntermalung lag.

»Du liebe Zeit«, sagte Pintel. »Da hat jemand aber ganze Arbeit geleistet.«

Von dem einstmals prächtigen Anwesen der Markholts waren nurmehr geschwärzte Ruinen übrig. Das zweiflügelige Haus war bis auf die Grundmauern abgebrannt, nur Teile der Front ragten noch anklagend wie die verfaulten Reste eines zerstörten Gebisses in den klaren blauen Himmel. Der Vorgarten war verwüstet, die Rasenflächen gelb und löcherig, und von dem alten Nussbaum stand nichts mehr als ein schwarzer Strunk. Einzig die Lage des Anwesens inmitten des weitläufigen, ehemals parkartigen Gartens hatte das Übergreifen des Feuers auf die Nachbarhäuser verhindert.

»Ja«, sagte Fenrir. »Und ich kann mir denken, wer. Seht ihr? Der Brand muss bereits einige Wochen zurückliegen. Es hat mehrmals auf die Asche geregnet, und hier drüben«, er wies mit dem Finger, »wächst schon wieder das erste Gras. Ich könnte wetten, er fällt zeitlich ungefähr, wenn nicht sogar genau mit unserer Abreise aus Halmesholm zusammen.«

»Mist«, sagte Pintel. »Den Plan, auf Onkel Mandors Dachboden nach Aufzeichnungen zu suchen, können wir vergessen.«

»Es war ohnehin unwahrscheinlich, dass wir etwas gefunden hätten«, erinnerte Krona ihn. »Über eine höchst geheime, höchst gefährliche Sache führe ich kein Tagebuch, das ich auf meinem Dachboden herumliegen lasse.« Sie machte einen großen Schritt auf den vertrockneten Rasen, um sich aus der Reichweite eines zweispännigen Wagens zu bringen, der die Straße entlang polterte, ohne viel Rücksicht auf Fußgänger zu nehmen. Mandor Markholt hatte in einem belebten Stadtviertel gewohnt, es herrschte das übliche geschäftige Halmesholmer Treiben. Bis auf die neue, hässliche Baulücke hatte sich die Stadt seit ihrem letzten Aufenthalt nicht verändert. Selbst die im Straßenbild übliche Abordnung von Stadtwachen, deren ulkige Helmbüsche über die Köpfe der übrigen Passanten hinaus ragten und lustig im Wind flatterten, fehlten nicht.

»Trotzdem hätte es interessant sein können«, beharrte Pintel missmutig und kickte mit der Stiefelspitze ein Stück Holzkohle weg.

»Kein Zweck, verschütteter Milch nachzuweinen«, sagte Krona. »Was jetzt? Was ist unser nächster Schritt?«

»Gendig Runenmeister«, sagte Fenrir. »Was mir sehr recht ist. So können wir diese Stadt bald wieder verlassen.«

»Momentchen«, bremste Krona, die sich zum Gehen wandte. »Weiß einer von euch, wo dieses Tiefengründig liegt? Seht ihr. Bevor wir aufbrechen, brauchen wir eine Karte oder müssen zumindest mal auf eine drauf gesehen haben. Und vorher will ich eine Nacht in einem vernünftigen Bett schlafen. Und Vorräte ergänzen. Danach können wir meinetwegen wieder raus in die Wildnis.« Sie machte einen Schritt und wäre, weil sie nach hinten sah, beinahe gegen einen großen, schlecht rasierten Wachmann der Stadtwache gestoßen.

»Entschuldigung«, sagte sie und wich aus, um den Wachmann und seinen Trupp vorbei zu lassen, doch der machte keine Anstalten.

»Ihr seid Krona Karagin, Hauptmann der Königlichen Garde?«, fragte der Wachmann.

»Und Ihr seid gut informiert«, erwiderte Krona misstrauisch. »Was wollt Ihr?«

»Hauptmann Karagin«, sagte der Wachmann, »Ihr seid angeklagt des Landfriedensbruches, der Brandstiftung, des Betruges und des Mordes. Ihr seid hiermit festgenommen.«

# 2 FEUER UND STEIN

Thork fühlte sich beobachtet. Er hatte sein Abendlager am Fuß des Adlerfelsens aufgeschlagen, und der Wald lag um ihn wie eine stille, grüne Säulenhalle, aus der allmählich das Licht schwand. Doch trotz des offensichtlichen Friedens wollte das unbehagliche Gefühl zwischen seinen Schulterblättern nicht weichen. Er hatte ein Gespür für solche Dinge, das weit über Sichtbares hinausging. Sehen war ohnehin nicht mehr seine Stärke, seit er sein linkes Auge verloren hatte.

Er lehnte sich zurück gegen den schützenden Fels und schob wie zufällig mit der Stiefelspitze das Holz seines kleinen Kochfeuers auseinander, damit es weniger hoch brannte.

Er gähnte. Er fühlte sich erschöpft und wünschte sich nichts als ungestört am Feuer zu sitzen, Tee zu trinken, vielleicht eine Pfeife zu rauchen und zu schlafen, noch ehe es völlig dunkel war. Hinter ihm lag ein Gewaltmarsch. Seine Reise war von Anfang an eilig gewesen, doch die Schratspuren, auf die er heute im Wald gestoßen war, hatten ihn sein Tempo weiter steigern lassen. Eine Auseinandersetzung mit Schraten war das Letzte, was er derzeit gebrauchen konnte.

Das Wasser im Topf rauschte. Er zog ihn aus dem Feuer, holte eine Handvoll getrockneter Blätter aus einem Beutel und warf sie ins Wasser. Augenblicklich entfaltete sich ein würziger, etwas bitterer Duft.

Er fragte sich, ob es Schrate waren, die im Gebüsch hangabwärts auf ihn lauerten, verwarf aber diesen Gedanken gleich wieder. Ein Schrat alleine machte mehr Lärm als eine Herde Ochsen, und dieser Schleicher war kaum zu hören.

Thork holte ein Stück altbackenes Fladenbrot und einen letzten Rest Käse aus seinem Rucksack und brachte dabei unauffällig seine Streitaxt in Reichweite. Er vermied es, in die Richtung zu sehen, wo er den Späher vermutete. Er wollte keinen Verdacht erregen, indem er sich auffällig umsah. Der Unbekannte sollte sich unentdeckt fühlen.

Ein Zweig knackte kaum hörbar, doch es versetzte Thork augenblicklich in Alarmbereitschaft. Seine Finger zerbröckelten automatisch das trockene Brot, während er mit höchster Konzentration lauschte.

Ein Schaben, gerade an der Grenze seiner Wahrnehmung, Leder vielleicht, das auf Leder rieb, und wieder ein Knacken. Da arbeitete sich jemand durchs Unterholz.

Ohne den Blick von seinen Händen zu wenden, rief Thork sich das Gelände hangabwärts in Erinnerung. Der Wald war licht, es gab nur wenige Stellen, wo eine ausgewachsene Person Deckung finden konnte. Schräg hinter ihm war so eine, ein längst vergangener Sturm hatte eine Buche gefällt, ihre verrottende Krone bildete ein schier undurchdringliches Gestrüpp. Ein kluger Späher kam von dort.

Thork bedachte seine Möglichkeiten. Er spürte in sich hinein, nahm Kontakt auf mit der göttlichen Kraft, die wie ein ruhiger, tiefer Teich in ihm lag. Er schöpfte etwas davon und lenkte sie hinauf in sein Bewusstsein, wo er sie bereitlegte wie zuvor seine Axt. Er warf Zauber nur, wenn es sich nicht vermeiden ließ, aber dies war möglicherweise eine solche Situation.

Leises Rascheln. Was tat dieser Spion? Vertrieb er sich die Zeit mit Pilzesuchen?

Thork beschloss, dem Versteckspiel ein Ende zu machen.

Gemächlich und ohne Eile erhob er sich, streckte den Rücken durch und machte einen Schritt, der ihn in die Deckung des Felsens brachte. Er nahm den Stiel der schweren zweischneidigen Axt und wirbelte sie hoch.

Er würde seinen Besuch gebührend empfangen.

»Komm raus!«, schrie er, obwohl er sich keineswegs sicher war, dass es sich nur um eine Person handelte. »Oder ich fälle dich wie einen Baum!«

Ein kurzer Blick um den Fels zeigte ihm Bewegung im Gestrüpp um die umgestürzte Buche. Jemand kroch dort und versuchte, die Flucht anzutreten.

Der Verlust seines Auges hatte ihn nicht der Fähigkeit beraubt, im Dunkeln zu sehen. Es war tatsächlich nur einer, der groß und schlank war und gebückt ging oder sich auf den Knien fortbewegte.

Ein Mensch.

Kaum besser als ein Schrat.

Er senkte die Axt und lehnte sie gegen den Fels, während er gleichzeitig die Entfernung abschätzte, zehn Schritte vielleicht. Der Mensch war zweifelsohne schneller, aber noch steckte er im Gestrüpp fest.

Thork machte einen Satz vorwärts, trat den Teetopf um, der sich ins Feuer ergoss und es zum größten Teil löschte. Halbdunkel fiel über den Wald. Thork hoffte, dass es den Menschen mehr behinderte als ihn selbst.

Ein kurzer Spurt brachte Thork zu der Stelle, wo der Mensch versuchte, sich aus den verflochtenen Ästen der umgestürzten Baumkrone zu befreien und gleichzeitig das Schwert zu ziehen, das an seiner Seite baumelte. Thork warf sich auf ihn. Äste krachten, als er den anderen zu Boden riss und ihm die Arme auf den Rücken drehte. Schmale Arme mit zierlichen Handgelenken, die Thork beide mit einer Hand umfassen konnte, ohne sich zu bemühen. Er rammte seinem Gefangenen unsanft ein Knie in den Rücken, damit er aufhörte zu zappeln. Dann betrachtete er seinen Fang.

Es war eine Frau, zierlich und nicht sehr groß für eine Menschliche. Ihr langer, schwarzer Zopf hatte sich bei ihrem Sturz in den Zweigen verfangen und lag darin wie eine aufgespießte Schlange. Sie trug einen leichten Lederpanzer, der ihren Oberkörper schützte, Hosen und hohe Reiterstiefel, mit denen sie unablässig um sich trat, ohne ihn allerdings ernsthaft zu erwischen. Ihr Gesicht sah er nicht, er hielt es gegen den Boden gedrückt, er achtete darauf, dass sie atmen konnte, musste allerdings gleichzeitig ihr Gezeter in Kauf nehmen.

»Runter von mir, dreckiger Zwerg! Sonst schreie ich, bis dir das Trommelfell platzt!«

»Findest du es klug, jemanden zu beschimpfen, der dir mit einem Griff das Genick brechen könnte?« Er musste nicht laut werden, um wütend zu klingen. Er wurde niemals laut. Es widersprach seiner Auffassung von Selbstbeherrschung.

»Dann brich es mir doch!«, fauchte sie. »Du wirst sehen, was du davon hast, spätestens, wenn meine Leute kommen, um mich zu suchen!«

Die Art, wie sie es sagte, überzeugte ihn, dass sie allein war. Er drückte ihr Gesicht in den Waldboden, nur für einige Augenblicke, um Zeit zum Nachdenken zu gewinnen, griff sie dann im Nacken wie einen jungen Hund und riss ihren Kopf hoch. Sie hustete und spie Erde aus.

Mit der freien Hand zog er seinen Dolch aus dem Gürtel und legte die kalte Klinge an ihre Kehle. Dann schlang er sich ihren Zopf um die andere Hand wie einen Strick, ohne auf ihre lautstarken Beschwerden zu achten.

»Steh auf«, befahl er ihr. »Ganz langsam. Dieses Messer ist scharf. Es wird deinen Hals durchschneiden, falls es nötig ist.«

Sie gehorchte widerstrebend. Sie überragte ihn um Haupteslänge, als sie stand. Ihr Hals war nach wie vor bequem in seiner Reichweite.

»Leg dein Schwert ab.«

»Was ist das hier?«, fauchte sie. »Eine Gefangennahme?«

»Genau das. Und ich verfahre nicht zimperlich mit meinen Gefangenen. Also überleg dir, was du tust.«

Zögernd löste sie ihren Schwertgürtel und ließ die Waffe zu Boden sinken.

»Voran jetzt«, sagte er und stieß sie vorwärts in Richtung seines Lagerplatzes. »Ich will dich mal in Ruhe ansehen.«

»Au! Du reißt mir alle Haare aus!«

»Das ist mir egal. Beweg dich, oder dein Kopf rollt hier ins Holz.«

Er schubste sie grob vor sich her bis hinüber zum Felsen, stieß sie dagegen und ließ sie gleichzeitig los, so dass ihr Kopf mit Schwung gegen den Fels prallte. Der kurze Augenblick ihres Schmerzes genügte ihm, um den Dolch gegen die Axt zu tauschen und eine Position zu beziehen, die sie zwischen dem Fels und seiner Axt einklemmte. Sie erkannte ihre Lage, nachdem sie sich die Schmerztränen aus den Augen gewischt hatte. Sie sah sich wild nach einer Fluchtmöglichkeit um, rührte sich aber nicht von der Stelle.

Was er da aus dem Wald gefischt hatte, erzürnte Thork. Er konnte die Menschen nicht leiden. Kein vernünftiger Zwerg konnte das. Wie sollte man auch ein Volk leiden mögen, das sich benahm, als gehörte die Welt ihm allein, das sich in erschreckendem Tempo vermehrte und ausbreitete, hässliche Städte baute, freie Wanderer mit Wegezoll belästigte, grundlos blutige Kriege führte und die Zwerge immer weiter in Gebirge und Stein zurück drängte, eine Umgebung, die unter Menschen als lebensfeindlich galt, was nach der Meinung der Zwerge ein Glück war. Thork hatte auf seinen Reisen genug Menschen getroffen, um all die üblen Geschichten bestätigt zu finden, und darüber hinaus empfand er die Menschen, selbst wenn sie sich gerade friedlich verhielten, als überaus anstrengend. Sie lebten ihr Leben in einem Tempo, das ihn schwindelig machte. Alles musste sofort getan werden, nichts hatte

Zeit zu reifen und sich zu entwickeln. Sie verbrachten jeden Augenblick getrieben von der Kürze ihrer Lebensspanne, als säße der Tod ihnen bereits im Nacken. Kämpfe mussten härter sein, Trinken und Feiern musste rauschhafter sein, Streit musste lauter sein, Gefühle mussten intensiver sein, größer, besser, schneller, weiter. Besonders ausgeprägt war dieser Zug bei den jungen Menschen. Es würde unvermeidlich Ärger geben mit dieser jungen Frau.

Er nahm sich einen Augenblick Zeit, um ihr Gesicht zu betrachten, in dem der Waldboden dunkle Flecken hinterlassen hatte.

Er atmete ein und wieder aus, tief, ganz ruhig, unbewegt.

Götter, war sie *schön*.

Dort, wo sie nicht von Erde braun gefärbt war, schimmerte ihre Haut wie heller Marmor. Ihre Augen waren groß und dunkel und ein wenig mandelförmig, und zügellose Wut stand in ihnen zu lesen. Ihr Mund zitterte vor Anspannung, das Kinn hatte sie trotzig nach vorne geschoben. Die Götter mochten wissen, was sie anrichten konnte, wenn sie lächelte.

Ihre Kleidung verriet ihm, dass sie zu den Fahrenden gehören musste, den Sidarthi, wie sie sich selbst nannten, einem Volk, das zu allem sonstigen Übel auch noch Umgang mit Pferden pflegte. Thork verabscheute Pferde beinahe mehr als Menschen.

Vielleicht war er für einen winzigen Augenblick abgelenkt, jedenfalls hielt sie plötzlich ein langes, schmales Messer in der Hand. Als er bemerkte, wie sie es aus ihrem Stiefelschaft zog, war es schon zu spät.

»Du Dreckskerl«, keuchte sie. »Du hättest mich töten sollen, so lange es noch möglich war. Ich werde dich aufschlitzen!«

»Mit diesem Spielzeug? Das ist nicht dein Ernst«, entgegnete er abfällig, obwohl er sehr wohl erkannte, dass die schmale, biegsame Klinge gut dazu geeignet war, sein Kettenhemd zu durchdringen.

Ganz offenbar war es ihr Ernst, denn ein blitzartiger Angriff von ihr zwang ihn, die Axt hochzureißen und zu parieren. Sie nutzte diesen Augenblick, um sich mit einem weiten Satz aus der Klemme zwischen Felswand und Zwerg zu befreien. Er wusste nicht, ob es Dummheit oder Mut war, was sie zu einem Messerangriff gegen einen schwer bewaffneten Zwerg bewog, und sie ließ ihm keine Zeit, sich diese Frage zu beantworten, sondern setzte nach. Sie war gut, wendig und reaktionsschnell, und ihre rücksichtslose Art zu kämpfen überraschte ihn. Er musste sich eingestehen, dass er seine Gegnerin unterschätzt hatte, spätestens als sie einen Angriff durchbrachte, den er kaum hatte kommen sehen, und vor dem ihn nur sein Kettenhemd schützte.

Er versuchte, sich für eine Kampfstrategie zu entscheiden, während er ihre Angriffe blockierte. Er durfte die Axt nicht zum Einsatz bringen. Das Blatt würde durch ihren leichten Lederpanzer fahren wie durch Butter. Er sah, wie ihre Deckung aufriss, als sie erneut versuchte, einen Treffer zu landen, und ließ die Gelegenheit verstreichen. Es schien einfach nicht richtig, diese wutschäumende junge Menschenfrau mit einem Schlag der Gelegenheit zu berauben, aus ihren Fehlern zu lernen. Eine Schwäche, möglicherweise, die man sich im Kampf besser nicht leistete. Es blieb die Hoffnung, dass sie irgendwann ermüdete – bevor er es tat.

Er veränderte seine Position, brachte den Adlerfelsen auf seine linke Seite, um seinen blinden Bereich einigermaßen abzusichern. Allmählich verstrich mehr Zeit zwischen ihren Schlägen, sie umkreiste ihn lauernd wie eine Wölfin.

»Vielleicht erklärst du mir zwischendurch, warum wir eigentlich kämpfen«, versuchte er es auf eine andere Art.

Sie schnaubte wie eines ihrer *Pferde* und spie ihm vor die Füße.

»Das ist doch wohl klar«, sagte sie, und ihre Stimme war angefüllt mit Verachtung. »Du hast mich angegriffen.«

»Ich habe was? *Du* bist an meinem Lagerplatz herumgeschlichen, wenn ich dich erinnern darf! Ich habe nur nach dem Rechten gesehen!«

»Du hast mir fast das Kreuz gebrochen!«

»Ich hätte dich töten können«, erwiderte er und versuchte, seine Stimme ruhig klingen zu lassen. »Mehr als einmal mittlerweile. Ich hab's nicht getan, Gròr mag wissen, warum. Also, wenn du klug bist, verzieh dich einfach von meinem Lagerplatz, und wenn du zu den Göttern betest, dann danke ihnen für dein Leben.«

»Auch ich hätte dich töten können. Ich hätte nur warten müssen, bis du schläfst.« Er sah, wie sie versuchte, ihren Atem beim Sprechen zu kontrollieren. Ihre Schultern und Arme zitterten. Auch sie war also dankbar für eine Kampfpause.

»Dann sind wir ja quitt«, sagte er. »Ich habe kein Interesse daran, dich zu töten oder irgendetwas anderes. Jeder geht seinen Weg, und wir vergessen, dass wir uns jemals getroffen haben.«

»Nachdem wir aber den gleichen Weg haben, wird das nicht so einfach sein«, erwiderte sie kalt und sah mit ihren sehr dunklen Augen zu ihm hinunter.

Alarmbereitschaft flutete durch seinen Körper, der gerade begonnen hatte, sich zu entspannen.

»Was meinst du?«

»Der Troll.«

Sein verbliebenes Auge verengte sich zum Schlitz.

»Woher weißt du?«

»Ich kam durch das Dorf am Waldrand. Heute Morgen. So wie du gestern. Ich fragte die Leute nach dem Troll, und sie sagten mir, das hätte am Vortag schon jemand getan. Ich muss sagen«, fügte sie nach kurzer Pause hinzu, »ihre Beschreibung wird deiner Hässlichkeit in keiner Weise gerecht.«

Er überhörte die Bemerkung.

»Du willst also behaupten, du würdest dich auf Trolljagd befinden. Habe ich das richtig verstanden? Mit diesem Zahnstocher?« Er wies mit dem Kinn auf ihr Messer.

»Du hast mein Schwert gesehen«, erwiderte sie wütend. »Und du kannst von Glück reden, dass ich dir nicht gezeigt habe, wie ich damit umzugehen weiß!«

»Geh nach Hause, Mädchen«, sagte er. »Nimm dein Schwert mit und such dir einen Schrat zum Spielen.«

»Nenn mich nicht *Mädchen*! Und nach Hause kannst *du* gehen, denn der Troll gehört mir.«

»Vergiss es«, sagte er mit aller Entschiedenheit seines Zwergenwillens. »Der Troll gehört mir.«

»Ich hatte befürchtet, dass du es nicht begreifen willst«, erwiderte sie, und er bekämpfte das spontane Bedürfnis, ihr die Herablassung mit den Fäusten auszutreiben. »Deshalb erkläre ich's dir noch einmal im Guten. Dies ist meine Jagd. Verzieh dich in deinen komischen Berg und komm mir nicht mehr in die Quere.«

»Mein Anrecht ist älter«, widersprach er finster. »Es ist entstanden, als deine Eltern Kinder waren.«

»Weißt du was?« Ihr Mund verzog sich zu einem spöttischen Lächeln. »Das ist mir völlig egal. Ich kümmere mich nicht um das Recht. Er ist meiner, und Ende der Debatte.«

Er hob die Axt. »Ich will dir nichts tun. Aber ich kann auf keinen Fall zulassen, dass du mir meine Jagd verdirbst. Ich wünschte wirklich, du würdest vernünftig werden und zu diesen anderen Landstreichern zurückkehren, die deine Sippe sind.«

»Lieber ein Landstreicher als ein Dreckfresser!«

Gleichzeitig holten sie aus – und erstarrten beide gleichzeitig in der Bewegung.

»*drek*«, fluchte er leise.

»Ich kann sie hören.«

»Und ich sehe sie«, bestätigte Thork mit zusammengekniffenem Auge. »Drei, in meiner Richtung.«

»In meiner zwei. Was sind sie? Ich sehe nur Schatten!«

»Schrate. Sie haben uns eingekreist. Sie werden uns ...«

Kriegsgeheul und Äste, die unter Stiefeln zerbarsten, unterbrachen ihn. Aus verschiedenen Richtungen drangen ungeschlachte, langarmige Wesen auf sie ein, die Keulen und kurze Schwerter schwangen und einen üblen Geruch verbreiteten.

»... angreifen«, beendete Thork seinen Satz und brachte sich in Kampfposition.

Aus dem Augenwinkel beobachtete er, wie die junge Kriegerin sich mit einem wilden Kampfschrei den beiden Schraten entgegen warf, die auf sie zu stürmten, dann begegnete er selbst dem ersten Angriff. Axt und Keule prallten aufeinander. Die Wucht fuhr dem Zwerg bis hinauf in die Schultern und erinnerte ihn unangenehm an seine eigene Ermüdung.

Mit einer leichten Drehung brachte der Zwerg sich außer Reichweite, holte aus und schwang die Axt mit aller Kraft, die er noch aufbringen konnte, gegen die Körpermitte seines Gegners. Tief schnitt die Klinge, und der Schrat stürzte um wie ein gefällter Baum. Dunkles Blut sprudelte aus der Wunde und versickerte im weichen Waldboden. Der zweite Schrat, der seinen Angriff gerade hatte führen wollen, hielt für einen kurzen Moment inne, seine wildschweinartige Schnauze verzog sich im Schrecken. Thork ließ ihm keine Zeit, sich zu erholen. Knochen brachen mit dumpfem Geräusch, als der Schrat mit aufgerissener Seite seinem Gefährten auf den Waldboden folgte.

Keuchend blickte Thork um sich. Die Schwertkämpferin war bedrängt von zwei Gegnern. Sie hielt in der Linken ihr Messer, in der

Rechten ein kurzes, dunkles Schratschwert, das sie offenbar einem ihrer Gegner abgenommen hatte. Der ehemalige Besitzer des Schwertes war gerade dabei, hinkend das Weite zu suchen.

Sie machte ihre Sache wirklich gut, stellte Thork mit einem raschen Blick fest. Mit den beiden Waffen wob sie um sich einen Zirkel aus wirbelndem Stahl, den kaum ein Angreifer durchdringen konnte. Sie würde klarkommen.

Mit einigen Sätzen holte der Zwerg den fliehenden Schrat ein und streckte ihn nieder.

Als er seine Axt aus der Leiche befreit hatte und sich dem Kampfgeschehen wieder zuwandte, hatte das Blatt sich gewendet. Die Kriegerin war in eine ungünstige Position zu nahe an den Adlerfelsen geraten und konnte das Schwert nur eingeschränkt gebrauchen. Auf dem weißen Ärmel ihres Hemdes zeichnete sich ein blutroter Fleck ab.

Thork zögerte einen winzigen Augenblick.

Sie war eine Fahrende, gehörte zu diesen Leuten, die auf der Welt spazieren gingen, als wäre sie ein einziger riesiger Spielplatz. Sie blieben nicht, gestalteten nicht, sie *formten* nicht, sie kamen, nahmen, was die Erde ihnen gab, und zogen weiter. Sie übernahmen keine Verantwortung für die Schöpfung der Götter.

Und sie wollte ihm seine Jagd streitig machen.

Wenn sie nun gegen die Schrate fiele, hätte er ein Problem weniger. Es wäre Schicksal. Niemand konnte von ihm erwarten, dass er sich für eine *Sidarthi* in Gefahr brachte.

Eine saubere Lösung.

Er sah ihr Gesicht, das im Feuerschein hell schimmerte, und in dem die Anstrengung zu lesen war. So jung.

Er rief die Kraft in sich wach, ließ sie wie einen heißen Lavastrom in seine rechte Hand strömen, die er mit nach vorne geöffneter Handfläche ausstreckte, atmete tief durch und gab den Fluss frei.

Ein faustgroßer, wabernder Hitzeball löste sich von seiner Handfläche und traf einen Wimpernschlag später einen der beiden Schrate zwischen den Schulterblättern. Er war tot, noch ehe er den Boden berührte. Sein Kampfgefährte hielt inne, schockiert und überrumpelt, und die Schwertkämpferin ließ ihm keine Zeit, diesen Fehler zu bereuen. Mit einem blitzschnellen, sauberen Schnitt zog sie ihm die Schratwaffe über die Kehle und trat mit angeekeltem Gesicht beiseite, als dunkles Blut aus der Wunde sprudelte und der Schrat neben seinem Gefährten auf dem Waldboden zusammenbrach.

Über die fünf Schratleichen hinweg musterten sich Zwerg und Kriegerin.

»Du bist ein Zauberer«, sagte sie und wischte sich mit dem Ärmel über die Stirn.

»Nein«, sagte er. »Bin ich nicht.«

»Du hast einen Lichtball geworfen«, sagte sie überdeutlich, als sei er schwer von Begriff. »Dazu muss man ein Zauberer sein.«

»Es gibt verschiedene Wege zum gleichen Ziel«, sagte er und ärgerte sich, nicht die Axt benutzt zu haben.

»Ist mir eigentlich auch egal«, sagte sie.

Stille legte sich über den Kampfplatz.

»Nun«, sagte Thork nach einer Weile und wog seine Axt in den Händen. »Wo waren wir stehen geblieben?«

»Wir wollten uns gerade wegen des Trolls schlagen«, erinnerte sie ihn. Er beobachtete die dunkel befleckte Spitze ihres Schwertes. Sie zeigte zum Boden.

»Richtig«, sagte er und senkte die Axt ein wenig.

»Was hältst du davon, wenn wir das auf später verschieben«, schlug sie nach einer weiteren langen Pause vor, die der Zwerg stoisch hatte verstreichen lassen. Mit der Linken fuhr sie sich durchs Haar, eine mädchenhafte Geste, die Unsicherheit verriet und nicht recht zu der kaltblütigen Schwertkämpferin passen wollte, die sie ihm bisher geboten hatte.

»Ich meine, nur wegen der Schrate«, fügte sie hinzu, als er weiterhin schwieg. »Für den Fall, dass noch mehr davon sich hier herumtreiben.«

Offenbar war es sein ruhiges, regloses Betrachten, was sie so nervös machte. Sie trat unruhig von einem Fuß auf den anderen und kickte mit der Stiefelspitze einen kleinen Stein weg. Er begann, die Situation zu genießen.

»Jetzt sag was!«, herrschte sie ihn schließlich an.

»Wir müssen das Lager verlegen«, sagte er ruhig. »Diese Schrate stinken.«

Ihre Schwertspitze hob sich. »Ich sagte nicht, dass ich mit dir ein Lager teilen werde! Ich sprach von einem Waffenstillstand!«

»Nun, dann wirst du mit den nächsten fünf oder zehn Schraten, die höchstwahrscheinlich schon auf dem Weg hierher sind, alleine fertig werden müssen.«

Sie schwieg, sah ihn an, verunsichert.

»Lieber lass ich mich von Schraten aufschlitzen, als mit einem *Zwerg* zusammen ein Lager aufzuschlagen«, sagte sie schließlich, doch es klang nicht sehr überzeugt.

»Gut«, sagte er. »Dies ist ein freies Land. Es ist deine Entscheidung.« Er stieg über einen der toten Schrate hinweg und bückte sich zu den Resten seines Lagers. Teetopf und Trinkschale waren während des Gefechts weggetreten worden. In der Schale befand sich noch ein wenig Tee, in dem nun Erde und Fichtennadeln schwammen. Mit leisem Bedauern schüttete Thork den Tee in die schwelende Glut, wischte die Schale sorgfältig sauber und begann dann, seinen Rucksack zu schnüren.

»Einverstanden«, sagte sie hinter seinem Rücken. »Ich hole mein Pferd.«

»Dein *was*?«, fuhr er herum.

»Pferd«, wiederholte sie. »Du weißt schon, diese großen Tiere, vor denen Zwerge sich immer so fürchten.«

»Ich fürchte mich nicht vor Pferden«, stellte er richtig, und seine Stimme klang wie Donnergrollen. »Ich kann sie nur nicht leiden.«

»Ich bin sicher, das wird auf Gegenseitigkeit beruhen«, sagte sie süß. »Halte dich einfach fern, und es wird dir nichts passieren.«

Der Zwerg schnappte nach Luft. »Komm nicht ans Ende meiner Geduld, junge Dame«, drohte er, über die Frechheit der Kriegerin mindestens so erbost wie über die Tatsache, dass ihm so schnell keine schlagfertige Antwort einfiel.

Sie grinste breit, ihren Sieg auskostend.

»Übrigens«, sagte sie, als er sich wieder seinem Rucksack zugewandt hatte. »Wer bist du überhaupt? Wenn wir nun schon ein gemeinsames Lager aufschlagen müssen, will ich zumindest deinen Namen wissen.«

Er richtete sich auf. »Thork Eisenfels.«

»Lianna Fengari Ranessa«, stellte sie sich vor, die Stimme voll Stolz. »Da staunst du, was?«

»Warum sollte ich?«

»Ranessa. Van Ranessa, der Zigeunerkönig. Er ist der Anführer aller Stämme, und er ist mein Vater. Unsere Blutlinie geht direkt zurück auf Ferinor den Barden!«

»Nie von dem gehört«, knurrte Thork und wich dabei ein wenig von der Wahrheit ab. Ferinor der Barde war eine mythische Gestalt aus der Alten Zeit und wurde bei den Menschen als Schutzpatron der Reisenden und der Gaukler verehrt. Sein Lied sollte hartem Stein Tränen des Mitleids entlockt haben, so lautete die Legende. Die Zwerge hielten dies selbstverständlich für eine haarsträubende Übertreibung, wie sie nur den Menschen einfallen konnte.

»Typisch«, schnaubte die Schwertkämpferin. »War nicht anders zu erwarten von einem Zwerg. Ihr habt keine Ahnung von dem, was auf der Erdoberfläche vor sich geht, oder?«

»Wir beschränken uns auf das Wesentliche«, gab er unfreundlich zurück. »Irgendwelche Blutlinien, unsere eigenen ausgenommen, gehören nicht dazu. Und jetzt, *Prinzessin*, bewege deinen adligen Hintern und hol deinen Esel, bevor ich's mir anders überlege.«

Für einen Augenblick schien sie eine Antwort auf den Lippen zu haben, dann aber winkte sie ab, drehte sich um und verschwand unter den Schatten der Bäume.

Er sah ihr nach und trat dabei die Reste des Feuers aus.

Sie kämpften noch zwei weitere Male gegen Schrate, bevor die Sonne aufging.

Lianna Ranessa erwachte kurz vor Sonnenaufgang aus einem leichten, unruhigen Schlaf, dessen Träume angefüllt gewesen waren mit Schwerterklirren und stinkendem Gedärm. Sie fühlte sich alles andere als erholt, im Gegenteil, sie spürte schmerzhaft jeden ihrer Muskeln, und ihr Körper war bedeckt von Prellungen und brennenden Schnittwunden. Mühsam wälzte sie sich herum und kam auf die Beine. Der Schwarze, den sie in einiger Entfernung angebunden hatte, hob den Kopf und schnaubte leise. Bestimmt nahm er ihr übel, dass sie ihm über Nacht den Sattel nicht abgenommen hatte, aber in einem Wald voller Schrate hatte sie beweglich bleiben wollen.

Sie rollte ihre Decke zusammen und verstaute sie unter der Klappe ihres Rucksackes. Sie unterdrückte ein Stöhnen, als sie ihn schulterte, hielt dann inne und sah hinunter zu ihrem unfreundlichen Kampfgefährten.

Der Zwerg schlief, aber seine Haltung, halb sitzend gegen einen Felsbrocken gelehnt, verriet, dass er nicht hatte schlafen wollen. Seine riesigen Pranken lagen auf dem Stiel seiner Axt.

Götter, konnte der zuhauen. Kurze Beine, aber Schultern, die breiter waren als die eines Zugpferdes. Sein Mantel stand offen, und auf seinem Kettenhemd sah sie ein eigenartiges goldenes Symbol schimmern, das er an einer starken geflochtenen Schnur um den Hals trug.

Sie sah ihm in das schlafende Gesicht. Das linke Auge musste er verloren haben, denn er trug eine lederne Augenklappe. Überdies war seine linke Gesichtshälfte durch eine lange, alte Narbe entstellt, die unter der Klappe hervor trat, seine Wange zerschnitt und irgendwo in seinem struppigen Bart endete, der wie sein schulterlanges Haupthaar fuchsrot leuchtete. Seine Nase war gebrochen und schief wieder zusammengewachsen, was ihm vollends das Aussehen eines Strauchdiebes verlieh.

Sie biss sich auf die Unterlippe, während sie ihn betrachtete. Man wusste ja, was man von Zwergen zu halten hatte. Sie waren wilde, hartherzige Gesellen, die nichts auf der Welt höher schätzten als ihr teures Gold, an dessen Glanz sie sich erfreuten und das sie in unterirdischen Städten horteten.

Intelligenz und Mitgefühl konnte man von einem Zwerg nicht erwarten. Dieser hier hatte nichts getan, um sie zu überzeugen, dass er eine Ausnahme machte. Man musste ihn schließlich nur ansehen. Es wäre nicht schade um ihn – einer mehr oder weniger von dieser Sorte machte nun wirklich keinen Unterschied.

Dennoch hatte er neben ihr gekämpft, und auch wenn sie den Gedanken hasste, hatte er sie doch aus einer Klemme befreit. Sie musste sich eingestehen, dass es kritisch hätte werden können ohne ihn. Dass er ein *Zwerg* war, dafür konnte er schließlich nichts.

Aber der Troll gehörte ihr, und sie durfte nicht riskieren, dass dieser Zwerg ihr zuvor kam. Er war ein Zauberer. Nur die Götter konnten wissen, über welche Möglichkeiten er verfügte.

Sie stellte sich vor, sie würde sich jetzt über ihn beugen, den Dolch in der Hand, bereit, seine Kehle zu durchschneiden. Sie hörte seinen Atem, sah, wie seine mächtige Brust sich hob und senkte, und dann würde sie ansetzen und die Klinge über seinen Hals führen, kaum hörbar, Blut würde sprudeln und er würde sterben, ehe er noch erwacht war, und Stille würde am Felsen einkehren, kein Atmen mehr, und zu ihren Füßen läge ein erschlaffter Körper in einer sich stetig vergrößernden Blutlache, die den Waldboden färbte.

Sie schüttelte den Kopf und schimpfte sich eine Närrin. Sie konnte es nicht tun. Selbst wenn er in seinem kalten Herzen nicht das geringste Ehrgefühl tragen mochte, konnte sie ihn nicht einfach im Schlaf töten. Sie hatte neben ihm gekämpft.

Sie würde so schnell reiten, wie das Gelände es zuließ, und hoffen, ihn abzuhängen.

Lautlos schlich sie hinüber zu dem Schwarzen, nahm ihn beim Zügel und führte ihn durch die Bäume davon.

Als Thork endlich erwachte, war er allein. Er richtete sich auf und blinzelte in die Sonne, die bereits hoch am Himmel stand. Von der Kriegerin und ihrem scheußlichen Höllenross war keine Spur mehr zu sehen.

Thork fluchte lauthals und arbeitete sich in die Höhe. Sie hatte ihn abgehängt, das Miststück, sie klebte möglicherweise bereits seinem Troll am Hintern, und überdies war es schieres Glück, dass er noch in der Lage war, sich darüber zu ärgern. Irgendwann zwischen Mitternacht und Morgengrauen musste er die Kontrolle über sich verloren haben und eingeschlafen sein. Er hatte nicht schlafen wollen, nicht in einem Wald voller Schrate und in der zweifelhaften Gesellschaft einer Menschlichen, die am Abend zuvor mit einem Messer auf ihn losgegangen war.

Sein Körper protestierte gegen jede Bewegung, als er zwischen den Bäumen einige Schritte machte, um zu sehen, ob sich Hufspuren auf dem unebenen Waldboden erkennen ließen. Tatsächlich wurde er fündig. Sie hatte die Richtung eingeschlagen, die auch er für die richtige hielt, um zurück auf die Trollfährte zu gelangen.

Er suchte Halt am glatten, silbrig schimmernden Stamm einer alten Buche, während er sich umsah. Die Kämpfe der Nacht hatten ihn Kraft gekostet. Das Atmen verursachte ihm stechenden Schmerz in der Rippengegend. Er erinnerte sich an die riesige Keule des Schrats, der Schlag hatte ihn fast von den Beinen gehoben, und sein Kettenhemd hatte keinen ausreichenden Schutz gegen den dumpfen Aufprall bieten können. Schnittwunden brannten an seinem linken Arm – andere Schrate, andere Waffen, Schwerter und lange gezackte Messer – und immer trafen sie ihn links, da, wo er es nicht kommen sah, er konnte seine Schwäche keinem Gegner verbergen, sie stand ihm buchstäblich ins Gesicht geschrieben.

Er schloss sein Auge und ließ mit der kühlen Luft Ruhe in sich strömen, richtete den Blick dann nach innen und nahm Kontakt auf mit der Kraft, die wärmend in ihm lag. Er zweigte etwas davon ab und lenkte es in die schmerzenden Regionen seines Körpers. Der Schmerz wich einem leichten Kribbeln, das allmählich versickerte.

Thork öffnete sein Auge und blinzelte in das grün gefilterte Sonnenlicht, das durch die Baumkronen auf den Waldboden fiel. Er fühlte sich besser – bereit, seine Jagd wieder aufzunehmen, die nun zweien galt, seinem Troll und einer Schwertkämpferin auf einem Höllenross.

Überall hier im Wald lagen dunkle Felsbrocken verstreut wie nach einem göttlichen Würfelspiel, bemoost, überrankt und überwuchert von Farn und Schlingpflanzen. Der Weg, den die Reiterin eingeschlagen hatte, zeugte von Rücksichtnahme auf ihr Pferd, das in felsigem Gelände offenbar Schwierigkeiten hatte. Thork hingegen kam gut voran und verkürzte seinen Rückstand, indem er Abkürzungen durch die Felslandschaft fand, die für Pferd und Reiterin unpassierbar gewesen waren.

Er dachte nach, während er ging. Die vielen Schrate hier im Wald verwunderten ihn. Er kannte die Südhänge des Wettersteins seit vielen Jahren, er war oft hier gewandert, und eigentlich war es eine friedliche Gegend. Schrate waren in den höheren Regionen des Gebirges zu Hause. Man erzählte sich, sie unterhielten befestigte Siedlungen an den Nordhängen des Gebirges, und Thork konnte sich nicht erinnern, in diesen Wäldern jemals auf mehr als einige vereinzelte von ihnen getroffen zu sein, und schon gar nicht auf kriegerische Trupps, die mit ihrer beschränkten Intelligenz Streit suchten.

Betrachtete man es von dieser Seite, so konnte er von Glück sagen, dass er auf die junge Kriegerin gestoßen war – oder sie auf ihn.

Nun jedoch musste er sehen, wie er sie wieder loswurde.

Er sah ihr Gesicht vor sich, Züge, schön wie die aufgehende Sonne, aber verunstaltet von Hochmut und Jähzorn. Er hätte kurzen Prozess mit ihr machen sollen, so lange er noch die Möglichkeit gehabt hatte. Er tötete nicht leichtfertig, aber er war auch nicht zimperlich mit seinen Gegnern. Es verärgerte ihn, dass er sich hatte erweichen lassen durch – wodurch eigentlich?

Sie hatte etwas an sich gehabt, das ihn zum Zögern veranlasst hatte. Es mochten, oberflächlich betrachtet, ihre Jugend und Schönheit gewesen sein, doch verbarg etwas sich dahinter, auf das er den Finger nicht legen konnte.

Es machte keinen Unterschied. Sie hatten Seite an Seite gekämpft, und sie hatte ihm nichts zuleide getan, als er schlafend ihr ausgeliefert gewesen war. Das nahm ihn in die Pflicht. Er musste nun, ob er wollte oder nicht, versuchen, eine unblutige Lösung für das Problem zu finden.

Er verfluchte seine Schwäche, während er weiter durch den Wald aufstieg.

Etwa eine halbe Stunde später erreichte er eine seiner Wegmarken, die er sich in der Nacht zuvor eingeprägt hatte, um den Weg zurück zur Trollspur zu finden: ein alter, vom Blitz gespaltener Baum, auf dessen vermoderndem Stamm Pilze in dichten Nestern und büschelweise Farn wuchsen. Die Reiterin hatte die abgestürzte Baumkrone des toten Riesen umrundet und ihren Weg hangaufwärts, in nördlicher Richtung, fortgesetzt.

Thork lächelte zufrieden. Der Weg, den die Reiterin eingeschlagen hatte, war eindeutig falsch. Die Trollspur verlief um einiges weiter östlich.

So löste sich das Problem möglicherweise ganz von selbst.

Am späten Nachmittag des gleichen Tages befand sich Thork Eisenfels in Schwierigkeiten. So lange der Troll sich auf weichem, feuchtem Waldboden bewegt hatte, war es für den im Spurenlesen ungeübten Zwerg kein Problem gewesen, der Spur zu folgen. Nun jedoch hatte der Untergrund sich verändert, war wieder felsiger geworden, und Nadelwald hatte die hohen Buchenbestände abgelöst. Thork bewegte sich über einen trockenen, elastischen Teppich aus braunen Fichtennadeln, auf denen seine beschlagenen Stiefel ebenso wenig Spuren hinterließen wie die groben Füße des Trolls, und er hatte seine Spur längst verloren, auch wenn er noch nicht bereit war, sich das einzugestehen. Immer wieder kniete er nieder, um den Boden zu untersuchen, ging dann ein Stück seines Weges zurück, schlug einen suchenden Kreis zwischen den Bäumen, kehrte an seinen Ausgangspunkt zurück, nahm seine ursprüngliche Richtung wieder auf und begann nach einer Weile von vorne.

Er hatte die Spur schon weiter unten im Wald verloren und wiedergefunden. Ein Troll konnte sich nicht spurlos durch Gelände wie dieses bewegen. Und er, Thork, war zwar kein Waldläufer, aber er war ein aufmerksamer Beobachter und nicht dämlich. Er würde die verdammte Spur auch dieses Mal wiederfinden.

Zum ungezählten Male richtete er sich von einer genauen Betrachtung des Waldbodens auf und ließ den Blick schweifen, wischte sich dann mit dem Handrücken über das gesunde Auge, weil die Sicht sich ihm zu verschleiern schien, doch der eigenartige Schleier blieb.

Nebel kam auf.

Thork fluchte lauthals.

Und was für Nebel.

Schon beinahe greifbar quoll er zwischen den Bäumen hervor, strudelte über den Waldboden, senkte sich von oben herab und legte sich wie ein feuchtes Tuch auf Thorks Gesicht. Die kräftigen Farben des Waldes verblassten zu unwirklichem Grau. Die Felsbrocken verloren den Bodenkontakt und schwammen auf der wirbelnden weißen Flut. Die hohen, geraden Baumstämme führten ins Nichts.

Mit dem Nebel kam die Stille. Kein Luftzug verursachte Rauschen in den Baumwipfeln, kein Tier raschelte, kein Vogel pfiff oder flatterte.

Unwirklich.

Unbehagen kroch ihm den Rücken hinauf. Wenn dies ein natürlicher Nebel sein sollte, dann war es entschieden der eigenartigste, *nebelhafteste* Nebel, den er je erlebt hatte. Genauso gut konnte er aber auch zauberischer Natur sein.

Und dann musste es hier irgendwo einen Zauberer geben, der ihn erzeugte.

Thork griff nach hinten und holte seine Streitaxt aus ihrer Halterung auf seinem Rücken.

Was, wenn diese junge Menschliche nicht nur eine Schwertkämpferin, sondern überdies auch noch eine Zauberkundige war und diesen Nebel gewirkt hatte, um ihn in die Irre zu führen?

Er schloss die Finger fest um den glatten, abgegriffenen Stiel der Axt. Das Blatt erschien grau und stumpf im Zwielicht.

Sie würde sich täuschen. Er kannte diese Wälder besser als jeder andere. Er ließ sich von etwas Nebel nicht verwirren. Ein Stück östlich gab es eine kleine Felsgruppe, deren einer einen Überhang bildete. Dort würde er mit geschütztem Rücken warten, bis der Nebel sich verzog. Schließlich konnte sie ihn nicht für immer aufrecht halten.

Vorsichtig machte er sich auf den Weg.

Obwohl er wie die meisten Zwerge einen hervorragenden Orientierungssinn besaß, fiel es ihm schwer, die Richtung beizubehalten. Wo immer er sich befand, der Nebel schien gerade dort am dichtesten zu sein.

Tastend bewegte er sich voran, als würde er durch trübes Wasser waten. Wie geisterhafte Schemen tauchten Bäume und Felsen aus den Schwaden auf, doch sie waren auf seltsame Art in Bewegung und boten dem Blick keinen Halt. Mit Flechten und Efeu bewachsene Felsbrocken, die ihm fremd erschienen, lagen in seinem Weg.

Immer wieder blieb Thork stehen und sah sich um. Sein Verstand sagte ihm, dass er in diesem Wald jeden Stein kannte, egal bei welchem Wetter, und dass er überdies noch nicht lange genug im Nebel unterwegs war, um sich vollständig verirrt zu haben, aber seine Gefühle waren die eines Verirrten: nervös, unruhig, verwirrt, der Wald schien plötzlich feindlich und bedrohlich.

Ein eigenartiges Kribbeln breitete sich in seinem Nacken aus und rieselte ihm wie feiner Sand den Rücken hinunter: Als würde jemand dicht hinter ihm stehen, von dem er im nächsten Augenblick eine Berührung erwartete.

Er fuhr herum und riss die Axt hoch.

Niemand. Er war allein. Es war still. Nur sein eigener Herzschlag hämmerte ihm in den Ohren.

Das eigenartige Gefühl jedoch ließ nicht nach, als hätte der unsichtbare Beobachter die Drehung mitgemacht und stünde nun erneut dicht hinter ihm.

Thork drehte sich einmal um sich selbst und schwang die Axt. Zischend durchschnitt sie die Luft.

Da ist niemand, versuchte er sich zu beruhigen. Nur eine Sinnestäuschung.

Peinlich, ein solches Theater wegen eines kleinen Wetterumschwunges.

Er nahm seinen Weg wieder auf und orientierte sich an der Neigung des Hanges. Wenn er den Anstieg links von sich behielt, musste er ungefähr nach Osten gehen.

Ganz einfach. Ein Kinderspiel.

Er war kaum einen Steinwurf weit gekommen, als er erneut innehielt.

Waren da nicht Stimmen?

Hangabwärts, irgendwo schräg vor ihm?

Gemurmel, fast schon jenseits der Grenze des Hörbaren.

Er lauschte angestrengt mit angehaltenem Atem.

Nichts.

Er stieß die Luft aus und wischte sich mit der Hand übers Gesicht. Feuchtigkeit lag kühl auf seiner Haut, in seinem Bart hatten sich winzige Wassertröpfchen gebildet. Er wickelte seinen Mantel eng um sich, um sein Kettenhemd zu schützen. Selbst guter Zwergenstahl würde in einer solchen Suppe zu rosten beginnen.

Gerade wollte er sich wieder in Bewegung setzen, als die Stimmen erneut erklangen.

Er konnte nicht verstehen, was sie sagten, aber er konnte sie *hören*, links von ihm diesmal, undeutliches Gemurmel, gedämpft und verwischt wie die Erinnerung an einen Traum.

Er verharrte reglos, versuchte zu erkennen, ob die Stimmen sich seiner Position näherten oder sich von ihm entfernten, doch sie schienen an- und abzuschwellen wie Wind.

Und plötzlich strich jemand ganz dicht hinter ihm vorbei, er spürte Atem auf seinem Haar, eine kaum merkliche Berührung durch den rauen Stoff seines Mantels und eine flüchtige Bewegung gerade an der Grenze seines Sichtfeldes. Er schoss erneut herum und führte einen weiten Axtstreich gegen die Luft. Die unsichtbaren Sprecher verstummten. Er blickte wild um sich.

»Wo seid ihr?«, sagte er laut.

Seine Stimme klang dumpf, die Worte wurden erstickt, sobald sie seinen Mund verlassen hatten.

»Was soll das? Was wollt ihr?«

Er bekam keine Antwort und hatte auch keine erwartet.

Er überlegte, was er tun sollte. Weiterhin versuchen, den Unterstand zu finden? An Ort und Stelle ausharren, bis dieses, was immer es war, vorüberging?

So wie die Dinge sich gestalteten, war es unwahrscheinlich, dass er sein Ziel erreichte. Er könnte sich dem Fels um Armeslänge nähern und es nicht einmal bemerken. Aber ohne Schutz im Rücken wollte er nicht bleiben. Ein Fels war so gut wie der andere. Beim nächsten, der auf seinem Weg lag, würde er sich verschanzen.

Er bewegte sich vorsichtig. Er konnte nicht weiter sehen als zwei oder drei Mannslängen. Der Nebel schluckte den Klang seiner Schritte, beschwor unwirkliche Schemen zwischen den säulenartigen Baumstämmen und verhüllte sie wieder. Die Stimmen waren verstummt. Der Wald lag still.

Beinahe. Da waren das Knacken von Gehölz, das Knirschen von Lederzeug und ein tiefes Schnauben.

Thork sprang in Kampfposition, blickte um sich und versuchte vergeblich, durch den Nebel etwas zu erkennen, der mittlerweile träge wie Milchbrei über den Boden floss. Was er hörte, klang nach einem großen Wesen, einem Tier vielleicht …

… oder einem Troll?

Lauernd drehte er sich um sich selbst, jeder Muskel in seinem Körper war zum Bersten angespannt, bereit, mit unmittelbarer Wucht einen Angriff zu führen.

Plötzlich waren die Geräusche direkt hinter ihm. Er schoss herum, darauf gefasst, dass seine Sinne ihn erneut zum Narren hielten, doch diesmal befand sich da wirklich etwas: ein rabenschwarzes Untier, das ihn um mindestens seine eigene Körperhöhe überragte, sein Atem ließ den Nebel wirbeln und strudeln, und es hielt direkt auf ihn zu.

Der kampferprobte und abgebrühte Zwerg erschrak zu Tode. Mit einem wilden Schrei riss er die Axt hoch und führte einen Schlag gegen das Höllenwesen. Das Untier warf sich mit erstaunlichem Geschick zur Seite, und der Schlag ging ins Leere. Gleichzeitig erklang eine Stimme, die er kannte.

»Hör auf, dämlicher Zwerg!«

Keuchend hielt Thork inne und wich einige Schritte zurück.

Auf dem Rücken des Monsters, das er nun auf den zweiten Blick auch wiedererkannte, saß die Kriegerin. Sie hatte ihr Schwert gezogen, die Klinge wies drohend in seine Richtung.

»Du kannst froh sein, dass du ihn verfehlt hast«, sagte sie. »Sonst wärst du jetzt schon ein toter Mann.«

»Prahle nicht«, sagte er, Schreck und Wut noch hörbar in der Stimme. »Sag mir lieber, was du mit all dem bezweckst.«

»Was ich womit bezwecke?«

»Stell dich nicht dümmer als du bist! Mit diesem eigenartigen Nebel natürlich! Ich nehme an, dein Plan war es, mich in die Irre zu leiten, damit du allein den Troll jagen kannst, war es nicht so? Nun, ich sage dir, dass es nicht funktioniert hat! Mit solchem Hokuspokus kannst du mich nicht beeindrucken.«

»Ich *höre* wohl nicht richtig«, erwiderte sie nicht weniger heftig. »Du machst *mich* verantwortlich für das hier? Wer von uns beiden ist eigentlich der Zauberer?«

»Ich bin kein Zauberer«, erklärte er grimmig. »Wir hatten das schon. Ich bin nichts weniger als ein Zauberer.«

»Ach ja«, höhnte sie. »Dann ist der Schrat gestern Abend wahrscheinlich einfach so aus Schreck tot umgefallen.«

»Tatsache ist, ich habe den Nebel nicht verursacht. Und über meine Kräfte muss ich dir keine Rechenschaft ablegen.«

»Ich war es ebenso wenig. Verdammt noch mal, ich habe keine Ahnung, wo ich überhaupt bin.«

Er sah zu ihr hinauf, fragte sich, was sie zu diesem Eingeständnis veranlasst hatte.

Ihr Gesicht schimmerte weiß im trüben Licht. Einzelne feuchte Strähnen ihres dunklen Haares klebten an ihrer Stirn, und sie wischte sie mit dem Handrücken fort.

»Wer war es dann?«, stellte er die naheliegende Frage.

Sie hob die Schultern und stützte die Schwertfaust auf dem Oberschenkel ab. Er ließ die Axt sinken.

»Woher soll ich das wissen?« Ihre Stimme klang eher ratlos als wütend. »Ich habe den ganzen Tag niemanden getroffen. Ein paar Schratspuren, sonst nichts. Aber vorhin habe ich Stimmen gehört.«

»Ich auch. Ich konnte aber nicht verstehen, was sie sprachen.«

»Genau.«

»Vielleicht waren sie Bestandteil des Zaubers?«

»Wie auch immer. Was wollen wir jetzt tun?«

»Wer hat gesagt, dass *wir* etwas tun werden«, knurrte er unfreundlich. »*Ich* werde versuchen, einen sicheren Ort zu finden, an dem ich das Ende dieses Spuks abwarten kann.«

»Gute Idee«, stimmte sie zu. »Ein Stück bergauf sind Felsen. Stell dich nicht so an«, schnitt sie ihm eine Erwiderung ab. »Wir haben gemeinsam gegen diese Schrate gekämpft, also können wir es auch gemeinsam mit einem Zauberer aufnehmen. Was nicht heißen soll, dass ich dich leiden kann. Aber offenbar bist du wie eine dieser Wintergrippen: Man wird dich nicht richtig los. Und wenn du schon da bist, kannst du dich auch nützlich machen.«

Thork schnappte nach Luft. »Du bist ein unverschämtes Weibsbild«, sagte er, als er wieder konnte. »Allein für diese letzte Bemerkung sollte ich dir den Hintern versohlen, dass du drei Wochen nicht mehr reiten kannst.«

»Versuch es, und ich mache dich kürzer, als du sowieso schon bist.«

Ein Patt trat ein. Zwerg und Kriegerin standen schweigend und starrten sich an.

Schließlich seufzte Thork.

»Zeig mir diese Felsen«, sagte er. »Ich kann genauso meinen Nutzen aus dir ziehen wie umgekehrt.«

Sie wendete ihr Pferd, und er wich zurück, als das Hinterteil des Tieres in seine Richtung ausschwenkte. In gebührendem Abstand, so dass er sie gerade noch durch den Nebel erkennen konnte, folgte er Pferd und Reiterin bergauf.

Es würde schwierig werden, mit dieser schwer erträglichen Menschlichen eine Einigung bezüglich des Trolls zu erzielen.

Sie fanden die Felsen, die Thork fremd vorkamen, als hätte er sie nie zuvor gesehen, und bezogen Stellung, den Blick wachsam in den Nebel hinaus gerichtet, Schwert und Axt kampfbereit. Die Zeit verging zäh und eintönig. Feuchtigkeit kroch ihnen durch die Kleidung und ließ sie frösteln. Es war still. Die eigenartigen Stimmen waren verstummt.

Nach einiger Zeit ließ ihre kampfbereite Anspannung nach. Lianna senkte ihr Schwert, und Thork pflanzte die Axt vor sich auf den Waldboden und verschränkte die Hände auf dem Stiel. Der Schwarze stand nahebei, sein unruhiges Ohrenspiel verriet seine Nervosität.

Nichts geschah.

Eine halbe Stunde oder länger mochte vergangen sein, bevor einer von ihnen das Wort ergriff.

»Es wird dunkel«, stellte Lianna fest und spähte mit zusammengekniffenen Augen hinaus in den unverändert dichten Nebel.

»Auch das noch. Ob sie wohl erst in der Dunkelheit angreifen?«

»Unwahrscheinlich«, sagte der Zwerg. »Wenn ein Angreifer den Schutz der Dunkelheit nutzen möchte, muss er sich nicht die Mühe machen, einen Nebel zu erschaffen. Nein, mittlerweile spricht einiges dafür, dass wir durch den Nebel lediglich verwirrt werden sollten.«

»Aber von wem? Und warum?«

»Ich weiß es nicht. Ich bin kein Hellseher.«

Sie seufzte und trat von einem Fuß auf den anderen. Das Leder ihrer hohen Stiefel knirschte leise.

»Ich will ein Feuer«, sagte sie. »Mir ist kalt. Diese verdammte Feuchtigkeit macht mich fertig.«

»Es wird schwer sein, eines in Gang zu bringen«, wandte er ein.

»Vor allem, wenn wir es gar nicht erst versuchen«, fauchte sie ihn an. Er zuckte zurück, überrascht.

»Ich habe nicht gesagt, dass wir es nicht versuchen«, stellte er klar und fand sich in dem unwirschen Ton wieder, den er gerne für eine Weile abgelegt hätte. »Nur, dass es nicht einfach sein wird. Hör doch zu, wenn dir jemand etwas sagt.«

»Und du, sprich nicht in diesem Ton mit mir! Ich kann das nicht leiden!«

»Ich kann *dich* nicht leiden. Aber im Gegensatz zu dir achte ich die allgemeinen Gesetze der Höflichkeit.«

»Warum sollte ich zu einem *Zwerg* höflich sein?«

Er sah zu ihr hinauf. Er beschloss, sich nicht länger provozieren zu lassen. »Du solltest es sein, wenn du willst, dass *dieser Zwerg* dir ein Feuer anschürt«, sagte er.

Sie schnaubte verächtlich, ein Laut, der auch von ihrem Höllenross hätte stammen können.

»Ich mach mir mein Feuer schon selbst«, sagte sie, warf den Kopf in den Nacken und steckte ihr Schwert zurück in die Scheide.

»Bitte sehr«, nickte er, äußerlich ungerührt, während er innerlich das wiederkehrende Bedürfnis niederkämpfte, tätlich zu werden, bis sie ihren Hochmut ablegte.

Er sah zu, wie sie die nahe Umgebung des Felsens auf der Suche nach Feuerholz durchstreifte. Es war ein mühsames Geschäft, sie benötigte einige Zeit, bis sie einen Stapel zusammengetragen hatte, der etwa eine Stunde brennen würde.

»Was ist los?«, herrschte sie ihn schließlich an. Ihr Gesicht war gerötet von der Anstrengung, Fichtennadeln hingen in ihrem Zopf. »Machen bei euch Zwergen die Frauen die ganze Arbeit?«

»Durchaus nicht«, erwiderte er. »Aber ich achte deinen Entschluss, dir dein Feuer selbst zu schüren.«

Sie sah ihn an, und dann tat sie etwas, das für ihn völlig unerwartet kam: Sie lachte.

Vergnügt und befreit sprudelte es aus ihr heraus, zauberte kleine Grübchen in ihre Wangen und ließ gerade weiße Zähne zwischen ihren vollen Lippen schimmern.

»Du hast recht«, sagte sie, und die Melodie ihres Lachens klang in ihrer Rede weiter. »Ich verdiene es nicht anders. Willst du mir nicht helfen und dieses Holz etwas zerkleinern? Ich *bitte* dich darum.«

Thork stand und starrte sie an, überrascht und völlig in den Bann geschlagen. Niemals zuvor hatte Schönheit auf diese Weise sein Inneres berührt.

»Ja«, sagte er schließlich, als ihm klar wurde, dass er aufgefordert war, eine Antwort zu geben. »Natürlich. Gerne.«

Er war dankbar, als er sich von ihr abwenden konnte, um das kleine Holzbeil aus seinem Gepäck zu holen. Es steckte in einer ledernen Umhüllung, die es vor Feuchtigkeit schützte. Er nahm es heraus und prüfte die Schärfe mit dem Daumen, dann machte er sich daran, die Äste, die Lianna gebracht hatte, zu kürzen.

Die körperliche Arbeit tat ihm gut, sie vertrieb die feuchte Klammheit aus seinem Körper und die Verwirrung aus seinem Geist.

Während Lianna sich noch auf Holzsuche befand, errichtete er einen kleinen Stoß aus Reisig und Tannenzapfen.

Mit Feuerstein und Eisen schlug er Funken und ließ sie auf ein Büschel getrocknetes Moos tropfen, das er aus seinem Vorrat entnahm. Knisternd fing es schließlich Feuer. Vorsichtig schob er es in den Holzstoß, wo es zischend erlosch.

Nach zwei weiteren, ebenso vergeblichen Anläufen begann er, Flüche zu murmeln. Sein Vorrat an Moos würde nicht beliebig viele Versuche hergeben.

Lianna kam zu ihm und ließ sich erhitzt und schnaufend neben ihm auf den Boden plumpsen.

»Will's nicht?«, fragte sie.

»Ich sagte bereits, es ist sehr feucht«, knurrte er, Eisen und Stein aneinander schlagend.

»Lass mich mal. Dein Holzstoß ist zu eng. Es kriegt keine Luft.«

»Mein Holzstoß ist perfekt. Könnte gar nicht besser sein.«

»Und warum brennt es dann nicht?«

»Weil es zu *feucht* ist, verdammt noch mal! Finger weg!«, fuhr er sie an, als sie sich an dem kunstvoll aufgetürmten Holzstoß zu schaffen machte. »Du wirst es nur zum Einsturz bringen!«

»Unsinn«, erwiderte sie ungerührt. »So. Versuch's noch mal.«

Diesmal griff das Feuer, wenn auch zögernd, auf den Holzstoß über. Qualm stieg auf und verband sich mit dem Nebel, der sie noch immer umgab. Vorsichtig schirmte der Zwerg die kleine Flamme mit seinen Händen und blies hinein.

»Pass doch auf«, tadelte Lianna. »Du sollst es *an*blasen, nicht *aus*blasen!«

»Halt den Mund«, knurrte er. Sie beugte sich zu ihm, ihr Gesicht war nahe bei seinem. Unbehagen befiel ihn, und er wich zurück.

Vorsichtig blies sie in die Glut und legte Reisig nach, das trocken genug war, um zu brennen. Eine kräftige Flamme sprang auf. Er veränderte seine Position, um mit seinem Rücken den Wind abzuhalten, und beobachtete, wie das Feuer ihre Wangen rosig färbte.

Kurze Zeit später hatten sie ein Feuer, das zuverlässig, wenn auch qualmend brannte.

»Sehr schön«, sagte sie zufrieden, lehnte sich an den Fels und streckte ihre langen Beine aus. Er knurrte etwas, das sich, wie er hoffte, nach Zustimmung anhörte, füllte seinen Teetopf mit Wasser und setzte ihn ins Feuer.

Sie zog ihren Rucksack zu sich heran und begann, darin herumzukramen.

»Was hast du zu essen?«, fragte sie. »Ich habe noch etwas Brot, Trockenfrüchte, Käse, ein Stück von einem Hasen ...«, sie zog ein in Tuch geschlagenes Päckchen hervor, roch daran, verzog das Gesicht und warf das Päckchen hinaus in den Nebel, »... vergessen wir den Hasen. Und du?«

»Brot, Trockenfleisch, Haferflocken«, sagte er, ohne nachzusehen.

»Klingt nach einem Festmahl«, erwiderte sie und verdrehte die Augen. »Und wofür ist das Wasser in diesem Topf?«

»Tee.«

»Tee ist gut«, verkündete sie.

»Wer hat gesagt, dass ich ihn mit dir teile«, knurrte er.

Sie lächelte auf eine Art, die ihm rätselhaft war. »Du sagtest vorhin, du würdest die Grundregeln der Höflichkeit achten«, erinnerte sie ihn. »Nun, ich würde es sehr unhöflich finden, wenn du ihn nicht teilen würdest. Schließlich haben wir ein gemeinsames Feuer.«

Er warf ihr einen grimmigen Blick zu und seufzte dann tief. Ihr rätselhaftes Lächeln bekam eine Note von Triumph.

Sie teilten ihre Vorräte und aßen schweigend. Als der Tee fertig war und sein bitteres Aroma verströmte, goss Thork vorsichtig etwas davon in die hölzerne Trinkschale und genoss für einen Augenblick die Wärme, die durch das Holz in seine Hände drang.

Gestern noch hatte er den gleichen Tee im Kampf mit der jungen Schwertkämpferin verschüttet, nun, gerade einen Tag später, war er im Begriff, ihn mit ihr zu teilen. Er schüttelte den Kopf und reichte ihr die Schale hinüber, ohne selbst getrunken zu haben. Das Leben ging manchmal verschlungene Pfade.

Sie nahm die Schale und blies darüber. Um seinen Händen etwas zu tun zu geben, holte er aus einer Seitentasche seines Rucksackes eine kurze, hölzerne Tabakspfeife und ein kleines Ledersäckchen. Der Tabak hatte ebenfalls Feuchtigkeit gezogen, wie er verdrossen feststellen musste, es dauerte lange, bis er die Pfeife in Gang bekam. Lianna hatte inzwischen die Schale geleert, füllte sie nun nach und reichte sie ihm zurück.

»Muss das sein?«, beschwerte sie sich, gerade als er den ersten tiefen Zug genommen hatte und den Rauch durch Mund und Nase allmählich ausströmen ließ. »Das stinkt!«

»Dein Pferd stinkt auch«, gab er ungerührt zurück.

Ihr Gesicht verzog sich im Ärger, sie schlug mit der flachen Hand gegen den Fels, an dem sie saß, warf sich dann auf den Rücken, den Kopf auf ihren Rucksack gestützt, und starrte hinauf in den Himmel, der noch immer neblig verhangen war. Ein Schweigen kehrte ein, das Thork genoss. Er trank seine Schale Tee und rauchte die Pfeife zu Ende, ohne dass etwas seinen Frieden störte. Er war gerade dabei, Asche und Tabakreste mit einem flachen Stein aus dem Pfeifenkopf zu klopfen, als er bemerkte, dass sie ihn ansah.

»Wie ist es eigentlich passiert?«, fragte sie und spielte mit dem Ende ihres langen Zopfes. Ihr Zorn hatte sich offenbar wieder gelegt.

Er hielt in der Bewegung inne. »Was meinst du?«, fragte er, obwohl er befürchtete, die Antwort zu kennen. Es war die Frage, die über kurz oder lang jeder stellte, mit dem er es zu tun bekam.

»Ich meine das mit deinem Gesicht.« Sie drehte sich auf die Seite und stützte sich auf den Ellenbogen, um ihn besser betrachten zu können.

Er versuchte, die Erinnerungen niederzukämpfen.

»Ich spreche nicht darüber.«

»Schade«, sagte sie, und nach einer Weile: »Es muss höllisch weh getan haben, nicht wahr?«

»In der Tat.«

»Und – fehlt es dir? Wie kommt man klar mit nur einem Auge?« Sie kniff ihr linkes Auge zusammen und sah sich um. »Kann ich mir gar nicht vorstellen«, fügte sie hinzu.

»Dämliche Frage«, knurrte Thork. »Natürlich fehlt es. Wenn wir mit einem Auge genauso zurechtkämen wie mit zwei, hätten die Götter uns nur eines mitgegeben.«

»Und wie kommst du nun klar?«

»Man gewöhnt sich dran. Und man lernt.«

Sie ließ sich wieder auf den Rücken fallen. »Vielen Dank für diesen Redeschwall. Sind alle Zwerge so gesprächig?«

»Unterschiedlich. Vielleicht ist es auch vom Thema abhängig.«

Sie drehte den Kopf und sah ihn durch die züngelnden Flammen des Feuers hindurch an.

»Tut mir leid«, sagte sie ernst. »Es sieht aus wie eine alte Verletzung. Ich dachte, es wäre schon lange her, und ich könnte fragen.«

»Es *ist* eine alte Verletzung«, bestätigte er, und nach kurzem Zögern setzte er hinzu: »aber eben doch eine Verletzung.«

»Verstehe.«

»Das ist bemerkenswert.«

»Wieso?«

»Die Menschen, die ich bisher traf, nahmen sich selten die Zeit, über etwas so lange nachzudenken, bis sie es wirklich verstanden hatten. Gerade die jungen nicht.«

»Tatsächlich? Und die Zwerge, die ich bisher traf, hatten nicht einmal die Intelligenz, einem einfachen Gedanken folgen zu können, geschweige denn einem durchdachten.«

Er lehnte sich zurück gegen die Felswand, die ganz allmählich die Wärme des Feuers aufzunehmen begann.

»Und wie viele Zwerge hast du bisher getroffen?«, erkundigte er sich.

»So einige.« Sie wedelte unbestimmt mit der Hand. »Genug, um mir ein Bild von euch zu machen.«

»Da bin ich aber mal gespannt. Wie sieht denn dieses Bild aus?«

Sie zögerte und warf ihm einen langen Blick zu.

»Wir teilen ein Feuer. Das heißt, ich sollte freundlich sein, oder?«

»Nicht nötig. Ich bin hart im Nehmen.«

»Na ja«, setzte sie an. »Bisschen beschränkt eben. Wie man es von Sesshaften erwarten muss. *Unterirdisch* Sesshaften darüber hinaus. Nicht besonders spannend, sich mit euch zu unterhalten. Irgendwie langsam, und schwerfällig. Ihr habt nichts gesehen außer euren komischen Höhlen und könnt nichts erzählen. Ihr seid grausam, weil euch an anderen Lebewesen nichts liegt. Alles, wofür ihr Leidenschaft empfinden könnt, ist euer Gold. Ihr tragt riesige Schätze zusammen, aber ihr teilt sie nicht und freut euch nicht daran, weil eure Gier euch blendet.«

»So«, sagte er, und nach einer Weile, die im Schweigen verstrichen war: »Ihr Fahrenden stehlt anderen Menschen die Kinder aus der Wiege, nicht wahr? Ihr tauscht sie aus gegen eure eigenen, die dann zu verschlagenen kleinen Übeltätern heranwachsen. Die Kinder, die ihr selbst aufzieht, behandelt ihr schlechter als euer Vieh. Ihr vergiftet Brunnen, und ihr seid Diebe alle miteinander, und ihr wendet für eure Betrügereien üblen Zauber an.«

»Das ist *nicht wahr*!«, fuhr sie auf. »Nichts davon! Das sind bösartige Unterstellungen! Ich habe schon Leute für weniger getötet!«

»Siehst du?«

Sie sah ihn an, die Entrüstung wich aus ihren Zügen, plötzlich lächelte sie.

»Ich sehe. Und ich denke, ich gehe jetzt besser mein *stinkendes Pferd* versorgen, bevor das hier noch peinlicher für mich wird.«

Vorsichtig erwiderte er ihr Lächeln, kaum mehr als ein kurzes Zucken seiner Mundwinkel.

Sie erhob sich und stieg über ihren Rucksack hinaus in den Nebel.

»Wenn ich mich heute Nacht zum Schlafen lege«, sagte er, »werde ich dann morgen tot sein?«

Sie wandte sich zu ihm, Nebel umhüllte ihre Gestalt, und immer noch lächelte sie.

»Jedenfalls nicht von meiner Hand«, erwiderte sie.

Am nächsten Morgen hatte der Nebel sich verzogen. Lange goldene Sonnenstrahlen fielen durch die Bäume hinunter auf den Boden und ließen Tautropfen funkeln wie einen königlichen Zwergenschatz. Der Waldboden dampfte in der frühen Wärme. Es roch nach Nässe und Fichtennadeln.

»Was ist dein Plan für heute?«, fragte Thork Lianna, während sie kurz und – aufgrund ihrer beschränkten Vorräte – sparsam frühstückten.

Lianna grinste vergnügt.

»Immer noch bestrebt, mich von dem Troll abzubringen, was?«

»Der ungeklärte Streitfall um unsere Ansprüche ist das eine«, erwiderte er völlig ernst. »Das andere ist mein Interesse daran, wie du die Spur wiederfinden willst, die du zweifellos gestern verfehlt hast.«

»Ich danke dir für deine Anteilnahme. Aber – nur mal angenommen, ich hätte die Spur wirklich verloren – und ich behaupte nicht, dass es so ist – sollte dich das nicht freuen? Du hättest die einmalige Gelegenheit, mich ein für alle Mal abzuhängen!«

»Du hast sie verloren. Ich bin gestern auf ihr gewandert, und da waren keine Hufspuren.«

»Na gut. Aber was ist mit dir? Ich könnte schwören, dass du sie genauso verloren hast. Spätestens in diesem Nebel gestern.«

Er schwieg und stocherte mit einem Stock in der verlöschenden Glut.

Sie ließ sich auf den Rücken fallen und brach in Gelächter aus. Seine Hand zitterte plötzlich, und er ließ den Stock fallen.

»Großartig«, sagte sie. »Das wird heldenhaft werden. Wir werden beide durch den Wald irren und versuchen, diese Spur zu finden, bevor der andere sie findet. Was für ein Spaß.«

»Es gibt noch einen Weg«, sagte er.

»Und der wäre?«

»Es wohnen Menschen in diesen Wäldern. Man könnte sie fragen. Es sind hervorragende Spurenleser dabei. Einer von ihnen hat sein Haus etwa einen Tagesmarsch von hier. Man könnte ihn aufsuchen, falls man bereit wäre, den Umweg in Kauf zu nehmen.«

»*Man könnte*«, wiederholte sie. »Bedeutet das, *du könntest*, oder *wir könnten*?«

Er spürte ihren Blick und wich ihm weiterhin aus, indem er die Glut betrachtete, die allmählich unter der Asche erstickte.

»Was soll es denn bedeuten?«

»Ach, weißt du«, erwiderte sie, »Um diese Spur wiederzufinden, verbringe ich auch noch einen Tag in deiner Gesellschaft.«

»Was du ohne diese Notwendigkeit niemals tun würdest.«

»Götter! Das war ein Scherz!«

»Tatsächlich.«

»*Tatsächlich*«, wiederholte sie mit Nachdruck. Sie rappelte sich auf und begann, ihre Schlafdecke zusammenzurollen.

»Tatsache ist, dass ich noch nicht weiß, ob es *ich* oder *wir* bedeutet«, sagte er und drehte den Kopf, um sie endlich anzusehen. »Ich habe kein Interesse daran, mein Wissen mit dir zu teilen, dich auf die Spur zu bringen und dann zuzusehen, wie du dich auf dein *héltier* schwingst und mich abhängst. Ganz zu schweigen davon, dass ich den Tag nicht nur in deiner Gesellschaft, sondern auch in der dieses Monsters verbringen müsste.«

»Ich kann eine sehr angenehme Gesellschafterin sein«, versprach sie ihm lächelnd.

»Für deinesgleichen, das glaube ich gerne«, seufzte er. »Aber für meinesgleichen?«

»Du solltest den Versuch wagen. Nicht zuletzt deshalb, weil wir dann zu zweit wären, wenn uns dieser Zauberer über den Weg läuft. *Und*, nachdem dir das ja offenbar sehr wichtig ist, wir könnten in aller Ruhe unsere Ansprüche klären.«

»Gib mir dein Wort, dass du nicht versuchen wirst, mich zu übervorteilen«, forderte er.

»Ich gebe dir mein Wort«, sagte sie feierlich. »Bist du nun zufrieden?«

»Zunächst«, knurrte er.

Lianna fütterte und tränkte den Schwarzen, während Thork sein Gepäck verschnürte und die Glut austrat und sich fragte, wie zur *hél* er darauf verfallen sein konnte, ihr dieses Angebot zu machen.

Auf den Zauberer stießen sie nicht an diesem Tag, aber, kaum eine halbe Stunde nach ihrem Aufbruch, auf Reste einer anderen Lagerstatt. Sie lag am Fuße des Felsens, den Thork im Nebel vergeblich zu erreichen versucht hatte. Eine ganze Reisegruppe musste hier die Nacht verbracht haben, vier oder fünf Leute, das Gras richtete sich gerade wieder auf, dort, wo sie gelegen hatten, und die Asche der Feuerstelle war noch warm.

»Sieh mal«, sagte Lianna und deutete auf einen Stiefelabdruck im weichen Boden, der deutlich kürzer und auch weniger tief war als die übrigen. »Eine Familie vielleicht, mit Kindern.«

»Schön wär's«, knurrte der Zwerg finster. »Aber ich mag nicht daran glauben. Es ist kein Dorf in der Nähe und keine Straße. Und vergiss nicht den Zauberer.«

Sie sahen sich an.

»Der Zauberer«, wiederholte Lianna. »Ich habe nie zuvor einen getroffen. Gesehen schon, aber nicht mit einem gesprochen. Möchtest du mir nicht verraten, wie es funktioniert mit der Zauberei?«

»Ich sage es dir ein drittes Mal: Ich bin kein Zauberer.«

»Ich habe dich etwas tun sehen, das ich als Zauberei bezeichnen würde. Und ehe du mir nicht erklärt hast, was du bist, bist du ein Zauberer für mich.«

Allmählich sah Thork ein, dass er an einer Erklärung nicht vorbei kam, wenn er jemals wieder seine Ruhe haben wollte.

»Der Unterschied liegt in der Herkunft der Kräfte, die man für Zauber verwendet. Zauberer verwenden Kräfte, die nicht aus dem Göttlichen kommen. Sie zapfen einfach die Energieströme der Umgebung an, und sie tun es ohne Bedacht und Notwendigkeit. Es ist Missbrauch.«

»Keine Ahnung, wovon du sprichst«, sagte sie mit einem Lachen. »Zumindest habe ich verstanden, dass du kein Zauberer sein willst. Was bist du dann?«

»Meine Kräfte kommen von Gròr, oder Grandir, wie er bei den Menschen heißt. Der Weltenschmied.«

»Dann bist du also ein Priester?«

Thork seufzte. »Wenn du schon unbedingt eine Bezeichnung dafür brauchst, gefällt diese mir besser als die vorige.«

»Schade«, sagte Lianna. »Ich würde schrecklich gerne mal einen Zauberer persönlich kennenlernen. Ich habe mal einen in einem Gasthaus gesehen. Er hat aus einem völlig normalen Ei einen Drachen schlüpfen lassen, der war so groß wie eine Kuh und flog den Leuten über den Köpfen herum, bevor er sich in Luft auflöste. Es war ein Riesenspaß! Das Ei hat er übrigens danach aufgeschlagen. Es war wirklich ein völlig normales Ei.«

»Genau davon sprach ich. Missbrauch.«

»Ich nehme an, du könntest so etwas nicht vollbringen?«, fragte sie mit einem Hauch Unschuld in der Stimme.

»Nein«, sagte er finster. »Und ich habe nicht das geringste Interesse daran, es zu erlernen.«

Lianna lachte vergnügt. »Schade. Nun, dann werde ich diesen Zauberer danach fragen, wenn wir ihn treffen.«

»*Wenn* wir ihn treffen«, erwiderte Thork, der sich zum Gehen wandte, »dann trifft meine Faust ihn an der Schläfe. Danach kannst du ihn fragen, was du willst.«

Der Waldhüter Galdur war der größte Mensch, den Lianna jemals gesehen hatte. Neben ihm fühlte sie sich wie ein Kind, und sie musste den Kopf in den Nacken legen, um in sein bärtiges Gesicht sehen zu können. Der Zwerg gar, mit seiner kurzbeinigen, gedrungenen Gestalt, wirkte in ihren Augen vollends lächerlich neben dem Riesen, doch schien er es nicht zu bemerken oder mit Fassung zu tragen.

Sie erreichten Galdurs Haus am späten Nachmittag, nachdem sie einen ganzen Tag lang quer zum Hang und hangabwärts gegangen waren, ohne auf etwas anderes als fliehende Rehe und eilig die Bäume hinauf huschende Eichhörnchen zu stoßen. Ihre Ankunft hatte sich durch ein zunächst kaum hörbares, dann immer deutlicheres Rauschen angekündigt, das der Zwerg mit einem kurzen »Wir sind bald da«, kommentiert hatte. Schließlich öffnete der Wald sich zu einem kleinen Gebirgstal. Ein Bach stürzte eine Felsstufe von etwa doppelter Mannshöhe hinunter und ergoss sich schäumend in einen tiefen, dunklen Teich, von wo aus er sich in steinigem Bett einen Weg durch das Tal suchte. Auf der anderen Seite des Teiches stand ein niedriges, efeuumranktes Steinhaus, umgeben von einem Gemüsegarten. An der Wetterseite wartete ein großer, ordentlich gestapelter Holzvorrat auf den Winter.

Durch die kniehohe, nach Heu duftende Wiese, über der die Wärme lag, gingen sie hinüber zum Haus. In das Bachbett waren große Trittsteine gelegt worden, so dass man den Bach bequem und trockenen Fußes überqueren konnte. Wenn man schon, so dachte Lianna, ein Haus bauen musste, in dem man eine lange Zeit sesshaft lebte, so war dies sicher ein guter Ort dafür. Nun ja, ein wenig einsam vielleicht, schränkte sie ein, während sie den Schwarzen vorsichtig in den Bach führte.

In der Mitte des Baches blieb der Schwarze stehen, senkte den Kopf, um das Wasser zu beschnuppern, und begann dann zu trinken. Lianna legte den Arm auf seinen Widerrist und lehnte sich gegen seine Schulter. Der Zwerg war weitergegangen und tauschte nun eine herzliche Begrüßung mit dem riesenhaften Mann, der aus dem Haus gekommen war, um sie zu empfangen. Lianna konnte über dem Rauschen des Wasserfalles nicht verstehen, was gesprochen wurde, doch sie nahm zur Kenntnis, dass der Riese lange hinüber in ihre Richtung sah, während der Zwerg zu ihm sprach. Sein wilder schwarzer Bart hing ihm zusammen mit dem Haupthaar bis auf die Brust hinunter, und er hatte Arme wie Baumstämme. Im Vergleich zu ihm wirkte der Zwerg regelrecht vertrauenerweckend.

Sie begann sich zu fragen, ob es eine kluge Entscheidung gewesen war, mit einem Zwerg, den sie kaum kannte, der ihr Konkurrent und überdies eben ein *Zwerg* war, einen Waldmenschen aufzusuchen, der sich möglicherweise mit seinem Freund gegen sie verbünden konnte. Sie fühlte sich plötzlich ein wenig einsam und verunsichert in diesen endlosen Wäldern. Sie würde nicht ohne zwei lange Messer in den Stiefeln schlafen. Besser noch, sie würde, wenn möglich, gar nicht schlafen.

»Du bist mein Verbündeter«, flüsterte sie dem Schwarzen zu, der den Kopf hob und zufrieden schnaufte. Wasser tropfte von seinem Maul.

»Genug?«, sagte sie. »In Ordnung. Dann lass uns mal guten Tag sagen.«

Sie führte den Schwarzen ans Ufer und ging hinüber zu dem Zwerg und seinem riesenhaften Freund, bemüht, möglichst viel Überlegenheit auszustrahlen.

»Lianna Ranessa«, stellte der Zwerg sie vor. »Sie ist eine Sidarthi–Prinzessin, oder so ähnlich. Hab sie in den Wäldern aufgelesen.«

»Willkommen in meinem Haus«, sagte der Waldhüter. »Ich bin Galdur. Ihr habt nichts zu befürchten«, fügte er hinzu, und für einen raschen Augenblick überlegte Lianna, ob er wohl in der Lage war, ihre Gedanken zu lesen. »Die Freunde von Meister Eisenfels sind auch meine Freunde – oder sagen wir in diesem Fall besser, seine Nicht-Feinde, nicht wahr?«

»Ich befürchte nichts«, widersprach Lianna hochmütig. »Trotzdem danke ich Euch. Und, in der Tat, *Freund* trifft es nicht wirklich.«

Der Waldhüter lächelte.

»Ein prächtiges Pferd habt Ihr da«, sagte er und hielt dem Schwarzen seine riesige Hand hin, damit er sie beschnuppern konnte.

»Er misstraut Fremden ... normalerweise«, fügte sie verwundert hinzu, als der Schwarze seine Nase in die ihm dargebotene Hand schmiegte und sich mit allen Anzeichen des Genusses die Stirn kratzen ließ.

»Ihr könnt ihn hinter dem Haus anbinden«, sagte Galdur. »Er kann dort grasen, und es gibt auch einen Wassertrog.«

»Ich danke Euch«, wiederholte Lianna höflich und zog den Schwarzen mit sich, der sich nur widerstrebend von dem großen Mann löste.

»Ein schöner Verbündeter bist du«, schimpfte sie ihn leise, während sie ihm den Sattel abnahm. »Hast nichts Besseres zu tun, als dich sofort beliebt zu machen. Was ist los mit dir? Du bist doch sonst kein Schmeichler.«

Ungerührt senkte der Schwarze den Kopf und begann, Gras zu rupfen. Lianna kontrollierte seine Beine und Hufe und begann dann, den Staub der Reise aus seinem Fell zu bürsten. Viel zu reinigen gab es nicht, aber so konnte sie die Gesellschaft der beiden wilden Kerle noch ein wenig von sich fernhalten.

Schließlich glänzte das Fell des Schwarzen wie polierter Obsidian, und Liannas Arme waren lahm. Sie war durstig und hungrig und verspürte das Bedürfnis, sich nach dem langen Tagesmarsch hinzusetzen und auszuruhen. Die Sonne war hinter den Baumwipfeln verschwunden. Lange Schatten füllten das Tal. Sie schulterte ihr Gepäck und ging um das Haus herum. Die Tür stand offen. Der Zwerg hatte Gepäck und Rüstung abgelegt und saß hemdsärmelig an einem grob zurechtgezimmerten Holztisch, die Hände um eine Tonschale gelegt, aus der es dampfte. Als Sitzgelegenheiten dienten auf verschiedene Größen zurechtgesägte Baumstämme. Ein niedriges Feuer brannte in der gemauerten Kochstelle. Auf einigen Brettern an der Wand war Kochgeschirr gestapelt, sonst gab es in dem Raum nur noch eine Schlafstatt und, an deren Fußende, eine verwitterte Holztruhe. Durch die offenen Fenster drangen Vogelgezwitscher und das abendliche Konzert der Grillen in den Raum.

»Da bist du ja«, sagte Galdur und schulterte ein kleines, verschnürtes Bündel. »Ich breche gleich auf.«

»Und wohin?« Lianna ließ ihr Gepäck zu Boden gleiten und bewegte die schmerzenden Schultern. »Es wird Abend.«

»Thork erzählte mir von dem Troll«, sagte Galdur und sah zwischen dem Zwerg und ihr hin und her. »Ihr habt seine Spur verloren, und er bat mich, dass ich sie euch wiederfinde.«

»Aber du wirst nachts nichts sehen können«, erwiderte Lianna verständnislos.

»Sehen nicht, aber hören. Die meisten Tiere sind in der Abend- und Morgendämmerung unterwegs, und die nächtlichen Wanderer sind die aufmerksamsten. Ich werde mich kundig machen – auch darüber, wer außer euch und dem Troll noch in diesem Wald unterwegs ist.«

»Ah ja«, sagte Lianna langsam und gewann den Eindruck, dass diese Berge voll von eigenartigen Zauberern sein mussten. »Du ... sprichst also mit den Tieren?«

»*Sprechen* ist vielleicht das falsche Wort. Ich verständige mich mit ihnen.«

»Interessant«, sagte Lianna, weil sie nicht wusste, was sie sonst erwidern sollte.

»Ist das so ungewöhnlich?«, fragte Galdur. »Verständigst du dich denn nicht mit deinem Pferd?«

»Das ist etwas anderes.«

»Es ist im Grunde genau das Gleiche. Ich habe höchstens ein paar mehr Möglichkeiten. Und jetzt muss ich los, sonst verpasse ich meinen Freund, den Fuchs. Ich werde morgen bei Sonnenaufgang wieder hier sein. Fühlt euch wie zu Hause.«

Damit trat er ins Freie und stapfte davon, hinüber zum Bach.

»Der will mich wohl auf den Arm nehmen«, schimpfte Lianna, die sich fühlte, als sei dem Waldhüter genau das gelungen, und trat unter die Tür, um dem Riesen hinterher zu sehen.

»Stimmt doch, oder?«, wandte sie sich über die Schulter dem Zwerg zu. »Er wollte mich auf den Arm nehmen!«

Der Zwerg rutschte von seinem Baumstumpf.

Er hatte sich einen der höheren ausgesucht, was ihm erlaubte, in der richtigen Höhe zur Tischplatte zu sitzen, allerdings baumelten seine Füße dabei eine Handbreit über dem Boden.

»Mag sein«, sagte er, »mag auch nicht sein. Wer weiß das schon.«

Lianna schnaubte aufgebracht. »Ich dachte, er ist dein Freund, oder habe ich das falsch verstanden?«

Der Zwerg nahm einen kleinen Sack vom Boden auf und legte ihn auf den Tisch, dann suchte er aus Galdurs Küchenutensilien ein kleines Messer und einen Topf heraus, tat beides zu dem Sack und kletterte wieder auf seinen Sitz.

»Er ist ein Freund«, sagte er und schnürte den Sack auf. »Das heißt aber noch lange nicht, dass ich alles verstehe, was er sagt oder tut.«

»Und du hast nie gefragt?«

»Nein.«

»Warum nicht?«

»Er wird es mir schon erklären, wenn es nötig wird.«

Lianna warf die Hände in die Luft. »Ich bin umgeben von seltsamen Leuten!«

»Das passiert manchmal im Leben«, bestätigte Thork ungerührt.

Sie gab ihren Posten an der Tür auf, schlenderte durch den Raum, setzte sich dem Zwerg gegenüber an den Tisch und begann, ihn zu beobachten. Das Kinn stützte sie auf die Fäuste.

Der Zwerg holte eine dicke, verzweigte Wildwurzel aus dem Sack, wischte bröckelige Erde davon ab und begann, sie zu schälen. Lianna sah zu. Er tat seine Arbeit mit großer Sorgfalt, und das Geschick, mit dem er das kleine Messer in seinen riesigen Pranken führte, verriet, dass er an Arbeiten dieser Art gewöhnt war. Sie musste unwillkürlich lächeln. Plötzlich wirkte er gar nicht mehr wild und gefährlich.

Er sah kurz auf, als hätte er ihr Lächeln gespürt, doch er sagte nichts und holte nur die nächste Wurzel aus dem Sack.

Nach einer Weile begann sie, sich zu langweilen. Dem Zwerg war offenbar nicht danach, eine Unterhaltung zu beginnen, und sie kannte seine außerordentliche Schweigsamkeit mittlerweile zur Genüge. Unruhig rutschte sie auf ihrem Baumstumpf herum und ließ den Blick durch den Raum wandern, doch er bot nicht das Geringste, was von Interesse sein konnte. Missmut machte sich in ihr breit. Sie war es nicht gewöhnt, dass man sie wie Luft behandelte, und sie *hasste* es. Außer dem brummigen Zwerg war niemand hier, der ihr Beachtung schenken konnte, also musste er es tun.

Die Gelassenheit, die er ausstrahlte, verstärkte ihre Anspannung. Sie verspürte den heftigen Wunsch, diese Schale aufzubrechen, zu sehen, wie er seine Fassung verlor, sie wollte ihn aus seiner verdammten Ruhe bringen, die ihn von ihr abschirmte wie ein unsichtbarer Schild. Ihr Missmut wandelte sich in Wut.

Ob sich mit ihm streiten ließ? Sie dachte noch darüber nach, als er wieder aufsah und ihrem Blick begegnete.

»Es ist nicht nötig, dass du untätig herumsitzt«, sagte er. »Hol dir ein Messer und hilf mir.«

»Ich kann das nicht«, sagte sie, ohne sich vom Fleck zu rühren.

»Wie bitte?« Sie meinte, eine gewisse Belustigung in der Stimme des Zwerges zu hören. »Dann hast du bisher die Rüben gegessen, wie sie aus der Erde kamen, oder wie darf ich das verstehen?«

»Natürlich nicht«, sagte sie bewusst hochmütig. »Ich lasse kochen. Ich tu so etwas doch nicht selbst.«

»Dann wird's Zeit«, erwiderte er ungerührt und schob ihr den Sack hinüber. »Es ist nicht so schwer. Wer mit einem Langschwert umgeht, kann auch das lernen.«

Mit einer heftigen Bewegung fegte sie den Sack weg und stand auf.

»Ich will baden gehen«, sagte sie, einer spontanen Regung folgend, »solange es noch hell draußen ist.«

»Dann tu das.« Der Zwerg seufzte und zog den Sack wieder zu sich heran.

Für einen Augenblick blieb sie stehen und wartete, ob er noch etwas sagen würde, doch dem schien nicht so. Sie durchwühlte ihr Gepäck nach einem Handtuch und einem frischen Hemd und knüllte alles zu einem Ballen zusammen, den sie sich unter den Arm klemmte.

»Ich gebe dir einen guten Rat«, sagte sie und beugte sich zu Thork über den Tisch. »Bleib von diesem Teich fern, solange ich dort bin. Wenn ich dich erwische, wie du auch nur einen Blick auf mich wirfst, bist du ein toter Mann.«

»Bewahre«, knurrte der Zwerg. »Lieber soll mich auf der Stelle der Schlag treffen!«

Lianna richtete sich hochzufrieden auf und marschierte ins Freie. Sie hatte gesehen, wie ihm das Blut in die Wangen geschossen war, und wie seine Hände, plötzlich ungeschickt, eine tiefe Kerbe in die Wurzel geschnitten hatten.

Sie hatte ihren Angriffspunkt gefunden.

Die Abendluft war weich und roch nach Heu und Nadelwald. Sie ging zum Teich hinüber, streifte ihre Kleidung ab und löste ihren Zopf. Mit dem Fuß testete sie die Temperatur des Wassers. Es war eiskalt. Sie holte tief Luft und stürzte sich kopfüber hinein.

Der Kälteschock lähmte sie für einen Augenblick. Ihr Gehirn schien in ihrem Schädel zu einem kleinen Ball zusammengepresst zu werden, während gleichzeitig ihr Herz schmerzhaft gegen ihre Rippen sprang. Sie tauchte auf und japste nach Luft. Der Teich war tief, sie konnte kaum darin stehen. Sie machte einige rasche Schwimmzüge, drehte sich dann auf den Rücken und sah in den wolkenlosen Himmel. Ihr langes Haar umwehte sie im Wasser, als wäre ihm Leben eingehaucht.

Sie fragte sich, ob es ihm wirklich so völlig fernlag, sie beim Baden zu beobachten. Dachte er nicht zumindest ein wenig darüber nach? Wenn er auch nur ansatzweise so funktionierte wie die Männer, die sie kannte, *musste* er darüber nachdenken. Sie stellte sich vor, wie er in der Hütte saß und mit der Versuchung rang. Die Vorstellung gefiel ihr. Es war ein Gefühl der Macht, das trotz der Kälte des Wassers eine angenehme, schwere Wärme zwischen ihren Schenkeln erzeugte. Sie konnte, wenn sie wollte, einen Felsen in Bewegung versetzen, und sie *würde* es tun. Niemand brachte sie von etwas ab, was sie sich in den Kopf gesetzt hatte, das hatte sie sich und der Welt erst kürzlich wieder bewiesen. Alle hatten versucht, ihr die Trolljagd auszureden. Ihr Vater hatte geschrien, getobt und Anordnungen erlassen. Erin, ihre persönliche Dienerin und Vertraute, hatte auf sie eingeredet und sie an ihre Verantwortung erinnert, ihre Position, ihre Zukunft, eine Sidarthi-Prinzessin ging nicht einfach einen Troll erschlagen, und sie hatte allen alles versprochen und sanft gelächelt, und dann hatte sie ihr Pferd gesattelt und war davongeritten, und man hätte auf sie schießen müssen, um sie aufzuhalten.

Die Kälte des Wassers zwang sie, sich zu bewegen. Sie drehte sich, warf sich vorwärts und schwamm mit kräftigen Zügen hinüber zu dem Wasserfall, kämpfte sich durch die schäumende Flut, bis sie sich direkt unter dem herabstürzenden Wasser befand. Mit fast schmerzhafter Gewalt klatschte es auf ihre Schultern und ihr Gesicht, der Lärm füllte ihren Kopf und wusch ihre Missstimmung davon.

Sie hatte alles im Griff, egal wie der ungehobelte Zwerg sich benahm. Sie würde sich von ihm und seinem seltsamen Freund zurück auf die Trollspur bringen lassen und ihn dann elegant abhängen. Die Vorstellung bereitete ihr Genugtuung. Das Tempo des Schwarzen, wenn er ausgeruht war, würde er auf seinen kurzen Beinen niemals halten, geschweige denn einholen können. Es würde ihm noch leidtun, dass er sie behandelt hatte wie ein Stück Holz.

Sie durchquerte den Teich mit kräftigen Schwimmzügen, kletterte ans Ufer und rieb sich trocken.

Die Luft war warm im Vergleich zum Wasser und legte sich wie eine zarte Berührung auf ihre Haut. Während sie Wasser aus ihren Haaren wrang, sah sie hinüber zum Haus. Es lag still in der Abendsonne, nichts bewegte sich an den Fenstern.

Ohne sich sonderlich zu beeilen, schlüpfte sie in ihre Kleidung. Leise raschelnd glitt das Leinenhemd über ihre Haut, sie genoss das Gefühl, endlich wieder saubere Sachen zu tragen. Sie ließ das Hemd am Kragen weit offen stehen, so dass der Ansatz ihrer Brüste hervor schimmerte. Sie fand es ausreichend, um Leidenschaft in jedem beliebigen Felsen zu wecken. Das Wasser, das aus ihrem Haar tropfte, tat ein Übriges und modellierte den feinen Leinenstoff eng an ihren Körper.

Siegessicher ging sie über die Wiese hinüber zum Haus und betrat den Raum wie eine Bühne.

Der Zwerg hatte inzwischen einen Kochtopf über die Feuerstelle gehängt, in dem er rührte. Er sah sich nicht um, obwohl er ihren Schritt gehört haben musste.

»Großartig«, sagte sie. »Gibt's schon Essen?«

»Dauert noch«, gab er zurück und sah in den Topf.

Sie blieb mitten im Raum stehen und sah ihn an. Irgendwann musste er aufhören zu rühren.

Endlich legte er den hölzernen Kochlöffel auf den Rand des Topfes und drehte sich um. Er hatte offenbar etwas sagen wollen, doch sein Blick hatte sie kaum gestreift, als er mit einem Ruck den Kopf wegdrehte, als hätte man ihn mit einer Laterne geblendet.

»Vater der Steine«, polterte er. »Ich bitte dich, Mädchen, zieh dir etwas an!«

»Ich verstehe nicht ganz«, erwiderte sie mit sanfter Unschuld, während in ihrem Inneren ein Gefühl des Triumphes explodierte.

»Du verstehst sehr wohl«, knurrte er, nahm den Kochlöffel vom Topfrand, wobei er sich die Finger verbrannte und hässlich fluchte, und begann wieder zu rühren. Seine Bewegungen waren fahrig. Sie grinste breit.

»Oh«, sagte sie und achtete darauf, völlig ernst zu klingen. »Ich habe wohl dein Gefühl für Sitte und Anstand verletzt. Verzeih mir bitte. Es lag nicht in meiner Absicht.«

»Da bin ich mir sicher«, gab er in einem Ton zurück, der das Gegenteil zum Ausdruck brachte.

Ihren Sieg auskostend gesellte sie sich zu ihm an die Feuerstelle, während sie ohne große Eile ihr Hemd schloss. Seine Wangen waren heftig gerötet, es mochte wegen der Nähe des Feuers sein oder aus anderen Gründen.

»Riecht lecker«, sagte sie und beugte sich zu ihm über den Topf. Er fuhr zurück, als hielte sie ihm eine Giftschlange entgegen. Fast begann er, ihr leidzutun.

Der Triumph hatte sie versöhnlich gestimmt. Sie beschloss, es nicht zu übertreiben.

»Ich kann mich auch mal um das Essen kümmern«, schlug sie vor und nahm ihm den Löffel aus der Hand.

»Ja«, sagte er heiser. »Gute Idee.«

Sie grinste vergnügt in den Topf hinein, während er sich ganz hinten in der Hütte zu schaffen machte.

Lianna legte sich an diesem Abend früh schlafen, zum einen, weil es nichts mehr zu tun gab, nachdem sie den Schwarzen versorgt hatte, zum anderen, weil sie den anstrengenden Tag mittlerweile in jedem ihrer Knochen spürte. Mit völliger Selbstverständlichkeit nahm sie die mit Wolldecken und Stroh gepolsterte Schlafstatt Galdurs für sich in Beschlag, während Thork sich sein Lager, ohne ein Wort darüber zu verlieren, auf dem Fußboden bereitete. Sie erinnerte sich an ihren Entschluss vom Nachmittag, möglichst nicht zu schlafen, doch das bequeme Bett war stärker als ihre Vorsätze. Außerdem war der eigentümliche Hausherr nicht anwesend, so beruhigte sie sich, und in der Gesellschaft des Zwerges hatte sie bereits zwei Nächte unbeschadet überstanden. Er würde nicht bis zur dritten warten, nur um ihr etwas anzutun.

Sie schlief, kaum dass ihr Kopf das Kissen berührt hatte.

Mitten in der Nacht wurde sie wach. Sie öffnete die Augen und richtete sich auf. In dem spärlichen Mondlicht, das durch die halb offene Tür drang, sah sie, dass das Lager des Zwerges leer war.

Er würde doch nicht versuchen, sie hier zurückzulassen? Vielleicht war Galdur mit den Informationen zurück, und sie wollten etwas vor ihr verheimlichen?

Sie schwang die Beine über den Bettrand und schlich barfuß zur Tür. Durch den Spalt spähte sie vorsichtig ins Freie.

Im blassen Mondlicht sah sie den Zwerg. Er war auf den Knien, das gesunde Auge hatte er geschlossen. Mit seinen riesigen Pranken berührte er erst seine Stirn, dann seine Brust, dann öffnete er die Hände zur Seite und hob das Gesicht zum schwarzen Himmel. Das Priestersymbol auf seiner Brust schimmerte matt. Er sprach leise in der merkwürdigen Zwergensprache, und Lianna brauchte eine Weile, bis sie begriff, dass er betete.

Sie hielt den Atem an. Sie verstand kein Wort, wusste nur, dass er länger zu seinem Gott sprach, als er es in den vergangenen Tagen mit ihr getan hatte, und dass sie diesen Umstand *bedauerte.* Sie betrachtete ihn in seiner völligen Versunkenheit, wie er die Gesten wiederholte, sein Gesicht war ruhig und gelöst, jeder Grimm war daraus gewichen, und etwas wie Hingabe machte seine groben Züge fast weich.

Sie sah hinter seine Maske, und was sie sah, überraschte und berührte sie gleichermaßen.

Plötzlich fühlte sie sich wie ein Eindringling. Dieser Augenblick sollte ihm gehören und seinem Gott, und sie sollte nicht als ungebetener Zaungast an der Tür herumlungern. Überdies verstummte er nun, strich sich mit den riesigen Pranken übers Gesicht und machte Anstalten, aufzustehen. Wenn er sie hier unter der Tür erwischte, würde sie keine Gnade zu erwarten haben.

Sie fuhr von der Tür zurück, floh durch den Raum und warf sich auf ihr Lager. Ihre Wangen brannten, und ihr Herz schlug einen Trommelwirbel. Sie schloss die Augen und sah sein Gesicht, sie fragte sich, wie er wohl ausgesehen hatte, bevor er so grausam entstellt worden war.

Als sie hörte, wie er leise von draußen herein kam und die Tür ins Schloss zog, drückte sie ihr Gesicht fest ins Kissen und atmete bewusst tief. Sie lauschte darauf, wie er sich auf seinem Lager niederließ, sich zurecht rückte und schließlich ruhig liegen blieb.

Er war vielleicht gar nicht so abstoßend gewesen. Vielleicht hatte er freundliche Augen gehabt, einen ruhigen, unergründlichen, grün-goldenen Blick, vielleicht ein Lächeln unter dem Bart.

Vielleicht wurde man so grimmig und verschlossen, wenn alle Welt einen anstarrte und hässlich fand.

Vielleicht trug er seine Maske, so wie sie die ihre.

Als sie das nächste Mal erwachte, lag diffuses Licht im Raum, und sie vernahm leise Stimmen.

»... steigt ohne große Umwege immer höher ins Gebirge auf«, hörte sie Galdur berichten. »Nach dem, was die Tiere beobachtet haben, vermute ich, er hält auf den Wetterstein-Pass zu. Ich weiß kein anderes Ziel, das man dort oben haben könnte. Es gibt dort keine Wohnhöhlen, die sich für Trolle eignen. Es leben keine anderen Trolle dort.«

»Auf der Ostseite des Gebirges aber schon, wie man sagt.«

Thorks dunkle Stimme klang gedämpft. »Vielleicht ist er auf dem Weg zurück zu seinem Clan.«

»Wenn dem so ist, solltest du dich beeilen, ihn noch einzuholen«, erwiderte Galdur. »Im Spätherbst ist es nicht gut so weit droben.«

»Auch nicht für Trolle.«

»Mag sein. Aber um einen Troll würde ich nicht trauern, um dich hingegen schon. Du bist ein erfahrener Bergsteiger. Du weißt, Ehrgeiz im Gebirge kann dich umbringen.«

Eine Pause entstand. Lianna hörte Schritte und das tönerne Klappern von Geschirr. Sie hielt die Augen geschlossen und rührte sich nicht.

»Was ist mit ihr?«, fragte Galdur nach einer Weile, und Lianna lief ein Prickeln den Rücken hinunter, als sie sich vorstellte, dass beide nun zu ihr hinüber sahen.

»Was soll mit ihr sein?«, erwiderte der Zwerg mürrisch.

»Wirst du sie mitnehmen?«

»Natürlich. Was soll ich denn sonst machen? Wir haben eine verdammte Vereinbarung.«

»Und du bist sicher, dass auch sie diese Vereinbarung einhalten wird?«, fragte Galdur.

»Nein.« Der Zwerg hielt die Stimme immer noch gesenkt. »Aber nur weil es Wortbrüchige gibt auf dieser Welt, muss ich nicht zu einem werden.«

Lianna bekämpfte einen Anflug von schlechtem Gewissen. Der knurrige Zwerg hatte sie besser durchschaut, als sie angenommen hatte.

Sie hörte, wie Galdur leise lachte. »Sie ist genau die richtige Reisegefährtin für dich«, sagte er leise, und Flüssigkeit plätscherte in einem Gefäß. Würziger Duft von Teekräutern verbreitete sich im Raum. »Sie bringt dich mal ordentlich auf Trab, alter Freund. Das ist schon lange niemandem mehr gelungen.«

»Und ich lege nicht den geringsten Wert darauf«, entgegnete Thork mit Entschiedenheit. »Ich würde sie mitsamt ihrem Esel am nächsten Baum festbinden und mich davon machen, wenn ich könnte. Sie ist unerträglich.«

»Sie ist mutig, und eine bezaubernde Person, das kannst du unmöglich abstreiten.«

»Sie ist nicht mein Typ.«

Das Vergnügen war in Galdurs Stimme deutlich zu hören. »Das wollte ich dir auch nicht unterstellen, Freund. Mir ist bewusst, dass sie eine Menschliche ist.«

Der Zwerg knurrte etwas in seiner eigenen Sprache, was Lianna zu ihrem großen Bedauern nicht verstand.

»Hast du etwas über diesen reisenden Zauberer gehört?«, sagte er dann.

»Wenig, was ihr nicht schon selbst herausgefunden habt. Es sind drei Menschen und einer, zu klein für einen Menschen und zu dünn für einen Zwerg.«

»Welcher davon ist der Zauberer?«

»Ich weiß es nicht. Entweder der Kleine oder die jüngere der beiden Frauen. Die ältere ist eine Kriegerin, so arkan wie ein Stein, und der Mann ist ein Pelzwandler. Zumindest habe ich den Eichelhäher so verstanden.«

»Ein Pelzwandler? Gehören die nicht ins Reich der Legende?«

»Ebenso wie Menschen, die mit Tieren sprechen, oder Zwerge, die durch Stein gehen können.«

Eine lange Pause trat ein, nur hin und wieder unterbrochen vom Klappern und Schaben tönernen Geschirrs. Unter ihren warmen Decken war Lianna beinahe wieder eingeschlafen, als der Zwerg erneut sprach.

Mit einem Schlag war Lianna hellwach. Seine Stimme klang völlig anders diesmal, weicher, und Lianna meinte, Besorgnis darin zu hören.

»Sie wird es nicht bewältigen allein«, sagte er. »Sie weiß überhaupt nicht, worauf sie sich da einlässt. Sie hält das alles für ein großartiges Abenteuer.«

Galdur antwortete nicht sofort.

»Und du meinst, es wäre an dir, sie davor zu bewahren?«, fragte er schließlich.

Der Zwerg seufzte. »Ich will einfach nicht zusehen, wie sie sich ins Verderben stürzt.«

»Was ist mit dir selbst? Sind deine Chancen, es allein zu schaffen, so viel besser?«

»Oh, nein«, sagte Thork, nun wieder unwirsch, wie Lianna ihn kannte. »Ich durchschaue dich, mein Freund. Du musst keinen Gedanken daran verschwenden. Kommt überhaupt nicht in Frage. Allein schon deshalb, weil jeder weitere Tag mit ihr auch einen weiteren Tag mit diesem *héltier* bedeutet, auf dem sie reitet. Es ist gefährlich. Es hat mich im Nebel angegriffen.«

Galdur lachte. »Ich sehe, du hast in all den Jahren deine Angst vor Pferden nicht abgelegt.«

»Ich *habe* keine Angst ...«, fuhr der Zwerg auf und dämpfte seine Stimme sofort wieder, »... vor Pferden«, vollendete er den Satz leise. Lianna sah sich gezwungen, aufzuwachen. Niemand, der nicht tot war, hätte diesen Ausbruch ungestört verschlafen können.

Sie gab einen kleinen Aufwachlaut von sich, räkelte und streckte sich unter der Decke, drehte sich in den Raum und öffnete die Augen.

»Guten Morgen«, sagte sie und lächelte ein sanftes, süßes, noch nicht ganz waches Lächeln.

»Gerade recht zum Frühstück«, knurrte der Zwerg, und sie stellte fest, dass seine Entgegnung nicht wirklich unfreundlich klang - in Anbetracht der Tatsache, dass er sie *unerträglich* fand.

Sie frühstückten Brot und Käse und einen Haferbrei, der besser schmeckte, als er aussah, und anschließend durchforstete Lianna noch Galdurs Vorratskammer, bis sie ein Tonbehältnis mit eingekochten Wildäpfeln fand, mit denen sie ihren Hunger auf Süßes stillen konnte.

Während des Frühstücks ließ sie sich Galdurs Neuigkeiten berichten, und sie begannen, Pläne zu schmieden.

»Wetterstein ist unwirtlich im Herbst und Winter«, sagte Thork. »Unter anderen Umständen würde ich zu dieser Jahreszeit nicht mehr dort hinaufsteigen. Je schneller wir ihn erwischen, desto besser.«

»Wir?«, sagte Lianna, und es war mehr als eine einfache Frage.

»Was ich sagte, gilt für uns beide, egal, wer von uns ihn schließlich zur Strecke bringt«, erwiderte Thork. Sie sahen sich über den Tisch hinweg an. Plötzlich lag Spannung in der Luft. Galdur hielt sich im Hintergrund bei der Feuerstelle. Lianna spürte seinen aufmerksamen Blick, doch er schien sich nicht einmischen zu wollen.

»Was zweifellos *ich* sein werde«, behauptete sie kühner, als ihr zumute war, und schob den Topf mit den Wildäpfeln von sich.

»So«, sagte der Zwerg.

»Ich bin schneller. Selbst zu Fuß wäre ich schneller.«

»Du kennst den Weg nicht.«

»Unsinn«, fuhr sie ihm über den Mund. »Den blöden Wetterstein-Pass finde ich auch ohne deine Hilfe.«

Der Zwerg strich sich über den kurz geschnittenen, struppigen Bart, eine Geste, als wollte er Ordnung schaffen.

»Lass uns nicht mit Worten wetteifern«, sagte er, immer noch ruhig. »Lass es uns klären. Es ist vielleicht wirklich an der Zeit.«

»Na gut.« Sie versuchte, auf dem Baumstumpf, der ihr als Sitz diente, eine Pose einzunehmen, die möglichst viel Überlegenheit ausstrahlte. Sie verspürte das dringende Bedürfnis, dem Zwerg etwas entgegenzusetzen. »Von mir aus. Erzähl mal.«

»Ich will erst deinen Anspruch hören«, sagte er sehr ernst.

Sie verdrehte die Augen. »Was ist denn da der Unterschied! Aber gut. Von mir aus.« Sie hielt kurz inne und wappnete sich. »Er hat Pferde aus unseren Herden gestohlen und getötet. Drei trächtige Stuten und zwei Hengste.« Ihre Stimme ging leicht darüber hinweg, sie hoffte inständig, er würde nicht fragen. Sie sah ihn an und las in seinem Gesicht eine Mischung aus Staunen und Unglauben.

»Das ist nicht dein Ernst«, sagte er, und seine Ruhe bekam Risse. »Du willst doch nicht deinen Anspruch darauf gründen, dass er ein paar *Pferde* von der Weide geholt hat?«

»Ich wusste, ein *Zwerg* würde das nie verstehen können«, sagte sie und arbeitete hart an ihrer Beherrschung.

»Dann erklär's mir.«

»Man kann es nicht erklären. Nicht jemandem, der Pferde für Ausgeburten der Hölle hält. Und nicht jemandem, der es nicht gesehen hat.«

»Versuch es«, beharrte er.

Sein Blick fing den ihren und hielt ihn fest, beinahe gegen ihren Willen. In seinem grünbraunen Auge schimmerten kleine goldene Fünkchen.

»Er hat sie nicht geholt, um sie zu fressen«, sagte sie. »Er hat sie nicht mal mitgenommen. Er hat sie nur gefangen und ihnen die Bäuche aufgeschlitzt. Wir fanden sie dann am nächsten Morgen. Es waren zwei meiner Lieblingsstuten dabei. Ich habe sie mit der Flasche aufgezogen. Sie waren die wunderbarsten Geschöpfe, die man sich vorstellen kann. Die eine stand kurz davor, ihr Fohlen zur Welt zu bringen. Man hat es – *gesehen*, verstehst du, es war tot, bevor es überhaupt geboren war …«

Die Erinnerung überschwemmte sie und spülte ihre Beherrschung davon. Für einen kurzen Augenblick wollte sie sich abwenden, ihr Gesicht aus diesem forschenden Blick nehmen, wollte sich diese Blöße nicht geben, doch sie unterdrückte den Impuls und hielt seinem Blick stand, hielt ihm ihren Schmerz unversteckt entgegen. Er sollte *begreifen*. Und zu ihrer Verwunderung war er es, der nach einer Weile den Blick abwandte. Er rutschte von seinem Sitz und ging mit schweren Schritten zur Tür, die er aufstieß.

»Wir haben Nebel heute«, sagte er. »Es wird Mittag werden, bis er sich verzogen hat.«

Sie ließ eine Weile wortlos verstreichen.

»Jetzt will ich deinen hören«, sagte sie dann, und ihre Stimme klang wieder fest.

Thork räusperte sich, verschränkte die Arme vor der Brust, hob den Kopf und blickte hinaus in den trüben Tag.

»Er hat mein Gesicht zerstört.«

»Das habe ich mir fast gedacht.«

»Warum fragst du dann«, knurrte er unfreundlich.

»Ich konnte doch nicht wissen, ob ich recht hatte. Wie ist es passiert?«

»Ich war jung und hielt mich für einen besseren Krieger, als ich war.«

»Du meinst, so wie ich jetzt?«

Sie sprach gegen seinen breiten Rücken. Die Lederschnur sprang ihr ins Auge, die über seinem Hinterkopf verlief und die Klappe an Ort und Stelle hielt.

»Möglich«, sagte er.

»Warum hast du dich mit ihm angelegt?«

»Er hat unser Dorf überfallen, immer wieder«, sagte er. »Und, wie gesagt, ich überschätzte meine Fähigkeiten.«

»Hast du nicht deine Zauber gegen ihn angewendet?«

»Nein. Gròr gab mir diese Kräfte erst später.«

»Wie hast du dann überlebt?«

Er stieß ein Knurren aus und warf die Hände in die Luft. »Wie viele Fragen hast du eigentlich noch?«

»Nur noch diese. Wie hast du überlebt?«

»Knapp. Er hielt mich wohl für tot, oder er verlor aus anderen Gründen das Interesse. Er hat mich liegen lassen, und meine Leute haben mich rechtzeitig gefunden.«

Eine Pause entstand, die sich ausweitete und immer tiefer wurde. Lianna rutschte auf ihrem Baumstumpf herum und begann schließlich, das Frühstücksgeschirr zu stapeln, obwohl ihr die Geräusche, die es verursachte, unnatürlich laut vorkamen. Der Zwerg stand in der Tür und sah hinaus in den Nebel, ohne sich zu bewegen.

»Verdammt!«, rief sie, als sie es nicht mehr ertrug, und stellte mit einem harten, knallenden Geräusch ihren Teebecher auf der Tischplatte ab. »Und wer von uns *hat* nun den größeren Anspruch? Kannst du mir das sagen? Dreh dich gefälligst um, wenn ich mit dir spreche!«, schrie sie ihn an, und zu ihrer Überraschung ließ er es sich gefallen und drehte sich zu ihr.

Seine gedrungene Gestalt füllte das helle Lichtviereck der offenen Tür, er hob die Hände und ließ sie wieder fallen, und seine dunkle Stimme klang hilflos.

»Ich weiß es nicht«, sagte er.

»Dann sind wir also keinen Schritt weiter als zuvor. All die Aufregung umsonst. Und was machen wir jetzt?«

»Ich weiß es nicht«, sagte er wieder. »Ich muss darüber nachdenken.«

»Ich will euch eines zu bedenken geben«, kam plötzlich Galdurs ruhige Stimme dazwischen. »Es sind Schrate unterwegs in diesem Wald, und zwar mehr, als es üblich ist in dieser Gegend. Viele scheinen es eilig zu haben, aber sie nehmen sich vielleicht die Zeit, unterwegs einen einsamen Wanderer aufzuspießen. Jeder von euch alleine ist ungeschützt, wenn er schläft. Ihr seid sicherer, wenn ihr gemeinsam reist.«

Lianna zuckte zusammen. Sie hatte seine Anwesenheit für einen Augenblick völlig vergessen. Wut schäumte in ihr hoch. Sie hasste es, wenn die guten Argumente nicht von ihr kamen.

»Nie im Leben«, fauchte sie. »Ich reise nicht mit einem *Zwerg*!«

Zu ihrer Überraschung wandte Thork sich wortlos ab, als hätte sie ihm ins Gesicht geschlagen, verschränkte die Arme vor der Brust und nahm seine Beobachtung des stillen Tals draußen wieder auf. So schnell ihr Zorn hochgeschossen war, so schnell verrauchte er wieder, und sie bedauerte ihre Worte heftig.

»Thork«, sagte sie, stand auf und lief zu ihm hinüber. Neben ihm war in der Tür kein Platz für sie, und so bezog sie hinter ihm Stellung, beugte sich über seine Schulter und versuchte, ihm ins Gesicht zu sehen, das er abwandte. »Ich hab's nicht so gemeint.«

»Dann denk, bevor du sprichst«, knurrte er unwirsch.

»Ja«, sagte sie. »Das wäre manchmal wirklich besser.«

Diesmal war es an ihm, überrascht zu sein. Er wandte sich zu ihr und sah zu ihr hinauf. Sie erkannte, dass er mit einer so sanftmütigen Reaktion nicht gerechnet hatte. Sie lächelte ihn an, entschuldigend, und sah, wie ihr Lächeln bei ihm ankam und sein Gesicht erhellte, fast schon hätte man meinen können, er würde das Lächeln erwidern.

»Mein Pferd ist nicht gefährlich«, sagte sie nach einer Weile, die sie beide hinaus in den trüben Tag geschaut hatten. »Im Gegenteil. Er ist das sanfteste Wesen, das ich kenne. Er würde niemandem etwas zuleide tun.«

»Du hast also tatsächlich nicht geschlafen«, stellte er fest.

»Na ja«, sagte sie, »nicht mehr richtig.«

Er warf einen kurzen Blick zu ihr hinauf.

»Ihr hättet rausgehen können«, verteidigte sie sich.

»Schon gut«, sagte er. »Vergessen wir's.«

»Du sagtest, du müsstest darüber nachdenken, was als Nächstes passieren soll«, sagte sie nach einer Weile. »Wie lange wirst du dafür brauchen? Ich meine, der Troll wird keine Pause machen und warten, bis du dich entschieden hast.«

»Lass uns aufbrechen«, erwiderte er. »Ich kann gleichzeitig denken und wandern.«

Galdur führte sie bergauf durch den nebligen Wald, der an diesem Tag jeden Zauber verloren hatte. Einzelne schwere Tropfen fielen auf ihre Köpfe und Schultern. Eingebettet in dunkles Moos leuchteten fahle Pilze. An den tiefen Ästen, die ihnen immer wieder den Weg versperrten, hingen mit winzigen Wassertropfen grau überzogene Spinnweben, die auf den Händen den Eindruck einer unangenehmen, klebrigen Berührung erzeugten, der sich kaum abschütteln ließ.

Galdur ging voran und bewegte sich mit solcher Sicherheit, als ginge er in seinem eigenen Haus vom Tisch zur Tür. Thork, der ihm folgte, gab es bald auf, nach Wegmarken Ausschau zu halten. Weiter oben, so hoffte er, wenn dieser enge, tropfende Wald der Höhenluft wich, würde er sich wieder zurechtfinden. Er vertrug es nicht, keine Orientierung zu haben. Es wurde Zeit, dass sich dieser Zustand änderte.

Hinter seinem Rücken schnaubte das *héltier*, und der Laut jagte dem Zwerg einen Schauer über den Rücken. Er hörte, wie das lederne Sattelzeug leise knirschte und wie kleine Äste unter den Hufen zerbrachen. Lianna hatte es vorgezogen, zu reiten, statt das Monster am Zügel zu führen, und er hoffte inständig, dass sie das Tier im Griff hatte. Jedes Mal, wenn es näher rückte, beschleunigte er seinen Schritt und hoffte gleichzeitig, dass sie es nicht bemerkte.

Das Gewirr an Gedanken und Überlegungen, das an diesem Morgen seinen Kopf füllte, war nicht weniger undurchdringlich als der Wald, in dem er steckte – und er verabscheute Unordnung. Alles musste seinen Platz haben, an dem man es zuverlässig finden konnte, das galt für Gedanken ebenso wie für Gegenstände oder Personen. Auf einmal jedoch war sein Leben voller Dinge, die er nicht einzuordnen wusste, und alle waren sie durch diese junge *Hraedari* verursacht worden, deren Launen wechselhafter waren als das Herbstwetter in den Bergen. Er überdachte zum wiederholten Male ihren Jagdanspruch, der so plötzlich gegen seinen stand. Noch heute bei Sonnenaufgang hätte er es niemals für möglich gehalten, dass ein Anspruch an den seinen heranreichen könnte. Er verstand noch immer nicht ihre Vernarrtheit in diese unberechenbaren, abstoßenden Wesen, doch er hatte die Trauer verstanden, die sie ihm gezeigt hatte. Offenbar war ihr etwas außerordentlich Wertvolles genommen worden, und er wollte nicht ungerecht ihr gegenüber sein und ihren Anspruch von sich weisen, nur weil sie eine *Hraedari* war und ihm auf die Nerven ging.

Sie wanderten bis gegen Mittag, ohne viel zu sprechen. Auch Lianna hielt sich, wie Thork fand, auf angenehme Art zurück. Der Nebel lichtete sich kaum, aber dennoch erreichten sie schließlich einen Windbruch, den Thork erkannte.
Ein Sturm hatte hier eine ganze Gruppe alter Buchen gefällt, sie lagen übereinandergeworfen wie ein riesenhafter Scheiterhaufen, die Wurzelteller hilflos anklagend in die Luft gereckt. Das morsche Holz diente bereits als Nahrung für Moos, Farn und Pilze, und darüber war durch das Loch im Blätterdach der trübe graue Himmel zu sehen.

»Vater der Steine«, seufzte Thork mit kaum verhohlener Erleichterung. »Endlich kenne ich mich wieder aus.«

»Das ist gut«, sagte Galdur. »Dann könnt ihr von hier aus eure Reise alleine fortsetzen. Ihr werdet jenseits des Bruches auf die Spur stoßen. Sie ist nicht mehr sehr deutlich, und ihr werdet sie wahrscheinlich bald wieder verlieren, aber sie kann euch als Anhaltspunkt dienen. Haltet euch direkt nach Norden, auch wenn ihr die Spur verloren habt. Er ist euch etwa zwei Tage voraus. Wenn ihr den Weg über die Stufe nehmt, könnt ihr vielleicht vor ihm am Wetterstein-Pass sein und ihn abfangen.«

»Ein guter Spurenleser, wie Ihr einer seid, würde uns die Sache wesentlich erleichtern«, sagte Lianna. »Warum kommt Ihr nicht noch ein Stück mit uns?«

Thork stellte fest, dass die junge Reiterin ihm aus der Seele sprach. Er hätte seinen Bart darum gegeben, um nicht mit ihr und ihrem Höllenross alleine gelassen zu werden, doch er wusste, wie Galdurs Entscheidung ausfallen würde.

»Ich genoss Eure Gesellschaft, junge Dame, wenn auch nur für eine sehr kurze Zeit«, sagte Galdur denn auch, »aber jeder kümmere sich um sein Geschäft, und dies ist nicht meines. Ich wünsche Euch Glück, und«, fügte er hinzu, indem er sich zu Thork wandte, »möge Gròr es fügen, dass du eine weise Entscheidung triffst, mein Freund.«

»Ich werde mich bemühen«, sagte Thork ernst. »Ich danke dir.«

»Gute Jagd«, wünschte Galdur noch, bevor er sich zum Gehen wandte. »Und lebt wohl.«

»Wiedersehen«, rief Lianna ihm nach, als er zwischen den Bäumen verschwand.

Thork rückte sein Gepäck auf den Schultern zurecht, räusperte sich und bekämpfte ein aufsteigendes Gefühl des Unbehagens.

»Na dann«, sagte er. »Lass uns weiter gehen. Diese Richtung«, und er setzte sich in Bewegung. Sie nahm die Zügel auf und folgte ihm.

»Was ist diese Stufe, von der Galdur gesprochen hat?«, erkundigte sie sich, während er einen Weg um den Bruch herum suchte.

Thork stieß ein Knurren aus. »Heute Morgen noch wolltest du den Wetterstein-Pass ohne meine Hilfe finden. Wie sollte dir das gelingen, wenn du nicht einmal die Stufe kennst?«

»Vielleicht kenne ich sie unter einem anderen Namen«, verteidigte sie sich. »Also, was ist es?«

»Ein Abbruch im Hang weiter oben«, erklärte Thork unwillig. »Siebzig, achtzig Schritt in der Höhe. Ein Gletscher hat dort vor Urzeiten den Fels abgesprengt. Die Trümmer liegen noch in einem Geröllfeld zu Füßen der Stufe. Sie ist riesig. Zieht sich fast einen halben Tagesmarsch.«

»Und man kann sie besteigen?«

»Natürlich.«

»Ich werde lieber drum herum gehen«, verkündete Lianna. »Ich kann nicht bergsteigen.«

»Du kannst tun, was dir beliebt«, sagte er und überlegte, ob er sie darauf hinweisen sollte, dass sie sich offenbar falsche Vorstellungen vom Gebirge machte: Zu Pferd war dort oben sicher kein Vorankommen, egal ob man nun die Stufe umrundete oder sie erstieg.

»Und du könntest ruhig etwas freundlicher sein«, forderte sie und durchbrach damit seine Gedanken.

»Ich *bin* freundlich«, knurrte er, und zu seiner Überraschung lachte sie.

»Götter! Wenn das deine Freundlichkeit ist, dann möchte ich dich wirklich nicht böse erleben!«

Er spürte, wie ihm das Blut in die Wangen stieg. Er sah sie nicht, denn sie ritt immer noch hinter ihm, doch vor seinem inneren Auge entstand ihr Bild, wie sie lachte, so befreit und ungebremst, dass es ihm fremd erschien. Er fragte sich, ob er je in seinem Leben auf diese Art gelacht hatte.

»Ich glaube ganz ernsthaft, dass du noch viel netter sein kannst, als du es bisher mir gegenüber gewesen bist«, sagte sie, und ihr Tonfall war alles andere als ernsthaft. »Warum versuchst du es nicht mal?«

»Was?«, fragte er, aufgeschreckt.

»Nett sein«, erklärte sie geduldig, als spräche sie zu einem Kranken. »Wie heute Morgen, zum Beispiel. Als du noch dachtest, ich würde schlafen. Ich fand es sehr nett von dir, dass du dir Sorgen um mich machst. Völlig unnötig, aber nett.«

»Was ich heute Morgen sagte, war nicht für deine Ohren bestimmt.«

»Na und? Das ändert doch nichts.«

Er blieb stehen, die Hände zu Fäusten geballt, drehte sich dann zu ihr um, erschrak, als er feststellte, wie dicht das Höllenross sich hinter ihm befand, und machte einen großen Schritt rückwärts. Sie saß entspannt im Sattel, eine Hand auf dem Oberschenkel, die andere locker auf dem Widerrist des Hengstes abgestützt, und lächelte zu ihm hinunter.

»Prinzessin«, sagte er. »Worauf willst du hinaus? Sag mir das bitte, damit ich es auch verstehe.«

»Ich will, dass du ein bisschen *netter* zu mir bist«, erklärte sie in halb belustigtem, halb ungeduldigem Tonfall. »Nur ein kleines bisschen. Das kann doch nicht so schwer sein!«

»Und warum?«

Die Frage schien ihm naheliegend, und er war überrascht zu sehen, wie wenig sie damit gerechnet hatte. Sie warf die Hände in die Luft, eine Geste, die er nun schon an ihr kannte, setzte zu einer Antwort an, schüttelte den Kopf, dass das Ende ihres Zopfes schaukelte, und ihre blassen Wangen färbten sich in zartem Rosa.

»Keine Ahnung«, sagte sie schließlich. »Einfach so. Man versucht doch, nett zueinander zu sein, wenn man zusammen reist, oder nicht?«

»Das kann ich schlecht beurteilen«, erwiderte er und bemühte sich, freundlich zu klingen. »Üblicherweise reise ich allein.«

Sie lachte wieder. »Na, was mag das wohl für Gründe haben.«

»Keine, die ich mit dir diskutieren werde.« Er drehte sich um und nahm seinen Weg wieder auf. In seinem Rücken hörte er, wie sie ihr Pferd in Bewegung setzte und ihm hinterher kam.

»Ich wollte das nicht diskutieren«, sagte sie, das Lachen noch in der Stimme. »Es war ein *Scherz*, verdammt. Macht man bei euch Zwergen denn niemals einen Scherz?«

Er enthielt sich einer Antwort, da er nicht wusste, ob sie nun beabsichtigte, mit ihm über zwergentypischen Humor zu sprechen, oder ob sie nur wieder etwas dahin gesagt hatte, und sie kam nicht mehr auf das Thema zurück.

Thorks Befürchtungen zum Trotz versuchte sie nicht, ihn abzuhängen. An diesem und an den nächsten beiden Abenden errichteten sie gemeinsam ihr Lager, aßen von den Vorräten, die Galdur ihnen mitgegeben hatte, hielten abwechselnd Wache, und wenn Thork morgens erwachte, war sie immer noch da mit ihrem *héltier*, von dessen Gefährlichkeit er nach wie vor überzeugt war. Mehrmals trafen sie auf die Spuren kleinerer Schratgruppen, doch die Spuren waren alt und die Nächte blieben ruhig. Und mit der Zeit trat etwas ein, was der einzelgängerische Zwerg zuvor niemals für möglich gehalten hätte: Er begann, sich an Liannas Gesellschaft zu gewöhnen. Ihr Lachen heiterte ihn auf, selbst wenn in strömendem Regen weder Lagerfeuer noch Tabakspfeife brennen wollten, und er lauschte bereitwillig ihren Geschichten, die sie von vergangenen Abenteuern erzählte, auch wenn er ihr kein Wort glaubte. Wenn sie sich trennten, um Feuerholz zu suchen oder einen Weg zu erkunden, ertappte er sich dabei, wie er nach ihr Ausschau hielt. Morgens beim Aufwachen galt sein erster Blick ihr, und selbst das Höllenross ertrug er mit Fassung, solange es ihm nicht zu nahe kam. Er spürte die Veränderung, auch wenn er ihr nicht völlig auf den Grund gehen konnte. Er, der die letzten sechzig Jahre überwiegend in selbstgewählter Einsamkeit verbracht hatte, begann, sich besser zu fühlen, wenn sie bei ihm war.

Sie hatte eine Art, sich zu bewegen, die ihm allmählich vertraut wurde. Sie besaß den typischen, leicht wiegenden Gang von Menschen, die reiten gelernt hatten, bevor sie laufen konnten. Wenn sie mit ihrem Pferd umging, lag eine Zärtlichkeit in allem, was sie tat, die seiner Aufmerksamkeit nicht entging.

Er sah ihr zu, wenn sie abends ihren Zopf entflocht und ihr Haar durchkämmte. Er sah es gerne, wenn es ihr so über den Rücken fiel, es wirkte, als hätte es ein Eigenleben, wie es jede ihrer Bewegungen auffing und weiterführte.

Sein Blick ruhte auf ihrem Gesicht, wenn er sicher sein konnte, dass sie es nicht bemerkte, abends am Lagerfeuer, solange sie sich mit der Pflege ihrer Waffen beschäftigte. Er beobachtete das Spiel von Licht und Schatten auf ihren Wangen, und wenn sie schlief, saß er lange und studierte ihre ruhigen Züge: ihre fein geschwungenen Augenbrauen, ihre langen dunklen Wimpern, die wie Schatten auf den Wangen lagen, die Mundwinkel, in denen ein kleines Lächeln den Tag überdauert hatte. Ihre Haut schimmerte hell im flackernden Feuerschein, während ihr rabenschwarzes Haar das Licht schluckte wie ein Teppich aus Dunkelheit. Abend für Abend betrachtete er sie und staunte über die Vollkommenheit, die sich seinem Blick bot, sie war lebendig und warm und voller Heiterkeit, und sie berührte ihn auf eine Art, die ihn hilflos machte.

In der dritten Nacht beschloss er, sie zu zeichnen.

Jedes unnötige Geräusch vermeidend, tastete er in seinem Rucksack, bis er den Behälter gefunden hatte, in dem er Zeichenpapier, Kreiden und Kohlestifte aufbewahrte. Er suchte ein Stück unbenutztes Papier aus und strich es auf den Knien glatt. Das Feuer fütterte er mit einem trockenen Ast. Sie lag ihm gegenüber, dem Feuer zugewandt. Ihre Schultern hoben und senkten sich gleichmäßig, dem Rhythmus des Atems folgend. Er suchte einige Kreidestifte aus, spitzte sie mit einem kleinen Messerchen an und blies den Kreidestaub fort, bevor er begann, sich mit vorsichtigen Linien an ihr schlafendes Gesicht heranzutasten.

Er ließ sich Zeit. Der Wald lag ruhig um ihn, eine schwarze Masse gegen die helle Lichtinsel ihres Lagers.

Langsam erschien ihr Gesicht aus dem hauchfeinen Netz der Hilfslinien. Er verspürte Befriedigung, fast Triumph, als er erkannte, dass es ihm gelingen würde, ihren Zauber einzufangen: Er würde ihn für sich bewahren können, selbst wenn sie sich morgen auf ihr Höllenross schwang und ihre Reise ohne ihn fortsetzte.

Mit großer Vorsicht legte er einen Schatten auf ihre Wangen, dort, wo ihre langen Wimpern lagen, und vertiefte die Grübchen in ihren Mundwinkeln, sie sah nun aus, als hätte sie die Augen nur zum Spaß geschlossen und sich schlafend gestellt, und er lächelte zurück, ohne es richtig zu merken.

Sie erwachte, bevor er mit seiner Zeichnung fertig war. Sie atmete tief durch, drehte sich auf den Rücken, fuhr sich mit schlaftrunkener Geste übers Gesicht und stieß ein kleines Seufzen aus, bevor sie die Augen öffnete und zu ihm herüber sah.

Als sie begonnen hatte, sich zu bewegen, war er heftig erschrocken. Sein Herz machte einen Satz und schlug ihm plötzlich schmerzhaft gegen die Rippen. Er ließ die Kreide fallen und hielt, einem Impuls folgend, die Zeichnung ins Feuer. Seine Hand zitterte.

Als sie ihn schließlich übers Feuer hinweg ansah, hatten die Flammen das meiste der Zeichnung verzehrt und in ein hauchdünnes Aschblättchen verwandelt, das sich knisternd zusammenrollte und dann zerfiel. Einzelne Ascheflocken gerieten in den Sog der Flammen und wurden gegen den dunklen Nachthimmel gewirbelt.

»Was machst du da?«, fragte sie mit kleiner, verschlafener Stimme und blinzelte ins Feuer.

»Nichts«, sagte er barsch. »Schlaf.«

Statt seinem Befehl nachzukommen, drehte sie sich auf den Bauch und sah sich um. Ihr Blick fiel auf seine Zeichengerätschaften, die er neben sich ausgebreitet hatte.

»Wofür ist das gut?«, fragte sie erstaunt. »Schreibst du irgendetwas auf?«

»Das geht dich nichts an«, wehrte er ab, doch sie streckte die Hand nach dem Pergamentbehälter aus, bekam den Tragriemen zu fassen und zog ihn zu sich hinüber. Er war nicht schnell genug. Sein Griff ging ins Leere. Seine Hände zitterten noch immer. Er umfasste seine Knie.

»Gib das her«, forderte er finster.

»Gleich.«

Sie machte nicht die geringsten Anstalten. Stattdessen zog sie den Inhalt des Behälters ans Licht und blätterte die zusammengerollten Zeichnungen durch. Er stand auf und umrundete mit schwerem Schritt das Feuer. Für einen Augenblick erwog er, sein Eigentum mit Gewalt zurückzuholen, doch wollte er gleichzeitig um jeden Preis eine körperliche Berührung mit ihr vermeiden. Also blieb er stehen, sah auf sie hinunter und streckte auffordernd die Hand aus.

»Unglaublich«, sagte sie, seine stumme Forderung schlicht ignorierend. »Du bist ein Künstler. Wie hast du das hinbekommen?«, Sie hielt ein großes Blatt hoch, das er während eines ruhigen Abends in einer Gaststube mit Skizzen der anderen Gäste gefüllt hatte, wie sie saßen, redeten, würfelten und in ihre Gläser schauten. »Ich meine, mit *diesen* Händen?«, fügte sie hinzu und deutete auf seine ausgestreckte Rechte.

Er ließ die Hand sinken, erbost, aber um eine Antwort verlegen.

»Kann ich's jetzt wiederhaben?«, herrschte er sie an.

Sie steckte die Pergamentrolle in den Behälter zurück und reichte ihn hinauf zu ihm. Ein schelmisches Lächeln breitete sich auf ihrem Gesicht aus und ließ ihn das Schlimmste befürchten.

»Am meisten würde mich sowieso das Bild interessieren, das du da eben verbrannt hast«, sagte sie, wälzte sich auf den Rücken und streckte sich wie eine Katze, die ein sonniges Fleckchen gefunden hat. Er presste den Pergamentbehälter an sich und machte einen großen Schritt rückwärts.

»Es war nichts«, sagte er rau. »Eine alte Zeichnung. Nicht gelungen. Ich habe sie aussortiert.«

Sie lachte leise. »Mein Zwerg ist ein Lügner. Und ein schlechter noch dazu. Da, die Kreide an deinen Fingern - das kommt nicht nur vom Aussortieren.«

Er atmete tief und wandte sich ab, damit sie nicht sah, wie ihm das Blut die Wangen färbte. Er fühlte sich, als würde er von einer Kraft, gegen die er machtlos war, gegen eine Wand gedrängt.

»Was immer es war«, sagte er, *»es geht dich nichts an.* Es ist meine Privatsache, und ich bin dir keine Rechenschaft schuldig.«

»Natürlich nicht«, bestätigte sie, ihre Stimme klang besänftigend. »Ist ja gut. Entschuldige.«

Er gab ein bestätigendes Knurren von sich und beugte sich zu seinen Zeichensachen, um sie wegzuräumen. Der Verlust der Zeichnung machte ihn traurig. Möglicherweise würde ihm nie wieder ein Versuch so gelingen wie der erste. Am besten, er unterließ von vorneherein jeden weiteren. Das Risiko, ertappt zu werden, war viel zu hoch. Er überlegte, ob es ihm gelingen konnte, sie aus der Erinnerung zu zeichnen.

»Trotzdem«, sagte sie in seine Gedanken hinein. »Auch wenn es mich nichts angeht. Willst du's mir nicht verraten?«

»Nein.«

»Bitte.«

»Nein!«

Sie seufzte. »Bitte«, wiederholte sie in schmeichelndem Ton. Er sah zu ihr hinüber. Sie lächelte ihr bezauberndstes Lächeln und schlug die Augen zu ihm auf. »Ich werde die ganze Nacht nicht mehr schlafen können, wenn ich es nicht erfahre«, sagte sie.

»Das trifft sich gut«, sagte er völlig ernst. »Du kannst dann Wache halten, während ich mich hinlege.«

Sie starrte zu ihm hinauf, halb lachend, halb ungläubig. Er entrollte seine Decke und streckte sich am Feuer aus.

»Pass auf deinen Esel auf«, sagte er. »Ich hab vorhin Wölfe heulen hören. Sie werden nicht angreifen, aber er schien das nicht zu wissen. Wurde reichlich nervös.«

Widerstrebend erhob sie sich von ihrem Lager.

»In Ordnung«, sagte sie. »Mach ich.«

Er faltete die Hände über der Brust und schloss sein Auge. Kühle Nachtluft legte sich auf sein Gesicht. Er atmete tief durch und versuchte, zur Ruhe zu kommen, lauschte auf das Knacken des Feuers und auf die leisen, versteckten Geräusche des Waldes. Doch die Ruhe wollte sich nicht einstellen, statt dessen breitete sich in ihm der unangenehme Eindruck aus, beobachtet zu werden. Er hob den Kopf und sah sich um. Lianna hockte mit angezogenen Knien auf einem Felsbrocken wenige Schritte abseits und sah zu ihm hinüber.

»Ich bin sicher, du hast mich gut getroffen«, sagte sie mit einem Lächeln. »Es ist wirklich schade drum.«

»Sobald ich wieder etwas ohne deine Anteilnahme tun will, werde ich dich zuvor fesseln und knebeln, dir die Augen verbinden und die Ohren verstopfen. Anders kommt man dir ja nicht bei.«

»Danke für die Warnung.«

»Ich hoffe, du beobachtest diesen Wald mit der gleichen Aufmerksamkeit.«

»Das tu ich. Du kannst beruhigt schlafen.«

Er schlief ein, noch während er sich darüber wunderte, dass er ihr, was Letzteres betraf, tatsächlich vertraute.

Sie ließen den Laubwald hinter sich, stiegen auf durch niedrigen, mit Flechten behangenen Nadelwald und über felsübersäte Trockenwiesen. Das Wetter hatte gewechselt. Hohe Wolken zogen rasch über den Himmel und legten immer wieder einen leichten Sprühregen über sie. Es wurde kühler. Wind zerrte an ihren Haaren und Umhängen.

Im Laufe des vierten Tages stießen sie auf einen Kampfplatz. Drei Schrate lagen dort auf dem zertrampelten Gelände. Sie mochten vielleicht zwei Tage tot sein, ihre Gliedmaßen waren zerschmettert.

»Trollfaust«, sagte Thork, während Lianna die Leichen in einer Mischung aus Ekel und Faszination betrachtete. »Sieh genau hin, was sie anrichten kann.«

Je höher sie stiegen, desto schlechter kamen sie voran. Lianna ritt schon lange nicht mehr, sondern führte den Schwarzen am Zügel. Seine Hufe glitten Funken sprühend über den Fels, er warf den Kopf hoch und schnaubte wild, die Brust voll von schäumendem Schweiß. Thork gewann den Eindruck, dass der Hengst für jeden Schritt vorwärts mindestens einen halben zurück machte, und Lianna mit ihm, und er selbst mit Lianna. Im Stillen verfluchte er das Tier, bis es an einem dunklen, regnerischen Nachmittag nicht mehr weiter ging.

Der Regen machte den Untergrund glitschig und unberechenbar, und Thork achtete sehr sorgfältig auf jeden seiner Schritte, als er von hinten das Aneinanderschlagen von abrutschendem Geröll hörte, ein Schnauben des Hengstes und gleich darauf einen entsetzten Aufschrei Liannas.

Der Zwerg riss die Axt aus ihrer Halterung auf seinem Rücken und wirbelte herum, beides in einer einzigen geübten Bewegung, die schweren Stiefel fest im steinigen Grund verankert, doch er konnte durch die Schleier von Nieselregen, die der scharfe Ostwind vor sich her peitschte, keinen Gegner erkennen.

»Was ist los?«, rief er zu Lianna hinüber, die einen halben Steinwurf hangabwärts bei ihrem Pferd stand, umweht vom Regen. Er machte einige Schritte auf sie zu, die Axt vor sich, bereit.

Sie starrte auf ihr Pferd, beide Hände vor den Mund geschlagen. Aus ihrem blassen Gesicht war der letzte Rest Farbe gewichen.

»Götter«, hörte er sie hinter den Händen flüstern, »bitte nicht, bitte, bitte nicht …«, und er sah, wie sie zitterte.

Er ließ die Axt sinken. »Was ist passiert?«

Sie antwortete nicht, sondern begann stattdessen, den Kopf zu schütteln, als könne sie etwas abwenden, indem sie es leugnete. Er folgte ihrer Blickrichtung.

Der Schwarze stand auf drei Beinen, das linke Vorderbein hielt er in der Luft, der Huf war eigentümlich verdreht. Dunkles Blut tropfte auf die Steine.

»*drek*«, fluchte Thork. »Da haben wir's! Das musste ja früher oder später passieren. Und was nun?«

»Ich weiß es nicht.« Ihre Stimme klang erstickt hinter den Handflächen. »Sag du es mir.«

»Ich?! Wie käme ich dazu? *Du* bist hier die Pferdefrau. Ich hätte den verdammten Esel gar nicht bis hierher mitgenommen. Warum hast du ihn nicht bei Galdur gelassen?«

»Sei still!«, schrie sie ihn an und nahm dazu die Hände vom Mund.

Tränen liefen ihr die Wangen hinunter. Er wandte sich ab, verstaute seine Axt wieder auf dem Rücken und verschränkte die Arme vor der Brust. Die Dinge entwickelten sich zunehmend unerfreulich. Ihre Verzweiflung schmerzte ihn. Er hörte, wie sie zitternd atmete, und fühlte sich hilflos und wütend.

»Ich muss das irgendwie schienen«, hörte er sie nach einer Weile sagen. Die Schnallen ihres Rucksackes klimperten. Er sah über die Schulter.

»Sei keine Närrin«, sagte er. »Man muss kein Pferdekenner sein, um zu wissen, dass man eine solche Verletzung nicht schienen kann.«

»Ich schiene es.« Ihre Stimme klang flach. »Er braucht ein wenig Ruhe, und dann wird es wieder zusammenwachsen, und dann …« Ihre Stimme verlor sich. Sie begann, Dinge aus ihrem Rucksack zu räumen, drehte sie in den Händen und stellte sie beiseite. Er ließ sie gewähren, bis der Boden um sie herum von ihren Besitztümern bedeckt war.

»Du hast dich sehr erschrocken«, sagte er nach einer Weile vorsichtig. »Manchmal verhindert ein solcher Schreck, dass man die Dinge sieht, wie sie sind. Ich sage dir, du kannst es nicht schienen, und du wirst nicht ernsthaft mit mir darüber streiten wollen.«

»Aber was soll ich tun?« Ihre Stimme war so leise, dass er näher kommen musste, um sie zu verstehen. »So etwas darf nicht passieren. Ich weiß nicht, was ich tun soll. Ich kann nichts tun. Ich kann doch nicht … Ich kann doch nicht …«

»Ich weiß, was man in solchen Fällen mit Pferden tut«, sagte er.

»Ich werde einfach ein wenig hier sitzen«, sagte sie, ihre Schultern zitterten. »Vielleicht …«

»Vielleicht was?«

»Ich weiß nicht.«

»Es gibt da eine Möglichkeit.«

Das war unbedacht, und er erschrak zutiefst.

»Welche?«, fragte sie.

»Ich muss darüber nachdenken«, sagte er, verzweifelt bemüht, sich einen Ausweg offen zu lassen.

»Du bist ein Zauberer«, sagte sie und klang plötzlich wieder lebendig. »Kannst du nicht etwas zaubern?«

Sie sah zu ihm hinauf, ein ungewohnter Anblick, ein Rest von Tränen stand in ihren Kirschenaugen. Sein Ausweg löste sich in Luft auf.

»Ich bin kein Zauberer. Ich habe versucht, dir den Unterschied zu erklären. Ich bin ein Priester. Aber gerade deswegen kann ich vielleicht etwas tun.«

»Du bist doch nicht etwa ein Wunderheiler?«

»Alle gütigen Götter! Dieser Ausdruck ist so dämlich, dass er nur von den Menschen stammen kann. Aber – ja. Gròr hat mir diese Gabe verliehen.«

»Das ist nicht wahr«, sagte sie staunend.

»Glaub es oder nicht«, sagte er. »Ich weiß ohnehin nicht, ob ich es bei … Pferden … tun kann … Ich meine, ich müsste ihn *berühren* …«

»Ja«, sagte sie.

»Ich weiß nicht«, sagte er, während Angst in sein Inneres kroch. »Ich habe bisher Menschen und Zwerge geheilt. Niemals ein … Tier.« Seine Hände waren mit einem Mal kalt und feucht. Er ballte sie zu Fäusten.

»Du kannst alles von mir verlangen«, sagte sie. »Gold, Edelsteine. Verlange nur nicht, dass ich dich bitte.«

»Wer spricht denn von Gold. Das ist doch Unsinn.«

»Was dann?«

»Meine Ruhe! Ich verlange meine Ruhe, für einen winzigen Augenblick!«

Zu seiner Überraschung nickte sie und sah hinunter auf ihre verschlungenen Finger. Thork wischte sich übers Gesicht. Sein Blick suchte die Berggipfel und fand nur Schwaden aus Nebel und Regen.

Er musste diesen Weg gehen, wenn er jemals wieder irgendwohin gehen wollte.

»Wenn er auch nur die geringsten Anstalten eines Angriffs unternimmt, garantiere ich für nichts«, knurrte er und überhörte geflissentlich eine entsetzte Stimme in seinem Inneren, die ihn fragte, ob er noch ganz bei Trost sei.

»Das wird er nicht«, versicherte sie ihm. »Ich werde ihn festhalten.«

Sie sprang auf und nahm den Hengst an seinem ledernen Zaumzeug. Thork näherte sich vorsichtig dem Hals des Tieres. Sein Herz trommelte schmerzhaft gegen seine Rippen, der Klang füllte ihm die Ohren.

Er legte seine Hand auf das schweißnasse Fell des Tieres. Es war warm, wärmer als er gedacht hatte, er fühlte, wie unter dem Fell die mächtigen Muskeln zuckten. Er atmete tief und zitternd. Die Kraftquelle war verschüttet unter einer Lawine von Panik. Mit der anderen

Hand umklammerte er sein Priestersymbol, bis die Ränder sich in seine Handfläche gruben. Er konzentrierte sich auf seinen Atem, rief sich Bilder vor sein inneres Auge, die ihn zur Ruhe brachten: Wasser, das auf einen Stein tropfte, gleichmäßig wie Herzschlag, jeder Tropfen glitzernd wie ein Diamant, bevor er mit dem dunklen Untergrund verschmolz. Er verlangsamte seine Atmung, glich ihn an den Rhythmus der fallenden Tropfen an, wurde ruhiger.

Er spürte ein heftiges, heißes Prickeln in seiner Handfläche. Er ließ die Kraft strömen, bis ein Gleichgewicht eintrat und der Strom sich abschwächte. Er nahm die Hand vom Hals des Tieres und brachte sich mit einem großen Schritt in Sicherheit.

Der Hengst stand auf allen Vieren und so still, als hätte ihn der Blitz getroffen. Die Wunde hatte sich geschlossen, nur blutverkrustetes Fell erinnerte noch an die Verletzung.

Lianna ließ den Kopf des Pferdes los und ging in die Knie, um das Bein eingehend zu untersuchen. In ihrem Gesicht zeichnete sich Staunen ab.

»Es ist spurlos verheilt«, sagte sie.

»Was hattest du erwartet?«, grollte er. »Einen Pfusch?«

Sie richtete sich auf und kam zu ihm herüber, strahlend, die Arme ausgebreitet, als wolle sie ihm um den Hals fallen. Erschreckt wich er zurück. Sie schwächte die Geste ab, indem sie ihm eine Hand auf die Schulter legte.

»Ich kann nicht ermessen, was es dich gekostet hat, das zu tun«, sagte sie. »Du aber kannst nicht ermessen, was es mir bedeutet. Ich danke dir.«

»Schon gut«, murmelte er und entzog sich ihr rasch und mit gesenktem Blick. Seine Schulter brannte, dort, wo ihre Hand gelegen hatte, als hätte sie ihm einen glühenden Stempel aufgedrückt. Nie zuvor hatte er zugelassen, dass sie ihn berührte. Nie zuvor hatte sie Anstalten unternommen, es zu tun. Er wischte sich Regen von der Stirn und rückte seine Augenklappe zurecht. »Räum dein Zeug zusammen. Wir gehen weiter. Wir haben schon genug Zeit verloren.«

Sie nahmen ihren Weg wieder auf, noch langsamer jetzt, um eine Wiederholung des Vorfalles zu vermeiden. Sie brachten das Geröllfeld hinter sich und gingen auf federndem, gelbem Gras weiter bergauf.

»Was sollen wir jetzt mit dem Schwarzen machen?«, fragte Lianna schließlich.

»Du fragst *mich* nach meiner Meinung?«

»Reite nicht unnötig darauf herum. Es fällt mir schon schwer genug.«

Weil sie, die mit dem Pferd hinter ihm ging, sein Gesicht nicht sehen konnte, gestattete er sich ein breites Lächeln.

»Meine Meinung ist folgende. Es gibt eine kleine Menschensiedlung hier in der Nähe. Dort sollten wir ihn lassen und ihn auf dem Rückweg wieder abholen. Ein Umweg von einigen Stunden, den wir in Kauf nehmen müssen.«

Er hörte sie seufzen. »Ich weiß nicht. Was, wenn sie nichts von Pferden verstehen und einen Fehler machen? Sie könnten ihm etwas Falsches zu fressen geben. Oder ihn in einen engen, dunklen Stall sperren. Er *hasst* es, wenn man ihn einsperrt ...«

»Prinzessin«, sagte er, »du magst es nicht glauben, aber auch andere Menschen haben Pferde und wissen, wie man mit ihnen umgeht. Er wird nicht sterben, nur weil du ihn für einige Tage aus deiner Obhut gibst.«

»Gibt es keine andere Möglichkeit?«, fragte sie zweifelnd.

»Doch«, sagte er. »Kehre um und geh zurück ins Tal.«

»Wie *dämlich.* Du erwartest nicht ernsthaft, dass ich das tue?«

»Nein. Aber es ist deine andere Möglichkeit.«

»Na gut«, stimmte sie schließlich zu. »Ich will wirklich nicht riskieren, dass er sich den Hals bricht.«

Thork, durchflutet von grenzenloser Erleichterung, dass die Probleme mit dem Pferd ein Ende haben würden, nickte kurz.

Am Abend des gleichen Tages erreichten sie das winzige Gebirgsdorf, das aus einer Handvoll niedriger Steinhäuser, Scheunen und Stallungen bestand. Der Regen hatte sich im Lauf des Nachmittags noch verstärkt. Schwer lag Thorks durchnässter Mantel auf seinen Schultern und ließ ihn frösteln. Besorgt dachte er an sein Kettenhemd. Bei solchem Wetter rostete selbst der beste Zwergenstahl.

Die Männer des Dorfes empfingen sie mit gespannten Armbrüsten und zum Schlag erhobenen Keulen am Dorfeingang.

»Was wollt ihr?«, rief einer.

Thork hielt beide Handflächen offen vor sich und trat einen Schritt vor, während Lianna sich bemühte, den Schwarzen zu beruhigen, der nervös auf der Stelle tänzelte.

»Wir sind Reisende«, sagte Thork mit betonter Ruhe. »Wir würden gerne die Nacht im Trockenen verbringen.«

»Woher kommt ihr?«

»Ich komme aus Hochstahl. Meine Begleiterin stammt aus den Ebenen.«

»Und wohin wollt ihr?«

»Unser Ziel ist der Wetterstein.«

»Wollt ihr über den Pass?«

»Ich weiß, wir sind spät dran, aber ja. Das ist der Plan.«

Eine kleine Pause entstand.

»Wir sehen hier oben nicht viele Fremde«, sagte der Mann schließlich.

»Dann lasst Euch erzählen, was in der restlichen Welt so vor sich geht.«

Die Männer begannen, sich zu beraten.

»Warum hast du nichts von dem Troll gesagt?«, zischte Lianna.

»Sieh sie dir an«, gab er ebenso leise zurück. »Sehen sie aus, als könnten sie eine solche Neuigkeit verkraften? Wenn sie Glück haben, ist der Troll an ihnen vorbei gezogen, und sie müssen nichts von ihm erfahren. Dir ist klar, was das heißt?«, ergänzte er mit einem scharfen Blick zu ihr hinauf. »Kein Wort von ihm!«

Sie seufzte. »Na gut«, sagte sie. »Ich werd's versuchen.«

»Du bist besser erfolgreich. Manchmal werden die Überbringer schlechter Botschaften erschlagen, wie es so schön heißt.«

Sie fanden schließlich Aufnahme in dem winzigen Gasthof des Weilers, obwohl sie nach wie vor argwöhnisch beäugt wurden. Lianna verschwand sofort mit dem Schwarzen in Richtung der Stallungen, während Thork in der geheizten Gaststube Mantel, Waffenrock und Kettenhemd ablegte und zum Trocknen ausbreitete, sich dann hemdsärmelig mit dem Rücken zum Feuer setzte und die Wärme genoss, die allmählich in sein Inneres drang. Als Lianna schließlich zu ihm kam und sich neben ihn auf die Bank am Feuer fallen ließ, wurde bereits das Essen aufgetragen: ein wässeriger Brei aus Mehl und gequetschter Gerste, in dem grau gekochte Kohlblätter schwammen, dazu dicke Scheiben getrocknetes Brot.

»Du hattest Unrecht«, sagte sie und unterzog den Brei einer kritischen Untersuchung, verschmähte ihn dann mit gekrauster Nase und brach sich ein Stück Brot ab. »Die haben hier keine Pferde. Was die hier haben, ist eine Kreuzung aus Kuh und Pony.«

»Ich bedaure, dass die Gesellschaft hier deinem königlichen Begleiter nicht angemessen ist«, sagte er ernst. »Vielleicht möchtest du doch ins Tal zurückkehren?«

»Denk nicht mal dran«, sagte sie und kaute mühevoll auf der steinharten Rinde herum.

Während sie aßen, füllte sich die Gaststube. Die Nachricht von der Ankunft der Fremden hatte sich verbreitet und löste mit Misstrauen gemischte Neugier aus. Nachdem sie ihr Abendessen beendet hatten und von den Dorfbewohnern zur Genüge angestarrt worden waren, kam der eine oder andere an ihren Tisch, um Neuigkeiten zu erfahren. Geduldig beantwortete Thork alle Fragen, so gut er konnte, und hatte nach einer Stunde auch den Preis für die Unterkunft des Schwarzen und einige Vorräte ausgehandelt, während Lianna neben ihm am Feuer döste.

Auch Thork wurde müde in der Wärme des Feuers. Er sah zu Lianna hinüber, die mit geschlossenen Augen Kopf und Arme auf die Tischplatte gebettet hatte. Er hob die Hand, um sie am Arm zu berühren, und zuckte im letzten Augenblick zurück.

»Prinzessin«, sagte er leise in ihre Richtung.

»Was«, murmelte sie. Er lächelte, kaum merklich unter seinem dichten Bart.

»Es gibt ein Bett für dich«, sagte er. »Du wirst dort besser schlafen.«

Sie rieb sich mit beiden Händen übers Gesicht. »Du kannst mich nicht zufällig direkt hinein zaubern?«

»Nein«, sagte er. »Auf. Lass uns schlafen gehen. Wir werden morgen sehr früh aufbrechen.«

Schlaftrunken kam sie auf die Füße. Sie verabschiedeten sich von den übrigen Gästen, dann wies er ihr den Weg in die hinteren Räume, wo Schlafplätze vorbereitet waren. Ohne sich über das muffige Stroh oder das raue Sackleinen zu beklagen, ließ Lianna sich darauf fallen und war sofort eingeschlafen. Thork folgte ihrem Beispiel wenig später.

Der Sonnenaufgang fand sie wieder auf den Füßen, bereit zum Aufbruch – zumindest Thork war bereit. Er wartete in der leeren Gaststube mit dem Gepäck und sah hinaus in den grauen, regnerischen Morgen, während Lianna zum wiederholten Mal den Stall begutachtete, Anweisungen zur Betreuung des Schwarzen gab und blumige Drohungen ausstieß, falls dem kostbaren Tier etwas zustieße, und sei es auch nur ein fauliger Apfel. Schließlich hatte sie die Dorfbewohner so weit eingeschüchtert, dass eine Abordnung von ihnen bei Thork erschien und ihn dringend bat, das Höllenpferd doch wieder mitzunehmen. Thork musste all seine Überzeugungskraft aufwenden und sich schweren Herzens von einer seiner kostbaren Goldkronen trennen, um die Dorfbewohner dazu zu bringen, das Pferd zu behalten. Erzürnt über diese Verschwendung von gutem gelbem Gold, schulterte er sein Gepäck und querte mit raschen Schritten den schlammigen Dorfplatz, hinüber zu dem Stall, wo Lianna noch immer Abschied von dem Schwarzen nahm.

»Wir gehen«, sagte er mit einer Stimme, die keinen Widerspruch duldete.

»Gleich.« Sie schöpfte Hafer mit der hohlen Hand und gab ihn dem Schwarzen zu fressen.

»Nicht *gleich*«, verdeutlichte er. »sondern sofort! Du machst dieses ganze Dorf wahnsinnig!«

»Ich will nur sicher sein, dass es ihm gut geht! Die Leute hier haben keine Ahnung von Pferden – ich meine, von *richtigen* Pferden«, fügte sie mit einer geringschätzigen Handbewegung in Richtung der übrigen Stallbewohner hinzu. Thork warf einen Blick auf die niedrigen, kräftigen Ponys, die im Stroh standen und geruhsam ihr Frühstück kauten. Sie ähnelten den Ponys in Hochstahl und waren ihm um vieles sympathischer als das schwarze Höllenross.

»Und wenn dir dabei das Herz bricht », sagte er und machte keinen Hehl aus seiner Missstimmung, »aber lass uns endlich aufbrechen!«

»Sklaventreiber«, schimpfte sie, wischte sich die Hände an den Hosenbeinen ab und kam zu Thork herüber.

»Du schuldest mir eine Goldkrone und zwei silberne Viertelkronen für die Unterbringung dieses Monsters«, teilte er ihr mit, während sie sich in ihren Mantel hüllte und das Gepäck aufnahm.

»Das ist ein Wucherpreis«, beschwerte sie sich.

»Richtig. Und deine *Fürsorge* hat dazu beigetragen, dass er zustande kam.«

In missmutigem Schweigen nahmen sie ihre Wanderung wieder auf.

Sie kamen um einiges schneller voran, nun da der Schwarze sie nicht mehr bremste, und das allein besserte Thorks Laune schnell. Überdies genoss er den Umstand, dass das Höllenross aus seinem Rücken verschwunden war. Eine Anspannung war von ihm abgefallen, deren Ausmaß er erst jetzt im Nachhinein richtig erfasste. Lianna ging nun neben und nicht länger hinter ihm, und aus ihrem Gesicht erkannte er, dass auch ihr Missmut verflogen war.

Zügig stiegen sie bergan, Nebel und feiner Regen wie kalte Schleier auf ihren Gesichtern. Die Sonne stieg höher hinter den Wolken, es wurde Vormittag. Die Gegend kam Thork vage bekannt vor. Er wünschte sich freie Sicht nur für einen Augenblick, er hätte gerne einen Blick auf den Wetterstein geworfen, um sich noch genauer zu orientieren.

»Hochstahl«, sagte Lianna irgendwann in ihr Schweigen hinein. Ihre Stimme klang etwas atemlos. »Ist das nicht diese kleine Zwergensiedlung, hier am Fuß des Berges? Wir sind letztes Jahr im Sommer dran vorbei gekommen. Wir haben aber nicht gehalten.«

»Es ist alles andere als eine *kleine* Siedlung«, korrigierte er sie. »Im Gegenteil ist es eine der größten und bedeutendsten Zwergenstädte.«

Sie lachte auf und warf ihm einen ungläubigen Blick zu.

»Na, dann kann es ja nicht weit her sein mit der Großartigkeit der Zwergenkultur«, sagte sie.

»Du denkst wie eine Menschliche«, stellte er fest. »Das oberirdische Hochstahl ist nur ein winziger Teil des Ganzen. Die eigentliche Stadt erstreckt sich selbstverständlich unter dem Berg, und sie ist wunderschön. Du solltest sie sehen. Die Große Halle, beispielsweise. Ein ganzer Wald von Säulen trägt sie, und vom einen Ende aus kannst du das andere nicht sehen, so gewaltig sind ihre Ausmaße. An Weltenschmiede wird sie gänzlich mit Fackeln ausgeleuchtet. Es ist ein unvergesslicher Anblick. Die Altvorderen haben sie gebaut. Sie hatten Wissen über den Stein, wie es heute kaum mehr einer besitzt. Was siehst du mich so an?«

»Nichts«, sagte sie lächelnd. »Es ist nur ... Ich erlebe zum ersten Mal, wie du ins Schwärmen gerätst. Ich weiß nicht, ob ich dich je zuvor so viel an einem Stück sprechen hörte.«

Er knurrte und rückte die Riemen seines Rucksackes zurecht, während er ging.

»Es war nicht böse gemeint«, sagte sie. »Erzähl weiter. Du lebst also *unter dem Berg*?«

»Nein«, sagte er. »In der Oberstadt.«

»Aber warum, wenn es doch so großartig ist da unten?«

Er nahm sich eine Weile Zeit für die Antwort.

»Ich schätze meine Abgeschiedenheit«, sagte er schließlich.

»Ich dachte, du lebst in einem Kloster. Leben nicht alle Priester in Klöstern?«

»Tun sie nicht - nicht in meinem Orden jedenfalls. Es ist mir freigestellt, wo ich lebe.«

»Du bist ein seltsamer Priester. Lebst nicht in einem Kloster, und trägst nicht einmal Priesterroben.«

»Schon mal versucht, in einer bodenlangen Robe auf einen Berg zu steigen?«

»Was macht man eigentlich so den ganzen Tag als Priester? Beten und kluge Bücher lesen, das ist meine Vorstellung, aber ich rechne schon kaum mehr damit, dass sie zutrifft.«

»Richtig«, bestätigte er.

»Was?«

»Trifft nicht zu.«

»Und was dann?«

»Ich übe den Beruf aus, den ich gelernt habe.«

»Und welcher ist das?«

Er wandte den Blick zum Himmel. »Vater der Steine! Dass eine einzige Person so viele Fragen stellen kann!«

»Wenn du mehr erzählen würdest, müsste ich weniger fragen«, erwiderte sie sanft.

Er schnaubte. »Ich bin ein Schmied.«

»Oh«, sagte sie interessiert. »Ein Waffenschmied?«

»Unter anderem. Ich muss nicht unbedingt Waffen machen. Ich bin ebenso zufrieden, wenn ich eine Sichel mache, oder eine Sense, oder ein Holzbeil. Es erfordert die gleiche Sorgfalt wie ein Schwert oder eine Streitaxt.«

»Ich denke ja, die Leute übertreiben mit den Zwergenwaffen«, erklärte sie.

»Dass sie so unvergleichlich gut sein sollen. Ich weiß nur, sie sind unvergleichlich teuer. Dabei sind sie auch nur aus Stahl, oder?«

»Stahl ist nicht gleich Stahl«, sagte er. »Ich nehme an, du hast noch nie ein von Zwergen gefertigtes Schwert in der Hand gehabt, sonst wüsstest du, wovon du sprichst.«

Er ging noch einige Schritte, ehe er bemerkte, dass sie zurückblieb. Er drehte sich um und sah sie auf einen nass glänzenden Stein sinken, den Rucksack zu ihren Füßen.

»Pause«, sagte sie. Ihre Wangen waren erhitzt unter der Kapuze, von der das Wasser tropfte.

»Darf ich dich daran erinnern, dass wir uns auf einer *Jagd* befinden?«, sagte er.

»Nur einen Augenblick. Ich kann eine Woche im Sattel verbringen, wenn es sein muss, aber ich bin es nicht gewöhnt, zu Fuß zu gehen. Und dieser verdammte Rucksack ist so *schwer.*« Sie versetzte dem Rucksack einen Tritt, der ihn umkippen ließ.

Mit einem Aufseufzen nahm er sein Gepäck von den Schultern, stellte es ab und öffnete erst seinen Rucksack, dann den ihren.

»Was machst du?«, fragte sie. »Würdest du aufhören, in meinen Sachen zu wühlen?«

»Ich wühle nicht«, sagte er. »Ich nehme eine Umverteilung der Ausrüstung vor. Ich will wirklich nicht alle paar Steinwürfe eine Pause machen müssen.«

»Wie nett von dir«, sagte sie und lächelte ihr strahlendes Lächeln, das ihn verlegen machte. »Ich würde fast sagen, wie *ritterlich.*«

»Es ist zweckmäßig.« Er holte ein nachlässig zusammengerolltes Seil aus ihrem Gepäck, entknotete es und wickelte es zu einem ordentlichen Bündel auf, das er außen an seinem Rucksack befestigte.

»Klug von dir, eines mitzunehmen«, sagte er. »Wir werden es bald brauchen.«

Sie hatte inzwischen einen Schluck aus ihrer Wasserflasche genommen und sah ihm zu, wie er mit dem Seil hantierte.

»Was ist das für ein Gott, zu dem du betest?«, fragte sie.

»Gròr«, sagte er. »Grandir, in eurer Sprache. Weltenschmied und Erster der Sieben.«

»Aha«, sagte sie, und er entnahm ihrem Tonfall, dass sie nicht wusste, wovon er sprach. Er richtete sich auf und streckte seinen Rücken gerade.

»Betet ihr nicht zu den Göttern?«

»Na ja, doch ... hin und wieder, zumindest.«

»So«, sagte er. »*Hin und wieder.*«

Er schulterte seinen neu gepackten Rucksack. Er war spürbar schwerer geworden. Sie folgte seinem Beispiel, stand auf und schulterte ihren.

»Besser?«, fragte er.

»Danke, mein Ritter«, erwiderte sie und zwinkerte ihm zu. »Viel besser.«

Durch den Regen, der sie in Schwaden umhüllte, setzten sie ihren Weg fort.

Dichte Bestände buschiger Zirbelkiefern, die sie am Nachmittag querten, zeigten dem gebirgserfahrenen Zwerg an, dass sie sich der Baumgrenze näherten.

»Sie wachsen nur drei Monate im Jahr«, sagte er und schaute hinauf in die Krone eines mächtigen Baumes, dessen Stamm sie zu zweit nicht hätten umspannen können. »Die restliche Zeit ist es zu kalt hier oben. Dieser hier hat ein Zwergenleben gebraucht, vermutlich länger, um so groß zu werden.«

»Umgerechnet sind das fünf Menschenleben«, fügte Lianna hinzu, und er stellte mit Genugtuung fest, dass sie beeindruckt klang.

Ein Stück weiter stießen sie auf frisch abgebrochene Zweige in niedriger Höhe. Jemand oder etwas hatte sich hier seinen Weg gebahnt. Sie untersuchten den Boden und fanden etwas, das sich durchaus als die Spuren großer Füße lesen ließ. Mit neuer Energie folgten sie der Spur, die sie etwas weiter östlich brachte, als sie bisher gegangen waren. Sie gingen, bis es vollständig dunkel war und Lianna sich weigerte, selbst mit Thorks Hilfe noch einen Schritt zu machen.

Ihr Nachtlager war kurz und unruhig, und sie waren auf den Beinen, kaum dass die ersten Sonnenstrahlen den Horizont grau färbten. Der Regen hatte aufgehört, dafür war ein frischer Wind aufgekommen, der von Osten her dunkle Wolkenfetzen über den Himmel trieb. Der Wetterstein hüllte sein Haupt noch immer in Nebel, doch konnten sie an diesem Morgen ein Stück seiner Flanke sehen, das bisher ihrem Blick entzogen gewesen war.

Sie waren etwa eine Stunde über freies Gelände unterwegs, die Sonne war inzwischen aufgegangen, als Thork innehielt und bergauf vor sich zeigte. Ein Felsabbruch zog sich quer über den Hang und erstreckte sich auf beiden Seiten, so weit sie sehen konnten. Wolkenschatten trieben über den Stein und tauchten ihn in wechselvolles Licht.

»Die Stufe«, sagte er kurz.

»*Ha*«, sagte Lianna. »Und *da* soll ich hinauf? Kannst du mir nicht gerade mal das Fliegen beibringen?«

»Das wird nicht nötig sein«, erwiderte er, ohne eine Miene zu verziehen. »Die Stufe ist als Abkürzung zum Pass seit langem bekannt. Es gibt einen Pfad. Du kannst ihn nur von hier nicht sehen.«

Er machte einige Schritte voran und hielt inne, als sie ihm nicht folgte.

»Nun komm«, sagte er über die Schulter. »Wir haben noch ein Stück Weg vor uns.«

Die Sonne hatte ihren Höchststand erreicht, als sie bei den Geröllfeldern anlangten, die sich zu Füßen der Stufe erstreckten. Sie legten eine kurze Pause ein, um zu trinken und etwas von ihren Vorräten zu essen. Dann holte Thork zwei Paar Steigeisen aus seinem Rucksack und gab Lianna eines hinüber.

»Wir werden ab jetzt diese brauchen.«

»Was ist das?«, fragte sie verwundert.

Thork sah sie an, mindestens das gleiche Maß an Verwunderung im Blick.

»Dein Leichtsinn ist sträflich«, sagte er. »Du gehst auf den Berg ohne die geringste Ahnung! Du kannst den Göttern danken, zu denen du *hin und wieder* betest, dass du mir über den Weg gelaufen bist. Bei dem, was du weißt, oder besser, was du nicht weißt, wäre es dein Tod gewesen, alleine hier oben.«

»Und wie hätte ich ahnen sollen, dass die Reise ins Gebirge geht? Ich bin keine Hellseherin!«

»Trolle sind Geschöpfe der Berge. Sie sind heimisch hier oben und noch höher. Und er bewegte sich in Richtung der Berge. Ich bin auch kein Hellseher, aber ich kann eins und eins zusammenzählen.«

Sie gab ein Schnauben von sich, dem ihres Pferdes nicht unähnlich, und warf die Hände in die Luft. Er erkannte, dass er mit seiner Bemerkung einen Fehler gemacht hatte. Sie würde nun wieder einen Streit vom Zaun brechen.

»Also gut«, sagte sie, und mit Erstaunen stellte er fest, dass ihre Stimme friedlich klang. »Ich preise die Götter. Und was *ist* es nun?«

»Steigeisen«, erklärte er und zeigte ihr, wie man sie unter den Stiefeln befestigte.

»Und woher hast du das zweite Paar?«, erkundigte sie sich, während er einen der Riemen um ihren Stiefel festzog.

Er sah kurz auf und gestattete sich die Andeutung eines Lächelns. »Das ist von Galdur. Er bestand darauf, es mir mitzugeben. Nur für den Fall, dass es mir nicht gelingen würde, dich abzuschütteln.«

»Du hast es ja gar nicht versucht«, sagte sie. »Mich abzuschütteln, meine ich.«

Das Leder sträubte sich plötzlich unter seinen Fingern.

»Ebenso wenig wie du versucht hast, mich abzuhängen«, sagte er mit dem Gefühl, sehr dünnes Eis unter den Stiefeln zu haben. »Obwohl ich schwören könnte, dass dies dein ursprüngliches Vorhaben war.«

»Aua«, beschwerte sie sich. »Musst du das so fest anziehen? Ich spüre jetzt schon meine Zehen nicht mehr!«

»Mach es selber«, sagte er, erhob sich eilig und brachte einen großen Schritt zwischen sich und sie. »Aber ziehe es so fest wie möglich. Du wirst sie unterwegs nicht verlieren wollen.«

Mit geübten Griffen, die ihn beruhigten, brachte er seine eigenen Steigeisen unter den Stiefeln an, überschattete dann das gesunde Auge mit der Hand und suchte die Stufe ab. Er erkannte eine einzelne, verkrüppelte Zirbelkiefer, die den Einstieg kennzeichnete, und folgte mit dem Blick dem Pfad, der sich schmal und steil am Steilhang entlang wand, bis plötzlich eine Bewegung im Fels seine Aufmerksamkeit fesselte. Er schluckte trocken und streckte die Hand nach Lianna aus, ohne den Blick von dem Punkt zu nehmen.

»Lianna«, sagte er, seine Stimme klang rau. »Da ist er. Vor uns, im Fels. Er nimmt den Pfad hinauf.«

»Wer?«, fragte sie, die noch an den Schnallen ihrer Steigeisen arbeitete, bevor ihr plötzlich klar wurde, von wem er sprach. Sie sprang auf die Füße und kam neben ihn. Die Eisen verursachten ein hässliches kratzendes Geräusch auf dem felsigen Grund. »Wo?«, fragte sie atemlos. Er zeigte auf den Punkt. Kaum wahrnehmbar bewegte sich dort eine winzige Gestalt, die farblich geradezu mit dem Fels verschmolz.

»Ich sehe nichts«, sagte sie. »Ich sehe nicht einmal einen Pfad.«

»Dort«, versuchte er ihren Blick zu lenken. »Fast schon am oberen Rand. Direkt unter der Felsnadel, die dort einzeln hervorsticht«, doch sie schüttelte den Kopf und wandte sich ab, um ihr Gepäck zu schultern.

»Egal«, sagte sie. »Beeilen wir uns lieber! Nichts wie hinterher.«

»Langsam«, sagte er, obwohl es ihm schwerfiel. »Er ist für heute außer Reichweite. Wenn wir uns jetzt zu sehr beeilen, werden wir abstürzen, statt ihn einzuholen.«

Obwohl Lianna sich schnell an das Gefühl der Steigeisen unter ihren Stiefeln gewöhnte, brauchten sie doch bis in den Nachmittag, bis sie endlich die verkrüppelte Zirbelkiefer erreichten. Dunkel türmte sich die Stufe über ihnen auf. Der Wind hatte zugenommen und ließ ihre Mäntel flattern. Thork stand, die Hand am Fels, und sah mit zusammengekniffenem Auge die Stufe hinauf. Er rang um eine Entscheidung. Sie würden zügig steigen müssen, um vor Einbruch der Dunkelheit das obere Ende zu erreichen. Er fragte sich, ob Lianna in der Lage war, das Tempo zu halten. Der Troll aber war schnell unterwegs, und er machte keine Pausen.

Thork wischte sich Haarsträhnen aus der Stirn und sah zu seiner Begleiterin hinüber, die sich zum Verschnaufen auf einen Stein gesetzt hatte. Er selbst konnte sich zur Not auch bei völliger Dunkelheit im Fels bewegen, sie aber war hilflos, sobald es Nacht wurde. Er hatte nie darüber nachgedacht, welche Einschränkung es bedeutete, nichts zu sehen, nur weil es dunkel war.

Er nahm sein Seil und ihres vom Rucksack und schlang es sich quer über die Brust, um es griffbereit zu haben.

»Gehen wir es an«, sagte er.

»*Das* nennst du einen *Pfad*?!«, rief sie entgeistert, als er ihr den Einstieg zeigte. Er verschwieg ihr, dass das untere Stück noch das einfachste war, und ging voran.

Der Aufstieg brachte Lianna an ihre Grenzen. »Sieh nicht nach unten«, hatte der Zwerg ihr geraten, und so heftete sie den Blick auf seinen Rücken und bemühte sich, seine Schritte und Griffe möglichst exakt nachzuahmen, doch der Abgrund hinter ihr blies ihr seinen kalten Atem in den Nacken. Wo sie kletterten, war kein Pfad, nicht nach Liannas Definition, sie schien direkt zwischen Himmel und Abgrund zu hängen mit nichts unter sich als einem schmalen Sims, umgeben von Stein.

Sie hatte den Blick so krampfhaft vor sich auf den Fels gerichtet, dass sie gegen den Zwerg stieß, als dieser innehielt.

»Das nächste Stück ist ein bisschen steil«, sagte er. »Ich werde dich anseilen.« Er drehte sich zu ihr, die sich an den Fels klammerte, nahm eines der Seile und legte es ihr um.

»Thork«, murmelte sie, während er einen komplizierten Knoten in das Seil schlang. »Ich glaube, ich muss es tun.«

»Was?«, fragte er.

»Nach unten sehen«, sagte sie, und er lächelte.

»Das muss man am Anfang immer. Ist das schwerste am Bergsteigen, sich das abzugewöhnen. Dann tu es jetzt, damit du es hinter dir hast.«

Sie riskierte einen vorsichtigen Blick. Übelkeit stieg in ihr hoch, ihre Handflächen wurden plötzlich kalt und glitschig vor Schweiß. Ihr Herz hämmerte, Blut rauschte in ihren Ohren.

»Götter«, murmelte sie und presste sich gegen den Fels.

»Ganz ruhig«, sagte der Zwerg, und sein Tonfall erinnerte sie daran, wie sie mit dem Schwarzen sprach, wenn er sich aufregte. »Du machst das gut, Prinzessin.«

»Wirklich?«, murmelte sie.

»Wirklich. Jetzt pass auf. Ich werde bis zu diesem Felsen hinauf steigen«, er deutete mit dem Finger und sie folgte zögernd mit dem Blick, »während du hier stehen bleibst und dich nicht vom Fleck rührst, verstanden? Sieh mir genau zu, wohin ich greife. Wenn ich dort oben bin, kletterst du mir nach.«

»Und wenn mir irgendetwas passiert in der Zwischenzeit?«

»Was soll dir passieren?«, fragte er und wirkte immer noch völlig unbesorgt. »Dies ist ein Berg, kein Pferd. Er wird dich nicht unvermutet abwerfen.«

»Ha-ha«, sagte sie schwach.

Sie blieb stehen, die Wange gegen den kalten Fels gepresst, und folgte ihm mit dem Blick, während er sich von ihr entfernte und das Seil, dessen anderes Ende er sich umgelegt hatte, sich zwischen ihnen spannte.

Mit der Zeit gewöhnte sie sich an diese Art der Fortbewegung, oder vielleicht weigerte sich ihr Verstand auch nur, den Horror in seiner Gänze zu erfassen. Thork stieg voran, Stück für Stück, und sie kletterte hinterher. Längst wagte sie es nicht mehr, hinunterzusehen. Das fahle Licht des Spätnachmittags ließ alle Farben zu Grau verschwimmen, und der Wind zerrte an ihrem Haar und Mantel.

Ihre letzten Kräfte verließen sie, als das Ende bereits in Sicht war. Das Licht schwand nun rasch, und sie schaute hinauf, wo sich die Oberkante der Stufe gerade noch gegen den Himmel abhob. Die Wolkenfetzen des Nachmittags hatten sich zu einer bedrohlich dunklen Decke geschlossen. Zwischen ihrer Position und der Kante lag nackter, steil aufragender Fels von der Höhe eines Steinwurfes.

»Ich bin fertig«, sagte sie. »Ich weiß nicht, wie ich das noch machen soll.«

Er sah sie an, den Rücken gegen den Fels gelehnt, auch er wirkte mittlerweile alles andere als erholt, und zum ersten Mal meinte sie, Besorgnis in seinem Gesicht zu lesen.

»Wir müssen«, sagte er. »Es wird dunkel«, doch sein Blick lag lange auf ihr, als hätte er Zweifel an der Durchführbarkeit seiner Worte.

»Wir machen es nach der bewährten Methode«, sagte er. »Ich steige vor, und wenn ich oben bin, kann ich dich rauf ziehen.«

Sie nickte kraftlos.

Er machte sich an den letzten Abschnitt der Klettertour, während sie ihm nachsah, bis sein Umriss von den Schatten verschluckt war. Sie klammerte sich an das Seil, das sie mit ihm verband und der einzige Beweis dafür war, dass sie nicht völlig allein hier zwischen Himmel und Abgrund festsaß. Der Wind wurde stärker und rauschte in ihren Ohren. Es war kalt geworden. Sie glaubte, von ferne dumpfes Donnergrollen zu hören, war sich aber nicht sicher.

Einen unbestimmten Zeitraum später spürte sie, wie das Seil sich mehrmals hintereinander straffte und wieder durchhing. Sie sah nach oben und versuchte, etwas zu erkennen, doch Himmel und Fels waren zu einer einzigen, grauen Masse verschmolzen.

Das Zeichen wiederholte sich, und sie beschloss, es als Aufforderung zu werten.

Zu ihrem Erstaunen gehorchten ihr Arme und Beine, als sie sich in Bewegung setzte. Ihr Kopf war leer, sie kletterte, ohne nachzudenken, zu erschöpft, um noch Angst vor dem Abgrund zu haben. Sie sah kaum etwas und tastete sich voran. Das Seil war nun straff gespannt, sie spürte den starken Zug nach oben, der ihr das Klettern erleichterte, und gerade als sie Hoffnung schöpfte, löste sich ein Felsbrocken unter ihren Füßen, sie verlor den Halt und fiel.

Jemand schrie, später stellte sie fest, dass sie selbst es gewesen sein musste. Sie fiel ein kurzes Stück ins Nichts, bis das Seil sie mit schmerzhaftem Ruck auffing. Von oben hörte sie ein scharrendes Geräusch und das Klicken von losen Steinen. Sie schaukelte am Ende des Seils und wurde mehrmals hart gegen die Felswand geworfen. Dann spürte sie, wie sie ruckweise nach oben gezogen wurde. Die Kante der Stufe kam in Sicht, gleich darauf, im letzten Tageslicht, die Stiefel des Zwergen, die er fest im Fels verankert hatte, sie griff nach oben und suchte Halt und wurde mit einem letzten, gewaltigen Ruck am Seil über den Rand gezogen.

Auf dem Bauch kroch sie vom Abgrund weg und blieb liegen. Thork brach keuchend neben ihr zusammen.

»Vater der Steine«, sagte Thork nach einer Weile, immer noch atemlos. »Das war knapp. Merk dir bitte eines für das nächste Mal: Falls du irgendwo im Seil hängst, *strample nicht.* Du hättest mich fast mit runter gezogen.«

»Es wird kein nächstes Mal geben, wenn es nach mir geht«, erwiderte sie und wälzte sich mühsam auf den Rücken, um ihn anzusehen.

»Merk es dir trotzdem«, sagte er. »Man kann nie wissen.«

Ein dicker Regentropfen klatschte auf ihre Stirn.

»Großartig«, schimpfte sie. »Mal wieder Regen.«

Er wirkte plötzlich mehr als beunruhigt. »Wir müssen weiter«, sagte er und kam auf die Beine. »Ein Gewitter, und wenn es hier ist, möchte ich nicht mehr hier sein. Es würde uns glatt die Stufe hinunter wehen.« Wie um seine Worte zu bestätigen, rollte ein nicht allzu ferner Donner durch die Dunkelheit.

»Ich bin geschafft, Thork. Ich kann nicht mehr. Und ich sehe kaum die Hand vor Augen.«

»Licht kann ich dir machen. Das Gelände hier oben ist etwas einfacher. Durchhalten musst du selber noch ein wenig. Nur, bis wir einen Unterschlupf für die Nacht gefunden haben«, fügte er hinzu, als sie sich auf allen Vieren weiter von der Stufe entfernte und sich dann mühsam aufrichtete. Sie beobachtete, wie er einen Stein von der Größe eines Hühnereis aufklaubte und ihn eine Weile in der Hand hielt.

»*liòht*«, hörte sie ihn murmeln, und augenblicklich erstrahlte der Stein in hellem, gelblichem Licht.

»Da«, sagte er und warf ihr den Stein zu. Er war kühl und feucht, als sie ihn auffing, und fühlte sich an wie ein völlig gewöhnlicher Stein, abgesehen davon, dass er so hell leuchtete wie eine Fackel.

»Gut«, sagte sie und versuchte, zuversichtlich zu klingen. »Lass uns einen Unterschlupf finden.«

Thork quälte sich mit Vorwürfen, während sie sich wieder in Bewegung setzten. Es war mittlerweile völlig dunkel geworden, und der Himmel hatte seine Schleusen geöffnet und schickte strömenden, kalten, windgepeitschten Regen auf sie herunter. *Ich hätte es wissen müssen. Es war zu wenig Zeit. Ich habe uns beide in Gefahr gebracht. Und nun sind wir mit Gròrs Segen gerade so dem Unheil entgangen, aber weit entfernt von einem Schutzort für die Nacht. Ich hätte das Wetter im Auge behalten müssen. Ein aufmerksamer Beobachter hätte heute Mittag schon erkennen können, dass Sturm droht.*

So sehr er sich bemühte, er sah wenig. Nebel fiel nun noch auf sie hernieder, und der strömende Regen tat sein Übriges. Das Licht, das Lianna trug, verhinderte, dass seine Zwergensicht sich auf die Dunkelheit einstellte, und er nahm an, dass es auch für Lianna eher Trost als Hilfe war, denn es verursachte unruhige, irreführende Schatten auf dem unebenen Boden.

Thork hielt sich bergauf und schräg zum Hang, ohne eine wirkliche Vorstellung von der Umgebung zu haben. Längst war der Regen durch seinen Umhang gedrungen und hatte ihn völlig durchnässt. Kälte kroch in sein Inneres, er biss die Zähne zusammen, um zu verhindern, dass sie aufeinander schlugen. Er wagte nicht daran zu denken, wie Lianna sich fühlen mochte. Der Aufstieg durch die Stufe hatte sie alle Kraft gekostet. Er verspürte Hochachtung vor ihrer Willensstärke und Zähigkeit, aber er befürchtete, dass sie nicht mehr weit vom endgültigen Zusammenbruch entfernt war. Er bekämpfte Panik. Er würde kaum in der Lage sein, sie eine größere Strecke zu tragen, und hier im offenen Hang war es nur eine Frage der Zeit, bis sie beide vom Sturm weggefegt oder von einer Geröllawine erschlagen wurden.

Grell zickzackte ein Blitz über den dunklen Himmel und tauchte für Augenblicke die Umgebung in kaltes blaues Licht. Thork warf einen raschen Blick um sich, sah aber nichts als Fels, der ihm auf einmal feindlich und abweisend erschien. Dem Blitz folgte umgehend ein ohrenbetäubender Donnerschlag, der sie beide die Köpfe einziehen ließ. Das Gewitter stand direkt über ihnen.

»Weiter«, murmelte er, als der Donner verklungen war, und setzte sich wieder in Bewegung. Das Seil, das ihn mit Lianna verband, straffte sich, er spürte ihr Gewicht und legte sich hinein wie ein Zugpferd, bis er merkte, wie das Seil sich etwas lockerte. Er warf einen Blick über die Schulter. Sie kam voran, den Lichtstein in der Faust, das Licht drang durch ihre Finger.

»Wie weit noch?«

»Nicht mehr weit«, log er. Der Sturm riss ihm die Worte vom Mund und trug sie davon. »Es gibt eine kleine Höhle ein Stück weiter oben.«

»Die ist besser ganz nah, deine Höhle. Mir reicht's.«

Er tastete sich voran, versuchte mit aller Gewalt, in den schemenhaften Felsgestalten einen Unterschlupf zu erkennen. Seine Finger in den groben Handschuhen, die er zur Seilarbeit getragen hatte, waren so kalt, dass er kaum mehr Gefühl in ihnen hatte. Manchmal löste sich Geröll unter seinen schweren Stiefeln und polterte zu Tal, ein Zeichen dafür, dass auch ihn Kräfte und Konzentration verließen. Er begann, stumm zu beten.

Als der Sturm Liannas Aufschrei zu ihm trug, war es bereits zu spät. Er warf sich nach vorne gegen den Hang, versuchte, mit Händen oder Füßen sicheren Halt zu finden, doch der Ruck kam zu plötzlich und holte ihn von den Füßen. Er überschlug sich, landete bäuchlings und wurde von ihrem Gewicht mitgerissen. Hässlich schabte sein Kettenhemd am felsigen Untergrund entlang. Die Worte seines Gebets verschwanden aus seinem Kopf.

Er hörte Lianna erneut schreien. Gleich darauf verlor er den Kontakt zum Fels.

Er fiel.

Ehe er begriffen hatte, *dass* er fiel, kam auch schon der Aufprall. Scheppernd und klirrend landete er auf dem Fels und blieb liegen, für einen kurzen Augenblick betäubt.

»Lianna«, murmelte er und tastete nach dem Seil. »Bist du da? Alles in Ordnung?«

»Schau mal«, hörte er ihre Stimme. »Den Dummen hilft das Glück.«

Thork öffnete sein Auge und zwang seinen zerschlagenen Körper zur Bewegung.

Sie waren über eine kleine Felsnase auf einen darunter gelegenen Vorsprung gestürzt. Hier befand sich eine Vertiefung im Fels, die den Namen »Höhle« nicht verdiente, aber Schutz vor Wind und Regen bot.

»Nicht das Glück«, widersprach er, brachte sich auf die Knie und wälzte sich in den kleinen Schutzraum. »Gròr.«

»Und er hat gleich noch dafür gesorgt, dass du nicht mit Kettenhemd und Axt auf mich drauf fällst. Wie nett von ihm.« Lianna kauerte sich dicht an den Fels. Ihr Lächeln wirkte gequält. Ein Vorhang aus Wasser schnitt sie beide von der restlichen Welt ab.

»Alles in Ordnung?«, wiederholte er seine Frage.

»Ich weiß nicht«, sagte sie unsicher. »Ich glaube schon.«

»Schmerzen?«

»Natürlich! Überall. Ich bin den ganzen Tag geklettert und zweimal abgestürzt.«

Ein Blitz erhellte ihren Unterschlupf. Beim darauf folgenden Donner duckten beide sich gegen den Fels.

»Ist das die Höhle, von der du vorhin gesprochen hast?«, fragte sie.

»Nein«, sagte er.

Sie legte ihren Rucksack ab und rieb sich die Arme.

»Es gibt gar keine Höhle, nicht wahr? Du hast sie erfunden.«

Thork nickte. Sie schwieg und sah hinaus in den Regen.

»Mir ist so schrecklich kalt«, sagte sie nach einer Weile. Im Licht des Steins, den sie irgendwie über den Sturz gerettet hatte, schimmerte ihr Gesicht wie frisch gefallener Schnee. »Kannst du nicht Feuer machen?«

»Feuer nicht«, sagte er. »Nicht ohne Holz jedenfalls. Ein bisschen Wärme, vielleicht.«

Sein Körper und sein erschöpfter Geist sträubten sich gegen die Anstrengung. Seine Kraftquelle schien versiegt, er fühlte sich leer und ausgebrannt. Er richtete den Blick auf ihr weißes Gesicht und grub tief in seinem Inneren. Eine Kugel aus reiner Energie erschien zögernd auf seiner ausgestreckten Handfläche, nicht besonders groß und eher mäßig warm, und sie flackerte wie ein verängstigtes Irrlicht. Er setzte die Kugel auf einen Felsbrocken, und sie versickerte in ihm. Gleichzeitig wurde der Felsbrocken warm.

»Es tut mir leid«, sagte er verzweifelt. »Das ist alles.«

Sie rückte näher und hielt die Hände darüber wie über ein Lagerfeuer.

»Es ist alles, was wir haben«, sagte sie. »Schau mich an. Ich habe nichts. Ein paar Fackeln, aber die kannst du vergessen. Die werden wahrscheinlich bis zum nächsten Sommer brauchen, bis sie trocken sind. Genau wie ich«, fügte sie schaudernd hinzu. »Götter, ich glaube, ich war noch nie so nass.«

Er hielt die Wärme aufrecht, solange er konnte, doch schließlich kühlte der Stein aus. Kurz darauf entwich auch der letzte Zauber aus dem Lichtstein, und Dunkelheit hüllte sie ein. Draußen heulte der Sturm und peitschte einzelne Regenschauer bis in die hinterste Ecke ihres Unterstandes.

»Na, macht nichts«, sagte sie mit der Stimme eines Kindes, das sich im dunklen Keller Mut macht. »Irgendwann muss es wieder hell werden.«

Er sah zu ihr hinüber, die sich eng in ihren durchnässten Umhang gewickelt und an die Felswand gekauert hatte. Sie hatte die Augen geschlossen. Er sah, wie ihr schmaler Körper zitterte. Ihm selbst erging es nicht besser. Der Fels schien ihm die Reste seiner Körperwärme auszusaugen, und die nassen Kleider klebten an ihm wie die kalte, tote Berührung eines Geistes. Er hatte in dem engen Unterschlupf den größtmöglichen Abstand zu ihr eingenommen, der Gewohnheit folgend. Er maß den Sicherheitsabstand mit dem Blick ab und biss sich auf die Unterlippe, dass es schmerzte. Er war nicht in der Lage, seinen Körper auch nur ein winziges Stück zu ihr zu bewegen.

»Deine Wärmekugel war wirklich schön«, sagte sie, und er schrak auf. Sie hatte die Augen geöffnet und sah an ihm vorbei, er erinnerte sich, dass sie blind sein musste in der Dunkelheit. »Aber ich friere immer noch.«

»Es tut mir leid«, sagte er. »Ich kann keine neue beschwören. Ich müsste ein viel mächtigerer Priester sein, um das unter diesen Umständen zu vollbringen.«

»Ich verlange ja auch nicht, dass du das tun sollst«, sagte sie.

Sein Herz schlug ihm mit einem Mal bis in den Hals.

»Was würde denn passieren?«, fragte sie.

»Ich weiß nicht, was du meinst«, murmelte er schwach.

Sie richtete sich auf und wandte sich ihm zu, die Arme fest um die Knie geschlungen.

»Wenn wir uns gegenseitig wärmen würden«, sagte sie.

Er suchte nach Herablassung oder Herausforderung in ihrer Stimme und fand nichts.

»Du musst mich nicht für blöd halten«, sagte sie. »Du vermeidest es, mich zu berühren, als hätte ich eine ansteckende Krankheit. Ich finde das sehr irritierend.«

»Aha«, sagte er und heftete den Blick auf den Regenvorhang.

»Bist du eigentlich verheiratet?«, fragte sie.

»Nein.«

»Verliebt?«

»Nein!«

»Aber du hast es doch schon mal mit einer Frau getan?«

Er schloss sein gesundes Auge und wünschte sich verzweifelt, mit dem Fels zu verschmelzen.

»Ich diskutiere so etwas nicht«, sagte er. »Es geht dich nichts an.«

»Wie alt bist du?«

Er seufzte tief. »Einhundertvierzehn.«

Er hörte ihr perlendes Lachen, unpassend an diesem unwirtlichen Ort.

»Ich will für dich hoffen, dass du nicht all diese Jahre gelebt hast wie ein Eremit«, sagte sie. »Oder schreibt dir dein Orden so etwas vor?«

»Nein.«

»Na also. Wo ist dann dein Problem?«

»Ich *habe* kein verdammtes Problem«, polterte er und hörte selbst, dass es wenig überzeugend klang.

Sie kicherte, und er fragte sich, woher sie nach allem, was sie hinter sich gebracht hatte, schon wieder all die Energie nahm.

»Na, dann ist ja gut«, sagte sie.

Ein neuer Blitz erhellte ihren Unterschlupf. Thork zählte in Gedanken die Zwergenfeiertage ab. Er kam bis *Weltenschmiede*, bevor der Donner ertönte. Das Gewitter entfernte sich allmählich.

»Also«, sagte sie, als der Donner verklungen war. »Ich komm dann mal rüber zu dir. Nicht weglaufen, hörst du?«

Sein Körper versteifte sich, bis er das Gefühl hatte, direkt aus dem ihn umgebenden Stein herausgehauen worden zu sein. Dann spürte er Bewegung an seiner Seite, eine tastende Hand auf seinem Arm, eine Schulter an der seinen.

»Denk dir bloß nichts«, sagte sie erschreckend nahe an seinem Ohr. »Ich sorge nur dafür, dass wir beide nicht erfrieren.«

Sie war an seine blinde Seite gekommen. Er dankte Gròr, dass er sie nicht ansehen musste.

»Wie spät wird es wohl sein?«, fragte sie, und ein Schauer überlief ihn, als ihr Atem seine Wange streifte. »Mitternacht?«

»Weit früher«, sagte er, dessen zuverlässiges Zeitgefühl ihn selbst jetzt nicht im Stich ließ. »Noch zwei Stunden bis Mitternacht, würde ich sagen.«

Sie seufzte. »Das wird eine lange Nacht werden. Warum erzählst du mir nicht eine Geschichte?«

»Erzählen? Ich?«

»Du bist – wie alt? Einhundertvierzehn? Älter, als ich jemals werde. Du musst doch etwas erlebt haben in all der Zeit.«

»Ich bin kein guter Erzähler«, wehrte er ab und spürte gleich darauf ihren Ellenbogen, wie er sich in seine Seite bohrte.

»Du bist der einzige Erzähler, den ich hier habe«, sagte sie. »Also, streng dich an.«

Er wagte nicht die geringste Bewegung. Er spürte überdeutlich ihre Nähe, und er konnte sich nicht erinnern, je etwas erlebt zu haben, das ihn gleichermaßen verwirrt und eingeschüchtert hatte. Er fürchtete, seine Stimme könne versagen, und räusperte sich vorsichtig.

»Was ist?«, sagte sie. »Ich warte.«

»Na gut«, sagte er und stellte zu seiner höchsten Erleichterung fest, dass seine Stimme ihm gehorchte. »Ich werde dir die Geschichte von Gròr und den Fünf erzählen. Unser kleines Gespräch gestern Mittag hat in mir den Eindruck erweckt, dass du auf diesem Gebiet noch einige Wissenslücken schließen kannst.«

»In Ordnung«, sagte sie sanft. »Ich bin ganz Ohr.«

Er räusperte sich erneut, ging in Gedanken die vertrauten Worte durch und überlegte kurz, wie sie sich am treffendsten in die Menschensprache übersetzen ließen.

»Am Anfang war die große Leere«, begann er vorsichtig. »Der Himmel war voller Sterne, aber sie trugen kein Leben, und Gròr der Eine, Der Im Anfang Ist, den die Menschen Grandir nennen, schwebte in der Leere. Es klingt schöner in meiner Sprache«, unterbrach er sich entschuldigend. »Ich habe nie zuvor versucht, das zu übersetzen.«

»Macht nichts«, sagte sie. »Erzähl einfach weiter.«

»Und zu einer Zeit beschloss Gròr, die Leere mit Leben zu füllen«, fuhr Thork fort. »Er sprach, *ich will eine Welt schaffen nach meiner Vorstel-*

*lung, und ich will sie mit Leben bevölkern nach meiner Art.* Und er ging hin und nahm einen gewaltigen Amboss und schmiedete mit seiner Faust den Staub der Sterne zum Erdball ...«

»Und woher nahm er den Amboss? Du sagtest, am Anfang sei nichts als Leere gewesen.«

»Unterbrich mich nicht.«

»Schon gut. Vielleicht war ja am Anfang eine große Leere mit einem Amboss drin.«

Er erwiderte nichts, sondern nahm seine Erzählung wieder auf.

»Er schmiedete also den Erdball und setzte ihn zwischen die Sterne, und noch war die Welt leer, und sie bestand aus Stein und Gold und Eisen, aber da war niemand, der es bearbeitete und sich an seiner Schönheit erfreute. Da nahm Gròr Stein aus den Tiefen der Gebirge und formte die Zwerge, und er schickte sie in die Welt, diese zu gestalten und über sie Verantwortung zu tragen.«

»Wovon haben sie gelebt?«, fragte Lianna.

»Ich verstehe nicht«, sagte Thork verwirrt.

»Stein und Gold und Eisen«, wiederholte sie. »Ich meine, was haben die ersten Zwerge gegessen?«

»Ich weiß nicht«, sagte er ungehalten. »Die ersten Zwerge sind längst zurück bei Gròr in den Steinernen Hallen. Man kann sie nicht mehr fragen.«

»Vielleicht haben sie Stein gegessen«, überlegte Lianna. »Es gibt heute noch Menschen, die behaupten, Zwerge würden Stein essen. Das tun sie doch nicht, oder?«

Er spürte, wie sie ihren Kopf an seiner Schulter bewegte.

»Nein«, sagte er. »Unsinn. Möchtest du es weiter hören, oder fällt dir vielleicht noch eine Frage ein?«

»Im Augenblick nicht.«

»Wo war ich? Ah ja. Also, die Zwerge nahmen Besitz von der Welt und hüteten sie in Gròrs Sinne, und sie lernten die Seele des Steins zu verstehen und gruben gewaltige Städte in die Berge, und sie lernten Gold und Eisen zu bearbeiten und schufen daraus wundervolle Schätze, und so blieb es für eine lange Zeit.

Gròr aber, der über die Zwerge wachte, fühlte, dass die Zwerge erst der Anfang waren von einer größeren Schöpfung, um die Leere zwischen den Sternen zu füllen, und so teilte er seine göttlichen Kräfte und schuf sich eine Gefährtin, Mindari, die ihr Menschen Alrune nennt. Und aus der göttlichen Verbindung gingen hervor Skàlmoldr, welcher bei euch Arathron ist, Skògr, den ihr Lares nennt, Geri, welche Meridia ist in eurer Sprache, Tyr, den ihr Mydalon nennt, und Kveldr, Keldon in eurer Sprache, der Kindgott. Es gab aber noch fünf weitere Kinder, für die es in der Neuen Sprache keine Namen gibt, und dies waren Skirnir, Nergal, Dolgr, Fryia und Loki.«

»Warte mal«, unterbrach sie ihn, und er spürte, wie sie von unterdrücktem Lachen geschüttelt wurde. »Sie haben *zehn* Kinder gemacht? Hab ich richtig mitgezählt? Himmel, sie müssen ordentlich scharf aufeinander gewesen sein.«

»Dies ist die Heilige Schöpfungsgeschichte, keine lustige Posse zu deinem Vergnügen!«, schalt Thork. »Also hüte deine Zunge!«

»Verzeih mir«, sagte sie fügsam, aber er glaubte nicht, dass sie es auch nur im Ansatz ernst meinte. »Erzählst du weiter? Ich verspreche dir, dass ich keine ungehörigen Fragen mehr stelle.«

»Das glaube ich erst, wenn ich's erlebt habe«, knurrte er, nahm aber den Faden seiner Geschichte wieder auf.

»Mindari aber sah auf die Welt, die Gròr geschaffen hatte, und sie fand Raum für andere Völker, und so beauftragte sie Skàlmoldr und Skògr, die beiden ältesten, den Zwergen Gesellschaft zu geben. Und Skàlmoldr ging hin und nahm eine Handvoll Feuer und schuf daraus die Menschen, die so schnell entstehen und verlöschen wie die Flammen, aus denen sie gemacht sind, die ebenso heiß brennen und die Heil und Zerstörung ebenso eng vereinen. Skògr aber ließ sich Zeit mit seiner Schöpfung, er dachte lange nach, welche Gefährten er den Zwergen und den Menschen geben sollte, und schließlich schuf er aus seinem göttlichen Atem ein Volk, welches in seiner Schönheit und Erhabenheit alle sterblichen Wesen an ihren göttlichen Ursprung erinnern sollte.«

»Die Elfen.«

»Genau. Er gab den Elfen eine lange Lebensspanne, so dass sie für die Augen der Menschen nicht alterten, und er gab ihnen die Liebe zu der Schönheit der Schöpfung, etwas, das sie mit den Zwergen tief verband.«

»Und was haben die anderen Götter zu tun bekommen?«

»Geduld, Prinzessin. Geri, Tyr und Kveldr vervollständigten die Schöpfung, indem sie Tiere und Pflanzen in unüberschaubarer Vielfalt schufen und sie die Welt bevölkern ließen. Und Geri, die sich immer schon in dunkle Wolken gehüllt hatte, erhielt ihre Aufgabe als Hüterin des Todes. Und so lebten die drei sterblichen Völker in Frieden zusammen und alles hatte seine Ordnung. Bis zu dem Tag, als unter Nergal und Skirnir ein Wettstreit ausbrach, wer wohl unter den Erdvölkern die tiefste Verehrung erführe, und sie begannen, auf der Erde unter den Völkern zu wandeln und gaben ihren Anhängern Macht, und ihre Anhänger waren Menschen, denn die *àlfr* sind nicht interessiert an Macht und die Zwerge haben nie einen anderen Gott verehrt als Gròr und werden es nie tun. Und sie sammelten Heerscharen um sich und führten sie gegeneinander in den Krieg, und sie beschworen Kreaturen aus Feuer und Schatten, die sie aufeinander hetzten, Kreaturen von unvorstellbarer Bösartigkeit, deren einziger Lebenszweck Tod und Zerstörung war. Gròr und Mindari sahen dies mit Schrecken, doch als sie einschreiten wollten, kamen Dolgr, Loki und Fryia und stellten sich auf die Seite von Nergal und Skirnir, denn sie hatten Gefallen am Beispiel ihrer Brüder gefunden und es gelüstete sie danach, Anbetung von den Sterblichen zu erfahren. Und es entbrannte ein Krieg, ein schrecklicher Krieg, schlimmer als man ihn sich heute vorstellen kann. Über Generationen versank die Welt im Chaos. Um das Gleichgewicht auf der Erde wieder herzustellen, gab Gròr den Zwergen Macht, und sie kamen aus ihren Bergen und bekämpften die Menschen, und Blut floss in Strömen und erstickte Skògrs Schöpfung. Nur die *àlfr* hatten kein Bestreben, in den Krieg einzugreifen, sie zogen sich zurück aus den bekannten Landen, denn die Welt war nicht mehr die ihre und ihre Stimme wurde nicht mehr gehört. Niemand weiß heute, wohin sie verschwunden sind. Vielleicht hat Skògr sie wieder zu sich genommen. Viele glauben heute, es hätte sie nie gegeben, sie seien eine Erfindung der Geschichtenerzähler. Nur die Zwerge haben sich eine unstillbare Sehnsucht nach ihrer Schönheit und Unvergänglichkeit bewahrt, die auf ewig in ihren Seelen brennen wird.

Am Ende des Krieges gelang es den Gotteltern, einen Sieg über die Abtrünnigen zu erringen, und sie wurden von der Erde und aus dem Götterhimmel verbannt, und die Sieben verboten ihnen, je wieder in die Geschicke der Sterblichen einzugreifen. Die im Krieg entstandenen Kreaturen wurden in eigene Gefilde verbannt, wo sie bis heute leben, sorgfältig von den Sterblichen abgeschirmt. Und über Zeiträume, die selbst für Zwerge sehr, sehr lang waren, hielten sich die Zwerge von den Menschen fern, weil sie glaubten, dass alles Böse auf der Welt durch die Menschen entstehe, durch ihr hitziges Temperament, die übereilte Lebensweise und das verwerfliche und kurzsichtige Streben nach Macht, ebenso wie die Menschen glaubten, dass die Zwerge in ihren Bergen das Böse ausbrüteten. Und so kommt es, dass heute noch junge Menschen, die nie einen Zwerg gesehen haben, die Überzeugung in sich tragen, er sei hartherzig und goldgierig ...«

Er hielt inne, um ihr die Gelegenheit zum Protest zu geben, doch der blieb aus. Sie lag völlig entspannt an seiner Schulter, die Beine über seine geschlagen. Ihr Atem ging tief und ruhig. Der Sturm draußen war vergangen. Der Regen bildete einen dichten, regelmäßigen Vorhang vor ihrem Unterschlupf. Die Nacht war angefüllt mit Prasseln und Plätschern. Er bewegte sich vorsichtig, bis er den Kopf weit genug drehen konnte, um sie anzusehen. Ihre Augen waren geschlossen, ihr Gesicht ruhig und friedlich. Sie schlief. Um ihre Mundwinkel lag ein kleines, fast triumphierendes Lächeln. Er spürte ihren Atem auf seiner Wange und ihre Wärme, die sich auf ihn übertrug. Tatsächlich hatte er, während er erzählte, beinahe aufgehört zu frieren. Einem Impuls nachgebend – etwas, was völlig gegen seine Gewohnheiten verstieß – veränderte er vorsichtig seine Position, legte die Arme um sie und zog sie enger an sich. Ihr Kopf landete an seiner Brust, sie murmelte etwas, er erstarrte, erschreckt, doch sie schlief weiter.

Er betrachtete sie lange, wie sie in seinen Armen lag, sie fühlte sich schmal und zerbrechlich an, er spürte kaum ihr Gewicht. Mit dem Zeigefinger und unter äußerster Vorsicht strich er ihren Zopf entlang bis hinunter zu seinem Ende, das wellig auf seinem Oberschenkel lag. Es fühlte sich weicher an, als er sich vorgestellt hatte, und er erschrak erneut angesichts der Erkenntnis, dass ein Teil seines Geistes sich offenbar mit der Frage beschäftigt hatte, wie sich ihr Haar anfühlen mochte.

Er hatte das Gefühl, an einer Schwelle zu stehen, die er nicht überschreiten konnte. Er fühlte sich festgenagelt an einem Punkt, von dem es kein Entrinnen gab, von einer Kraft vorwärts geschoben, während eine gleich starke ihn zurückhielt, und er fühlte sich *zerrissen.* Er starrte hinaus in die Dunkelheit und versuchte vergeblich, Ordnung in seine Gedanken zu bringen. Es gab Fragen, die er sich beantworten musste, die er aber nicht einmal zu stellen wagte.

Er lehnte seinen Kopf an ihren, seine vernarbte Wange an ihrer Schläfe, das zerstörte Auge in ihrem Schopf vergraben, und atmete den Duft ihrer Haare.

Sein Gesicht verzog sich zu einem flüchtigen Lächeln.
Ihr Haar roch unzweifelhaft nach Pferd.

Als Thork die Augen öffnete – beide Augen, und deshalb wusste er sofort, dass er träumte – lag der Wald dunkel um ihn. Nur schemenhaft konnte er Bäume und Felsen um sich herum erkennen, seine Zwergensicht schien verschleiert, und dennoch drängte ein unbestimmtes Gefühl der Eile ihn vorwärts. Er tastete sich von rauer Baumrinde zu moosigem Stein und zerbrach Zweige unter seinen schweren Stiefeln.

*Ich darf nicht zu spät kommen. Wenn ich zu spät komme, passiert etwas Schreckliches.*

Thork wollte rufen, aber er wusste nicht, wen, und so schwieg er und arbeitete sich voran, schob Gestrüpp beiseite, das ihn festhielt, und wünschte sich, nur einmal einen Überblick zu bekommen, zu sehen, wo er sich befand, doch der Wald gab keinen Hinweis und keine Wegmarke.

*Wo ist sie? Wie soll ich sie hier finden, in dieser Wildnis? Wenn ich sie nicht finde, passiert etwas Schreckliches.*

Dann wich der Wald, und da war sie, vor ihm in der Dunkelheit. Ihre Schönheit zerriss sein Herz. Sie sah ihn an, schenkte ihm ein Lächeln wie eine heilende Berührung, ihr schwarzes Haar umwehte sie wie Schatten unter den Bäumen. In den Händen hielt sie einen Gegenstand, etwas wie einen kleinen Spiegel oder einen klaren, geschliffenen Edelstein, eingefasst in rotes Gold. Thork hatte einen solchen Gegenstand noch nie zuvor gesehen, aber er wusste, dass Gefahr davon ausging, so schön und meisterlich gefertigt er auch sein mochte.

*Leg das hin. Gib es weg.*

Seine Stimme gehorchte ihm nicht, er war stumm wie Fels. Er streckte die Hände aus, doch plötzlich schossen Flammen aus dem Boden und fügten sich zu einer Gestalt, entfernt menschlich, sie fraß die Dunkelheit und verjagte die Schatten und neigte sich begierig zu dem Gegenstand, der erst zu glühen, dann grell zu leuchten begann. Und Lianna achtete nicht auf das goldene Ding und auch nicht auf die Flammengestalt, sondern sie sah *ihn* an, durch das grelle Licht fanden sich ihre Blicke, und er war mit zwei Schritten bei ihr, trat ins Feuer und löschte es mit einem gewaltigen Atemzug, und dann war nichts als dunkler, kühler Stein um ihn, und er lächelte, während das Licht sich entfernte.

Das Lächeln hing noch in seinen Mundwinkeln, als er erwachte. Er blinzelte ins Licht.

Er war alleine in dem Unterschlupf. Die Luft war kühl und sauber gewaschen. Ein hoher blauer Himmel spannte sich über dem Berg. Es war still.

Auf allen Vieren bewegte er sich zum Rand des Unterschlupfes und sah nach draußen.

»Prinzessin?«

Von ihr war keine Spur zu sehen, allerdings hatte sie beide Rucksäcke geöffnet und die Ersatzkleidung auf flachen Steinen zum Trocknen ausgebreitet.

Der Unterschlupf befand sich mitten in einem Steilhang. Thork sah sich um, versuchte, bekannte Wegmarken zu erkennen, doch vergeblich. Die Umgebung war ihm völlig fremd.

Dann kam der Traum zu ihm zurück und versetzte ihn in Erstaunen. Er pflegte nicht zu träumen, und schon gar nicht in so rätselhaften Bildern. Er sah sie dort stehen, von Flammen umwogt, und fühlte das Band, das sich zwischen ihnen spannte, als sei sie mehr als nur eine Menschliche auf der Jagd nach seinem Troll. Als sei er mehr als nur ein Zwergenschmied, der versuchte, eine alte Rechnung zu begleichen. Er schüttelte den Kopf und strich sich mit den Händen über das Gesicht. Musste die Höhenluft sein.

Leichte Schritte und Steinchen, die den Hang hinunterkullerten, kündigten Liannas Rückkehr an.

»Guten Morgen«, sagte sie und kletterte von oben in sein Blickfeld.

»Wo warst du?«, fragte er, ihren Blick meidend. Sie lachte.

»Was sind wir nicht wieder von ausgesuchter Freundlichkeit«, sagte sie. »Ich sagte, *guten Morgen*, Herr Zwerg.«

»Morgen«, knurrte er.

»Brav«, sagte sie und lachte noch immer. »Ich habe mir etwas die Gegend angesehen und nach Spuren unseres Trolls gesucht. Da war aber nichts – wahrscheinlich alles vom Regen weg gewaschen. Wir müssen auf gut Glück weitergehen.«

Thork schwang die Beine über den Rand des Vorsprunges und befühlte seine Ersatzkleidung. Sie war trockener als das, was er am Leib trug.

»Wir werden uns weiter in Richtung Pass orientieren«, sagte er. »Die Tatsache, dass er den Weg die Stufe hinauf genommen hat, ist schon fast Beweis dafür, dass er über den Pass will. Sonst gibt es nichts zu wollen hier oben.«

Sie ließ sich neben ihn auf den Boden fallen, untersuchte die Essensvorräte und zog die Nase kraus.

»Großartig! Alles nass. Wir könnten dieses Brot rösten, wenn wir ein Feuer hätten …«

»Wo es keine Bäume gibt, ist ein Feuer schwierig.«

»*Ich weiß*«, sagte sie und verdrehte die Augen.

Während sie sich mit spitzen Fingern ein Frühstück zusammenstellte, lehnte er sich zurück gegen den Fels und ließ den Blick schweifen. Der Himmel war nah hier oben, es schien, als müsse er sich nur ein wenig strecken, um eine Handvoll Blau zu greifen. Rund um ihn lagen majestätisch die Berggipfel in der hohen, klaren Luft. Ihre Spitzen waren mit schimmerndem Schnee bedeckt. Thork erinnerte sich, dass dies gestern noch nicht der Fall gewesen war. Tief unten lagen die grünen Auen der Ebene vor ihm ausgebreitet wie ein Teppich. Frischer Wind trieb ihm Haarsträhnen ins Gesicht, und er wischte sie weg.

Er erinnerte sich nun, warum er in jungen Jahren so oft im Gebirge gewandert war. Er liebte es. Die Stille, die Größe und unbeeindruckte Erhabenheit taten seiner Seele gut.

Er sah zu Lianna hinüber. Er verspürte den Wunsch, diese Eindrücke, die ihn erfüllten, mit ihr zu teilen.

»Schön hier, nicht?«, sagte er.

»Frühstück?« Sie hielt ihm ein aufgeweichtes Stück Fladenbrot hin.

»*Menschen*«, sagte er.

Sie legte das Brot in seine ebenso aufgeweichte Verpackung zurück.

»Ich weiß nicht. Wahrscheinlich muss man ein Zwerg sein, um das hier zu mögen.« Sie sah hoch zu ihm und lächelte. »Schließlich seid ihr daraus erschaffen worden.« Sie klopfte mit der flachen Hand gegen den Stein. »Übrigens, ich fand sie schön, deine Geschichte«, fügte sie hinzu.

»So schön, dass du darüber eingeschlafen bist.«

»Das macht nichts. Das Wichtigste habe ich mitbekommen. Feuer und Stein. Gefällt mir, die Vorstellung.«

Er sah sie an. Sie hatte ihren Zopf gelöst, damit der Wind ihr Haar trocknen konnte, und es lag wie ein Umhang um ihre Schultern, schwarz wie eine sternlose Nacht, der Wind spielte darin, Sonne lag auf ihrem Gesicht.

*Wenn du wüsstest, wie schön du bist*, dachte er.

»Wenn du wüsstest ...«, begann er und unterbrach sich erschrocken, als er feststellte, dass er laut sprach.

»Was?«, fragte sie.

»Nichts«, sagte er unfreundlich und wandte sich ab.

Sie ließ es dabei bewenden, und er empfand grenzenlose Dankbarkeit dafür. Sie sprachen wenig, während sie sich zum Aufbruch bereit machten.

Die stille, unbewegte Gebirgswelt und das gleichmäßige Steigen, auf das er seine Gedanken richten konnte, brachten Thork zurück in ein, wenn auch empfindliches, Gleichgewicht. Der Traum verblasste.

»Weißt du was«, sagte Lianna, als sie etwa eine Stunde gewandert waren, ohne viel zu sprechen. »Ich habe nachgedacht.«

»So«, sagte er. »Und worüber?«

»Über gestern Abend«, sagte sie, und Thork stolperte plötzlich und konnte gerade noch seinen Fall bremsen.

»Pass auf hier«, sagte er unwirsch. »Diese Steine sind locker.«

»Vielleicht habe ich etwas übertrieben«, erklärte sie mit einer selbstkritischen Falte über der Nasenwurzel. »Mit den Fragen über dein Privatleben, meine ich. Ich wollte dich nicht quälen – nicht viel jedenfalls.«

»Nicht viel«, schnaubte er. »Ein wenig aber schon, oder wie darf ich das verstehen?«

»Na ja.« Sie grinste verlegen. »Manchmal geht es eben mit mir durch.«

»Reiner Übermut also. Und ich dachte schon, du hättest aus Interesse gefragt.«

»Aber es interessiert mich!«, widersprach sie.

»Und warum?« Er hatte das Gefühl, einen Gegenstand in den Händen zu drehen, der jederzeit eine Stichflamme produzieren konnte.

»Weil ...« Sie suchte nach Worten, als hätte sie nicht mit dieser Frage gerechnet. »Ich weiß nicht«, sagte sie schließlich ungeduldig, »Ich finde es spannend, persönliche Dinge über die Leute in meiner Umgebung zu erfahren.«

»Dann machst du es also bei jedem?«

»Nein!«, fuhr sie hoch. »Götter! Deine Rache ist grausam, weißt du das? Du befragst mich peinlicher, als ich es je bei dir getan habe!«

»Die sprichwörtliche Rachsucht der Zwerge. Du als Menschliche solltest darüber Bescheid wissen, oder nicht?«

Sie bewältigten ein steiles Hangstück. Oben ließ Lianna sich keuchend auf den felsigen Boden fallen. Er blieb stehen und nahm den Anblick der schneebedeckten Gipfel in sich auf.

»Dann gibt es also nirgends in diesem Hochstahl eine hübsche, kleine Zwergin, die dein Herdfeuer schürt und dich erwartet, wenn du nach Hause kommst?«, knüpfte sie wieder an das Gespräch an.

»Nein«, sagte er. »Das weißt du aber schon.«

»Schade.«

»Es ist, wie es ist.«

Sie sah zu ihm hinauf, die Wangen gerötet von der Anstrengung, ihr Atem ging noch immer hart.

»Es gab auch andere Zeiten«, sagte er, und sein Blick glitt von ihr ab und heftete sich auf die Berge: Fels, der mit breitem Fuß unerschütterlich in der Erde verankert war und doch in den Himmel strebte. »Wenngleich sie lange vergangen sind. Es hat sich vieles verändert ... *danach.*«

Er machte eine Pause, atmete tief die klare Luft. Er hörte, wie ihr Rucksack über den Stein schabte, als sie sich bewegte.

»Ich wollte heiraten«, sagte er. »Vor langer Zeit. Es hat nicht gehalten.«

»Warum?«

Er fragte sich, ob er nicht damit hätte rechnen können, dass sie wieder mit ihrem Verhör beginnen würde.

»Es war, als man mich von dem Troll nach Hause brachte«, sagte er und ignorierte einen leise erwachenden Schmerz in seinem Inneren.

»Sie sagte, sie wollte ihr Leben nicht mit einem … *Krüppel* teilen.«

»Alle Götter«, sagte sie, und es war echte Betroffenheit in ihrer Stimme. »Das muss hart gewesen sein.«

»Es ist vergangen.«

»Mein armer Thork«, sagte sie sanft.

»Ich sagte bereits, es ist vergangen.« Er bemerkte, dass er die Hände zu Fäusten geballt hatte, und öffnete sie. Sie zitterten, und er verschränkte die Arme vor der Brust, um es zu verstecken.

Sie stiegen weiter bergan. Sein mühsam wiedererlangtes inneres Gleichgewicht lag in Trümmern. Erinnerungen waren in ihm geweckt worden, die so tief unter den langen Jahren seines Zwergenlebens vergraben lagen, dass er um ihre Existenz beinahe vergessen hatte, und sie mischten sich auf beunruhigende Weise mit dem Traum und wühlten sein Inneres auf, und eine neue Frage stieg in ihm hoch und wurde plötzlich dringend und musste beantwortet werden, obwohl sein Verstand keinen Sinn darin sah.

Sein Anlauf war gewaltig. Immer wieder wog er die Worte, verwarf sie und suchte neue, und als er sie schließlich aussprach, wusste er gleichzeitig, er machte alles nur schlimmer.

»Was ist mit dir?«, fragte er. »Gibt es einen Prinzen für diese Prinzessin?«

Sie sah ihn an, überrascht und gewissermaßen ertappt.

»Na ja«, sagte sie und lachte nervös, »jede Prinzessin hat ihren Prinzen, oder nicht?«

»Ich weiß nicht«, sagte er. »Ich bin ein gewöhnlicher Zwerg und pflege wenig Umgang mit Prinzessinnen.«

»Ich werde in diesem Winter heiraten. Die Vorbereitungen haben bereits angefangen.«

Für einen kurzen Augenblick blieb er stehen, fragte sich, warum seine Beine ihn plötzlich nicht mehr tragen wollten. Ein bitterer Geschmack strömte in seinen Mund und ließ sich nicht schlucken.

»Wie schön für dich«, sagte er mit übergroßer Anstrengung.

»Ja«, sagte sie abwartend und sah ihn von der Seite an.

Er sah den Hang vor sich, den es zu ersteigen galt. Er setzte sich in Bewegung, automatisch, seine Beine trugen ihn wieder.

»Erzähl mir von ihm.«

»Sein Name ist Arik Varellan«, sagte sie nach kurzem Zögern.

»Die Varellan sind die wichtigste Sippe nach den Ranessa, und Ariks Vater ist das Oberhaupt. Ich glaube, es wurde schon beschlossen, dass wir heiraten sollen, als wir noch in der Wiege lagen.«

»Ist es üblich bei den Menschen, dass die Eltern die Ehen der Kinder beschließen?«

»Nein, aber ... du verstehst das nicht! Ich bin die wichtigste Frau aller Sidarthi. Ich kann nicht irgendeinen dahergelaufenen Pferdehirten heiraten! Ich brauche einen Mann mit ... mit Größe. Der tanzen kann. Mit Pferden, die so gut sind wie meine eigenen. Zumindest beinahe. Der mir etwas bieten kann. So wie Arik. Arik ist reich und wunderschön, und er tut wirklich alles für mich. Ihm ist nichts wichtiger, als mich glücklich zu machen.«

»Verstehe«, sagte er mühsam.

»Das glaube ich nicht«, sagte sie. »Ich glaube, du hältst mich für oberflächlich.«

»Ich halte dich für sehr jung.«

»Ich bin nicht oberflächlich, Thork.«

»Ich weiß.«

»Ich bin nur ... ich weiß nicht. Jeder wächst in sein Leben hinein, oder nicht?«

»Ja, Prinzessin. Die Götter setzen jeden an seinen Platz.«

»Und man kann nicht weg ... oder?«

»Nein.«

Sie nickte und blinzelte etwas aus ihren Augen.

»Hab ich mir gedacht.«

Für einen Augenblick blieb er stehen und ließ sie an sich vorbei. In ihren Bewegungen lag eine Härte, und sie trat polternd einen Stein zu Tal, und Thork arbeitete gegen einen Schmerz, dem er keinen Namen geben wollte.

Am Nachmittag des gleichen Tages stießen sie auf den Troll.

Sie wurden aufmerksam, als plötzlich ein kleiner Hagel aus Kieselsteinen und kleineren Gesteinsbrocken auf sie herunterprasselte. Sie schützten ihre Köpfe und duckten sich, und Thork, der voran gestiegen war, versuchte, mit seinem breiten Rücken möglichst viel von Lianna fernzuhalten. Kaum war der Steinhagel zu Ende, drehte er sich nach oben und spähte mit höchster Anspannung hinauf.

»Was ...«, setzte Lianna an, doch er brachte sie mit einer Geste zum Schweigen.

Die Hände zu Hilfe nehmend, schloss sie zu ihm auf und sah ihn fragend an.

»Jemand hat das losgetreten«, sagte er leise. »Jemand, der groß ist und schwer. Das könnte ich schwören.«

Sie zog scharf die Luft durch die Zähne.

»Dann ist unsere Jagd endlich erfolgreich.«

»Erfolg haben wir erst, wenn er tot zu unseren Füßen liegt«, widersprach Thork grimmig.

»Ich gehe nachsehen«, erbot sie sich. »Du weißt, dass ich sehr leise sein kann, wenn ich will.«

»Viel zu gefährlich«, wehrte er ab. »Ich konnte dich hören, als du um mein Lagerfeuer geschlichen bist.«

»Ich lasse alles hier, was Lärm macht. Rucksack, Schwert und diese komischen Steigeisen.«

»Kommt nicht in Frage. Was, wenn er dich findet, und sei es nur durch einen Zufall?«

Sie lächelte trotz der angespannten Situation. »Dann verlasse ich mich darauf, dass ein Zwergenkrieger mir rechtzeitig beispringt.«

»*Nein*«, sagte er unbeirrt. »Wir gehen gemeinsam, oder gar nicht.«

»Thork«, beharrte sie. »Du bist ein hervorragender Bergsteiger, aber selbst ein tauber Troll mit verstopften Ohren würde dich herankommen hören. Ich will erst sehen, woran wir sind.«

»Aber ...«, begann er seinen Widerspruch, doch sie ließ die Tragriemen ihres Rucksackes von den Schultern gleiten, gürtete ihr Schwert ab und drückte es ihm in die Hand. Dann drehte sie sich um und entfernte sich kletternd zwischen den Gesteinsbrocken. Er umklammerte den Griff ihres Schwertes, sah ihr nach und konnte sich plötzlich vorstellen, wie Prinz Arik seiner Verlobten hinterher gestarrt hatte, als diese losgeritten war, um einen Troll zu jagen.

Sie war nicht lange weg, doch die Zeit dehnte sich für ihn zu einer Ewigkeit. Er atmete auf, als er sie schließlich ein Stück hangaufwärts zwischen den Felsbrocken sah, wie sie ihm zuwinkte.

So schnell und leise es ihm möglich war, schloss er zu ihr auf.

»Er ist es«, flüsterte sie ihm ins Ohr, und trotz der angespannten Lage fühlte er überdeutlich ihr Haar an seiner Wange. »Götter, er ist *riesig*! Er sitzt da oben im Fels, am Eingang zu einer Höhle, und es liegen einige Schratleichen herum, und aus der Höhle *stinkt* es, du machst dir keine Vorstellungen! Etwas muss darin verrotten, denn die Schratleichen sind es nicht, sie sind noch nicht lange genug tot. Das Gelände ist einigermaßen eben dort. Alles in allem gar kein schlechter Kampfplatz. Ich glaube, sein Bein ist verletzt, vielleicht aus dem Schratkampf. Es sieht komisch aus.«

»Das verschafft uns einen Vorteil. Ist er bewaffnet?«

»Nicht mit Keule oder Schwert, wenn du das meinst. Aber er hat wirklich eklig aussehende Krallen.«

»Von denen ihm an der linken Hand zwei fehlen dürften.«

»Woher weißt du das?«, fragte sie erstaunt.

»Ich habe sie ihm damals abgeschlagen«, erklärte er nicht ohne Stolz. »Lässt das Gelände es zu, dass wir ihn von zwei Seiten gleichzeitig angreifen?«

»Ich könnte seine Position umrunden. Allerdings habe ich nichts von dem dortigen Gelände erkennen können. Ich weiß nicht, in welche Schwierigkeiten es mich vielleicht bringen könnte.«

»Zu gefährlich«, entschied er. »Wir werden uns ihm so weit wie möglich nähern und uns dann kurz vorher aufteilen. Und denk daran, dass seine Haut zäh ist. Du musst viel Kraft in deine Schläge legen.«

»Das *weiß* ich«, schalt sie ihn. »Ich habe mich schließlich informiert!«

»Dann bringen wir es zu Ende«, sagte er. Er fühlte sich ruhiger jetzt als den ganzen Tag über, ruhiger als die Tage zuvor. Sein Geist war klar, seit er ihn auf dieses Ziel richten konnte. Verwirrung und Verzweiflung waren einer tiefen Entschlossenheit gewichen.

»Ja«, sagte sie. »Bringen wir's zu Ende.«

Für einen Augenblick hielten sie beide noch inne, sahen sich in die Augen, er hatte die kurze Empfindung, sie würde erwarten, dass er noch etwas sagte, doch die Worte fehlten ihm, und er schwieg. Ihr Gepäck ließen sie zurück, dann begannen sie den letzten Aufstieg.

Als sie die Höhle schließlich erreichten, war von dem Troll nichts zu sehen. Hoch und dunkel wie das Maul eines Drachens gähnte der Höhleneingang im Fels. Davor und auch im Eingang selbst lagen

Schratleichen verstreut, sechs an der Zahl, ihre zerschmetterten Schädel und verdrehten Gliedmaßen zeugten von ihrem gewaltsamen Tod. Dunkles Blut war auf dem Stein getrocknet, und betäubender Verwesungsgestank lag über allem.

»Er muss sich in die Höhle zurückgezogen haben«, flüsterte Lianna, die das Gelände mit dem Blick absuchte. »Wir müssen ihn irgendwie rauslocken! Ich kann nicht kämpfen da drin.«

»Auch ich möchte nicht in einer Höhle kämpfen, die ich nicht kenne, wenn es sich vermeiden lässt«, bestätigte Thork, ebenso flüsternd. »Wir sollten uns auf die Lauer legen und ihn überraschen, wenn er wieder herauskommt.«

»Und wenn die Höhle einen Hinterausgang hat?«

»Das hat sie wahrscheinlich, aber keinen, durch den ein Troll passen würde.«

»Ich bin trotzdem dagegen«, erklärte Lianna, immer noch leise. »Er könnte bis zum Abend drin bleiben, und dann wird es dunkel.«

»Was schlägst du also vor?«

»Wir schreien einfach so lange herum und machen Lärm, bis er rauskommt, um nachzusehen«, sagte Lianna. »Trolle sind dämlich, oder? Die einfachsten Pläne sind in solchen Fällen die besten.«

»Einverstanden. Aber nur einer von uns macht den Lärm. Der andere greift überraschend an. Wir stellen uns zu beiden Seiten des Ausganges. Das sichert uns den ersten Schlag, und wir sind geschützt, falls er eine Schleuder einsetzt oder mit Steinen wirft.«

Vorsichtig umrundeten sie den Platz vor der Höhle und bezogen die Positionen, die Thork angezeigt hatte. Einen Steinwurf weit waren sie nun voneinander getrennt, zwischen ihnen der Höhleneingang, aus dem der Gestank quoll. Was immer darin gestorben war, es musste gewaltig gewesen sein und schon lange dort liegen.

Thork suchte Liannas Blick. Sie hielt ihr Schwert mit beiden Händen vor sich, zum Schlag bereit. Er umfasste das kühle, vertraute Holz seiner Streitaxt und nickte Lianna zu.

»He!«, hörte er sie schreien. »Troll! Hier ist Besuch für dich!«

Nichts rührte sich.

»Komm raus, du stinkende Missgeburt!«

Keine Reaktion. Thork lauschte angestrengt, und er meinte, ein leises Knurren aus den Tiefen der Höhle zu vernehmen.

»Du mieses Stück Dreck! Schratfresser! Schleimige Ausgeburt eines göttlichen Alptraumes!«

Nichts, nur das Knurren wurde lauter. Es kam weit aus dem Höhleninneren.

»Komm schon, Feigling! Ich habe nicht den ganzen Tag Zeit!«

Mit Entsetzen verfolgte Thork, wie Lianna einen Stein aufklaubte, ihre Deckung verließ und den Stein mit aller Kraft in die Höhle schleuderte. Er keuchte erleichtert, als sie unversehrt in den Schutz der Felswand zurückgekehrt war.

Das Knurren steigerte sich zu einem Heulen. Thork schloss die Finger fest um die Axt. Konnte es sein, dass sie ihn mit diesem lächerlichen Stein getroffen hatte?

Das Heulen verebbte jedoch, und sonst geschah nichts.

»Er will nicht, der Bastard«, fluchte Lianna. »Sitzt in seinem Drecksloch und macht keinen Schritt.«

*Würde ich auch nicht tun, wenn ich von außen mit Steinen beworfen würde,* überlegte Thork. *Vielleicht haben wir seine Schlauheit unterschätzt. Er ist alt. Er könnte viel gelernt haben.*

Er brauchte nicht lange, um seinen Entschluss zu fällen.

»Ich gehe rein und hole ihn«, sagte er halblaut.

»*Was*?!« Liannas Erwiderung war alles andere als leise. »Bist du total übergeschnappt?! Du kannst doch nicht ... Du hast doch selber gesagt ...«

»Ich sagte, *wenn ich es vermeiden kann*«, erinnerte Thork sie. »Nun, ich kann es offenbar nicht vermeiden.« Er setzte sich in Bewegung, näherte sich an der Felswand entlang dem Höhleneingang und spähte vorsichtig in die Dunkelheit.

»Wenn du ihn da drin alleine tötest, ich schwöre dir, ich mach dich fertig«, drohte Lianna, doch ihre Stimme zitterte.

»Im Gegenteil«, sagte er leise. »Ich werde dich brauchen. Jemand muss ihn hier draußen in Empfang nehmen, und zwar sehr schnell, so lange ihn das Licht noch blendet, denn ich werde selbst geblendet sein.«

Er sah sie nicken, blass. Er machte einen Schritt in die Dunkelheit. Der betäubende Gestank senkte sich auf ihn. Er hielt sich eng an der Wand und lauschte angestrengt, bis seine Augen sich an die Dunkelheit gewöhnt hatten. Das Heulen und Knurren war verstummt.

Vorsichtig suchte er sich seinen Weg über den unebenen, mit Geröll übersäten Boden ins Innere. Die Höhle war wesentlich höher als breit, ein keilförmiger Riss im Gestein, der sich zunehmend verengte. Thork glich die Breite des Durchganges mit seiner Erinnerung an den Troll ab. Er würde Schwierigkeiten haben, sich durch die Engstellen zu quetschen, während für Thork selbst mehr als genug Platz war.

Er stieg über vier weitere Schratleichen, alle zerschmettert und dort liegengelassen, wo sie gefallen waren. Er prägte sich ihre Position ein, so genau er konnte, damit er auf dem Rückweg nicht über sie stolperte. Der Gestank raubte ihm fast die Sinne, doch er zwang sich, normal zu atmen.

Immer wieder stieß er auf Werkzeug, das über den Boden verstreut lag, Kochgeschirr, Rüstungsteile. Thork erkannte die Machart. Die ehemaligen Besitzer lagen zweifelsfrei tot daneben.

Er ließ den letzten Rest Tageslicht hinter sich, als er dem Durchgang um eine Rechtsbiegung folgte. Völlige Dunkelheit umgab ihn nun und eröffnete seiner Zwergensicht den Blick in eine kleine unterirdische Halle, spartanisch und grob eingerichtet mit Fellen und Schratlagern, eine Wohnhöhle ganz offensichtlich, und hier fand er den Troll.

Er kauerte zusammengesunken bei etwas, das Thork erst auf den zweiten Blick als einen weiteren Troll erkannte – die Leiche eines weiteren Trolls, korrigierte er sich gleich darauf, und er musste schon lange tot sein, denn die Verwesung war weit fortgeschritten, und mit Schaudern stellte Thork fest, dass dem toten Troll ein Arm und ein Unterschenkel fehlten. Es schien mehr als ein Gerücht, dass die Schrate ihre toten Feinde auffraßen.

Der Troll, der bei der Leiche kauerte, nahm keine Notiz von dem Zwerg. Er wiegte seinen Oberkörper hin und her und gab im gleichen Rhythmus etwas von sich, das ein trollisches Wimmern sein mochte.

»Troll«, sagte Thork sanft. »Erkennst du mich?«

Der Kopf des Trolls schwang herum. Klein wie ein Spielzeug saß er auf den mächtigen Schultern, er war völlig kahl, und seine Haut war grau wie der Stein, der ihn umgab, doch seine winzigen Augen leuchteten gelb, als er den Blick auf den Zwerg richtete. Ein Knurren stieg aus seiner gebirgshaften Brust, und er entblößte warnend sein Gebiss.

»Du wirst deine Gefährtin bald wiedersehen«, sagte Thork, »denn ich bin gekommen, um dich zu töten.«

Er wusste nicht, ob der Troll ihn verstand, doch als der gewaltige Körper sich zu ihm neigte und der Troll sein Gesicht tief auf den Boden brachte, um auf Augenhöhe mit Thork zu sein, der sorgfältig außer Kampfreichweite blieb, meinte er, ein Aufflackern von Erinnerung in seinem Blick zu lesen.

Der Troll schnaubte, doch Thork blieb stehen, die Stiefel fest auf den Fels gepflanzt, die Axt vor sich, zum Schlag bereit.

Der Troll hob die linke Hand, eine Pranke von gewaltiger Größe. Zeige- und Mittelfinger fehlten.

»Genau der bin ich«, sagte Thork.

Ein Knurren stieg aus dem mächtigen Körper des Trolls auf, steigerte sich wie Donnergrollen bis hin zu einem Heulen, das den Stein erschütterte. Der Zwerg hielt es aus, ohne zu weichen.

Und dann setzte der Troll sich in Bewegung und kam über den Zwerg, und Thork trat den Rückzug an, während Fetzen plötzlicher Erinnerung durch seinen Geist zickzackten: hell, es war hell und laut, Kampfgeschrei, der Gegner, der vor ihm aufragte wie ein Turm, das Gefühl, als er hochgehoben und geschüttelt wurde, als seine Knochen brachen, mit einem trockenen Knacken wie Feuerholz, dann der gewaltige Schlag, der seinen Kopf herumriss, rasender, alles verschlingender Schmerz, der über seine Augen in das Innere seines Schädels eindrang, und dann, kaum mehr spürbar, der Aufprall, der ihn in die Dunkelheit beförderte.

Den engen Durchgang entlang zog Thork sich zurück, so rasch er konnte, erinnerte sich an manche Schratleichen, an manche auch nicht, die ihn beinahe zu Fall brachten. Der Troll kam ihm nach. Wie eine Geröllawine mit fremdartig menschlichen Zügen verstopfte er den Durchgang und schob und zwängte seine ungeschlachte Gestalt dem Licht entgegen, und dann war der Höhleneingang erreicht und der Zwerg warf sich zur Seite, und mit gewaltigem Brüllen brach der Troll ins Freie und richtete sich zu ganzer Größe auf. Thork blinzelte gegen das Licht, das ihm ins Auge schnitt. Er hörte mehr als er sah, wie Lianna ihre Deckung verließ und mit wildem Kampfgeschrei ihren ersten Angriff führte, und noch halb geblendet, einen Zwergenschlachtruf ausstoßend, rannte Thork gegen seinen Gegner an und schwang die Axt. Lianna kam neben ihn und deckte seine blinde Seite, er hörte ihren Kampfruf und das zischende Geräusch, mit dem ihr Schwert die Luft durchschnitt.

Der Troll heulte auf und beugte sich zu seinen Angreifern hinunter, die ihm gerade bis zum Oberschenkel reichten. Thork sprang an ihn heran und führte einen Schlag gegen sein Knie. Der Troll heulte auf und schlug nach dem Zwerg, doch der hatte sich schon wieder außer Reichweite gebracht. Das rechte Bein des Trolls war in der Tat merkwürdig abgewinkelt. Offensichtlich vermied er, es zu belasten, und jetzt im hellen Tageslicht wurde auch erkennbar, dass sein Körper bedeckt war mit kleinen, kaum verheilten Schnittwunden, deren gezackte Ränder nur von Schratwaffen verursacht worden sein konnten. Lianna kam jetzt in Thorks Blickfeld. Sie stürmte auf den Troll zu und schlüpfte ihm wieselflink zwischen den Beinen durch, um ihn von hinten anzugreifen. Thorks Herz setzte für den Bruchteil eines Augenblicks aus, doch sofort schwang er die Axt zu einem neuen Angriff. Als wolle er einen Baum fällen, schlug er erneut auf dieselbe Stelle. Gleichzeitig versenkte Lianna von hinten ihr Schwert in der Kniekehle des Trolls. Sein Geheul fortsetzend brachte der Troll mit einer ungelenken Drehung seinen massigen Körper auf die Seite, wobei er Lianna mit dem Fuß fortschleuderte. Sie flog ein kurzes Stück durch die Luft, rollte sich ab und kam, das Schwert in beiden Händen, auf die Füße.

Thorks nächster Schlag wurde von der mächtigen Klauenhand des Trolls abgewehrt. Der Schwung riss seine Axt in die Höhe, und ehe er seine Deckung wieder schließen konnte, schepperte sein Kettenhemd unter einem mächtigen Schlag, der ihm für einen Augenblick den Atem raubte und ihn zurück warf. Doch da war schon Lianna zur Stelle. Mit einem Satz nahm sie Thorks Position ein und hieb ihr Schwert in den ausgestreckten Arm des Gegners. Eine klaffende Wunde öffnete sich. Zähes dunkles Blut tropfte auf den Stein. Thork kam wieder zu Atem und griff erneut an, während Lianna den Troll mit tänzerischer Sicherheit umrundete und ihm von allen Seiten Schwertwunden zufügte.

Doch dann rutschte sie mit ihren Reiterstiefeln vom Fels ab und ging unsanft zu Boden, und für Augenblicke sah Thork zu ihr statt zu seinem Gegner.

Wie ein mächtiger Vorschlaghammer traf ihn die Trollfaust und holte ihn von den Beinen. Messerscharfe Krallen rissen sein Kettenhemd an der Schulter auf und schütteten heißen Schmerz über ihn aus. Warmes Blut lief ihm den Arm hinunter, doch Thork rappelte sich auf und riss die Axt hoch, um den nächsten Angriff abzuwehren und den Troll beschäftigt zu halten, bis Lianna wieder auf die Beine gekommen war.

Die Vielzahl kleiner Verletzungen schien das monströse Geschöpf allmählich zu schwächen, doch noch behauptete es seinen Platz. Auch der weiße Ärmel von Liannas Leinenhemd zeigte mittlerweile einen blutroten Fleck. Mit einem weit ausholenden Schlag, das Schwert mit beiden Händen führend, hieb sie die Klinge in das Knie des Trolls, der wild aufheulte und um sich trat, doch Liannas Schwert steckte fest und sie klammerte sich mit aller Kraft an den Griff, um die Waffe zu befreien. Sie ließ erst los, als der Troll begann, mit seiner gewaltigen Pranke nach seinem Knie zu schlagen. Sie landete auf dem Boden, der Troll wischte das Schwert aus der Wunde, es beschrieb einen silbrig glitzernden Bogen in der Luft und verschwand aus ihrem Blickfeld. Lianna, unbewaffnet, kroch rückwärts davon, die Augen auf dem Troll, der sich zu ihr beugte und sie mit entblößten Zahnreihen anknurrte, obwohl Thork gleichzeitig in höchster Wut einen Angriff führte. Wild sah Lianna um sich, rollte sich dann in einer schwungvollen Bewegung weg, kam neben einer der Schratleichen zu liegen, riss den Krummsäbel aus der erstarrten Hand und zog ihn mit aller Kraft dem Troll quer übers Gesicht. Ein tiefer Schnitt öffnete sich in dem grauen Fleisch, aus dem dickes Blut quoll. Der Troll heulte und schnellte zurück, eine Pranke gegen die Wunde gepresst, und Lianna kam auf die Füße, keuchend, und tauschte einen raschen Blick mit Thork, der seine Erleichterung nicht in Worte hätte fassen können.

Während er mit dem Stiel seiner Axt einen Hieb abwehrte – die Erschütterung riss an seiner verletzten Schulter und ließ ihn aufstöhnen – versuchte Thork, die Verfassung des Trolls und seine und Liannas gegeneinander abzuwägen. Der Kampf konnte sich hinziehen, solange es ihnen nicht möglich war, dem Gegner mehr als nur Schnittwunden an Armen und Beinen zuzufügen, und sie durften sich nicht zu sehr erschöpfen, denn jedes Stolpern konnte gefährlich enden. Der Troll musste endlich fallen, damit sie ihn töten konnten. Ein oder zwei kraftvolle Schläge gegen sein verletztes Knie mochten genügen.

Mit einigen gewaltigen Sätzen überbrückte Thork die Entfernung zu seinem Gegner, übertrug all seinen Schwung in den Schlag und hieb die Klinge tief in sein Ziel. Er hörte Knochen bersten, zum ersten Mal in diesem Kampf. Der Troll heulte auf. Thork befreite seine Axt, holte aus zu einem zweiten Schlag, sah die mächtigen Klauen des Trolls auf sich niedersausen, wich nicht, sondern brachte den zweiten

Schlag durch, bevor die Klauen ihn packten und ihn von den Füßen hoben.

Hilflosigkeit, Schwindel, eine Klaue, die den Himmel verdunkelt, ein Schlag gegen den Kopf, wahnsinniger Schmerz, Dunkelheit.

Verzweifelt klammerte er sich an seine Axt, versuchte unsinnigerweise, durch Drehen des Kopfes sein gesundes Auge zu schützen.

Doch diesmal kam es anders.

»He!«, durchschnitt eine helle Stimme wie eine Fanfare die Luft. »Komm her, du Monster, ich mach dich fertig! Ich schlitze dir den Wanst auf, wie du es mit meinen Pferden gemacht hast! Komm her, dass ich dich abstechen kann!«

Der Troll wandte seine hässliche Fratze von dem Zwerg ab. Thork spürte, wie der Troll ihn sinken ließ, dann mit beiden Fäusten ausholte und ihn wegschleuderte wie eine Strohpuppe.

Schmerz brannte lichterloh in seiner Schulter, während er durch die Luft flog. Gebirgsgrau und Himmelblau vermischten sich vor seinem Auge, dann explodierte Licht hinter seiner Stirn, als er auf dem Fels aufprallte, kopfüber den Hang hinunterrutschte, sich ein letztes Mal überschlug und schließlich liegen blieb.

Das Licht hinter seiner Stirn verblasste allmählich. Dunkelheit kam auf, eine warme, wohltuende Dunkelheit, in die er sich gleiten lassen wollte wie nach einem anstrengenden Marsch in ein heißes Bad. Der Schmerz in Kopf und Schulter entfernte sich allmählich, der Kampflärm verebbte.

Kampflärm.

Lianna.

Mit Macht begann er, gegen die Dunkelheit anzukämpfen, der er sich schon willig hatte hingeben wollen. Sie wurde garantiert niemals alleine mit dem Troll fertig. Sie brauchte ihn.

Mit übergroßer Willensanstrengung gelang es ihm, seinen Körper zu bewegen und die Augen zu öffnen. Der Schmerz in seiner Schulter entrang ihm ein Stöhnen, den linken Arm konnte er nicht richtig gebrauchen. Hinter seinen Schläfen pochte ein glühender Schmiedehammer. Taumelnd kam er auf die Füße und sah um sich. Seine Axt war nirgends zu sehen, doch ein kleines Stück abseits blinkte etwas silbrig im Sonnenlicht.

Liannas Schwert.

Er griff danach und nahm es auf, es hatte den Sturz unversehrt überstanden. Er packte den Griff mit beiden Händen und stolperte mehr als er rannte zurück zum Kampfplatz.

Liannas Schrei beschleunigte seine Schritte mehr, als er es seinem Körper noch zugetraut hätte.

»Lianna!«, schrie er und sprang mit einem gewaltigen Satz hinter dem letzten Felsbrocken hervor, der ihm, der von unten kam, die Sicht versperrte.

Dann hielt er inne. Sein Blick erfasste das Geschehen, doch sein Geist wollte es nicht begreifen.

Der Troll war tatsächlich in die Knie gebrochen, sein linkes Bein zermalmt von der zwergischen Streitaxt. In seinen Klauen jedoch hielt er einen schmalen Körper, aus dem er jedes Leben herausschüttelte. Die dunkle Schratklinge lag auf dem Fels, stumpf und glanzlos. Liannas blutbefleckte Hemdsärmel flatterten im Wind, ihre Beine in den hohen Reiterstiefeln bewegten sich in dem Tanz, den der Troll vorgab. Sie schrie nicht mehr.

Behutsam nahm Thork das Schwert auf. Die Sonne ließ die Klinge erstrahlen, als sei sie aus reinem Licht. Trauer strömte in ihn, bahnte sich einen Weg in sein Innerstes wie Wasser durch einen Fels und schürte dort eine Wut, die heißer war als jedes Schmiedefeuer. Er spürte, wie sie aufstieg, ihn erfüllte in einem Maß, das er bisher nicht gekannt hatte, und ihn in Bewegung setzte. Mit wildem, wortlosem Kampfschrei rannte er gegen den Troll an. Der hatte die leblose Lianna gerade dicht an sein hässliches Gesicht geführt, um sie mit schielenden Augen zu betrachten. Nun ließ er sie achtlos fallen, um dem unvermuteten Angreifer zu begegnen.

Thork dachte nicht mehr nach, seine maßlose Wut hatte völlig von ihm Besitz ergriffen. Blindlings stürmte er auf den Troll ein, begab sich in die Reichweite der Trollklauen, den Blick fest auf die Körpermitte des Gegners gerichtet, die nun für ihn erreichbar geworden war. Mit aller Gewalt und der wilden Kraft seiner Zwergenschultern trieb er Liannas Schwert in das Fleisch des Trolls, riss eine klaffende Wunde, befreite die Klinge, schlug erneut zu, legte stinkendes Gedärm frei, scherte sich nicht um das dunkle, klebrige Blut, das ihm über die Hände sprudelte, hieb in das offene, ungeschützte Fleisch des Trolls, bis der hintenüber stürzte, hieb in raschem Positionswechsel einen wild um sich schlagenden Arm ab, gelangte an die Kehle, ließ die Klinge niedersausen, immer wieder, bis Knochen barsten, durchtrennte Haut und Sehnen, bis schließlich der Kopf vom Körper abriss, einige Schritte rollte, auf abschüssiges Gelände geriet und, mit hohlem Geräusch vom Fels abprallend, aus Thorks Blick verschwand.

Thork ließ das Schwert fallen und brach in die Knie. Blut rauschte in seinen Ohren, sein Herz hämmerte, als wolle es seinen Brustkorb zum Bersten bringen, er keuchte und schien gar nicht genug Luft in seine Lungen füllen zu können. Schmerz überflutete ihn, doch schlimmer war das Bild von Liannas lebloser Gestalt vor seinem inneren Auge. Auf allen Vieren schleppte er sich hinüber zu dem Fels, wo sie lag.

Es schien kein Funken Leben mehr in ihr zu sein. Ihr Gesicht war still und von unnatürlich wächserner Farbe, die Lippen bläulich, Blut lief ihr aus Nase und Mund und zeichnete glänzend rote Linien quer über ihre Wangen. Ihr Körper war unnatürlich verdreht und von Wunden bedeckt, aus denen in stetigem Strom Blut floss.

Er flüsterte ihren Namen, beugte sich über sie und versuchte, festzustellen, ob sie noch atmete, aber sein eigenes Herz schlug viel zu laut.

»Lianna«, flüsterte er, »Prinzessin«, und er nahm ihren zerschlagenen Körper von dem harten Fels und bettete sie in seinen Armen und hielt sie fest, wie man ein verängstigtes Kind festhält. Und während ihm Tränen die unversehrte Wange hinunter liefen und in ihrem Haar versickerten, sammelte er alle göttliche Kraft, die er in sich aufbringen konnte, und schickte Heilung durch ihren misshandelten Körper, und als der Strom versiegte, grub er tiefer in sich und ließ die verstecktesten Reste aus sich heraus strömen, bis er ausgeblutet und leer und im Innersten erschöpft über ihr zusammenbrach.

Und tatsächlich schlossen sich ihre Wunden, ihr Körper heilte, und Farbe kehrte in ihr blasses Gesicht zurück. Ihr Atem ging wieder tief und regelmäßig.

Er sah hinunter in ihr friedliches Gesicht und wischte mit dem Ärmel das Blut von ihren Wangen. Die Verzweiflung wich und machte tiefer Dankbarkeit Platz.

»Ich liebe dich«, sagte er in ihr stilles Gesicht und wusste gleichzeitig, dass dies die einzig wahrhaftige Antwort war auf all die Fragen, vor denen er sich so gefürchtet hatte, und er nahm es hin und quälte sich nicht länger.

Zu seiner Überraschung breitete sich ein Lächeln von ihren Lippen über die Grübchen in ihren Wangen bis hin zu den geschlossenen Augen aus.

»Ich weiß«, flüsterte sie.

Eine Stunde später hatte sich Liannas Zustand gebessert. Sie konnte vorsichtig aufstehen und Thork bei der Suche nach seiner Axt unterstützen, die weit hangabwärts gerutscht war und sich dann glücklicherweise im Geröll verkeilt hatte.

Der Zwerg selbst wurde nur noch von seinem Starrsinn aufrecht gehalten. Sein Körper fühlte sich gänzlich zerschlagen an, jede Bewegung schickte eine neue Schmerzwelle durch seine Schulter. Dunkle Flecken der Erschöpfung trübten seine Sicht. Sie verließen den Kampfplatz, ohne sich umzudrehen.

Sie holten ihr Gepäck aus der Felsnische, in der sie es gelagert hatten, und legten eine kurze Wegstrecke zu einem kleinen, klaren Gebirgsbach zurück, um sich das Trollblut abzuwaschen. Das Gewicht seines Rucksackes zwang Thork fast zu Boden. Er taumelte, Steine lösten sich unter seinen Stiefeln und kullerten zu Tal, während er im letzten Augenblick Halt im Fels fand.

»Was ist mit dir?«, fragte Lianna besorgt. »Dein Gesicht ist so grau wie der Stein hier.«

»Es geht mir gut«, stieß Thork zwischen aufeinandergepressten Kiefern hervor.

»Ich habe dir schon einmal gesagt, dass du ein schlechter Lügner bist«, tadelte sie. »Schaffst du es bis zum Bach? Gib mir deinen Rucksack.«

»So weit kommt's noch«, knurrte er wild.

Sie sah ihn an und seufzte. »Dann trag ihn selbst. Ich hoffe, dein blöder Zwergenstolz ist es wert, daran zu Grunde zu gehen.«

Den Rucksack hinter sich her ziehend, schaffte er es, die Strecke bis zum Ufer des Bächleins zurückzulegen, wo er mit einem Stöhnen zusammenbrach. Lianna hatte mittlerweile ihren leichten Lederpanzer abgelegt, ebenso die wattierte Weste, die sie darunter trug, und die Ärmel ihres Hemdes hochgerollt. Prustend spritzte sie sich von dem eiskalten Wasser ins Gesicht und wusch sich Blut und Schweiß ab. Dann richtete sie sich auf und kam zu ihm herüber, in der Hand eine hölzerne Trinkschale, die sie ihm reichte. Er trank durstig.

»Es war gefährlich, was du da getan hast«, sagte er, als die Schale leer war, und wischte sich Tropfen aus dem Bart.

»Einen Troll jagen?«, lachte sie. »In der Tat, ja, das würde ich als gefährlich bezeichnen.«

»Du weißt, was ich meine«, sagte er ernst. »Du hättest das nicht tun sollen.«

»Was denn sonst?«, fragte sie, ein vergessenes Lächeln in den Mundwinkeln, während ihre Augen ernst wurden.

»Dich zurückziehen«, sagte er. »Es war in der Situation nicht mehr zu erwarten, dass ich überleben würde, geschweige denn noch einmal in den Kampf eingreifen könnte. Du musstest damit rechnen, ihn alleine gegen dich zu haben, und das hätte dich zum Rückzug bewegen müssen.«

»Unsinn«, sagte sie mit Entschiedenheit. »Es ist eine alte Kriegsregel, dass der Priester nach Möglichkeit zuletzt stirbt. Wer sonst sollte die Götter um ein Wunder anflehen, falls eines nötig wird?«

»Dein Vertrauen in die Götter in allen Ehren«, sagte er, »aber so einfach ist das nicht mit den Wundern. Sie sind so selten, dass man sich nicht darauf verlassen kann.«

»Trotzdem«, sagte sie. »Ich konnte es nicht einfach mit ansehen.«

Sie war nah vor ihm, er spürte ihren Atem auf der Wange. Ihre Zähne schimmerten zwischen den halb geöffneten Lippen. Sein zerschlagener Körper reagierte auf ihre Nähe, durchflutete ihn mit Wärme, seine Haut begann zu prickeln. Sie schloss die Augen, brachte ihr Gesicht noch näher an seines. Seine Hände, die ihm plötzlich ungeschlacht und klobig vorkamen, landeten unbeholfen auf ihren Schultern. Dann spürte er, wie ihre Lippen seine vernarbte Wange streiften und eine Serie kleiner Küsse darauf verteilten. Er konnte sich nicht erinnern, jemals eine so zarte Berührung erfahren zu haben. Er schluckte hart.

»Er hat dir schon genug weh getan«, flüsterte sie an seinem Ohr.

»Es war so knapp«, sagte er heiser. »Ich konnte dich fast nicht mehr zurückholen.«

»Aber hier bin ich«, sagte sie und klang plötzlich wieder ganz sachlich. »Alles ist gut.« Sie richtete sich auf, entzog sich ihm, und erschreckt nahm er seine Hände von ihren Schultern. »Und jetzt«, verkündete sie, »werde ich mir deine Verletzungen ansehen. Warum heilst du dich eigentlich nicht selber?«

»Ich kann nicht mehr. Ich muss mich erst erholen. Morgen vielleicht.«

Sie schüttelte verständnislos den Kopf. »Ihr habt das schon komisch eingerichtet, ihr Priester.«

»Ich erkläre dir das ein andermal«, sagte er und hoffte, dass seine Stimme energisch genug klang.

Sie kniete sich neben ihn und besah sich seine Schulter.

»Das sieht schlimm aus. Wir müssen dir das Kettenhemd ausziehen.«

»Ich komme klar«, sagte er äußerst reserviert. »Danke. Ich kümmere mich selbst darum.«

»Es ist deine linke Schulter, mit Verlaub. Du kannst sie höchstens zur Hälfte sehen.«

»Ich muss sie nicht sehen. Ich kann sie fühlen.«

Entnervt verdrehte Lianna die Augen.

»Dein Kettenhemd ist zerfetzt. Viele Ringe haben sich aufgebogen und sind jetzt ziemlich scharfkantig. Und sie stecken nicht nur in deinem Waffenrock, sondern auch, mit Verlaub, in *dir*. Dann gibt es da noch jede Menge kleine Stofffetzen von deinem Hemd, ein paar kleine Steinchen, jede Menge Dreck und so viel Blut, dass man meinen könnte, jemand hätte ein Schwein abgestochen. Und jetzt sag mir, dass du das alleine hinkriegst, mit einer Hand, ohne etwas zu sehen?!«

Er stöhnte gequält. Er fühlte sich überfordert. Schmerz tobte durch ihn hindurch und verbrauchte seine letzten Kraftreserven. Er fühlte sich nicht imstande, mit ihr zu streiten. Er wünschte sich, irgendwo zu sein, wo es dunkel war, still, kühl und friedvoll.

Während er noch haderte, machte sie sich an den Schnallen seines Kettenhemdes zu schaffen, trennte das Vorder- vom Rückenteil und ließ es klirrend zu Boden gleiten.

»Ist das *schwer*!«, rief sie erstaunt. »Und *damit* bist du auf diesen Berg geklettert und hast mein halbes Gepäck getragen?!«

»Das Gewicht verteilt sich«, murmelte er. »Man spürt es kaum.«

Er machte eine heftige abwehrende Geste, als sie versuchte, ihm den Waffenrock abzustreifen. Übelkeit befiel ihn, dunkler Nebel zog auf und engte sein Gesichtsfeld ein. Er unterdrückte ein neuerliches Stöhnen und ließ sich zurücksinken gegen den Fels.

»Das ist der Blutverlust«, hörte er ihre sachliche Stimme. »Ich weiß ja nicht, wie viel Blut in euch Zwerge so hineinpasst, aber wenn du etwas davon behalten willst, solltest du aufhören zu zappeln.«

Er spürte, wie sie ihm den Waffenrock auszog, sein Hemd aufschnürte und es ihm vorsichtig über den Kopf streifte. Kühle Luft strich ihm über die Haut. Er erschauerte, nicht allein wegen der Kälte. Er stand kurz vor einer Panikattacke, nur fehlte ihm dazu die Kraft.

Er schloss sein gesundes Auge, versuchte zu vergessen, dass es *ihre* Hände waren, die auf seinem Körper lagen, mit geringem Erfolg.

Sie reinigte und wusch die Wunde, und für eine Weile bestand seine Welt aus nichts als reißendem Schmerz, aus Übelkeit und wirren schwarzen Flecken, die vor seinem Auge schwammen.

»Du hast mein Leben gerettet mit dieser Heilkraft«, sagte sie, während sie die Wunde vorsichtig mit sauberen Tüchern abtupfte. »Und nun ist nichts für dich übrig. Ich finde das ungerecht.«

Er antwortete nicht gleich, er hatte gegen den Schmerz die Zähne so fest aufeinander gebissen, dass es ihn einige Mühe kostete, den Krampf zu lösen.

»Es hat nichts mit Ungerechtigkeit zu tun«, sagte er mühsam. »Ich habe diesen Vorrat, und wie ich ihn einteile, liegt in meiner Verantwortung.«

»Aber er könnte doch in Zeiten der Not ein bisschen größer sein, oder nicht?«

»Es war eine Zeit der Not«, sagte er. »Und, ja, er *war* größer.«

Sie sah ihn an, suchte offenbar nach einer Antwort, sagte dann »Ach so«, und strich sich flüchtig eine Haarsträhne aus der Stirn, bevor sie sich abwandte und begann, in ihrem Rucksack zu kramen, ihre Wangen waren plötzlich gerötet.

»Da ist es«, sagte sie schließlich und holte ein Päckchen ans Licht. »Es geht doch nichts über eine vernünftige Vorsorge.« Sie hielt ihm das Päckchen unter die Nase. Es war in saubere Tücher gewickelt und verströmte einen aromatischen, minzeartigen Duft.

»Heilkräuter«, erkannte er.

Mit behutsamen Händen legte sie die flachen Päckchen auf seine Wunde und brachte einen Verband an, der sie am Verrutschen hinderte.

Kurze Zeit später ließ die Blutung nach, der Schmerz klang ab. Thork atmete tief durch. Er hasste diese Schwäche, die der Blutverlust erzeugte, sie lag auf ihm und ließ seinen Körper sich anfühlen, als wäre er unter tonnenschwerem Gestein begraben. Sie verhinderte, dass er aufstand, sich sein Hemd wieder anzog und begann, irgendetwas Sinnvolles zu tun: den Schaden an seinem Kettenhemd zu begutachten, das Trollblut von seiner Axt zu waschen, hinaufzusteigen zum Kampfplatz und nachzusehen, ob sich noch Schrate in der Gegend herumtrieben. Und sie verhinderte, dass er etwas unternahm, als Lianna, obwohl sie die Behandlung seiner Wunde längst abgeschlossen hatte, nicht von seiner Seite wich, im Gegenteil, sich neben ihm ausstreckte, ihren Körper sehr nahe an den seinen brachte, ihre Wange an seine gesunde Schulter legte und ihre Stirn an seinen Hals, ihr Atem strich über seine Brust und ließ ihn erschauern. Er sah hinunter auf seine Hände, die neben ihm lagen und die er nicht zu bewegen wagte, damit sie nicht wieder so hart und klobig auf ihr zu liegen kämen, es waren Hände, die ein Schwert schmieden konnten, Holz spalten, einen Troll erschlagen, aber doch keine so unglaublich zarte Frau berühren. Er schloss sein gesundes Auge, während Verzweiflung unter seiner unbewegten Oberfläche wütete. Er spürte, wie sie ihren Kopf von seiner Schulter nahm. Nun würde sie aufstehen und zur Normalität zurückkehren, und der Zauber wäre verflogen.

Doch sie tat nichts dergleichen. Ihr Atem legte sich auf sein Gesicht, er öffnete sein Auge und fand die ihren dicht vor sich, er hätte ihre langen, dichten Wimpern zählen können, und sie lächelte. Mit der Zungenspitze berührte sie seine Lippen und umspielte sie sachte. Er erschrak bis ins Mark, drängte sich unbewusst dichter an den Fels, während Hitze in seinem Körper explodierte. Es schien Hunderte von Jahren her zu sein, seit er zuletzt auf diese Art geküsst worden war, er war nicht sicher, ob überhaupt jemals eine Frau ihn auf *diese* Art geküsst hatte. Sie brachte ihre Zunge nun zwischen seine Lippen, gegen seine Zähne, und er öffnete den Mund und ließ sie ein, kam ihr ein wenig entgegen, bis er endlich ihre Lippen auf seinen spürte. Sie legte die Arme um seinen Hals und er erinnerte sich an das Spiel und küsste sie zurück, während sein Herzschlag ihm die Ohren füllte und seine Brust zu sprengen drohte. Und plötzlich war es gut und richtig, dass seine Hände auf ihrem Gesicht lagen, über ihr unglaublich weiches Haar strichen und über ihren Hals, seine Hände, die zeichnen konnten und heilen, ganz leicht und zärtlich, und er dachte nicht über sein Tun nach, als er ihr Hemd öffnete und es über die Schultern hinab strich, ohne dabei seine Lippen von ihren zu lösen, ihre Hände trafen die seinen, als sie ihm zu Hilfe kam, und er spürte, wie ihr Atem tiefer ging. Sie bewegte sich heftig auf ihm, als sie sich ihrer hohen Lederstiefel und restlichen Kleidung entledigte, und er sah ihr zu, in den Bann geschlagen von dem unbekümmerten Stolz, mit dem sie sich ihm zeigte, und verzweifeltes Verlangen überflutete ihn. Sie kniete rittlings über ihm, die Wangen gerötet, die weiße Haut ihres Körpers schimmerte wie reiner Marmor in der hohen Gebirgssonne. Mit den Fingerspitzen strich er von ihrem Hals abwärts, folgte der Mulde zwischen ihren Brüsten hinunter bis zu ihrem Bauch, der sich weicher anfühlte als alles, was er je berührt hatte. In einer Geste, die ebenso anmutig wie schamlos war, hob sie die Arme, um ihren Haarknoten aufzulösen, und schüttelte ihr dunkles Haar auf ihn hinunter, beugte sich dann nach vorne, bis er ihre zarten runden Brüste auf sich spürte, und küsste ihn erneut, während ihr Haar rings um sein Gesicht niederfiel und seine Wangen berührte, weicher als Rabenflügel. Er vergrub das Gesicht in ihrem Haar, Hitze ging von ihrem Körper aus und griff auf ihn über, sie stöhnte leise an seinem Ohr, und er ließ seine letzte, tiefste Abwehr fallen und legte die Hände auf ihre Hüften und hielt sie fest bei sich und ging den Weg mit ihr bis zum Ende.

Immer längere Schatten warfen die Felsen, die sie umgaben. Die Sonne verschwand hinter den Bergen. Ein kalter Wind kam auf, der sie schließlich auf die Beine trieb. Der Schmerz pochte dumpf in Thorks Schulter, doch die Wunde hatte aufgehört zu bluten. Sie zogen sich an und hüllten sich in ihre Mäntel. Dann, solange das Tageslicht noch reichte, machten sie sich daran, die Spuren des Kampfes von ihrer Ausrüstung zu beseitigen. Mit einem feuchten Tuch rieb Lianna sorgfältig Innen- und Außenseite ihres leichten Lederpanzers ab, der einige neue tiefe Kratzer quer über der Brust aufwies, und Thork schauderte bei dem Gedanken, was passiert wäre, wenn sie ihn nicht getragen hätte. Die Klinge ihres Langschwertes schärfte sie mit ruhigen, geübten Bewegungen und fettete sie dann vorsichtig ein. Thork behob inzwischen übergangsweise den

Schaden an seinem Kettenhemd, indem er die aufgebogenen Ringe entfernte und das Loch mit einer starken Lederschnur schloss, die er kreuzweise durch die Ringe zog. Es würde halten müssen, bis er die Gelegenheit bekam, einen Rüstungsmacher aufzusuchen.

Seine Ruhe jedoch war rein äußerlich. In seinem Inneren tobte eine fatale Mischung aus Glück und Verzweiflung und Selbstvorwürfen. Es gab eine Kleinigkeit, die er vergessen hatte, als sie sich vorhin zu ihm gelegt hatte, oder vielleicht hatte er es auch vergessen wollen.

Ich hätte es nicht zulassen dürfen.

*Aber, Gròr, was hätte ich denn dagegen tun sollen?*

Er räusperte sich, faltete sein Kettenhemd zu einem silbrigen Paket, das er auf den Fels neben sich legte, stützte im Sitzen die Ellenbogen auf die Knie, faltete die Hände wie zum Gebet, räusperte sich erneut.

Sie sah ihn an, erwartungsvoll. Er mied ihren Blick und sah vor sich auf den Boden.

»Dann wirst du also im Winter heiraten«, sagte er.

»Thork«, sagte sie, und ihre Stimme klang plötzlich wütend. »Das ist nun wirklich das *Allerletzte*, worüber ich jetzt sprechen will.«

»Aber es ist doch so, nicht wahr?«, beharrte er. »Du wirst heiraten.«

»Ich will nicht darüber sprechen!« Sie schleuderte das Tuch, mit dem sie die Schwertklinge poliert hatte, vor sich auf den Boden.

»Aber müssen wir das denn nicht?«

»*Nein.* Wir müssen gar nichts.«

»Ich glaube doch«, sagte er und wünschte sich verzweifelt, so wie sie in der Lage zu sein, die Wirklichkeit auszublenden. »Wir müssen entscheiden, wie es weiter gehen soll.«

»Ich will aber nichts entscheiden!«, schrie sie ihn an, sprang auf und trat heftig gegen einen Stein, der polternd zu Tal rollte. »Was soll ich denn entscheiden, verdammt? Was verlangst du? Soll ich gerade mal so mit einem Atemzug meine Zukunft wegschmeißen? Ich kenne Arik, seit wir Kinder sind! Ich werde nach meinem Vater die Führerin der Sidarthi sein! Es gibt Leute dort, mit denen ich jeden Tag meines Lebens verbracht habe! Das kannst du nicht verlangen!«

»Aber ich verlange doch nichts«, sagte er leise, während Trauer in sein Herz zog.

»Kannst du es entscheiden?«, fragte sie, Tränen in der Stimme.

»Nein.«

»Siehst du! Deine Lebenserfahrung ist um ungefähr neunzig Jahre größer als meine. Wie kannst du von mir verlangen, dass ich es entscheide?«

»Ich kann es dir nicht ersparen«, sagte er verzweifelt. »Die Götter wissen, ich würde es tun, wenn ich könnte. Ich würde alles tun.«

Tränen liefen ihr nun über die Wangen, und sie fing sie mit der Zungenspitze aus den Mundwinkeln und wischte sich mit dem Ärmel übers Gesicht, doch ihre Fassung schwand. Er öffnete die Arme, und sie warf sich hinein, schlang ihm die Arme um den Hals und schluchzte laut und ungebremst in seine Brust, während er über ihr Haar strich und nach Worten des Trostes suchte und keine fand, denn es war kein Trost in ihm.

Es dauerte lange, bis sie sich leer geweint hatte und in seinen Armen ruhiger wurde, die Dunkelheit war bereits hereingebrochen, und er löste sich vorsichtig von ihr, um ein Nachtlager herzurichten, während sie vergeblich versuchte, eine ihrer immer noch feuchten Fackeln zum Brennen zu bringen.

»Thork«, sagte sie schließlich und warf die nutzlose Fackel beiseite, »ich will mit dir eine Vereinbarung treffen. Lass uns nicht über Entscheidungen reden, bevor wir es nicht müssen. Solange wir in diesem Gebirge sind, soll es nur uns beide geben, dich und mich, und die Welt dort unten soll uns egal sein.«

»Dann wünsche ich mir eine Steinlawine über uns«, sagte Thork, »damit wir das Gebirge nie mehr verlassen müssen.«

»Das würdest du nicht tun, oder?«, fragte sie, und sein scharfer Zwergenblick las fast etwas wie Erschrecken in ihrem Gesicht.

»Nein«, sagte er. »Ich würde niemals etwas tun, das dir Schaden zufügt. Und was deinen Vorschlag anbetrifft, Prinzessin, so bin ich einverstanden. Wenn es dein Wunsch ist, wollen wir es so halten.«

Sie legten sich zum Schlafen nieder, eng umschlungen, ihre beiden Decken über sich gebreitet, doch neu erwachende Schmerzen in seiner Schulter und eine quälende Trauer in seiner Seele hielten ihn wach, und er bemerkte, dass er bereits begann, Abschied zu nehmen. Es ging schon fast gegen Morgen, als er endlich in einen leichten, unruhigen Schlaf fiel.

Je mehr sie sich in den folgenden Tagen wünschten, die Zeit anzuhalten, desto rascher verging sie. Sie mieden den direkten Weg ins Tal, und doch brachte jeder Schritt, den sie taten, jeder Umweg, den sie fanden, sie dem Ende ihrer Gemeinschaft näher. Oft schlugen sie deshalb ihr Nachtlager schon am Nachmittag auf oder gingen erst gegen Mittag weiter. Sie mieden die Gesellschaft anderer, wo sie konnten, verzichteten auf einen Besuch bei Galdur und hielten sich in dem Dorf, das den Schwarzen beherbergt hatte, nur so lange wie irgend nötig auf.

Als der hohe Buchenwald sie empfing, war bereits der Herbst eingekehrt. Blätter raschelten unter ihren Schritten, und die Baumkronen leuchteten feurig. Pilze steckten ihre glänzenden Kappen aus dem Boden, und morgens hingen winzige Tautropfen funkelnd wie Diamanten in den Spinnennetzen. Die Nächte wurden kalt.

Sie fanden es schwierig, auf diesem letzten Teil der Reise miteinander zu sprechen. Zu viele Themen hatten sie sich verboten. Sie unterbrachen sich, wenn es gefährlich wurde, und bewegten sich durch ihre Gespräche wie Wanderer, die auf schwankendem Steg ein Moor durchquerten, und mit der Zeit sprachen sie immer weniger.

Trotz aller Bemühungen lag der Berg irgendwann hinter ihnen, und die Ebene breitete sich vor ihnen aus. Es kam der letzte Tag ihrer gemeinsamen Reise. Kalt und klar dämmerte der Morgen herauf, frostig stand ihnen der Atem vorm Mund, als sie kurz vor Sonnenaufgang von der Kälte geweckt wurden. Es wurde Winter, musste Thork feststellen, allmählich, aber unaufhaltsam, und sie würde im Winter heiraten.

Als sie das Feuer wieder in Gang gebracht hatten und darauf warteten, dass das Teewasser kochte, begann Lianna unvermittelt, Argumente aufzuzählen. Ihre Stimme klang bemüht, als wolle sie hauptsächlich sich selbst überzeugen.

»Wo sollten wir denn leben«, sagte sie. »Bei meinen Leuten ebenso wenig wie bei deinen. Stell dir das doch nur vor. Das gäbe Mord und Totschlag.«

»Ja«, sagte er und sah ins Feuer.

»Sie jagen mich davon, wenn ich mit einem Zwerg aufkreuze«, sagte Lianna. »Sie haben ihre Meinung über Zwerge.«

»Ich weiß«, sagte er und dachte an die Anfänge.

»Und umgekehrt genauso«, fuhr sie fort. »Als einzige Menschliche unter lauter Zwergen, das könnte ich nicht ertragen.«

Er zerbrach Reisig, warf die Stücke nacheinander in die Flammen und sah zu, wie sie Feuer fingen.

»Wir könnten vielleicht einen Ort finden, an dem es Menschen und Zwerge gibt, und wo die Leute weniger engstirnig sind«, schlug er ohne viel Hoffnung vor.

»Und wo sollte der sein?«, sagte sie. »Ich kenne das ganze Land. Ich war überall. Ich habe nirgends einen solchen Ort gesehen.«

Er schwieg. Er spürte, es war bereits entschieden.

»Und selbst wenn es ihn gäbe«, fuhr sie fort. »Ich weiß nicht, ob ich *sesshaft* werden könnte. Ich halte ja schon kaum das Winterlager aus. Ich kann es jedes Jahr gar nicht erwarten, bis wir endlich wieder fahren können, und das sind nur ein paar Monate. Könntest *du* dir ein Wanderleben vorstellen?«

»Für eine Weile«, sagte er.

»Aber nicht für immer?«

»Nein.«

»Siehst du.«

Das Wasser kochte. Er warf die Teeblätter hinein und nahm den Topf vom Feuer.

»Könntest du denn alles aufgeben?«, fragte sie. »Deine Umgebung, deine Familie, all die Leute, die einen Platz in deinem Leben haben?«

»Es gibt da nicht sehr viel aufzugeben«, sagte er. »Ein paar Gewohnheiten, höchstens.«

Sie sah ihn erschrocken an.

»Das wusste ich nicht.«

»Ich habe mich immer nach Möglichkeit bemüht, Leute aus meinem Leben raus zu halten«, erklärte er.

»Aber warum?«

»Ich weiß nicht. Es war mir wohler so.«

»Verstehe ich nicht.«

»Musst du auch nicht. Es ist, wie es ist.«

Ein Schweigen trat ein, in dem sie beide den Blick des anderen vermieden.

»Wir könnten nie Kinder haben«, sagte sie dann, und er hörte, wie ihre Verzweiflung wuchs. »Menschen und Zwerge können keine Kinder zusammen bekommen. Jeder weiß das.«

»Ich glaube nicht, dass es viele gibt, die es versucht haben«, sagte er und rührte in dem Topf. Es war etwas in ihm, das sich weigerte, die Wirklichkeit zu erkennen, ein Verhalten, das ihm überhaupt nicht ähnlich war, doch ein unvernünftiger Teil seines Zwergenstarrsinns hielt die unsinnige Hoffnung hoch, es könne einen Weg geben.

»Du willst doch sicher auch Kinder, oder nicht?«, fragte sie.

»Ich weiß nicht. Ich habe mir in den letzten sechzig Jahren keine Gedanken darüber gemacht.«

»*Ich* will Kinder. Irgendwann mal, jedenfalls. Mach ihn nicht so stark, ja?«

»Was?«

»Den Tee. Du weißt, ich hasse es, wenn er so bitter ist.«

Vorsichtig, um möglichst alle Teeblätter im Topf zu belassen, ließ er Tee in eine Holzschale laufen und gab sie ihr hinüber, zusammen mit einem Beutelchen, das einen letzten Rest getrockneten Honig enthielt. Sie süßte den Tee und nahm einen Schluck, bevor sie weiter sprach.

»Was ich aber am wenigsten ertragen könnte, ist, zu erleben, wie ich alt werde, und du nicht. Du wirst dich in sechzig oder siebzig Jahren nicht sehr verändert haben. Wenn ich das recht verstanden habe, ist hundertsiebzig kein Alter für einen Zwerg. Ich werde in sechzig Jahren *tot* sein. Verstehst du, was ich meine?«

»Ja«, sagte er.

»Ich werde Falten kriegen und graue Haare. Die Zähne werden mir ausfallen. Ich werde vergesslich werden und zum Gehen einen Stock brauchen.«

»Ist mir egal.«

»*Mir* aber nicht. Wenn es schon so kommen muss, will ich wenigstens jemanden an meiner Seite haben, dem es ebenso ergeht.«

»Dann geh und heirate Arik«, sagte er, und jedes einzelne Wort zog ihn in die Tiefe, als würde er mit bleiernen Stiefeln in einem See versenkt.

»Ja«, sagte sie. »Ich glaube, das muss ich wirklich tun.«

Er goss sich Tee ein und trank, ohne die geringste Lust darauf zu verspüren. Das Feuer knackte und wärmte sein Gesicht, während die Kälte ihm zwischen den Schulterblättern saß.

»Hast du keine Argumente?«, fragte sie ihn nach einer Weile fast flehend. »Alles, was du sagst, kommt auf ein *lass uns einfach sehen, wie es wird* hinaus. Ich kann doch nicht auf dieser Grundlage mein Leben aufgeben!«

Er überlegte, ob *ich liebe dich, du machst mich heil* ein Argument in ihrem Sinne war, verwarf es aber.

»Ich habe keine«, sagte er, und Dunkelheit legte sich über ihn. Sie hatte recht mit allem, und er hätte ihre Liste beliebig verlängern können, zum Beispiel fehlte in ihrer Aufzählung der Hinweis darauf, dass eine Frau wie sie unmöglich dauerhaft mit einem wie ihm glücklich werden konnte, einem groben, gesellschaftsscheuen, versehrten Zwerg, der nicht in der Lage war, ihr seine Gefühle zum Ausdruck zu bringen. Er stellte sich vor, dass Arik darin besonders gut war, ein weltgewandter Prinz, groß und selbstbewusst, er konnte tanzen und reiten und sie zum Lachen bringen und mit ihrer Lebenslust Schritt halten. Arik war genau das, was sie brauchte, und er selbst war es nicht.

»Du musst zurückgehen«, sagte er. »Du würdest irgendwann unglücklich werden mit mir, und dafür kann ich die Verantwortung nicht tragen. Du kennst mich kaum. Du kannst nicht dein Leben wegwerfen für eine flüchtige Begegnung.«

»Eine *flüchtige Begegnung*«, wiederholte sie. »Ich höre wohl nicht richtig! *Das* ist es für dich gewesen?«

»Nein«, sagte er verzweifelt. »Nicht für mich. Aber für dich sollte es das sein. Wie lange ist es her, seit wir uns getroffen haben? Drei Wochen? Kaum länger jedenfalls. Überleg doch mal. Drei Wochen gegen ein ganzes Leben.«

»Aber du würdest es doch auch tun.«

»Das ist etwas anderes. Ich habe nichts zu verlieren. Du schon.«

»Ich hatte eigentlich gedacht, du würdest mir eine Trennung ausreden wollen, nicht mich dazu ermutigen!«

»Ich kann nicht«, sagte er, und seine Hände zitterten so sehr, dass heißer Tee aus seiner Teeschale schwappte und ihm über die Finger lief. »Ich kann nicht.«

»Dann ist es entschieden«, stellte sie fest, ihre Stimme klang fast normal, und er nickte und wusste, er besiegelte damit sein Unglück.

Sie stand auf und ging hinüber zu dem Schwarzen, der einen halben Steinwurf entfernt angebunden stand. Thork sah zu, wie sie ihn streichelte und seine Mähne ordnete, und er hörte sie leise auf Welsch zu dem Tier sprechen, und obwohl er die Worte nicht verstand, hörte er doch den Schmerz, der jetzt in ihrer Stimme war, und es brachte ihn fast um.

Sie sattelte den Schwarzen und verstaute ihr Gepäck in den Satteltaschen. Er sah ihr zu. Die Anzahl der Atemzüge, bis sie aus seinem Blick verschwunden sein würde, war plötzlich überschaubar. Die Zeit verstrich, und er konnte sie nicht festhalten, sie rann ihm durch die Finger wie der verschüttete Tee. Er versuchte, sich jede Einzelheit ihrer Erscheinung sorgfältig einzuprägen, um ihr Bild möglichst lang lebendig halten zu können, doch er konnte sich nicht konzentrieren, es war, als hätte jemand einen Schleier über sein Auge gelegt.

»Ich will dich noch einmal zeichnen«, sagte er. »Als Erinnerung.«

»Nein. Ich muss aufbrechen.«

»Dann ... lass uns doch noch ein Stück zusammen gehen. Niemand sagt, dass wir uns jetzt und hier trennen müssen.«

Sie schwang sich auf ihr Pferd und brachte sich damit außer Reichweite für ihn.

»Thork«, sagte sie wütend, während gleichzeitig Tränen über ihre Wangen liefen. »Wir haben entschieden, dass es endet. Also soll es auch enden, und zwar jetzt und hier. Ich halte nichts davon, unser Leid unnötig zu verlängern. Bringen wir es hinter uns, ja?«

Er nickte, er konnte nicht sprechen.

»Lebwohl«, sagte sie, »und danke für alles.«

»Lebwohl«, zwang er über seine Lippen, in seinem Inneren herrschte fassungsloses Entsetzen, dass es jetzt also tatsächlich so weit war, dass ihre Wege sich trennten, dass sie belanglose Abschiedsworte tauschten wie zwei Fremde, wo es doch noch so viel gab, was er ihr sagen wollte, er brauchte nur ein wenig Zeit, die richtigen Worte zu finden. Sie konnte doch nicht so einfach davon reiten mit einem simplen »Lebwohl«, ohne dass er sie ein letztes Mal hätte küssen können, ihr Haar durch seine Finger gleiten lassen, ein letztes Mal ihren Duft in sich aufnehmen, ein letztes Mal ihr Lachen hören, er wusste, dass er am meisten von allem ihr Lachen vermissen würde.

Sie wendete den Schwarzen und stieß ihm die Fersen in die Flanken, sodass er empört schnaubend vorwärts schoss und mit seinen gewaltigen Hufen Erde über Thorks Stiefel schaufelte.

Thork saß reglos, bis Pferd und Reiterin aus seinem Blick verschwunden waren, und auch danach saß er lange, ohne sich zu bewegen. Viel später erhob er sich, umrundete das mittlerweile niedergebrannte Feuer und hob die Schale vom Boden auf, aus der sie ihren Tee getrunken hatte, und seine Finger strichen über den Rand, während er sie lange betrachtete. Und wiederum viel später brach die Verzweiflung aus ihm, er rannte gegen eine mächtige, alte Buche an und bearbeitete den glatten Stamm mit den Fäusten, bis Blut die silbrige Rinde färbte.

Lianna ritt, so schnell der Untergrund es erlaubte. Der Schwarze spürte offenbar, dass es nun auf direktem Weg heimwärts ging, und drängte ungeduldig gegen den Zügel. Nach etwa einer Stunde kam sie auf eine Straße, die in ihre Richtung führte, und verschärfte ihr Reisetempo, als könne sie dem Aufruhr in ihrem Inneren entkommen. Von einem Augenblick zum nächsten wurde Verzweiflung von Wut und Wut von Trauer abgelöst. Sie hatte nicht im entferntesten damit gerechnet, dass er ihr empfehlen würde, zu Arik zurückzukehren. Einerseits hatte er ihr damit die Entscheidung erleichtert, sie aber andererseits empfindlich in ihrem Stolz getroffen. Sie hatte eine große, schmerzhafte Abschiedsszene erwartet und nicht, dass er sie einfach davonreiten ließ. Er hatte ja nicht einmal versucht, sie aufzuhalten. Vielleicht war er ja sogar froh gewesen, sie endlich los zu werden. Doch so sehr sie sich auch bemühte, sich dies einzureden, denn es hätte ihr einen Grund gegeben, ihn zu hassen, so konnte sie es doch nicht glauben, zu nah war sie ihm gewesen in den vergangenen Tagen. Es musste ihn alles gekostet haben, sie gehen zu lassen.

Aus vollem Tempo hielt sie den Schwarzen an, sodass seine Hufe auf der aufgeweichten Straße eine tiefe Furche zogen. Sie musste umkehren, sie ritt in die falsche Richtung, es war nicht richtig, dass sie sich von ihm entfernte. Doch gleich darauf trieb sie den Schwarzen wieder vorwärts. Es war besprochen, und er hatte selbst gesagt, sie solle zu ihren Leuten zurückkehren. Es war richtig, auch wenn es sich nicht richtig anfühlte.

Gegen Mittag kam sie aus dem Wald ins freie Feld. Sie trieb den Schwarzen zum Galopp und jagte in die Ebene hinein, und der Wind peitschte ihr ins Gesicht und trocknete ihre Tränen. Der Schmerz würde vergehen, irgendwann. Sie musste nur die Zähne zusammenbeißen und durchhalten, und dann wäre alles wieder wie früher.

Sie hatte nicht erwartet, innerhalb der nächsten drei Tage auf ihre Leute zu treffen, doch sie mussten ihr entgegen gefahren sein. Es war noch nicht ganz Abend, sie folgte der Straße durch welliges Grasland, als sie plötzlich spürte, wie ein Ruck durch den Schwarzen ging. Seine Muskeln strafften sich, bis das ganze Pferd unter ihr zu vibrieren schien. Er hob den Kopf, die Ohren gespitzt, und gleich darauf gab er ein trompetengleiches Wiehern von sich, das aus einiger Entfernung vielstimmig beantwortet wurde. Sie ließ ihn in Galopp fallen und zügelte ihn hart, um nicht die Kontrolle zu verlieren, denn er drängte nun ungestüm vorwärts, seinen Stuten entgegen, die er gewittert hatte. Sie überquerten den Hügelkamm, und vor sich sah Lianna das Wagendorf liegen, klein und bunt wie Spielzeug in der weiten Ebene, und verstreut umher die Herden: die Stuten mit ihren halbjährigen Fohlen, die Gruppe der halbwüchsigen Jährlinge, die schweren Zugpferde, ihre Felle leuchteten rot und braun in der tief stehenden Sonne. Es wirkte alles vertraut und sah aus wie immer, und doch erschien es ihr fremd. Sie atmete tief die klare Abendluft und zügelte den Schwarzen erneut. Sie wollte ihre Ankunft noch einen Moment hinausschieben, Klarheit gewinnen, ruhiger werden, doch der Schwarze schüttelte wild den Kopf, vollführte eine Reihe kleiner Bocksprünge und wieherte erneut, sodass die Köpfe aller grasender Pferde in die Höhe schnellten.

Damit war ihre Ankunft öffentlich. Ein Hirte erkannte sie und rannte in vollem Tempo hinüber ins Wagendorf.

»Die Prinzessin ist zurück!«, hörte sie ihn schreien. »Sie ist zurück!«

Die Entscheidung war ihr abgenommen. Sie ließ sich von dem Schwarzen hinunter ins Dorf tragen, wo die Menschen zusammenströmten, um sie zu begrüßen. Auf dem Platz in der Mitte hielt sie den Schwarzen an. Plötzlich verspürte sie tiefe Erschöpfung.

»Ja«, sagte sie. »Ich bin zurück.«

# SCHUTT UND ASCHE 3

»Alle gütigen Götter«, sagte Nardon Haltir. »Wie konnte das nur passieren?«

Nichts als ein riesiger, rauchender Trümmerhaufen war vom Wohnhaus der Priester übrig. Es war ein lang gestreckter, zuverlässiger Steinbau gewesen, mit dunklem Schiefer gedeckt, umgeben von Werkstätten und einem liebevoll gepflegten Garten. Nun war die Fläche schwarz verkohlt, und dünne Rauchfäden stiegen noch immer von ihr auf. Beißender Gestank lag über der Ruine und erschwerte Nardon das Atmen. Mit dem Ärmel wischte er sich Schweißperlen von der Stirn; die geborstenen Steine kühlten nur sehr langsam aus. Er ließ den Blick wandern. Das Zerstörungswerk war vollständig. Obwohl die Zwerge sich bemühten, war wohl aus diesen Trümmern nichts Brauchbares mehr zu bergen.

»Ich habe genug gesehen«, sagte er zu dem rotbärtigen Priester, der ihn begleitete. »Nun möchte ich gerne erfahren, warum Ihr mich habt rufen lassen. Es sieht nicht aus, als wäre hier viel zu retten.«

»Ich bringe Euch zu unserem Abt«, sagte der Priester. »Er wird Euch den gesamten Sachverhalt schildern.«

Nardon nickte und war erleichtert, sich von dem beißenden Rauch und der Hitze entfernen zu können. Asche und Kohle knirschten unter seinen Stiefeln, als er dem Priester über eine kleine Anhöhe folgte. Einst hatte hier ein sauberer Kiesweg zwischen Obstbäumen hinunter zum Heiligtum geführt. Nardon senkte den Blick auf seine Stiefelspitzen, um dem traurigen Anblick der verkohlten Baumgerippe zu entgehen.

Es war unbegreiflich. Die Nachricht, die ihn in Westspitze erreicht hatte, es habe gebrannt und seine Gegenwart sei gewünscht, hatte ihn nicht im Mindesten auf dieses Maß der Zerstörung vorbereitet. Zwerge bauten mit Stein, sie deckten mit Ziegeln oder Schiefer, und sie mauerten ihre Wände. Niemals hatte er ein Zwergenhaus so brennen sehen. Er hatte mit einigen ausgebrannten Räumen gerechnet und mit einem Haufen aufgeregter Zwergenpriester, die ihre gerettete Habe hüteten.

Doch hier war nichts zu retten gewesen, und es hatte sogar zwei Tote gegeben.

Er warf einen Blick zurück. Die vertraute Linie der nahen Berge gegen den blauen Himmel, der Waldrand und das satte, fruchtbare Braun der umgepflügten Felder, über denen ein Mäusebussard seine Kreise zog. Davor, wie ein hässlicher Fremdkörper aus einer anderen Wirklichkeit, der riesige schwarze Fleck, der das Wohnhaus gewesen war. Er sah es, aber ein Teil von ihm konnte es immer noch nicht glauben.

»Das Heiligtum blieb verschont, Gròr sei Dank«, sagte der Priester und zeigte nach vorne. Da lag der flache, steinerne Kuppelbau, unberührt, als sei nichts geschehen, überschattet von den ausladenden Zweigen der alten Linde. Die Tür stand offen. Als sie sich näherten, erschien ein junger Zwerg im Türrahmen und winkte sie eilig ins Innere.

Nardon beugte den Kopf und führte die Hand zur Stirn, wie man es tat, wenn man geheiligten Boden betrat. Der Raum war angefüllt mit Stimmen und Schritten, viel zu laut, viel zu betriebsam. Er hob den Blick.

Die Priester hatten das Heiligtum zur Zuflucht umfunktioniert. Decken waren auf dem Boden ausgebreitet, wo Zwerge offenbar genächtigt hatten. Schalen mit Brot und Äpfeln und Krüge mit Wasser standen auf den Bänken bereit, die sonst der Andacht dienten. Nardon sah einige Menschen sich zwischen den Zwergen bewegen, und als er den Hauptgang hinunterging, stolperte er über ein weißes Huhn, das beleidigt gackernd das Weite suchte.

»Das sind unsere menschlichen Nachbarn aus Wildenau«, erklärte der junge rotbärtige Priester, der Nardon begleitete. »Sie kamen noch in der Nacht, als es brannte, und halfen beim Löschen. Seither haben sie uns mit dem Nötigsten versorgt.«

»Es geht doch nichts über eine gute Nachbarschaft.« Nardon bemühte sich um ein Lächeln.

»Ja«, sagte der junge Priester, »wenngleich niemand uns über die eigentlichen Verluste hinweg trösten kann.«

»Heldur und Aki.«

»Wir kamen nicht mehr zu ihnen durch.« Die Stimme des jungen Priesters zitterte. »Aki lag im Krankenzimmer, er hatte ein Bein gebrochen, und Heldur wollte ihn ins Freie bringen. Sie wurden vom Feuer eingeschlossen. Wir hörten sie schreien, aber wir konnten nichts tun …

das Feuer war überall ...« Er wandte sich ab und wischte sich mit dem Ärmel seiner schmutzigen Robe übers Gesicht. Nardon blieb stumm. Er fühlte sich elend. Er war ein Wissenschaftler, kein Mann des Glaubens, er hatte sich nie dazu durchringen können, das Gelübde abzulegen. Dennoch hatte er viele Jahre in der Gemeinschaft der Priester zugebracht, hatte hier den Grundstein zu seiner wissenschaftlichen Karriere gelegt. Er dachte an die Bibliothek, in der er ungezählte Stunden verbracht hatte, die langen Regale aus dunklem Holz, die schrägen Lichtstrahlen, die durch die Fenster fielen, wenn die Sonne abends tief stand, die Stille. Der Geruch von Papier und Tinte, der den schweren Folianten entstieg, wenn er sie aufschlug. Die Erregung, die ihn oft bis tief in die Nacht gepackt gehalten hatte, wenn er einer neuen Erkenntnis auf der Spur war. Alles vorbei, alles verloren. Verbrannt, all das unschätzbar wertvolle Wissen, von dem er sich nur Bruchteile hatte aneignen können, vom Feuer gefressen die Bücher, zu Asche zerfallen die einzigartige Sammlung von Schriftrollen. Hilflose Wut packte ihn. Wie hatte das nur passieren können.

»Nardon«, sagte jemand hinter ihm. Er drehte sich um, bemerkte erst in der Bewegung, dass er die Fäuste geballt hatte.

»Grani!« Herzlich erwiderte er den Handschlag, den der dunkelhaarige Priester mit dem wilden Bart ihm anbot. Ein dicker, weißer Verband schimmerte unter dem verkohlten Ärmel seiner Robe hervor, und Rußspuren lagen auf seinen Wangen. Wie alle, die Nardon bisher hier getroffen hatte, sah er erschöpft aus.

»Es ist gut, dich zu sehen«, sagte Grani mit der Andeutung eines Lächelns, »wenngleich die Umstände günstiger sein könnten, mein Freund.«

»Das ist wohl kaum eine zureichende Umschreibung für eine solche Katastrophe. Bitte! Erkläre mir, was geschehen ist. Ich brauche dringend ein paar Antworten.«

»Die Geschichte ist lang und merkwürdig. Komm ein Stück beiseite, während ich sie dir erzähle. Hier stehen wir nur im Weg.«

Nardon folgte Grani zwischen die Bänke und nahm neben einem Stapel Decken Platz. Grani ließ sich mit einem unterdrückten Aufstöhnen neben ihn fallen.

»Die Geschichte beginnt Ende Juli. Ein Mann kam zu uns, ein Mensch mittleren Alters und von unscheinbarem Äußeren. Er sagte, sein Name sei Manzill. Er sei Dimensionstheoretiker und wolle unsere Bibliothek zu seiner Forschung heranziehen. Er habe gehört, dass wir eine von drei in Abrantes verfügbaren Abschriften von *Colinars Abriss der Ebenen* in unserer Bibliothek stehen hätten. Was hätten wir ahnen können! Er wirkte völlig harmlos auf uns. Und er war nicht der Erste, der in den letzten Jahren zum Studium bei uns weilte.«

»Ich weiß«, sagte Nardon traurig. »Ihr habt mich selbst einige Jahre beherbergt.«

»Ja. Wir nahmen ihn auf und gaben ihm eines der Gästezimmer. Er war ein ruhiger Zeitgenosse, sprach nicht viel und verriet auch wenig über das Ziel seiner Forschung. Wir ließen ihn gewähren. Er verbrachte die Tage in der Bibliothek, oft bis spät in die Nacht. Dann, nach einigen Wochen, verlangte er Zugang zum Archiv. Wir informierten ihn, dass Fremden der Zugang verwehrt sei, gaben ihm aber eine Inventarliste, damit er anfordern konnte, was er benötigte. Er forderte nichts an, aber zwei Tage später erwischte Farri ihn, wie er sich im Keller in der Nähe des Archivs herumtrieb. Farri sagte später, es sei kein Zufall gewesen, er habe Manzill bewusst im Auge behalten, er traue ihm nicht. Hätten wir nur auf ihn gehört! Manzill erhielt eine Ermahnung mit der Aussicht, das Kloster umgehend verlassen zu müssen, falls er wieder dort hinunterginge. Das war vor zwei Tagen.«

Etwas zupfte an Nardons Mantel. Er sah zur Seite, wo eine braune Ziege ihren aufmerksamen Blick auf ihn gerichtet hatte, während sie an seinem Mantelsaum knabberte. Er raffte seinen Mantel um sich und gab der Ziege als Entschädigung ein Stück Brot aus einem der Körbe.

»Bitte entschuldige«, sagte Grani niedergeschlagen. »Es wird noch lange dauern, bis hier wieder Normalität eingekehrt ist.«

»Es gibt nichts zu entschuldigen. Ich bin hier, um euch nach Kräften zu helfen, wenngleich mir noch nicht klar ist, worin diese Hilfe bestehen soll.«

»Manzill ist verantwortlich für das Feuer. Er ist entkommen. Du sollst ihn zur Strecke bringen.«

»Oh … aber … So gerne ich euch helfen möchte - ich bin Wissenschaftler, kein Kopfgeldjäger.«

»Die Sache ist noch viel komplizierter. Wenn du gestattest, bringe ich dich zum Abt. Er kann aus erster Hand berichten, was weiter geschah.«

Sie erhoben sich und durchquerten das Heiligtum, was geraume Zeit dauerte, denn Nardons Ankunft hatte sich herumgesprochen. Er schüttelte Hände, sah in besorgte, erschöpfte, rußverschmierte Gesichter, sprach tröstende Worte, die ihm leer und schal vorkamen, sobald sie seine Lippen verließen. Hier war nicht nur ein Haus niedergebrannt, hier waren Traditionen vernichtet, eine Lebensweise zerstört und unschätzbares Wissen für immer verloren. Was sollte da trösten?

Grani brachte Nardon und die braune Ziege, die sich beharrlich an Nardons Fersen geheftet hatte, in den kleinen Vorbereitungsraum neben dem eigentlichen Heiligtum. Ein Lager war dort improvisiert worden, auf dem ein alter Zwerg ruhte. Sein Oberkörper und beide Arme steckten in dicken weißen Verbänden. Ein junger Zwerg hielt neben ihm Wache. Als sie eintraten, wandte der alte Zwerg leicht den Kopf. Sein Blick wirkte abwesend, seine Stimme klang schleppend, als er sprach.

»Nardon«, sagte er. »Die Nachricht hat dich erreicht, und du bist ihr gefolgt. Sehr gut.«

»Ehrwürdiger Blakkur.« Nardon verbeugte sich tief. »Ich kam, so schnell ich konnte, und ich stehe Euch zur Verfügung.«

»Du musst verzeihen«, sagte Blakkur langsam. »Man gab mir einen Trank gegen die Schmerzen, und er vernebelt den Geist.«

»Ich hörte bereits von Manzill, und dass er für den Brand verantwortlich sein soll. Nur über die genauen Umstände bin ich nicht informiert.«

»Die genauen Umstände sind höchst spektakulär«, sagte Blakkur mit schwachem Lächeln. »Hier, Nardon, setz dich.«

Nardon tat, wie ihm geheißen, während er hart an einem bitteren Klumpen schluckte, der in seinem Hals aufstieg. Der Abt, der sein vierhundertstes Lebensjahr längst hinter sich gelassen hatte, war immer ein kraftvoller Mann gewesen, ein Hüne und ungebeugt von seinem Alter. Ihn so zerschmettert und leblos auf dem Deckenlager zu sehen, schmerzte den jungen Zwerg mehr als alles andere.

»Manzill war nicht, was er zu sein vorgab«, sagte Blakkur leise. »Er war nicht einmal menschlich. Er war … *sie*. Eine Valdar aus dem Reich der Schattenflammen.«

»Was?«, sagte Nardon so befremdet, dass er für einen Augenblick die Riten des höflichen Umganges vergaß. »Wie das?«

Der Abt gab ein tiefes, zitterndes Seufzen von sich. Grani trat einen Schritt nach vorne und half aus.

»Er … sie … *es* ist offenbar in der Lage, seine Gestalt zu wandeln. Der unscheinbare Mensch, als der er … *es* sich uns vorstellte, war nicht sein eigentliches Gesicht.«

»Sie ist groß«, flüsterte der Abt. »Sie besteht gänzlich aus Feuer, wie Flammen, die sich zu einer Figur fügen. Schatten tanzen in ihrem Inneren wie Boten des Todes. Sie ist schrecklich. Mit einem Wink hat sie jedes Feuer im Haus, jede Kerzenflamme, jede Öllampe, jedes Kaminfeuer in eine Lohe verwandelt.«

»Es brannte plötzlich an allen Stellen gleichzeitig«, ergänzte Grani schaudernd. »Wir konnten nicht löschen, wir hatten gar nicht so viele Eimer.«

»Aber was war der Grund?«, fragte Nardon ratlos. »Ein Wesen von den Feurigen Ebenen schleicht sich bei euch ein, lebt wie lange bei euch? Vier, fünf Wochen?«

»In etwa«, bestätigte Grani.

»… nur, um nach dieser Zeitspanne das Haus anzuzünden?«, fuhr Nardon fort. »Welchen Sinn soll das ergeben?«

»Es ergibt einen«, flüsterte Blakkur. »Sie war auf der Suche nach etwas.«

»Etwas, das in Eurem Archiv lagerte«, ergänzte Nardon, der sich an Granis Bericht erinnerte.

Der Abt deutete ein Nicken an. »Hast du dich nie gefragt, warum auch dir der Zutritt zum Archiv verwehrt war?«

»Doch, natürlich. Ich dachte aber, Ihr werdet gute Gründe haben.«

»Die hatte ich. Niemand außer den Priestern durfte das Archiv betreten, weil dort ein äußerst mächtiges, gefährliches Artefakt aufbewahrt wurde. Ich erhielt es von einem guten Freund, einem Menschen, möge seine Seele in Frieden ruhen. Redelin von Werlau war sein Name, er war ein Hochzauberer und Vorsitzender des Arkanen Rates. Hundertdreißig Jahre mag das nun her sein, etwas mehr vielleicht … Das Artefakt war Bestandteil einer sehr gefährlichen Vorrichtung. Redelin sagte damals, es sei äußerst wichtig, dass der Erschaffer der Vorrichtung seine Hände nicht mehr darauf legen könne. Die einzelnen Teile wurden getrennt voneinander an geheimen Orten aufbewahrt.«

Der Abt unterbrach sich und hustete. Grani sprang herbei, stützte den Kopf des alten Zwergs und gab ihm zu trinken. Nardon nutzte die Pause, indem er Notizbuch und Kohlestift, seine ständigen Begleiter, aus der Innentasche seines Mantels holte und eine freie Seite aufschlug. Bis der Abt bereit war, weiterzusprechen, hatte er das Nötigste in geraden, flüssigen Zwergenrunen festgehalten.

»Was für eine Vorrichtung war das?«, fragte er.

»Ein Toröffner«, flüsterte Blakkur schwach.

»Alle gütigen Götter«, sagte Nardon erschrocken. »Eine Valdar bemächtigt sich eines Toröffners.«

»Eines Teils davon.« Blakkur hustete erneut. »Irgendein verrückter Zauberer hat das Ding erschaffen. Redelin hat mir seinerzeit die genauen Hintergründe erläutert, aber ich verstehe nichts von solchen Dingen und habe viel wieder vergessen.«

»Aus wie vielen einzelnen Artefakten besteht die Vorrichtung?«, fragte Nardon.

»Ich weiß es nicht. Ich hörte von einem weiteren, drüben auf Bergen. Halmesholm war die Stadt. Eine Kaufmannsfamilie. Moser … Markwart … ich erinnere mich nicht an den Namen.«

»Es müssen mindestens drei sein, um ein Transportfeld aufzubauen.« Nachdenklich spielte Nardon mit seinem Kohlestift.

»Jetzt weißt du, warum wir dich riefen«, sagte Grani. »Du bist ein Experte auf diesem Gebiet.«

»Ich habe Dimensionstheorie und Transdimensionale Wissenschaften studiert«, sagte Nardon. »Und ein bisschen Dämonologie. Von Übertrittszauberei habe ich, ehrlich gesagt, keine Ahnung. Ich bin kein Zauberer.«

»Aber du hast es studiert.« Grani sah so zuversichtlich aus, dass Nardon es nicht über sich brachte, seine Hoffnungen zu zerstören.

»Wie sah das Artefakt aus?«, fragte er.

»Ein steinerner Totenschädel«, flüsterte Blakkur. »Faustgroß. Auf dem Hinterkopf ist die Rune des Dolgr angebracht.

»Einer der Vergessenen Götter«, sagte Nardon, der gleichzeitig schrieb. »Das macht die Sache nicht sympathischer.«

»Die Valdar wird die anderen auch haben wollen«, flüsterte Blakkur. »Sie darf sie nicht bekommen. Sie wird ein Tor öffnen und eine Flut von Unwesen wird über die Welt hereinbrechen. Wir gehen geradewegs in die Hölle, wenn sie das Tor öffnet.«

»Möglicherweise sucht sie einfach einen Weg, um nach Hause zu kommen?«

»Sie darf den Toröffner nicht bekommen«, sagte Blakkur, bevor erneuter Husten ihm das Wort abschnitt.

»Das ist meine Mission?« Nardon wusste nicht, ob er lachen oder weinen sollte. »Eine Valdar aufhalten?«

Blakkur nickte.

»Ich bin Wissenschaftler! Theoretiker. Was Ihr braucht, sind Krieger.«

»Wir haben keine«, flüsterte Blakkur. »Du bist klug. Du hast einen scharfen Verstand. Du bist weit gereist. Und du bist vertrauenswürdig. Wen sollte ich lieber mit dieser Aufgabe betrauen?«

»Vielen Dank ... Ich fühle mich geehrt, wirklich. Ich weiß nur nicht, wie ich es schaffen soll.«

»Du hast keine Wahl«, sagte Blakkur schwach. »Es steht zu viel auf dem Spiel. Es sind die großen Aufgaben, die uns wachsen lassen, mein Sohn.«

»Ich habe keine Wahl«, murmelte Nardon unglücklich und starrte hinunter auf seine Notizen. »Also gut. Ich habe keine Wahl. Nun denn. Ich werde mich mit der Sache befassen. Ich benötige alle Informationen, die Ihr mir geben könnt.«

»Ich habe keine weiteren«, sagte Blakkur.

»Ähem ...«, Nardon tippte mit dem Kohlestift auf die wenigen Zeilen, »das ist alles? Ehrwürdiger Vater, ich will nicht respektlos erscheinen, aber das ist ... nun ja, ein wenig mager.«

»Redelin sagte damals, es sei umso besser, je weniger ich darüber wüsste. Ich habe keine Fragen gestellt.«

Nardon seufzte tief. »Na gut. Ich werde schon an die Informationen kommen, die ich benötige. Und was die kämpferische Unterstützung anbetrifft ... Ich werde jemanden in die Angelegenheit einweihen müssen, mit Eurer Erlaubnis. Einen sehr guten und vertrauenswürdigen Freund. Lomir Feuerbeil.«

»Dieser freundliche junge Mann, der drüben in Rothenbühl bei Menschen aufwuchs?«

»Genau der«, bestätigte Nardon.

Der Abt lächelte schwach. »Weihe ihn nur ein«, sagte er. »Und bestelle ihm meine besten Grüße. Und nun muss ich ruhen ... ich fühle mich ... müde ...«, Seine Stimme wurde undeutlich, er schloss die Augen.

»Selbstverständlich.« Nardon erhob sich eilig. »Ich danke Euch für Euer Vertrauen und werde tun, was ich kann.«

Er betrachtete das Gesicht des Abtes, blass und eingesunken zwischen dem weißen Haupthaar und dem versengten Bart. Er würde die Valdar zur Strecke bringen, auch wenn er überhaupt nicht wusste, wie er das anstellen sollte. Er würde es tun, und wenn er dafür über Wasser gehen müsste.

Grani nahm ihn mit nach draußen.

»Ich bin froh, dass du dich der Sache annimmst«, sagte er, während sie sich zwischen Deckenlagern, aufgestapelten Vorräten und hektischen Hühnern einen Weg suchten. »Ich habe gehört, was du in den letzten Jahren vollbracht hast. Wir alle waren mehr als nur ein wenig beeindruckt.«

»Vollbracht?«, fragte Nardon verwirrt.

»Du hast das Grab des Shakh entdeckt, von dem die Fachwelt glaubte, es müsse vernichtet worden sein!«

»Ach das«, sagte Nardon höchst verlegen. »Das war zum guten Teil Glück. Ich bekam eine alte Karte in die Hände und wusste sie zu lesen. Und ich hatte tatkräftige Unterstützung.«

»Lomir Feuerbeil?«

»Ja. Und andere. Zu zweit hätten wir nicht viel bewirken können.«

»Es war die archäologische Entdeckung des Jahrhunderts«, sagte Grani bewundernd. »Das Grab des letzten Hohepriesters des Nergal! Und völlig unversehrt!«

»Ich bin trotzdem nicht sicher, ob mich das ausreichend qualifiziert. Ich habe eine Menge über die Ebenen und ihre Bewohner gelesen. Aber ich bin noch nie einem solchen Unwesen begegnet! Und selbst wenn es gerade vor mir aus dem Boden wüchse, wüsste ich nicht, wie ich es bannen sollte. Man benötigt Zauberer für ein solches Geschäft.«

»Du bist über das Meer gefahren«, sagte Grani. »Du wirst auch mit einem Unwesen fertig.«

Noch ehe Nardon zu einer Erwiderung ansetzen konnte, begegnete er Granis Blick. Es lag so viel Zutrauen und Hoffnung darin, dass er es nicht über sich brachte.

»Ich werde tun, was ich kann«, versicherte er erneut und fühlte sich schlecht.

Sie traten gerade durch die Tür des Heiligtums in den lauen Spätnachmittag, als der junge Priester, der am Bett des Abtes Wache gehalten hatte, eilig zu ihnen aufschloss.

»Markholt ist der Name, den Ihr braucht«, schnaufte er. »Mikan Markholt. Der ehrwürdige Vater erinnerte sich, kurz, nachdem Ihr weg wart.«

»Mikan Markholt, Halmesholm.« Nardon griff nach seinem Notizbuch und schrieb den Namen auf. »Klingt wie mein erstes Ziel, würde ich sagen.«

»Wann wirst du abreisen?«, fragte Grani.

»Die Valdar hat einen Vorsprung von zwei Tagen. Ich denke, ich sollte mir nicht allzu viel Zeit lassen. Ich werde Lomir aufsuchen und dann unverzüglich nach Halmesholm weiterreisen, um den dortigen Schädel sicherzustellen. Im Idealfall, versteht sich. Vorausgesetzt, ich finde ein Schiff, das mich schnell nach Bergen bringt und nicht untergeht. Vorausgesetzt, Lomir ist für ein solches Abenteuer zu begeistern. Und vorausgesetzt, der Valdar fehlt die Information über den Markholt-Schädel, denn sonst wird sie ihn vor mir haben.«

»Wir werden für dich beten«, sagte Grani.

»Tut das«, sagte Nardon. »Ich kann jede Unterstützung brauchen, die ich kriegen kann. Vor allem göttliche.«

Vorausgesetzt, Lomir ist für ein solches Abenteuer zu begeistern, echote es in seinem Kopf, als er zehn Tage später vor dem Haus des alten Freundes in Neuhafen stand und das goldene Namensschild betrachtete. Er hatte eine anstrengende und zermürbende Reise hinter sich. Vor allem die mehrtägige Überfahrt von der Insel der Stürme nach Bergen hatte ihm zugesetzt, und wenn er daran dachte, dass er die gleiche Überfahrt wieder hinter sich bringen musste, wenn er irgendwann wieder nach Hause wollte, packte ihn das Grausen.

Lomirs Haus sah aus wie das eines Mannes, der mit Erfolg eine bürgerliche Existenz pflegt. In einer der besseren Wohngegenden Neuhafens gelegen, war es von einem kleinen Grundstück umgeben, das es von dem Lärm der Stadt abschirmte. Es war ein niedriges, aber großes Haus, aus solidem Stein erbaut, mit einer Reihe kleiner Nebengebäude. Apfelbäume verflochten ihre Zweige zu einem Baldachin und beschirmten einen hellen Kiesweg, der von der Gartenpforte zur Haustür führte. Schweren Herzens trat Nardon durch die Pforte und folgte dem

Weg zur Haustür. Wer ein solches Haus besaß, zog nicht mehr in ein Abenteuer.

Er klopfte. Das Messing des Türklopfers war warm von der Nachmittagssonne und fügte sich angenehm in seine Hand. Eine leichte Nervosität stieg in ihm auf, als sich von drinnen Schritte näherten. Dann ging die Tür auf, und der Hausherr erschien.

Lomir hatte immer Wert auf sein Äußeres gelegt, und das schien sich über die Jahre nicht geändert zu haben. Er trug ein blütenweißes Hemd, eine Weste aus edel schimmerndem Samt und passende Hosen. Sein kastanienbraunes, im Nacken zusammengebundenes Haar glänzte, und sein langer Bart war sorgsam gezwirbelt und geflochten. In seinem Gesicht war völlige Überraschung zu lesen.

»Nardon! Was für … Ja, wie … Woher …«

»Hallo, Lomir«, sagte Nardon. »Ich war gerade in der Gegend und dachte, ich sehe mal rein.«

»Was für eine Überraschung«, sagte Lomir, und ein Strahlen breitete sich über sein Gesicht aus. »Nardon, alter Freund! Komm in meine Arme!«

Ehe Nardon es verhindern konnte, wurde er in eine Umarmung gezogen, die ihm die Rippen quetschte und ihm versicherte, dass sein Freund nichts von seinen Bärenkräften eingebüßt hatte.

»Wie geht es dir?«, fragte Lomir, und Nardon war froh, als er ihn wieder losließ. »Komm rein! Komm rein! Meine Güte, wie lange ist es her?«

»Zehn Jahre vielleicht.« Nardon folgte Lomir in eine geräumige Eingangshalle und von dort aus in einen komfortabel eingerichteten Wohnraum. Ein Feuer prasselte in dem gemauerten Kamin, farbenfrohe Teppiche bedeckten die hellen gescheuerten Dielen, und das warme Nachmittagslicht fiel durch die dicken gläsernen Fensterscheiben und leuchtete von den weiß gestrichenen Wänden wider.

»Fensterglas sogar«, sagte Nardon bewundernd. »Bei dir muss der Reichtum ausgebrochen sein, alter Freund.«

»Ich kann nicht klagen.« Lomir lächelte bescheiden. »Die Geschäfte laufen sehr gut. Obwohl ich es noch nicht Reichtum nennen würde.«

Mit einem erleichterten Aufstöhnen nahm Nardon den schweren Rucksack von den Schultern, legte seinen Reisemantel ab und sank auf einen der gepolsterten Stühle, die um einen großen Tisch herum standen.

»Tee?«, fragte Lomir. »Etwas zu essen? Brot und Schinken und ein paar hart gekochte Eier zum Beispiel?«

»Ja«, sagte Nardon dankbar. »Genau in dieser Reihenfolge.«

Als er Nardon mit allem versorgt hatte, nahm Lomir ihm gegenüber Platz und sah ihn erwartungsvoll an.

»Wie die Zeit vergeht«, sagte er. »Sind es wirklich schon zehn Jahre? Was hast du gemacht in dieser Zeit? Als wir zuletzt in Kontakt standen, warst du an den Ausgrabungen dieser Grabanlage beteiligt.«

»Shakhs Grabmal«, sagte Nardon zwischen zwei Bissen. »Ich war der wissenschaftliche Berater der Ausgrabung. Ich war dort aber nicht länger als zwei Jahre. Den Rest der Zeit habe ich überwiegend mit der Aufarbeitung der Funde verbracht. Ich habe einige Schriften veröffentlicht, die in der Fachwelt Aufsehen erregt haben.«

»Ich dachte, du wärest ein Dämonen-Experte?«

»Bin ich auch.« Behutsam schlug Nardon ein Ei an der Tischkante auf. »Angrenzendes Wissenschaftsgebiet, sozusagen. Nergal war der Gott der Anderen Ebenen, und Shakh war der letzte uns bekannte Nergal-Hohepriester, bevor der Kult unterging.«

»Aha. Dann hast du also die letzten Jahre überwiegend mit einem Buch vor der Nase verbracht.«

»Kann man so sagen.«

»Wird man doch kaum los, solche schlechten Angewohnheiten.« Lomir grinste.

»Wenn du es so bezeichnen willst«, sagte Nardon ungerührt und prüfte sein Ei auf Reste der Schale. Lomirs Unverständnis für Nardons Liebe zu den Wissenschaften war ritualisiert zwischen ihnen, und es fühlte sich gut an, dass nicht alles sich geändert hatte.

»Und wie war deine Reise?«, erkundigte sich Lomir. »Ich nehme an, du kommst von der Insel der Stürme?«

»Ja. Sie war lang und unangenehm. Die drei Tage auf See zwischen der Insel der Stürme und Lichtenau waren die schlimmsten seit … nun ja, vermutlich seit meiner letzten Seereise. Dagegen verlief die Überfahrt zwischen Lichtenau und Bergen geradezu glatt. Auf Lichtenau habe ich mich nicht lange aufgehalten. Ich ging in Schönfeld an Land und durchquerte die Insel so zügig wie möglich. Sie haben gute Straßen dort. Kein Vergleich zu dem Zustand, in dem die Straßen hier teilweise sind.«

»Lichtenau ist die Lieblingsinsel des Königs«, sagte Lomir achselzuckend. »Ich weiß gar nicht, wann er zuletzt auf Bergen war. Klar, dass sich hier keiner um die Straßen kümmert.«

»Die Straße zwischen Rauhenberg und Neuhafen hat Schlaglöcher, in denen man eine tote Kuh vergraben könnte«, sagte Nardon düster.

»Nun, du bist gut angekommen.« Lomir reichte seinem Freund ein Schälchen mit Salz. »Vergessen wir die Straßen. Sag mir lieber, was dich herführt.«

»Ich würde lieber erst hören, wie es dir in den letzten Jahren ergangen ist.«

»Danke, bestens!« Lomir strahlte.

»Das nahm ich bereits an«, sagte Nardon mit einem demonstrativen Blick durch den Raum.

»Ich bin voll verantwortlicher Geschäftsführer der Regar-Wertschatz-Lebensmittel AG«, verkündete Lomir stolz.

»Aha«, sagte Nardon. »Nie gehört.«

»Das macht nichts. Das kommt noch. Wir expandieren ganz gewaltig.«

»Aha«, sagte Nardon wieder. »Und womit?«

»Lebensmittel«, sagte Lomir glücklich. »Wie der Name schon sagt. Wir haben ein völlig neues Vertriebskonzept entwickelt. Als ich bei Regar Wertschatz einstieg, hatte er diese bahnbrechende Idee, aber er stand ganz am Anfang. Mittlerweile haben wir eine Niederlassung in jeder größeren Stadt: Neuhafen, Leinfeld, Dalen, Wolkenstein, Südhafen ... Natürlich lässt sich das Konzept in großen Städten besser umsetzen als auf dem Land, wo alle paar Tagesreisen mal ein Haus steht.«

»Was denn für ein Konzept?«

»Wir verkaufen alle Lebensmittel des täglichen Bedarfs unter einem Dach«, verkündete Lomir stolz. »Brot, Wurst, Milch, Gemüse, jeden Tag frisch! Das spart unseren Kunden einen Haufen Zeit, die sie dafür verwenden können, Geld zu verdienen, das sie dann wiederum bei uns ausgeben können. Ein Kreislauf, der sich selbst ernährt. Und für unsere Lieferanten ist es ein gutes Geschäft: Sie können ihre gesamte Ware auf einen Schlag an uns verkaufen, anstatt den ganzen Tag auf Kunden zu warten.«

»Ähem ... ja. Man fragt sich, wie Menschen und Zwerge ohne diesen gewaltigen Fortschritt überleben konnten.«

»Wir werden in ganz Abrantes Niederlassungen eröffnen«, stellte Lomir voller Begeisterung in Aussicht. »Lichtenau zunächst, und sobald wir dort Fuß gefasst haben, werden wir auch auf die Insel der Stürme expandieren.«

»Klingt, als hättest du eine Menge zu tun in nächster Zukunft.«

»Ja«, sagte Lomir glücklich.

»Und wenig Zeit für andere Dinge«, fuhr Nardon vorsichtig fort und verfolgte, wie sein Freund plötzlich hellhörig wurde.

»Zeit wofür?«

»Um mir in einer äußerst heiklen Angelegenheit weiterzuhelfen.«

»Heikle Angelegenheiten sind meine Spezialität. Worum geht es denn?«

Zehn Minuten später war jeglicher Frohsinn aus Lomirs Gesicht gewichen.

»Alle Götter«, sagte er. »Das klingt, als wäre die Sache mit Shakh ein Spaziergang gewesen, verglichen mit dem, was du dir da vorgenommen hast.«

»Ich habe es mir nicht vorgenommen. Es wurde mir … auferlegt, sozusagen. Aber mit deiner Einschätzung solltest du recht haben.«

»Welches ist der erste Schritt?«

»Ein Besuch in Halmesholm, bei dieser Kaufmanns-Familie. Nachsehen, ob es den zweiten Schädel noch gibt.«

»Und dann?«

Nardon hob die Schultern. »Keine Ahnung. Informationen sammeln. Leute befragen. Herausfinden, ob es weitere Schädel gibt und wo sie sich befinden. Ich weiß es noch nicht, Lomir.«

Nachdenklich spielte Lomir mit dem silbernen Löffel aus der Zuckerdose.

»Es geht aber darum, die Feuerfrau zur Strecke zu bringen?«

»Unter anderem. Wobei allein das ein kühnes Unterfangen ist. Außerdem müssen wir die Schädel sicherstellen und verhindern, dass jemand ein Tor auf die Anderen Ebenen öffnet.«

»Nur zum Verständnis - was wäre denn so schlimm an einem solchen Tor?«

»Je nachdem, wohin das Tor geöffnet würde, könnte das unterschiedliche Folgen haben. Viele Ebenen sind von Unwesen bewohnt, die untereinander Krieg führen. Die wären nur zu glücklich, ein neues

Schlachtfeld für ihre Kämpfe zu finden. Dann gibt es noch die Ebenen der Verbannten. Seelen, Geister oder Ähnliches, auf denen ein Fluch liegt. Die würden die Gelegenheit, hierher zu kommen und sich zu rächen, sicher nicht ungenutzt verstreichen lassen. Und jede Menge Ebenen, die sich unserem Verständnis völlig entziehen. Wir würden vielleicht gar nicht begreifen, welches Übel von dort zu uns hinüberschwappt ...«

»In Ordnung. Ich habe verstanden. Es klingt wirklich, als würden wir es besser verhindern.«

»Dir muss allerdings klar sein, dass unsere Chancen nicht sehr gut stehen. Sich mit einem Elementarwesen anzulegen, grenzt an Irrsinn.«

»Du kennst mich«, sagte Lomir mit einem Grinsen. »Ich bin ein Spezialist für Unmögliches.«

Nardon lächelte schwach. Der Optimismus seines Freundes tröstete ihn, wenn er auch nicht wirklich auf ihn übergriff.

»Hast du noch Kontakt zu den anderen?«, fragte er.

»Aus der Shakh-Unternehmung?«, fragte Lomir. »Nein, und zum Teil bin ich auch nicht traurig deshalb. Hatan ist nach Zentallo zurückgekehrt, das ist zumindest das Letzte, was ich über ihn hörte. Glander habe ich vor drei Jahren in Dalen getroffen, ich weiß nicht, wo er jetzt ist. Nun, und unsere langfingrige Diebin sitzt vermutlich irgendwo hinter Gittern.«

»Schade. Ich hatte gehofft, zumindest Glander …«

»Tut mir leid. Aber mach dir nichts draus. Eine Reise nach Halmesholm und ein bisschen Recherche meistern wir auch zu zweit. Und sollte die Aufgabe größer werden, finden sich auch neue Mitstreiter.«

»Das heißt also, du wirst mir helfen?«

»Soll das ein Witz sein? Daran wirst du doch wohl keinen Augenblick gezweifelt haben, oder?«

»Na ja ... Jetzt, wo du ein erfolgreicher Geschäftsmann bist …«

»Kein Wort mehr«, drohte Lomir, »sonst müsste ich mich in meiner Ehre verletzt fühlen und dir etwas Schreckliches antun. Dir zumindest diesen Schinken wegnehmen, den du in aller Ruhe verspeist, während du solche Unterstellungen von dir gibst!«

»Entschuldige, Lomir. So war's nicht gemeint.«

»Gib mir ein paar Stunden«, sagte Lomir besänftigt. »Ich muss Regar benachrichtigen, ein paar Sachen packen, meinen Stellvertreter einweisen, die Nachbarin bitten, auf mein Haus aufzupassen … mich außerdem von ihr verabschieden …« Ein breites Grinsen erschien auf seinem Gesicht. »Gib mir vielleicht lieber den Rest des Tages. Gerade das Verabschieden könnte länger dauern.«

»Es gibt doch Dinge, die ändern sich nie«, sagte Nardon kopfschüttelnd.

»Und das ist auch gut so«, bestätigte Lomir, immer noch grinsend. »Ruh dich einstweilen aus und fühle dich wie zu Hause. Morgen brechen wir in aller Frühe auf.«

In Lomirs komfortabel eingerichtetem Gästezimmer verbrachte Nardon eine äußerst angenehme Nacht, die fast zu lange andauerte, wie er feststellte, als er zum Frühstück herunter kam und Lomir marschbereit, quasi auf gepackten Taschen sitzend, vorfand.

»Guten Morgen«, sagte Nardon. »Bin ich zu spät? Du hättest mich wecken können.«

»Nur keine Eile«, sagte Lomir. »Wir sind gut in der Zeit. Ich hatte ohnehin noch dies und jenes zu erledigen.« Nardon folgte dem Blick seines Freundes bis hin zu einer jungen, blonden Zwergin, die am Tisch saß und offenbar soeben ihr Frühstück beendet hatte.

»Das ist Daria«, sagte Lomir und hatte wieder dieses breite Grinsen. »Meine, äh … Nachbarin.«

»Guten Morgen«, sagte Nardon förmlich.

»Guten Morgen!« Daria schenkte Nardon ein herzliches Lächeln. »Ihr seid der Gelehrte? Lomir hat schon viel von Euch erzählt. Tee?«

»Ähem … Ja. Bitte. Danke.«

»Setzt Euch.« Daria machte eine entsprechende Handbewegung. Nardon kam der Aufforderung nach und nahm eine Tasse in Empfang, aus der es dampfte.

»Ich habe mir zwischenzeitlich einmal die Wegstrecke angesehen«, sagte Lomir und entrollte ein abgegriffenes Stück Pergament, das eine Karte der Insel Bergen trug. »Viele Möglichkeiten haben wir nicht. Wir werden bis Wiesenheim die von dir so hoch gelobte Königsstraße benutzen, und dann hier auf dieser kleinen Straße«, – er deutete mit dem Finger – »direkt von Wiesenheim nach Halmesholm gehen. Die Königsstraße ist nicht so viel besser, als dass wir dafür den Umweg über Dalen in Kauf nehmen müssten. Ich rechne nicht mehr als zehn Tagesreisen für die gesamte Strecke – das heißt, wenn du nicht zu viel von deiner früheren Form verloren hast«, fügte er grinsend hinzu.

»Meine Form hat sich auf dem Weg hierher zur Genüge aufgefrischt«, erwiderte Nardon ungerührt. »Dich allerdings hole ich direkt aus einem sehr bequemen Sessel. Wir werden sehen, wer zuerst Probleme mit der Form entwickelt.«

»Keine Sorge«, sagte Lomir, immer noch grinsend. »Ich hatte mein regelmäßiges Training.«

Nardon tauchte unter den vielsagenden Blicken weg, die Lomir mit Daria wechselte, indem er sich über die Karte beugte.

»Was ist das?«, fragte er und deutete auf einen von mehreren roten Punkten, die in die Karte eingetragen waren. »Hat das etwas mit deinen Niederlassungen zu tun?«

»Ja«, sagte Lomir stolz. »Das sind alle Lebensmittelgeschäfte, die bisher eröffnet haben. Und hier, die Kringel, sind Standorte in Arbeit. Sie warten nur darauf, dass ich einen roten Punkt daraus mache.«

»Und was machst du mit dem roten Punkt, wenn eine deiner Niederlassungen wieder schließen muss?«

»Die schließen nicht«, sagte Lomir empört. »Das ist ein konkurrenzloses Erfolgskonzept. Schließen! Pah! In hundert Jahren vielleicht, aber bis dahin habe ich eine neue Karte.«

»Na schön.« Nardon leerte seine Tasse. »Vielleicht sollten wir trotzdem aufbrechen.«

»Aber du hast noch gar nichts gegessen!«

»Kann ich unterwegs.« Nardon griff sich eine Scheibe Brot und einen Apfel und erhob sich. »Komm schon. Mich treibt es auf die Straße.«

»Schon gut«, sagte Lomir. »Von mir aus können wir sofort los. Wie sieht es übrigens bei dir mit Bewaffnung aus? Ich sehe so gar nichts.«

»Ich habe meinen Dolch«, sagte Nardon und zeigte auf seinen Gürtel.

»Das ist keine Waffe. Ein Essmesser, höchstens.«

»Und meine Armbrust. Ich habe versucht, die letzten Jahre über im Training zu bleiben. Ich würde sagen, meine Trefferquote ist ganz gut.«

»Wenn du meinst, dass es eine gute Klinge ersetzt ...«

»Und ich habe dich, nicht zu vergessen«, sagte Nardon mit einem Lächeln.

»Klar«, sagte Lomir und grinste. »Zu irgendetwas muss ich ja gut sein.«

*Sofort* erwies sich als dehnbarer Begriff, wie Nardon feststellen musste, während er im Vorgarten wartete, bis Lomir sich von Daria verabschiedet hatte, doch dann waren sie endlich unterwegs. Sie verließen Neuhafen und bogen auf die Königsstraße ein, die sie zwischen satt braunen, umgebrochenen Feldern und Hainen von Obstbäumen, deren Früchte die Straße sprenkelten, südwärts führte. Sie kamen gut voran, das Wetter war kühl, aber trocken, genau richtig, um eine lange Wegstrecke zurückzulegen. Nardons Sorge um Lomirs Form erwies sich als unbegründet, denn obwohl er sein altes Kettenhemd unter dem Mantel trug und sich seine mächtige Streitaxt zu seinem Rucksack auf den Rücken geschnallt hatte, zeigte er keine Anzeichen von Ermüdung.

Nach einigen Stunden wurde das Ackerland weniger und wich weiten, hügeligen Wiesen, die hoch standen und schon die gelbe Farbe des Herbstes trugen. Ein von Trauerweiden umstandenes Bächlein gesellte sich zu ihnen und folgte für eine Weile dem Verlauf der Straße, bevor es westwärts abbog und sich aus ihrem Blickfeld schlängelte. Der Verkehr rund um Neuhafen war lebhaft gewesen; hier draußen nun war es deutlich ruhiger. Nur gelegentlich begegneten sie anderen Reisenden oder Trupps von berittenen Soldaten, die routinemäßig entlang der Straße patrouillierten. Am Nachmittag erreichten sie die erste Poststation auf ihrem Weg, ein weitläufiges, am Waldrand gelegenes Gehöft mit Stallungen und einem Gasthof. Sie legten eine Pause ein und gönnten sich eine warme Mahlzeit, beschlossen dann aber, vor Einbruch der Dunkelheit noch eine Wegstrecke hinter sich zu bringen und lieber im Freien zu nächtigen.

Es fühlte sich an wie früher, stellte Nardon staunend fest. Sie waren unterwegs, als wäre seit ihrer letzten gemeinsamen Reise keine Zeit vergangen. Es hatte nicht lange gedauert, bis sie ihre Schrittlängen einander angeglichen hatten, und seither marschierten sie einträchtig nebeneinander her wie in den alten Zeiten. Auch andere Dinge hatten sich nicht geändert: Lomir plauderte unablässig; sein eigener Gesprächsfluss spülte ihn von einem Thema zum nächsten, und während Nardon sein Interesse mit gelegentlichen Einwürfen bekundete, wurde er in kurzer Zeit umfassend über alles informiert, was sich in Lomirs Leben während der letzten zehn Jahre zugetragen hatte. Das Wandern gestaltete sich mühelos und kurzweilig auf diese Weise, und gelegentlich gelang es Nardon sogar, die Bilder der verkohlten Trümmer aus dem Kopf zu bekommen, die ihn verfolgten.

Sie verbrachten eine ruhige Nacht unter Bäumen auf einem Streifen von weichem Waldgras und waren bei den ersten Anzeichen von Tageslicht bereits wieder auf den Beinen. Das Wetter war ihnen wohlgesonnen, und so kamen sie gut voran.

Am Nachmittag des fünften Tages erreichten sie Wiesenheim, wo Lomir sich einige Stunden Aufenthalt ausbat. Nardon erinnerte sich an den roten Kringel, der sich auf Lomirs Karte neben dem Stadtnamen befunden hatte, und gab seufzend nach.

Die Stadt war hektisch und übervölkert, denn auf einem weiten Gelände vor den Stadtmauern fand der Herbstmarkt statt, ein Ereignis, das in der Umgebung kaum jemand verpassen wollte. Hier hatte Nardon vor Jahren bei einem Kuriositätenhändler die Karte erstanden, die ihn schließlich nach einer Serie haarsträubender Abenteuer zur Grabanlage des Shakh geführt hatte. Der Händler hatte keine Ahnung gehabt, was er da verkaufte, ebenso wie Nardon nicht mehr als eine vage Neugier zum Kauf bewogen hatte. Der Erinnerung folgend beschloss Nardon, zu sehen, ob der Händler noch immer seinen Stand auf dem Herbstmarkt hatte. Lomirs Zeitplanung war für gewöhnlich äußerst optimistisch, nicht länger als ein Stündchen würde er benötigen, wie er Nardon versprochen hatte; aus Erfahrung rechnete Nardon nicht vor dem Abendessen mit der Rückkehr seines Freundes.

Es herrschte reger Betrieb auf dem Festgelände. Viele Wiesenheimer Familien schienen den Nachmittag zu einem Ausflug zu nutzen. Das Gras zwischen den Zelten und Ständen war bereits vollständig niedergetrampelt und bildete eine feste, elastische Unterlage, auf der es sich angenehm ging. Ein Gewirr von Düften lag in der Luft. Nacheinander passierte Nardon eine Geflügelbraterei, einen Zuckerbäcker, eine Schmalzbäckerei, einen Fischhändler, der kleine auf Stöcke gespießte Salzfische anbot, einen Wurstbräter und schließlich ein gewaltiges Kohlebecken, über dem an einem armdicken Spieß ein halber Ochse briet. Hinter den Ständen hatte man einen breiten Weg frei gelassen, dann folgten mit Seilen und Pflöcken abgesteckte Pferche, in denen sich Schweine, Ziegen, Gänse und Kühe drängten, die in den nächsten Tagen noch den Besitzer wechseln sollten. Eine Weile sah Nardon zu, wie zwei Männer versuchten, eine Kuh aus dem Schulterschluss mit ihren Gefährtinnen zu lösen. Sie stand spreizbeinig und schüttelte wild den Kopf mit den eindrucksvollen Hörnern. Bevor sein müßiges Zusehen unhöflich wirken konnte, ging er weiter und schlug einen Bogen um eine Gruppe Sidarthi, die große, blank gestriegelte Pferde an einen Zaun gebunden hatten. Diese bunt gekleideten Leute waren Fahrende, die sowohl für ihre hervorragenden Pferde als auch dafür bekannt waren, dass sie von Zwergen noch weniger hielten als die sesshaften Menschen. Nardon hatte keine Lust, das Schmähopfer einer Gruppe großspuriger junger Männer zu werden, die mit ihren farbenfrohen Bauchschärpen und goldenen Ohrringen neben ihren Pferden an dem Balken lehnten. Er kam an ihnen vorbei, ohne Aufsehen zu erregen, und verschwand mit einem Strom fröhlicher Wiesenheimer in der nächsten Budenstraße. Vorbei an Axtwerfern, Ringkämpfen, Bierschänken, Andenkenhändlern, Hütchenspielern und Verkaufsständen, an denen man von Silberschmuck über Töpfe und Socken und Weidenkörbe und Tuchballen alles kaufen konnte, wofür das Geld reichte, wanderte er einmal um das Rund der Festwiese, ohne den Kuriositätenhändler von damals wiederzufinden. Schließlich, einen Krug Bier und eine Bratwurst später, wurde es Zeit, sich zum verabredeten Treffpunkt mit Lomir aufzumachen, wo dieser einen weiteren Krug Bier später auch schließlich eintraf. Er wirkte höchst zufrieden und beschwingt.

»Es läuft gut«, berichtete er und quetschte sich neben Nardon auf die Bank vor dem Festzelt des Gasthofs *Zur Butterblume*, in dem laut Lomir das beste dunkle Bier der Stadt gebraut wurde. »Ich hatte vor einem halben Jahr ein Grundstück mit einem baufälligen Haus in der Innenstadt gekauft – im Namen von Regar Wertschatz natürlich. Prima Lage, an einer der Hauptstraßen. Das Haus ist mittlerweile abgerissen, und sie bauen schon an dem neuen. Es wird wohl gedeckt sein, bis der Winter kommt. Im Frühjahr können wir eröffnen.«

»Toll«, sagte Nardon, der trotz ehrlicher Bemühung die erforderliche Begeisterung nicht mehr aufbrachte. Er fühlte sich müde nach dem langen Tagesmarsch und bereute mittlerweile seinen Ausflug auf den Herbstmarkt: zu laut, zu hektisch, zu eng, zu viele Menschen, die einem Zwerg unachtsam auf die Füße stiegen.

»Wollen wir uns nicht ein ruhigeres Plätzchen suchen?«, schlug er vor, doch ohne viel Hoffnung: Lomir schien sich gerade wohl zu fühlen. »Wir könnten in der Stadt etwas essen und von mir aus dort irgendwo übernachten.«

»Ruhig ist es in der Stadt«, bestätigte Lomir, »aber zu essen gibt es nichts. Die Gasthöfe haben alle ihren Betrieb auf den Markt verlegt. Ich habe uns aber bereits Zimmer in der *Goldenen Krone* besorgt. Sie bieten spezielle Zwergenzimmer mit niedrigeren Möbeln – die einzigen übrigens, die noch zu haben waren. Nur zu essen kriegen wir dort höchstens ein Butterbrot.«

»Würde mir genügen«, sagte Nardon.

»Mir nicht«, sagte Lomir. »Nicht solange ich weiß, dass einige Straßen weiter sich Schweine am Spieß drehen.«

Die Magd, die kurz darauf erschien, um die Bestellung aufzunehmen, trug ein freizügig ausgeschnittenes Mieder und ein keckes Lächeln und ließ Lomir, als sie zum nächsten Tisch wechselte, mit verklärtem Gesicht zurück.

»Hast du gesehen?«

»Ich weiß nicht, was du meinst«, sagte Nardon ungerührt, obwohl er es sehr wohl wusste – es war beim besten Willen kaum zu übersehen gewesen.

»Du bist unverbesserlich.« Lomir reckte den Hals, um sich die Rückansicht der Magd nicht entgehen zu lassen.

Das Essen kam, begleitet von überschäumenden Bierkrügen. Während sie aßen, schlossen sich um sie herum die letzten Lücken auf den Bänken. Auch der Strom der Festbesucher, der sich gemächlich durch die Zeltstraßen wälzte, wurde immer dichter. Es wurde laut und warm. Die Klänge von Fiedeln und Schellenbändern drangen zu ihnen herüber. Lomir unterhielt sich angeregt mit seinem Gegenüber, einem Rübenbauern dem Anschein nach, und legte ihm die Vorteile eines großen Handelspartners dar, an den er seine gesamte Ernte gebündelt verkaufen könne.

Nardon sah den Ärger kommen, im Gegensatz zu Lomir. Eine Gruppe Sidarthi, offenbar schon nicht mehr ganz nüchtern, steuerte quer zum Besucherstrom auf das Festzelt der *Butterblume* zu. Die Beschwerden der angerempelten Bürger wurden mit Gelächter und Schmähungen beantwortet. Die Sidarthi blieben zwischen den voll besetzten Bänken stehen und sahen sich um, offenbar auf der Suche nach einem freien Platz. Es waren fünf junge Männer in farbenfrohen Hemden und Stulpenstiefeln und eine stark geschminkte, dafür umso sparsamer bekleidete junge Frau, die einen der Männer bei der Hand hielt. Nardon zog den Kopf ein. Es würde Ärger geben, das lag in dem herausfordernden Blick der Neuankömmlinge, und er hätte seinen Bart verwetten mögen, dass dieser Ärger sie treffen würde wie der Blitz die Eiche.

»Lomir«, sagte er und stieß seinen Freund an.

»… legen wir großzügige Kellerräume an, die wir als Lager benutzen, je tiefer, je besser, um die Waren besonders im Sommer gut zu kühlen …«

»Lomir!« Diesmal gestaltete Nardon den Rippenstoß so heftig, dass dem anderen das aufgespießte Stück Spanferkel vom Essmesser rutschte.

»Wenn wir jetzt sofort gehen, haben wir eine Chance, eine Prügelei zu vermeiden«, sagte Nardon, als er endlich Lomirs Aufmerksamkeit hatte, und wies mit dem Kopf in Richtung der Sidarthi, die sich ihren ersten Überblick mittlerweile verschafft hatten und sich nun in ihrer seltsamen Sprache berieten.

»Wieso?«, sagte Lomir irritiert. »Was meinst du?«

»Ich meine diese Gruppe Fahrender, die ihren Ärger worüber auch immer zweifelsohne bevorzugt an zwei friedlichen Zwergen auslassen wird, wenn diese sich nicht umgehend entfernen.«

»Aha. Komplizierter Satz, aber ich weiß, was du meinst.«

»Schön. Können wir dann gehen?«

»Nö.«

Nardon seufzte tief.

»Ich habe noch nicht aufgegessen, und in meinem Krug ist auch noch etwas drin«, sagte Lomir. »Außerdem unterhalte ich mich gerade sehr gut.«

»Es ist ohnehin zu spät. Sie kommen herüber.«

»He, he, he«, sagte einer der Sidarthi, während er sich vor dem Tisch der Zwerge aufbaute, seine Begleiter dicht hinter ihm. »So was, so was. Zwerge.«

»Ich wünsche Euch ebenfalls einen guten Abend«, sagte Lomir gleichmütig, »falls es das ist, was Ihr mit Euren beschränkten Mitteln ausdrücken wolltet.«

*Und da sind wir wieder,* dachte Nardon frustriert. *Keine Minute wird mehr vergehen, bis alle hier sich im Staub wälzen. Warum passiert mir das eigentlich immer, wenn ich mit Lomir unterwegs bin?*

Einer der Sidarthi hatte sich mittlerweile zu Lomir hinunter gebeugt, der nach wie vor unbeeindruckt vor seinem Krug saß.

»Das ist unser Platz, auf dem du da sitzt, Dreckfresser«, sagte er.

»So?«, sagte Lomir. »Sieht mir aber nicht danach aus.«

»Ist aber so«, sagte der Sidarthi.

»Selbst wenn mein Freund hier und ich euch Platz machen würden – was wir nicht tun, wohlgemerkt – könntet ihr euch ja wohl kaum zu fünft auf zwei Plätze setzen«, sagte Lomir. »Also, warum geht ihr nicht und pöbelt eine größere Gruppe an?«

»Wir pöbeln aber dich an, Zwerg«, sagte der Sidarthi. »Wir mögen nämlich keine Zwerge. Wir wollen, dass du hier verschwindest, zusammen mit deinem komischen Freund.«

»Für einen, der so viel herumkommt wie du, hast du einen erstaunlich beschränkten Horizont.«

»Geh zurück in deinen Berg. Friss Stein und belästige unsere Augen nicht länger mit deiner hässlichen Gegenwart.«

»Ich finde es gewagt, dass ein Schweinegesicht wie du von Hässlichkeit spricht«, sagte Lomir. »Ich gelte nach dem Geschmack meines Volkes als außerordentlich gut aussehend. Von dir könnte das nur ein Blinder behaupten.«

»Habt ihr das gehört?« Der Sidarthi drehte sich zu seinen Begleitern um. »Der Dreckfresser hat mich beleidigt. Wollen wir uns das gefallen lassen?«

»Natürlich nicht«, murmelte Nardon seufzend.

»Natürlich nicht!«, rief einer der anderen Sidarthi. »Wie kann der kleine Dreckfresser es wagen!«

»Ach, Leute«, sagte Lomir. »Wollt ihr wirklich so dringend eins aufs Maul haben? Na gut. Weil ihr mich so nett bittet.«

»Und los geht es«, murmelte Nardon.

Lomir erhob sich, baute sich vor dem Wortführer der Sidarthi auf, dem er gerade bis zur Brust reichte, und sah zu ihm hinauf.

»Überleg's dir noch einmal«, sagte er. »Das könnte weh tun.«

Der Sidarthi lachte großspurig und zeigte auf Lomir, als hätte der einen guten Witz gemacht. Lomir stand ruhig, locker in den Knien, schüttelte sein rechtes Handgelenk aus, öffnete und schloss seine Faust, und ehe der junge Herausforderer dieses Gefahrenzeichen richtig deuten konnte, schoss Lomirs Faust nach vorne und schlug mit gewaltiger Wucht in der Magengrube seines Gegenübers ein. Der Sidarthi klappte zusammen. Pfeifend entwich die Luft aus seinen Lungen, und als sein Kopf in Lomirs Reichweite kam, legte der Zwerg seine Fäuste aneinander und ließ sie wie einen gewaltigen Schmiedehammer auf den Nacken des Sidarthi niedersausen. Der Sidarthi brach zusammen und blieb reglos liegen.

»Sonst noch jemand?«, fragte Lomir freundlich.

Kurz darauf befand er sich inmitten eines wirren, lärmenden Knäuels aus fliegenden Fäusten und um sich tretenden Stiefeln. Nardon zog Lomirs Krug näher zu sich, damit er im Getümmel nicht versehentlich abgeräumt wurde, und beugte sich vor, um besser zu sehen. Die Wiesenheimer Festbesucher wichen von dem Kampfherd zurück und bildeten in sicherem Abstand einen Kreis, aus dem alsbald lautstarke Kommentare und anfeuernde Zurufe für beide Seiten drangen.

Trotzdem sah es nach kurzer Zeit nicht mehr allzu gut aus für den Zwerg. Obwohl der Sidarthi, der den Fehler gemacht hatte, seinen Kopf in Lomirs Reichweite zu bringen, sich nach wie vor nicht rührte, waren die vier verbleibenden einfach mehr, als der Zwerg gleichzeitig mit seinen Fäusten versorgen konnte. Hätte er seine Axt eingesetzt, so schätzte Nardon, wäre der Kampf in wenigen Augenblicken entschieden gewesen, doch auch Lomir kannte die Regeln einer Kneipenschlägerei.

Seufzend nahm Nardon einen letzten Schluck aus seinem Bierkrug und erhob sich. Die Notwendigkeit schien unausweichlich.

»Lasst mich das machen«, sagte zu seiner Überraschung der Rübenbauer, mit dem Lomir sich unterhalten hatte, und erhob sich ebenfalls. Staunend schaute Nardon zu dem Menschen hinauf, wie er Gliedmaßen von schier unfassbarer Länge entfaltete. Auf Beinen wie Baumstämmen machte er einen langen Schritt hinüber zu dem Kampfherd, packte den ersten Sidarthi von hinten und schubste ihn in den umgebenden Kreis von Wiesenheimern. Der zweite schlug einen unfreiwilligen Salto und bremste mit dem Gesicht an dem Stützpfosten des Nachbarzeltes, wo er stöhnend liegen blieb. Der dritte, der die Faust zum Schlag erhoben hatte, hielt inne und sah erschrocken zu dem Riesen hinauf, der da hinter ihm aus dem Boden gewachsen war, bevor er die Beine in die Hand nahm und sich äußerst eilig entfernte. So war in kürzester Zeit das Zentrum des Getümmels freigelegt: Lomir, der den vierten Sidarthi im Schwitzkasten hatte, während der versuchte, ihm die Schulter auszukugeln. Beide hielten inne und verdrehten die Köpfe, um zu dem Rübenbauern hinauf zu sehen, dann löste Lomir seinen Griff und gab dem Sidarthi einen Schubs, so dass der benommen davon taumelte.

»Danke, Freund«, sagte er. »Du hast mir eine unangenehme Erledigung hilfreich abgekürzt.«

»Gern geschehen«, sagte der Rübenbauer, und zu den Umstehenden, indem er seinen rasselnden Bass zu beeindruckender Lautstärke erhob: »Dieser Zwerg ist ein Ehrenmann. Er hat mir ein sehr lohnendes Geschäft angeboten. Wer ihn anfasst, kriegt es mit mir zu tun, klar?«

»So macht man sich Verbündete«, sagte Lomir grinsend und kehrte auf seinen Platz zurück. Das Grinsen verging ihm allerdings, als er die Spuren des Kampfes auf seiner Kleidung begutachtete.

»Mein bestes Hemd!«, beschwerte er sich und zeigte auf einen langen Riss entlang der Schulternaht.

»Na, wenn's weiter nichts ist«, sagte Nardon.

»Es ist weiter was!«, schimpfte Lomir. »Hier! Sieh nur! Ich hasse Blutflecken! Man kriegt sie nie ganz raus.«

»Ist das dein Blut?«

»Nein, aber mein Hemd!«

Nardon seufzte, hob die Hände und legte sie zurück auf die Tischplatte.

»Trink einen Schluck«, sagte er und schob Lomirs Krug zu ihm hinüber. »Das tröstet.«

»Könnte sein.« Lomir winkte den Rübenbauern heran, der sich ihm gegenüber auf der Bank niederließ, dass das Holz krachte.

»Lass uns übers Geschäft reden, Freund«, sagte Lomir. »Das wird meine Stimmung wieder aufhellen.«

Nardon blieb nicht bis zum Ende der Verhandlungen, die ihn langweilten und sich überdies bis weit in die Nacht hin zogen. Im Gegensatz zu Lomir, der reichlich verkatert wirkte, war er am nächsten Morgen ausgeruht und voller Tatendrang.

»Und?«, fragte er, während Lomir mit etwas müden Bewegungen in seine Stiefel stieg. »Hast du dein Geschäft erfolgreich abgeschlossen?«

»Selbstverständlich«, sagte Lomir. »Eine gemeinsame Schlägerei verbindet ungemein.«

»Dann hast du also eine Ernte gekauft, die noch nicht einmal gewachsen ist, für einen Lebensmittelladen, der noch nicht einmal gebaut ist«, fasste Nardon zusammen.

»Vorausschauendes Handeln ist der halbe Erfolg in dem Geschäft«, erklärte Lomir, der den Kampf gegen seine Stiefel endlich gewonnen hatte und mühsam seinen Rucksack auf den Rücken wuchtete. »Außerdem, um genau zu sein, habe ich nicht die Ernte gekauft, sondern eine Option auf den Erwerb der Ernte.«

»Tu's nicht«, sagte Nardon kopfschüttelnd. »Erkläre es mir nicht. Ich will den Unterschied gar nicht wissen.«

»Der Unterschied ist, das eine ist klug, das andere nicht«, sagte Lomir und grinste schon wieder. »Das versteht sogar jemand, der so wenig Geschäftssinn hat wie du. Und jetzt lass uns endlich aufbrechen.«

»Endlich?!«, beklagte sich Nardon, während er die Zimmertür hinter sich zuzog. »Seit Stunden bin ich bereits wach, habe das Zimmer bezahlt und unsere Ausrüstung in Ordnung gebracht und warte nur darauf, dass du aus dem Bett kriechst, und du sagst *endlich* zu mir?!«

»Frech, nicht?«, sagte Lomir und ging fröhlich pfeifend die Treppe zur Gaststube hinunter.

Fünf Tage später erreichten sie nach mühsamer Reise über schlechte Straßen endlich Halmesholm. Es war gegen Mittag, und seit dem frühen Morgen begleitete sie ein feiner, kalter, durchdringender Nieselregen. Wie graues, schweres Blei schwappte das Grünmeer gegen das befestigte Ufer und ließ nicht erahnen, warum es seinen Namen trug. Die Wachen am Stadttor mit ihren Hellebarden waren durchnässt und missmutig, die Federbüsche an ihren Helmen hingen traurig herunter.

»Schönen guten Tag«, strahlte Lomir. »Was für ein scheußliches Wetter, nicht wahr?«

»Name«, sagte die Wache links vom Tor unwirsch.

»Lomir Feuerbeil und Nardon Haltir«, sagte Lomir mit einer höflichen kleinen Verbeugung.

»Grund des Aufenthaltes?«

»Wir sind hier, um einen gewissen … wie hieß er noch gleich?«

»Mikan Markholt«, half Nardon aus.

»… Markholt zu treffen«, vollendete Lomir seinen Satz.

Die Wachen wechselten einen langen, vielsagenden Blick.

»Was habt Ihr mit den Markholts zu schaffen?«, fragte die Wache.

»Das muss ich Euch ja wohl kaum auf die Nase binden, oder?« Lomirs Ton wurde eine Spur schärfer.

»Ist ja gut«, lenkte die Wache ein. »Verzeiht mir. Es gab nur einige höchst seltsame Vorfälle in letzter Zeit, rund um die Markholts.«

»Tatsächlich?«

Nardons Interesse war schlagartig geweckt. »Welche denn?«

»Ich weiß nicht, ob ich Euch das mitteilen darf«, sagte der Wachmann zögernd.

»Dafür haben wir vollstes Verständnis«, sagte Lomir. »Ihr seid ein Beamter dieser angesehenen Stadt und als solcher eine moralische Stütze der Gesellschaft.« Während er sprach, ergriff er die Hand des Wachmannes und drückte sie mit warmer Geste. Es klimperte leise, und der Wachmann löste sich aus Lomirs Griff und steckte die Hand in die Tasche seiner Uniform.

»Mikan Markholt ist schon lange tot«, erklärte er mit gesenkter Stimme. »Auf völlig natürlichem Wege, was man, nebenbei bemerkt, von den anderen Markholts nicht unbedingt behaupten kann. Er war der Gründer des Markholt-Handelshauses. Mein Großvater war gut mit ihm bekannt.«

Lomir sah Nardon an. Der hob die Schultern. »Blakkurs Informationen waren wohl nicht ganz aktuell.«

»Mandor Markholt hättet Ihr vor einigen Wochen noch antreffen können«, fuhr der Wachmann fort, »aber leider ist auch er verstorben. War nicht mehr der Jüngste, aber ein paar Jährchen hätte er es schon noch machen können. Zunächst hielt man seinen Tod für natürlich, Herzversagen oder Ähnliches, er hatte immer gut gelebt, Ihr wisst schon, Frauen und Wein und reichlich gutes Essen …«

»Wünsche ich mir auch als Todesursache«, grinste Lomir. »In dieser Reihenfolge.«

»Lass den Mann weiter sprechen«, tadelte Nardon. »Wo er sich gerade ein Herz gefasst hat.«

»Wo war ich?«, fragte der Wachmann irritiert.

»Ihr sagtet, man hätte Mandor Markholts Tod zunächst für natürlich gehalten«, erinnerte ihn Nardon. »Wollt Ihr damit andeuten, dass man mittlerweile von dieser Einschätzung abgerückt ist?«

»Nun ja«, sagte der Wachmann, »die seltsamen Ereignisse begannen, kaum dass er unter der Erde war. Es gab eine Erbin, Jerina Markholt. Die Tochter seines verstorbenen Bruders, die er großgezogen hatte. Die ließ sich nach Markholts Tod mit komischen Leuten ein. So mancher behauptet, diese Leute hätten auch schon Mandors Tod verschuldet. So plötzlich, wie der kam, und alles.«

»Komische Leute?«, hakte Nardon nach.

»Obdachlose«, verdeutlichte der Wachmann. »Von ziemlich weit her, wenn Ihr mich fragt. Ein Zauberkünstler, so erzählt man sich, und ein Waldläufer, und eine Soldatenfrau als Letztes. Ich sage Euch etwas«, kündigte er an und beugte sich zu Lomir hinunter. »Frauen sollten nicht zum Militärdienst zugelassen werden. Bringt alles nur durcheinander. Ich spreche aus Erfahrung.«

»Eine Menge liegt im Argen in diesem Königreich, weil man zu den Entscheidungen nicht die Leute aus der Praxis befragt«, bestätigte Lomir mitfühlend.

»Was war nun mit diesen Fremden?«, hakte Nardon nach.

»Jerina Markholt heuerte sie an, um irgendetwas für sie zu erledigen. Am gleichen Morgen, als die Fremden die Stadt verließen, brannte das Anwesen der Markholts bis auf die Grundmauern nieder. Man sagt, Jerina sei im Feuer umgekommen, aber ihre Leiche wurde bisher nicht gefunden.«

»Kein Wunder«, warf Nardon ein, der plötzlich blass und elend aussah. »Ein Feuer dieser Größe entwickelt genug Hitze, um einen menschlichen Körper restlos zu verbrennen.«

»Woher wollt Ihr wissen, wie groß das Feuer gewesen ist?«, fragte der Wachmann in einem Anflug von Misstrauen.

»Eure Formulierung *bis auf die Grundmauern* weckte in mir gewisse Erinnerungen«, erklärte Nardon niedergeschlagen.

»Gibt es denn schon einen Verdächtigen?«, fragte Lomir.

»Sie haben die Soldatin eingesperrt, als sie dreist genug war, sich noch einmal in der Stadt blicken zu lassen«, berichtete der Wachmann. »Es heißt, sie hat das Mädchen ermordet, um sich in den Besitz des Erbes zu bringen, und vielleicht auch den alten Markholt. Das Haus hat sie angezündet, um ihre Spuren zu verwischen.«

»Ist das erwiesen?«

»Keine Ahnung«, sagte der Wachmann kopfschüttelnd. »Ich glaube, dass sie es getan hat. Hättet Ihr sie mal gesehen, wüsstet Ihr, was ich meine. Frauen sollten nicht Stiefel und Schwerter tragen. Das führt zu nichts Gutem, wie man sieht.«

»Was wird mit ihr geschehen?«

»Man wird ihr den Prozess machen und sie hinrichten. Allein auf Brandstiftung steht der Strick, von ihren übrigen Verbrechen gar nicht zu reden.«

»Ihr meint, sobald ihre Schuld erwiesen ist«, ergänzte Lomir.

»Na, das ist ja wohl nur eine Frage der Zeit«, sagte der Wachmann voller Überzeugung. »Kann doch gar nicht anders sein.«

»Natürlich«, sagte Lomir. »Ich danke Euch für Eure Offenheit.«

»Immer hilfsbereit.« Der Wachmann tippte grinsend an seinen Hut.

Von einem kalten, nassen Windstoß angeschoben, passierten die Zwerge das Außentor, dann den Mauerring und schließlich das offene Innentor.

»Menschen!«, empörte sich Lomir. »Wie rückständig! Man kann doch nicht jemanden schon vor Prozessbeginn verurteilen!«

»Vor allem, weil sie mit dieser Frau jedenfalls die falsche Person erwischt haben«, ergänzte Nardon düster.

»Augenblick mal«, sagte Lomir. »Was, wenn nicht? Sagtest du nicht, die Feuerfrau könne ihre Gestalt verändern?«

»Sie haben die Falsche, weil wir nichts über einen Großbrand im örtlichen Gefängnis gehört haben«, erklärte Nardon. »Du glaubst doch nicht, dass eine Valdar, und sei sie noch so schwach, sich in einem Menschengefängnis einsperren lässt, wenn sie noch bessere Pläne für den Tag hat.«

»Ich glaube gar nichts«, sagte Lomir. »Ich habe keine Ahnung von der Materie. Ich weiß nur eines.« Er seufzte sehnsüchtig. »Ich liebe Frauen in Stiefeln. In nichts als Stiefeln, wenn du mich verstehst.«

»Du verkennst den Ernst der Lage«, tadelte Nardon. »Wir haben eine Menge zu erledigen. Wir müssen uns die Brandstelle ansehen und so viel wie möglich über diese Fremden herausfinden - und über die unglücklichen Markholts.«

»Ich hab ja auch nicht gesagt, dass ich mir jetzt sofort eine Frau mit Stiefeln suchen will. Denk nicht immer gleich das Schlimmste. Zwerginnen sind ohnehin dünn gesät in dieser Gegend, wie es den Anschein hat.«

»Wofür ich den Göttern danke, denn so steigen meine Chancen, diese Ermittlungen zum Abschluss zu bringen, ehe die ganze Insel brennt.«

»Wie gemein«, sagte Lomir nicht sonderlich eingeschnappt. »Also, wohin nun, Herr Ermittler?«

»Brandstelle«, sagte Nardon seufzend. »Bringen wir das hinter uns.«

Sie hatten es nicht schwer, das ehemalige Markholt-Anwesen zu finden, wenngleich sie misstrauische Blicke ernteten, wann immer sie sich nach dem Weg erkundigten. Dort angekommen erwartete sie eine Überraschung: Auf dem mit schwarzer Asche überzogenen Grundstück herrschte reger Betrieb. Ein Trupp von Männern mit Äxten war dabei, die verkohlten Stümpfe der Bäume im ehemaligen Vorgarten zu fällen, während andere Mauerreste einbrachen und die geborstenen Steine auf Karren verluden. In der Ruine des Anwesens waren weitere Männer damit beschäftigt, die Reste des Dachstuhles in transportable Stücke zu zersägen. Alle Arbeiter waren mit Asche verschmiert und sahen mehr als nur ein wenig übellaunig aus.

»Seid gegrüßt«, sprach Nardon einen dickleibigen Mann an, der am Rand des Grundstücks stand und mit großen Pergamentrollen hantierte.

Er war der Einzige, dessen Kleidung kaum Spuren von Asche aufwies. In dicken Tropfen perlte der Nieselregen von seiner Glatze und versickerte in einem schmutzig braunen Haarkranz. Er sah von seinen Pergamentrollen auf und musterte Nardon etwas kurzsichtig.

»Oh«, sagte er. »Haltet das, bitte.«

Bereitwillig nahm Nardon die lederne Hülle, die der Mann unter den Arm geklemmt hatte, und hielt sie ihm so hin, dass er die feuchten Pergamentrollen darin verstauen konnte.

»Kenne ich Euch?«, fragte der Mann, noch im Kampf mit den sperrigen Rollen.

»Noch nicht«, sagte Nardon. »Mein Name ist Nardon Haltir. Ich ermittle in einem Brandfall, der diesem sehr ähnelt, und möchte zu diesem Zweck mehr über diesen hier erfahren. Ich sehe aber, zumindest die Untersuchung des Tatortes wird nicht mehr viel erbringen.«

»Wir mussten etwas unternehmen«, erklärte der glatzköpfige Mann schnaufend. »Die Anwohner haben sich beschwert. Der Wind trieb die Asche gegen ihre Häuser und beschmutzte die Fassaden. Das war, bevor es zu regnen begann, versteht sich. Überdies, niemand will sich täglich beim Blick aus dem Fenster eine so traurige Ruine ansehen. Verschandelt ja auch das Stadtbild, keine Frage.«

»Wer ist zuständig?«, fragte Nardon. »Gibt es weitere Erben?«

»Die Stadtkämmerei.« Der Glatzkopf fummelte am Verschluss der ledernen Hülle. »Es ist eine Suche nach weiteren Verwandten veranlasst, die als Erben eingesetzt werden könnten. Bis dahin obliegt die Nachlassverwaltung der Stadtkämmerei.«

»Sieht aus, als sei nicht mehr viel übrig, um es zu erben«, sagte Lomir und machte ein unbedarftes Gesicht.

»Hier nicht«, bestätigte der Glatzkopf. »Außer dem Grundstück, das ja an sich einen gewissen Wert darstellt. Glücklicherweise aber ist Markholts Lagerhaus unten am Hafen nicht abgebrannt. Die Stadt kann aus dem Warenbestand ihre Aufwendungen vorläufig decken.«

»Sehr vernünftig. Warum den Bürger zur Kasse bitten, wenn man andere Quellen öffnen kann.«

»Wir hörten, es gebe eine Tatverdächtige«, sagte Nardon. »Wisst Ihr Genaueres?«

»Sie sitzt im Stadtgefängnis und wartet auf ihren Prozess«, sagte der Glatzkopf. »Wie ich hörte, ist sie kein unbeschriebenes Blatt. Hat schon einige andere Verbrechen auf ihrer Liste. Körperverletzung, Unruhestiftung, Diebstahl, Widerstand gegen die Staatsgewalt, Beamtenbeleidigung …«

»Meine Güte«, sagte Lomir. »Dann ist es Zeit, dass sie von der Straße kommt, was?«

»Ja«, sagte der Glatzkopf. »Leute wie diese können wir wirklich nicht brauchen in unserer Stadt.«

»Wisst Ihr, ob sie Komplizen hatte?«, fragte Nardon, der sich erbarmte und dem Glatzkopf mit den Verschlüssen seiner Lederhülle half.

»Ist mir nicht bekannt«, sagte der Glatzkopf. »Eingesperrt haben sie, soweit ich weiß, nur diese eine.«

»Habt vielen Dank«, sagte Nardon. »Ihr habt uns wirklich weiter geholfen. Wie ist Euer werter Name?«

»Stützel«, sagte der Glatzkopf. »Silum Stützel, Beauftragter des Stadtbauamtes.«

»Wenn es gestattet ist, werden wir Euch aufsuchen, falls wir weitere Fragen haben«, sagte Nardon.

»Sofern es meine Zeit zulässt, gerne«, sagte der Glatzkopf mit einem plötzlichen Gebaren von Wichtigkeit, das Nardon zum Lachen reizte.

»Natürlich«, sagte er und schaffte es, ernst zu bleiben. »Ich wünsche Euch noch einen erfolgreichen Tag.«

»Lagerhäuser«, sagte er zu Lomir, als sie in die Seitenstraße einbogen, die sie wieder zur Stadtmitte bringen sollte. »Setz es auf die Liste der Halmesholmer Sehenswürdigkeiten, die wir aufsuchen werden.«

»Zuerst würde ich mir gerne diese Tatverdächtige ansehen«, sagte Lomir. »Das heißt, falls sie hier ein Gefängnis mit Besuchsmöglichkeiten haben.«

»Ist gut«, sagte Nardon. »Die Reihenfolge ist mir egal.«

Drei Stunden später waren die Zwerge in ihrem Tatendrang gehörig gebremst. Zumindest hatte es aufgehört zu regnen, als sie auf den Stufen des Marktbrunnens Platz nahmen, um sich ein verspätetes Mittagessen zu genehmigen.

»Das gibt es doch nicht«, sagte Lomir zum wiederholten Mal und zog seinen Dolch, um dicke Stücke von dem Brotlaib abzusäbeln, den sie in der Bäckerei gegenüber erstanden hatten. »Alle Beamten sind bestechlich. Ich habe es noch nie zuvor erlebt, dass sich einer nicht bestechen ließ.«

»Bis heute«, sagte Nardon und nahm ein Stück Brot entgegen. »Diese sind offenbar von hoher Moral. Kaum zu glauben, in einer solchen Stadt.«

»Vielleicht haben wir nicht genug geboten.«

»Unsere finanziellen Mittel sind endlich«, betonte Nardon.

»Wahrscheinlicher ist, dass wir es an der falschen Stelle versucht haben«, grübelte Lomir weiter. »Diese kleinen Gefängniswärter haben zu viel Angst vor ihren Vorgesetzten und vertrauen sich untereinander ebenso wenig. Wir sollten versuchen, einen der Entscheider zu bestechen, der dann die Weisung gibt, dass man uns vorlässt. Wo hast du den Käse?«

»Hier.« Nardon reichte Lomir ein in feuchtes Tuch gewickeltes Päckchen.

»Könnte es nicht sein, dass sie es einfach nicht tun?«, fragte er, während Lomir den Käse zerteilte. »Sie lassen keine Besucher in diesen Teil des Gefängnisses. Es ist eine Sicherheitsfrage, wie du gehört hast.«

»Das ist ein Vorwand«, sagte Lomir voller Überzeugung. »Sie sitzt in der Abteilung für Härtefälle. Die Gefangenen werden sich darin wohl kaum frei bewegen, so dass die Gefahr bestünde, dass sie einfach davonlaufen, wenn man die Tür öffnet. Die sind da drin angekettet, oder in Zellen eingesperrt, oder in Gruben oder auf eine andere Art gesichert. Man könnte durchaus Besucher hineinlassen, wenn man wollte.«

»Man will aber nicht«, sagte Nardon frustriert.

»Und nun ist die Frage, woran das liegt«, sagte Lomir mit vollem Mund. »Liegt es daran, dass wir Zwerge sind und dies eine Stadt voller merkwürdiger Menschen ist? Liegt es daran, dass man diese Frau für besonders gefährlich hält? Ist es vielleicht tatsächlich eine prinzipielle Entscheidung?«

»Spätestens, wenn sie ihr den Prozess machen, müssen sie sie rausholen«, sagte Nardon.

»Aber wir werden bei dieser Gelegenheit wohl kaum mit ihr sprechen können, geschweige denn uns einen Eindruck von ihrer Identität verschaffen«, wandte Lomir ein.

»Ich glaube nach wie vor nicht daran, dass sie unsere Valdar sein soll.«

»Umso schlimmer. Das heißt, da sitzt eine Unschuldige. Zumindest nicht dieses Verbrechens schuldig. Meinst du nicht, wir sollten uns darum kümmern?«

»Willst du diesen Käse eigentlich alleine essen?«

»Natürlich nicht.« Lomir reichte Nardon den Käse.

»Ich weiß es nicht«, sagte Nardon eine halbe Brotscheibe später. »Wie weit reicht unsere Verantwortung? Sollten wir uns nicht auf unsere eigentliche Aufgabe konzentrieren? Justizirrtümer sind bedauerlich, kommen aber immer wieder vor.«

»Und enden für die Opfer in der Regel tödlich.«

»Du darfst nicht glauben, dass mir das gleichgültig wäre. Ich will nur vermeiden, dass wir uns in nebensächlichen Angelegenheiten verstricken und die Hauptsache aus dem Blick verlieren. Denk daran: Sie ist uns voraus. Sie mag den Brand verursacht haben oder nicht, sie mag etwas mit diesen Fremden zu schaffen haben oder nicht, sie ist jedenfalls auf der Jagd nach dem nächsten Schädel. Und im Augenblick haben wir sie aus den Augen verloren.«

»Nicht für lange«, sagte Lomir mit schwachem Grinsen. »Wir müssen nur der Kette von Großbränden folgen, die ihren Weg säumen.«

Etwas berührte ihn an der Schulter und kullerte neben ihm auf die Stufen des Brunnens.

»Entschuldigung«, sagte eine helle, fröhliche Stimme. Eine kleine Hand streckte sich aus und klaubte den aus bunten Lederstücken zusammengenähten Ball von den Stufen. »Ich übe noch, müsst Ihr wissen.«

Die Zwerge sahen zu der kleinen Person, die wie aus dem Boden gewachsen vor ihnen stand, ein schmächtiges Kerlchen mit riesigen blauen Augen, auffallend abstehenden Ohren und einem blonden Schopf, der aussah, als sei er in eine Windhose geraten.

»Euch hab ich doch gerade schon gesehen«, sagte Lomir überrascht. »Drüben, am Eingang zum Stadtgefängnis.«

»Ich habe versucht, die Wachleute zu unterhalten«, erklärte der Kleine geschwind. »Sie sind oft sehr gelangweilt und dankbar um jede Abwechslung. Ist ja auch nachvollziehbar. Stellt Euch vor, Ihr müsstet acht Stunden lang an einer Tür stehen und auf eine schmutzige Gasse starren und Eure einzige Abwechslung wären die Ratten, die den Müll durchsuchen. Leider ist es mir aber nicht gelungen. Die Wachen zu unterhalten, meine ich. Das heißt, sie hatten möglicherweise ihre Unterhaltung, als sie mich vertrieben, aber ich hatte keine Bezahlung, und deshalb zähle ich es nicht. Ich bin aber auch noch nicht sehr gut darin.« Er wedelte mit den Händen, in denen er drei weitere bunte Lederbälle hielt. »Es sieht so leicht aus, aber es ist wirklich schwer.« Wie zum Beweis begann er, die Bälle in die Luft zu werfen, und vollführte eine Reihe ulkiger Sprünge und windmühlenhafter Armbewegungen in dem Bemühen, die Bälle alle gleichzeitig in der Luft zu halten. Als alle bis auf einen letzten zu Boden gefallen waren, hielt er schnaufend inne. »Seht Ihr«, sagte er.

»Vielleicht solltet Ihr Euch jemanden suchen, der sich mit so etwas auskennt«, sagte Lomir.

»Ja«, sagte der Kleine. »Gute Idee. Ihr kennt Euch nicht zufällig damit aus?«

»Sehe ich so aus?«

»Man weiß nie, welche verborgenen Fähigkeiten in einer Person schlummern«, sagte der Kleine und wirkte plötzlich sehr altklug.

»Hört mal zu, Freund«, sagte Lomir. »Wir sind mitten in wichtigen Geschäften. Also übt Eure Kunststückchen gerne weiter, aber tut es nicht hier, verstanden?«

»Es tut mir leid«, sagte der Kleine geknickt. »Ich wollte Euch nicht stören. Wirklich nicht. Es war ein Versehen. Ich bin immer so ungeschickt. Ich habe ein Talent, immer zur Unzeit zu kommen. Wie ein Schnupfen. Es ist deprimierend, wirklich. Nun, ich wünsche Euch noch viel Erfolg bei Euren Geschäften. Halmesholm ist ja berühmt für seine Geschäftsmöglichkeiten, und Ihr Zwerge seid ja sehr erfolgreiche Geschäftsleute, wie man hört … Ist gut! Ist gut! Ich bin schon weg! Einen schönen Tag noch!«

»Was für ein Spinner.« Kopfschüttelnd sah Lomir dem kleinen Jongleur hinterher, wie er sich eilig entfernte.

»Suchen wir uns einen weniger öffentlichen Ort für unsere Beratung«, schlug Nardon vor. »Wer weiß, was sich hier noch herumtreibt.«

Sie packten die Reste ihres Mittagessens zusammen und verlegten sich in einen ruhigen kleinen Gasthof in einer Nebenstraße, wo sie auch ein Zimmer für die Nacht nahmen. Dann verabschiedete Lomir sich, um einige Bekannte aus alten Tagen aufzusuchen, wie er es nannte; er versicherte glaubhaft, dass es sich nicht um Zwerginnen, sondern vielmehr um städtische Beamte handelte, die er, wenn möglich, in den Dienst der Sache stellen wollte. Nardon füllte die Stunden bis zum Abend damit, Erkundigungen über die Familie Markholt einzuholen, die zu seinem Bedauern sämtlich harmlos bis nichtssagend ausfielen und ihn keinen Deut weiter brachten.

»Das Einzige, wodurch diese Familie auffiel, war ihr wirtschaftlicher Erfolg«, berichtete er niedergeschlagen, als Lomir von seinem Ausflug zurückgekehrt war. »Mandor Markholt hat in seiner Jugend wohl einige Reisen unternommen, aber niemand weiß so genau, wo er unterwegs war. Die letzten fünfzehn oder zwanzig Jahre hat er überwiegend in der Stadt verbracht, und weiter zurück reicht das Gedächtnis dieser Menschen nicht. Er hatte sich auf den Tuchhandel mit Zentallo spezialisiert und hat damit wohl großes Geld gemacht. Seine Erbin, Jerina, war wohl noch ein halbes Kind. Keine zwanzig, was selbst bei Menschen gerade volljährig ist. Es ist nicht bekannt, ob er weitere Angehörige hatte. Er war wohl nie verheiratet, empfing aber immer wieder fremdländisch aussehenden Besuch – das ist zumindest, was die Nachbarn sagen.«

»Und wie hilft uns das jetzt weiter?«, fragte Lomir.

»Tut es nicht«, sagte Nardon seufzend. »Es vervollständigt das Bild, mehr nicht.«

»Dann wird es dich trösten, dass ich zumindest ein wenig erfolgreich war«, sagte Lomir. »Erfreulicherweise waren meine Kontaktleute in den letzten Jahren nicht untätig und haben sich einflussreiche Positionen in dieser Stadt erarbeitet. Und sie haben mich in lebhafter Erinnerung behalten.«

»Dürfen wir die Gefangene sehen?«, fragte Nardon.

»Langsam«, bremste Lomir. »Nicht den zweiten Schritt vor dem ersten tun. Ich habe heute Nachmittag einige Leute getroffen, mich viel über das Wetter und die wirtschaftliche Lage unterhalten, einen Haufen Schwarztee getrunken und nebenbei den Bedarf an einem vernünftigen

Lebensmittelgeschäft in der Stadt geweckt … Stell dir vor, zweimal die Woche ist Markttag und zwischendurch haben die hier nichts zu essen! Da muss doch …«

»Lomir«, sagte Nardon gequält. »Bitte nicht!«

»Was du immer hast«, sagte Lomir verletzt. »Aber wenn du nur das Ergebnis hören willst, es lautet folgendermaßen: Ich habe mich bei einigen wichtigen Leuten in Erinnerung gebracht und die alten Kontakte wieder belebt. In einigen Tagen werde ich in der Lage sein, einen Besuch zu erwirken.«

»In einigen Tagen? Geht das nicht schneller?«

»Nicht ohne Misstrauen zu erregen.«

»Dann sollten wir uns überlegen, ob es die Sache wert ist. Zeit ist das Kostbarste, was wir im Augenblick haben.«

»Wir haben aber auch keinen anderen Ansatzpunkt«, erinnerte Lomir ihn. »Selbst wenn wir jetzt sofort die Stadt verlassen, wüsste ich nicht, mit welchem Ziel.«

»Wir haben noch das Lagerhaus«, sagte Nardon. »Vielleicht ergibt sich dort eine Spur. Ich war auf dem Rückweg noch im Hafen bei dem Verwalter der Lagerhäuser. Er sieht kein Problem darin, uns Zutritt zu Markholts Lager zu gewähren. Ich habe mich mit ihm für morgen früh verabredet.«

»Dann werden wir zumindest diese Nacht noch in der Stadt verbringen«, sagte Lomir zufrieden. »Sehr gut. Es sieht wieder nach Regen aus, und bei diesem Wetter rostet mein Kettenhemd schneller, als ich es putzen kann.«

Lomirs Befürchtung bezüglich des Wetters bewahrheitete sich. Dichte Regenschleier trieben durch die Gassen zwischen den Lagerhäusern und trübten den Ausblick auf den See, als die Zwerge am nächsten Morgen ihre Verabredung wahrnahmen. Ein mürrischer Mitarbeiter der städtischen Lagerverwaltung schlurfte vor ihnen her, die Kapuze seines gewachsten Umhanges tief in die Stirn gezogen, und führte sie entlang an rot geklinkerten, fensterlosen Fassaden, die eine wie die andere aussahen und den Lagerstraßen etwas geisterhaft Eintöniges gaben. Eine Weile folgten sie dem Verlauf der Uferlinie, dann bogen sie nach rechts ab und gingen eine leichte Steigung hinauf, bevor sie erneut rechts abbogen. Die Lagerhäuser schienen hier älter zu sein, Wetter und Witterung hatten das klare Rot der Ziegel abgestumpft und in ein rötliches Braun verwandelt. Niemand war unterwegs, selbst die Möwen saßen zusammengekauert unter den Dachsparren und starrten missmutig auf die kleine Gruppe hinunter.

»Da sind wir«, sagte der Lagermitarbeiter schließlich, blieb vor einem Lagerhaus stehen, das sich in nichts von seinen Nachbarn unterschied, und zog geräuschvoll die Nase hoch. Aus den Tiefen seiner Tasche förderte er einen Schlüssel zutage, sperrte die Tür auf und machte eine auffordernde Geste.

»Ich habe die Anweisung, zu warten«, sagte er. »Also, bitteschön, haltet Euch ran. Hab eine Menge zu tun heute.«

»Es wird nicht lange dauern«, versicherte Lomir freundlich und warf einen Blick in den hohen, düsteren Raum. Ein wenig trübes Tageslicht fiel durch Lichtschlitze unter dem Dach und fing sich auf hohen Regalen, die in Reih und Glied standen und den Raum in eine Vielzahl langer, gerader Gänge teilten. Neben dem Eingang standen flache Leiterwagen, die offenbar zum Warentransport gedacht waren.

»Wonach suchen wir genau?«, fragte Lomir, als sie das Lagerhaus betraten und die Tür hinter sich heran zogen, um den Regen draußen zu halten.

»Papiere«, sagte Nardon. »Aufzeichnungen, Bücher oder Ähnliches. Üblicherweise gibt es in einem solchen Lagerhaus ein kleines Büro, wo der Papierkram erledigt wird.«

»Und du meinst, ausgerechnet dort hat Markholt etwas über den geheimen Schädel verzeichnet?«

»Unwahrscheinlich«, gab Nardon zu. »Ich möchte aber nichts übersehen.«

Lomir blies die Backen auf und ließ den Blick über die Regale schweifen. Reihe für Reihe lagerten dort in grobes Leinen gepackte Tuchballen, übereinander geschichtet wie die Brut eines riesenhaften Insekts.

»Mann, Mann, Mann«, sagte er. »Was für Werte hier lagern! Die Stadt könnte auf ihre Kosten das Markholt-Anwesen komplett wieder aufbauen, sie hätten trotzdem einen Verdienst gemacht, wenn sie das alles einbehalten würden.«

»Dort hinten«, sagte Nardon und zeigte in die entsprechende Richtung. »Ich glaube, ich sehe dort eine Tür. Könnte das Büro sein.«

Die Zwerge setzten sich in Bewegung und tauchten in den staubigen Schatten zwischen den Regalen. Nach zehn oder zwölf Schritten wurden die Tuchpakete in den Regalen durch Kisten abgelöst. Lomir blieb stehen, um die blasse, undeutliche Aufschrift zu entziffern.

»Zentallinische Glaswaren«, sagte er staunend. »Er betrieb Handel auf höchstem Niveau, der gute Markholt. Möchte wetten, er hat auch den Königshof beliefert ...«

Ein erstickter Aufschrei ließ ihn herumwirbeln. Fast von selbst sprang ihm seine Axt vom Rücken in die Hände. Hinter ihm klirrte es in den Kisten, gegen die er gestoßen war. Eine dunkel behandschuhte Hand hatte sich über Nardons Mund gelegt, und jemand zog ihn rückwärts in eine schmale Seitengasse zwischen den Regalen. Mit zwei langen Sprüngen holte Lomir auf und brachte sich in Kampfreichweite.

»Lasst ihn los!«, donnerte er. »Gebt Euch zu erkennen, oder ich lege Euch Euren Kopf vor die Füße!«

»Psssst!«, machte eine helle, flüsternde Stimme. »Nicht so laut! Hab ich dir nicht gesagt, er wird herumschreien? Hab ich es dir nicht gesagt? Zwerge sind immer so indiskret!«

»Ich bin dabei, nicht nur indiskret, sondern auch schrecklich unhöflich zu werden, wenn nicht sofort ... Was? Ihr schon wieder? Was soll das, zum Teufel?«

Der kleine Jongleur mit der Sturmfrisur trat aus einer dunklen Ecke, wo er praktisch unsichtbar gestanden hatte, und wedelte beschwichtigend mit den Händen.

»Ich wäre Euch wirklich sehr verbunden, wenn Ihr Eure Stimme senken könntet«, sagte er in lautem Flüsterton. »Wir legen nicht so viel Wert darauf, dass die Lagerbeamten von unserer Anwesenheit erfahren. Wir sind nämlich nicht angemeldet.«

»Wenn Ihr nicht sofort meinen Freund loslasst, werdet Ihr im Nullkommanichts nicht nur alle Lagermitarbeiter, sondern auch die gesamte Stadtwache am Hals haben«, drohte Lomir mit gesenkter Stimme, aber nicht minder gefährlich.

Die große, dunkle Gestalt, die Nardon festgehalten hatte, ließ ihn los und trat einen Schritt zurück. Mit einem raschen Schritt rettete Nardon sich an Lomirs Seite und rückte seinen Mantel zurecht.

»Vielleicht könnten wir erfahren, worum es hier geht«, sagte er etwas heiser. »Und warum Ihr uns auf diese Weise überfallt.«

»Und wer Ihr überhaupt seid«, ergänzte Lomir. »Fangen wir doch damit an.«

»Pintel Luffelheim«, sagte der Kleine und machte eine drollige Verbeugung. »Und das hier ist mein Freund Fenrir.« Er zerrte am Mantel der großen Gestalt, bis sie widerstrebend aus dem Schatten kam und sich als schlanker, dunkelhaariger Mann entpuppte, in dessen Augen ein irritierender goldener Schimmer lag.

»Ihr befasst Euch mit der gleichen Sache wie wir«, sagte der Kleine und machte ein geheimnisvolles Gesicht. »Das ist Grund genug, um mit Euch in Kontakt zu treten.«

»Ich weiß nicht, was Ihr meint.« Nardon sah plötzlich sehr wachsam aus.

»Wir wären natürlich lieber öffentlich auf Euch zu gekommen«, fuhr Pintel fort. »Aber wir haben derzeit so unser Problem mit der Öffentlichkeit. Wir fühlen uns nicht mehr wirklich wohl in dieser Stadt, seit sie unsere Gefährtin ins Gefängnis gesteckt haben. Wir halten es für klüger, nicht unnötig auf unsere Anwesenheit aufmerksam zu machen.«

»Der Waldläufer und der Zauberkundige«, sagte Lomir. »Ich verstehe. Und wer ist jetzt wer?«

»Na, rate mal«, sagte Nardon mit gesenkter Stimme und deutete mit dem Kinn auf den kleinen Jongleur. »Sieht der aus, als könnte er mit Bäumen?«

»Nicht unhöflich werden«, sagte Pintel eingeschnappt. »Ich lege wirklich Wert auf gepflegte Umgangsformen, wisst Ihr.«

»Weshalb Ihr auch nichtsahnende Leute gegen ihren Willen in staubige Ecken nötigt«, sagte Nardon.

»Wir versuchen, möglichst wenig Aufsehen zu erregen, was, wie ich Euch erklärt habe, in unserer Lage unausweichlich wichtig ist. Darüber hinaus tut es uns wirklich leid. Aber immerhin habt Ihr es unbeschadet überstanden, oder nicht?«

»Das ist ja wohl das mindeste«, knurrte Nardon.

»Wie seid Ihr eigentlich hier reingekommen?«, fragte Lomir. »Die Tür war abgeschlossen, als wir kamen.«

»Ich hab uns reingelassen.« Pintel lächelte entwaffnend.

»Aha«, sagte Lomir argwöhnisch.

»Und wie kommt es, dass Ihr uns ausgerechnet hier abpasst?«

»Es ist eine ruhige, unauffällige Ecke«, erklärte Pintel.

»Aber woher wusstet Ihr …« Lomir unterbrach sich selbst, als die Antwort auf seine Frage ihm dämmerte. »Es war kein Zufall! Unsere bisherigen Begegnungen. Ihr habt uns beschattet!«

»Die erste war ein Zufall«, sagte Pintel. »Ich fand es sehr interessant, dass jemand versuchte, zu Krona vorgelassen zu werden, gerade nachdem ich dabei erfolglos geblieben war. Ich fragte mich, welchen Grund kann es für diesen Zwerg geben, sie sprechen zu wollen? Woher weiß er überhaupt, dass sie in diesem Gefängnis sitzt? Wir suchen verzweifelt nach einem Weg, ihr zu helfen. Wir mussten erfahren, ob Euer Auftauchen gut oder schlecht für unsere Sache ist.«

»Und dann habt Ihr uns verfolgt«, sagte Lomir düster.

»Nur ein bisschen«, sagte Pintel entschuldigend. »Nur bis Euer Freund hier sich mit dem Lagerbeamten verständigt hatte. Genau genommen habe ich ihn verfolgt. Fenrir war hinter Euch her, aber ohne Ergebnis. Es ist wirklich schwer, jemanden zu beschatten, der in einer Amtsstube verschwindet und die Tür hinter sich schließt.«

»Das ist wirklich unglaublich«, sagte Lomir kopfschüttelnd.

»Könnt Ihr trotzdem die Axt runter nehmen?«, bat Pintel. »Sie sieht gefährlich aus, wisst Ihr. Ihr könnt einem damit wirklich Angst einjagen.«

»Das ist ihr Zweck, unter anderem.« Lomir senkte die Axt und verschränkte die Hände auf dem Stiel.

»Habt Ihr weitere Fragen?«, sagte der Waldläufer, der bisher geschwiegen hatte. Seine Stimme klang etwas ungeduldig. »Wir haben nicht den ganzen Tag Zeit.«

»Haben wir nicht?«, fragte Pintel erstaunt und handelte sich einen entnervten Blick von seinem Begleiter ein.

»Haben wir«, sagte Lomir. »Meine geht ungefähr so: Und was, zum Teufel, soll jetzt das Ganze?«

»Meine klingt etwas konkreter«, sagte Nardon. »Was ist das für eine gemeinsame Sache, die Ihr vorhin erwähntet?«

»Na, die Valdar«, sagte Pintel entgeistert. »Habt Ihr so viele Projekte gleichzeitig, dass Ihr sie nicht auseinanderhalten könnt?«

»Ich will es von Euch hören«, sagte Nardon. »Eine Valdar also. Und weiter?«

»Lasst mich die Kurzform berichten«, sagte Fenrir. »Wir befanden uns auf einer Art von Schatzsuche. Der Schatz war das Erbe eines gewissen Mandor Markholt, das er seiner Nichte Jerina hinterlassen hatte …«

»Ist bekannt«, warf Lomir ein.

»Das Erbe wurde in einem Höhlensystem aufbewahrt, in das einige Prüfungen eingebaut waren. Geschick, Mut, Kampfkraft. Wir absolvierten die Prüfungen, doch als wir am Ende angelangt waren und den Schatz in Händen hielten, entpuppte sich unsere Begleiterin Jerina als eine Art Feuerwesen. Sie hatte bereits vor unserer Abreise die echte Jerina getötet und ihren Platz eingenommen, um an den Schatz zu gelangen. Sie brachte den Schatz an sich und verschwand.«

»Das heißt, dass ihre Manifestation noch schwach ist«, warf Nardon ein. »Sonst hätte sie sich nicht der Hilfe von Sterblichen bedienen müssen.«

»Genau das hab ich auch gesagt«, sagte Pintel strahlend.

»Und weiter?«, sagte Nardon.

»Nichts weiter«, sagte Fenrir. »Wir kehrten zurück nach Halmesholm, um ein wenig Licht in die Angelegenheit zu bringen. Wir waren nicht mehr als einige Stunden in der Stadt, als Krona von der Straße weg verhaftet wurde. Man lastet ihr den Brand und den Mord an Jerina an, und noch einige Dinge, die ich nicht ganz verstanden habe.«

»Man wird sie aufhängen«, sagte Pintel, und das Strahlen war von seinem Gesicht gewischt.

»Und der Schatz, den die Valdar an sich brachte, bestand in einem Totenschädel?«, fragte Nardon.

»Woher wisst Ihr das?«, fragte Pintel überrascht zurück.

»Wie Ihr bereits vermutet habt, sind wir mit der gleichen Sache befasst«, sagte Nardon. »Einen ersten Totenschädel brachte sie bereits auf der Insel der Stürme an sich. Der Markholt-Schädel ist Nummer Zwei. Es ist unsere Aufgabe, zu verhindern, dass sie in den Besitz von Nummer drei oder weiteren gelangt.«

»Wir wollen sie zur Strecke bringen«, verdeutliche Lomir grimmig.

»Prima«, sagte Pintel und strahlte schon wieder. »Dann haben wir die gleichen Pläne.«

»Langsam«, sagte Nardon. »Ich tu mich nicht mit jedem zusammen, der mich in einer dunklen Ecke abpasst.«

»Das ist verständlich«, sagte Fenrir.

»Dennoch müssen wir uns schnell einig werden. Draußen wartet Euer Führer, und wir wollen nicht, dass er misstrauisch wird und Euch suchen kommt.«

»Wir sind wirklich ganz nette Leute«, versicherte Pintel, »auch wenn wir ein wenig seltsam wirken … so auf den ersten Blick.«

»Kann ja sein«, sagte Nardon. »Trotzdem ist unsere Mission so wichtig, dass wir uns vielleicht besser nicht mit Fremden einlassen sollten. Nehmt es nicht persönlich. Das ist eine prinzipielle Frage.«

»Unsere Mission ist genauso wichtig«, betonte Pintel. »Es ist nämlich die gleiche Mission. Und wir könnten sehr gut noch ein paar Mitstreiter gebrauchen, ganz ehrlich. Habt Ihr der Valdar schon persönlich gegenübergestanden? Seht Ihr. Wir schon. Und ich sage Euch, zwei sind ein bisschen wenig, um sie zur Strecke zu bringen, schon gar, wenn sie erst noch mächtiger geworden ist.«

»Ihr meint, Ihr braucht ein paar neue Mitstreiter, falls sie Eure Gefährtin aufhängen.« Lomir zog eine Grimasse.

»Sie hängen sie nicht«, sagte Pintel und sah plötzlich sehr grimmig aus. »Und wenn ich auf den Galgen klettern und den Strick mit meinen Zähnen durchbeißen muss!«

»Vielleicht fällt uns da ja noch etwas Besseres ein«, sagte Lomir. »Wie sagte ein kluger Mann kürzlich: Nicht den zweiten Schritt vor dem ersten tun.«

»Das warst du«, sagte Nardon.

»Tatsächlich?«, sagte Lomir beeindruckt. »Alle Achtung. Mein Vorschlag ist jedenfalls: Lasst uns zunächst gemeinsam daran arbeiten, Eure Gefährtin frei zu bekommen. Danach entscheiden wir weiter.«

»Wir werden einen sehr guten Plan brauchen«, sagte Pintel. »Das ist keines von diesen Idioten-Gefängnissen, wo man einfach zur Tür raus spaziert.«

»Ich habe da schon so eine Idee.« Lomir lächelte versonnen.

»Wenn es nicht zu viel Zeit kostet«, sagte Nardon zögernd.

»Sollte es nicht«, sagte Pintel. »Die sind recht fix mit ihren Prozessen, habe ich mir sagen lassen.«

»Also dann«, sagte Nardon schweren Herzens. »In Ordnung. Dann gestattet Ihr vielleicht, dass ich das Büro in Augenschein nehme, während Ihr die weitere Vorgehensweise abstimmt.«

»Gestattet.«

Lomir grinste. »Halten wir uns ran, damit sich unser Führer draußen im Regen keinen Schnupfen holt.«

Wie bereits erwartet oder befürchtet, enthielt das Büro nichts als dicke Bücher voller Listen mit Warenein- und Ausgängen, Lieferfristen, Rechnungen und Inventurergebnissen. Nach einiger Zeit erschien der tropfnasse Legermitarbeiter unter der Tür und fragte sehr misstrauisch, was bei allen Göttern Nardon da tue. Es gelang Lomir, den Mann noch ein Weilchen bei Laune zu halten, doch schließlich sah er sich genötigt, Nardons Recherche zu unterbrechen, bevor die Stimmung kippte.

»Nichts«, sagte Nardon halblaut in der Zwergensprache zu Lomir, als sie sich von dem Lagermitarbeiter nach draußen bringen ließen. »Und bei dir?«

»Sie haben einen Plan, das heißt, sobald ihre Gefährtin frei ist. Sie wollen den Zauberkundigen aufsuchen, der die Sicherungsvorrichtung für den Markholt-Schädel erbaut hat. Der ist ein Zwerg und sollte daher noch am Leben sein. Sie hoffen, dass er ihnen mehr über den Schädel sagen kann und über den Aufbau, zu dem er gehört.«

»Zumindest ist das ein Plan«, sagte Nardon. »Wenn auch kein sehr überzeugender.«

»Was überzeugt dich daran nicht?«

»Er enthält keinen konkreten Aufbewahrungsort von Schädel Nummer drei. *Das* wäre doch ein Plan.«

»Einer, der mich misstrauisch machen würde. So geht es ihnen genau wie uns: Sie stochern mit den besten Absichten im Dunkeln.«

»Warten wir es ab.« Nardon kniff die Augen zusammen, als er ins Freie trat. »Verrätst du mir, was du bezüglich der Gefängnis-Sache vorhast?«

»Klar«, sagte Lomir und grinste. »Ich werde mal mit ein paar Leuten Tee trinken gehen.«

»Ich war es nicht«, sagte Krona.

Am Anfang hatte sie noch versucht, zu schildern, was tatsächlich passiert war, hatte aber nichts als Hohn und Gelächter geerntet. Seither beschränkte sie sich auf diese vier Worte, die sie stur wiederholte wie eine Beschwörungsformel.

Der Mann vor ihr lehnte sich in seinem Stuhl zurück, dass das Gestänge krachte. Es war ein breiter, schwerer Stuhl, den er da hinter seinem riesigen Schreibtisch hatte, und doch war das Holz bis an seine Grenzen belastet. Sie sah ihn nicht an. Hätte sie irgendetwas zu essen gehabt in den letzten Tagen, sie hätte ihm aus lauter Ekel vor die Füße gekotzt. Sie heftete den Blick auf das messingfarbene Namensschild auf seinem Schreibtisch, in dem sich die Umrisse ihrer Bewacher verzerrt spiegelten.

Es waren drei, die mit gezückten Waffen hinter ihr standen. Soweit sie es hatte beobachten können, war das einer mehr als bei jedem anderen Gefangenen, und das, obwohl sie entwaffnet und an Händen und Füßen gefesselt war.

Sie starrte auf das Namensschild (»Elwig Küfner, Oberamtmann«) und versuchte, durch regelmäßiges und tiefes Atmen den Brechreiz zu bekämpfen, der ihren leeren Magen zusammenkrampfte und ihr bittere Galle den Hals hinauf drückte.

Der Oberamtmann seufzte auf eine übertrieben bekümmerte Art.

»Wie oft sind wir das schon durchgegangen«, sagte er. »Dreimal? Viermal? Wie oft wollt Ihr mir noch vorgeführt werden und mit Eurem Starrsinn meine Zeit stehlen? Die Beweislast ist erdrückend.«

»Eure Beweise sind Scheiße«, sagte Krona, »denn ich war es nicht.«

»Ihr hattet das Wissen um Markholts Erbe«, sagte der Oberamtmann leidenschaftslos. »Ihr habt Euch die nötigen Unterlagen und das Vertrauen der Erbin erschlichen. Dann habt Ihr sie getötet und das Haus angezündet, um Eure Spuren zu verwischen.«

»Für wie blöd haltet Ihr mich? Das Haus war vollgestopft mit wertvollem Krempel. Meint Ihr nicht, ich hätte mich besser da bedient, als eine mühsame Wanderung durch die Wildnis zu machen?«

»Es ist nicht bewiesen, dass Ihr nicht diverse Wertgegenstände aus dem Haus entfernt habt, bevor Ihr es in Brand stecktet. Wir haben die Beute nur noch nicht gefunden.«

»Das ist doch nicht zu glauben«, stöhnte Krona.

»Da habt Ihr recht«, sagte der Oberamtmann. »Solcher Dreistigkeit begegnet man selten.«

»Und warum«, fragte Krona verzweifelt, »sollte ich, wenn ich all diese schrecklichen Dinge getan habe, noch mal zu dem Haus zurückgehen? Das ist doch hirnverbrannt, oder nicht?«

»Meine umfassenden Erfahrungen belegen, dass Verbrecher den Ort ihrer Tat nach einiger Zeit nochmals aufsuchen«, sagte der Oberamtmann, und Krona lachte hilflos.

»Das sind Eure Beweise? Das ist doch nichts als ein Haufen Scheiße, und jeder Richter wird mir zustimmen!«

»Wir werden sehen, wem der Richter zustimmt. Macht Euch Eure Lage bewusst. Ihr seid fremd hier. Ihr seid eine heruntergekommene Söldnerin …«

»Hauptmann, Freundchen! Hauptmann der Königlichen Garde! Noch eine solche Frechheit, und es wird dir leidtun!«

»… und Ihr seid bereits als Ruhestörerin aufgefallen.«

»Wie bitte?«

»Die Bäckerin Goldmann gab zu Protokoll, dass Ihr am Elften des Monats kurz nach Sonnenaufgang in ihren Laden eingedrungen seid, sie bedroht habt und Euch von ihren Waren bedient habt, ohne zu bezahlen. Das erfüllt den Tatbestand des Hausfriedensbruches, der Androhung von Gewalt und des Diebstahls in minder schwerer Form.«

»Das ist doch lächerlich!«

»Ganz zu schweigen von dem unablässigen Strom an Drohungen, den Ihr mir gegenüber von Euch gebt.«

»Ich sage Euch etwas. Ihr alle habt keine Ahnung, wer den Mord und all das begangen hat. Ich weiß es, aber Ihr wollt mir nicht glauben. Ihr wollt eine einfache Lösung. Statt die eigentliche Schuldige zu suchen, hängt Ihr lieber die Fremde auf, die passt sowieso nicht in Euer sauberes Straßenbild. Ihr habt keine Arbeit mit dem Fall, Ihr steht in der Öffentlichkeit gut da, das ist bestimmt auch der Karriere förderlich, habe ich recht? Ganz davon zu schweigen, dass es einen Haufen Leute hier gibt, die sich freuen, eine wie mich hängen zu sehen. Ist es nicht so? Gebt es wenigstens zu!«

»Ich habe nichts zuzugeben. Euch hingegen stünde ein Geständnis gut zu Gesicht«, sagte der Oberamtmann ungerührt. »Ihr solltet Euch bemühen, den Richter milde zu stimmen, wenn Ihr vom Strick verschont bleiben wollt. Zeigt Ihr Euch geständig und reuig, könnte das Urteil lediglich lebenslänglich lauten.«

»Lieber lasse ich mich aufhängen«, knurrte Krona.

»Diese Einstellung bringt Euch ziemlich sicher an den Strick«, sagte der Oberamtmann und raschelte zerstreut durch einige Papiere, die seinen Schreibtisch bedeckten. »Aber Ihr habt noch vier Tage, um Eure Meinung zu ändern. Die Haftordnung sieht vor, dass Angeklagte mindestens zwei Wochen im Gefängnis sein müssen, bevor ein Urteil über sie gesprochen wird. Das soll dem Verteidiger genug Zeit geben, um eine günstige Strategie auszuarbeiten.«

»Ich habe nicht mal einen Verteidiger, Arschloch«, fauchte Krona.

»Tatsächlich?«, sagte der Oberamtmann, ohne aufzusehen. »Wie unglücklich. Das wurde offenbar übersehen. Nun, ich nehme an, jemand im ehemaligen Rang eines Hauptmannes besitzt die nötige Bildung, um sich selbst zu verteidigen, auch wenn Eure vulgäre Ausdrucksweise das Gegenteil vermuten lässt.«

»Dieser Hauptmann ist alles andere als ehemalig, das werde ich dir noch zu spüren geben!«

»Das Schreiben an die entsprechende Stelle ist bereits ausgefertigt«, teilte der Oberamtmann ihr mit. »Ihr glaubt doch wohl kaum, dass Ihr Euren Rang behalten werdet, nach allem, was Ihr getan habt.«

Die Worte trafen Krona wie ein Schlag mit einem stumpfen Gegenstand. Dann, nach einer gelähmten Schrecksekunde, schoss heiße Wut in ihr hoch.

»Schick diesen Schrieb raus, und du bist ein toter Mann!«

»Schon wieder eine Drohung«, sagte der Oberamtmann. »Anfangs habe ich mir jede Eurer Frechheiten noch einzeln notiert, müsst Ihr wissen. Mittlerweile bin ich dazu übergegangen, eine Strichliste zu führen.«

»Schick es raus, und ich werde dir deine Eier abreißen und sie den Ratten zu fressen geben!«

»Sie verschwendet meine Zeit«, sagte der Oberamtmann zu den Wachsoldaten. »Bringt sie weg. Ich werde sie in drei Tagen ein letztes Mal befragen.«

»Ich schlitz dir den Wanst auf! Ich verteile deine stinkenden Eingeweide an den Wänden! Ich trete dir in den Arsch, bis dir die Scheiße zu den Augen rauskommt!«

Sie wusste, es hatte keinen Sinn und würde nur mit Schlägen enden. Sie hatte die grundlegenden Regeln der Gefangenschaft längst begriffen, und doch hatte sie sich nicht mehr im Griff. Zwei der Wachsoldaten packten sie und zerrten sie grob in Richtung Tür. Sie wehrte sich mit aller Macht und so gut sie trotz ihrer Fesseln konnte, trat und stieß und biss und wand sich und brüllte wüste Beleidigungen, bis der dritte

Wachsoldat mit seinem Knüppel ausholte und ihr einen brutalen Schlag auf den Rücken versetzte, der sie in die Knie gehen ließ. Weitere Schläge folgten, auf den Rücken und auf die Beine, und sie schützte ihren Kopf und wartete, bis es vorbei war.

Der letzte Schlag fiel. Benommen vor Schmerz wehrte sie sich nicht mehr, als man sie auf die Beine stellte und sie voran stieß. Sie kannte den Weg mittlerweile. Ein langer, dunkler Gang mit vielen Türen, hinter denen Büros lagen. Eine Treppe hinunter ins Erdgeschoss und hinten hinaus auf den Hinterhof, durch eine Gitterschleuse hinein ins Nachbarhaus und eine lange, gewundene Treppe hinunter in den Keller. Gestank schlug ihr entgegen, der sie würgen ließ, eine unerträgliche Mischung aus Fäulnis, Schweiß und menschlichen Exkrementen. Sie zwang die faulige Luft in ihre Lungen. Sie wusste mittlerweile, dass man den Geruch nach einer Weile nicht mehr wahrnahm. Sie wurde einen feuchten, schlecht beleuchteten Gang entlang gestoßen, passierte zwei weitere Gitterschleusen und ging schließlich in ihrer Zelle zu Boden, wo sie stöhnend liegen blieb und zuhörte, wie die Schlüssel des Wächters klapperten, als er die Gittertür hinter ihr zusperrte.

Eine Weile war es still, dann hörte sie die schlurfenden Schritte ihres Zellennachbarn, von dem sie durch ein Gitter getrennt war.

»Halt's Maul, Odan«, murmelte sie.

Eine bucklige, verwachsene Gestalt mit bleicher Haut und langen, verfilzten Haarsträhnen drängte sich gegen das Gitter. Eine neue Welle von Fäulnisgestank überflutete Krona.

»Du armes Mädchen«, sagte Odan, dessen Stimme nicht mehr war als ein heiseres Quieken. »Haben sie dich geschlagen, die bösen Wachen? Ist mein Mädchen unartig gewesen? Komm zu mir und lass dich trösten.« Er riss den Mund auf, enthüllte dabei eine Reihe brauner Zahnstümpfe und vollführte eine obszöne Geste mit der Zunge.

»Fick dich selbst«, knurrte Krona und sammelte Kraft, um sich zu bewegen. Die Zelle auf ihrer anderen Seite war nicht belegt, und sie hatte den einzigen Einrichtungsgegenstand, eine schmale, flohverseuchte Pritsche, so verschoben, dass ein geschützter Winkel in der Ecke entstanden war. Solange ihre Kraft ausreichte, konnte sie entsetzt darüber sein, dass sie einen solchen ärmlichen, stinkenden Winkel tatsächlich als Zuflucht betrachtete.

»Wenn ich könnte, würde ich's tun«, sagte Odan mit seinem hektischen, irren Lachen. »Ich würde den ganzen Tag nichts anderes tun.«

Stöhnend kam Krona auf Hände und Knie und zog sich in ihren Winkel zurück. Ihr Körper fühlte sich völlig zerschlagen an. Hunger wühlte in ihren Eingeweiden. Sie zog den Wassereimer zu sich heran, das Einzige, was sie seit Tagen bekommen hatte. Sie trank so wenig wie möglich von dem Wasser, auf dessen Oberfläche ölige Schlieren schwammen. Sie sah hinein, roch den leichten, widerwärtig-süßen Geruch und schob den Eimer wieder weg.

»Ich könnte es dir hier drin einfacher machen«, hörte sie Odan brabbeln. »Du weißt es. Ich habe es dir schon oft angeboten. Gib dem guten Odan ein kleines Goldstück, oder tu ihm einen kleinen Gefallen, und er tut dir auch einen Gefallen. Odan weiß, welche Wachen das Gold gerne haben. Er gibt ihnen Gold, und sie geben ihm Brot und sauberes Wasser und gute Decken. Und er gibt es dir.«

»Und ich habe dir schon gesagt, dass ich kein Gold habe«, knurrte Krona. »Das, was ich hatte, haben sie mir abgenommen.«

»Armes Mädchen«, sagte Odan. »Hat kein Gold, armes Mädchen, und keine Freunde, die ihr Gold bringen, keine Freunde, die sie besuchen kommen, nein, nein, ist ganz allein, armes Mädchen.«

»Halt's Maul!«, schrie Krona, obwohl ihr Brustkorb dabei schmerzte. Sie hatte nichts von Fenrir und Pintel gehört, seit sie hier war – wie lange? Eine Woche? Sie machte sich Sorgen. Die beiden waren nicht mit ihr zusammen verhaftet worden, was allerdings nicht hieß, dass sie sich tatsächlich noch auf freiem Fuß befanden. Im Rechtssystem dieser Stadt herrschte die Willkür; dass man sie am einen Tag laufen ließ, hieß nicht, dass man sie nicht am nächsten schließlich doch einsperrte. Sie erinnerte sich an Pintels wütenden, lautstarken Protest, als man sie abgeführt hatte. Sie hoffte, dass nicht schon allein die Wahl seiner Worte ihn hinter Gitter gebracht hatte.

»Odan macht bei dir eine Ausnahme«, hörte sie ihren Zellennachbarn quieken. »Odan macht es bei dir ganz ohne Gold. Du tust ihm einen Gefallen, und er verschafft dir Suppe und Brot und saubere Decken, damit du nicht mehr auf dem kalten Boden schlafen musst!«

»Halt's Maul, ein für alle Mal«, sagte sie, »oder ich greife durch diese Gitterstäbe und breche dir deinen Hals.« Ihre Stimme klang so erschöpft und verausgabt, wie sie sich fühlte, doch es verfehlte nicht seine Wirkung. Murmelnd und schlurfend zog Odan sich in die abgewandte Ecke seiner Zelle zurück, und Ruhe kehrte ein.

Stöhnend streckte Krona sich auf dem kalten, feuchten Steinboden aus. Die Pritsche hätte ein wenig Bequemlichkeit geboten, doch sie fürchtete die Flöhe und was immer noch darin wohnen mochte. Sie lächelte müde. Welch unpassende Eitelkeit, angesichts der Tatsache, dass sie in einigen Tagen ohnehin aufgehängt würde, mit oder ohne Ungeziefer.

Sie wusste, dass Geschäfte, wie Odan sie ihr anbot, hier drin an der Tagesordnung waren. Sie hatte schon beobachtet, wie man Besucher zu den Zellen führte. Zweifellos ließen sich die Wächter schon das Betreten des Zellentraktes gut bezahlen. Meist blieben die Besucher nicht lange, sondern schoben lediglich ihre verschnürten Bündel zwischen den Gitterstäben durch, wobei sie sich Tücher vor die Nase pressten, bevor sie eilig ins Freie flohen. Die Bündel enthielten zusätzliche Lebensmittel und Gegenstände zum Tauschen, meist Schmuck oder Geld. Es war kaum möglich, ohne diese Unterstützung für längere Zeit zu überleben.

Vergeblich versuchte sie, auf dem harten Boden eine Stellung einzunehmen, in der ihr nichts weh tat, doch ihr ganzer Körper war mit blauen Flecken übersät und schmerzte. Sie setzte sich auf, um die frischen Schwellungen auf ihrem Rücken zu schonen, und lehnte den Kopf gegen die Gitterstäbe. Sie wünschte, sie hätte etwas gehabt, um sich damit die Ohren zu verstopfen, damit sie wenigstens von den Geräuschen verschont blieb: Murmeln, Stöhnen, Kettenrasseln, das Schlurfen der Stiefel, wenn die Wachen zwischen den Zellen entlang gingen, ihre dämlichen Witze, das Quieken von Ratten, die sich um einen Lumpen oder einen Knochen stritten.

Ein Schatten erschien im schmutzigen Zwielicht auf dem Gang. »Psssst!«, machte jemand leise und dringlich. Krona schrak hoch.

»Pintel?«, sagte sie ungläubig und kam mühsam auf die Füße.

»Psssst«, sagte der Schatten wieder und drängte sich gegen die Gitterstäbe. »Ich habe mich eingeschlichen. Wir haben drei Mal versucht, zu dir vorgelassen zu werden, aber sie gestatten dir keinen Besuch.«

»Wundert mich nicht«, sagte Krona leise und drückte Pintels Hand durch die Gitterstäbe.

»Wir haben nicht viel Zeit«, flüsterte Pintel. »Fenrir ist draußen und veranstaltet eine Ablenkung. Ich habe ewig gebraucht, dich hier zu finden! Wusstest du, dass es Abteilungen in diesem Gefängnis gibt, die viel besser aussehen als dies hier? Sie haben dich hier zu den Härtefällen gesteckt, den Lebenslänglichen und so. Du solltest eigentlich drüben sein bei den Untersuchungshäftlingen ...«

»Wundert mich genauso wenig. Hast du etwas zu essen für mich?«

»Klar.« Pintel holte ein dickes Bündel unter seinem Mantel hervor. Ein Duft nach frischem Brot entstieg ihm, der Krona die Tränen in die Augen trieb.

»Ist ja nicht so, dass ich nicht wüsste, wie es in solchen Anstalten zugeht.« Pintel grinste verschwörerisch. »Weißt du schon, was sie mit dir vorhaben?«

»Sie werden mich in vier Tagen aufhängen«, sagte Krona und nahm dankbar das Bündel an sich. »Das heißt, falls euch nicht zwischenzeitlich etwas einfällt.«

»Vier Tage«, sagte Pintel und blies die Backen auf. »Na gut. Das ist weniger Zeit, als wir gehofft hatten. Aber wir haben schon einen Plan. Wir haben ein paar Leute kennengelernt, die an der gleichen Sache dran sind wie wir. Sie haben schon versprochen, uns bei deiner Befreiung zu helfen.«

»Gleiche Sache? Du meinst die Feuerfrau? Wie kann das sein?«

»Erzähl ich dir, sobald du hier raus bist.« Pintel warf einen eiligen Blick über die Schulter. »Ich muss los. Sie sollten mich besser hier nicht finden, sonst hängen sie dich vorsichtshalber gleich.«

»Macht schnell. Es ist fürchterlich hier.«

»So schnell wir können.« Mit diesem Versprechen verschwand Pintel im Schatten. Am Fuß der Treppe hörte Krona laute Stimmen und Schritte, dann wurde es wieder still. Sie wickelte das Brot aus, brach große Stücke davon ab und schlang sie gierig hinunter. Die Welt sah plötzlich nicht mehr gar so trüb aus. Pintel und Fenrir waren auf freiem Fuß und wohlbehalten, sie würden sie hier herausholen, und vielleicht ergab sich die Gelegenheit, die eine oder andere ihrer Drohungen gegen den Oberamtmann wahr zu machen, bevor sie diese widerwärtige Stadt verließen.

Der Gedanke an ihre unehrenhafte Entlassung hatte sich in ihrem Kopf festgebissen und schwoll an, je länger sie sich damit befasste. Sie hatte sich auf den Südlichen Inseln für unbestimmte Zeit beurlauben lassen und noch nicht entschieden, ob sie jemals wieder in den Militärdienst zurückkehren wollte. Wurde sie nun entlassen, war ihr diese Entscheidung abgenommen. Nach achtundzwanzig Dienstjahren stünde sie mit leeren Händen da. All ihr Blut umsonst vergossen, kein Dankeschön, kein Zapfenstreich, keine Beförderung zum Major, kein komfortabel eingerichteter Kommandoposten im nächsten Krieg. Nichts – nur eine ungewisse Zukunft und ein Körper, der nicht mehr so recht wollte, weil sie ihm jahrelang zu viel zugemutet hatte.

Wenn das geschah, würde jemand dafür bluten. Die Feuerfrau am liebsten – falls sie Blut hatte, das man vergießen konnte – sie gab sich aber auch mit dem widerlichen Oberamtmann zufrieden. Der Gedanke, wie sie ihr Schwert in seinem hässlichen Leib versenkte, beruhigte sie ein wenig. Sie wickelte den Rest des Brotes wieder in das Tuch, zog sich in ihren Winkel zurück und versuchte zu schlafen, damit die Zeit schneller vorbei ging.

Zu Beginn der Nachtschicht war sie hellwach und bis zum Äußersten gespannt. Sie wünschte, Pintel hätte ein wenig mehr über seine Befreiungspläne verraten. Sie hatte das Bedürfnis, sich irgendwie vorzubereiten.

*Quatsch, wie willst du dich vorbereiten? Du wirst hier in deiner Zelle sitzen, bis sie dich rausholen.*

Für eine Weile ging sie unruhig auf und ab, dann setzte sie sich in die vordere Ecke, von wo aus sie einen Teil des Ganges im Blick hatte.

Nichts geschah. Es war eine Nacht wie die vorhergehenden auch, mit Schnarchen und Stöhnen aus den anderen Zellen und fetten Ratten, die in der vergleichsweise ruhigen Zeit hervor kamen, um ihre Beutezüge zu unternehmen. Der Wachwechsel um Mitternacht kam und ging, und nichts passierte. Kronas Erwartung schlug um in Frustration. Der Gedanke an nur einen weiteren Tag in diesem dunklen Loch war völlig unerträglich.

Gegen Morgen war die Frustration heller Verzweiflung gewichen. Was, wenn der Befreiungsversuch fehlgeschlagen war? Wenn Pintel und Fenrir ertappt worden waren und nun in einem anderen Zellentrakt einem ähnlichen Schicksal entgegen sahen? Sie würden alle miteinander aufgehängt werden, und niemand wäre mehr übrig, der es verhindern würde. Sie hatte nichts dagegen, zu sterben, aber musste es ausgerechnet am Strick sein, öffentlich verspottet wie eine Verbrecherin? Sie hatte sich immer im Kampf sterben sehen, mit diesem Gedanken lebte man in ihrem Geschäft, man freundete sich damit an oder wechselte den Beruf. Sie nahm an, dass Pintel und Fenrir ihre gewisse Gleichgültigkeit dem Tod gegenüber nicht teilten. Sie würden nicht sterben wollen, egal ob durch

Strick oder Schwert. Der Gedanke, dass sie es gewesen war, die die beiden in die ganze unglückliche Angelegenheit verwickelt hatte und somit nun ihren Tod mit verschuldete, machte sie rasend. Sie marschierte in ihrer Zelle auf und ab und schrie Odan an, doch es brachte keine Erleichterung.

Die morgendliche Ration an hartem Brot und schleimiger, kalter Hafersuppe wurde verteilt, und im Gegensatz zu den vergangenen Tagen wurde Krona diesmal ebenfalls mit einer Schüssel bedacht, die durch eine Klappe in der Gittertür geschoben wurde. Sie trat so heftig gegen das hölzerne Gefäß, dass es durch die ganze Zelle flog und seinen Inhalt gleichmäßig über den Boden verteilte. Der Wachmann, der seine Hand gerade noch rechtzeitig durch die Klappe zurückgezogen hatte, spie einen Schwall ordinärer Beleidigungen aus, bevor er seine Arbeit wieder aufnahm.

Krona verfluchte den Tag auf den Südlichen Inseln, an dem sie begonnen hatte, nachzudenken. Hätte sie einfach weiter ihren Dienst getan, wäre sie nun noch dort, unter einem weißen Himmel, von dem die Sonne fast senkrecht herunterbrannte, in der Festung auf dem Hügel, umgeben von dünnen, dunklen Bäumen, die in den gnadenlosen Himmel ragten wie mahnende Finger. Sie vermisste den Geruch nach Harz und trockenem Gras, die Sonnenuntergänge, ihre vertraute Gemeinschaft.

Vielleicht hätte sie dort bleiben sollen, bis zum Ende, wie sie es geplant hatte.

Sie nahm ihren Weg zwischen den Gitterstäben wieder auf, bis ihr schwindelig wurde. Sie war nicht in der Lage, auch nur für einen Augenblick stillzuhalten. Es musste gegen Mittag sein, als plötzlich etwas ihre Aufmerksamkeit erregte: Stimmen, eine lebhafte Diskussion am Ende des Ganges, eilige Schritte. Es unterschied sich von dem üblichen stumpfen Trott, der hier unten herrschte. Sie presste die Stirn gegen die Gitterstäbe und verrenkte den Hals, doch sie sah nichts als verzerrte Schatten auf der gegenüberliegenden Wand. Dann näherten sich Schritte. Sie wich zurück in ihre Zelle.

Gleich darauf fuhr der Schreck ihr in die Glieder, als eine kleine Abordnung von Wachsoldaten vor ihrer Zelle Halt machte. Holte man sie erneut zum Verhör, oder hatte man ihr schon den Strick geknüpft?

»Was wollt ihr?«, knurrte sie die Soldaten an, während eine kalte Angst ihren Magen zusammenkrampfte.

»Ganz ruhig«, sagte der Wachsoldat, der mit dem Schlüssel in ihrem Zellenschloss hantierte. »Mach keinen Ärger jetzt, ja?«

»Kommt ganz drauf an«, sagte Krona finster. »Wenn ihr gekommen seid, um mich aufzuhängen, werde ich Ärger machen, wie ihr noch keinen erlebt hat.«

»Niemand will dich aufhängen«, sagte eine neue Stimme. »Zumindest jetzt nicht mehr.« Eine weitere Gestalt trat in ihr Blickfeld. Es war ein in edles Tuch gekleideter Zwerg. Ein makelloser Umhang umschmeichelte seine Schultern, und sein Bart war sorgfältig geflochten. Mit seinen blütenweißen Manschetten und blank polierten Stiefeln wirkte er in der trüben, dreckigen Umgebung wie ein Besucher aus einer anderen Welt.

»Ich verstehe nicht ganz«, sagte Krona.

Der Wachmann, der endlich das Gitter aufgesperrt hatte, zog geräuschvoll die Nase hoch und spie den Inhalt klatschend auf den Zellenboden.

»Die lassen dich laufen«, sagte er verächtlich. »Ich hätte dich ja lieber hängen sehen, Hurentochter.«

»He, he, he«, sagte der Zwerg, und ein gefährlicher Unterton lag plötzlich in seiner freundlichen Stimme. »Bisschen höflicher der Dame gegenüber, wenn ich bitten darf.«

»Sie lassen mich laufen?«, wiederholte Krona ungläubig.

»Deine Schuld ist schließlich nicht erwiesen«, sagte der Zwerg.

»Ich hatte bisher nicht den Eindruck, dass die das stört«, sagte Krona misstrauisch.

»Überzeugungen können sich ändern«, sagte der Zwerg. »Und nun komm schon. Wir wollen doch keinen Augenblick länger als irgend nötig hier unten bleiben, oder?«

Zögernd trat Krona hinaus auf den Gang. Nichts passierte. Niemand schlug sie oder versuchte, ihr Fesseln anzulegen. Sie machte einige Schritte. Neben ihr rüttelte Odan an seinen Gitterstäben und gab einen Schwall unverständlicher Worte von sich. Der Wachmann hinter ihr stieß sie in den Rücken, um sie zu schnellerer Bewegung zu ermuntern. Für einen Augenblick war sie versucht, sich umzudrehen und ihm zu geben, was er verdiente, doch es gelang ihr, sich zu beherrschen.

Sie brauchte bis zur Treppe, dann hatte sie sich an den unerwarteten Gang der Dinge angepasst.

»Momentchen«, sagte sie. »Ich bin frei, ja? Dann hätte ich gerne meine Sachen wieder.«

»Was für Sachen?«, knurrte der Wachmann.

»Mein Schwert«, zählte sie auf. »Meinen Mantel. Meinen Rucksack mit allem, was drin war.«

»Die Sachen sind konfisziert«, sagte der Wachmann.

»Dann sorgt Ihr besser dafür, dass sie freigegeben werden«, sagte der Zwerg freundlich und blieb vor der letzten Gitterschleuse stehen. »Das heißt, wenn Ihr Euren Posten behalten wollt.«

»Blast Euch nicht auf, Zwerg«, knurrte der Wachmann. »Ihr habt hier unten nichts zu melden.«

»Wollt Ihr das wirklich ausprobieren?«, fragte der Zwerg und hatte wieder diesen gefährlichen Unterton in der Stimme. Für einen Augenblick maßen sie sich mit Blicken, dann wandte der Wachmann sich ab und spie erneut auf den Boden.

»Will sehen, was sich machen lässt«, murmelte er.

»Sehr freundlich«, sagte der Zwerg mit kaltem Lächeln.

Das Gitter vor ihnen schwang auf, und sie betraten die Treppe und stiegen hinauf. Mit jeder Stufe wurde die Luft frischer, und das Atmen fiel leichter.

Es regnete, als sie den Innenhof betraten. Wie eine Verdurstende ließ Krona die kühle Luft in ihre Lungen strömen, während sie die Augen zusammenkniff, um sie vor dem Tageslicht zu schützen, das ihr grell vorkam.

»Wartet hier«, wies der Wachmann sie unwirsch an und verschwand in dem Verwaltungsgebäude.

»Versteh mich nicht falsch«, sagte Krona zu dem Zwerg. »Ich will mich keinesfalls beklagen, aber eine Erklärung hätte ich trotzdem gerne. Wie kommt es, dass die mich so plötzlich freilassen, wo die doch schon meinen Strick ausgesucht haben?«

»War Pintel nicht bei dir?«, fragte der Zwerg. »Er hätte dich informieren sollen.«

»Er war da. Er sagte etwas über eine Befreiungsaktion.«

»Dies *ist* die Befreiungsaktion.«

»Was? Ich dachte, ihr kommt nachts, und heimlich!«

»Viel zu anstrengend.« Der Zwerg grinste. »Das hier war wesentlich einfacher. Ich musste nur ein paar Leute bestechen und ein paar andere erpressen, und schon war alles geregelt. Es ist doch immer von Vorteil, wenn man seine Informationen hat, über das, was die Leute so nach Feierabend treiben.«

»Ähm … aha …?«

»Mein Name ist übrigens Lomir Feuerbeil. Ich freue mich, dich kennenzulernen.«

»Krona Karagin.« Krona ergriff automatisch die ihr dargebotene Hand.

»Ich weiß«, sagte der Zwerg. »Ich habe schon eine Menge von dir gehört.«

»Dann hast du einen Vorsprung.«

»Macht nichts. Sobald wir ungestört reden können, erzähle ich dir alles, was du wissen willst.«

Einige Zeit später erschien der Wachmann, ein schweres Bündel unter den Arm geklemmt, aus dem vorne der Griff eines Schwertes ragte.

»Besten Dank«, sagte Krona und nahm es dem Wachmann ab. Ihr Schwert fühlte sich kühl und sauber an und es schmiegte sich an ihre Hüften wie ein zurückgewonnener Körperteil, als sie es gürtete.

»Augenblick noch«, hielt sie den Wachmann auf, der sich ohne Gruß zum Gehen wandte. »Erst will ich sehen, ob alles vollständig ist.«

»Ich habe noch anderes zu tun, als hier im Regen herumzustehen«, knurrte der Wachmann.

»Das ist mir egal. Du wirst warten, bis ich hier fertig bin.«

»Vergiss es. Von etwas wie dir nehme ich doch keine Befehle entgegen!«

»Ich habe mein Schwert zurück«, erinnerte Krona ihn. »Schon vergessen? Du könntest tot sein, ehe dein hässlicher Kopf in dieser Pfütze aufschlägt.«

»Wir gehen jetzt!« Lomir zog energisch an Kronas Arm. »Ich glaube nicht, dass meine Informationen gut genug sind, um dich ein zweites Mal aus einer Zelle zu holen.«

»Es wäre kein Verlust für die Menschheit«, fauchte Krona, deren rechte Hand fest um den Schwertgriff lag.

»Das kann sein«, sagte Lomir. »Trotzdem werden wir etwas anderes suchen, woran du deine Wut auslassen kannst.«

Widerstrebend schulterte Krona ihren Rucksack und folgte dem Zwerg, der sie durch das Vordergebäude auf die Straße brachte und zielsicher in das Gewirr schmaler Seitengassen im Stadtkern eintauchte.

»Lomir«, sagte sie nach einer Weile. »Ich will nicht vermessen sein, und ich bin wirklich dankbar, dass du mich da rausgeholt hast, aber es gibt noch eine andere Sache. Dieser Kerl, Elwig Küfner, der offenbar mit meinem Fall betraut war, hat mir angekündigt, er würde meine unehrenhafte Entlassung veranlassen.«

»Entlassung woraus?«, fragte Lomir und machte einen Schritt zur Seite, um einem Karren auszuweichen.

»Militär«, sagte Krona, als das Rumpeln des Karrens verklang. »Königliche Garde, um genau zu sein. Ich habe als Hauptmann gedient, bei einem Einsatz im Ausland zuletzt. Vorher war ich viele Jahre drüben auf Lichtenau stationiert.«

»Und?«, fragte Lomir.

»Kannst du ihn nicht dazu bringen, dass er den Brief nicht schreibt?«

»Warum ist das denn wichtig?«

»Weil ich dem Militär fast dreißig Jahre meines Lebens geopfert habe, und das ist doch ein bisschen zu lang, als dass ich mich einfach so rausschmeißen ließe, für etwas, das ich nicht mal getan habe!«

»Du warst aber ohnehin im Ruhestand?«

»Ruhestand«, fauchte Krona. »Du spinnst wohl! In den Ruhestand geht man, wenn man alt ist. Ich habe mich auf unbestimmte Zeit beurlauben lassen. Das ist etwas anderes.«

»Läuft aber auf das Gleiche hinaus.« Lomir zeigte mit dem Finger. »Hier, links in die Gasse. Wir sind gleich da.«

»Und?«, fragte Krona.

»Lieber nicht«, sagte Lomir. »Die Befreiung allein hat meine Möglichkeiten bis zum Äußersten ausgereizt. Üblicherweise beschleunige ich Bauvorhaben oder drücke Grundstückspreise. Natürlich immer nur als letzten Ausweg, damit dir kein falscher Eindruck entsteht. Jemanden frei zu bekommen, den sie für einen Verbrecher halten, ist normalerweise nicht meine Kragenweite.«

»Und?!«

»Was ich damit sagen will, ist Folgendes: Freuen wir uns, dass du am Leben und frei bist. Lassen wir es dabei bewenden. Der Staub, den Lomir Feuerbeils Erscheinen in dieser Stadt aufgewirbelt hat, sollte sich erst gesenkt haben, bevor ich etwas Neues versuche.«

»Aber sie schmeißen mich raus! Sie ziehen meinen Namen in den Dreck! Ich kann nie mehr in den aktiven Dienst zurück!«

»Hattest du das denn vor?«

»Nicht unbedingt, aber …«

»Dann verstehe ich deine Aufregung nicht«, sagte Lomir schulterzuckend.

»Weißt du, wie viel Blut ich vergossen habe für dieses Königreich?«, sagte Krona aufgebracht.

Eine Bürgerin mit einem Korb am Arm, die ihren Weg kreuzte, starrte sie erschreckt an und schlug einen Bogen.

»Und nicht nur das anderer Leute! Ich meine mein eigenes! Weißt du, in wie vielen blöden Kriegen ich war? Wie viele Aufstände irgendwelcher Adliger ich niedergeworfen habe? Wie viel Dreck ich geschluckt habe? Und jetzt soll ich mich als Verbrecherin rausschmeißen lassen?«

»Und dich freuen, dass du am Leben bist«, sagte Lomir ungerührt.

»Das ist doch nicht zu fassen«, schnaubte Krona.

Sie folgte ihm, immer noch beherrscht von dem Verlangen, jemanden niederzuschlagen, das erst verrauchte, als Pintel ihr aus dem Eingang eines kleinen Gasthofes entgegen kam und begeistert seine Arme um ihre Mitte schlang.

»Ist gut«, sagte sie und drückte seine Schultern. »Ich bin auch froh, raus zu sein. Ja, mir geht es gut. Zumindest besser, seit ich wieder Luft zum Atmen habe. Ja, ich weiß. Ich weiß. Ja, ist gut. Finde ich auch. Pintel! Lass mich doch bitte erst mal zu mir kommen!«

»Wir haben hier einige Zimmer gemietet«, sagte Lomir mit erhobener Stimme, um Pintels aufgeregtes Geplapper zu übertönen, und geleitete Krona in den dunklen Vorraum des Gasthofes. Ein würziges Gemisch aus verschiedenen Essensdüften lag in der Luft. »Du wirst dich ausruhen wollen.«

»Ja«, sagte Krona. »Einen halben Ochsen verschlingen, zehn Stunden in einem anständigen Bett schlafen und ein richtig heißes Bad nehmen. Ich weiß nur noch nicht, womit ich anfange.«

»Tu uns allen einen Gefallen und fang mit dem Bad an«, sagte Fenrir lächelnd und kam die Treppe hinunter.

»Eine Schlägerei mit jemandem vom Zaun brechen, der eigentlich gar nichts dafürkann«, sagte Krona. »Das steht als Nächstes auf meiner Liste. Hast du dich gerade freiwillig gemeldet?«

»Nicht dass ich wüsste«, sagte Fenrir und verabreichte Krona eine kurze, betont freundschaftliche Umarmung.

»Aber ich stehe dir zur Verfügung, wenn es sich nicht vermeiden lässt.«
»Keine Schlägereien, solange wir uns innerhalb dieser Stadtmauern aufhalten«, befahl Lomir und schob den Rest der Gruppe vor sich die Treppe hinauf. »Wir haben Wichtigeres zu tun, als ständig Leute aus dem Gefängnis zu befreien.«

Sie brachten Krona in ein helles, freundliches, einfach eingerichtetes Zimmer. Lomir und Pintel gingen, um sich um ein Mittagessen zu kümmern, während Krona den Inhalt ihres Rucksackes durchsah.

»Hab ich's mir doch gedacht«, sagte sie wütend. »Das ganze Geld ist weg. Auch das aus Mandors Erbe. Verdammt! Diese elenden Hurensöhne!«

»Das war zu erwarten, oder«, sagte Fenrir, der sich auf dem Bett niedergelassen hatte.

»Es ärgert mich trotzdem«, sagte Krona. »Das war mein letzter Sold! Zumindest, was davon übrig war. Ganz zu schweigen von dem Markholt-Gold, für das wir eine dringende Verwendung hatten, falls du dich erinnerst!«

»Ich erinnere mich«, sagte Fenrir. »Trotzdem wird die Mission daran nicht scheitern.«

»Ich gehe und hole es zurück«, sagte Krona und packte ihr Schwert.

»Nur über meine Leiche«, sagte Fenrir ruhig. Sie sah, wie seine Muskeln sich anspannten, obwohl er sich nicht vom Fleck rührte.

»Aber es ist ungerecht!«, sagte sie heftig.

»Nicht ungerecht genug, um sich deshalb erneut einsperren zu lassen«, sagte Fenrir. »Sei vernünftig. Wir müssen uns stiller als still verhalten, solange wir noch in dieser Stadt sind.«

Widerstrebend setzte Krona sich auf einen Stuhl. Für einen Augenblick starrte sie düster auf den sauber gescheuerten Fußboden, dann ging ein flüchtiges Lächeln über ihr Gesicht.

»Ich hab ja schon des Öfteren zu viel Geld für eine beschissene Unterkunft gezahlt«, sagte sie. »Aber das schlägt wirklich alles.«

Die Tür ging auf.

»Bitte sehr«, sagte Pintel, der einen Krug im Arm hatte, und hielt die Tür für Lomir auf, der ein mit Tellern und Schüsseln beladenes Tablett vor sich hertrug. »Hier kommt das Mittagessen!«

»Sehr gut«, sagte Fenrir erleichtert. »Das wird den Hauptmann vielleicht von ihren Mordplänen ablenken.«

»Von Mord war nicht die Rede«, sagte Krona. »Nur von Gerechtigkeit.«

»Sie haben das Geld einbehalten«, erklärte Fenrir dem verständnislos drein blickenden Pintel.

»Ach so«, sagte Pintel und stellte den Krug ab, dessen Inhalt überschwappte und sich als helles, schäumendes Bier entpuppte. »Na, wenn's weiter nichts ist. Damit war ja wohl zu rechnen.«

»Anscheinend bin ich die Einzige hier, die bisher keine Erfahrungen mit Gefängnissen sammeln durfte«, sagte Krona, deren Ärger schwand, als sie das Tablett näher begutachtete.

»Das macht nichts«, sagte Pintel strahlend. »Dafür sind wir ja da. Jetzt iss erst mal.«

»Alles für mich?«, fragte Krona ungläubig und zeigte auf das Tablett, auf dem ein gebratenes Huhn, ein dickes Stück Rinderbraten, eine Schüssel mit Gemüseeintopf, ein Stapel dünner, goldbrauner Fladenbrote und eine kleine Pyramide aus sorgfältig aufgestapelten Bratäpfeln kaum Platz fanden.

»Wir wussten nicht, was du gerne hättest«, sagte Lomir. »Keine Sorge, der Rest kommt schon weg. Wir haben dir auch ein Bad bestellt, und die Wirtin stellt dir sogar Ersatzkleider zur Verfügung, bis deine gewaschen sind.«

»Ihr denkt wirklich an alles«, sagte Krona dankbar und machte sich über das Huhn her.

Es dauerte nicht lange, bis unter Mithilfe der anderen Platz auf dem Tablett geschaffen war. Krona fühlte sich tatsächlich besänftigt. Sie war nicht zum ersten Mal mittellos, und sie begann bereits, sich wieder daran zu gewöhnen.

»Ich weiß nicht, wo Nardon so lange bleibt«, sagte Lomir, als Krona sich endlich gesättigt zurücklehnte. »Ich hoffe, er findet gerade etwas heraus und verspätet sich deshalb.«

»Nardon?«, sagte Krona.

»Ein Freund von mir«, erklärte Lomir. »Nardon ist der eigentliche Beauftragte in Valdar-Angelegenheiten. Ich bin nur die Unterstützung.«

»Ich sehe schon, es gibt noch einen Haufen Geschichten auszutauschen«, sagte Krona. »Sie können aber warten, bis ich mein Bad hatte, hoffe ich?«

»Aber sicher«, sagte Lomir. »Wir haben so viel Zeit verloren, da kommt es auf ein paar Stunden mehr auch nicht an … oder wie lange du auch immer baden möchtest.«

Krona badete nicht nur lang, sondern auch gründlich, bis die letzte Anhaftung des widerlichen Gefängnisgeruches ertränkt war. Sie seifte sich zweimal von Kopf bis Fuß ein, und dann ein drittes Mal, nur um sicherzugehen. Ihr Körper war bedeckt von blauen Flecken und Prellungen, die bei jeder Berührung schmerzten. Sie verbrachte geraume Zeit damit, sie einzeln zu begutachten. Keine davon war kritisch oder bedurfte der Behandlung eines Heilers, aber sie genügten, um die Erinnerung an die vergangenen Tage länger aufrecht zu halten, als ihr lieb war. Um sich nicht allein durch den Gedanken erneut in maßlose Wut zu versetzen, stieg sie aus dem Zuber und rieb sich trocken. Sie war neugierig auf die Geschichte dieses Zwergs, mit dem Pintel und Fenrir sich offenbar angefreundet hatten. Sie war sicher, dass sich unter der modischen Gewandung ein geübter Kämpfer verbarg. Es war etwas in der Art, wie er sich bewegte, das es ihr verriet, und er würde wohl kaum in Ohnmacht fallen, wenn Blut seine blütenweißen Ärmel bespritzte. Sie lächelte vor sich hin. Einer Gestalt wie dieser begegnete man nicht alle Tage.

Das Lächeln war von ihrem Gesicht verschwunden, als sie wenig später zu ihren Gefährten zurückkehrte.

»Ihr wollt mich verarschen!«, sagte sie anklagend in die Runde, die bei ihrem Anblick in spontane Heiterkeit ausbrach. »Das habt ihr mit Absicht gemacht!«

»Aber nicht doch«, sagte Fenrir breit grinsend. »Ich weiß gar nicht, was du hast, Hauptmann.«

»Du weißt nicht, was ich habe?«, schrie Krona zwischen Lachen und Wut. »Komm näher, dann zeige ich's dir!«

»Falls du etwas an der ausgesucht hübschen Kleidung auszusetzen hast, die unsere hervorragende Wirtin dir freundlicherweise zur Verfügung gestellt hat«, sagte Fenrir, »kann ich dir nicht folgen. Ich finde, es sieht sehr – *hübsch* aus.«

»Nett«, ergänzte Pintel, den es vor Lachen kaum auf seinem Stuhl hielt. »Diese kleinen Rüschen. Ganz bezaubernd.«

»Die Passform ist vielleicht nicht optimal«, schränkte Lomir ein. »Es sitzt alles ein wenig locker. Und die Ärmel sind eine Idee zu kurz. Fällt aber kaum auf, wirklich.«

»Ihr Schweinebande«, sagte Krona. »Ich hasse euch.«

»Setz dich trotzdem«, sagte Fenrir. »Nachdem wir nun alle etwas zu lachen hatten, lasst uns zu ernsten Dingen kommen.«

Vergeblich versuchte Krona, einen Rest ihrer Würde zu bewahren, während sie sich einen Stuhl heranzog und sich zu den anderen setzte, was ihr erst im zweiten Versuch gelang, da ihr ungewohntes Gewand sich um eines der Stuhlbeine gewickelt hatte. Endlich saß sie und funkelte ihre Gefährten an.

»Kein Wort! Und was bist du eigentlich für einer?«

Letzteres richtete sich an einen schmalen, jungen Zwergen in unauffälliger brauner Reisekleidung, der neben Lomir am Tisch saß und ihrer Aufmerksamkeit bisher entgangen war.

»Nardon Haltir«, sagte der Zwerg kühl. »Im Übrigen bin ich eine Spur mehr Höflichkeit gewöhnt.«

»Zu mir ist auch niemand höflich«, fauchte Krona. Der Zwerg, der sich als Nardon vorgestellt hatte, warf Lomir einen langen, vielsagenden Blick zu.

»Man hat ihr übel mitgespielt«, sagte Lomir besänftigend. »Tief in ihrem Inneren ist sie eine sehr freundliche und höfliche Person, davon bin ich überzeugt.«

»Ich nicht«, sagte Fenrir mit kaum einer Spur eines Lächelns.

»Der Nächste, der eine Bemerkung über meine Kleider oder meine Umgangsformen oder irgendetwas anderes macht, das mir nicht gefällt, kriegt eins aufs Maul«, sagte Krona. »Und ich meine das völlig ernst.«

»Geht klar«, sagte Pintel unbeschwert.

»Schön«, sagte Lomir. »Da gibt es also dieses gemeinsame Vorhaben, das uns mit Hilfe von Freund Zufall hier zusammengebracht hat, und während ich mich um Kronas Freilassung bemüht habe, hat Nardon hoffentlich einige Neuigkeiten in Erfahrung bringen können.«

»Momentchen«, sagte Krona. »Ich will erst wissen, was ihr beiden mit der Sache zu tun habt.«

»Es gibt ein Kloster des Gròr auf der Insel der Stürme«, sagte Nardon. Seine Stimme war nicht besonders laut, sein Blick ging unsicher zwischen seinen Zuhörern und der Tischplatte hin und her. Vor Publikum zu sprechen, schien nicht eine seiner bevorzugten Disziplinen zu sein.

»Besser gesagt, es gab ein solches Kloster«, fuhr er fort. »Große Teile davon sind niedergebrannt. Ich bin kein Priester, aber ich habe einige

Jahre dort gelebt und mit Hilfe der dortigen Bibliothek meine Doktorarbeit verfasst. Die Bibliothek ist übrigens ebenfalls abgebrannt, was einen unwiederbringlichen Verlust darstellt. In diesem Kloster wurde ein Artefakt aufbewahrt, ganz ähnlich dem aus dem Markholt-Erbe.«

»Woher weißt du von dem Erbe?«, fragte Krona dazwischen.

»Wir hatten inzwischen Gelegenheit, uns auszutauschen«, erklärte Pintel. »Sie wussten es aber schon vorher, nur nicht so genau.«

»Das Artefakt hatte ebenfalls die Form eines Totenschädels, nur war es aus Stein gefertigt, nicht aus Kristall«, sagte Nardon. »Es war dem Abt des Klosters, Blakkur von Erin, zur Aufbewahrung anvertraut worden. Es ist Teil einer mächtigen zauberischen Vorrichtung.«

»Wissen wir«, sagte Krona. »Das Große-Macht-und-gleichzeitig-große-Gefahr-Ding.«

»Nicht sonderlich präzise, aber richtig«, sagte Nardon. »Das Kloster jedenfalls wurde von dem gleichen Feuerwesen heimgesucht, das euch auch begegnet ist. Es brachte das Artefakt an sich und brannte das Kloster nieder.«

»Für richtig große Feuer scheint sie etwas übrig zu haben«, warf Krona ein.

»Kein Wunder bei einem Wesen, dessen ursprüngliche Existenzebene die des Feuers ist«, sagte Nardon.

»Gut«, sagte Krona. »Ich nehme an, es läuft darauf hinaus, dass ihr genau wie wir auf der Jagd nach diesem – Ding – seid.«

»Valdar«, verbesserte Pintel.

»Deine Annahme ist richtig«, sagte Lomir zu Krona. »Wir haben uns schon darauf verständigt, in dieser Sache zusammenzuarbeiten. Nardon ist unser Experte in Fragen rund um die Valdar …«

»Übertreib bitte nicht«, sagte Nardon verlegen.

»Na gut«, sagte Lomir. »Er ist das, was einem Experten am nächsten kommt. Er nimmt an, dass es mindestens einen weiteren solchen Schädel gibt, und es liegt auf der Hand, dass die Valdar versuchen wird, diesen zu bekommen.«

»Um sich alle drei daheim aufs Kaminsims zu stellen«, sagte Krona.

»Nicht ganz«, sagte Lomir. »Die Schädel sind Teil einer Vorrichtung, mit der man Tore öffnen kann.«

»Aha«, sagte Krona.

»Existenzebenen«, erklärte Pintel. »Es gibt da diese Theorie von der unendlichen Anzahl alternierender Existenzebenen, manche ganz ähnlich zu unserer, manche völlig verschieden, manche die Heimat ganz mieser Gesellen, die man wirklich nicht zum Abendessen treffen möchte. Ein Toröffner schafft eine Verbindung zwischen zwei Ebenen, so dass die Bewohner zwischen ihnen wechseln können. Angenommen, es gelänge der Valdar, ein solches Tor zu öffnen, geschähe eine Kontamination der Ebenen mit extradimensionalen Existenzen, ich meine, eine weitaus größere Kontamination als sowieso schon vorliegt, denn die Valdar ist definitiv hier nicht heimisch. Es würde aber eine Unzahl anderer nachströmen und sich hier breitmachen, was zu einem unbeschreiblichen dimensionalen Chaos führen würde …«

»Aha«, sagte Krona.

»Das Unbedingt-verhindern-sonst-Riesenschlamassel-Ding«, sagte Lomir grinsend.

»Prima«, sagte Krona. »Das macht die Sache wesentlich klarer. Was war es noch mal, was wir verhindern müssen?«

»Dass sie den Rest der Vorrichtung zusammensucht«, sagte Fenrir.

»Alles klar. Mehr muss ich gar nicht wissen.«

»Die Frage ist nun, wie wir das anstellen wollen«, sagte Lomir.

»Wir haben zwei Möglichkeiten«, sagte Krona. »Erstens, wir ziehen diesen dritten Schädel aus dem Verkehr. Zweitens, wir ziehen die Feuerfrau aus dem Verkehr. Nummer Zwei wäre mir lieber. Ich habe ein Hühnchen mit der Dame zu rupfen. Sie hat mir meine Karriere versaut.«

»Unser ursprünglicher Plan war es, den Erbauer des Markholt-Labyrinths zu befragen«, sagte Fenrir. »Das war, bevor Krona festgenommen wurde. Wir benötigen Informationen, egal welche der Möglichkeiten wir wählen. Wir wissen nichts über weitere Schädel, und die Spur der Valdar haben wir ebenfalls verloren.«

»Und hier kommt Freund Nardon ins Spiel.« Lomir machte eine ausholende Handbewegung.

»Kommt er nicht«, sagte Nardon betrübt. »Meine Suche war zeitaufwendig, aber leider wenig ergiebig. Die Academia in Halmesholm hat keinen Lehrstuhl für Dimensionstheorie oder angrenzende Wissenschaften. Ich habe mich längere Zeit mit einem Zaubereitheoretiker unterhalten, der von einem solchen Artefakt noch nie gehört hatte. Er meinte allerdings, er hätte davon hören müssen, wenn es in den letzten zwanzig

Jahren etwas Hörenswertes gegeben hätte. Das lässt den Schluss zu, dass wir es mit einem alten Artefakt zu tun haben.«

»Onkel Mandor sagte, er hätte die Aufgabe von seinem Großvater geerbt«, sagte Pintel. »Gar so lange kann es also nicht her sein.«

»Das Labyrinth und der Toröffner müssen nicht zur gleichen Zeit entstanden sein«, gab Nardon zu bedenken. »Im Gegenteil, es ist anzunehmen, dass der Toröffner deutlich älter ist. Die Gefährlichkeit musste erst erwiesen sein, ehe man beschloss, es wegzusperren.«

»Wir könnten mit dem Arkanen Rat Kontakt aufnehmen«, schlug Pintel vor. »Das sind diejenigen, die solche Entscheidungen treffen. Was man wegsperrt oder nicht, meine ich. Die haben da sicher Aufzeichnungen.«

»Gute Idee«, sagte Lomir. »Und wie nehmen wir Kontakt auf?«

»Wir reisen nach Lichtenreich und beantragen eine Audienz«, sagte Pintel.

»Lichtenreich ist drüben auf Lichtenau«, sagte Krona. »Das ist nicht gerade in der Nachbarschaft.«

»Wie lange braucht ein solcher Antrag, bis er bewilligt wird?«, fragte Lomir.

»Das ist das Problem«, sagte Pintel geknickt. »Der Hohe Rat hat viel zu tun. Normalerweise kriegt ein unbedeutendes kleines Licht wie ich ihn überhaupt nicht zu sehen. Ihr sowieso nicht. Ihr seid ja nicht mal Zauberer.«

»Dann befragen wir den Erbauer des Labyrinthes«, sagte Nardon. »Immerhin konnte ich in Erfahrung bringen, wo dieses Tiefengründig liegt: im Südosten der Insel, mitten im ehemaligen Erendor. Von hier aus gesehen sind zwei Gebirgszüge dazwischen. Der kürzeste Weg führt über den Wetterstein-Pass, aber der ist um diese Jahreszeit nicht zu empfehlen. Ich schlage vor, wir nehmen die Königsstraße. Das ist zwar ein Umweg, aber wahrscheinlich die schnellste Art zu reisen, und die sicherste.«

»Wie viele Tagesreisen?«, fragte Lomir.

»Zwei Wochen, überschlägig gerechnet«, sagte Nardon. »Die Hälfte, wenn wir uns Pferde besorgen. Vier bis fünf Tage, wenn wir an jeder Poststation die Pferde wechseln, was uns aber eine Stange Geld kosten würde.«

»Auch ein Kurierpferd wird nicht schneller laufen, als ich reiten kann«, sagte Krona. »Und das ist nicht beliebig steigerbar.«

»Du wirst aber einsehen, dass wir es eilig haben«, sagte Fenrir. »Wir haben schon eine Menge Zeit verloren. Wir wissen nicht, was die Feuerfrau weiß. Vielleicht hat sie den dritten Schädel längst in ihrem Besitz.«

»Schon gut«, sagte Krona missmutig. »Ein knallharter Gewaltritt von vier Tagen stand einfach nicht ganz oben auf meiner Wunschliste.«

»Auf meiner auch nicht«, pflichtete Pintel ihr bei. »Mein Problem ist immer, dass die Pferde gar nicht merken, dass ich drauf sitze.«

»Was, wenn er nichts weiß?«, fragte Lomir.

»Dann sind wir eine Woche oder länger vergeblich durch die Gegend gegurkt«, sagte Krona.

»Vier Tage«, sagte Lomir.

»Plus Rückweg«, sagte Krona. »Oder willst du dort bleiben?«

»Wie auch immer«, sagte Fenrir. »Für meinen Geschmack dauert unser Aufenthalt in dieser Stadt schon viel zu lange. Ich wäre froh über ein paar Tage auf einem Pferderücken.«

»In Ordnung«, sagte Krona seufzend. »Reiten wir. Aber nicht mehr heute.«

»So schnell wie möglich wäre mir recht. Ich habe diese Stadt gründlich satt.«

»So schnell wie möglich ist morgen«, sagte Krona stur. Entnervt stand Fenrir auf und stellte sich ans Fenster.

»Ich komme gerade aus einem Gefängnis«, sagte Krona. »Meint ihr nicht, ich habe eine Pause verdient?«

»Ist ja gut«, sagte Lomir. »Schließlich haben wir die Pferde noch nicht. Ich schlage vor, wir brechen morgen in aller Frühe auf, und ich gehe mich jetzt um die Pferde kümmern.«

»Einverstanden«, sagte Pintel. »Bitte für mich ein kleines Braves.«

»Ich werde sehen, was ich tun kann.« Lomir erhob sich.

»Und ich beginne umgehend meine mehr als verdiente Pause«, sagte Krona. »Dieses Zimmer ist für mich gedacht, oder? Also, dann raus mit euch allen. Zerbrecht euch woanders eure Köpfe.«

»Dein Wunsch sei uns Befehl«, sagte Pintel sanft und rutschte von seinem Stuhl. Die anderen folgten ihm. Fenrir verließ als Letzter den Raum und zog geräuschvoll die Tür hinter sich ins Schloss.

Jetzt, da die Anspannung allmählich wich, breitete sich tiefe, dunkle Müdigkeit in Krona aus. Sie gähnte und stützte sich schwer auf den Tisch, kam endlich in die Höhe und taumelte mehr als sie ging zu dem einladend mit weißen Laken bezogenen Bett hinüber. Sie schlief, kaum dass ihr Kopf das Kissen berührte.

»Besuch«, sagte Jolnir und blinzelte gegen die tief stehende Herbstsonne.

Gendig Runenmeister schubste ihn sachte mit dem Griff seines Krückstockes.

»Lass dich nicht ablenken. Ein sauberes Orda ist unverzichtbar, wenn deine Zauber gelingen sollen. Lies den letzten Absatz nochmal.«

Doch Jolnir gehorchte nicht. Es hielt ihn nicht auf seinem Stein, er sprang auf und streckte sich, um besser zu sehen. Das Buch rutschte aus seinen Händen und fiel zu Boden. Missbilligend und mit steifem Rücken bückte Gendig sich, um es aufzuheben.

»Alle Götter!«, rief Jolnir. »Es sind Fremde. Sie müssen wirklich von weither kommen. Sie haben Menschen dabei!«

Gendig stützte sich auf seinen Stock und lehnte sich nach vorne. Dort, wo der Weg ins Tal führte, war tatsächlich Bewegung, dunkle Flecken erschienen zwischen den roten, vom Wind leicht bewegten Ahornflecken, und jetzt hörte er auch das Knirschen von Sand und kleinen Steinen. Er gab nicht gern zu, wie schlecht seine Augen geworden waren, und war dankbar, dass zumindest sein Gehör ihn nicht im Stich ließ.

»Ich wünsche Euch einen guten Tag, ehrenwerter Meister der Runen«, sagte eine Stimme in der Zwergensprache, und aus dem Flecken der Wanderer lösten sich zwei Gestalten, die näher kamen und einige Schritte vor Gendigs Sitz verharrten.

»Kommt näher«, verlangte Gendig und kniff die Augen zusammen, um besser zu sehen. Die beiden folgten seiner Aufforderung, und langsam schälten sich ihre Gesichtszüge aus dem diffusen Nebel, der über allem lag. Der eine war ein junger Zwerg, groß und schlank und mit ernsten braunen Augen. Er überragte seinen Begleiter um Haupteslänge, obwohl dieser kein Zwerg zu sein schien, Gendig dachte zuerst, er hätte ein Menschenkind vor sich, bis der kleine Fremde näher kam und er sein Gesicht erkennen konnte, das nicht das eines Kindes war, obwohl die riesigen blauen Augen ihm etwas Kindliches verliehen.

»Mein Name ist Nardon Haltir«, sagte der Zwerg, »und dies ist Pintel Luffelheim. Wir kommen von weit her, um Euch zu sprechen.«

»Tag, zusammen«, sagte der Kleine in schrecklichem Zwergisch und lächelte ansteckend.

»Seid gegrüßt«, sagte Gendig. »Ihr mögt auch meinen Enkel begrüßen, Jolnir Felsspalter.«

»Hallo«, sagte Jolnir und musterte die Neuankömmlinge interessiert.

»Ist es möglich, diese Unterhaltung in der Sprache der Menschen zu führen?«, fragte der Zwerg, der sich als Nardon vorgestellt hatte. »Die Zwergisch-Kenntnisse meines Begleiters sind leider lückenhaft.«

»Natürlich«, sagte Gendig. »Es ist eine Weile her, aber es wird gehen.«

»Prima«, sagte der Kleine namens Pintel und strahlte. »Jetzt verstehe ich Euch. Vielen Dank.«

»Was ist mit Euren Begleitern?«, fragte Gendig und deutete mit seinem Stock auf die verschwommenen Umrisse der anderen Fremden, die sich einige Schritte abseits hielten.

»Ich bat sie, etwas zurückzubleiben«, erklärte der Zwerg. »Der Höflichkeit halber. Wir wollten Euch nicht fünf Mann hoch überfallen wie die Wegelagerer.«

»Sehr rücksichtsvoll«, sagte Gendig. »Ich bin erfreut, zu sehen, dass es noch gutes Benehmen gibt bei der Jugend. Nun, was führt Euch zu mir? Ich gestehe, ich bin neugierig. Ich empfange wenig Besuch von Fremden.«

»Erinnert Ihr Euch an einen gewissen Mandor Markholt, einen Kaufmann aus Halmesholm?«, fragte Nardon.

»Natürlich«, sagte Gendig. »Ein junger, sehr geschäftstüchtiger Mensch. Ich kannte auch seinen Vater und dessen Vater. Kaufleute mit Leib und Seele. Wie geht es dem jungen Mandor?«

Nardon räusperte sich. »Er ist leider tot. Im Alter von achtundsechzig Jahren verstorben - ein respektables Alter für einen Menschen.«

»Du liebe Güte«, sagte Gendig staunend und betroffen. »Wie die Zeit vergeht.«

»Er starb im Kreise seiner Lieben nach einem langen und erfüllten Leben«, sagte Nardon. »Lang für seine Verhältnisse, versteht sich. Aber nicht das ist das eigentliche Problem. Ihr erinnert Euch auch an eine gewisse Einrichtung zur Prüfung der Erben, die Ihr mit Hilfe Eurer Zauberei geschaffen habt?«

»Ich bin alt und etwas kurzsichtig«, sagte Gendig, »aber mein Erinnerungsvermögen ist völlig intakt, junger Freund.«

»Ja«, sagte Nardon und errötete bis an die Haarwurzeln. »Äh, selbstverständlich. Verzeiht mir. Ich wollte keinesfalls etwas anderes andeuten.«

»Schon gut«, sagte Gendig. »Ich nehme an, es geht darum, die Prüfungsebenen wieder in Stand zu setzen? Nun, das könnte tatsächlich ein Problem werden, denn ich reise nicht mehr.«

»Sie sind großartig, übrigens«, schaltete sich der Kleine ein, seine Augen leuchteten vor Begeisterung. »Meisterhaft. Ich habe noch nie so viel umwerfende Sprucharbeit auf einem Haufen gesehen. Allein die Beleuchtung! Unglaublich stilvoll, und alles völlig intakt! Ihr müsst großen Aufwand allein mit den Erhaltungszaubern betrieben haben.«

»Ich sehe, Ihr seid ein Kollege?«

»Verglichen mit Euch bin ich ein Stümper.«

»Immerhin seid Ihr kundig genug, um gute Arbeit zu würdigen. Was hat Euch am besten gefallen?«

»Das ist schwer zu sagen. Das Monster im See war großartig. Beeindruckend. Götter! Es hätte uns fast erwischt! Na, und das Tropfsteinwesen hat uns ebenfalls alles abverlangt. Die Rätsel waren einfach. Es war aber eine hübsche Idee, ein Abbild von Euch als Schlüsselhüter zu erschaffen. Was ich natürlich jetzt erst feststelle, denn damals kannte ich Euch ja noch nicht …«

»Ich unterbreche nur ungern diesen munteren Austausch«, sagte Nardon. »Aber unser Problem ist leider dringender als lediglich die Wiedererrichtung der Prüfungsebenen, und es duldet keinen Aufschub.«

»Ihr vernichtet gerade einen Teil des guten Eindruckes, den ich von Euren Umgangsformen gewonnen hatte«, tadelte Gendig. »Aber offenbar habt Ihr es eilig, wie die meisten Jungen. Nun rückt heraus mit Eurem Problem.«

»Das Artefakt, das durch die Ebenen geschützt war«, sagte Nardon. »Wir müssen alles darüber in Erfahrung bringen, was es in Erfahrung zu bringen gibt. Es ist leider einer völlig falschen Person in die Hände gefallen.«

»Aber wie konnte das passieren?«, fragte Gendig. »Sollte nicht gerade das durch die Prüfung verhindert werden?«

»Die fragliche Person hat die eigentliche Erbin umgebracht und ihre Gestalt angenommen«, erklärte Nardon. »Es wurde von niemandem bemerkt. Wir versuchen nun, den Schaden zu begrenzen.«

»Was für schlimme Nachrichten«, sagte Gendig betrübt. »Einmal mehr ist bewiesen, dass es töricht ist, sich in Sicherheit zu wiegen.«

»Ich bitte Euch, uns zu berichten, was Ihr über das Artefakt wisst«, sagte Nardon.

»Warum sollte ich das tun?«, fragte Gendig und blinzelte.

»Äh«, sagte Nardon verwirrt. »Wie bitte? Ich verstehe nicht …«

»Wie soll ich wissen, dass Ihr vertrauenswürdig seid? Ich trage eine Verantwortung. Seid Ihr vom Arkanen Rat beauftragt?«

»Nein«, sagte Nardon. »Müssen wir das sein? Mein Auftraggeber ist Blakkur von Erin, der ehrwürdige Abt des Klosters des Gròr auf der Insel der Stürme. Auch dort hat die fragliche Person erheblichen Schaden angerichtet und ein ähnliches Artefakt entwendet.«

»Ich kenne diesen Abt nicht«, sagte Gendig. »Ich weiß nicht einmal, ob er existiert.«

Der junge Zwerg hob in hilfloser Geste die Hände und ließ sie wieder fallen. »Was kann ich tun, um Euch von unserer Vertrauenswürdigkeit zu überzeugen? Lasst uns nicht einfach so wieder abreisen. Bitte.«

Eine weitere Gestalt näherte sich, eine menschliche Frau, sie war dunkel gekleidet und trug ein Schwert an der Seite, auf dem ihre Hand ruhte.

»Gibt es ein Problem?«, erkundigte sie sich. Gendig fand, es klang ein wenig drohend.

»Keines, auf das wir deine Methoden anwenden wollen«, sagte Nardon entschieden. »Halte dich zurück, bitte.«

»Ich habe mich auch vorhin zurückgehalten«, sagte die Kriegerin gereizt.

»Wir diskutieren das später«, sagte der Zwerg.

»Was erwartest du?«, fauchte die Kriegerin. »Ich reite mir doch keine Schwielen an den Hintern, nur um mir dann von irgend so einer Trulla anzuhören, dass ich den Weg umsonst gemacht habe, weil der Ehrwürdige Runenmeister keinen Besuch empfängt!«

»Wir sprachen mit Eurer Tochter«, erklärte Pintel und lächelte entschuldigend. »Sie meinte, es sei zu viel der Aufregung für Euch, uns zu empfangen. Ich bin sicher, sie hat es gut gemeint, nur konnten wir ihr die Dringlichkeit unserer Mission nicht verständlich machen. Nun, es kann sein, dass sie etwas schlecht auf uns zu sprechen ist, denn nach einer Weile hat die Dame hier -«, er deutete auf die Kriegerin – »sagen wir, sie hat ein wenig die Beherrschung verloren …«

Die Kriegerin schnaubte und wandte sich ab.

»Aber es kam niemand zu Schaden«, versicherte Pintel eilig. »Es flogen nur einige unschöne Ausdrücke hin und her. Zum Glück kam Euer Schwiegersohn dazu und hat uns Euren Aufenthaltsort verraten, wodurch uns allen Schlimmeres erspart blieb.«

»So, so«, sagte Gendig amüsiert. »Sie meint es oftmals zu gut, meine Tochter. Ich weiß.«

»Und jetzt?« Pintel hoppelte unruhig von einem Fuß auf den anderen. »Was machen wir? Könnt Ihr nicht in unsere Köpfe hinein schauen oder etwas in der Art?«

»Ich könnte wohl«, sagte Gendig mit milder Überraschung. »Ich verfüge über solche Zauber, auch wenn ich sie sehr lange nicht mehr angewendet habe. Sie erfreuen sich aber geringer Beliebtheit bei denen, auf die sie angewendet werden.«

»Wieso?«, fragte Pintel. »Kriegt man Kopfweh davon?«

»Das nicht«, sagte Gendig. »Aber es gibt in den Köpfen viel, das nicht für die Öffentlichkeit bestimmt ist, auch wenn es ganz harmlos ist, und ich sehe alles.«

»Das macht nichts«, sagte Pintel. »Bitte sehr. Mein Kopf steht Euch zur Verfügung.«

»Bist du sicher?« Die Kriegerin warf dem alten Zwerg einen misstrauischen Blick zu. »Wer weiß, was er da drin durcheinanderbringt.«

»Die Chance, dass er ein wenig Ordnung schafft, ist größer«, sagte Nardon mit leichtem Lächeln.

»Also gut«, sagte Gendig. »Ich nehme das Angebot an. Jolnir, pass gut auf.«

Der junge Zwerg, der die Geschehnisse aufmerksam verfolgt hatte, nickte.

»Seid Ihr bereit?«, fragte Gendig Pintel. Der nickte eifrig.

»Kommt näher«, forderte Gendig ihn auf. »Noch näher. Noch ein Stück, Junge, was glaubt Ihr, wie lang mein Arm ist?«

»Entschuldigung«, sagte Pintel. »Ich wusste nicht, dass Ihr mich berühren müsst.«

»Ich muss nicht, aber es erleichtert die Sache.«

»Soll ich noch etwas tun?«

»Still halten. Und konzentriert Euch.«

»Kein Problem. Ich bin ein Meister der Konzentration. Ich kann mich unter den unmöglichsten Umständen konzentrieren. Das ist wichtig, finde ich, zum Beispiel wenn man einen Verteidigungszauber werfen will, während ein schreckliches, stinkendes Monster auf einen zu rennt, oder wenn man dabei ist zu ertrinken, oder abzustürzen, oder …

»Still halten beinhaltet still sein!«

Pintels Mund schnappte zu.

Gendig legte Pintel die Hand auf die Stirn, schloss die Augen und begann mit leiser Stimme einen Singsang. Es war lange her, und doch lagen die Worte in seinem Geist bereit, als hätten sie nur darauf gewartet, nach vorne zu kommen. Er formte seine Gedanken zu einem hellen Strahl, den er durch seine Hand in den Kopf seines Gegenübers schickte.

Er tauchte in den Kopf des anderen wie in einen Teich voller aufgeregter Fische, die in alle Richtungen zuckten. Er atmete tief und kontrolliert, ließ Ruhe fließen, die vom Chaos auf der anderen Seite geschluckt wurde. Mühsam bahnte er sich seinen Weg durch das Gewimmel – *Ist er jetzt schon drin? Jetzt nur nichts Unanständiges denken. Wir sollten unsere Vorräte auffrischen, bevor wir abreisen. Apfelkuchen! Das wäre toll! Hoffentlich mache ich einen guten Eindruck. Habe schon wieder zu viel geredet. Hoffe, er ist nicht böse. Götter, er ist sicher der älteste Zwerg, den ich je gesehen habe! Vielleicht sogar das älteste Lebewesen überhaupt … abgesehen von der Valdar vielleicht … Werde Krona bitten, mein Pferd festzuhalten, wenn ich später aufsteige, damit es mich nicht wieder in den Hintern zwickt. Vielleicht kann sie es heimlich tun. Ist ja durchaus etwas peinlich …* - bis er endlich zum Kern vordrang, in dem Ruhe herrschte.

Erschöpfung überkam ihn. Die Anstrengung war ungewohnt. Ein stechender Schmerz breitete sich hinter seiner Stirn aus. Er blieb gerade so lang als nötig und zog sich dann mit erleichtertem Aufseufzen zurück.

Er nahm die Hand von der Stirn des anderen.

»Fertig?«, fragte der kleine Zauberer enttäuscht. »Ich habe gar nichts bemerkt.«

»Geht es dir gut?«, fragte die Kriegerin und sah kritisch zwischen Gendig und Pintel hin und her.

»Prima«, sagte Pintel. »Ich fühle mich … entspannt, irgendwie. Ganz ruhig.«

»Das ist ja ganz was Neues«, sagte die Kriegerin. »Genießen wir es, solange es anhält.«

»Ich werde Euch mitteilen, was ich weiß«, sagte Gendig, der sich im Sitzen schwer auf seinen Stock stützte und die letzten Echos aus seinem Geist vertrieb. »Es mag Euch weiterhelfen, auch wenn es nicht viel ist.«

»Ich bin froh, dass Ihr diese Entscheidung getroffen habt.« Nardon zückte ein abgegriffenes Notizbuch und einen Kohlestift. »Bitte, berichtet.«

»Es ist einige Jahre her«, sagte Gendig. »Ich hatte mir bereits einen guten Ruf als Erbauer von Sicherungsanlagen erworben, als Mikan Markholt sich an mich wandte mit der Bitte, ihm bei der Errichtung einer Prüfung für kommende Generationen zu helfen. Er war ein vorausschauender Mann und wusste, dass die Lebenserwartung eines Menschen kurz ist im Vergleich zu der Zeitspanne, während der das Artefakt sicher aufbewahrt werden musste. Ich kam seinem Wunsch nach, allerdings nicht, ohne mich zuvor beim Arkanen Rat über das Artefakt zu informieren. Sie wollten nicht recht mit der Sprache heraus, doch schließlich erfuhr ich, dass es sich um einen Teil eines Toröffners handelte.«

»So viel wissen wir«, warf Nardon ein. »Das ist auch, was Mandor Markholt wusste.«

»Mikans Enkel«, sagte Gendig. »Ein guter Mann, wie alle Markholts. Dann wisst Ihr auch, dass es insgesamt fünf dieser Schädel gibt?«

»Nein«, sagte Nardon und sah kurz von seinem Notizbuch auf. »Ich hatte vermutet, es könnten drei, fünf oder sieben sein. Primzahlen erfreuen sich ja großer Beliebtheit in der Zauberei, und drei wären meines Wissens mindestens erforderlich, um ein Transportfeld aufzubauen.«

»Dann seid Ihr ebenfalls ein Zauberer?«, fragte Gendig überrascht.

»Dimensionstheoretiker«, sagte Nardon. »Was konntet Ihr weiterhin in Erfahrung bringen?«

»Den Namen des Erschaffers«, sagte Gendig. »Falls er Euch interessiert.«

»Und wie«, sagte Pintel.

»Karcharoth von Kalmija. Ich kannte ihn flüchtig. Ein Mensch, vielleicht das größte Talent, das die Zauberei der Neuzeit aufzuweisen hat, aber beherrscht von einem ungesunden Machtstreben. Er schuf den Toröffner, um arkane Energien aus anderen, ergiebigen Ebenen zu erschließen.«

»Was die Erste Dimensionale Direktive klar verbietet«, warf Pintel ein. »Und nicht umsonst.«

»Er war der Ansicht, die moderne Zauberei sei weit genug fortgeschritten, um mit den Risiken fertig zu werden«, sagte Gendig. »Der Rat teilte seine Ansicht nicht, und weil Karcharoth als gefährlich und unberechenbar eingestuft wurde, entzog man ihm seine Schöpfung und verwahrte sie in Einzelteilen an geheimen Orten und verbot ihm, sich jemals wieder damit zu befassen. Ich habe den Fall nicht im Einzelnen weiter verfolgt, aber er hat sich wohl nicht an diese Vorgaben gehalten. Es gab einige Vorfälle, und schließlich wurde Karcharoth nach Sturmwacht verbannt, das man zuvor nach allen Regeln der Kunst ausbruchssicher gestaltet hatte. Es war ein edles Gefängnis, aber nichts desto weniger ein Gefängnis.«

»Ich kenne die Insel«, warf die Kriegerin ein. »Sie trägt eine Festung aus den Einigungskriegen.«

»Eben jene«, bestätigte Gendig. »Dort hat er den Rest seines Lebens verbracht. Er hat sich weiter wissenschaftlich betätigt, brachte einige sehr bemerkenswerte Abhandlungen über Materiemanipulation heraus. Er starb erst kürzlich. Einige Jahre mag es her sein.«

»Momentchen«, sagte die Kriegerin. »Wie alt soll er geworden sein, oder handelt es sich um die zwergische Version von *einige Jahre*?«

»Er wurde älter, als Menschen es gewöhnlich werden«, bestätigte Gendig. »Hundertachtzig Jahre, wenn mich die Erinnerung nicht trügt.«

»Zäher Bursche«, sagte die Kriegerin.

»Ich nehme an, er hat nachgeholfen«, sagte Pintel.

»Der Schluss liegt nahe. Wenn Ihr jedenfalls mehr über das Artefakt erfahren wollt, würde ich an Eurer Stelle dort suchen. Er hat auch, soweit ich weiß, bis zum Schluss Lehrlinge ausgebildet. Vielleicht könnt Ihr deren Namen in Erfahrung bringen und sehen, ob sie etwas wissen.«

»Ich hatte gehofft, Ihr wüsstet etwas über die Verstecke der übrigen Artefakte«, sagte Nardon mit einem Anflug von Enttäuschung in der Stimme.

»Nein«, sagte Gendig. »Jeder, der damit zu tun hat, weiß über höchstens eines Bescheid. Alles andere wäre viel zu riskant.«

»Sinnvoll«, gab Nardon zu und schloss sein Notizbuch.

»Versucht es auf Sturmwacht«, sagte Gendig. »Mehr kann ich Euch nicht raten.«

»Ich danke Euch, auch im Namen meiner Gefährten«, sagte Nardon. »Und richtet Eurer Tochter die besten Grüße aus. Sagt ihr, es war nicht persönlich gemeint.«

»Aber es *war* … Aua! Pintel, lass das!«

»Wir gehen«, sagte Pintel zu der Kriegerin und zog energisch an ihrer Hand.

»Ich wünsche Euch eine gute Reise«, sagte Gendig. »Ihr habt ein Stück Weg vor Euch, wenn Ihr nach Sturmwacht wollt.«

»Daran sind wir mittlerweile gewöhnt.« Nardon verzog das Gesicht. »Ich glaube wirklich, ich habe mehr Wegstunden zurückgelegt, seit ich diesen Auftrag habe, als zuvor in meinem ganzen Leben.«

»Ihr seid jung«, sagte Gendig aufmunternd. »Es wird Euch nicht schaden.«

»Das ist ein Trost«, sagte Nardon und deutete eine leichte Verbeugung an. »Auf Wiedersehen, Ehrwürdiger Meister der Runen.«

Gendig seufzte, als die Umrisse der Fremden verschwammen und sich in einiger Entfernung mit der Umgebung zu einem rot-braunen Fleckenmuster verbanden. Er wartete ab, bis ihre Schritte verklungen waren, dann schlug er energisch das Lehrbuch auf und reichte es seinem Enkel hinüber.

»An die Arbeit«, sagte er. »Mir scheint, ich brauche früher einen Nachfolger als gedacht.«

# 4 STURMWACHT

Die Überfahrt nach Sturmwacht stand unter keinem guten Stern. Es hatte die Gefährten mehrere Tage gekostet, ein Schiff zu finden. Lomir war schließlich erfolgreich gewesen, obwohl die Summe, von der er sich hatte trennen müssen, ihm schier die Tränen in die Augen getrieben hatte.

»Fluch«, hatte er geschnaubt. »So ein Unsinn! Sieben Jahre Pech für jeden, der dort landet! Wenn er von allen seinen Passagieren so viel Geld nimmt, kann er sich in sieben Jahren zur Ruhe setzen.«

Kronas Anblick hatte unter den Seeleuten dann beinahe eine Meuterei ausgelöst: Sturmwacht war schon schlimm genug, aber auch noch eine Frau an Bord! Krona hatte gereizt reagiert und war in dem darauf folgenden Handgemenge beinahe über Bord gegangen.

Und dann das Wetter, das sich stetig verschlechterte, je weiter sie hinaus auf die offene See fuhren – selbstverständlich eine weitere Auswirkung des Fluches, der über Sturmwacht lag. Ein böiger Wind war aufgekommen, der Wellen auftürmte und die Regentropfen in nadelspitze Geschosse verwandelte. Das Schiff hob und senkte sich, bis Meer und Himmel sich zu einer einzigen grauen Masse vermischten.

Nardon war völlig außer Gefecht gesetzt. Er hatte schon im Hafen erste Anzeichen von Seekrankheit gezeigt und war nur mit sanfter Gewalt an Bord zu bringen gewesen. Krona hatte ihn aus einem dunklen Winkel im Frachtraum geholt und ihn an Deck befördert, wo sich Seekrankheit ihrer Erfahrung nach am besten aushalten ließ. Dort saß er jetzt zwischen zwei Taurollen, klammerte sich an ein mit Salzwasser getränktes Seil und sah zum Sterben elend aus. Den übrigen Gefährten schien die raue See überraschend wenig auszumachen. Fenrir hielt sich mit Todesverachtung und unverbrüchlicher Würde aufrecht. Lomir erwies sich für einen Zwerg als erstaunlich seetauglich, er blieb an Deck und aus dem Weg der Seeleute, im Gegensatz zu Pintel, den die Schaukelei nahezu in Ekstase versetzte. Er sprang zwischen den Seeleuten herum und befragte sie zu jedem Handgriff, drängte sie dazu, die Geschichte vom Fluch über

Sturmwacht ein weiteres Mal zu erzählen und konnte gerade noch davon abgehalten werden, in die Takelage zu klettern, um die Aussicht zu genießen.

Der Wind peitschte Regengüsse über das Deck, als endlich am Nachmittag desselben Tages der Anker geworfen wurde.

Mit eingezogenem Kopf arbeitete Krona sich quer über das Deck hinüber zum Kapitän.

»Könnt Ihr uns nicht näher heranbringen?«, fragte sie fast schreiend, um das Dröhnen, Rauschen, Knattern und Heulen um sie herum zu übertönen. »Wir sind ja noch mitten auf dem Meer!«

»Die Insel ist dort drüben!«, schrie der Kapitän zurück und zeigte auf eine entfernte, dunkle Masse inmitten der tobenden Elemente. »Näher kann ich nicht heranfahren, bei diesem Wetter! Wir würden gegen die Klippen geschleudert!«

»Dann warten wir, bis der Sturm sich legt!«

»So viel Gold könnt Ihr mir gar nicht bezahlen, dass ich dieses Risiko eingehe. Wäre ich ein wirklich vernünftiger Mann, dann wäre ich gar nicht hier.«

»Und wie sollen wir da hinüberkommen?«

»Ihr werdet rudern müssen.«

»Rudern?!« Mit Entsetzen dachte Krona an die Zwerge. »Ihr meint, in einem Boot?«

»Haltet stracks auf den Nordturm zu«, sagte der Kapitän. »Ihr werdet einen schmalen, spitzen Felsgrat passieren. Behaltet ihn steuerbord. Die Fahrrinne dort ist tief genug für ein Boot.«

»Das ist nicht Euer Ernst. Ich habe einen Trupp ausgewiesener Landratten dabei!«

»Das ist nicht mein Problem. Und nun voran. Meine Mannschaft wird unruhig. Sie wollen diese Gewässer verlassen, und Ihr solltet Euch beeilen, wenn Ihr nicht wollt, dass man Euch ohne ein Boot zu Wasser lässt.«

Krona sah dem Kapitän ins Gesicht. Der wettergegerbte Seemann wirkte nicht, als würde er spaßen.

»In Ordnung«, sagte sie niedergeschlagen. »Ich hole die anderen. In vierundzwanzig Stunden seid Ihr wieder hier, um uns abzuholen, klar?«

»Klar, Hauptmann.« Der Kapitän sah an Krona vorbei. »Für Euer gutes Gold tun wir das.«

Zehn Minuten später versammelten sich die Gefährten an der umtosten Reling. Krona hatte Pintel an der Schulter gepackt und hielt ihn fest, damit der kleine Zauberer nicht einfach von Bord geblasen wurde. Ein Beiboot war zu Wasser gelassen worden und tanzte wie ein Korken auf den Wellen.

»In dieses Ding?«, fragte Nardon und starrte mit allen Anzeichen der Panik hinunter auf das Boot.

»Ja«, sagte Krona entschieden.

»Unmöglich«, sagte Nardon. »Wir werden ertrinken.«

»Du hast es noch gut«, sagte Pintel. »Du bist ein Zwerg. Du wirst untergehen wie ein Stein, und dann kannst du auf dem Meeresgrund entlang gehen, bis die Insel kommt. Mich hingegen wird dieser Ozean auf die andere Seite der Weltkugel spülen.«

»Schluss mit dem Gerede«, befahl Krona. »Niemand wird ertrinken. Das Ganze sieht schlimmer aus, als es ist.«

Einer der Matrosen befestigte ein Seil an der Reling, trat dann einen Schritt zurück und machte eine auffordernde Handbewegung. Fenrir packte das Seil.

»Wenn es schon nötig ist, gehe ich zuerst. Dann lasst ihr das Gepäck runter. Das Gewicht sollte das Boot stabilisieren.«

»Götter«, sagte Nardon, der mittlerweile trotz des schneidenden Windes aschfahl war, als Fenrir mit schlagendem Mantel über die Reling verschwand. »Alle gütigen Götter!«

»Bisschen beten kann nicht schaden«, sagte Lomir und drückte tröstend die Schultern seines Freundes. »Komm schon! Wir haben schon Schlimmeres überstanden.«

»Was denn?«, fragte Nardon elend. »Mir fällt nichts ein.«

»Mir schon. Weißt du noch, damals, unser Abenteuer mit dem eisernen Drachen? Ganz zu schweigen unsere Expedition zu deiner Lieblings-Grabstätte, du weißt schon, *Shakh, der noch im Tode seinen Häschern entrann* …«

Während Lomir auf Nardon einsprach wie auf ein krankes Pferd, verlud Krona erst das Gepäck, dann Pintel und dann, nach kurzem Blickwechsel mit Lomir, sich selbst in das unruhig schlingernde Boot. Gischt und Regen vermischten sich hier unten zu einer fast undurchdringlichen Wasserwand. Wie ein seltsames Haus ragte der muschelüberkrustete Schiffsrumpf über ihr auf. Sie legte den Kopf in den Nacken und versuchte, oben etwas zu erkennen. Nardon schien noch letzten Widerstand zu leisten, denn es dauerte, bis endlich seine Gestalt durch die Regenschwaden erkennbar wurde. Er kletterte nicht selbst, sondern wurde von Lomir abgeseilt, und zitterte am ganzen Körper, als Krona ihn unten in Empfang nahm und in den Bug des Bootes setzte.

Schließlich kam auch Lomir in Sicht. Kaum hatte er das Seil losgelassen, wurde es auch schon eingeholt, und von oben drang ein verwaschenes »Anker lichten!«, zu ihnen hinunter.

»Bisschen ungemütlich hier«, sagte Lomir und setzte sich hinter Fenrir auf die Ruderbank. »Also, wohin geht's?«

Krona zeigte hinaus in das formlose Grau, die Richtungsangabe des Kapitäns so gut wie möglich nachvollziehend, bevor sie selbst nach den Rudern griff.

»Rudert«, sagte sie. »Umso schneller haben wir Land unter den Füßen.«

Drei Paar Ruder tauchten ins Wasser und begannen ihre Arbeit. Der Horizont, unwesentlich heller als das Meer, hob und senkte sich schwindelerregend, als sie auf die verschwommene Landmasse zu hielten.

»Pintel!«, schrie Krona nach vorne. »Halte Ausschau nach einem schmalen Felsgrat, und sorge dafür, dass wir ihn steuerbord behalten!«

»Alles klar, Käpt'n!«, schrie Pintel zurück. »Was ist steuerbord?«

»Rechts!«

»Ach so!«

Der Wind riss an ihren Umhängen und peitschte ihnen klebrige Gischt ins Gesicht. Obwohl sie ruderten, hatte Krona das Gefühl, überhaupt nicht vom Fleck zu kommen, bis sich ihr, die mit dem Rücken zur Fahrtrichtung saß, ein dunkles, gezacktes Etwas zur Rechten in den Blickwinkel schob. Sie drehte sich auf ihrer Bank und erschrak.

»Pintel!«, schrie sie. »Rechts, verdammt! Das *andere* Rechts!«

Sie hörte seine Stimme, verstand aber über dem Getöse seine Worte nicht, dann packte eine riesige Welle das Boot, hob es über den Felsgrat hinaus und trug es voran. Drei paar Ruder wirbelten hilflos durch die Luft, dann ging es abwärts, dass ihre Mägen sich hoben. Schließlich wurde es ruhig, und sie wurden rasch vorangetragen.

»Ahem«, sagte Pintel von vorne, »wir sollten bremsen oder so. Da ist so eine Art Strand, und er kommt sehr schnell näher. Das heißt, aller Wahrscheinlichkeit sind wir es, die näher kommen, und ich glaube nicht, dass man von einem Strand verlangen kann, zu bremsen, also …«

»Zurück rudern!«, schrie Krona und tat Selbiges. Leider blieb sie die Einzige. Lomirs und Fenrirs Ruderpaare hoben und senkten sich wie die Beine eines Käfers, der auf dem Rücken liegt, und dann krachte und knirschte es. Der gewaltige Ruck schleuderte sie alle von ihren Bänken. Krona landete unglücklich auf dem Rücken. Für Augenblicke verschlug es ihr den Atem, und sie schnappte nach Luft, dann hob sie den Kopf und zählte ihre Gefährten in dem wild schaukelnden Boot. Keiner war über Bord gegangen. Nardon konnte sie von ihrer Position aus nicht sehen, aber sie hörte, wie er mit zitternder Stimme eine zwergische Litanei murmelte.

»Das ist ja noch mal gut gegangen«, sagte sie erleichtert und zog sich auf ihre Bank hoch.

»Na ja«, sagte Lomir, »bis auf das Wasser, das hier ins Boot läuft.«

Nardons Litanei hob sich um eine Tonlage und gewann an Verzweiflung.

»Macht nichts«, sagte Pintel großzügig. »Wir sind fast da.«

Krona sah über die Schulter. Nur ein Steinwurf trennte sie von einem schmalen, steinigen Küstenstreifen, hinter dem sich dunkler Fels empor türmte. Sie legte den Kopf in den Nacken und meinte, durch die Regenschleier zwei Turmzinnen zu erkennen.

Das Boot trieb nun führerlos, legte sich quer und wurde von einer wohlmeinenden Welle an den Strand gespült, wo es sich ächzend zur Seite neigte und liegen blieb.

Schwindelig erhoben sich die Gefährten und kletterten unbeholfen aus dem Boot. Nardon murmelte etwas, entfernte sich eilig und verschwand hinter einem nahe gelegenen Felsvorsprung. Krona blieb im knietiefen Wasser stehen und inspizierte den Schaden am Boot. Im Inneren war nicht viel zu erkennen.

»Und?«, fragte Lomir.

»Keine Ahnung«, gab Krona zu. »Ich sehe nur einen schmalen Spalt zwischen diesen beiden Planken. Wahrscheinlich muss man das Ding auf den Strand ziehen und umdrehen.«

»Weißt du, wie man ein Boot repariert?«

»Nein, du?«

»Nein.«

»Sonst jemand?«

»Nein«, sagte Fenrir, der gerade die letzten Ausrüstungsgegenstände aus dem Boot holte.

»Nicht direkt«, sagte Pintel. »Es gibt einen kleinen Reparaturzauber, den ich vielleicht anwenden könnte. Bisher hab ich aber nur kleinere Dinge damit geflickt. Rucksäcke, zerbrochene Teller und Ähnliches. Bei etwas wie einem Boot käme es auf einen Versuch an.«

»Ehrlich gesagt, ich glaube gar nicht mal, dass dieses Boot unser Hauptproblem ist«, sagte Krona niedergeschlagen und watete hinauf zum Strand. »Es dürfte keinen Unterschied machen, ob es ganz oder kaputt ist.«

»Du glaubst, wir sehen dieses Schiff nie wieder«, ergänzte Fenrir.

»Genau«, sagte Krona. »Und mit dieser Nussschale können wir von hier aus nirgendwohin gelangen.«

»Ich teile deine Einschätzung«, sagte Fenrir. »Das Wetter hat die Seeleute in ihrem Aberglauben bestärkt. Sie halten diesen Ort für verflucht und werden sich ihm nicht für alles Gold der Welt wieder nähern.«

»Aber warum sind wir dann ausgestiegen?«, fragte Pintel und musterte entsetzt die unwirtliche Umgebung.

»Das wären wir so oder so«, erklärte Krona düster. »Wir hatten nur die Wahl, ob mit oder ohne Boot.«

»Götter«, sagte Pintel verzagt.

»Keine Sorge«, sagte Krona, der es gegen ihre eigene Überzeugung gelang, zuversichtlich zu klingen. »Wir kommen hier schon wieder weg. Die *Seelilie* ist schließlich nicht das einzige Schiff, das in diesen Gewässern verkehrt. Zunächst sollten wir uns auf das konzentrieren, was wir hier zu erledigen haben.«

Kurze Zeit später kehrte Nardon von seinem Ausflug hinter den Felsen zurück. Sein Gesicht über dem nassen Bart war von grünlich-blasser Farbe, und er musterte das auf der Seite liegende Boot, wie man eine tote Schlange mustert.

»Besser?«, fragte Lomir besorgt. Nardon nickte nicht sonderlich überzeugend.

»Kommt hier herüber«, sagte Fenrir. »Man steht etwas geschützt am Felsen.«

Unter einem flachen Felsüberhang versammelten sich die Gefährten zur Lagebesprechung.

»Wir haben vierundzwanzig Stunden«, sagte Krona und ignorierte Fenrirs langen Blick. »Das könnte etwas knapp werden, wir haben also keine Zeit zu verlieren. Zuerst stellen wir sicher, dass wir uns in der Festung ungestört bewegen können. Wenn wir alles unter Kontrolle haben, teilen wir uns auf und suchen systematisch.«

»Was einfacher wäre, wenn wir wüssten, wonach wir suchen«, warf Lomir ein.

»Totenschädel jeder Art«, zählte Krona auf. »Alles, was nach Zauberzeug aussieht. Jede Art von Schriften. Pintel ist unser Experte. Zeigt ihm eure Funde, er wird bestimmen, was wir mitnehmen.«

»Wir müssen uns vorsehen«, sagte Pintel. »Das hier war über viele Jahre die Wohnstatt eines ziemlich üblen Gesellen. Ich meine, schaut euch nur um. Das sonnigste Gemüt würde nach ein paar Jährchen auf diesem Felsbrocken schlechte Laune kriegen.«

»Und das heißt im Einzelnen?«, fragte Krona alarmiert.

»Ich habe keine Ahnung.« Pintel zog sich seinen Umhang fester um die Schultern. »Ist nur so ein blödes Gefühl.«

»Dann lasst uns gehen«, sagte Lomir. »Langsam wird's nämlich kühl. Wenn ich gerade richtig gesehen habe, sitzt die Festung oben auf der Spitze der Zinne. Das heißt, wir brauchen einen Aufgang, einen Weg oder Treppen oder etwas Ähnliches.«

»Versuchen wir es in dieser Richtung«, sagte Krona und zeigte mit dem Finger den Strand entlang. »Wenn ich richtig liege, war es die äußere Hafenmauer, oder was von ihr noch übrig ist, die unserem Boot diesen Schlag versetzt hat. Das heißt, der Hafen lag dort drüben, und dort müsste sich dann auch ein Aufgang befinden.«

Sie setzten sich in Bewegung.

»Weißt du mehr über die Geschichte dieser Anlage?«, fragte Fenrir Krona.

»Ein wenig«, sagte sie. »Sie ist etwa vierhundert Jahre alt. Entstand während des Einigungskrieges. König Alastor von Bergen ließ sie errichten, um die Sturmflotten aus Lichtenau schon vor ihrer Landung bekämpfen zu können.

Es geht die Rede, dass ein Zauberer das gesamte Bauprojekt durch einen Zauber vor den Augen der Lichtenauer verbarg. Ich glaube aber, die Lichtenauer erzählen das nur so, weil ihnen peinlich ist, dass sie von dem Bau nichts bemerkten. Jedenfalls starteten von hier die Kaperschiffe, die große Teile der Lichtenauer Flotte aufrieben, und von den Zinnen aus haben sie wohl die Seestraße beschossen.«

»Warum sind die Lichtenauer nicht außen herum gefahren?«

»Sind sie ja. Deshalb ging der Krieg dann auch verloren. Sie haben mit ihren Schiffen von Osten angegriffen, wo man sie nicht erwartet hat.«

»Klingt für mich nicht übermäßig überraschend«, sagte Pintel und ließ sich von Krona über einen Felsen helfen.

»Mit den Schiffen, die man damals hatte, konnte man nicht aufs offene Meer raus«, erklärte Krona. »Es gibt da irgendwelche Strömungen oder so. Die Lichtenauer mussten erst Schiffe erfinden, die mit so was fertig wurden. Damit hatten die Bergener nicht gerechnet.«

»Seht mal«, sagte Nardon und zeigte auf den Felsen, der sich quer über den Strand zog. »Ein Stück der alten Hafenbefestigung, würde ich sagen.«

»Und später?«, fragte Fenrir. »Nach dem Krieg?«

»Nach dem Krieg wurde die Festung lange als Gefängnis genutzt. So weit ich weiß, sind hier die Söhne von König Alastor eingesessen und ein paar seiner Generäle. Die Art von Gefangenen, die man am liebsten vergessen möchte. Später saßen hier Schwerverbrecher. Ich glaube kaum, dass jemals einer der Gefangenen die Insel lebend verlassen hat.«

»Klingt gruselig«, warf Pintel ein.

»Danach weiß ich nicht«, sagte Krona. »Irgendwann wurde die Festung aufgegeben. Zu aufwendig im Unterhalt, vielleicht. Eine der Zinnen war wohl noch für eine Weile als Leuchtturm in Betrieb, aber das rentierte sich wohl auch nicht. Dann hat man es verfallen lassen.«

»Bis Karcharoth einzog«, sagte Pintel. »Oh Mann, der könnte einem wirklich leidtun.«

»Das zeigt nur, wie hoch man die Gefahr einschätzte, die von ihm ausging«, sagte Fenrir. »Wir sollten das nicht vergessen, solange wir uns hier bewegen.«

»Wer von euch hatte eine Treppe bestellt?«, fragte Lomir, blieb stehen und deutete auf die Felswand. »Hier gibt's eine.«

»Das nennst du eine Treppe?«, fragte Pintel und starrte die Felswand hinauf. »Ich nenne das eine Hühnerleiter, wenn überhaupt.«

»Und ich nenne das einen zufällig entstandenen Felsvorsprung«, sagte Fenrir.

»Nicht zufällig«, widersprach Lomir und stieg auf die unterste Stufe. »Genauso wenig wie die hier -«, er stieg auf die zweite, »oder die hier.« Auf der dritten Stufe blieb er stehen und sah hinunter zu seinen Gefährten. »Nun kommt schon«, sagte er. »Dies ist eine Festung. Was hattet ihr erwartet? Eine Prachtstraße mit Rosenbüschen?«

»Du hast recht«, sagte Krona und schloss zu Lomir auf. »Wir nehmen, was wir kriegen können.«

Was sie erwartete, war nicht Treppensteigen, sondern Kletterei von Vorsprung zu Vorsprung. Durch einfaches Hinsehen war der Verlauf der Treppe kaum erkennbar, meist sahen sie nicht weiter als eine oder zwei Stufen. Der Fels war nass und glatt, so dass sie die Hände einsetzen mussten, um Halt zu finden. Der Wind heulte um ihre Köpfe und zerrte an ihren Mänteln, unter ihnen schlugen die Wellen mit dunklem Rauschen gegen den Strand. Sie waren kaum vier oder fünf Meter geklettert, als Lomir, der voran stieg, innehielt.

»Interessant«, sagte er.

»Was ist los?«, rief Fenrir, der die Nachhut bildete, von hinten.

»Ein Tunnel«, beschrieb Lomir. »Unser Weg führt direkt hinein. Es gibt hier Reste irgendeiner Halterung, und auf dem Boden des Tunnels verlaufen Schienen – oder was immer es gewesen ist, als es noch intakt war.«

»Der Lastenaufzug«, vermutete Krona. »Wahrscheinlich hat man hier Vorräte hinauf in die Festung geschafft.«

»Und wie hat man die Vorräte bis hierher gebracht?«, wunderte sich Pintel. »Doch nicht über diesen Klettersteig?«

»Über einen Flaschenzug, nehme ich an. Ich habe bei anderen Festungen ähnliche Vorrichtungen gesehen.«

»Wie hoch ist der Tunnel?«, fragte Fenrir von hinten. »Passen wir hinein?«

»Mit mehr oder weniger Bücken, ja«, sagte Lomir. »Er hat einen Durchmesser von etwas mehr als einem Schritt.«

»Das bedeutet Kriechen, nicht Bücken«, sagte Fenrir.

»Versuchen wir's«, sagte Krona. »Es mag von Vorteil sein, wenn wir nicht durch den Haupteingang kommen.«

Sie entzündeten eine Fackel, bevor Lomir sich als Erster in den Tunnel wagte.

»Er führt nach oben«, meldete er, während die anderen folgten. »Ziemlich steil sogar.«

Die Zwerge und Pintel konnten sich gebückt bewegen, Krona und Fenrir allerdings kamen nur auf allen Vieren voran. Die Fackel flackerte und rußte und warf verzerrte Schatten gegen die Wände. Krona konnte nicht mehr erkennen als das, was sich direkt vor ihr befand; wenn sie an Lomir vorbei nach vorne sah, war dort nur völlige Schwärze.

»Lomir«, sagte sie und senkte unwillkürlich ihre Stimme. »Siehst du vor dir etwas?«

»Nein. Ich würde, wenn die Fackel nicht wäre.«

»Denk nicht mal dran.«

»Ich weiß.«

Die verrosteten Überreste der Gleise, die auf dem Boden verliefen, boten ihnen etwas Halt beim Klettern, dennoch kamen sie nur mühsam voran.

»Ich hoffe, diese Aktion lohnt sich«, sagte Fenrir nach einer langen Weile missmutig. »Ihr wisst, was ich von dunklen Löchern halte.«

»Du magst sie nicht«, sagte Pintel atemlos. »Aber tröste dich. Runter geht's hier viel schneller als rauf.«

»Stop«, sagte Lomir von vorne. »Ein Hindernis.«

Im flackernden Lichtschein tauchte ein Gitter auf, das den Gang abriegelte. Krona, froh um eine Pause, setzte sich und stemmte die Füße gegen die Wand, um nicht abzurutschen.

»Warum mach' ich ein Gitter in einen Lastenaufzug?«, fragte Pintel ratlos.

»Es ist noch recht gut erhalten«, sagte Lomir. »Neueren Datums als der Rest hier, würde ich meinen. Es ist eine Tür mit einem Vorhängeschloss.«

»Vielleicht wurde es nachträglich eingebaut, als die Festung zum Gefängnis umgerüstet wurde«, vermutete Nardon. »Man hat den Aufzug noch benutzt, musste ihn aber ausbruchssicher machen. Auf welcher Seite hängt denn das Schloss?«

»Auf unserer.«

»Das stützt meine These.«

»Trotzdem vereinfacht es die Sache nicht gerade«, sagte Krona. »Ich würde ungern umkehren. Pintel?«

»Ich schau's mir an. Mir fehlt zwar die Übung in letzter Zeit, aber gewisse Dinge verlernt man nicht.«

Über Kronas Beine kletternd, schloss Pintel zu Lomir auf, kramte in seiner Gürteltasche und holte gleich darauf ein längliches Lederbündel hervor. »Ich hatte schon mit so etwas gerechnet«, verkündete er stolz. »Deshalb hab‘ ich's mir schon mal bereitgelegt.«

Es war eine längere Operation, die Pintel unter allerlei Verrenkungen durchführte, bis das Schloss endlich mit vernehmlichem Klicken nachgab. Hässlich knarzend schwang das Gitter auf, und sie setzten ihre Kletterpartie fort.

Zwei Mal noch hatte Krona Gelegenheit, zu verschnaufen, während Pintel Gittertüren öffnete. Hinter der dritten schließlich endete der Tunnel in einem stillen, dunklen, feucht-muffigen Raum. Keuchend und mit schmerzenden Beinen versammelten sich die Gefährten.

Der Raum schien nach dem Echo, das er warf, nicht sonderlich groß. Die niedrig brennende Fackel beleuchtete eine Wand, an der dunkle Haufen von etwas Undefinierbarem aufgestapelt lagen. Sandkörnchen knirschten zwischen ihren Stiefelsohlen und dem Felsboden.

»Was ist mit dieser blöden Fackel?«, schimpfte Krona leise. »Man sieht ja rein gar nichts.«

»Ist wohl feucht geworden«, sagte Pintel. »Warte. Ich zünde meine Laterne an.«

Kurze Zeit später hielt Pintel das Licht hoch und ging einige Schritte in den Raum.

»Ein Lagerraum vermutlich«, sagte er und drehte sich langsam um sich selbst.

Die dunklen Haufen, von denen es noch weitere gab, entpuppten sich als Reste von Säcken, aus denen eine dunkle, undefinierbare Masse quoll. Gegenüber des Tunneleingangs befand sich eine lose, in den Angeln hängende Tür, daneben eine Anzahl Holzkisten, die so morsch waren, dass Lomir mit dem Stiel seiner niedergebrannten Fackel mühelos ein Loch hineinstoßen konnte.

»Nägel«, sagte er enttäuscht. »Rostige Nägel. Freunde, ich glaube, den Goldschatz müssen wir woanders suchen.«

»Wir suchen keinen Goldschatz«, erinnerte ihn Nardon, dessen Befindlichkeit sich spürbar verbessert hatte, seit solider Stein ihn vom Wasser trennte.

»Aber falls wir einen finden, nehmen wir ihn trotzdem mit«, sagte Lomir fröhlich und gab der Tür einen Schubs.

»Puh. Klingt, als wären diese Angeln seit hundert Jahren nicht mehr bewegt worden.«

»Das trifft wahrscheinlich zu«, sagte Nardon. »Die Anlage ist riesig. Niemand, der hier alleine lebt, kann sie vollständig nutzen, und sei sein Platzbedarf auch noch so groß.«

»Karcharoth hat nicht alleine hier gelebt«, korrigierte Pintel. »Er hatte seine Bediensteten und auch Lehrlinge bis zum Schluss. Sein letzter Lehrling hat erst bei seinem Tod die Insel verlassen.«

»Er durfte ausbilden?«, fragte Krona ungläubig. »Ich dachte, er war ein Verbrecher.«

»Er war ein hochbegabter Wissenschaftler«, sagte Pintel. »Wahrscheinlich der genialste Zauberer dieses Jahrhunderts. Er hat Dinge vollbracht, die vorher als unmöglich galten. Nur zielte seine Arbeit in eine Richtung, die vom Rat nicht gerne gesehen wurde, und er hat sich an die entsprechenden Verbote nicht gehalten.«

»Rede weiter«, sagte Krona, die mittlerweile ihr Schwert gezogen hatte und sich der Tür näherte, »und der arme Kerl wird mir noch ganz sympathisch.«

»Zauberei ist nicht gut oder böse«, erklärte Pintel, während sie einer nach dem anderen durch die Tür in den dahinter liegenden Gang traten. »Zauberei ist eine existente Kraft und dient den Moralvorstellungen des Anwenders. Dein Schwert ist ja auch nicht gut oder böse.«

»Lass stecken«, sagte Krona und versuchte angestrengt, in den vielen tanzenden Schatten eine mögliche Gefahr auszumachen. »Ist mir jetzt zu schwierig.«

Lang, kerzengerade und dunkel erstreckte sich der Gang vor ihnen. Links und rechts führten ähnlich morsche, zum Teil schief in den Angeln hängende Türen in weitere Lagerräume mit zerfallenen, längst nicht mehr benötigten Vorräten. Die Luft roch salzig und feucht. Sie bewegten sich nun mit äußerster Vorsicht, doch alles, was sie aufstöberten, waren Ratten, die vor ihrem Licht flohen.

Am Ende des Ganges gelangten sie in eine hohe, dunkle Halle. Weitere Gänge führten aus ihr hinaus, und eine breite Steintreppe wendelte sich in ihrer Mitte empor.

»Auf die Treppe«, sagte Krona. »Wir müssen hinauf in die bewohnten Teile kommen. Hier unten werden wir nichts finden.«

Einer hinter dem anderen stiegen sie die steinernen Stufen hinauf.

Lomir ging voraus, die Axt kampfbereit erhoben. Eine weitere Halle nahm sie in Empfang, in deren Weite sich ihr Licht verlor.

»Wir sind ja immer noch unter der Erde«, sagte Pintel, legte den Kopf in den Nacken und spähte die Treppe hinauf, die aus der Halle weiter hinaufführte.

»Sind wir nicht«, sagte Nardon. »Wir befinden uns lediglich in der Mitte dieses Turmes. Diese Halle hat keine Außenwände, deshalb gibt es kein Tageslicht.«

»Woher weißt du das?«

»Hab ich so im Gefühl.«

Sie durchquerten die Halle, ihre Schritte klangen hohl in der Weite des Raumes. Zwei breite Gänge führten von hier weiter ins Innere der Festung.

»Die Luft ist besser hier«, sagte Fenrir, der an der ersten Gangmündung stehen geblieben war und schnupperte. Seine gelben Augen leuchteten im Fackelschein. »Lasst uns hier entlang gehen.«

Sie bogen in den Gang ein und schauten hinter die erste Tür in einer langen Reihe, deren einst stabiles Holz von der salzigen Seeluft zerfressen war. Fernes Möwengeschrei empfing sie, und durch einen schmalen Schlitz in der Wand fiel trübes Tageslicht. Der Boden war bedeckt von Federn, Eierschalen und Vogelkot.

»Ein alter Nistplatz«, sagte Fenrir. »Dieser Raum ist viele Jahre nicht genutzt worden.« Er ging zum Fenster und warf einen Blick hinaus. Krona trat neben ihn. Tief unten stemmte sich das Meer gegen den schmalen Strandstreifen. Die stumpfgrauen Wellen trugen kleine weiße Schaumkronen.

»So dicke Mauern«, sagte Fenrir und berührte mit den Fingerspitzen die gewaltigen, nahtlos aneinandergefügten Steinblöcke.

»Das ist deine erste Festung, nehme ich an?«, sagte Krona und warf einen Blick über die Schulter. »Die sind nämlich alle so. Wenn ich keine dicken Mauern will, stelle ich ein Zelt auf.«

»Spar dir deinen Zynismus, Hauptmann«, sagte Fenrir und riss sich vom Blick nach draußen los.

»Entschuldige. Dieser Ort macht mich nervös, und nicht wegen seiner dicken Mauern.«

»Dann lasst uns keine Zeit verlieren«, sagte Lomir. »Ich glaube kaum, dass wir hier etwas finden werden, aber lasst uns schnell einen Blick in die anderen Räume werfen, nur um nichts zu übersehen.«

Die Räume zur Meerseite waren alle leer und in ähnlichem Zustand. Die Räume auf der anderen Gangseite wiesen zum Teil noch Reste von Möblierung auf. In einem fanden sie eine Kochstelle und einige völlig verrostete Töpfe.

»Soldatenquartiere?«, vermutete Nardon.

»Eher Offiziersunterkünfte«, sagte Krona. »Für Soldatenquartiere sind es einfach nicht genug Räume.«

»Es gibt aber doch bestimmt mehr als genug Räume in den anderen Stockwerken.«

Krona schüttelte den Kopf. »Das ist unüblich. Man bringt die einfachen Soldaten immer auf einem Haufen unter. So gibt es keine Streitereien über irgendeine Ungleichbehandlung.«

»Nur die Offiziere werden *gleicher* behandelt«, sagte Nardon mit hochgezogenen Augenbrauen.

»Ja«, sagte Krona. »Und man lernt, das zu schätzen. Als Offizier, meine ich.«

Die Untersuchung des restlichen Stockwerks brachte nichts als noch mehr leere, verlassene Räume und Möwennester.

»Ich frage mich, ob Karcharoth diesen Turm überhaupt genutzt hat«, sagte Pintel, als sie sich wieder an der Treppe versammelten. »Warum sollte er sich in den Stockwerken über diesem gemütlich einrichten und dieses hier so verkommen lassen?«

»Weil der Ausblick von oben besser ist?«, schlug Lomir vor. »Ich weiß es nicht, aber wir sollten nachsehen. Überdies habe ich noch keinen Zugang zum anderen Turm gefunden. Wir müssen also ohnehin suchen.«

»Einen Zugang wirst du weiter oben nicht mehr finden«, sagte Pintel. »Ich habe mal eine Zeichnung der Festung gesehen. Die beiden Türme sind nur an ihrem Fuß miteinander verbunden. Sie werden nach oben schmäler, und der Spalt zwischen ihnen wird immer breiter.«

»Wir haben noch nicht alles vom Keller gesehen«, erinnerte Krona. »Der Zugang wird ein Tunnel sein, der durch den Felssockel verläuft. Sollte jemals einer der Türme genommen werden, kann man sich in den zweiten zurückziehen und den Zugang verschließen.«

»Dann teilen wir uns auf«, schlug Pintel vor. »Die einen gehen zurück in den Keller und suchen den Durchgang, während die anderen die übrigen Stockwerke ansehen.«

»Schlechte Idee. Das würde ich vielleicht machen, wenn wir zehn wären. Aber wir sind fünf. Viel zu riskant.«

»Dann lasst uns erst nach oben gehen«, sagte Lomir. »Vielleicht finden wir hier ja doch, was wir suchen, und müssen uns mit dem Durchgang gar nicht mehr aufhalten.«

Sie folgten der Wendeltreppe ein Stockwerk hinauf und betraten eine weitere dunkle Halle, deutlich kleiner als die beiden vorhergehenden, aber ebenso verlassen.

»Erstes Obergeschoss«, sagte Lomir. »Dann versuchen wir mal unser Glück.«

Pintel hielt seine Laterne hoch über den Kopf und drehte sich langsam um sich selbst. Die Mündungen dunkler Gänge gähnten in den steinernen Wänden und verschlangen gierig jedes Licht. Auf Kniehöhe waren eine Anzahl flacher, hoher Nischen in die Wände eingearbeitet, und zwei Stufen führten in der Mitte der Halle auf ein steinernes Podest.

»Seht mal«, sagte Pintel und deutete mit der Laterne. »Die Gänge sind mit Gittern gesichert.«

»Der Zellentrakt«, sagte Lomir. »Dann könnten die Räume im Erdgeschoss die Unterkunft der Aufseher gewesen sein.«

»Müssen wir uns das wirklich antun?«, fragte Pintel. »Ich meine, hier hat Karcharoth doch sicher nicht gewohnt.«

»Wartet«, sagte Fenrir. »Ich höre etwas.«

Schlagartig wurden alle still.

»Bist du sicher?«, sagte Lomir nach einer Weile. »Ich höre nichts.«

»Ich auch nicht, solange du sprichst«, sagte Fenrir, der den Kopf leicht zur Seite geneigt hatte und konzentriert ins Leere starrte.

»Was hörst du?«, fragte Krona leise.

»Stimmen.«

Kronas Schwertspitze fuhr in die Höhe. Lomirs Finger schlossen sich um den Stiel seiner Axt. Nardon fasste an seinen Gürtel, wo die Tasche mit seiner Armbrust hing. Pintel beobachtete, wie Fenrir mit fließender Bewegung sein Schwert zog, und machte einen großen Schritt zur Seite.

»Hier entlang«, sagte Fenrir.

»Müssen wir wirklich?«, fragte Pintel niedergeschlagen, doch Fenrir war bereits an das Gitter herangetreten und spähte durch die Gitterstäbe in den dunklen Gang.

»Es ist nicht abgeschlossen«, sagte er und drückte leicht gegen das Gitter. Mit vernehmlichem Knarren gab es nach und öffnete sich in den Gang.

»Wer immer da ist«, sagte Nardon, »jetzt hat er uns gehört.«

»Da kann niemand sein«, sagte Krona kopfschüttelnd. »Die Festung ist seit Jahren verlassen, und Schiffe haben wir keine liegen sehen.«

»Vielleicht wurde jemand hier zurückgelassen?«

»Und wie hätte der sich hier versorgen sollen?«

»Oder jemand wurde von einem Schiff abgesetzt, wie wir.«

»Es ist sehr unwahrscheinlich, dass außer uns noch jemand auf diese Schwachsinnsidee kommt«, knurrte Krona.

»Sehen wir nach«, sagte Fenrir und ging voran.

Lange Reihen schwerer Holztüren erstreckten sich links und rechts von ihnen, als sie in den Gang traten. Die meisten standen ganz oder halb offen und waren von der feuchten, salzigen Seeluft zerfressen, eine war sogar aus den Angeln gebrochen und hing schief in der Türöffnung. Lautlos schritt Fenrir voran, den Kopf nach vorne gestreckt, als würde er wittern. Die anderen folgten bemüht, aber deutlich weniger lautlos. Pintel, der sich an seine Laterne klammerte, bildete die Nachhut.

Vor der dritten Tür zur Linken blieb Fenrir stehen und wies mit der Schwertspitze darauf. Die Gefährten schlossen zu ihm auf. Fenrir legte einen Finger an die Lippen.

Jetzt hörten sie es alle. Ein monotoner Singsang kam aus dem Raum, eine dünne, krächzende Stimme wiederholte immer wieder dieselben vier Töne, immer wieder, wie ein endloses Mantra. Die Gefährten sahen sich an. Pintels Gesicht wirkte geisterhaft blass im flackernden Licht seiner Laterne. Krona tippte Fenrir an und zeigte auf dessen Bogen. Fenrir nickte, steckte das Schwert zurück in die Scheide und machte den Bogen bereit.

»Auf drei«, formten Kronas Lippen lautlos. »Eins – zwei – drei!«

Sie sprang vor, trat die Tür auf, stürmte in den Raum und wich sofort zur Seite, um Fenrir das Schussfeld frei zu geben. Lomir folgte ihr unmittelbar, doch der alte Zwergen-Schlachtruf, *duergar-hildr!,* erstarb auf seinen Lippen. Krona stoppte ihren Lauf, und der Pfeil auf Fenrirs Sehne verharrte dort wie eingefroren.

»Götter«, sagte Lomir leise.

Die geisterhafte Gestalt eines Mannes kauerte an der Rückwand.

Seine Formen schienen wie aus durchscheinendem Nebel gebildet, und ein fahler, blasser Lichtschein ging von ihm aus. Er sah die Eindringlinge nicht an, schien sie gar nicht zu bemerken, so versunken war er in sein eintöniges Lied, in dessen Takt er vor und zurück wippte. Skelettartig abgemagerte, nackte Arme und Beine ragten aus einer Sammlung undefinierbarer Lumpen, die ihm als Kleidung dienten. Lange, dünne Haarsträhnen hingen von seinem fast kahlen Schädel und bewegten sich in einem Luftzug, den die Gefährten nicht spürten.

»Was ist das?«, fragte Lomir, dessen Gesicht über dem dichten Bart nun auch eine Spur blasser war als üblich.

»Ein Gespenst«, hauchte Pintel mit weit aufgerissenen Augen.

»Ich dachte, Gespenster sind Kindermärchen«, sagte Lomir, der sich mit Krona zur Tür zurückzog.

»Offenbar nicht«, sagte Krona, deren erhobene Schwertspitze kaum merklich zitterte.

»Was macht der hier?«, fragte Lomir, als sie sich auf dem Gang um Pintels Laterne sammelten.

»Keine Ahnung«, sagte Pintel.

»Frag ihn doch«, sagte Krona.

»Gute Idee«, sagte Lomir und steckte erneut den Kopf in den Raum.

»Heda!«, hörten sie ihn. »Was machst du da? Hallo? Kannst du mich verstehen? Er reagiert nicht«, berichtete er den Gefährten.

»Seine Seele ist an diesem Ort gefangen«, sagte Nardon. »Ich habe davon gelesen. Es geschieht manchmal, dass im Tod die Seele sich nicht von einem Ort lösen kann. Man bringt den Körper fort, aber die Seele verweilt.«

»Für so etwas kann ich mir schönere Orte vorstellen«, sagte Krona schaudernd.

»Zumeist sind es Orte, die den Verstorbenen an sich gebunden haben«, erklärte Nardon leise. »Und solche Bindungen geschehen überwiegend aus Leid. Freude und Glück sind einfach nicht stark genug.«

»Warum spricht er nicht mit uns?«, fragte Lomir. »Ist er nicht froh über ein bisschen Gesellschaft nach all den Jahren?«

»Wir existieren nicht für ihn. Er ist in seiner eigenen Gegenwart gefangen, die ja von uns aus betrachtet in der Vergangenheit liegt.«

»Woher weißt du das alles?«, fragte Pintel staunend.

»Hab ich gelesen«, sagte Nardon.

»Das ist auch der Grund, warum er nie die wirklich scharfen Mädels abgekriegt hat«, sagte Lomir grinsend, aber er wirkte etwas zu bemüht.

»Wenn ich es recht verstehe, ist er nicht gefährlich?«, fragte Krona.

»Nein«, sagte Nardon.

»Das ist gut«, sagte Pintel mit flacher Stimme. »Das gilt dann wohl auch für den, der gerade auf uns zu kommt.«

Die Gefährten sprangen auseinander. Eine neue durchscheinende Gestalt wehte den dunklen Gang entlang, ihr fahles Leuchten verbreitend, den Mund zu einem unhörbaren Schrei aufgerissen, die mageren Hände wie Klauen vor sich ausgestreckt. Krona schloss die Augen, als es an ihr vorbei zog, und spürte schaudernd, wie Kälte sich in ihrem Körper ausbreitete.

»Was für ein Irrenhaus«, sagte sie mit klappernden Zähnen. »Los, wir gehen.«

»Was ist mit den übrigen Räumen?«, fragte Lomir.

»Schau sie dir gerne an. Ich bin sicher, du wirst nichts finden.«

»Der Vollständigkeit halber«, sagte Lomir. »Wer kommt mit?«

»Ich«, sagte Nardon widerstrebend, aber loyal.

Die anderen warteten an der Mündung zur Halle. Schon nach kurzer Zeit kamen Lomir und Nardon zurück.

»Nichts«, sagte Nardon. »Nur eine weitere unglückliche Seele.«

»Sie sitzt da und schlägt den Kopf gegen die Wand«, berichtete Lomir schaudernd. »Ich kann nur hoffen, dass Geister kein Kopfweh kriegen.«

Die Untersuchung der weiteren Gänge ergab nichts als weitere Zellen, zwei Aufseherräume, eine Latrine und etwas, das eine Küche gewesen sein konnte. Halb erleichtert, halb beklommen kehrten sie zur Treppe zurück und stiegen hinauf ins nächste Stockwerk. Eine weitere Halle lag vor ihnen, und immer noch weiter führte die Treppe hinauf. Der Grundriss dieses Stockwerks schien ähnlich dem darunter liegenden, allerdings gab es hier keine Gitter. In den Räumen fanden sie Reste von Lagerstätten und Möbeln und einige völlig verrostete Schwerter. Sie wollten ihre flüchtige Suche gerade beenden und ins nächste Stockwerk wechseln, als sie Fenrir rufen hörten.

Tageslicht fiel durch die Tür, die er gerade aufgestoßen hatte. Sie hörten Möwengeschrei und das dunkle Rauschen des Meeres. Kalte, salzige Seeluft legte sich auf ihre Gesichter, als sie hinter Fenrir den Raum betraten.

Ein hoher Durchgang führte aus diesem Raum hinaus auf einen steinernen Balkon und erlaubte einen Blick auf den zweiten Turm der Festung, dessen schwarze Masse sich wie ein Scherenschnitt gegen den verhangenen Himmel abhob.

»Guter Platz für ein Picknick«, sagte Lomir und spähte hinaus. »Nur haben sie das Geländer vergessen.« Er sah hinunter in den dunklen Spalt, an dessen unterem Ende sich die Fundamente der beiden Türme trafen. Noch tiefer unten schäumte das Meer gegen den Fels. Er hob den Blick wieder und sah durch die Regenschleier hinüber zu dem anderen Turm.

»Seht mal. Direkt gegenüber gibt es ein zweites solches Sims. Wozu die wohl gut sind? Krona?«

»Keine Ahnung«, sagte Krona, die die Gelegenheit nutzte, an den letzten Flammen ihrer heruntergebrannten Fackel eine neue anzuzünden. »Sicher nicht zu einem Picknick.«

»Eine Verteidigungsvorrichtung?«

»Ich wüsste nicht, wie die funktionieren sollte.«

»Man stellt den Feind drauf und schubst ihn runter«, schlug Pintel vor.

»Prima Idee. Und jetzt lasst uns gehen. Lomir, komm schon. Lehn dich nicht so weit nach vorne.«

»Rätselhaft.« Widerstrebend riss Lomir sich von der seltsamen Öffnung los.

Sie kehren zurück zur Treppe und stiegen ein Stockwerk höher. Hier endlich endete die Treppe. Diesmal benötigten sie Fenrirs Hinweis nicht: Sie bemerkten selbst, dass die Luft hier frischer war, gelegentlich wurde sogar ein leichter Luftzug spürbar. Die Halle, in der die Treppe endete, war größer als alle bisherigen; von der Treppe aus erreichte ihr Licht keine der Wände. Als sie sich zehn oder fünfzehn Schritte von der Treppe entfernt hatten, bemerkten sie trübes Tageslicht, das durch Schlitze in der Decke sickerte. Darunter befand sich eine hohe, dunkle Masse, die sich, als sie sich näherten, als gemauerte Rampe entpuppte, die hinauf zu einer riesigen Klappe in der Decke führte. Große Gerätschaften standen daneben, zusammengefügte und auf Wagen angebrachte Holzbalken und Reste von Netzen und sorgfältig aufgetürmte Steinhaufen.

»Ballista«, sagte Krona.

»Gesundheit«, sagte Pintel.

»Ich meine diese Dinger hier. Das sind Ballista. Riesige Steinschleudern. Man konnte sie wohl oben auf der äußeren Plattform in Stellung bringen und Schiffe damit beschießen.«

»Was auch heißt, dass wir hier nichts finden werden«, sagte Nardon. »Wir haben im falschen Turm angefangen. Wie viel Zeit haben wir verloren? Eine Länge?«

»Etwas mehr«, schätzte Lomir. »Eine und eine halbe.«

»Wir sollten uns beeilen«, sagte Nardon. »Unsere eigentliche Arbeit beginnt erst, wenn wir Karcharoths Räume gefunden haben. Die Suche dort wird uns Zeit kosten, und dann möchte ich nicht die Eile im Nacken haben.«

»Keller«, sagte Krona. »Wie gesagt: die einzige Möglichkeit. Ein Gang, der durch den Felssockel hinüber führt.«

»Dann los«, sagte Lomir seufzend.

Hintereinander stiegen sie die Treppen hinunter, bis sie schließlich wieder im Keller anlangten.

»Der Turm ist verlassen«, sagte Fenrir. »Jedenfalls so gut wie. Und hier unten haben wir bisher auch nichts entdeckt als staubige Räume. Ich denke, wir können es riskieren und uns aufteilen, um diese Suche zu beschleunigen.«

»Lasst uns in dieser Richtung beginnen«, schlug Nardon vor und zeigte mit dem Finger. »Das ist die dem anderen Turm zugewandte Seite. Wenn ich einen Gang graben würde, würde ich es dort tun.«

»Einverstanden«, sagte Krona. »Wir entfernen uns aber nicht zu weit voneinander. Ich traue dem Frieden hier nicht.«

Die Suche erbrachte eine Menge staubiger, längst aufgegebener Lagerräume mit den Resten von Vorräten, die nicht einmal für Ratten genießbar gewesen waren. In einem größeren Raum entdeckten sie etwas, das einmal ein Ersatzteillager für Schiffsreparaturen gewesen sein mochte: Fässer voll hartem, schwarzem Pech oder klumpigem Öl, zerfallene Ballen von Leintuch, Stapel von Brettern und Kisten voller Nägel in verschiedensten Größen. Einen Durchgang fanden sie nicht. Sie dehnten ihre Suche auf den restlichen Keller aus, klopften Wände ab, verrückten Stapel morscher Kisten und untersuchten den Boden nach Falltüren. Schließlich, über eine Stunde später, versammelten sie sich am Fuß der Treppe.

»Das gibt's nicht«, sagte Krona. »Da muss ein Übergang sein. Wir stellen uns nur zu blöd an.«

»Wenn es einen gibt, ist er gut verborgen.« Pintel ließ sich auf die erste Treppenstufe fallen.

»Es muss einen geben«, sagte Krona, der plötzlich etwas einfiel. »Und wisst ihr, warum? Weil wir keinerlei sonstigen Türen nach draußen gesehen haben. Es kann ja nicht Sinn der Sache sein, dass man den Turm durch den Lastenaufzug betritt.«

»Wenn sich aber jemand so viel Mühe gegeben hat, den Zugang zu verbergen, haben wir kaum eine Chance, ihn zu finden«, sagte Nardon frustriert. »Es ist schon ganz ohne Zauberei möglich, unauffindbare Geheimtüren anzulegen. Der Einsatz von Zauberei erweitert diese Möglichkeit vermutlich ganz gewaltig.«

»Recht hast du«, sagte Pintel niedergeschlagen und nahm einen langen Schluck aus seinem Wasserschlauch.

»Dann hilft es nichts«, sagte Fenrir, »und wir müssen es von außen versuchen.«

Schaudernd dachte Krona an das tiefe, steil abfallende Loch.

»Ich will nicht den ganzen Weg zurück«, sagte sie. »Wir müssten uns etappenweise abseilen, wenn wir uns nicht alle Knochen brechen wollen. Es würde Stunden dauern.«

»Wartet«, sagte Lomir. »Vielleicht haben wir das Falsche gesucht.«

Alle Blicke richteten sich auf ihn.

»Vielleicht haben wir den Zugang schon gefunden«, fuhr er mit wachsendem Eifer fort, »und ihn nur nicht als solchen erkannt.«

»Das steinerne Sims«, sagte Fenrir.

»Genau«, bestätigte Lomir. »Es gab ein zweites genau gegenüber am anderen Turm.«

»Und dazwischen gab es fünfzig Schritt Luft«, erinnerte Krona ihn. »Das ist nur ein Zugang, wenn du fliegen kannst.«

»Lasst uns das Sims nochmals untersuchen«, schlug Fenrir vor. »Vielleicht haben wir etwas übersehen.«

»Aber klar«, knurrte Krona. »Ich laufe ja auch gerne ständig in diesem Turm rauf und runter.«

»Willst du dich lieber durch den Tunnel abseilen? Dann nur zu«, sagte Fenrir.

Krona warf ihm einen vernichtenden Blick zu und stieg ein paar Stufen hinauf.

»Nun kommt schon«, sagte sie. »Heult nicht herum. Ist gut für die Ausdauer.«

Kurze Zeit später waren sie wieder in dem Raum mit dem steinernen Sims.

»Ich sehe da nichts als Luft«, sagte Krona missmutig und beugte sich vorsichtig hinaus. Der Wind riss an ihren Haaren und schlug ihr Regen ins Gesicht, und sie zog schnell den Kopf zurück.

»Vielleicht gab es ein Seilzugsystem«, schlug Lomir vor. »Man hangelte sich oder wurde gezogen.«

»Davon müssten Haken oder andere Vorrichtungen übrig sein.« Fenrir trat hinaus auf das Sims und betrachtete die glatte Wand rund um den Durchgang. »Man kann aber nichts erkennen, nicht einmal Bohrlöcher oder Ähnliches.«

»Kommst du bitte wieder rein«, sagte Krona unwirsch. »Mir wird schon schwindelig beim Zusehen.«

»Mir nicht«, sagte Fenrir mit flüchtigem Lächeln. »Hier draußen kann man wenigstens durchatmen.«

»Seht mal!«, rief Pintel plötzlich aus und versetzte die anderen augenblicklich in Alarmbereitschaft. »Da!«

»Was, da«, sagte Lomir und folgte Pintels Fingerzeig, der hinaus in den Regen wies.

»Die Regentropfen«, sagte Pintel. »Es sieht aus, als würden sie von etwas abprallen. Etwas Unsichtbarem! Nimm die Axt runter, Lomir.«

»Wenn du mich so erschreckst!«, verteidigte sich der Zwerg. »Das ist ein Reflex.«

»Eine unsichtbare Brücke?«, sagte Fenrir, der immer noch draußen auf dem Sims stand, und ging in die Hocke. Mit der Schwertspitze tastete er vor sich, wo scheinbar nur Luft und Regen waren.

»Da ist etwas«, sagte er, und Pintel rief »Ja!«, und klatschte vor Freude in die Hände.

»Es fühlt sich an wie Stein«, sagte Fenrir.

»Na toll«, sagte Krona. »Eine unsichtbare Brücke. Da seil ich mich doch lieber ab.«

»Es scheint, als hätte sie sogar ein Geländer«, teilte Fenrir nach einer Weile das Ergebnis seiner weiteren Untersuchungen mit. Er machte einen Schritt über den Rand des Simses und stand nun mit nichts als Luft unter seinen Füßen.

»Scheint stabil«, sagte er und wippte auf den Zehenspitzen.

»Götter«, murmelte Nardon. »Erst Boote und jetzt das.«

»Und was, wenn du durch ein unsichtbares Loch in deiner unsichtbaren Brücke hinunterfällst auf diesen sehr sichtbaren Fels?«, fragte Krona erbost. Fenrir lächelte überraschend sonnig. »Dann könnt ihr anderen euch immer noch abseilen«, sagte er. Krona warf die Hände in die Luft und wandte sich ab.

Ohne ein weiteres Wort machte Fenrir sich auf den Weg. Seine Füße tasteten vorsichtig nach jedem Schritt, seine Hände lagen auf dem unsichtbaren Handlauf, wie ein Seiltänzer bewegte er sich durch die schiere Luft bis hinüber auf das andere Sims. Mit einem großen Schritt verschwand er im Inneren des Turmes, tauchte gleich darauf wieder auf und winkte ermutigend zu den anderen hinüber.

Einer nach dem anderen wagten sie nun die Überquerung: Pintel mit der wissbegierigen Begeisterung, die Zauberei bei ihm immer auslöste, Krona mit Todesverachtung, Nardon mit geschlossenen Augen, um sich, wie er sagte, zumindest die Illusion einer Brücke erhalten zu können, und Lomir mit einem wachsamen Blick auf seinen Freund.

Der Raum, in dem sie sich auf der anderen Seite versammelten, glich dem, aus dem sie kamen.

»Willkommen im Nordturm«, sagte Fenrir lächelnd und machte eine einladende Geste. »Es ist ein bisschen unaufgeräumt und Staub liegt in den Ecken, aber seht bitte darüber hinweg. Der Mieter war mit anderen Dingen beschäftigt in letzter Zeit.«

»Mit Tot-Sein nämlich«, ergänzte Pintel grinsend. »Ich habe gehört, das lässt einem kaum Zeit für anderes.«

»Könnt ihr mal die Karcharoth-Witze einstellen«, bat Lomir mit einem unbehaglichen Blick über die Schulter. »Mir ist nicht wohl dabei, jetzt, da wir näher am eigentlichen Kern der Sache sind. Nicht dass er sein Tot-Sein mal unterbricht, um uns irgendeine Art von üblem Zauber um die Köpfe zu schlagen.«

»Du hast recht«, sagte Pintel. »Wir sollten ab jetzt besser vorsichtig sein.«

Sie bewegten sich zur Tür und sahen hinaus auf einen langen, staubigen, dunklen Gang. Nardon hustete und zeigte auf Kronas Fackel.

»Sie qualmt«, machte er sie aufmerksam.

»Ich weiß«, sagte Krona. »Ist auf der Brücke nass geworden.«

»Hast du keine andere?«

»Nein. Ist meine Letzte.«

»Dann sag doch ein Wort. Was glaubst du, was da noch in meinem Rucksack steckt.«

»Noch brennt sie«, sagte Krona, »und ich glaube nicht, dass wir Licht verschwenden sollten. Wie es aussieht, werden wir hier noch eine Weile bleiben.«

»Sag Bescheid, wenn du eine brauchst.« Nardon folgte Lomir hinaus auf den Gang.

»Ja«, sagte Krona, die plötzlich das Schlusslicht bildete, und schloss eilig zu ihren Gefährten auf.

Eine halbe Stunde später hatten sie ihre Liste dunkler, aufgegebener Räume um eine Vielzahl erweitert. Immerhin gab es auch hier eine Treppenhalle; steinerne Stufen führten im weiten Rund nach oben und unten.

»Wisst ihr was«, sagte Lomir frustriert, als sie die Treppe erreichten, »ich habe wirklich langsam die Nase voll von staubigen Löchern. Seid ihr sicher, dass Karcharoth hier gelebt hat?«

»Absolut«, sagte Pintel. »Gendig hat keinen Zweifel daran gelassen.«

»Wie kommt es dann, dass wir noch keinerlei Anzeichen dafür gefunden haben?«

»Die Festung ist riesig«, sagte Pintel. »Selbst wenn er nur ein einziges Stockwerk bewohnt hat, hatte er dort mehr als genug Platz. Und in diesem einen Stockwerk waren wir noch nicht.«

»Unsere Suche hat am falschen Ende begonnen«, sagte Nardon.

»Was, wenn nach seinem Tod alle Anzeichen seiner Existenz hier gelöscht wurden?«, fragte Lomir.

»Dann«, sagte Krona, »haben wir einen Haufen Zeit und Geld für die Überfahrt verschwendet und können uns ärgern.«

»Ich glaube nicht, dass es so war«, widersprach Pintel nachdenklich. »Wer sollte ein Interesse haben, das zu tun? Man hat sich ja schon zu Karcharoths Lebzeiten kaum mehr für ihn interessiert, nachdem er einmal hier untergebracht war.«

»Wir werden sehen«, sagte Krona. »Wir haben ja noch ein paar staubige Löcher übrig, in die wir unsere Nase stecken können. Treppe rauf oder runter?«

»Runter«, sagte Pintel. »Oben kommt nur wieder so ein Balli-Dingsbums.«

Niemand war überrascht, als ein weiteres dunkles, staubiges Stockwerk sich vor ihnen öffnete. Drei breite Gänge führten in unterschiedliche Richtungen aus der Treppenhalle hinaus. Sie wählten den zu ihrer Linken und stießen wie erwartet auf eine Reihe alter, verrottender Holztüren. Gleich die erste aber hielt eine Überraschung bereit.

»Pintel«, sagte Fenrir. »Hier haben wir etwas.«

Nicht nur Pintel folgte seinem Ruf: auch die anderen, alarmiert durch Fenrirs angespannten Ton, waren sofort zur Stelle.

Ihr Licht fiel auf Mobiliar in diesem Raum, das ohne Zweifel jüngeren Datums war, denn es war grau vor Staub, aber keineswegs zerfallen. Lange Tische standen dort und Regale an den Wänden und Vorratstruhen mit zurückgeklappten Deckeln.

»Keiner fasst etwas an«, warnte Pintel und setzte vorsichtig einen Fuß in den Raum. »Es sieht mir aus wie ein Labor.« Er hob seine Laterne und schritt vorsichtig die langen Tische ab. Staubige Glaskolben tauchten aus der Dunkelheit auf, Röhren und Schalen, Räucherpfannen, Mörser, Löffel und Spieße. An den Wänden waren Leisten befestigt, an denen auf großen Haken undefinierbare Bündel hingen. In der Mitte des Raumes befand sich ein großer Arbeitstisch, beladen mit aufgeschlagenen Büchern, brüchigen Papierrollen und einer Flut von beschriebenen Blättern. Magnetisch angezogen steuerte Nardon auf den Tisch zu und beleuchtete den Fund.

»Jemand hat hier in aller Eile nach etwas gesucht«, sagte er, eine nachdenkliche Falte über der Nase. »Seht ihr? Eines der Bücher ist runtergefallen. Kein Mann des Wissens schmeißt Bücher auf den Boden.«

»Ratten?«, schlug Krona vor, die sich nun auch in den Raum wagte.

»Nein. Ratten hätten das Papier restlos aufgefressen und außerdem ihren Kot hinterlassen.« Er zog ein Tuch aus der Manteltasche, ging in die Hocke und wischte vorsichtig den Buchdeckel ab.

»Nichts anfassen, hat er gesagt«, warnte Krona.

»Es ist ein Buch«, sagte Nardon. »Was soll passieren? Ich habe noch nie von Büchern gehört, die beißen.«

»Ich schon«, sagte Pintel aus dem hinteren Teil des Raumes, und Nardon zog schnell die Hand zurück. Immerhin hatte er genug Staub entfernt, um den Titel entziffern zu können, der in stumpfen Goldlettern auf dem Deckel geprägt war: »Morgals Großes Bestiarium«, las er vor. »Davon habe ich gehört. Das ist ein Standardwerk, nicht wahr?«

»Die derzeit vollständigste Auflistung aller arkanen Kreaturen, die je erschaffen wurden«, sagte Pintel. »Wobei die Auflage veraltet sein dürfte. Sie bringen alle paar Jahre eine neue heraus.«

»Ich weiß nicht«, sagte Krona, »aber bin ich die Einzige, die das nervös macht?«

»Arkane Kreaturen müssen registriert werden«, erklärte Pintel. »Sonst könnte jeder Zauberer in seinem Keller irgendwelche Monster züchten und sie auf die Nachbarn loslassen.«

»Das meine ich nicht«, sagte Krona. »Hier ist ein Labor, und hier liegen solche Bücher. *Das* meine ich.«

Nardon hatte sich mittlerweile erhoben und untersuchte die Hinterlassenschaften auf dem Schreibtisch. Die Papiere waren bedeckt mit einer schrägen, klaren Handschrift.

»Es ist Orda«, sagte Nardon. »Die alte Sprache der Zauberer. Sie ist dem Zwergischen ein bisschen ähnlich, aber vielleicht versteht Pintel schneller als ich, worum es geht. Pintel?«

»Orda war nicht meine Stärke auf der Akademie«, erklärte der keine Zauberer, der vorsichtig an einer ausgebrannten Räucherschale schnupperte. »Ich habe es nach zwei Jahren wieder abgewählt. Ich bin der Ansicht, die moderne Zauberei braucht kein Orda. Es gibt aber genug Zauberer der alten Schule, die ihre Aufsätze nur in dieser Sprache verfassen. Aus Prinzip, sozusagen.«

Nardon holte tief Luft und blies vorsichtig den Staub von einem großen Bogen Papier.

»Zeichnungen«, meldete er. »Die Handschrift der Legende ist die gleiche wie die auf den Notizzetteln. Es ist ein … oh.«

»Was?«, sagte Krona alarmiert.

»Wie soll ich das beschreiben?«, sagte Nardon. »Kommt und seht selbst. Eine Art … Bauplan?«

Die übrigen Gefährten traten zu Nardon an den Tisch. Er hielt die Fackel hoch, und sie betrachteten schaudernd die anatomische Zeichnung eines Wesens, irgendwo zwischen Ratte, Insekt und Mensch. Es war auf die Hinterbeine aufgerichtet und hatte dünne, geäderte Flügel zur Seite aufgespreizt. Eine zähe Flüssigkeit troff von Beißwerkzeugen, die selbst auf dem brüchigen Papier messerscharf aussahen. Lange, gebogene Krallen reckten sich dem Betrachter entgegen. An Teilen des Körpers waren die unter der Haut liegenden Schichten dargestellt: Muskeln, Sehnen, Knochen. Rund um die Zeichnung befanden sich Zeilen von Schrift, mathematische Gleichungen und rätselhafte Symbole.

»Mittlerweile finde ich es wirklich gut, dass man ihn weggesperrt hat«, sagte Krona.

»Ich habe hier auch etwas«, meldete Pintel. Sie gingen hinüber zu dem kleinen Zauberer, der in eine dunkle Ecke zwischen zwei Regalen starrte. Einige Schritte weiter führte ein dunkler Durchgang in einen Nebenraum. Krona warf einen Blick in diese Richtung, ließ sich dann aber doch von Pintels Fund fesseln: ein Haufen Knochen, den jemand offenbar säuberlich in die Ecke gekehrt hatte, Krona erkannte Wirbel und Rippen und einen Schädel, der seltsam verformt war und fingerlange, gebogene Reißzähne aufwies.

»Was war das?«, fragte Lomir mit angewidertem Gesichtsausdruck. »Weder Mensch noch Tier, oder?«

»Trotzdem ist es aufrecht gegangen«, sagte Nardon, der sich über den Knochenhaufen beugte. »Man kann das an diesem Oberschenkelknochen erkennen. Vielleicht das Monster von der Zeichnung, oder ein ähnliches …«

Krona wandte sich ab. Der dunkle Durchgang beunruhigte sie, sie fühlte sich aus den Schatten beobachtet, obwohl kein Geräusch aus der Dunkelheit drang. Sie fasste ihre Fackel fester, die beinahe heruntergebrannt war und immer noch qualmte, hob ihr Schwert und näherte sich vorsichtig dem Durchgang. Ihr Fackellicht traf eine Rückwand und erzeugte zuckende Schatten. Alles war still, nichts wollte sich auf sie stürzen.

»Krona?«, hörte sie Fenrir hinter sich. »Hast du etwas entdeckt?«

»Nein«, sagte sie und schaute durch die Türöffnung in den Nebenraum. »Und ich hoffe, dass es so bleibt. Hier ist eine Art Nebenraum. Jemand hat mit Kreide auf dem Boden herum gekrakelt. Das …«

»… ist alles«, sagte Krona.

Etwas stimmte nicht.

Sie warf einen hastigen Blick über die Schulter. Wo soeben noch das Labor und ihre Gefährten gewesen waren, befand sich nun eine dunkle, feuchte Steinwand.

Sie kniff die Augen zusammen, riss sie wieder auf. Auch links und rechts und vor ihr befanden sich Steinwände. In der Wand direkt vor ihr war eine dicke Tür eingelassen. Sie hob die Fackel und leuchtete um sich.

»Meridias nackter Arsch«, sagte sie fassungslos. »Was, zum Teufel, ist passiert?«

Keine Antwort. Ihre Stimme klang leblos und erstickt in dem winzigen Raum.

*Eine Zelle. Ich bin in einer Zelle. Wie bin ich nur hierher gekommen?*

Während sie noch darüber nachdachte, bemerkte sie eine weitere Veränderung: Ein vertrautes Gewicht war von ihrer Hüfte verschwunden, ihre Schwerthand war leer.

Sie kontrollierte ihren Gürtel. Ihr Dolch fehlte. Ein Griff hinunter: Auch die Halterung an ihrem Stiefel war leer.

Eine Hitzewelle rauschte durch ihren Körper. Ihre Handflächen waren plötzlich schweißnass. Sie öffnete und schloss die Fäuste.

*Ganz ruhig, Soldatin.*

Die Luft roch so modrig und salzig wie überall auf Sturmwacht. Sie war also vermutlich noch immer in der Festung und musste nun so schnell wie möglich zurück zu ihren Gefährten finden.

Sie trat an die Tür. Ein seifiger Überzug bedeckte das morsche Holz. Es gab keine Klinke, und als sie schob, passierte nichts. Sie warf sich gegen die Tür und spürte, wie das morsche Holz sich in den rostigen Beschlägen bewegte. Sie machte weiter, bis ihre Schulter taub war. Sie dachte an Elwig Küfner, das fette Schwein hinter seinem protzigen Schreibtisch, der mit einer Unterschrift ihr Leben zunichtegemacht hatte. Sie nahm Maß und trat zu. Holz splitterte.

*Und nochmal. In dein fettes Arschgesicht.*

Diesmal blieb ihr Stiefel in dem Loch stecken, das sie in die Tür getreten hatte. Sie befreite sich, packte zu und hebelte die Holzplanke aus ihrer Halterung. Sie fasste durch die Öffnung, ertastete einen völlig verrosteten Riegel und zerrte daran, bis er sich knirschend bewegte.

Endlich öffnete sich die Tür, und sie stolperte keuchend auf den Gang. Sie war am Ende eines langen Zellentraktes gelandet. Viele weitere Türen folgten nach ihrer, und die gegenüberliegende Wand bestand aus grob behauenem Fels.

Vorsichtig schritt sie die lange Reihe der Türen ab. Einige waren verschlossen und wurden von vermoderten Riegeln an ihrem Platz gehalten. Drei allerdings waren in ihren Angeln zerfetzt, als seien gewaltige Kräfte durch sie nach draußen gedrungen. Mürbe Holzspäne zerfielen unter Kronas Stiefeln, als sie die Ausbruchsstelle passierte.

Sie zählte sechs Türen zu ihrer Rechten, dann kamen auch links zwei Türen in weitem Abstand. Nach vierzehn Türen zur Rechten mündete der Gang in einen weiteren, der quer zu ihm verlief.

Der Weg nach links war durch eine ehemals massive, nun rostige Gittertür versperrt. Der rechte Gang endete einige Schritte weiter an einer Wand. Zwei weitere, halb offen stehende Türen führten zur Linken in dunkle Räume.

Krona fluchte leise. Sie hatte ein Ganglabyrinth befürchtet, und sie schien eines zu bekommen. Sie warf einen flüchtigen Blick in die beiden Räume. Reste von Mobiliar befanden sich in einem davon. Sie testete die Tauglichkeit eines Tischbeines als Waffe, warf das schmierige Stück Holz aber zurück auf den Haufen. Es war so morsch, dass der Aufprall es in Stücke zerlegte. Sie trat zurück auf den Gang und besah sich die Gittertür. Sie stand einen Spalt breit offen.

*Glück gehabt.*

Sie schob die Tür auf. Ein lautes Kreischen von Metall auf rostigem Metall schickte ihr Herz mit einem Satz hinauf in ihren Hals. Sie schloss die Finger um den Stiel der Fackel, wie sie es mit ihrem Schwert getan hätte. Sie fühlte sich nackt, verletzlich. Hilflos.

*Oh, Götter, wie ich es hasse.*

Ein Gang zweigte nach rechts ab. Sie hatte sich gerade entschieden, zunächst geradeaus zu gehen, als …

*Ein Geräusch! Ein Geräusch? Mach dich nicht verrückt. Die Einzigen, die in diesem Drecksgemäuer Geräusche machen, sind wir. Und ein paar harmlose, verlorene Seelen.*

Und dennoch. Ein Schaben und Scharren, etwas Hartes, das über Stein kratzte. Rhythmisch.

Und da – eine Bewegung, vor ihr, in der Dunkelheit?

Krona kniff die Augen zusammen und riss sie wieder auf. Alles, was sie jenseits ihres Fackelscheins erkennen konnte, war Schwärze. Und doch lauerte dort etwas, ein Fleck oder Schatten, der dunkler war als seine Umgebung, kompakter. Kaum mehr als eine Ahnung.

Mit einem Sprung rettete sie sich in den Seitengang. Sie war sich bewusst, welch hervorragendes Ziel sie mit ihrer Fackel abgab. Kaum zu verfehlen.

Sie musste die Treppe finden. Raus aus diesen Katakomben.

*Wenn es eine Treppe gibt.*

*Reiß dich zusammen. Natürlich gibt es eine Treppe. Hier sind überall Treppen. Jetzt keine Panik, Soldatin! Keine Panik. Keine Panik.*

Sie versuchte, sich wie Fenrir leise und gleichzeitig schnell zu bewegen, stellte aber fest, dass sie das eine nur auf Kosten des anderen tun konnte. Die Eile siegte.

Ihr Weg führte sie an weiteren Türen vorbei und an einer dunklen Gangöffnung, die rechts von ihr gähnte. Für einen Augenblick zögerte sie, welchen Weg sie einschlagen sollte, und leuchtete in den Seitengang.

Noch mehr Türen und zuckende Schatten – und eine dunkle Masse, die im gleichen Augenblick verschwunden war, *die Wand hinauf*, mit einem leisen Klacken.

Krona versuchte, ihren Atem zu beruhigen, der in ihrer Brust explodierte. Sie zwang sich, der dunklen Gangmündung den Rücken zu kehren und weiter zu gehen.

Sie wusste, etwas war hinter ihr. Sie konnte es im spärlichen Licht nicht sehen, aber sie spürte es, und jede Faser ihres Körpers wehrte sich dagegen, ihm den Rücken zuzuwenden.

Es folgte ihr, eine Kreatur in den Schatten, leise und unerbittlich, sie spürte, wie die Dunkelheit hinter ihr vibrierte.

*Aber warum greift es nicht an? Will es nicht? Nimmt nur zufällig den gleichen Weg, oder wie?*

*Noch mehr Türen und noch mehr Gänge. Ich wünschte, einer der Zwerge wäre hier. Ich habe schon längst die Orientierung verloren.*

Inzwischen hatte Kronas Tempo sich zum Lauf gesteigert. Sie passierte eine weitere dunkle Gangmündung zu ihrer Rechten und brachte ein weiteres Dutzend rascher Schritte hinter sich, als die Wände des Ganges sich plötzlich zur Seite entfernten. Ihre Schritte erzeugten ein weites Echo.

*Eine Halle. Danke, Götter. Wenn ihr mir jetzt auch noch eine Treppe gebt, opfere ich euch bei nächster Gelegenheit was Schönes.*

*Ist das …? Jawohl. Götter, ich danke euch! Und ich stehe zu meinem Wort. Ich lasse mir etwas Nettes einfallen.*

Während sie im Laufschritt auf die Treppe zuhielt, die sich am äußersten Rand ihres Lichtscheines aus dem Dunkel löste, warf sie einen Blick über die Schulter. Ihr rätselhafter Verfolger kauerte sich in die schwarzen Schatten der Gangmündung. Sie erkannte etwas von der Größe eines Menschen, das sich unter einen großen, faltigen Umhang duckte.

*Warum folgt es mir nicht weiter?*

Sie richtete den Blick zurück in die Halle.

*Oh. Alles klar. In Ordnung. Panik in drei ... zwei ... eins. Jetzt.*

Sie bremste und wich zurück. Mit einem Mal war die Treppe unerreichbar geworden.

Sie hatten in den Schatten der Halle auf sie gewartet. Sie türmten sich als schwarze, bewegliche Masse vor ihr auf, eine Lawine zuckender Leiber, böse funkelnder Augen, Krallen und Klauen, nadelspitzer Fänge, durch die zischend Atem gezogen wurde, und wie ein Schlachtengesang erhob sich vielstimmiges Knurren. Dann flossen sie aus der Dunkelheit auf sie zu.

Krona wich zurück, die Fackel als erbärmliche Waffe vor sich. Die kleine Flamme zitterte und reckte sich am abgebrannten Stumpf in die Höhe. Licht geisterte über verwachsene Körper und verkrüppelte Gliedmaßen, klumpige Köpfe, aufgerissene Mäuler, von denen stinkender Speichel troff, struppiges Fell, das auch ein Federkleid sein konnte.

Und es waren viele. Sie bildeten einen Halbkreis um Krona und drängten sie zurück in die Richtung, aus der sie gekommen war. Sie warf einen hastigen Blick über die Schulter. Da war Bewegung in den Schatten. Sie war eingekreist. Ihr Atem wurde zum hörbaren Keuchen, ihr Herz hämmerte schmerzhaft.

Warum griffen sie nicht an? Es schien ein Spiel zu sein, wie eine Katze es spielt, die ihren Jungen das Jagen beibringt. Krona umklammerte die Fackel mit beiden Händen.

*Ich schwöre euch, eine solche Beute habt ihr noch nie erlebt.*

Ein kurzer Blick nach hinten zeigte ihr, dass sie den Gang, aus dem sie gekommen war, fast wieder erreicht hatte. Dort kauerte der mit dem Umhang, um sie in Empfang zu nehmen. Er richtete sich auf und öffnete das, was sie für einen Umhang gehalten hatte, zu einem Paar riesiger, ledriger Flügel.

Und dann war Krieg.

Hitze überflutete sie. Ihr Denken zog sich in einen kleinen, kühlen Raum tief in ihrem Inneren zurück, und ihr Körper tat seine Arbeit. Sie schnellte herum und rannte gegen das Flügelwesen im Gang an. Sie zog ihm die Fackel quer über das insektenhafte Gesicht, sprang nach, als es heulend zurückwich, und rammte ihm mit voller Gewalt die Faust dorthin, wo sie den Magen oder sonstige Weichteile vermutete. Die Wucht ihres Ansturmes schleuderte das Wesen gegen die Wand. Während es fauchend versuchte, sich aufzurichten, rückte ein zweites aus der Halle nach. Es ging auf allen Vieren und schnappte wild mit scherenartigen Beißwerkzeugen in die Luft. Krona stieß ihm die Fackel in die dunkle Höhle zwischen den Scheren, riss den Holzstumpf frei und ließ ihn von oben auf den flachen Schädel der Kreatur niedersausen. Funken sprühten, Qualm verschluckte das Licht. Krona wirbelte herum, sprang mit einem riesigen Satz über das Flügelwesen und rannte.

Dunkelheit drang auf sie ein. Der Kampf hatte einen Großteil des restlichen Feuers gelöscht. Alles, was blieb, war eine zuckende, fingerlange Flamme. Über ihrem eigenen keuchenden Atem hörte sie das Knurren und Fauchen der Kreaturen hinter sich.

*Halle. Du musst wieder zur Halle. Bloß nicht zu tief in die Gänge geraten. Wieder zur Halle und die Treppe hinauf. Tageslicht finden, die anderen finden.*

Sie warf sich nach links und bog in den Seitengang ein, den sie auf dem Hinweg bemerkt hatte. Die Dunkelheit hinter ihr brodelte.

*Türen. Türen. Türen. Verdammte Scheiße. Linksbiegung. Dahinter müsste gleich die Halle ...*

*Stop.*

Sie riss die Fackel hoch und parierte mit Mühe den Hieb einer riesigen, gepanzerten Klaue. Etwas wuchs aus dem Dunkel vor ihr. Schuppen flüsterten über den rauen Fels, während es größer und größer wurde und ausdruckslos aus riesigen Insektenaugen zu ihr hinuntersah. Dann öffnete es die Arme, sechs an der Zahl, mit Klauen bewehrt, jede bewegte sich, als hätte sie ein Eigenleben.

Das Insektenwesen legte den Kopf schief und sah auf sein Opfer hinunter. Von der anderen Seite wälzte sich die Masse ihrer Verfolger, sich gegenseitig behindernd, um die Gangbiegung. Krona machte einen Satz, rammte eine der Türen mit der Schulter und riss am Riegel. Sie stürzte nach vorne, als die Tür unter ihrem Ansturm nachgab. Etwas brachte sie zu Fall, und sie schlug hart mit Kinn und Handflächen auf dem Boden auf. Ein Gewicht lag ihr auf den Beinen, durch ihre Stiefel spürte sie gewaltigen Druck. Sie zappelte und trat um sich, wurde ein Stück nach draußen geschleift, bekam ein Bein frei und trat nach etwas, das sich schwammig anfühlte und zischend Luft entweichen ließ. Sie trat wieder zu und wieder – von fern hörte sie jemanden schreien und erkannte erst nach Augenblicken ihre eigene Stimme. Auf allen Vieren rückte sie nach, fand einen sackartigen Körper, bekam das zweite Bein frei und rammte der Kreatur mit aller Gewalt ihre Stiefelabsätze in den Leib. Das Vieh gab ein dünnes, hohes Pfeifen von sich und wich zurück. Krona warf sich nach vorne, bekam die Tür zu fassen und schlug sie zu. Stolpernd kam sie auf die Füße und angelte nach dem Riegel. Das morsche Holz stöhnte, als die Kreaturen von außen dagegen rannten. Kronas Stiefel rutschten auf dem Steinboden, verzweifelt versuchte sie Halt zu finden, während die Tür sich langsam öffnete, der Spalt wurde breiter, dann erschien eine haarige Klaue, entfernt einer menschlichen Hand ähnelnd, die langen Krallen gruben sich ins Holz. Mit einem Aufschrei warf sich Krona gegen die Tür und schaffte es, den Spalt zu verringern. Die Klaue wurde eingeklemmt, der Besitzer kreischte schmerzerfüllt, dann wurde sie zurückgezogen und die Tür fiel ins Schloss. Geistesgegenwärtig warf Krona den Riegel in die Halterung und machte einen Schritt zurück, um sich umzusehen.

Sie hatte einen weiteren Lagerraum erwischt. Dicke, schwarz verfärbte Schiffstaue lagen an der Wand, Kisten waren aufgestapelt, und direkt neben der Tür befand sich ein Haufen zerfallener Stoffe – ob es Mäntel, Decken oder etwas anderes gewesen war, ließ sich nicht mehr erkennen. Mit rascher Bewegung warf Krona die fast erloschene Fackel darauf. Das nurmehr kerzengroße Flämmchen fand neue Nahrung, rot züngelte Feuer auf, es qualmte und stank, aber Krona konnte nun auch in den hinteren Teil des Raumes sehen.

*Götter.*

Eine schmale und sehr steile Treppe, kaum mehr als eine komfortable Leiter, führte an der Wand entlang hinauf zu einem Loch in der Decke. Mit wenigen Sprüngen war Krona an der Treppe, während hinter ihr die Tür unter dem Ansturm der Kreaturen nachgab. Sie sprang auf die unterste Stufe, die unter ihrem Gewicht sofort brach.

Sie hustete. Der Qualm des brennenden Stoffhaufens drang schmerzhaft in ihre Lungen. Sie nahm sich einen Augenblick Zeit, um das Eisengestänge zu betrachten, das die hölzernen Stufen trug. Es war völlig verrostet. Hinter ihr wurde ein Balken aus der Tür gebrochen, der mit Wucht auf den Boden knallte. Sie hörte wildes Fauchen und Knurren.

*Kein guter Augenblick, wählerisch zu sein.*

Sie stellte den Fuß auf die zweite Stufe, brachte vorsichtig Gewicht darauf. Sie holte den zweiten Fuß nach, Hände ausgestreckt wie eine Tänzerin. Stufe drei. Stufe vier. Das Eisengerüst krachte bedenklich unter ihrem Gewicht, irgendetwas löste sich und fiel klirrend zu Boden. Stufe fünf. Stufe sechs. Der obere Teil der Tür brach zusammen, fauchende und zischende Kreaturen begannen, sich durch die splitternden Holzreste ins Innere zu arbeiten. Stufe sieben. Einer der Eisenträger riss ohne jede Vorwarnung. Krona kämpfte verzweifelt um ihr Gleichgewicht, als die ganze Treppe nachgab und seitlich absackte. Sie klammerte sich an die Reste des Geländers und brachte die nächsten, jetzt gefährlich abschüssigen Stufen rasch hinter sich. Holz krachte unter ihren Füßen. Hinter ihr sprang eine der Kreaturen auf die Treppe, sie hörte ihren rasselnden Atem. Die Eisenträger stöhnten laut und bogen sich durch, bevor ein weiterer brach. Ein neuerlicher Ruck ging durch die Treppe. Krona schrie, als der untere Teil der Konstruktion sich von der Wand löste und, begleitet vom Kreischen der überlasteten Eisenstreben, hin- und herzuschwingen begann wie der Schwanz eines riesigen Hundes. Für einen Augenblick verlor sie den Tritt unter den Füßen, strampelte wild und klammerte sich mit aller Kraft an die Reste des Geländers, dann gelang es ihr, einen Fuß auf eine Eisenstrebe zu setzen und sich hochzuziehen. Ein Blick nach unten. Das Monster hatte es ebenfalls geschafft, auf der Treppe zu bleiben. Mit vier gewaltigen Klauen hielt es sich fest, während sein langer, nackter Schwanz durch die Luft zischte wie eine Peitsche. Es kauerte sich auf die knotigen Hinterläufe und setzte zum Sprung an. Krona warf sich nach rechts. Die frei gewordene Konstruktion folgte ihrem Gewicht und schwang zurück gegen die Wand. Obwohl sie mit dem Aufprall gerechnet hatte, wurde sie beinahe von der Treppe geschleudert. Schmerzhaft schlugen ihre Fingerknöchel gegen die raue Wand. Blick nach unten. Die Kreatur hatte den Halt verloren und war zu Boden geschleudert worden, wo sie sich gerade wieder aufrichtete. Krona verlor keine Zeit und kletterte. Über eine Mannslänge trennte sie noch von dem rettenden Ausgang. Rauchschwaden sammelten sich unter der Decke, und darunter waren nichts als bizarre Schatten, die den Raum überfluteten. Blick nach oben. *Schnell. Schnell.*

Das gequälte Stöhnen der Konstruktion und die Erschütterung, die durch die Eisenträger lief, verrieten ihr, dass ihre Verfolger wieder auf der Treppe waren, dann begann die Konstruktion erneut, hin und her zu schlagen. Krona, auf Höhe der oberen Wandbefestigung, verfolgte entsetzt, wie deren völlig verrostete, riesige Schraube Stück für Stück aus dem Bohrloch heraus rieselte.

*Verdammte …*

Mehrere der Kreaturen hatten sich am unteren Teil der Treppe versammelt und rüttelten daran.

*… Scheiße.*

Eine Stufe und noch eine weitere, dann eine, die sich schon unter ihrem Zugriff löste, ehe sie noch ihr eigentliches Gewicht darauf gebracht hatte, dann brach die Schraube und Krona fiel. Unsinnigerweise klammerte sie sich im Fallen an das Brett, das einmal eine Stufe gewesen war. Sie sah den Boden nicht, da war nichts als Rauch, und aus ihm heraus ragten die Trümmer der Treppe und die bizarren Köpfe ihrer Gegner.

Sie schlug hart auf. Der Aufprall raubte ihr fast das Bewusstsein, aber ihre Reflexe taten noch ihren Dienst. Sie sah nichts als eine lange Doppelreihe feiner, nadelspitzer Zähne, von denen Geifer tropfte, und rammte mit aller Kraft ihr Brett hinein. Das Monster heulte auf und zog sich zurück, *eine Waffe! Eine Waffe!* Sie tastete wild um sich, erwischte ein Stück aus den Trümmern und riss es hoch, führte es im Liegen gegen Fänge und Klauen und Reißzähne, die sich von oben auf sie hinunter senkten. Verzweifelt versuchte sie, auf die Beine zu kommen, doch ein gewaltiges Gewicht lag auf ihren Oberschenkeln und hielt sie an Ort und Stelle, und gleich darauf

*Schmerz!*

Krona schrie und riss ein Stück des Eisenträgers in die Höhe, gerade als sich ein neues, entblößtes Gebiss gelb und stinkend auf ihr Gesicht senken wollte. Die Fänge des Monsters schnappten um den Eisenträger zusammen, es schüttelte wild seinen hässlichen Kopf und kam immer weiter auf Krona herunter. Ihre Arme wurden lahm, Krämpfe schüttelten ihre Muskeln, *und es tut so, so weh.*

*Das unrühmliche Ende einer glanzvollen Karriere.* Ein fernes Lächeln legte sich auf ihre Mundwinkel. *Der glorreiche Hauptmann Karagin, in Liedern besungen, Trägerin des goldenen Verdienstordens, in einem dunklen Loch von stinkenden Monstern aufgefressen. Werden sie das auch singen, in ihren Liedern?*

Plötzlich, ein dumpfes *Tonk.* Das Monster über Kronas Gesicht kippte zur Seite weg, ein Armbrustbolzen hatte seine Stirn zerschmettert. Eine Axt wirbelte neben ihr durch die Luft, der Zwergen-Schlachtruf ertönte, und eine weitere Kreatur ging zu Boden. Stinkende Flüssigkeit rann aus ihrem aufgeschlitzten Bauch. Rückwärts kriechend versuchte Krona, aus dem Kampfbereich zu gelangen, doch etwas saß immer noch auf ihren Beinen. Sie sah nach unten. Ein riesiges, ameisenähnliches Wesen kauerte über ihr und hatte die Fänge tief in ihren Oberschenkel vergraben. Das Gesicht der Kreatur war bis über die Augen mit Blut verschmiert, und immer neues Blut quoll zwischen seinen Kiefern hervor. Rosig leuchtete das aufgebrochene Fleisch zwischen Dreck, Ruß und Stofffetzen.

Der Schmerz ließ nach, als Kronas Bewusstsein sich entfernte. Da gab es Dunkelheit, die wohltuend war und still. Sie musste sich nur fallen lassen.

*Ich mag nicht mehr kämpfen.*

*Auf die Beine, Soldatin, du jämmerliche Heulsuse! Sterben kannst du ein andermal, jetzt gibt es einen Krieg zu gewinnen, also pack dir einen Arsch in die Hose und* Krona riss gewaltsam die Augen auf und klammerte sich an den Schmerz wie an eine rettende Hand. Er brachte sie fast um, aber er hinderte sie daran, sich fallen zu lassen, und sie griff hinunter und packte den Kopf des Monsters mit beiden Händen. Der Panzer des Wesens war glitschig von ihrem eigenen Blut, und sie brüllte ihn wortlos an, während sie ihn aus ihrem Fleisch löste und von sich herunter stemmte. Kaum hatte sie ihn neben sich zu Boden geworfen, schlug ein Armbrustbolzen von irgendwoher in seiner Stirn ein und tötete ihn auf der Stelle.

Kronas Atem ging laut und schmerzhaft, es wollte gar nicht genug Luft in ihre Lungen strömen. Vergeblich versuchte sie aufzustehen, und blieb schließlich auf der Seite liegen. Schatten tanzten vor ihren Augen, sie hustete. Obwohl ihre innere Stimme sie weiterhin anbrüllte, schwand ihre Aufmerksamkeit. Einer der tanzenden Schatten trug eine mächtige Streitaxt, deren Blatt im Feuerschein rot glühte, er schnitt einem anderen Schatten die Seite auf, der sich krümmte und zu Boden stürzte. Ein dritter versuchte, sich davon zu schleppen, und brach dort zusammen, wo ihm der Kopf abgetrennt wurde. Ein weiterer und letzter starb unter der Tür an einem Armbrustbolzen, der ihm tief zwischen die Schulterblätter drang. Dann wurde es ruhig.

*Ruhig, und dunkel.*

»Krona! He, Krona! Jetzt nicht ohnmächtig werden, hörst du?«

»Lomir«, murmelte Krona und wünschte, er würde aufhören, sie zu schütteln.

»Gut erkannt«, sagte der Zwerg. »Und jetzt los. Ich brauche deine Hilfe. Ich kann dich unmöglich tragen, und du musst raus hier. Kannst du stehen?«

»Ja«, sagte Krona, zog sich an Lomir hoch und fiel sofort wieder um.

»So viel dazu«, sagte Lomir. »Nardon! Wir brauchen ein Seil!«

»Kommt sofort«, ertönte Nardons Stimme von oben. Krona blinzelte hinauf und sah ihn an dem Loch, das sie vergeblich zu erreichen versucht hatte, wie er seine Armbrust zurückzog. Gleich darauf tanzte das Ende eines Seiles zu ihr hinunter. Mit halber Aufmerksamkeit verfolgte sie, wie Lomir ihr das Seil um Brust und Hüften schlang und es geschickt verknotete. Sie war dankbar, dass er sie nicht bat, für diesen Zweck aufzustehen.

»Bleib, wo du bist«, wies er sie an. »Ich nehme die andere Treppe hinauf. Nardon kann dich nicht alleine hochziehen.«

»Da sind noch andere«, murmelte sie heiser. »Da draußen.«

»Keine Sorge. Ich weiß auf mich achtzugeben.«

Übelkeit krampfte ihr Inneres zusammen, und sie rollte auf die Seite und erbrach sich heftig. *Blutverlust*, ging es ihr durch den Kopf, aber das Wort wollte keine rechte Bedeutung gewinnen. Dumpfer, pochender Schmerz wütete in ihrem linken Bein.

*Es tut so weh. Bitte, ich brauche eine Pause. Das ist ja nicht zum Aushalten.*

Irgendwann ruckte es an dem Seil, das um sie geschlungen war. Sie hörte Lomirs Stimme, tat automatisch, was er ihr befahl, stellte sich auf die Füße und hielt sich am Seil fest. Verschwommen nahm sie wahr, wie sie hochgezogen wurde. Hände streckten sich durch das Loch und nahmen sie in Empfang. Die Luft war klarer hier oben und nicht so angefüllt mit beißendem Rauch, das Atmen fiel leichter. Jemand strich ihr Haarsträhnen aus der Stirn, es fühlte sich gut an. Da waren Leute um sie, ihre Gesichter schwebten über ihr in der Dunkelheit wie blasse Ballons, *ruh dich aus, alles wird gut.* Etwas berührte ihre Lippen. Bereitwillig öffnete sie den Mund. Abgestandenes, schales Wasser rann ihr über die Zunge, sie hustete und schluckte und hustete und versuchte zu atmen.

»Den guten Schnaps trinkt ihr wieder selber, oder was«, murmelte sie schwach.

»Wenn du wieder stehen kannst gibt's auch wieder Schnaps«, hörte sie Lomir, bemüht aufmunternd, doch gleichzeitig drang auch ein leises Schniefen an ihr Ohr, und sie erkannte die Hände auf ihrer Stirn als Pintels.

»So viel Blut«, flüsterte Pintel. »So viel Blut.« Sie spürte, wie er mit einem feuchten Tuch über ihre Wangen wischte, und fing seine Hand mit einer fahrigen Bewegung in der ihren.

»Ist nicht alles meins«, murmelte sie.

»Das, was aus deinem Bein rausläuft, aber schon«, schniefte Pintel. »Es tut mir so leid, Krona. Ich hätte schneller sein müssen mit meiner Warnung.«

»Was ist denn eigentlich passiert? Plötzlich war ich woanders ...«

»Teleportfalle«, erklärte Pintel. »Eigentlich ein Klassiker, ich habe nur nie zuvor einen gesehen. Du überschreitest eine bestimmte Linie oder Markierung und wirst an einen anderen Ort versetzt.«

Fenrir kam in ihr Blickfeld, er beugte sich über ihr Bein, sein Gesicht war dunkel.

»Das sieht übel aus«, sagte er. »Wir müssen diese Wunde versorgen, und zwar schnell.«

»Ist nicht weiter schlimm«, murmelte Krona. »Mach einen Verband drum, dann kann ich wieder.«

»Rede keinen Unsinn, Hauptmann«, wies er sie zurecht. »Du weißt selbst am besten, dass diese Wunde gereinigt werden muss, oder du bist in drei Tagen tot.«

Er machte sich an ihrem Hosenbein zu schaffen. Neuer Schmerz riss an ihr, und sie stöhnte auf.

»Sei doch vorsichtig!«, hörte sie Pintels angespannte Stimme.

»Ich bin vorsichtig«, sagte Fenrir. »Trotzdem wird es jetzt weh tun.«

Fenrirs Ankündigung traf zuverlässig ein. Sie wusste nicht, was er an ihrem Bein tat, sie ließ ihren letzten Rest Haltung fahren und schrie und klammerte sich an Pintels Hände. Übelkeit schüttelte sie, schwarze Flecken schwammen vor ihren Augen, einer kam direkt auf sie zu, verdeckte das Licht und die Gesichter der anderen, und diesmal ließ sie sich bereitwillig von der Dunkelheit verschlingen.

*Wo bin ich ...*

*Was ist eigentlich passiert?*

*Warum tut mein Bein so weh?*

*Ach ja.*

*Hab ich geschlafen, oder was? Wie viel Zeit ist vergangen?*

*Ein entferntes, dunkles Rauschen, gleichmäßig an- und abschwellend. Das Meer. Ach ja.*

*Frische Luft, bisschen kalt. Ein leichter Luftzug.*

*Wie wär's, Soldatin? Mach mal die Augen auf.*

Sie blinzelte.

»Sie ist wach!«, trompetete Pintel neben ihr, und sie zuckte erschrocken zusammen.

Tageslicht. Eine Art Sofa oder Bett, auf das man sie gelegt hatte.

*Wie bitte? Ein Sofa?*

Sie betastete ihren alten, vertrauten Militärschlafsack, mit dem man sie zugedeckt hatte. Ihr linkes Bein fühlte sich nackt an, sie spürte den rauen Filz auf der Haut. Sie hob den Schlafsack vorsichtig an und sah darunter. Man hatte ihr beide Stiefel ausgezogen und das linke Hosenbein bis zur Hüfte aufgeschnitten. Ihren Oberschenkel umspannte ein fester, weißer Verband, dem ein frischer, etwas scharfer Kräuterduft entströmte.

Sie stützte sich auf einen Ellenbogen und sah sich um. Ihr Mantel und Waffenrock lagen sauber gefaltet am Kopfende ihrer Lagerstatt. Sie befand sich in einem hohen, schmalen Gemach. Tageslicht fiel durch einen Schlitz in der dicken Außenwand. Reste einer Fensterbespannung flatterten dort im Wind wie kleine Fähnchen. Unter dem Fenster standen zwei Sessel, deren aufwendige Machart trotz ihres völlig zerstörten

Zustandes noch erkennbar war. Ein niedriges Tischchen vervollständigte die Sitzgelegenheit. Kronas Blick ging weiter. Ein Schrank, von der salzigen Luft zerfressen und schwarz gefärbt, eine Kommode, ein Tisch mit Stühlen. Ein verschlissener Teppich auf dem steinernen Boden, dessen ehemaliges Muster sich nur noch erahnen ließ, Teppiche an den Wänden, die sich in ähnlichem Zustand befanden. Neben ihr saß Pintel und strahlte sie an. An ihm vorbei sah sie auf dem Tisch ihre Waffen liegen. Sie streckte die Hand aus und zeigte, versuchte zu sprechen, aber es kam nur ein heiseres Husten. Pintel sprang auf und brachte ihr das Schwert, sie nahm es wie die Hände einer geliebten Person, *wo warst du? Ich hätte dich so gebraucht.*

Dann waren die anderen da und versammelten sich um ihr Lager.

»He«, sagte sie heiser und brachte ein schwaches Lächeln zustande.

»Na, junge Frau«, sagte Lomir fröhlich. »Ausgeschlafen?«

Sie nickte und hustete erneut bei dem Versuch, etwas zu sagen.

»Trink einen Schluck«, sagte Pintel und reichte den Wasserschlauch, den Nardon ihm gab, an Krona weiter. »Dann geht's besser. Du hast ein bisschen viel Rauch geschluckt da unten.«

Erst als der erste Tropfen ihre Lippen berührte, bemerkte Krona, wie ausgetrocknet sie sich fühlte. Gierig leerte sie den Schlauch und holte dann tief Luft.

»Danke«, sagte sie, immer noch heiser.

»Es ist früher Morgen«, sagte Lomir. »Du hast die Nacht durchgeschlafen, während wir hier ein paar Entdeckungen gemacht haben.«

»Aha«, machte Krona verständnislos.

»Jetzt lasst sie erst mal richtig zu sich kommen.« Fenrir schob Lomir beiseite und trat an Kronas Lager, um einen Blick auf ihren Verband zu werfen. »Später ist immer noch Zeit zu berichten.«

Er setzte sich auf den Rand des Sofas, wo Pintel ihm widerstrebend Platz machte.

»Du hast Glück gehabt«, sagte er lächelnd.

»Glück nennst du das?!«, schnaubte Krona. »Ich hab die einzigen paar bissigen Dinger in diesem gesamten Gemäuer aufgestöbert, alleine, ohne mein Schwert, und du redest von Glück?!«

»Du hättest tot sein können, wenn die Zwerge dich nicht rechtzeitig gefunden hätten.«

»Glück im Unglück nenne ich das, nicht anders«, knurrte Krona.

»Von mir aus«, sagte Fenrir. »Deine Wunde ist tief, aber nicht kritisch, und es ist nichts gebrochen. Ich habe sie gereinigt. Es wird heilen.«

Krona betrachtete den Verband.

»Sieht gekonnt aus. Danke schön.«

»Keine Ursache.« Fenrirs Lächeln verbreiterte sich und erzeugte eine angenehme Wärme in Kronas Innerem. »Auf diese Weise kam ich einmal mehr in den Genuss, deine Beine zu betrachten, Hauptmann.«

Krona grinste schwach.

»Ich muss mich nicht beißen lassen, damit du das tun kannst, weißt du?«

»Belassen wir es bei gelegentlichem Verbandswechsel.« Freundschaftlich tätschelte Fenrir Kronas Oberarm und erhob sich. »Sie ist wach«, sagte er zu den anderen. »Zumindest wach genug, um eindeutige Angebote zu machen. Dann sollte es auch für einen Bericht reichen.«

»Ich will!« Pintel hopste neben Krona auf die Liege. »Lass mich dein persönlicher Berichterstatter sein«, bat er mit strahlenden Augen. »Frag mich alles, was du wissen willst.«

»Gut.« Krona ließ sich auf ihren gefalteten Mantel zurücksinken, den man ihr als Kissen unter den Kopf geschoben hatte. »Fangen wir vorne an. Wie, zum Teufel, konnte das passieren – was auch immer da passiert ist?«

»Es war eine Teleportfalle«, erklärte Pintel. »Ein mächtiger Schutzzauber. Überschreitet jemand einen Punkt oder eine Linie ohne ein Lösungswort oder Ähnliches, wird er an einen anderen Ort transportiert. In deinem Fall, in den Keller.«

»In eine Gefängniszelle«, ergänzte Krona.

»Oh«, sagte Pintel. »Wie bist du aus der raus gekommen?«

»Die Tür war verrottet. Wie habt ihr mich übrigens gefunden?«

»Auf gut Glück«, erklärte Pintel. »Fenrir und ich waren drüben im Südturm und haben die dortigen Gefängnisse überprüft. Lomir und Nardon haben sich hier die restlichen Stockwerke angesehen.«

»Wir rochen den Qualm, als wir im Erdgeschoss waren«, ergänzte Lomir. »Er zog durch die Bodenluke zu uns herauf. Und wir haben dich schreien hören.«

»Ihr spinnt ja«, schnaubte Krona. »Was sag ich immer? Wir sollen uns nicht trennen, sag ich immer!«

»Du warst aber nicht da, und wir hatten es eilig«, erklärte Pintel. »Wir wussten ja nicht, in welchen Schwierigkeiten du gerade steckst, aber nachdem deine Waffen bei uns geblieben waren, wussten wir, dass du dir nicht gut selbst helfen kannst.«

»Ist ja gut. Tut es trotzdem nicht wieder! Egal, ob ich dabei bin und es sage oder nicht!«

»Jawohl, Hauptmann«, sagte Pintel geduldig. Lomir setzte zu einer Erwiderung an, winkte dann aber nur ab.

»Wir haben hier endlich Karcharoths Quartier gefunden«, fuhr Nardon mit der Erklärung fort. »Sein Wohnbereich erstreckt sich über das ganze Stockwerk. Wir haben auch Arbeitsräume gefunden und alles durchsucht.«

»Jedes Buch durchgeblättert«, ergänzte Lomir frustriert. »Jede Schublade auf einen doppelten Boden abgeklopft. Auf jeder einzelnen verdammten Steinplatte rumgedrückt. Nichts.«

»Wir haben die ganze Nacht gesucht«, sagte Pintel. »Es scheint, als hätte jemand vor uns alle Hinweise entfernt. Es gibt Unterlagen zu jedem Detail von Karcharoths Arbeit, es gibt sogar noch Listen der Dinge, die er vom Festland angefordert hat. Nur nichts über die Schädel.«

»Vielleicht hat er sich hier nicht mehr damit beschäftigt? Ich nehme an, es ist stressig genug, Monster zu erschaffen«, warf Krona bissig ein.

»Ach ja, übrigens«, sagte Pintel. »Das Kreidegekrakel in dem Nebenraum, erinnerst du dich? Es gehörte zu einem Bannkreis. Dort waren diese Kreaturen offenbar eingesperrt, bevor der Zauber sich verflüchtigte. Die Teleportfalle war die zweite Sicherung, und wie du weißt, ist dieser Zauber noch intakt. Das erklärt, wie die Monster in den Keller gekommen sind. Und es erklärt, warum sie noch nicht verhungert sind, falls du dich das gefragt hast.«

»Bisher nicht«, sagte Krona. »Ich hab nur gemerkt, dass sie ganz schön hungrig waren. Aber wieso erklärt es das?«

»In einem Bannkreis ist die Zeit aufgehoben«, erklärte Pintel. »Deshalb können sich die Eingeschlossenen nicht bewegen. Jede Bewegung basiert ja auf einer zeitlichen Abfolge, das heißt, erst hebst du den Arm, dann nimmst du ihn wieder runter, und so weiter. Wenn nun jemand die Zeit anhält, bist du quasi eingefroren. Und kriegst damit auch keinen Hunger.«

»Aha.«

»Es ist eine bemerkenswerte Leistung, einen Zauber zu weben, der sogar über den Tod des Zauberers hinaus so lange anhält«, sagte Pintel mit leuchtenden Augen. »Er muss ja bis vor kurzer Zeit noch gewirkt haben. Das sind dann fast drei Jahre! Das heißt, es darf sich im Spruchgewebe nicht der geringste Fehler eingeschlichen haben. Es muss makellos gewesen sein, um so lange zu bestehen. Und weißt du, wie schwer das ist? Ein winziger Kiekser in deiner Stimme während der Beschwörungsformel, und schon hast du einen Fehler drin. Ein winziges Muskelzucken, vielleicht nur ein falscher Atemzug, und schon …«

»Danke«, unterbrach ihn Krona energisch. »Es reicht. Ich kann's mir vorstellen.«

»Ich schweife ab«, stellte Pintel fest und zog den Kopf ein.

»Geringfügig.«

»Zurück zum eigentlichen Thema«, sagte Lomir. »Das Ergebnis unserer Suche ist, dass wir keines haben. Kein Ergebnis, meine ich. Wie bereits erwähnt, wir vermuten, dass jemand alle Unterlagen über die Schädel von der Insel entfernt hat. Falls es hier jemals welche gegeben hat.«

»Du willst mir aber nicht andeuten, dass diese ganze Aktion umsonst war?« Krona schlug sich die Hand vor die Augen. »Das darf doch wohl nicht wahr sein?!«

»Vielleicht nicht ganz umsonst«, sagte Pintel vorsichtig. »Das kommt darauf an, was du zu unserem Plan B sagst, den wir entwickelt haben.«

»Was für ein Plan B?«

»Du solltest mitkommen, wenn du kannst«, sagte Pintel. »Es gibt dazu etwas zu sehen.«

»Selbstverständlich kann ich«, knurrte Krona. »Ich hab schon Krieg geführt mit schlimmeren Wunden.« Sie schwang die Beine von der Liege und stand auf. Wütender Schmerz schoss durch ihr Bein, und sie stützte sich stöhnend auf Lomirs Schulter, der eilig zur Stelle war.

»Mach langsam«, sagte er. »So eilig haben wir's dann auch nicht.«

»Du kannst den hier nehmen«, sagte Pintel eifrig und brachte von irgendwoher einen dicken, knorrigen Stab, der doppelt so lang war wie der kleine Zauberer selbst. Glatt poliertes Wurzelwerk saß wie ein geschnitzter Knauf an seiner Spitze.

»Nimm das weg!«, fauchte Krona erschreckt. »Wer weiß, vielleicht spuckt es Blitze!«

»Er ist völlig harmlos«, versicherte Pintel.

»Harmlos?! Du hast gesagt, Kreidestriche auf dem Boden sind gefährlich, und jetzt fuchtelst du mit diesem Ding?!«

»Die Stecken, die Zauberer bei sich tragen, werden gemeinhin überschätzt«, erklärte Pintel. »Die meisten sind nichts als Gehhilfen. Natürlich wird kein Zauberer das zugeben, wenn er merkt, welchen Eindruck er damit macht. Und dieser hier ist wirklich harmlos. Ich habe ihn untersucht. Nun komm schon, du kannst nicht ewig Lomir als Stütze nehmen.«

Zögernd ergriff Krona den Stab, noch nicht überzeugt, dass er sich nicht doch sogleich in etwas verwandeln würde, das Zähne hätte und sie anfiele. Sie lehnte sich probeweise auf den Stab. Nichts passierte.

»Na gut«, sagte sie knurrig. »Versuchen wir's. Aber bevor ihr mir irgendetwas zeigt, zieh ich mir meine andere Hose an. Die hier habt ihr ja ruiniert.«

»Ist gut«, sagte Nardon zu Lomir, der empört zu einer Richtigstellung ansetzte. »Die wird schon wieder. Die braucht das jetzt.«

Lomir atmete tief und hörbar aus.

»Komm«, sagte Nardon. »Wir gehen einstweilen nach nebenan, bis die Dame sich in Ruhe umgezogen hat.«

»Ich seh hier keine Dame«, murrte Lomir, folgte seinem Freund aber zur Tür.

Krona ließ sich Zeit. Sie zog sich nicht nur um, sondern goss auch Wasser aus ihrem Wasserschlauch auf ein Tuch und rieb sich damit Gesicht und Arme ab, es gab ihr wenigstens das Gefühl, sich gesäubert zu haben. Mit einigen Schwierigkeiten wechselte sie die Hose und zog ihre Stiefel an, wobei sie eine weitere hässliche Quetschung an der Wade entdeckte und Kratzspuren von nadelspitzen Zähnen am entsprechenden Stiefel. Leise fluchend versuchte sie ein paar Schritte. Sie war nicht besonders schnell, aber sie würde vorankommen. Sie gürtete ihr Schwert und verstaute ihre Messer, dann machte sie sich, auf den Stab gestützt, auf die Suche nach den anderen.

Sie trat aus der Tür und befand sich in der Treppenhalle dieses Stockwerks. An den Wänden entlang steckten Fackeln in schmiedeeisernen Halterungen; sie brannten mit unnatürlichem Gleichmaß, kaum jemals zuckte eine Flamme. Krona brachte ihre Hand in die Nähe: Sie strahlten keinerlei Wärme ab. Auf dem Boden und zwischen den Fackeln an der Wand befanden sich Teppiche. Sie waren in besserem Zustand als die im Wohnraum: Verblasst, aber noch erkennbar zeigten sie verschlungene Blumenmuster, Jagdmotive und verschiedene liebliche Landschaften. Krona zog die Nase kraus.

*Blümchenteppich, aber ein Keller voller Monster. Das nenne ich einen ausgefallenen Wohngeschmack.*

Mehrere Türen und fackelerleuchtete Gänge führten aus der Halle hinaus. Entfernt hörte sie die Stimmen ihrer Gefährten. Krona machte sich auf den Weg in die entsprechende Richtung. Die Teppiche schluckten ihre Schritte, nur der schwere Eichenstab verursachte ein dumpfes *dunk*, jedes Mal, wenn sie ihn aufsetzte.

Neben der Treppe befand sich eine steinerne Säule oder ein Podest, rund von der Grundfläche und etwa von der Höhe eines Tisches. Krona blieb stehen, um einen näheren Blick darauf zu werfen. Die Machart war ihr ein Rätsel, die Säule schien wie ein Tropfstein aus dem Boden zu wachsen, sie verjüngte sich nach oben und bildete eine Schale, in der eine Kugel aus dunklem, matt glänzendem Material ruhte. Krona beugte sich darüber. Eine dicke Staubschicht bedeckte die Kugel, doch darunter schienen graue Nebelschleier zu wirbeln. Ein ungutes Gefühl beschlich Krona, und sie wandte den Blick ab, gerade als Pintels warnende Stimme hinter ihr ertönte:

»Krona! Fass es nicht an!«

Pintel war in einer der Türen erschienen und kam nun eilig zu ihr hinüber.

»Was ist das?«, fragte sie und entfernte sich vorsichtshalber einige Schritte von der seltsamen Kugel.

»Das weiß man nie so genau«, sagte Pintel. »Man nennt sie Weissager. Es sind sehr mächtige Artefakte, die zu unterschiedlichen Zwecken eingesetzt werden können. Man kann mit ihnen ferne Orte betrachten oder Botschaften übermitteln, es heißt sogar, man könne damit in die Zukunft sehen. Ich hatte noch nie mit einem zu tun.« Er warf einen sehnsüchtigen Blick auf das Podest. »Aber vielleicht werde ich das, bevor wir diesen gastlichen Ort wieder verlassen«, fügte er hinzu.

»War es das, was ich mir ansehen sollte?«, fragte Krona.

»Nein.« Pintel zog sie mit sich. »Du sollst den Hausherrn begrüßen.«

»*Wie bitte*?!«

»Keine Sorge. Er ist mausetot. Das Begrüßen war eher scherzhaft gemeint.«

Sie durchquerten die Halle, *dunk*, *dunk*, und betraten auf der anderen Seite einen weiteren verschwenderisch eingerichteten Raum, in dem Fenrir und die Zwerge bereits warteten. Möwengeschrei drang durch die

Fensterschlitze, und auch hier waren die Möbel und Teppiche von der salzigen Luft angegriffen. Lange, leere Regale standen auf der Innenseite des Raumes, eines davon beherbergte ein verlassenes Möwennest.

»Jemand hat all seine Bücher mitgenommen«, sagte Pintel. »Er muss eine riesige Bibliothek gehabt haben. Es ist so schade drum! Ich hätte etwas darum gegeben, mal einen Blick in seinen Bücherschrank werfen zu dürfen.«

»Der hätte dir nichts genützt«, versuchte Nardon ihn zu trösten. »Sieh dir nur an, was die Luft mit dem Holz hier gemacht hat, seit die Fensterbespannung nicht mehr erneuert wurde. Etwas wie Papier wäre zum jetzigen Zeitpunkt vollständig zerstört, oder von den Möwen gefressen.«

»Oder zum Nestbau verwendet«, ergänzte Lomir fröhlich.

»Seid still!« Pintel verdrehte schaudernd die Augen. »Wenn ich mir das nur vorstelle!«

»Macht nicht so viel Aufhebens um einen Haufen Papier«, sagte Fenrir. »Kommen wir lieber zum eigentlich Wichtigen.« Er deutete über seine Schulter und machte einen Schritt zur Seite.

Krona zuckte zusammen. Ein Bett stand unter dem Fenster, von dem noch Reste einer Strohmatratze hingen und graue Fetzen, die einmal Bettzeug gewesen sein mochten. Auf ihnen verstreut lagen braun verfärbte, fleckige Knochen und ein Totenschädel, dem der Unterkiefer fehlte.

»Du meine Güte«, sagte Krona. »Und das ist …?«

»Ja«, sagte Pintel traurig. »Die kümmerlichen Reste eines genialen Mannes. Fehlgeleitet, aber genial.«

»Wer hat ihn so zugerichtet?«

»Ratten und Möwen«, sagte Nardon. »Es finden sich überall Fraßspuren an den Knochen, und das Skelett ist auch nicht vollständig. Sie haben ihn komplett abgenagt.«

»Woher wisst ihr dann, dass er es war?«

Nardon holte etwas aus seiner Manteltasche und zeigte es Krona auf der ausgestreckten Handfläche. Es war ein goldener Siegelring, der ein verschlungenes K zeigte, umgeben von einem Kranz winziger Runen.

»Wir haben dieses Zeichen auch auf seiner Korrespondenz gefunden«, berichtete Nardon. »Und dieser Ring steckte noch an einem

Fingerknochen. Nachdem wir davon ausgehen können, dass mangels Interesse niemand an der Leiche manipuliert hat, ist das Beweis genug.«

»Warum liegt er hier noch? Ich meine, warum hat man ihn nicht begraben? Das ist doch barbarisch.«

»Laut Pintel war er zum Zeitpunkt seines Todes etwa hundertachtzig Jahre alt. Er hat damit vermutlich länger gelebt als jeder andere Mensch. Seine direkten Angehörigen, so er welche hatte, waren längst tot. Es hatte also niemand ein Interesse daran, ihn zu begraben.«

»Was ist mit seinen Bediensteten und Lehrlingen?«

»Die offenbar auch nicht«, sagte Nardon mit Bedauern in der Stimme. »Selbst der Arkane Rat hatte wohl längst das Interesse an ihm verloren. Die Zauberer, die sein Exil verfügt hatten, waren längst tot, und ihre Nachfolger wollten sich ganz offenbar nicht recht um diesen Altfall kümmern.«

»Wie tragisch«, sagte Pintel, »einfach so vergessen zu werden.«

»Tu mir einen Gefallen«, fauchte Fenrir, »und hör endlich auf mit dieser Mitleidsnummer! Der Kerl hat bekommen, was er verdient!«

»Du kannst das nicht verstehen«, gab Pintel böse zurück. »Du bist kein Zauberer!«

»Und ich bin froh darum, wenn es bedeutet, dass Zauberer keinen Sinn für Gerechtigkeit haben.«

»Das hat mit Gerechtigkeit nichts zu tun!«

»Jungs«, sagte Krona mit erhobener Stimme. »Lasst es gut sein. Dies ist nicht der richtige Ort für einen sinnlosen Streit. Erklärt mir lieber Plan B.«

»Plan B klingt zunächst etwas eigenartig«, sagte Lomir, nachdem Pintel fortfuhr, Fenrir böse anzufunkeln, und nicht reagierte. »Alles hab ich auch nicht verstanden, aber es läuft wohl darauf hinaus, dass wir den Hausherren selbst zu unserem Problem befragen.«

»Wie bitte? Man muss kein Arzt sein, um zu sehen, dass der Herr hier sich zu nichts mehr äußern wird, oder?«

»Pintel?«, sagte Lomir Hilfe suchend.

»Was?«, fragte Pintel und unterbrach sein Duell der Blicke.

»Plan B«, sagte Lomir.

»Plan B in der Kurzversion für Nicht-Zauberer«, ergänzte Krona, die ahnte, was da auf sie zu kam. »Und einen Stuhl für mich. Ich muss ja vielleicht nicht stehen, wenn es nicht nötig ist.«

»Plan B klingt zunächst etwas gruselig und erfordert erheblichen Aufwand«, begann Pintel, während Lomir Krona einen Stuhl brachte. »Er kann uns aber, wenn er funktioniert, ein großes Stück weiter bringen. Ganz davon abgesehen, dass wir im Augenblick keine anderen Ideen haben. Du erinnerst dich an die Geister im Südturm? So etwas Ähnliches wollen wir hier veranstalten. Wir wollen Karcharoths Seele beschwören.«

»Was?!«, sagte Krona entsetzt.

»Ausgehend davon, dass die Seele sich nicht einfach auflöst, wenn der Körper stirbt, nimmt die Zaubereitheorie an, dass sie sich nach dem Tod auf eine andere Existenzebene begibt. Die Theorie sagt, dass es eine Vielzahl verschiedener Existenzebenen gibt, die übereinander gelagert sind wie, sagen wir, ein Stapel Pfannkuchen. Nur dass in diesem Stapel jeder Pfannkuchen jeden berührt.«

»Hä«, sagte Krona.

»Es sind ja extradimensionale Pfannkuchen«, erklärte Pintel. »Der Grundsatz, dass Materie zu einem bestimmten Zeitpunkt immer nur einen bestimmten Ort einnehmen kann, gilt für sie nur bedingt, da sie ohnehin völlig ohne Materie funktionieren. Was allerdings nicht heißt, dass nicht Existenzen aus anderen Ebenen in unserer Ebene materialisieren können. Siehe die Feuerfrau.«

»Äh«, sagte Krona. »Ist dieses – Pfannkuchen-Dings – irgendwie wichtig für Plan B?«

»Na ja«, sagte Pintel. »Es ist die Grundlage.«

»Wir wollen Karcharoths Seele – oder seinen Geist, wenn dir das lieber ist, von welchem Ort auch immer hierher zurückholen und ihm ein paar Fragen stellen«, fasste Nardon zusammen.

»Laienhaft ausgedrückt«, sagte Pintel. »Und nicht sehr präzise.«

»Danke«, sagte Krona. »Jetzt hab ich's verstanden. Was mich zu meiner nächsten Frage bringt: Seid ihr eigentlich noch ganz bei Trost?«

»Keiner von uns ist begeistert von dieser Sache«, sagte Nardon. »Aber wir sehen keine andere Möglichkeit. Außer, unverrichteter Dinge von dieser Insel wieder abzuziehen.«

»Und wie soll das im Einzelnen aussehen? Ihr beschwört da so ein durchsichtiges Dings wie im Südturm?«

»Schön wäre es«, sagte Pintel betrübt. »Das würde bedeuten, dass ich ein wirklich fähiger Zauberer wäre. So etwas herzustellen ist enorm aufwendig. Man bringt eine extradimensionale Kraft dazu, die Form bestimmter Materie anzunehmen und dann auch auf die umgebende Materie einzuwirken, sprich Töne zu erzeugen, ohne dass da ein materieller Sprechapparat wäre. Die armen Jungs im Südturm sind ja eher zufällig entstanden. Sprunghafte arkane Übertragung.«

»Also nein«, sagte Krona.

»Richtig.«

»Und was dann, wenn kein durchsichtiges Dings?«

»Er wird durch einen von uns sprechen.«

»Wie bitte?!«

»Es klingt erschreckender als es ist«, beeilte sich Pintel zu versichern. »Sein Geist wäre sozusagen zu Gast in einem von uns und würde seinen Sprechapparat benutzen. Das ist wesentlich einfacher, als eine Manifestation zu beschwören. Du musst wissen, dass Beschwörungen nicht mein Spezialgebiet sind. Wenn die Voraussetzungen hier nicht wirklich ideal wären, würde ich es gar nicht in Betracht ziehen. Aber hier an diesem Ort hat er so viele Jahre verbracht, hier befinden sich noch so viele seiner persönlichen Gegenstände …«

»Manche sogar äußerst persönlich«, warf Lomir ein und deutete auf die Knochen.

»Außerdem haben wir bereits gesehen, dass etwas an diesem Gemäuer den Geist festhält«, fuhr Pintel unbeirrt fort. »Vielleicht sind auch Reste von Karcharoths Geist noch unterwegs. Das würde die Sache vereinfachen.«

»Ihr spinnt ja«, sagte Krona. »Das wollt ihr wirklich tun? Und wer von euch ist der glückliche Auserwählte?«

Fenrir schnaubte böse und wandte sich ab.

»Eine wirkliche Auswahl haben wir nicht«, sagte Pintel. »Je ähnlicher, je einfacher. Also männlich und menschlich. Ich scheide aus, denn ich muss die Beschwörung aufrecht halten.«

»Meinen Glückwunsch«, sagte Krona zu Fenrir. »Da hast du wohl die Arschkarte gezogen.«

»Wie gewohnt bringst du es in deiner liebreizenden Soldatensprache auf den Punkt«, sagte Fenrir, ohne sich umzudrehen.

»Und ihr wollt das wirklich tun?«, fragte Krona.

»Von Wollen kann keine Rede sein«, sagte Lomir. »Wir haben stundenlang diskutiert. Wir sehen keinen anderen Weg.«

»Vielleicht wäre es sinnvoll gewesen, mich an dieser Diskussion zu beteiligen?«

»Du musstest dich dringend erholen, und uns lief die Zeit davon. Wir haben jetzt nicht einmal mehr zwölf Stunden, bis unser Schiff kommt. Wenn es kommt.«

Krona sah Lomir an, beschloss dann aber, auf seine letzte Bemerkung nicht weiter einzugehen.

»Tröste dich«, sagte Pintel. »Du hast nicht zu jedem Zeitpunkt der Diskussion etwas verpasst. Viel davon war fruchtlos.«

»Und Fenrir zu überzeugen, hat ohnehin länger gedauert als alles andere zusammen«, sagte Lomir.

»Verständlich, oder«, sagte Krona.

»Es wird ihm nichts passieren«, versicherte Pintel. »Ich hab gelesen, dass manche Medien sich hinterher nicht mal daran erinnern.«

»Das wird ja immer schöner«, schnaubte Fenrir.

»Manche was?«, fragte Krona.

»Leute, die Geistern ihre Stimme leihen«, erklärte Nardon.

»Ah«, sagte Krona. »Danke. Nun, täuscht mich mein Eindruck oder hab ich recht, dass die Entscheidung im Grunde schon gefallen ist?«

»Na ja«, sagte Pintel. »Wir wollten jedenfalls noch deine Meinung hören.«

»Aber ihr alle seid dafür, es zu machen?«

»Lasst uns abstimmen«, sagte Lomir. »Wer ist dafür? Hand hoch.« Er selbst hob seine Hand. Pintels Hand folgte sofort, dann, in größerem Abstand und zögernd, Nardons.

»Ihr solltet gar kein Stimmrecht haben«, sagte Fenrir. »Schließlich bin ich es, den ihr für dieses Unternehmen braucht.«

»Aber wir dürfen eine Meinung haben, ja?«, fragte Lomir bissig.

»Fenrir«, sagte Pintel. »Wir bitten dich, uns diesen großen Gefallen zu tun. Ich verspreche dir, es wird gänzlich unschädlich für dich sein.«

»Ich habe mein Einverständnis bereits gegeben«, sagte Fenrir.

»Momentchen«, sagte Krona. »Was ist mit den Risiken? Ich könnte doch schwören, dass es welche gibt. Was, wenn dieser – Geist – uns entwischt?«

»Dann kehrt er dorthin zurück, von wo ich ihn gerufen habe«, sagte Pintel. »Er ist ja nicht gerne hier, wird also freiwillig seinen Aufenthalt nicht verlängern. Das einzige Risiko besteht darin, dass er versucht, nun ja, sich an mir zu rächen. Für die Störung und den Zwang.«

»Und wie könnte das aussehen?«

»Ich weiß nicht«, sagte Pintel vorsichtig. »Er könnte irgendetwas mit meinem Geist anstellen.«

»Er macht dich zum Idioten«, schnaubte Krona. »Na prima.«

»Das wird nicht passieren«, versicherte Pintel. »Ich kann ihn heimschicken, bevor er zu mächtig wird.«

»Nur der Vollständigkeit halber«, sagte Krona. »Ich bin dagegen. Ich denke nicht, dass man jeden Plan ausführen muss, nur weil man keinen anderen hat.«

»Vertrau mir«, sagte Pintel. »Ich hab das schon im Griff.«

»Dieser Ausspruch steht ganz oben in meiner Liste der *Berühmten letzten Worte.*«

»Denk an die Vorteile«, sagte Lomir. »Er hat alle Informationen, die wir brauchen! Es würde Monate dauern, bis wir sie zusammengetragen hätten. Was für eine Gelegenheit!«

»Was, wenn er nicht über dieses Thema plaudern möchte?«

»Er muss«, sagte Pintel. »Dafür beschwöre ich ihn ja. Das ist Teil des Zaubers. Überdies dürfte es eines seiner Lieblingsthemen sein. Es ist schließlich sein Lebenswerk.«

»Ich sehe schon«, sagte Krona. »Ihr wollt nicht auf mich hören. Ich hoffe nur, dass wir es nicht bereuen werden. Tote Menschen! Als ob dieser Ort nicht schon grausig genug wäre.«

»Ich werde zwei oder drei Stunden für die Vorbereitungen brauchen«, sagte Pintel. »Und zuvor werde ich ein Schläfchen machen. Man geht besser frisch an ein solches Vorhaben. Wartet nur ab! Unser beschwerlicher Ausflug hierher wird noch reiche Früchte tragen.«

»Besser wäre das«, murmelte Nardon.

Es war dunkel. Etwas zog, dann stärker, dann ein Sog, der ihn mit sich riss. Er stürzte oder wurde gezogen. Ein Wille, der ihn lenkte, ihm den Weg wies wie Leuchtfeuer im Nebel. Er wehrte sich. Kälte umfing ihn, und er stürzte in einen bodenlosen Schacht. Eine schwache Neugier erwachte zusammen mit seinem Bewusstsein. Ein Wirbel von Farben, eine dunkle Masse, die auf ihn zu raste, dann ein Augenblick der Orientierungslosigkeit. Die Leuchtfeuer flackerten. Etwas Vertrautes zog ihn an, aber die Leuchtfeuer wiesen in Richtung von etwas Fremdem, er sträubte sich mit aller Macht, er wollte den einfachen Weg wie ein Blitz, der sich zur Erde entladen will, und dann wurde der Weg plötzlich frei und mit Erleichterung verströmte er sich im Vertrauten, kam an und erwachte.

Karcharoth öffnete die Augen.

*Nicht meine Augen.*

Panik.

*Nicht meine Panik.*

Eine sterbliche Hülle.

*Interessant.*

»Ich sollte nicht hier sein«, sagte er.

*Nicht meine Stimme.*

»Ich bin es, Meister Karcharoth, der Euch zurück an diesen Ort rief und Euch nun bittet, zu verweilen und einige Fragen zu beantworten.«

*Ein kleiner Mensch, von dem Macht ausgeht. Sie verbindet sich mit der Macht dieses Ortes. Ich kenne ihn, diesen Ort, jede Strömung der Macht in diesem Gemäuer ist mir so vertraut, ich könnte ihr mit geschlossenen Augen folgen. Die Verbindung der Mächte hält mich, obwohl eine Sehnsucht in mir ist nach dem Vorherigen. Ich werde ein Weilchen bleiben. Lange genug, um meine Neugier zu befriedigen.*

»Fragen«, wiederholte er, um sich mit der neuen Stimme vertraut zu machen. »Fragen worüber?«

»Über ein Wesen von den Feurigen Ebenen, das Ihr beschworen habt. Und über die Vorrichtung, mit deren Hilfe Ihr es getan habt.«

Erinnerungen stiegen an die Oberfläche seines Bewusstseins. Lange vergangen.

»Gyldinn«, sagte er.

»Wie bitte?«

»Das ist der Name, den ich ihr gab. Gyldinn, die Strahlende.«

»Erzählt mir über die Vorrichtung, mit der Ihr sie beschworen habt.«

Karcharoth richtete den Blick auf den kleinen Mann in der Mitte des Beschwörungszirkels.

»Warum?«, fragte er.

*Verwirrung.*

»Äh«, sagte der kleine Mann, »wisst Ihr, es – na ja, es ist nicht vorgesehen, dass *Ihr* Fragen stellt.«

Karcharoth lächelte, kaum merklich hoben sich die Mundwinkel.

»Ich bin bekannt dafür, Unvorhergesehenes zu tun«, sagte er.

»Die Einzelteile der Vorrichtung sind verschollen«, sagte ein Dritter und trat vor Karcharoth hin, ein breitschultriger Zwerg mit geflochtenem Bart und teurer, aufwendiger Reisekleidung. »Wir möchten sie finden und wieder zusammenbauen. Dazu benötigen wir so viele Informationen wie möglich.«

»Zusammenbauen«, wiederholte Karcharoth und leistete sich eine Spur von Spott. »Nun, so das Euer Ziel ist, kann ich nur hoffen, Ihr beauftragt jemanden damit, der den Unterschied zwischen einem Artefakt und einem Haufen Bauklötzchen kennt.«

»Wie auch immer man das in Zaubererkreisen nennt«, sagte der Zwerg unbeeindruckt. »Ich bin eher für die Beschaffung zuständig, wenn Ihr mich versteht.«

Karcharoth nickte. »Erklärt mir den Grund für Euer Ansinnen«, sagte er und spürte die Anstrengung, die von dem kleinen Mann im Beschwörungskreis ausging.

»Das Artefakt ist mächtig«, sagte der Zwerg. »Wir dienen einer Gruppe, die Interesse an Macht hat. Wir haben Gyldinn gesehen und waren mehr als beeindruckt.«

»Ihr habt sie gesehen?«, fragte Karcharoth. »Hochinteressant. Dass ich sie zuletzt sah, ist viele Jahre her. Ich bannte sie in ein Medaillon, das ich bis zu meinem Tod bei mir trug. Es wusste kaum jemand überhaupt von ihrer Existenz. Sie war eine der wenigen Verbündeten, die ich noch hatte, wenngleich nicht freiwillig.«

Dünnes Lächeln.

»Ich konnte letztlich keinen Nutzen mehr aus ihr ziehen. Ein Bann liegt über der Insel, der keine Beschwörungen aus den Anderen Ebenen zulässt. Nun, ich sollte wohl besser sagen, ein Bann *lag* über der Insel. Und Levin Gorthon, mein Lehrling? Ich nehme an, er ist tot?«

»Woher wollt Ihr das wissen?«, fragte der kleine Mann im Bannkreis erstaunt.

»Es ist eine logische Annahme«, sagte Karcharoth. »Ihr habt Gyldinn gesehen. Das heißt, er befolgte meine Anweisungen nicht, die ich ihm zu seinem Besten gab. Ich sagte ihm, er solle keinesfalls den Bann lösen, ehe er nicht Rang und Wissen eines Hochzauberers erreicht hätte, was bei seinem Mangel an Begabung mehr als unwahrscheinlich war. Er muss sie freigelassen haben, vermutlich in der irrigen Annahme, er könne sie kontrollieren. Nun, vielleicht hat er noch lange genug gelebt, um ihre furchterregende Schönheit zu bewundern.«

»Warum habt Ihr sie ihm vererbt, wenn Ihr ihm nicht zugetraut habt, richtig mit ihr umzugehen?«, fragte der Zwerg.

»Ich hatte keine große Auswahl«, sagte Karcharoth ohne die Spur eines Bedauerns. »Überdies hielt ich diese Wendung, die Gyldinns Schicksal nahm, nicht für die am wenigsten interessante. Ich nehme an, sie ist wütend. Sie hat eine sehr lange Zeit in einem sehr engen Gefängnis verbracht.«

»Sie ist so wütend, dass sie andauernd Häuser niederbrennt und unschuldige Zwerge und Menschen tötet«, sagte der Zwerg, und Karcharoth nickte lächelnd.

»Erzählt uns mehr über die Vorrichtung«, sagte der kleine Mann im Beschwörungszirkel.

»Ich erschuf sie als Zulassungsarbeit für den Rat der Erzzauberer«, sagte Karcharoth. »Sie besteht aus fünf Schädeln und einem Markstein. Jeder der Schädel ist unterschiedlich gearbeitet und einem anderen der Vergessenen Götter geweiht. Nicht dass dies unbedingt notwendig gewesen wäre, aber ich hatte immer schon einen Sinn für Stil. Jede der Komponenten ist für sich genommen ein mächtiges Artefakt, und ihre gebündelte Macht öffnet ein Tor auf die Anderen Ebenen. Gyldinn stammt, das ist unschwer zu erraten, aus der Ebene des Feuers, die man dem Vergessenen Gott Skirnir zuschreibt.«

»Mal angenommen, Gyldinn besäße einen oder zwei dieser Schädel«, sagte der kleine Mann im Beschwörungszirkel. »Könnte sie denn etwas damit anfangen?«

»Eine hochinteressante Frage.«, Karcharoth musterte den kleinen Mann mit durchdringendem Blick. Er war gewohnt, sein Gegenüber mit diesem Blick einzuschüchtern, und auch der kleine Mann wich zurück, es war mehr ein mentales Zurückweichen als ein körperliches, und es gab Karcharoth das sichere Gefühl, Herr der Lage zu sein.

»Jeder einzelne der Schädel würde ihre Macht steigern, denn sie ist ohne Zweifel in der Lage, sie sich nutzbar zu machen«, sagte er. »Doch selbst wenn sie alle Schädel und den Markstein besäße, könnte sie nicht nach Hause gelangen, denn sie würde eine weitere Person benötigen, die das entsprechende Ritual vollführt.«

»Gibt es für sie denn keinen anderen Weg nach Hause?«, fragte der Zwerg.

»Nein«, sagte Karcharoth. »Sie muss so zurück, wie sie beschworen wurde.«

»Wisst Ihr etwas über den Verbleib der einzelnen Artefakte?«, fragte der kleine Mann im Beschwörungszirkel.

»Der Skirnir-Schädel befindet sich im Besitz der Familie Markholt aus Halmesholm«, erinnerte Karcharoth sich. »Nette, stumpfe Kaufleute, die keine Ahnung haben, welchen Schatz sie da aufbewahren. Den Dolgr-Schädel haben Zwerge in ihre Obhut genommen. Es gibt ein Kloster auf der Insel der Stürme, dort verstaubt er wahrscheinlich in einem Archiv. Diese Informationen konnte ich erlangen, bevor ich hierher verbannt wurde.«

»Ich nehme an, dass auch Levin Gorthon über diese Informationen verfügte«, sagt der Zwerg.

»Ich vertraute ihm mein Wissen an, bevor ich starb«, sagt Karcharoth. »Ich wollte sichergehen, dass mein Werk nicht in Vergessenheit gerät. Es erfüllt mich mit Genugtuung, zu sehen, dass dies mir gelungen ist.«

»Gyldinn hat dieses Wissen offenbar erlangt, bevor sie ihn verbrannte«, sagte der Zwerg. »Genau diese beiden Schädel befinden sich in ihrem Besitz.«

»Und wahrscheinlich noch ein dritter«, ergänzte Karcharoth. »Einen hat es nach Zentallo verschlagen, zu einem gewissen Varinn Thara, seines Zeichens Zauberer oder was er dafür hält. Ich benötigte mehr als dreißig Jahre, um diese Information zu erlangen, und ich gab auch sie an Levin Gorthon weiter. Der Rat traf bei meiner Verlegung in dieses traute Heim alle Vorkehrungen, um mich an der Fortführung meiner Forschung zu hindern. Zehn Jahre lang habe ich allein daran gearbeitet, ihr Überwachungssystem zu umgehen.«

»Der Weissager«, warf der kleine Mann im Zirkel ein.

»Richtig«, sagte Karcharoth. »Es gelang mir schließlich, jeden Tag für eine bestimmte Zeit falsche Bilder zu schicken. Während dieser Zeit konnte ich mich meiner Recherche widmen. Es war ein mühsames Arbeiten, mit diesen beschränkten Mitteln.«

»Wie kam es eigentlich, dass die Einzelteile so verstreut wurden?«, fragte der Zwerg.

Karcharoth atmete tief, *dieser Körper fühlt sich mittlerweile fast vertraut an.* Verachtung stieg in ihm auf und schmeckte noch so bitter wie früher.

»Der Rat besteht aus einer Ansammlung von Bürokraten und Weichlingen, die sich fürchten, wenn sie arkaner Macht begegnen, die einem Hochzauberer angemessen ist«, sagte er. »Ich sagte bereits, die Vorrichtung war meine Zulassungsarbeit. Seit Jahrhunderten hatte niemand etwas vergleichbar Mächtiges erschaffen. Ich brach ein paar Regeln, und sie begannen, zu winseln und zu zittern.«

»Die Erste Dimensionale Direktive«, sagte der kleine Mann im Zirkel.

»Unter anderem«, bestätigte Karcharoth. »Eine von unzähligen Direktiven, mit denen die Zauberer unsinnigerweise ihr eigenes Potential beschneiden. Ich bekam meine Berufung zum Hochzauberer, allerdings beschlagnahmte der Rat mein Werk und verstreute die Einzelteile an geheime Orte, die er für sicher hielt.«

»Warum haben sie es nicht zerstört, wenn es so gefährlich war?«, fragte der Zwerg.

»Es ist unzerstörbar«, sagt Karcharoth stolz. »Das ist ein Teil seiner Macht. Es schützt sich selbst.«

»Nochmals zu dem Markstein«, sagte der kleine Mann im Beschwörungszirkel. »Ich nehme an, er ist das wichtigste Stück der Vorrichtung. Wisst Ihr, wo wir ihn finden können?«

»Um den Markstein macht Euch die wenigsten Sorgen«, erwiderte Karcharoth. »Er wird Euch finden.«

»Das ist gut«, sagte der Zwerg. »Kryptisch, aber gut.«

»Lasst es mich genauer formulieren«, fügte Karcharoth hinzu. »Er wird diejenige Person finden, die sich im Besitz der Schädel befindet.«

»Das ist schlecht«, sagte der Zwerg, »denn augenblicklich ist das noch Gyldinn.«

»Ihr solltet Euch mit ihr verbünden«, schlug Karcharoth vor, »wenn Ihr an wirklicher Macht interessiert seid.«

»Wir ziehen das in Betracht«, stimmte der Zwerg zu. »Allerdings haben wir gerne eine gewisse Kontrolle über unsere Bündnispartner, und die fehlt uns noch. Aber noch einmal zurück zu dem Markstein.

Wie Ihr bereits festgestellt habt, bin ich kein Zauberkundiger, daher habt Verständnis für meine vielleicht triviale Frage: Wie wird der Markstein jemanden finden? Es ist ein Gegenstand, wenn ich das richtig verstanden habe. Er geht nicht einfach raus auf die Straße, oder?«

»Ein Gegenstand, den ich mit mehr mächtigen Zaubern belegt habe, als jeder noch so talentierte Zauberer innerhalb einer normalen Lebensspanne entschlüsseln könnte«, sagte Karcharoth. »Ganz zum Schluss, als die Entscheidung des Rates gefallen war, fügte ich noch einige hinzu. Ich konnte nicht zulassen, dass meine Schöpfung auf diese Weise dem weiteren Schicksal der Welt entzogen wird! Ich wusste, sie würden das Herzstück besonders sorgfältig vergraben. Sie würden einen besonders tiefen, dunklen Winkel aussuchen und tödliche Fallen errichten. Ich ließ den Markstein schlafen, bis einer der Schädel gefunden würde. Sie stehen auf eine Art und Weise in Verbindung, die Euch nicht zu interessieren hat. In der Zwischenzeit ist er erwacht, sein Gegenzauber entschärft die Fallen und wird dafür sorgen, dass jemand ihn aus seinem Gefängnis befreit, und das Spiel kann von neuem beginnen.«

»Oh«, sagte der kleine Mann im Beschwörungszirkel erstaunt, »ich, äh – ich *sehe* den Markstein. Vor meinem inneren Auge, meine ich. Wie …?«

»Ich erlaubte mir, Euch ein Bild zu schicken«, sagte Karcharoth. »Es ist mein ureigenes Interesse, mein Werk vereint zu sehen. Ihr vollendet womöglich, wozu mir die Zeit fehlte.«

»Ich will Euch nicht zu nahe treten«, sagte der kleine Mann, »aber das sollte nicht sein. Ich meine, schließlich habe ich Euch beschworen und nicht umgekehrt. Ihr hättet zumindest fragen können. Der Höflichkeit halber.«

»Ihr werdet nicht ernsthaft von einem Toten Höflichkeit erwarten«, sagte Karcharoth. Die geliehene Stimme gab seinen Zynismus nur unzureichend wieder, aber es genügte, um das mentale Band, das der kleine Mann aufrecht hielt, bis zum Zerreißen anzuspannen.

»Sieh in den Weissager, kleiner Zauberer«, sagte Karcharoth. »Er gibt dir Aufschluss über den Weg des Marksteins. Falls er noch funktioniert. Oder, noch genauer, falls er wieder funktioniert. Der Rat hat es selbstverständlich nicht versäumt, einen Bann über ihn zu legen, so dass ich ihn nicht benutzen konnte.«

»Aber ich kenne mich nicht aus mit solchen … Götter! Ich *kenne* mich aus! Ich weiß, wie … Meister Karcharoth! Ihr sollt nicht … Oh, Götter! Das ist toll!«

»Ihr habt mich gerufen, damit ich Euch diene«, sagte Karcharoth mit wölfischem Lächeln. »Und ich diene Euch auf jede erdenkliche Art.«

»Ja«, sagte der kleine Zauberer. »Äh … danke. Und nun wollen wir Eure ewige Ruhe nicht länger stören. Es wird wirklich Zeit, dass Ihr uns verlasst.«

»Wird es?«, fragte Karcharoth. »Warum?«

»Weil, äh … nun ja, dieser Körper gehört einem anderen, und er möchte ihn gerne zurückhaben – *sie*, genau genommen …«

»Was immer sie ist, ihre Qualitäten als Verbündete sind ärmlich gegen die meinen. Ihr sucht Macht? Nun, Ihr habt sie gefunden.«

»Verbindlichen Dank«, sagte der Zwerg, »aber wir verbünden uns nicht mit toten Leuten. Nehmt es nicht persönlich.«

»Skrupel?«

»Ordnungsliebe.«

»Beschränktheit«, korrigierte Karcharoth.

»Ihr wisst, Ihr könnt nicht unter den Lebenden verweilen«, sagte der kleine Zauberer. »Euer Platz ist bei den Toten.«

»Niemand hat es bisher versucht«, sagte Karcharoth. »Niemand hatte bisher den Mut, es zu versuchen.«

»Und Ihr werdet nicht der erste sein, denn ich schicke Euch nun zurück.« Karcharoth spürte, wie der kleine Zauberer ihm seinen Willen entgegen stemmte. Er wich ein wenig zurück, tiefer in den Körper seines Gastgebers, um Zeit zum Nachdenken zu gewinnen.

*Da sind Schmerzen. Dieser Körper ist beschädigt.*

Karcharoth zuckte zusammen. Das Gefühl war ungewohnt, so lange hatte er ohne einen Körper existiert, die Erinnerung traf ihn mit Macht und brachte ihn ins Wanken.

*Ich habe Jahre so verbracht. Schmerz. Hunger, Müdigkeit, Gelenksteife. Kurzsichtigkeit. Schmerzen beim Wasserlassen. Vergesslichkeit. Altersschwäche. Ein Gefäß, das immer weiter zerfällt, das Geist und Willen und Scharfsinn ausströmen lässt wie Wasser aus einem löchrigen Eimer.*

Und plötzlich war da neben dem Willen des Zauberers ein zweiter, der sich gegen ihn warf, getrieben von Panik und maßloser Wut, eine brutale Aggression wurde ihm entgegen geschleudert, die ihn in seinem ohnehin schwankenden Stand taumeln und zurückweichen ließ, er verlor den Halt in seinem Gastkörper, und dann lag der Körper plötzlich unter ihm, reglos und so zerbrechlich, er verharrte einen Augenblick, um ihn zu betrachten, *kann es wirklich erstrebenswert sein, eine so unzureichende Hülle zu bewohnen?* Er entfernte sich, verspürte eine plötzliche Sehnsucht nach einem Ort, an dem es keinen körperlichen Verfall gab, und da war wieder ein Licht, er bewegte sich darauf zu und wurde von ihm aufgenommen, und seine Verbindung zu den Lebenden riss ab.

»Puh«, sagte Lomir. »Das war knapp.«

»Das war ein Debakel«, korrigierte Nardon.

»Wieso? Wir haben mehr Informationen, als wir zu hoffen gewagt hatten.«

»Wieso?«, rief Nardon und warf in einem seiner seltenen Temperamentsausbrüche die Hände in die Luft. »Siehst du dich mal um, mein Freund? Wir sind die Einzigen, die noch aufrecht stehen!«

»Du kannst nicht sagen, dass Fenrir nicht mehr aufrecht steht«, versuchte Lomir den Schaden einzuschränken.

»Fenrir, mein Freund«, Nardon betonte jedes Wort, »hat sich vor meinen Augen in einen Wolf verwandelt und ist zur Tür hinaus! Das nenne ich *nicht mehr aufrecht stehen*!«

»Hm«, sagte Lomir. »In der Tat. Das hat mich auch erstaunt.«

»*Erstaunt*?!«

Lomir trat zu Fenrirs Ausrüstung, die mitsamt seiner Kleidung auf dem Boden lag wie die leere, abgestreifte Haut einer Schlange.

»So etwas habe ich noch nie gesehen«, sagte er und berührte vorsichtig mit der Stiefelspitze Fenrirs Schwert, als erwarte er, dass auch damit eine seltsame Wandlung vonstattengehen würde. »Er ist geradezu eingeschmolzen. Ich glaube, es war der Augenblick, in dem die Beschwörung vollendet war.«

»Was zwei Möglichkeiten zulässt«, sagte Nardon etwas ruhiger. »Entweder steckte der Impuls für die Verwandlung in der Beschwörung. Oder er steckte in Fenrir selbst.«

»Ich sage dir etwas«, sagte Lomir. »Ich glaube nicht, dass es die Beschwörung war. Was sollte denn die Beschwörung eines Geistes mit Wölfen zu tun haben? Ich glaube, es war etwas, das in Fenrir drin steckte. Hast du dich mal gefragt, wo er hingeht, wenn er sich abends für ein paar Stunden vom Lager entfernt? Ich glaube, das ist irgendwie seine Natur.«

»Ein Gestaltwandler?«

»Gibt es das nicht? Komm schon. Du hast doch sicher mal etwas darüber gelesen. Enttäusch mich nicht.«

»Nichts, was ich als wissenschaftlich bezeichnen würde. Aber vielleicht kümmern wir uns erst mal um diese beiden hier. Fenrir können wir im Augenblick ohnehin nicht helfen. Wer weiß, wohin er gelaufen ist.«

»Weit kann er nicht sein«, sagte Lomir grinsend und kramte in seinem Rucksack. »Es sei denn, er wäre der erste Wolf, der Türen öffnen kann.« Er zog die Schnapsflasche hervor und entkorkte sie. »Auf diese Art werde ich noch meinen gesamten Vorrat los«, sagte er und machte einen Schritt hinüber zu Krona, die reglos dort lag, wo sie am Ende der Beschwörung zusammengebrochen war.

»Stop«, sagte Nardon und deutete auf Pintel, der reglos und blass in der Mitte seines Beschwörungszirkels lag. »Erst diesen hier.«

»Wieso?«, fragte Lomir.

»Ganz einfach«, sagte Nardon. »Ich nehme an, sie wird wütend sein, wenn sie aufwacht. Richtig wütend, und mit ihrer Selbstbeherrschung ist es ohnehin nicht weit her. Wir sollten viele sein, um unsere Chancen zu verbessern.«

»Sagte Pintel nicht etwas davon, dass man sich an derlei möglicherweise gar nicht erinnert?«

»Und dieses Risiko willst du eingehen?«

»Na gut«, sagte Lomir. »Ist sowieso egal.«

Bereits ein winziger Schluck genügte, um Pintel auf wirkungsvolle, aber äußerst unsanfte Art wieder zu beleben. Der kleine Zauberer hustete und schnappte nach Luft, bis seine Gesichtsfarbe sich von blass über rosig bis hin zu tomatenrot verändert hatte. Dann, allmählich, blieb ihm genug Luft, um zu sprechen.

»Götter«, keuchte er. »Das hätte ins Auge gehen können. Das war wirklich knapp.«

»Meine Worte.« Zartfühlend klopfte Lomir auf Pintels Rücken.

»Geht es dir gut genug, um uns zu erklären, was genau passiert ist?«, fragte Nardon und kniete sich neben Pintel auf den kalten Steinboden.

»Ja …«, sagte Pintel abgehackt, »sobald … Lomir … aufhört … mir … auf … den … Rücken … zu … schlagen …«

»War nur gut gemeint«, sagte Lomir verstimmt und zog seine Hand zurück.

»Also«, sagte Pintel, noch etwas heiser vom Husten. »Funktioniert hat es. Wenn auch nicht wie vorgesehen. Wusstet ihr, dass Fenrir ein Gestaltwandler ist?«

Die Zwerge schüttelten die Köpfe.

»Ich auch nicht«, sagte Pintel. »Hätte ich aber besser, denn dann hätte ich ihn gar nicht ausgesucht. Die Natur von Gestaltwandlern ist so wenig menschlich, wie es nur irgend geht bei einem zweibeinigen Wesen. Überwiegend zweibeinig, sollte ich eher sagen. Aber Karcharoth war da, und ich konnte ihn nicht schnell genug wieder wegschicken. Arme Krona«, er warf einen Blick in Richtung der bewusstlosen Kriegerin. »Und armer Pintel«, fügte er hinzu. »Sie wird mich in Stücke reißen.«

»Dann war es Zufall, dass Karcharoth gerade sie, äh … übernommen hat?«, fragte Nardon interessiert.

»Nein«, sagte Pintel. »Unbeabsichtigt, aber nicht zufällig. Ich hätte ihr den Stab abnehmen müssen, bevor wir mit der Beschwörung begannen. Karcharoth hat seine Präsenz gespürt, es war schließlich ein ihm sehr vertrauter Gegenstand. Krona war somit für ihn wesentlich einladender als Fenrir.«

»Und weiter?«

»Weiter war es nicht vorgesehen, dass er auf diese Weise präsent wird. *Mordenkaines Handbuch der Nekromantie* sagt, dass die Geister der Toten nur widerstrebend unter die Lebenden zurückkehren und die Kraft des Zauberers sich darauf richten muss, sie lange genug zu halten, um die geplanten Fragen zu stellen. Es sagt nicht, dass die Geister es sich zu einer Plauderei gemütlich machen, ganz davon zu schweigen, dass sie noch ein bisschen länger bleiben wollen! Meine Güte«, sagte er, und seine Augen wurden groß und rund, »wenn ich das als Aufsatz in *Ars Arcana* veröffentliche! Das könnte mich in der Wissenschaftsszene auf einen Schlag berühmt machen. Es könnte natürlich auch sein, dass sie mich für einen bekloppten Stümper halten und ich nie wieder etwas veröffentlichen darf. Hm …«

»Über die wissenschaftliche Verwertbarkeit können wir später nachdenken«, sagte Nardon. »Wie ist es dir schließlich gelungen, ihn zu bannen, obwohl er so stark war?«

»Ich hatte Hilfe. Ich konnte ihn weit genug verdrängen, dass Kronas Bewusstsein zurückkehrte. Sie hat ihn aus ihrem Körper vertrieben, und als er körperlos war und damit an Macht verloren hatte, konnte ich ihn endgültig bannen. Aber, ehrlich gesagt, es war knapper als es hätte sein sollen. Ich war nicht zu jedem Zeitpunkt Herr der Lage …«

»Das würde ich nicht erwähnen in meinem Aufsatz, an deiner Stelle«, sagte Nardon.

»Ich hoffe, mein Eingreifen hat nicht geschadet«, sagte Lomir. »Ich hatte den Eindruck, du warst etwas aus dem Konzept gebracht.«

»Das war ich«, sagte Pintel. »Und nein, es hat nicht geschadet. Ganz im Gegenteil. Karcharoth hatte so viel Spielraum, dass er uns einfach gar nichts gesagt hätte, wenn er von unseren eigentlichen Absichten gewusst hätte. Diese Lüge war äußerst klug von dir. Und sehr überzeugend.«

»Jahrelange Übung«, sagte Lomir mit bescheidenem Lächeln.

»Sollten wir nicht Krona aufwecken?«, fragte Pintel und schielte hinüber zu der Kriegerin, die sich noch immer nicht rührte.

»Sollten wir?«, fragte Nardon. »Ist gerade so friedlich hier.«

»Natürlich sollten wir«, sagte Lomir empört. »Ohnmacht ist nicht gesund, so als Zustand.«

»Ist ja gut«, sagte Nardon müde. »War nur ein Scherz.«

Der Zwergenschnaps tat seine Wirkung. Krona stöhnte, schüttelte ein paar Mal den Kopf wie ein nasser Hund und kam dann schwankend auf die Füße. Lomir klaubte den Eichenstab vom Boden und hielt ihn ihr auffordernd hin, doch sie schlug ihn beiseite.

»Wo ist der Zauberer?«, fragte sie und sah wild um sich.

»Er ist weg«, versicherte Lomir. »Zurück bei den Toten, wo er hingehört.«

»Ich meine Pintel«, fauchte Krona.

»Ich bin hier«, kam ein dünnes Stimmchen hinter Nardon hervor. »Und es war keine Absicht, ich schwöre dir, ich hätte das niemals zugelassen, es war ein Unfall, ich wollte das wirklich nicht! Du kannst Fenrir schlagen, der trägt die eigentliche Schuld! Und er ist viel größer als ich, es wird dir viel mehr Spaß machen und – hups!«

Mit entschuldigendem Lächeln und gerade noch rechtzeitig machte Nardon einen Schritt zur Seite. Krona packte Pintel am Kragen, hob ihn von den Füßen und drückte ihn gegen die Wand, wo sie ihn festhielt, während er verzweifelt nach Luft schnappte.

»Pintel«, fauchte sie. »Du … du … elender Stümper!«

Pintel quiekte und strampelte mit den Füßen.

»Krona«, sagte Lomir warnend.

Achtlos ließ Krona den kleinen Zauberer fallen, der hustend und keuchend in die Knie ging, und wandte sich dem Zwerg zu.

»Schnaps«, knurrte sie und streckte die Hand aus.

»Äh«, sagte Lomir verwirrt und hielt ihr die Flasche hin. »Gerne. Bedien dich.«

Sie riss ihm die Flasche aus der Hand und stürmte ohne ein weiteres Wort hinaus.

»Prima«, sagte Lomir. »Wo bin ich hier nur wieder reingeraten.«

»Ein Irrenhaus?«, schlug Nardon vor, und Lomir nickte seufzend.

»Vielleicht habe ich gerade deshalb das Bedürfnis, etwas Vernünftiges zu tun«, sagte Nardon. »Ich werde mich darüber machen und mir alle Informationen notieren, die unser toter Gast so bereitwillig von sich gegeben hat. Sonst kursieren drei oder vier Versionen davon, wenn es an die Auswertung geht.«

»Gute Idee«, sagte Lomir. »In der Zwischenzeit mache ich einen kleinen Rundgang und beaufsichtige unsere Irren. Pintel, du solltest dich ausruhen. Du musst noch diesen Wahrsager bedienen, bevor wir aufbrechen.«

»Weissager«, sagte Pintel mit quietschiger Stimme. »Aber sonst hast du recht.«

»Dann los«, sagte Lomir. »Sollte einer unserer Irren in der Zwischenzeit hier auftauchen und euch belästigen, ruft mich. Ich kann leider nicht überall gleichzeitig sein.«

Pintel nahm sich wenig Zeit für seine Erholung. Kaum eine halbe Stunde später sprang er von seinem Lager auf und verkündete, er sei ausgeruht genug und bereit.

»Was machen Krona und Fenrir?«, erkundigte er sich bei Lomir, der seinen Rundgang beendet hatte. Lomir zuckte mit entnervtem Gesicht die Schultern.

»Krona ist zwei Räume weiter und führt einen Feldzug gegen meinen Schnaps«, sagte er. »Ihr solltet nicht damit rechnen, dass heute noch etwas Vernünftiges von ihr kommt. Fenrir habe ich nicht gefunden. Ich habe aber auch nicht in jeden dunklen Winkel geschaut. Wer weiß, ob er mich nicht angefallen hätte oder so.«

»Es ist immer noch Fenrir«, sagte Pintel. »Er fällt keinen an.«

»Sicher?«

»Er wird schon wieder auftauchen«, sagte Nardon, der seine Niederschrift beendet hatte und sein abgegriffenes Notizbuch liebevoll in geöltes Tuch wickelte. »Und wenn nicht, können wir ihn in einigen Stunden immer noch, äh … jagen gehen.«

»Das glaubt uns keiner«, sagte Lomir kopfschüttelnd. »Diese Geschichte ist so irre, die glaubt uns keiner.«

»Hattest du vor, sie jemandem zu erzählen?«, fragte Nardon. »Also, ich würde das nicht tun. Nicht ehe die Hauptpersonen nicht wenigstens ein bisschen heldenhaft da stehen. Bisher haben wir nicht sehr viel erreicht.«

»Was sich ändern wird, sobald ich in den Weissager gesehen habe«, verkündete Pintel. »Können wir dann?«

»Wir sind bereit, wenn du es bist«, sagte Lomir.

»Wir sollten einen Hocker mitnehmen oder irgendetwas«, schlug Nardon vor. »Schließlich soll er in die Kugel schauen und nicht in die Säule.«

»Guter Gedanke.« Lomir griff nach einem Stuhl. »Gehen wir.«

»Was ist das für ein Markstein?«, fragte Nardon, während sie die große Halle durchquerten. »Was soll er markieren?«

»Das Ziel der Reise durch die Ebenen, nehme ich an«, sagte Pintel. »Oder den Ausgangspunkt, je nach dem, wie herum man den Toröffner gebraucht. Es ist ein geschliffener Kristall, so groß wie meine Handfläche, eingefasst in Gold und mit irgendwelchen Verzierungen am Rand. Genau weiß ich es nicht. Vergiss nicht, ich hatte es niemals selbst in der Hand. Bis vor kurzem habe ich nicht mal sicher gewusst, dass es existiert.«

»Komisches Gefühl, kann ich mir denken«, sagte Lomir über die Schulter.

»Ja«, sagte Pintel. »Das kannst du laut sagen.«

Eine dicke Staubschicht bedeckte die Kugel, die in ihrer steinernen Kuhle lag wie das Ei eines seltsamen Tieres. Pintel, der auf den Stuhl geklettert war, um in die richtige Höhe zu kommen, holte tief Luft und blies den Staub herunter. Dann polierte er die Kugel mit dem Ärmel, bis das matte, zauberische Licht in der Halle sich auf ihrer Oberfläche spiegelte.

Etwas im dunklen Inneren der Kugel schien zu erwachen, eine spiralige Bewegung setzte ein wie Strudel von tintenschwarzem Wasser, und Pintel räusperte sich mehrmals, während seine Wangen sich vor Aufregung glühend rot verfärbten.

»Wenn ich etwas Komisches mache, zieht mich weg, ja?«, bat er.

»Du meinst, komischer als sonst?«, fragte Lomir grinsend.

Pintel seufzte. »Zieht mich einfach weg, wenn ihr das Gefühl habt, dass es mir nicht gut geht.«

»In Ordnung.«

Tiefe Konzentration lag auf Pintels Gesicht, als er den Beschwörungsgesang begann. Lomir und Nardon sahen sich an und nahmen schräg hinter Pintel Aufstellung, bereit, den Zauberer von seinem Stuhl zu ziehen, sobald es erforderlich war.

Ein Licht drang aus der Kugel. Zunächst hielten sie es für eine Reflexion des Lichtes aus der Halle, doch dann wurde es heller und verschlang die wirbelnden dunklen Schwaden im Inneren der Kugel, und als Pintel seinen Gesang beendet hatte, strahlte es mit blendender Helligkeit, so dass die Zwerge die Augen zusammenkniffen und durch ihre Finger blinzelten. Einzig Pintel schien nicht geblendet. Fasziniert starrte er hinunter in die Kugel, die sein Gesicht in grelles, weißes Licht tauchte.

»Eine Stadt«, sagte er. »Ich sehe Straßen. Es ist Mittag, denke ich, die Sonne steht hoch. Es ist Dalen! Ich erkenne die Aurach mit ihren vielen Brücken! Und jetzt, wartet …« Er kniff die Augen zusammen und riss sie wieder auf, während er auf seinem Stuhl leicht schwankte. Lomir machte einen Schritt und fasste den Zauberer vorsorglich am Mantel.

»Ist gut«, sagte Pintel. »Götter, was für ein Ritt! Jetzt bin ich in einem Raum. Eine Werkstatt. Eine große Feuerstelle und ein Amboss …«

»Eine Schmiede«, sagte Nardon.

»Ja«, bestätigte Pintel.

»Was für eine?«, fragte Nardon.

»Wie soll ich das wissen?«, fragte Pintel, ohne den Blick von der Kugel zu nehmen.

»Achte auf die Werkstücke. Hufeisen? Gitter, Fackelhalterungen oder Ähnliches?«

»Nein ... Waffen.«

»Gut«, sagte Nardon. »Merk dir die Einzelheiten. Wir wissen nicht, welche Informationen wir später benötigen. Ist denn jemand bei der Arbeit?«

»Nein. Aber gerade geht eine Tür auf. Jemand kommt rein. Ein Zwerg ... Götter, was hat der nur mit seinem Gesicht gemacht? Er trägt eine Augenklappe ...«

»Der Schmied?«

»Sieht so aus. Er kam nicht von der Straße rein, sondern seitlich. Er trägt etwas in der Hand, ich kann es nicht erkennen, er hat riesige Pranken, die es verdecken, und jetzt ... oh.«

Pintel verstummte, seine Augen wurden groß und rund, wie gebannt starrte er in den Weissager.

»Pintel?«, sagte Lomir, und, nach einer Weile, besorgt: »Pintel?«

»Sollen wir ihn wegziehen?«, fragte Nardon.

»Nein«, sagte Pintel. »Bloß nicht!«

»Was ist los?«, fragte Lomir. »Was siehst du?«

Ein seliges Lächeln ging über Pintels Gesicht.

»Ich sehe die schönste Frau der Welt«, sagte er andächtig. »Sie ist hinter dem Zwerg reingekommen. Sie hat einen langen schwarzen Zopf und die allerschönsten, riesengroßen, dunkelbraunen Augen, und, oh! Götter! Wie sie sich bewegt! Ich wünschte, ihr könntet sie sehen, sie ist atemberaubend ...«

»Was ist mit dem Markstein?«, drängte Nardon. »Kannst du ihn sehen?«

»Äh ... ja«, sagte Pintel abgelenkt. »Der Zwerg hat ihn. Er legt ihn gerade auf diesen Amboss, und ... hups!«

Pintel schwankte, und Lomir griff kurzerhand zu und hob den kleinen Zauberer von seinem Stuhl herunter.

»Es ist abgerissen«, sagte Pintel und zwinkerte heftig. »Das Bild war plötzlich weg.«

»Das war alles?«, fragte Nardon enttäuscht.

»Ich hab von Karcharoth zwar eine Anleitung bekommen«, sagte Pintel, »das heißt aber nicht, dass ich plötzlich ein Meister mit diesem Ding wäre! Ich finde, fürs erste Mal war es schon ganz gut.«

»Kannst du es wiederholen?«, fragte Nardon.

»Ich weiß nicht«, sagte Pintel zweifelnd. »Soll ich?«

»Eine solche Gelegenheit bekommen wir nie wieder«, sagte Lomir. »Vielleicht könntest du nach unserer Feuerfrau sehen, oder nach den restlichen Schädeln? Oder du könntest nachsehen, wie meine Geschäfte laufen? Ich hatte da dieses Projekt mit diesem Zwerg in Tiefenhöchstadt ...«

»Das bestimmt zuallererst«, sagte Nardon.

»War nur eine Idee«, sagte Lomir grinsend.

»In Ordnung«, sagte Pintel. »Ich versuche es.«

Er kletterte auf den Stuhl, konzentrierte sich, sang die Beschwörung und starrte dann in die reglose, dunkle Kugel.

»Und?«, fragte Lomir ungeduldig. Pintel gab keine Antwort. Eine steile Falte erschien über seiner Nase, ein leichtes Zittern ging über seine Hände, dann wandte er den Blick ab und atmete tief durch.

»Nichts«, sagte er. »Es funktioniert nicht mehr.«

»Warum?«, fragte Nardon.

»Warum fragst du das mich?«, sagte Pintel und kletterte vom Stuhl.

»Ich weiß nicht«, sagte Nardon. »Vielleicht, weil du der Zauberer bist?«

»Ich weiß es nicht«, sagte Pintel frustriert. »Ich habe nichts anders gemacht als beim ersten Mal. Ihr hättet euch vielleicht einen fähigeren Zauberer aussuchen sollen.«

»Niemand zweifelt an deinen Fähigkeiten«, tröstete Lomir. »Im Gegenteil. Wir stünden ganz schön blöd da ohne dich.«

»Meinst du?«, sagte Pintel mit schwachem Lächeln.

»Ja«, sagte Lomir. »Und jetzt lasst uns zusammentragen, was wir wissen. Da gibt es also einen Zwerg in Dalen, der diesen Markstein hat. Er ist ein Waffen- oder Klingenschmied ...«

»... und er hat eine Augenklappe und eine riesige Narbe im Gesicht«, ergänzte Pintel. »Und sein Bart ist sehr kurz für einen Zwerg. Dafür hat er Schultern wie ein Schrank.«

»Und«, sagte Lomir, »er befindet sich im Besitz der restlichen Schädel. Wie auch immer er das angestellt hat.«

»Wie kommst du denn darauf?«, fragte Nardon verblüfft.

»Karcharoth«, erklärte Lomir. »Er sagte, der Markstein würde die Person finden, die sich im Besitz der Schädel befindet. Unsere Feuerdame hat zwei. Fünf sind es insgesamt. Also hat sich der Markstein, nachdem er ja nicht bei zwei Personen gleichzeitig sein kann, die Person mit der größeren Anzahl an Schädeln ausgesucht, nämlich den Zwerg.«

»Interessante Theorie«, sagte Nardon. »Wenngleich hoch spekulativ.«

»Wir müssen uns diesen Zwerg ohnehin vorknöpfen«, sagte Pintel. »Allein schon wegen des Marksteins.«

»Es sollte nicht schwer sein, diese Person ausfindig zu machen«, überlegte Nardon. »Selbst in einer Großstadt wie Dalen gibt es nur eine begrenzte Anzahl an Schmieden.«

»Ich würde lieber die Frau ausfindig machen«, sagte Pintel sehnsüchtig.

»Eine Menschenfrau?«, fragte Lomir interessiert.

»Ja.«

»Schade ... Na ja, macht nichts. Niemand ist perfekt.«

»Diese schon«, sagte Pintel. »Ihr hättet sie sehen sollen. Dieses Gesicht! Diese Augen, und ich schwöre, sie hatte die hübscheste Nase, die ich je gesehen habe!«

»Und sonst?«, fragte Lomir. »So vom Hals abwärts?«

Ein seliges Lächeln breitete sich über Pintels Gesicht aus.

»Sie hat also wie der Zwerg einen hohen Wiedererkennungswert«, fasste Nardon trocken zusammen und ertrug stoisch die vernichtenden Blicke seiner beiden Gefährten. »Nun, ich nehme an, den Zwerg zu finden, heißt sie zu finden, oder umgekehrt. Als Nächstes müssen wir die Frage nach dem Wann klären. Welche Jahreszeit war zu erkennen?«

»Äh«, sagte Pintel verwirrt. »Hab ich jetzt nicht so drauf geachtet.«

»Welche Kleidung trugen die Personen?«

»Ganz normal. Hemd und Hosen.«

»Das ist nicht sehr aussagekräftig. Versuchen wir's anders. Du sprachst anfangs von einem Fluss. Wie viel Wasser führte er?«

»Viel«, sagte Pintel. »Jetzt fällt es mir wieder ein! Sie hatten Marktstände auf den Brücken, und flüchtig habe ich Kübel voller kleiner gelber Blumen gesehen ... Butterblumen vielleicht ...«

»Also Frühling«, stellte Nardon fest. »Die wirklich interessante Frage lautet nun: War dies ein Blick in die Zukunft oder in die Vergangenheit?«

»Keine Ahnung«, sagte Pintel ratlos.

»Wenn es ein Blick in die Vergangenheit ist, könnte es wertlos sein«, sagte Lomir. »Das Bild wäre dann mindestens ein halbes Jahr alt. Wer weiß dann, ob der Zwerg den Markstein noch hat. Er könnte ihn in dieser Zeit verkauft haben.«

»Aufschluss über den Weg des Marksteins«, zitierte Nardon. »Gehen wir also davon aus, dass dieser Weissager uns bei richtiger Anwendung eine Information liefert, die für uns von Nutzen ist. Das bedeutet, entweder war es ein Blick in die Zukunft, und die Szene spielt sich im kommenden Frühling ab. Oder es war ein Blick in die Vergangenheit, dann sollte der Markstein sich noch immer an diesem Ort befinden, denn sonst wäre die Information ja nutzlos.«

»Dann ist Dalen die nächste Station auf unserer vergnügten kleinen Rundreise«, sagte Lomir. »Leute, es wird Winter! Wir sollten das Herumreisen langsam einstellen. Ich möchte wirklich nicht irgendwo im Nirgendwo im Schnee stecken bleiben.«

»Lasst uns die weitere Vorgehensweise besprechen, wenn die Gruppe wieder komplett ist«, schlug Nardon vor. »Falls sie es jemals wieder wird, meine ich.«

»Könnte einer von euch mal nach Krona sehen?«, bat Pintel. »Ich wüsste wirklich gerne, ob es ihr gut geht.«

»Warum machst du's nicht selbst?«, fragte Lomir, und Pintel winkte eilig ab.

»Als ich sie zuletzt sah, drückte sie mich an die Wand, und meine Füße waren in der Luft. Ich habe wirklich keine Lust, das zu wiederholen.«

»Das ist ein Argument«, sagte Lomir grinsend. »Wartet hier, ich geh mal nach ihr sehen.«

Kurz darauf kam er zurück, das Gesicht ungewöhnlich ernst.

»Und?«, fragte Pintel ungeduldig. »Was hat sie gesagt?«

»Sie hat gesagt, wir können sie alle mal, äh ... in Ruhe lassen«, berichtete Lomir. »Und sie war ganz verheult.«

»Was?!«

»Ja«, sagte Lomir. »Das gibt mir auch zu denken. Sie ist nicht so der Typ, der in Tränen ausbricht, nur weil sie sich einen Fingernagel abgebrochen hat.«

»Wir tun, was sie sagt, und lassen sie in Ruhe«, sagte Nardon. »Schließlich haben wir noch einen weiteren Patienten, um den wir uns kümmern müssen.«

»Das wird nicht nötig sein«, kam Fenrirs Stimme so unvermutet aus den Schatten unter der Treppe, dass sie alle vor Schreck zuckten und nach ihren Waffen griffen.

»Götter, Fenrir«, sagte Lomir und ließ den Griff seiner Axt los. »Wie oft willst du uns heute noch erschrecken?«

»Ich entschuldige mich in aller Form«, sagte Fenrir und kam aus den Schatten. Er trug seine übliche Kleidung und Ausrüstung und wirkte völlig unverändert. »Es war nicht geplant, euch jemals mit diesem Teil meiner Persönlichkeit in Kontakt zu bringen.«

»Und du hattest nicht das Gefühl, es könnte uns interessieren?!«, polterte Lomir, und seine Stimme erzeugte eine Vielzahl von Echos in der Halle. »Götter! Du bist ein ... ein ...«

»Wandler«, half Pintel aus.

»Ein Wandler!«, fuhr Lomir fort. »Vielleicht hättest du uns das mal mitteilen können?«

»Welchen Unterschied hätte es gemacht?«, fragte Fenrir. Auf seiner Stirn stand eine steile Falte, und seine gelben Augen gingen unruhig hin und her.

»Ich hätte nicht dich gebeten bei dieser Beschwörungssache«, sagte Pintel. »Und wir hätten Krona einiges erspart.«

»Ich wusste nicht, dass es von Bedeutung ist«, sagte Fenrir.

»Siehst du«, sagte Pintel. »Hättest du mal gefragt.«

»Ich pflege nicht vor jedem mein Leben auszubreiten«, sagte Fenrir.

»Vor jedem nicht«, sagte Lomir böse, »aber vielleicht vor den Leuten, mit denen du zusammenarbeitest, und die sich deine Freunde nennen?«

»Dein Umgang mit dem Begriff der Freundschaft ist ein großzügiger, Lomir.«

»Ach, komm!«, schrie Lomir. »Das ist doch dummes Geschwätz! Wir müssen offen sein zueinander, oder wir können das ganze Unternehmen gleich vergessen! Wir müssen uns vertrauen, und dazu gehört, dass wir einander sagen, in was wir uns möglicherweise verwandeln können!«

»Du solltest meine Vertrauenswürdigkeit an meinen Taten messen, nicht an der vollständigen Darlegung all meiner Fähigkeiten.«

»Und wie soll ich wissen, mit welchen Überraschungen du noch aufwartest?«

»Du hast keine weiteren Überraschungen mehr zu erwarten«, sagte Fenrir steif.

»Na, da bin ich mal gespannt«, knurrte Lomir.

»Das hier bringt uns nicht weiter«, schaltete Nardon sich ein. »Fenrir hat es für sich behalten, und Krona muss es ausbaden. Nichtsdestotrotz sitzen wir hier auf diesem unwirtlichen Felsklotz und sollten nicht unser Schiff verpassen, das in geschätzten drei Stunden hier eintrifft.«

»Wach auf, Träumer«, sagte Fenrir. »Du erwartest doch nicht ernsthaft, dass wir dieses Schiff jemals wieder sehen.«

»Nicht?«, fragte Nardon mit etwas wie Hoffnung in der Stimme.

»Was nicht heißt, dass wir ewig hier bleiben werden«, ergänzte Lomir. »Ein anderes Schiff wird uns mitnehmen.«

»Oh«, sagte Nardon.

»Welches?«, fragte Pintel.

»Keine Ahnung«, sagte Lomir. »Das nächste, das vorbeikommt, schätze ich.«

»Aber der Kapitän hat es versprochen«, sagte Pintel anklagend.

»Menschen versprechen viel«, sagte Fenrir.

»Und manche sprechen einfach ein bisschen zu wenig«, sagte Lomir und warf Fenrir einen bösen Blick zu. Der erwiderte nichts, sondern wandte sich zum Gehen.

»Warte!«, sagte Lomir. »Wohin willst du diesmal?«

»Rauf auf die oberste Plattform«, sagte Fenrir. »Frische Luft atmen und nach Schiffen Ausschau halten.«

»Und du glaubst, das Thema wäre damit beendet?«

»Für mich ist es das.« Ohne ein weiteres Wort verschwand Fenrir treppauf und ließ Pintel und die Zwerge in der großen Halle zurück.

»Was für Idioten!«, schrie Lomir. »Das ist doch nicht zu fassen! Mit was für Idioten bin ich eigentlich unterwegs?«

»Der Plural gefällt mir nicht, weißt du«, sagte Nardon.

»Was?«, sagte Lomir, aus dem Konzept gebracht. »Ach so. Anwesende natürlich ausgenommen.«

»Oh, Götter«, sagte Pintel geknickt. »Was für ein Mist. Ich glaube, ich könnte jetzt tatsächlich auch einen Schluck Zwergenschnaps vertragen.«

»Wende dich an Krona«, sagte Nardon. »Ich befürchte aber, du kommst zu spät.«

»Ist vielleicht besser so«, sagte Pintel. »Ich vertrage nicht sehr viel.«

»Was ist mit dieser Kugel?«, fragte Lomir etwas ruhiger und deutete auf den Weissager. »Können wir sie mitnehmen, und wollen wir das?«

»Nein, und nein«, sagte Pintel. »Sie ist fest verankert. Wir müssten die Säule kaputtmachen, und dann weiß ich nicht, was passiert, wenn man sie von ihrem angestammten Platz entfernt. Es ist ein unnötiges Risiko.«

»Schade«, sagte Lomir. »Ich hätte einen guten Preis dafür bekommen.«

»Man kann nicht alles verkaufen, nur weil es herumsteht und keiner es braucht«, sagte Pintel.

»Ist ja gut. War nur eine Idee. Was machen wir jetzt?«

»Wir tragen Möbel und andere brennbare Dinge zusammen«, sagte Nardon.

»Hä?«, sagte Lomir.

»Leuchtfeuer auf der Turmspitze«, erklärte Nardon. »Es gibt ja wohl keinen anderen Weg von dieser Insel als mit einem Schiff. Na ja, und irgendwie muss es doch erfahren, dass es anhalten soll.«

»Logisch, wie immer«, sagte Lomir. »Gute Idee. Ein bisschen Möbelrücken wird mich von meinem Zorn ablenken.«

Am Morgen des zwölften November entdeckte Kapitän Dellinger Eisensporn, der mit einem Laderaum voller Steckrüben von Lichtenau nach Bergen unterwegs war, zu seiner Überraschung ein Leuchtfeuer auf dem Turm der angeblich verlassenen Festung Sturmwacht. Einige Stunden später nahm er eine Truppe an Bord, die skurriler nicht hätte sein können: ein kleiner, niedergeschlagen wirkender Mann, ein großer Mensch mit unruhigem Blick, eine Kriegerin, die offensichtlich an den Nachwirkungen eines fürchterlichen Vollrausches litt und zwei Zwerge, an denen nichts seltsam war außer der Tatsache, dass sie ein Schiff betraten. Der eine von ihnen wartete denn auch mit einer haarsträubenden Geschichte von einer verlorenen Wette auf, Eisensporn glaubte ihm kein Wort, verbrachte aber eine vergnügliche halbe Stunde und war vollends mit seinen seltsamen Passagieren versöhnt, als der Zwerg ihm seine Dankbarkeit in klingender Münze nahe brachte.

In Neuhafen gingen sie von Bord. Die Stadt hatte sich in einen dichten, kalten Regenschleier gehüllt, in dem sich die schmutzig weißen Möwen bewegten wie dicke Fische. Fenrir hatte die gesamte Fahrt über geschwiegen. Jetzt näherte er sich Krona, die unsicheren Fußes über die schwankende Planke an Land kletterte.

»Geht es dir gut?«, fragte er und fasste sie am Arm, um ihr bei den letzten Schritten zu helfen.

»Prima«, knurrte Krona, den Rucksack über einer Schulter, und drehte sich um sich selbst, während sie nach dem zweiten Riemen angelte.

»Du warst ziemlich betrunken«, sagte Fenrir und hielt ihr den Riemen hin.

»Das kommt gelegentlich vor«, sagte Krona.

»Ich kann mir vorstellen, dass es nicht einfach für dich war.«

»Was genau meinst du?«, fragte Krona und setzte sich in Bewegung, um den Anschluss an die Zwerge nicht zu verlieren.

»Ich meine diese Sache mit Karcharoth«, sagte Fenrir.

»Ach was.« Krona machte eine fahrige Handbewegung. »Da ist nichts, was ich nicht unter den Tisch trinken könnte.«

»Du könntest auch versuchen, darüber zu sprechen.«

»Und mit wem? Mit dir ausgerechnet, dem ich das Ganze überhaupt zu verdanken habe?«

Sie verließen die Hafenmauer und bogen, den Zwergen folgend, in eine breite, belebte Straße ein.

»Ich wusste es nicht«, sagte Fenrir. »Und selbst wenn: Hätte ich es gesagt, und hätte Pintel erkannt, dass ich ungeeignet bin, wäre es trotzdem an dir gewesen, das Medium zu sein.«

»Das ist das Dämlichste, was ich je gehört habe!«, schrie Krona. Pintel einige Schritte vor ihr drehte sich zu ihr um, wurde aber von Lomir am Ärmel weiter gezogen. »Dir ist schon klar, dass es einen Unterschied macht, ob ich mir das selbst aussuche, oder ob ich vergewaltigt werde?«, fauchte sie mit gesenkter Stimme, aber unvermindertem Zorn.

»Ich wusste es nicht«, wiederholte Fenrir. »Ich bin es nicht gewohnt, über … meine Natur zu sprechen.«

Krona wischte sich mit dem Ärmel übers Gesicht, auf das der feine Nieselregen ein Netz aus winzigen Tröpfchen legte. »Siehst du«, sagte sie. »Vielleicht ist es gerade das, was ich dir am meisten übel nehme. Dass du nie etwas gesagt hast. Bist einfach abends vom Lager verschwunden und morgens wieder aufgetaucht. Ich hab mir damals schon meinen Teil gedacht, aber wer kommt denn schon auf so etwas?! Götter! Mit wem war ich eigentlich unterwegs in diesem Wald? Was bist du eigentlich? Ein Mensch, der sich in ein Tier verwandeln kann oder umgekehrt? Oh, Götter! Ich darf gar nicht so genau darüber nachdenken! Ich hätte zu allem Überfluss noch mit dir geschlafen, wenn du dich darauf eingelassen hättest!«

»Und was hätte sich dadurch geändert?«, fragte Fenrir ruhig.

»Ich weiß nicht«, sagte Krona, hob die Hände und ließ sie wieder fallen. »Ich meine, du bist ein … ein … Wolf, oder was auch immer!«

»Ich denke, du hast soeben eine recht vollständige Zusammenfassung der Gründe gegeben, warum ich nur über meine Natur spreche, wenn es sich nicht vermeiden lässt«, sagte Fenrir.

»Hä«, sagte Krona und blieb stehen, als allmählich ihr Zorn von Bestürzung abgelöst wurde. »Oh«, sagte sie nach einer Weile. »Ich verstehe. Glaube ich zumindest.«

Fenrir nickte und wartete, bis sie sich wieder in Bewegung setzte.

»Ich brauche einfach etwas Zeit, um mich an den Gedanken zu gewöhnen«, sagte sie. »Ich nehme an, das geht vielen so. Du solltest es deiner Umgebung einfach etwas schonender beibringen.«

»Du sprichst, als handelte es sich um einen Makel.«

»Verdammt! Mir scheint, ich mache es nur noch schlimmer. Ich meine es nicht böse, verstanden? Ich meine nicht, dass es ein Makel ist oder irgendetwas, wofür du dich entschuldigen müsstest. Falls ich mich so geäußert haben sollte, tut es mir leid.«

»Schon gut. Ich bin dir nicht böse.«

»Momentchen«, sagte Krona. »Was ist eigentlich hier passiert? Ich habe den Schaden, und du bist mir nicht böse? Wie kommst du eigentlich dazu, sag mal?«

»Du hast keinen Schaden, Hauptmann«, sagte Fenrir vergnügt und klopfte Krona auf die Schulter. »Keinen allzu großen, zumindest.«

Lomir hatte auf einer Unterbringung im Gasthof *Zum blauen Boot* bestanden, nicht die billigste Adresse am Platz, aber die einzige, die eigens für Zwerge eingerichtete Zimmer anbot. Er bestand außerdem darauf, einen Heiler für Krona zu bestellen, damit ihre Verwundung in fachkundige Hände kam, obwohl sie versicherte, dass dies nicht nötig sei. Der Heiler kam, ein rundlicher, glatzköpfiger Mann, der reges Interesse an der Herkunft von Kronas Wunde zeigte. Lomir konnte einmal mehr mit einer seiner Geschichten aufwarten, diesmal von der Bändigung eines Kettenhundes, der sich losgerissen hatte. Der Heiler lauschte gebannt, während er die Wunde reinigte und einen frischen Verband anlegte, und wurde schließlich verabschiedet, ohne dass er weitere Fragen gestellt hätte.

Schließlich trafen sich die Gefährten unten im Gastraum, um ein verspätetes Mittagessen zu sich zu nehmen und die weitere Vorgehensweise zu besprechen.

»Es mag in der allgemeinen Verwirrung nach der Befragung untergegangen sein«, sagte Nardon und klappte sein Notizbuch auf, »aber ich habe alles aufgeschrieben, was wir erfahren konnten. Die Details außer Acht lassend, heißt unser nächstes Ziel entweder Dalen oder Zentallo. Wir müssen nun entscheiden, welches Ziel sinnvoller ist.«

»Sehr gut«, sagte Krona. »Gib mir doch mal das Hühnchen rüber.«

»Für Dalen spricht: Es ist schneller und einfacher zu erreichen. Außerdem ist zu hoffen, dass wir bezüglich des Marksteins einen Wissensvorsprung haben, den wir ausnutzen könnten. Für Zentallo spricht: Wir wissen, dass es Gyldinns nächstes Ziel sein wird. Laut Karcharoth ist der Zentallo-Schädel der letzte, über dessen Verbleib sie Bescheid weiß. Wenn wir Dalen aussuchen, überlassen wir ihr den Schädel sozusagen kampflos.«

»Salz, bitte«, sagte Fenrir.

Mit lautem Knall klappte Nardon sein Notizbuch zu.

»War vielleicht doch keine so gute Idee, die Besprechung beim Essen abzuhalten«, sagte Lomir und biss in ein Brötchen.

»Ich glaube, euch ist der Ernst der Lage nicht bewusst«, sagte Nardon.

»Mir schon«, sagte Krona mit vollem Mund. »Ich muss immer essen, wenn ich in Stress gerate.«

»Mir auch«, sagte Lomir. »Aber das Essen kalt werden zu lassen, ändert nichts.« Er legte eine Hühnerkeule auf einen Teller und schob ihn Nardon hinüber. »Komm schon«, sagte er. »Die lassen dir sonst nichts übrig.«

Seufzend legte Nardon das Notizbuch weg und begann zu essen.

»Wir können die Diskussion abkürzen«, sagte Pintel zwischen zwei Bissen. »Ich hab auf der Fahrt mal ein bisschen mit unserem freundlichen

Kapitän Eisensporn geplaudert. Er sagt, Zentallo wird schwierig um diese Jahreszeit. Das, was da draußen stattfindet«, er deutete auf das Fenster, »gehört schon zu den Winterstürmen, sagt er, und in dieser Zeit fährt kein Schiff nach Zentallo hinunter. Die See ist nicht zu befahren, sagt er.«

»Und wie lange dauert diese Wetterlage?«, fragte Lomir bestürzt.

»März«, sagte Pintel niedergeschlagen.

»Mist«, sagte Lomir.

»Ist doch eigentlich egal«, sagte Krona. »Dann holen wir uns eben den Markstein.«

»Das gibt's doch nicht«, sagte Lomir. »Da muss doch mit Geld etwas zu machen sein.«

»Du kannst mir bezahlen, was du willst, ich fahre nicht mit einem Boot über ein Meer, auf dem Sturm herrscht«, sagte Nardon entsetzt.

»Schiff«, sagte Lomir.

»Egal«, sagte Nardon. »Kann alles untergehen.«

»Erklärt mir mal bitte eines«, sagte Krona nachdenklich und klaubte mit den Fingern letzte Fleischreste von ihrem Hühnerknochen. »Das ganze Dings besteht aus fünf Schädeln und einem Markstein, richtig?«

»Es ist kein Dings, aber richtig«, sagte Pintel.

»Und man braucht alle sechs Teile, damit man – was auch immer ... dieses Tor aufmachen kann oder so?«

»Richtig.«

»Gut. Wozu dann die ganze Aufregung? Wir schnappen uns den Markstein und machen ihn kaputt. Dann kann sie so viele Schädel sammeln, wie sie will.«

»Ich erwähne es immer wieder gerne«, sagte Pintel. »Man kann ihn nicht einfach kaputtmachen. Es ist ein mächtiges Artefakt. Es ist unzerstörbar.«

»Kann ich mir nicht vorstellen«, sagte Krona kopfschüttelnd. »Man kriegt doch alles kaputt.«

»Dann helf ich deiner Vorstellung mal auf die Sprünge«, sagte Pintel. »Du willst ihn zerstören, und plötzlich schießt ein armdicker Energiestrahl aus dem Artefakt und verwandelt dich in ein Häufchen Asche. Oder du willst es zerstören, und plötzlich ziehst du dein Schwert und stürzt dich selbst hinein. Oder, erfreut sich auch großer Beliebtheit: Du willst es zerstören und verlierst mal eben den Verstand und fristest den Rest deines Lebens in einer Zelle.«

»Ist ja gut«, sagte Krona. »Dann zerstören wir es eben nicht, sondern ziehen es aus dem Verkehr. Werfen es zum Beispiel ins Meer, irgendwo, wo es besonders tief ist.«

»Nicht schon wieder Wasser«, sagte Nardon schaudernd.

»Worauf ich hinaus will«, sagte Krona und leckte sich die Finger ab. »Wir brauchen nur eines der Teile, um unsere Feuerfreundin an der Durchführung ihrer Pläne zu hindern. Warum reden wir immer davon, sie alle zu kriegen?«

»Guter Gedanke, grundsätzlich«, sagte Pintel. »Ich wünschte, ich hätte kein Aber.«

»Hast du aber.«

»Ja. Es besteht in Folgendem. Wie Karcharoth sagte, jeder der Schädel ist für sich ein mächtiges zauberisches Artefakt, und Gyldinn hat als eine auf arkaner Energie basierende Lebensform die Möglichkeit, sich die arkane Energie des Artefaktes zugänglich zu machen. Ich vermute, sie war für ihre Verhältnisse schwach, als wir mit ihr zu tun hatten, denn sonst, Fenrir, würdest du nicht mehr mit uns am Tisch sitzen. Sie befindet sich ja hier auf einer ihr fremden Existenzebene und muss arkane Energie aufwenden, um sich zu manifestieren. Je mehr Schädel sie hat, die sie sich nutzbar machen kann, desto größer wird ihr Energievorrat, sprich desto mächtiger wird sie. Und ich möchte sie wirklich nicht treffen, wenn sie alle fünf Schädel besitzt. Wir könnten ihr alles zutrauen. Sie würde uns finden, und sie würde von uns erfahren, wo wir den Markstein versteckt haben. Wir hätten keine Möglichkeiten gegen sie. Wir wären fünf verschmorte Flecken auf dem Boden, wenn sie mit uns fertig wäre.«

»Also nein?«, sagte Krona.

»Ja«, sagte Pintel entschuldigend.

»Was nun? Ja oder nein?«

»Nein.«

»Trotzdem haben wir unseren Wissensvorsprung«, warf Fenrir ein. »Wir sollten ihn nutzen. Es ist gut möglich, dass Gyldinn eines der letzten Schiffe nach Zentallo genommen hat. Sie ist uns schließlich immer noch einige Wochen voraus. In diesem Fall sollten wir der verpassten Gelegenheit nicht nachweinen und uns auf Dalen konzentrieren. Falls sie aber, wie wir, auf Bergen festsitzt, können wir den Wettlauf im Frühjahr wieder aufnehmen und die Zeit bis dahin sinnvoll nutzen, indem wir uns um den Markstein kümmern. Was ist im Übrigen mit den zwei verbleibenden Schädeln? Über die wissen wir bisher gar nichts, richtig? Lässt sich das ändern?«

»Wir haben alle Quellen ausgeschöpft, die wir kannten«, sagte Pintel düster. »Natürlich kann ich eine ganz herkömmliche Recherche starten, das heißt Bücher lesen. Was mir aber zu denken gibt, ist, dass Karcharoth selbst nicht in der Lage war, etwas über den Verbleib der letzten zwei herauszufinden. Wie soll das gerade mir gelingen?«

»Mit der Einstellung gar nicht«, sagte Lomir und malte mit seiner Gabel einen nachdrücklichen Punkt in die Luft. »Du musst positiv denken! Vielleicht hast du gerade das bisschen Glück, was Karcharoth fehlte.«

»Ich weiß nicht«, sagte Pintel und wirkte nicht sonderlich positiv.

»Wo wäre denn ein guter Ort für eine solche Recherche?«, fragte Fenrir.

»Na ja«, sagte Pintel. »Dalen wäre schon nicht der schlechteste. Sie haben eine Academia und eine gut ausgestattete Bibliothek. Ich war da schon.«

»Hervorragend«, sagte Lomir zufrieden und spießte einen Bratapfel auf. »Dann machen wir es wie folgt: Lasst mich heute noch versuchen, eine Schiffspassage nach Zentallo zu bekommen. Wenn jemand das schaffen kann, dann ich. Wenn nicht, wissen wir, dass es im Augenblick nicht menschen- oder zwergenmöglich ist, dorthin zu gelangen.«

»Deine Bescheidenheit treibt mir die Tränen in die Augen«, murmelte Krona, doch Lomir grinste nur.

»Falls es nichts wird mit Zentallo, verfolgen wir die Dalen-Spur. Wir treiben diesen Schmied auf, und Pintel setzt sich in die Bibliothek.«

»Gefällt mir besser, dieser Plan«, sagte Nardon. »Ich kann bei der Recherche sicher nützlich sein.«

»Schön«, sagte Krona. »Ich habe aber noch eine Frage. Was machen wir eigentlich mit den Dingern, wenn wir sie haben?«

»Das hatten wir doch gerade«, sagte Pintel. »Zerstören geht nicht, also irgendwo unerreichbar aufbewahren. Tiefe Stelle im Meer war schon kein schlechter Ansatz, wenn wir mal daran denken, wie wasserscheu sich Jerina-Gyldinn gezeigt hat.«

»Ich meine etwas anderes«, sagte Krona. »Was hindert Gyldinn daran, uns die Arbeit machen zu lassen und sich die Sachen dann bei uns zu holen, bevor wir sie auch nur in irgendeine Pfütze werfen können?«

»Hm«, sagte Pintel. »Na ja. Nichts, genau genommen.«

»Das ist eine verdammt große Sicherheitslücke«, sagte Krona.

»Und wie sollen wir die schließen?«, fragte Lomir.

»Ich habe keine Ahnung«, sagte Krona. »Ich weiß nur, dass ich kein Auge mehr zumachen werde, sobald wir eines von den Dingern haben.«

»Wir müssen hoffen, dass wir schneller sind«, sagte Lomir.

»Hoffen ist mir ein bisschen wenig«, sagte Krona. »Ich hätte lieber einen wirklich sicheren Aufbewahrungsort.«

»Selbst wenn wir den hätten, müssten wir die Schädel in unseren Rucksäcken dorthin transportieren«, sagte Lomir. »Ich glaube kaum, dass wir diese Sicherheitslücke schließen können.«

»Woher sollte sie denn erfahren, dass wir Schädel oder Markstein haben, wenn wir uns einigermaßen geschickt anstellen?«, fragte Nardon.

»Das kann sie«, sagte Pintel seufzend. »Krona hat leider völlig recht. Es gibt Möglichkeiten für Zauberer, Artefakte aufzuspüren, und das wird umso einfacher, wenn man ein eng verbundenes Artefakt bei sich hat. Ich bin sicher, das gilt auch für Besucher aus den Anderen Ebenen.«

»Wenn das so ist«, sagte Lomir, »warum machen wir uns dann die Mühe? Kannst du uns nicht einfach sagen, wo der Markstein ist?«

»Glaubst du nicht, ich hätte es längst getan, wenn ich es könnte?«, sagte Pintel erbost. »Leider reicht meine Kenntnis nicht für diese Art von sehr mächtigen Zaubern. Frag mich in zwanzig Jahren wieder.«

»Entschuldige«, sagte Lomir. »War nicht so gemeint. Es war eine dämliche Bemerkung.«

»Schon gut«, sagte Pintel seufzend.

»Also Dalen, und die Sicherheitslücke bleibt bis auf weiteres offen«, sagte Krona.

»Sieht ganz danach aus«, sagte Lomir.

»Dann habe ich schon wieder eine Frage«, sagte Krona. »Wovon wollen wir das bezahlen? Von meinem Geld nämlich nicht, denn das steckt jetzt in der Tasche eines dummen, stinkenden Halmesholmer Wachmannes, zusammen mit dem Gold aus dem Erbe.«

»Es wird dich freuen, zu erfahren, dass es zumindest auf diese Frage eine ganz einfache Antwort gibt«, sagte Lomir. »Wie es sich so fügt, habe ich einen Zweitwohnsitz in der Nähe von Dalen. In Breitenbach, das ist zwischen Dalen und Schützenberg. Etwa eine halbe Tagesreise nach Dalen.«

»Schützenberg?«, wiederholte Krona mit plötzlicher Aufmerksamkeit. »Am Wald?«

»Mir ist kein zweites bekannt«, sagte Lomir. »Warum fragst du?«

»Nur so«, sagte Krona und zerpflückte eine Scheibe Brot. »Ich kannte da mal jemanden. Ist ein paar Jahre her«, fügte sie abwehrend hinzu. »Ich weiß gar nicht, ob die Information noch stimmt.«

»Finde es raus«, schlug Lomir vor. »Es ist nicht mehr als ein halber Tagesritt.«

»Mal sehen«, sagte Krona ausweichend.

»Wozu braucht jemand einen Zweitwohnsitz«, sagte Pintel. »Ich meine, man kann doch immer nur an einer Stelle gleichzeitig wohnen.«

»Man kann aber pendeln«, erklärte Lomir. »Ich hatte die Gründung einer größeren Niederlassung der Regar-Wertschatz-Lebensmittel AG in die Wege geleitet und war deshalb lange in der Gegend tätig. Trifft sich hervorragend, da kann ich gleich mal nach dem Rechten sehen.«

»Regar was?«, fragte Krona.

»Tu's nicht«, sagte Nardon. »Frag nicht. Er ist nicht zu stoppen, wenn es ums Geschäftliche geht.«

»Regar Wertschatz?«

»Ja, wieso?«, fragte Lomir.

»Ist nicht zu fassen«, sagte Krona verblüfft. »Ich kenne den Zwerg. Ich hab ihm mal einen Handelszug übers Gebirge gebracht - das ist ewig her! Fünfundzwanzig, dreißig Jahre. Den gibt's noch? Verkauft der immer noch Zwiebeln?«

»Klein ist die Welt«, sagte Lomir grinsend. »Ja, er verkauft immer noch Zwiebeln. Und Käse, und Milch, Bratwürste, Kohl, Äpfel ... Alles, was die heimische Wirtschaft so hergibt. Dem gebündelten Handel mit Lebensmitteln gehört die Zukunft, wisst ihr? Essen müssen die Leute immer. Unsere Geschäftsidee besteht darin, all die einzelnen Lebensmittelproduzenten unter einem Dach zu vereinen. Bäcker, Fleischer, Obstbauern, Bierbrauer und all die anderen. Sie beliefern uns, und wir verkaufen alles unter einem Dach weiter.«

»Ich habe damals schon den Sinn davon nicht verstanden«, sagte Krona kopfschüttelnd.

»Aber viele andere tun es«, sagte Lomir glücklich. »Ich bin sozusagen der Feldherr dieser Unternehmung. Ich suche die Standorte aus, verhandle mit den regionalen Handwerkern und Herstellern und schließe die Verträge ab. In Erendor gibt es bereits mehrere Regar-Wertschatz-Handelspunkte, und wir verdienen gutes Geld. Auch die Erzeuger verdienen gutes Geld, und die Zwerge in Erendor können günstige Lebensmittel kaufen und einen Haufen Zeit sparen, weil sie nicht mehr vom Bäcker zum Metzger zum Obstbauern rennen müssen. So können sie sich ganz aufs Geldverdienen konzentrieren, und das verdiente Geld dann bei uns wieder für Lebensmittel ausgeben. Ein goldener Kreislauf! Allerdings ist es Tatsache, dass die Zwerge für diese unglaublich fortschrittliche Idee sehr viel aufgeschlossener sind als ihr Menschen. Wir haben eine Niederlassung in Haselbrunn eröffnet, die läuft eher schleppend, um das mal vorsichtig auszudrücken.«

»Vielleicht, weil wir uns einfach nicht so für Zwiebeln begeistern können«, gähnte Krona. »Grüß Regar von mir, wenn du ihn siehst. Ich wette, er erinnert sich.«

»Er hat seine Hauptniederlassung in Delving, mitten in Erendor«, sagte Lomir betrübt. »Es wird ein bisschen dauern, bis ich ihn wiedersehe. Ich hoffe, er kann sein Geschäft am Laufen halten, auch ohne mich.«

»Und so bescheiden«, sagte Krona. »Ich geh mich mal etwas ausstrecken. Mir sitzt noch ein Kater im Genick. Meldet euch, wenn es Neuigkeiten über die Schiffspassage gibt.«

Krona bekam genügend Gelegenheit für ein ausgedehntes Nachmittagsschläfchen, bis Lomir zurückkehrte. Der Regen hatte nicht nachgelassen. Der Zwerg schüttelte einen kleinen Schauer silbriger Tropfen aus seinem Bart, schälte sich aus seinem Mantel und hielt die Hände gegen den gemauerten Kamin in der Gaststube, in dem hell glühende Holzscheite allmählich zu Asche zerfielen.

»Es gestaltet sich nicht ganz einfach, zu dieser Jahreszeit nach Zentallo zu gelangen«, sagte er und rieb seine kalten Hände aneinander. »Es gibt eine West-Ost-Strömung in der Straße von Zentallo, die sich im Winter so weit verstärkt, dass sie nicht schiffbar ist – außer in West-Ost-Richtung natürlich, aber das würde uns direkt auf die Vogelinseln führen, und ohne je dort gewesen zu sein, glaube ich nicht, dass sich dort gute Geschäfte machen lassen. Die meisten Kapitäne erklärten sich bereit, die Strecke ab März wieder zu befahren. Einige vorsichtige wollten lieber noch bis April warten.«

»Und?«, fragte Fenrir.

»Nichts und«, sagte Lomir. »Über Preise und Ähnliches habe ich noch nicht verhandelt. Das erschien mir noch viel zu früh.«

»Du sagtest *nicht ganz einfach*«, sagte Fenrir. »Was so viel heißt wie *unter Schwierigkeiten möglich*.«

»In diesem Fall heißt es *vergesst es, Leute*«, erklärte Lomir. »Ich wollte es nur nicht so hart klingen lassen.«

»Da bin ich aber froh«, sagte Nardon mit allen Anzeichen grenzenloser Erleichterung. »Für einen Augenblick hatte ich schon befürchtet, du hättest einen der Kapitäne bequatscht, es doch noch zu tun.«

»Zuviel der Ehre«, sagte Lomir, »aber dafür hätte ich ein Zauberer sein müssen.«

»Also gut«, sagte Krona. »Dann Dalen. Ist mir eigentlich auch lieber. Ich erhole mich noch von meiner letzten längeren Schiffsreise.«

»Ich auch«, sagte Nardon schaudernd.

»Ich meinte nicht die paar Stunden nach Sturmwacht«, erklärte Krona. »Ich meinte die zwei Wochen von den Südlichen Inseln nach Hause.«

»Zwei Wochen«, sagte Nardon fassungslos.

»Ja«, sagte Krona. »Und die können lang sein - Stürme und Regen, Ratten, schleimiger Eintopf, verlauste Matrosen, ununterbrochene Schaukelei …«

»Lass es gut sein«, sagte Lomir. »Er schläft sonst nicht heute Nacht.«

»Verzeihung«, sagte Krona grinsend.

»Dann brechen wir also nach Dalen auf«, sagte Pintel und wirkte ganz angetan von dem Gedanken. »Wann?«

»Wir tauschen eine Stadt gegen die andere«, sagte Fenrir finster. »Ihr wisst ja nicht, was mich das kostet.«

»Wäre ein Schiff dir lieber?«, fragte Krona.

»Nein«, gab Fenrir zu.

»Breitenbach ist sehr ländlich«, tröstete Lomir. »Es ist eher ein Dorf als eine Stadt. Von meinem Haus aus kann man den Waldrand sehen. Nach Dalen gehen wir nur, wenn wir etwas dort zu tun haben.«

»Waldrand klingt gut«, sagte Fenrir. »Vielleicht kann ich es dort tatsächlich über den Winter aushalten.«

»Wehe, du vergreifst dich an den Schafen des Nachbarn«, sagte Lomir grinsend und behielt das Grinsen auch bei, als ein gefährlich funkelnder gelber Blick ihn traf. »Ich fand ihn gut«, sagte er schulterzuckend. »Den Witz, meine ich.«

»Vielleicht beantwortet trotzdem jemand meine Frage«, sagte Pintel. »Wann brechen wir auf?«

»Die Stadt hat keine Sehenswürdigkeiten, und Geschäfte habe ich derzeit hier auch keine«, sagte Lomir. »Von mir aus gleich morgen früh.«

»Jemand anderer Meinung?«, fragte Krona. »Nein? Dann ist es beschlossen.«

# 5 STEIN UND FEUER

Unzählige Hände streckten sich Lianna entgegen, um ihr vom Pferd zu helfen. Jubel, Applaus und eine Flut gleichzeitig gestellter Fragen spülten über sie hinweg.

Sie schwang das Bein über den Hals des Schwarzen und rutschte zu Boden, Halt am Sattel suchend. Sie wollte nichts als schlafen, doch die alten, von Kindesbeinen an trainierten Verhaltensmuster ließen sie lächeln, Hände drücken und Umarmungen erwidern. Jemand nahm den Schwarzen und führte ihn weg.

In der Menge der Gesichter entdeckte Lianna endlich eines, das zu sehen sie wirklich freute: Elva, ihre Freundin aus Kindertagen, bahnte sich energisch einen Weg durch die dicht gedrängten Menschen. Ihr lockiges Haar stand um ihren Kopf wie eine Gewitterwolke, doch sie strahlte wie die aufgehende Sonne.

»Du machst Sachen«, sagte sie und zog Lianna in eine enge, innige Umarmung. »Wir wären fast gestorben vor Sorge! Wie geht es dir? Alles gut?«

»Ja«, log Lianna. »Alles gut. Nur ziemlich erschöpft.«

»Ich bin ja gespannt«, sagte Elva. »Du wirst eine Menge zu erzählen haben. Hast du wirklich diesen Troll zur Strecke gebracht?«

»Ja.«

»*Nein!*«

»Doch. Mausetot.«

»Platz!«, riefen einige Leute. »Macht Platz da vorne!«

Eine Lücke tat sich auf in dem Menschenkreis, der Lianna umgab. Elva ließ Lianna los und machte einen Schritt zur Seite, führte dann, wie viele andere, den rechten Daumen erst zur Stirn, dann zum Herz, eine ehrerbietige Grußgeste.

»Papa«, sagte Lianna mit Kleinmädchenstimme, warf sich in die Arme des großen, grauhaarigen Mannes, der durch die Lücke schritt, und brach in Tränen aus.

Das Weinen tat ihr gut, es linderte ihre innere Unruhe und, dessen war sie sich bewusst, es besänftigte Van Ranessa, von dem sie sonst eine wütende Strafpredigt zu erwarten gehabt hätte. So aber schirmte er sie in seinen Armen vom Rest der Welt ab, strich ihr immer wieder übers Haar, sie spürte, dass er selbst aufs äußerste aufgewühlt war, und flüsterte ihr Kosenamen aus ihrer Kindheit zu, bis sie ruhiger wurde. Schließlich, als ihr Schluchzen allmählich versiegte, gab er ihr ein Taschentuch und hielt sie auf Armeslänge von sich, um sie zu betrachten.

»Geht es dir gut?«, fragte er. »Bist du unversehrt?«

»Ja«, sagte Lianna erstickt, die Nase im Taschentuch vergraben. »Mir geht's gut. Kümmert sich eigentlich jemand um den Schwarzen?«

»Geschieht bereits«, beruhigte Van Ranessa sie. »Er wird auf das Beste versorgt. So, da hast du also mal wieder deinen Kopf durchgesetzt und bist diesen Troll jagen gegangen?«

»Ja«, sagte Lianna und lächelte mädchenhaft.

»Und? Entweder hast du ihn verpasst, oder du bist sehr gut mit ihm fertig geworden.«

»Ich habe ihn getroffen. Und seine Gebeine faulen jetzt unter der Wetterspitze, falls die Gebeine von Trollen so etwas tun.«

Van Ranessa sah sie lange an.

»Alle Götter«, sagte er schließlich. »Du hast deine Kriegsausbildung gründlicher vollzogen, als mir bewusst war. Du hast ganz alleine einen Troll besiegt! Das hätte ich nicht für möglich gehalten.«

Sie wusste, sie tat sich keinen Gefallen, aber die Worte drängten über ihre Lippen. »Ich war nicht ganz alleine. Es gab da einen ... Krieger, der mir zur Seite stand. Ich traf ihn unterwegs.«

»Einen Krieger?«

»Eine Zufallsbekanntschaft. Es gibt nicht sehr viele gangbare Wege über das Gebirge, und er wählte die gleiche Passstraße wie ich.«

»Und wo ist er nun? Warum hast du ihn nicht mitgebracht? Wenn er meiner Tochter beigestanden hat, sollte er hier sein, damit ich ihn gebührend ehren und belohnen kann.«

»Äh, er ... Er ist ein wenig schüchtern. Hat eine Abneigung gegen größere Menschenmengen.«

»Nun, ich sehe, du hast viel erlebt, und es wird eine Weile dauern, bis du es erzählt hast. Aber zuerst willst du dich sicher erholen und ausschlafen.«

Lianna nickte dankbar. »Genau das will ich. Raus aus diesen Stiefeln und ein heißes Bad nehmen. Ich bin wirklich weit geritten heute.«

»Natürlich«, sagte er, fasste sie um die Schultern und schob sie vor sich her durch die Menge, aus der noch immer vereinzelte Jubelrufe klangen.

Die Ruhe ihres Wagens erschien ihr im Gegensatz zum Aufruhr draußen geradezu unnatürlich. Alles war so, wie sie es zurückgelassen hatte – nun, vielleicht nicht ganz so, es hatte jemand aufgeräumt in der Zwischenzeit. Die getragene Kleidung war vom Boden verschwunden, und ihre Stiefel standen blank poliert in Reih und Glied. Über ihrem Bett lag ein neuer, bunt bestickter Überwurf.

Lianna entledigte sich ihrer Stiefel und ließ sich mit einem Aufstöhnen auf das Bett fallen. Jeder einzelne Muskel in ihrem Körper schmerzte, und sie begrüßte den Schmerz, denn er lenkte ein wenig von ihrer Seelenqual ab.

Sie vermisste Thork. Sie vermisste ihn so sehr, dass ihr Körper vielleicht alleine durch den Verlust schmerzte, nicht durch die erlittenen Strapazen. Sie hatte ihn erst an diesem Morgen verlassen – oder hatte er sie verlassen? -, und doch schien es Monate her zu sein. Sie schloss die Augen und holte ihn sich in Erinnerung, seinen kurzen, dichten Bart, der sich so viel weicher anfühlte als er aussah, den klaren, wachsamen Blick, seine großen Hände, mit denen er so zarte Dinge tun konnte. Ein bitterer Klumpen ballte sich in ihrer Kehle.

Doch vielleicht war es gut, sich möglichst oft zu erinnern, den Schmerz nicht zu vermeiden, sondern ihn anzugehen wie einen Gegner, der ja auch nicht starb, wenn man ihn nur umschlich, vielleicht konnte sie so den Schmerz schnell und hart besiegen, und dann würde ihr Kopf wieder frei sein für ihr wirkliches Leben.

Sie vergrub das Gesicht im Kissen, dem ein leichter Kräuterduft entströmte, wild entschlossen, sofort damit anzufangen, und wie von selbst begannen die Tränen wieder zu fließen.

Sie erschrak zu Tode, als jemand sie plötzlich leicht an der Schulter fasste. Es war Erin, ihre Dienerin.

»Prinzessin«, sagte sie mit leiser, besorgter Stimme, »verzeiht mir bitte. Ich sprach Euch von der Tür an, aber Ihr hörtet nicht.«

»Schon gut«, murmelte Lianna und suchte nach dem Taschentuch von vorhin.

»Mein armes Mädchen«, sagte Erin und streichelte Liannas Rücken. »Ihr müsst wirklich völlig erschöpft sein. Ich habe Euch ein Bad gerichtet, wie Ihr es gewünscht habt. Danach solltet Ihr vielleicht noch etwas essen und Euch dann gründlich ausschlafen.«

»Klingt gut«, sagte Lianna. »Genau das, was ich brauche.« Sie drehte sich, um Erin anzusehen, und lächelte, noch etwas zaghaft. »Es tut gut, wieder hier zu sein«, fügte sie hinzu und meinte es ehrlich.

»Und es ist gut, Euch wieder hier zu haben«, erwiderte Erin. »Ihr dürft Euch wirklich nicht mehr in solche Gefahr begeben. Keiner von uns wäre je wieder froh geworden, wenn Euch etwas zugestoßen wäre. Aber nun kommt mit, ehe Euer Bad kalt wird.«

Lianna folgte Erin hinaus in die hereinbrechende Nacht, hinüber zum Nachbarwagen, der als Badehaus für sie und ihren Vater diente. Aus einer großen hölzernen Wanne dampfte es, und ein süßer Duft nach Rosenöl durchzog den Raum. Frische Kleidung und ein großes Handtuch lagen auf einem Hocker bereit. Auf einem weiteren Hocker stand ein Becher mit Milch.

Erin zog sich leise zurück, und Lianna legte ihre staubige Reisekleidung ab und stieg in das heiße Wasser. Sie stöhnte leise, als sie sich zurechtrückte und den Kopf gegen den Rand lehnte. Die Wärme tat gut, lockerte ihre verkrampften Muskeln und machte sie schläfrig. Es kostete sie einige Überwindung, den Arm auszustrecken, um den Becher greifen zu können. Die Milch war angewärmt und mit Honig gesüßt. Lianna lächelte. Es gab wohl keine Vorliebe, die Erin nicht mittlerweile bekannt war. Sie hatte nichts gegen das wilde, freie Abenteurerleben, aber sie stellte fest, dass es Dinge gab, um deretwegen sich ein Verzicht auf Abenteuer wirklich lohnte.

Sie trank die Milch in kleinen Schlucken und hatte den Becher gerade geleert, als jemand an der Tür klopfte und gleich darauf eintrat, ohne ihr »Herein«, abzuwarten. Es war ihr Vater, und er brachte einen Schwall kühler Luft von draußen mit. Lianna tauchte bis zum Hals ins Wasser.

» Es geht kalt rein.«, beklagte sie sich. »Mach bloß die Tür richtig zu.«

Van Ranessa tat, wie ihm geheißen, und musterte dann seine Tochter mit besorgtem Blick.

»Hast du alles, was du brauchst?«, fragte er.

»Ja«, sagte sie. »Danke.«

»Ich will dich nicht stören«, sagte er und klang fast etwas schüchtern.

»Du störst nicht«, versicherte sie ihm automatisch.

»Ich habe eine Idee«, erklärte er ihr und zog sich einen freien Hocker heran. »Ich möchte dir eine Freude bereiten, und deinen Sieg feiern. Wir könnten ein großes Fest halten, und wie wäre es, wenn wir Arik dazu einladen? Die Varellan sind ganz in der Nähe. Er könnte binnen einer Woche hier sein.«

»Das wäre schön.« Sie rang sich ein Lächeln ab. »Wirklich. Ich habe Arik seit Monaten nicht mehr gesehen.«

»Ich schicke morgen früh gleich einen Boten. Arik wird überglücklich sein, zu hören, dass du wohlbehalten zurück bist. Er hat sich schreckliche Sorgen gemacht. Er hat noch versucht, dich aufzuspüren, als die Nachricht ihn erreichte, aber du hast ihn genauso abgeschüttelt wie die Männer, die ich auf deine Spur gesetzt hatte. Du bist eine raffinierte junge Dame.«

»Danke schön.«

»Ich bin wirklich gespannt auf deinen Bericht.«

»Morgen, Papa. Ich bin viel zu müde für eine lange Erzählung.«

Van Ranessa nickte.

»Dann nur eines noch. Dieser Krieger, den du erwähntest – weißt du genug über ihn, dass wir ihn aufspüren können? Ich möchte ihn zu unserer Siegesfeier einladen.«

»Das ist keine gute Idee. Er würde es nicht wollen, glaub mir.«

»Aber warum denn nicht? Jeder, der zu einem unserer Feste geladen war, spricht noch Jahre später davon.«

»Ich sagte bereits, er ist schüchtern. Und ... ich glaube nicht, dass Arik und er sich vertragen würden.«

»Warum machst du ein solches Geheimnis um diesen Kerl? Ich will nichts weiter als ihm geben, was ihm zusteht. Er hat meine Tochter unterstützt. Ich schulde ihm Dank und eine Belohnung, und niemand soll behaupten können, Van Ranessa hätte sich nicht großzügig gezeigt. Es gilt unseren Ruf zu schützen, Lianna. Versteh das bitte.«

»Ich will ihn nicht einladen! Es ist mein Fest, und ich kann ja wohl einladen, wen ich will!«

Van Ranessa seufzte. »Dann gib mir wenigstens seinen Namen, damit ich ihm eine Botschaft übermitteln kann.«

»Warum ist er dir so wichtig? Was interessierst du dich so für ihn? Er ist ein Ehrenmann, er hat mir gegen den Troll beigestanden, und mehr musst du nicht wissen!«

Van Ranessa sah seine Tochter lange an.

»Die Frage ist vielmehr, warum er dir so wichtig ist«, sagte er schließlich.

»Quatsch«, schnaubte Lianna. Ihre Augen brannten, vom Seifenwasser vielleicht. »Er ist mir nicht wichtig. Sein Name ist Eisenfels, und er wohnt irgendwo am Fuß des Wettersteins. Jetzt weißt du's. Schreib ihm einen Brief, wenn du willst.«

»*Eisenfels*«, wiederholte Van Ranessa. »Das ist ein wenig gebräuchlicher Name unter den Sesshaften. Eisenfels. Klingt wie ... Ich ließ vor Jahren Waffen anfertigen bei einem Schmied in Zweibrücken, der hieß ähnlich ... Feuerfels, Eisenschmied ... es war ein Zwerg ... Eisenfels, sagtest du? Klingt wie ein Zwergenname für mich.«

Lianna ließ vorsichtig Atem ausströmen. Ihr Herz schlug ihr plötzlich bis zum Hals. Sie war kaum zwei Stunden zu Hause, und schon hatte ihr unvorsichtiges Geschwätz sie in Schwierigkeiten gebracht.

»Er ist kein Zwerg. Er ist ein Mensch aus den Ebenen. Was kann er für seinen Namen?«

Van Ranessa erhob sich von seinem Hocker und begann, mit großen Schritten im Badewagen hin- und herzugehen.

»Du warst also in der Wildnis – mit einem Mann aus den Ebenen – alleine – Tag und Nacht?«

»Was ist dabei? Ich habe einen Troll zur Strecke gebracht, Papa. Meinst du nicht, ich kann mich gegen einen Kerl wehren, der mir an die Wäsche will?«

»Was dabei ist? Frag Arik, was dabei ist!«

»Arik bestimmt aber nicht mein Leben!«

»Tut er nicht?« Van Ranessa starrte düster auf sie hinunter. »Dein Abenteuer hat dir nicht gut getan, Tochter. Du hast vergessen, wer du bist, und welche Verpflichtungen dir obliegen.«

»Und kaum bin ich wieder hier, hast du nichts Besseres zu tun, als mich daran zu erinnern! Da wäre ich doch lieber weggeblieben!«

»Keiner von uns kann sich sein Leben aussuchen, wir sind alle dort, wo die Götter uns hingesetzt haben.«

»Ist das so?« Sie schöpfte sich Wasser ins Gesicht, um Tränen zu verstecken. »Ja. Wahrscheinlich hast du recht. Das ist ja auch so *einfach.*«

Van Ranessa hob die Hände und ließ sie wieder fallen.

»Mit dir ist heute nicht mehr zu reden. Ruh dich aus. Ich lasse dir Essen bringen. Schlaf, und morgen ist wieder alles beim Alten. Wir werden sehen, dass wir das Beste aus dieser Trollgeschichte machen.«

Er war schon aus der Tür, als er noch einmal den Kopf nach drinnen streckte.

»Ich bin überglücklich, dass dir nichts passiert ist«, sagte er. »Du kannst dir nicht vorstellen, welche Angst ich um dich hatte.«

Lianna nickte und rang sich ein Lächeln ab.

»Nicht, dass du mir demnächst gegen einen Drachen gehst, hörst du?«, warnte er und drohte scherzhaft mit dem Finger.

»Nein«, sagte sie. »Versprochen. Genug Abenteuer fürs Erste.«

Er nickte.

»Schlaf gut.«

»Du auch, Papa.«

Sie blieb liegen, bis das Wasser kalt wurde, und dachte nach. Wenn morgen wieder alles beim Alten sein sollte, musste sie über Nacht hart werden, und unberührbar. Sie musste das, was war, hinter sich lassen. Nach vorne sehen. Dieses Leben wollen, das ihres war.

Sie wollte so gerne die Prinzessin sein, die dieses Leben wollte. Sie hatte nur keine Idee, wie ihr das gelingen sollte.

Schließlich stieg sie aus dem Wasser, rieb sich trocken, bis ihre Haut glühte, schlüpfte in die bereitgelegten Kleider und schlich im Schutz der hereinbrechenden Dunkelheit hinüber zu ihrem Wohnwagen.

Erin hatte die Lampen entzündet und in dem kleinen, schmiedeeisernen Ofen ein Feuer entfacht. Liannas Rucksack stand an die Wand gelehnt neben der Tür.

Sie schloss die Tür hinter sich, verriegelte sie und atmete tief durch. Endlich Ruhe.

Sie nahm den Rucksack hoch und stellte ihn auf dem Tisch ab.

Zuoberst lag ihre Decke, die sie heute Morgen achtlos zusammengeknüllt und unter die Klappe des Rucksackes geklemmt hatte. Tannennadeln und Krümel von Waldboden rieselten aus ihr, als sie sich in Liannas Händen entfaltete und auf den Boden wanderte. Dann kam ihre Ersatzkleidung, starrend vor Schmutz, Gras- und Blutflecken und voller Löcher. Sie drehte sie in den Händen. Erin sollte entscheiden, ob Wäsche und Reparatur sich noch lohnten, oder ob man sie nicht gleich wegwarf. Den Sachen entstieg ein Geruch nach Lagerfeuer, der ihr erneut die Tränen in die Augen trieb. Sie warf die Sachen zu der Decke auf den Boden.

Eine Sammlung loser kleiner Gegenstände folgte als Nächstes: Essmesser, Holzbecher, Feuerzeug, Kamm, einige Kerzenstummel, ein fast leeres Salzsäckchen, Flickzeug. Dazwischen kam ihr Seil, sehr ordentlich aufgerollt und mit einem komplizierten Knoten verschnürt. Sie grub tiefer, sie war auf der Suche nach etwas Bestimmtem. Sie fand es auf dem Grund des Rucksackes: ein zusammengefaltetes Stück Pergament, es hatte die nachlässige Aufbewahrung übel genommen, war verknickt und eingerissen, und ein direkter Kontakt mit den Kerzen hatte Talgflecken darauf hinterlassen. Sie faltete es auf und strich es glatt, so gut es ging.

Es war eine Kohlezeichnung ihrer selbst, etwas verwischt mittlerweile, doch noch gut zu erkennen. Sie blickte gerade aus der Zeichnung heraus auf den Betrachter, ein Lächeln auf dem Gesicht, das alles versprach und noch mehr hoffen ließ, die nackten Arme erhoben, um ihren Haarknoten zu lösen. Der Ansatz ihrer Brüste ließ sich am unteren Rand des Bildes gerade noch erahnen.

Lianna strich mit dem Zeigefinger vorsichtig über die kleine Zwergenrune in der linken unteren Ecke des Bildes, während die Tränen ihr ungebremst über die Wangen strömten. Ihre ursprüngliche Absicht war gewesen, das Bild zu verbrennen, doch nun brachte sie es nicht übers Herz.

Vielleicht nicht sofort, feilschte sie mit sich selbst. Es muss ja vielleicht nicht gleich am ersten Abend sein. Es genügt, wenn ich es vor der Hochzeit noch verbrenne.

Sie faltete das Pergament und schob es unter ihre Matratze. Ihr war klar, dass dies kein sonderlich originelles Versteck war, aber sie war zu erschöpft, um sich ein besseres einfallen zu lassen. Sie zog sich aus und schlüpfte in ihr Nachthemd, löschte alle Lampen bis auf eine, sie schlief nicht gern bei völliger Dunkelheit, und kroch unter die Decken. Sie drehte sich zur Wand und betrachtete das Muster des Wandteppichs, der an ihrem Bett hing, seit sie denken konnte. Sie folgte mit dem Finger dem verschlungenen Muster, eine Gewohnheit aus Kindertagen, die ihr beim Einschlafen half, doch es funktionierte nicht an diesem Abend. Ihr

Rücken fühlte sich leer an, es fehlte ein warmer Körper, gegen den sie sich lehnen konnte, ein Arm, der sie festhielt, und Finger, in die sie ihre verschränken konnte, es fehlte Atem in ihrem Haar und ein leichter, bitterer Geruch nach Tabakspfeife. Sie beschloss, dann eben nicht zu schlafen, und über dem Gedanken, ob man an Schlafentzug sterben konnte, schlief sie ein.

Die Nacht, in der Thork Eisenfels zurückkam, war kalt und stürmisch, und es regnete in Strömen, weshalb niemand von seiner Rückkunft Notiz nahm. Still und dunkel lagen die gedrungenen Steinhäuser des oberirdischen Hochstahl am Hang und trotzten dem Wind. Die gepflasterten Straßen glänzten nass im Mondlicht. Als er schließlich das abseits gelegene kleine Haus am Bach erreicht hatte, kämpften seine kalten Finger lange mit dem nassen, zähen Leder seiner Gürteltasche, bis er endlich den Hausschlüssel herausgeholt hatte.

Mit einem Klicken sprang das Schloss auf, die Türangeln quietschten leise, wie sie es immer getan hatten, ein Laut, der so vertraut war, dass er ihn erschreckte.

Er war zurück.

Was wollte er hier?

Er trat ein, um aus dem Regen zu kommen, und drückte die Tür gegen den Sturm hinter sich zu.

Ein einfach eingerichteter Wohnraum, in der Mitte ein großer, sauber gescheuerter Eichenholztisch, zwei Stühle daran, ein Schrank an der Wand, eine Kochstelle mit Regalen, auf denen einige Töpfe und anderes Gerät aufgereiht standen, im hintersten Teil des Raumes eine Schlafstatt, eine strohgefüllte Matratze, einige Felle. Alles war genau so, wie er es verlassen hatte, nur er selbst war verändert und bewegte sich durch den Raum wie ein Fremder.

Behutsam stellte er den Rucksack ab und nahm den durchnässten Umhang von den Schultern, setzte sich dann leise an den Tisch und wischte sich mit den Händen den Regen vom Gesicht. Er hatte in den letzten Tagen begonnen, sich vorsichtig zu bewegen, als sei sein Herz eine offene Wunde, die es vor Erschütterungen zu schützen galt, aber natürlich half es nicht. Nichts half. Er hatte keine klare Erinnerung an die letzten Tage seiner Reise. Er vermutete, sobald er sich erinnerte, würde er den Verstand verlieren. Sein Orientierungssinn hatte ihn hierher zurückgeführt, wie einen Hund vielleicht, der auch auf seinen Hof zurückfand, ohne über den Weg nachzudenken. Und nun war er hier und wusste nicht warum.

Er dachte nur an sie. Nichts anderes hatte in seinem Geist Platz neben ihr, neben den vielen kleinen Augenblicken, die sich in seine Erinnerung gebrannt hatten: die Gesten, mit denen sie ihr Haar kämmte, die Konzentration auf ihrem Gesicht, wenn sie über etwas nachdachte, und sie hatte eine Art gehabt, ihre weiche Wange an seine zu legen und mit den Wimpern zu flattern, so dass er die winzige Streichelbewegung spürte, sie hatte es Schmetterlingskuss genannt. Die Erinnerung erzeugte in ihm Qualen, für die er keine Worte fand, und doch konnte er nicht aufhören, sich zu erinnern, und wenn ihr Lachen sich in seinen Kopf schlich, kannte sein Schmerz weder Maß noch Ziel.

Er *wollte* sich nicht erinnern. Und doch konnte er es nicht lassen.

Es hatte Augenblicke gegeben, mit ihr dort oben im Gebirge, da war ihm hell und leicht und heil zumute gewesen, wie nie zuvor. Sie hatte ihn ans Licht geholt, hatte ihm dieses unglaubliche Geschenk gemacht, ihm aber war es nicht gelungen, dieses Licht zu bewahren. Er hatte sie nicht halten können, und das Licht war aus ihm heraus geflossen wie Wasser aus einem gesprungenen Krug, und nun war er zurück in Dunkelheit und Kälte, die er zuvor nicht als solche empfunden hatte, denn er hatte kein Licht gekannt.

Er fror. Er stand auf und tauschte seine nasse Kleidung gegen trockene, obwohl er wusste, dass es nicht helfen würde. Nichts half. Er tat es, weil man es so machte. Er setzte sich wieder an den Tisch und entzündete die Lampe, er hatte es sich zur Gewohnheit gemacht, für Licht zu sorgen, wenn es dunkel war, denn sie mochte die Dunkelheit nicht.

Er wusste nicht, was er tun sollte. Zum ersten Mal in seinem Leben sah er keinen Weg vor sich. Nichts, was dieses Leben ihm bieten konnte, ergab einen Sinn.

Er saß lange und starrte auf seine Hände, die reglos vor ihm auf der Tischplatte lagen. Irgendwann beschloss er, dass es vielleicht gar keine so schlechte Sache war, die Dinge zu tun, *weil man es so machte,* auch wenn sie keinen Sinn ergaben. Die Schmiede öffnen, arbeiten, essen, schlafen, mit den Ordensbrüdern beten. Gròr bitten, er möge ihm die

Erinnerung an das Licht nehmen, wo er ihm doch schon das Licht genommen hatte.

Er stand auf, vorsichtig, ging hinüber zu seinem Lager und streckte sich aus. Die Lampe auf dem Tisch ließ er brennen. Sie hatte nie ohne Licht einschlafen mögen.

Er lag bis zum Morgengrauen wach.

In den nächsten Tagen strömte das Leben an Lianna vorbei wie ein seltsamer, bunter Fluss, und sie stand am Ufer und schaffte es nicht, hineinzuspringen. Sie hatte mit sich selbst eine Abmachung getroffen: Bis zu Ariks Ankunft und dem Siegesfest wollte sie ihren Kummer überwunden haben. Eine Woche, so hatte sie gedacht, musste mehr als ausreichen, sie konnte sich ohnehin nicht vorstellen, diesen Schmerz über einen längeren Zeitraum zu ertragen. Doch die Zeit verstrich und heilte nichts.

Unter den Sidarthi-Stämmen schien sich die Geschichte von Lianna Trolltöterin auf raschen Schwingen zu verbreiten, denn bereits einige Tage nach ihrer Rückkunft trafen die ersten Gesandten ein, um Glückwünsche und Geschenke zu überbringen. Van Ranessa war höchst zufrieden mit dieser Entwicklung.

»Du weißt, ich hielt nie viel von diesem Krieger-Prinzessinnen-Quatsch«, sagte er zu ihr, »aber es scheint sich nicht zu unserem Nachteil auszuwirken. Die Menschen mögen den Gedanken, dass ich einmal von einer mutigen und tatkräftigen Anführerin abgelöst werde. Es gibt ihnen Sicherheit.«

Die Desilver sprachen vor und wurden empfangen. Lianna saß neben ihrem Vater und spielte ihr früheres Selbst. Ihre goldenen Ohrringe klirrten leise, wenn sie den Kopf bewegte, und die Hände hatte sie wie eine brave Tochter im Schoß gefaltet. Ihre Finger spielten mit den himmelblauen Rockfalten, und sie lächelte, während ihr beunruhigende Gedanken durch den Kopf wanderten. Sie kannte den alten Rian Desilver seit ihrer Kindheit. Sie erinnerte sich, wie er sie als kleines Mädchen auf seinen Knien geschaukelt hatte, und sie war immer ganz selbstverständlich davon ausgegangen, dass es ihr bezauberndes Wesen war, das seine Zuneigung hervor gerufen hatte, bei ihm wie bei allen anderen.

*Doch was, wenn er nur um seines eigenen Vorteils willen so freundlich ist? Die Desilver sind eine noble Familie, aber sie haben Schulden. Viel-*

*leicht wäre er gar nicht hier und würde mir schmeicheln, wenn er sich nicht einen Sack Gold davon versprechen würde.*

Und für wen mochte das noch gelten? Die Turgon? Die Asild? Letztlich auch für enge Vertraute wie Elva oder Erin, und was blieb dann noch?

Und Arik?

Wie konnte sie sicher sein?

Sie spürte eine Berührung an ihrem Arm und schrak hoch.

»Wo bist du nur mit deinen Gedanken?«, fragte Van Ranessa mit förmlichem Lächeln.

»Was?«, sagte sie und spürte die Blicke von Rian Desilver und seinen beiden Söhnen auf sich. »Entschuldigt bitte«, fügte sie eilig hinzu. »Ich wollte nicht unhöflich sein. Ich ... musste nur gerade an etwas denken ...«

»Schon gut«, erwiderte Desilver freundlich. »Ich kann mir gut vorstellen, dass es eine Menge zum Nachdenken gibt nach einem solchen Erlebnis. Es zeigt einem die eigenen Grenzen, nicht wahr?«

»Ja«, sagte Lianna, obwohl sie nicht genau wusste, was er damit meinte.

»Ich sagte gerade zu Eurem Vater, ob Ihr Euch nicht die Pferde ansehen möchtet, die ich für Euch mitgebracht habe«, sagte Desilver.

»Pferde?«, wiederholte Lianna, und etwas wie tatsächliches Interesse erwachte in ihr.

Desilver lachte. »Ihr müsst mit Euren Gedanken sehr weit entfernt gewesen sein, wenn Ihr *das* überhört habt. Ich weiß doch, wie groß Eure Leidenschaft ist.«

»Und das hat sich nicht geändert«, bestätigte Lianna. »Lasst uns keine Zeit verlieren. Ich will sie ansehen.«

Desilvers Söhne persönlich brachten die Pferde, eine braune Stute, offenbar tragend, und einen jungen Hengst mit leuchtend fuchsrotem Fell, beide klein und kräftig, aber mit guten Proportionen und klarem, lebhaftem Blick, typische Desilver-Pferde, wie Lianna feststellte, intelligent und flink und gutmütig, allerdings kaum in der Lage, Eindruck zu machen, wie es der Schwarze tat. Sie beschäftigte sich ausgiebig mit den beiden Tieren, klopfte ihnen den Hals und betastete ihre Beine, wobei der Fuchs spielerisch mit den Lippen an ihrem Rock zog. Desilver schilderte währenddessen stolz die Vorzüge der beiden Tiere und welche wunderbaren Fohlen zu erwarten wären, wenn man sie in die Ranessa-Zucht einkreuzte. Lianna lächelte. Sie kannte Desilvers Ansichten über die Ranessa-Pferde, die er für imposant, aber nervenschwach und allzu leicht erregbar hielt.

Sie legte ihre Hand auf die weiche Nase des Fuchses. *Mit seiner niedrigen Statur wäre er im Gebirge wahrscheinlich besser zurechtgekommen als der Schwarze.*

»Sie sind wundervoll«, sagte sie und arbeitete gegen ein plötzliches Gefühl der Enge in ihrem Hals. »Ich danke Euch wirklich sehr. Dies ist ein äußerst großzügiges Geschenk.«

»Wenn Ihr sie mögt, bin ich glücklich«, erwiderte Desilver. »Ich weiß, sie gehen in die allerbesten Hände.«

Lianna sah von Desilver hinüber zu ihrem Vater, der die Arme vor der Brust verschränkt hatte und einen sehr zufriedenen Eindruck machte.

»Ich würde diesen hier gern ausprobieren«, sagte sie und wies mit dem Kinn auf den Fuchs. »Ihr interessiert Euch doch sicher für mein reiterliches Urteil, oder nicht?«

»Selbstverständlich«, bestätigte Desilver, während Van Ranessas Zufriedenheit einer leisen Missbilligung wich.

»Jetzt gleich?«, fragte er. »Du kannst doch nicht unsere Gäste vernachlässigen!«

»Bitte!« Lianna schlug die Augen auf. »Bitte bitte. Ich möchte *so* gerne!«

Es funktionierte, wie immer. »Macht Euch keine Sorgen«, versicherte Desilver. »Ich werte es nicht als Unhöflichkeit. Im Gegenteil, ich freue mich darauf, Eure Meinung zu erfahren. Wir kennen uns so lange«, fügte er zu Van Ranessa gewandt hinzu, »da schadet es nichts, wenn wir die Dinge etwas lockerer sehen.«

»Na gut«, stimmte Ranessa zu, obwohl Lianna ihm ansah, dass es ihm nicht recht war. »Von mir aus. Aber bleib nicht zu lange weg.«

»Versprochen«, lächelte Lianna, nahm den Fuchs am Strick und zog ihn mit sich.

Kurze Zeit später hatte sie das blaue Kleid gegen ihre Reitsachen getauscht, sich in den Sattel geschwungen und das Wagendorf hinter sich gelassen.

Der Fuchs trug sie bereitwillig. Seine Bewegungen waren kurz und energisch, aber angenehm, nachdem sie sich einmal daran gewöhnt hatte. Mit entspannter Neugier betrachtete er die fremde Umgebung. Seine

Gelassenheit besänftigte Lianna. Reiten war gut gegen den Schmerz und die Anstrengung, es war das Einzige, was half. Ihre Pferde mochten sie, egal wer sie war und was sie war.

Der Fuchs hatte offenbar eine hervorragende Schule erfahren. Er reagierte auf den leisesten Wink, als sie ihn in lockerem Trab einen Hügel erklimmen ließ, hinter dem weitere sich bis zum Waldrand wellten. Das Gras war herbstlich gelb und raschelte unter seinen Hufen. Die Luft ließ schon den Winter ahnen.

Sie dachte an Thork, sie konnte gar nicht verhindern, dass sie es tat. Sie fragte sich, ob er in der Zwischenzeit schon in seiner Zwergenstadt angekommen war, in seiner Schmiede, sie konnte sich gut vorstellen, wie es aussah, wenn er mit Feuer und glühendem Stahl umging, er würde eine schwere Lederschürze tragen und hätte den Feuerschein auf dem Gesicht. Sie atmete tief und zitternd. Sie wollte wirklich nicht weinen, man würde es ihr ansehen, wenn sie zum Wagendorf zurückkam. Sie konzentrierte sich auf die Bewegungen des Fuchses, ließ sich den Hügel hinauf schaukeln und auf der anderen Seite wieder hinunter, es war eine beruhigende Gleichförmigkeit in seinen Bewegungen, die ihr gut tat. Sie versuchte, ihre Gedanken in eine andere Richtung zu lenken. Drei oder vier Tage noch, dann würde Arik eintreffen und das große Siegesfest würde stattfinden. Sie erinnerte sich, dass sie seine Gesellschaft auf vielerlei Art genossen hatte, doch die Vorstellung hatte jeden Reiz verloren. Genauso gut hätte man planen können, sie mit einem Fremden zu verheiraten.

Sie trieb den Fuchs zum Galopp und hielt auf den Waldrand zu. Das Farbfeuer in den Baumkronen war beinahe erloschen, den Boden bedeckte ein altgoldener Teppich aus Blättern, aus dem es nach Pilzen roch. Die Hufe des Fuchses versanken raschelnd, und er zog ihr zufrieden die Zügel aus der Hand und machte den Hals lang. Sie bremste ihn, damit er nicht über verborgene Wurzeln stolperte.

Ein paar Steinwürfe waldeinwärts stieß sie auf eine Straße, nicht mehr als zwei tiefe Karrenfurchen, in denen das Wasser stand. Der Wald wurde dichter zu beiden Seiten, und so blieb sie auf der Straße und ließ den Fuchs zwischen Pfützen und Steinen seinen Weg suchen. Wiesenheim war in der Nähe; vermutlich würde der Weg sie dort an den Toren abliefern und sie könnte über die Wiesen abseits der Hauptstraße zurück zum Lager reiten.

Ein Blinken zwischen den Bäumen fesselte ihre Aufmerksamkeit; wie Sonne auf Metall blinzelte es zu ihr herüber. Sie zügelte den Fuchs und lehnte sich zur Seite, um besser zu sehen. Der Fuchs wich aus und sie lenkte ihn vom Weg, hinein in den Wald, dem Blinken nach.

Kaum einen halben Steinwurf von der Straße entfernt hatte jemand auf merkwürdige Art die Äste geschmückt: Lange Strähnen von einem Pferdeschweif hingen dort, in die blasse Knochen eingeflochten waren, grobe Schnitzereien, die wohl Tiere darstellen sollten, bemalte Rindenstücke. Dazwischen baumelten vertrocknete Kräutersträuße, Bänder aus vergilbtem Stoff und das, was Liannas Aufmerksamkeit erregt hatte: polierte Metallstücke, die möglicherweise von einer zerbrochenen Pflugschar stammten, und Hufnägel.

Lianna ritt näher heran. Das Eisen wies kaum Spuren von Rost auf. War dies eine alte Opferstätte, die von den Sesshaften immer noch benutzt wurde? Lianna hatte wenig Ahnung davon, wie die Sesshaften den Göttern huldigten. Sie bauten ihnen Tempel, das hatte sie in den Städten gesehen, aber hier draußen, auf dem Land?

Vielleicht kamen sie hierher, um Lares anzubeten, den Waldgott? Der mochte schon in den Legenden kein festes Dach über dem Kopf.

Lianna trieb den Fuchs näher und streckte die Hand aus, um die Opfergaben zu berühren. Gleich darauf riss sie die Hand zurück an den Zügel, denn der Fuchs stolperte über etwas, das verborgen unter altem Laub lag, und machte einen Satz zur Seite. Sie zügelte ihn und tätschelte beruhigend seinen Hals. Dann saß sie ab.

Der Fuchs stand wieder sicher auf allen Vieren, er schien mit dem Schrecken davongekommen zu sein. Mit der Stiefelspitze stöberte Lianna durchs nasse Laub, auf der Suche nach der Stolperschwelle.

Ihre Stiefelspitze stieß gegen eine steinerne Kante. Sie war glatt und rechtwinklig: Jemand hatte hier eine Steinplatte in den Boden eingelassen.

Mit dem Fuß schob Lianna mehr Laub zur Seite. Eine Grabplatte? Hier, mitten im Wald? Wen hatte man wohl so weit draußen unter einen so großen, schweren Stein gelegt?

Ein angenehmes Gruseln rann ihr über den Rücken. Sie ging in die Hocke und fegte das Laub mit beiden Händen von der Steinplatte. Über ihr raschelten und klimperten die Opfergaben leise im Wind.

Einige Zeit später richtete sie sich auf und strich sich mit erdigen Fingern Haarsträhnen aus dem erhitzten Gesicht. Was sie da freigelegt hatte, sah für ihr Verständnis nicht aus wie ein Grab. Die Platte war quadratisch und maß etwa einen Schritt an der Kante. Linien oder Furchen waren auf der glatten Oberfläche zu erkennen, sie verliefen gerade und kreuzten sich immer wieder und schienen ein Muster zu ergeben, das unter Moos und Schmutz schlecht zu erkennen war. In der Mitte wies die Platte eine runde Vertiefung auf, in der sich Schmutzwasser gesammelt hatte.

Lianna setzte einen Fuß auf die Platte. Nichts geschah. Sie machte einen Schritt hinauf. Die Platte unter ihren Füßen war fest verankert und rührte sich nicht um Haaresbreite. Lianna sah sich unschlüssig um. Ihre Neugier war nicht im Geringsten befriedigt, aber ihr fehlte die Geduld, dem Rätsel jetzt und hier auf den Grund zu gehen.

Sie legte den Kopf in den Nacken und schaute hinauf in die Baumwipfel. Ein Windstoß löste Herbstlaub von den Zweigen und legte es ihr zu Füßen, als wolle die Natur selbst den Stein sanft allen Blicken entziehen.

Lianna stieg von der Platte. Begraben, das war es, was sie tun musste. Ihre Gefühle, ihre Liebe, alle Erinnerungen, auch die, die sie zu einem besseren Menschen machten. Begraben, wie sie den merkwürdigen Stein unter altem Laub begrub, damit er die Harmonie von Moos und Blattwerk nicht störte.

Er war noch da, aber man konnte so tun, als wäre er es nicht.

Sie sammelte Laub zusammen und häufte es darüber, trat es vorsichtig fest und begutachtete ihr Werk. Ihre letzten Spuren würde der Herbstwind verwischen.

Sie schwang sich in den Sattel und trieb den Fuchs zurück auf die Straße.

Beim nächsten Mal brachte sie eine Bürste mit, um den Stein von den gröbsten Verschmutzungen zu reinigen. Nach einigem Schrubben fügten sich die Linien zu einem achtzackigen Stern, der von Strahlenlinien umgeben war. Die Linien waren fein und tief und dunkler als der Stein, in den sie geritzt waren: Moos und verkrustete Erde hatten sich so fest darin abgesetzt, dass Lianna mit ihrer Bürste nichts ausrichten konnte. Lianna fuhr den Stern mit dem Zeigefinger nach. Er ließ sich nachzeichnen, ohne abzusetzen, und beinahe erwartete sie einen Zauber, als ihr Finger wieder am Ausgangspunkt angelangt war, doch nichts geschah.

Bei ihrem dritten Besuch hatte sie einen kurzen Spaten aus dem Lager geschmuggelt. Damit begann sie, den Stein auszugraben, doch nach einer Stunde schweißtreibender Arbeit in dem schweren, von Wurzeln durchzogenen Waldboden stieß sie auf ein Hindernis. Die Platte, beinahe einen halben Schritt dick, saß unverrückbar auf einer felsigen Unterlage. Lianna stand in ihrem selbst gebuddelten Krater und fluchte. Diesmal würde sie die Spuren ihrer Anwesenheit kaum verbergen können, und was hatte die Anstrengung ihr gebracht? Nichts als Blasen an den Händen.

Sie kletterte aus dem Loch. Ihre Stiefel waren mit Erde verklumpt. Der Schwarze stand an einen Baum gebunden und beobachtete die Unternehmungen seiner Herrin mit sichtlichem Unbehagen. Sie wischte sich die Hände an seiner Mähne ab.

Vielleicht würde sie das Rätsel um den Stein nie lösen. Vielleicht war sie auch nur so besessen davon, damit ihr Verstand sich nicht mit anderen Dingen beschäftigen musste. Sie hätte gerne eine Entdeckung gemacht, ein Abenteuer erlebt, einen Geist auf diesem Altar beschworen oder den Zugang in ein unterirdisches Märchenreich entdeckt, nur um sich abzulenken, aber hier war sie mit ihren Ideen am Ende, und der Wind fuhr ihr mit eisigen Fingern unter die verschwitzte Kleidung.

Sie warf den Spaten ins Gebüsch, schwang sich in den Sattel und ritt davon.

Einige Tage später traf Arik mit seinem Gefolge ein. Lianna verpasste seine Ankunft, weil sie wieder einmal Zeit an »ihrem Stein« verbracht hatte. Seit der Buddelei waren neue Opfergaben dort aufgetaucht, kleine Fladenbrote, getrocknete Kräutersträuße und Äpfel, und mit roter Farbe bemalte Hühnerknochen baumelten an Schnüren von den niedrigen Zweigen. Vermuteten die Bauern in der Umgebung einen Wiedergänger, der die Erde dort aufgewühlt hatte? Lianna verspürte Bedauern bei dem Gedanken, allerdings nicht genug, um ihre Nachforschungen zu unterlassen. Die Äpfel hatte sie sich mit dem Schwarzen geteilt und hoffte nun, dass die Bauern sich beruhigen würden.

Als sie sich dem Lager näherte, sah sie schon von weitem den Tross aus Reit- und Packpferden, allen voran ein prächtiger, hochbeiniger Schimmel, dem gerade ein Wassereimer vorgehalten wurde.

Etwas, das sie nicht benennen wollte, machte ihre Kehle eng. Sie schluckte an dem hässlichen Klumpen und probte ihr Lächeln, während sie ins Lager ritt.

Die Umstehenden ließen sie durch. Zwischen den Wagen stand Arik neben ihrem Vater, groß und schlank, sein welliges blondes Haar glänzte in der Sonne, und sein Gesicht erstrahlte, als er Lianna sah.

»Meine Liebste! Endlich!«

Mit raschen Schritten war er bei ihr und griff den Schwarzen am Zügel. Sie saß ab, trat zu ihm und schlang ihm gehorsam die Arme um den Hals. Er drückte sie an sich, während sie versuchte, etwas Vertrautes in dieser Umarmung zu finden, doch die Erinnerung an seine Berührung war von ihrem Körper getilgt.

»Ich bin so glücklich, dich zu sehen«, flüsterte er in ihr Ohr. »Meine dumme, heldenhafte, kleine Prinzessin. Mach so was bloß nie wieder.«

Sie trat zurück und sah ihn an, sah in sein schönes, ebenmäßiges Gesicht, versuchte, sich zu erinnern, was sie *vorher* bei seinem Anblick empfunden hatte, doch sie blieb leer.

»Schön, dass du da bist«, log sie und lächelte ihn an. Sie würde nicht nachdenken. Sie würde einfach alles tun, was man von ihr erwartete. Sie würde die Prinzessin spielen, damit kannte sie sich aus.

Das Fest, das rund um sie allmählich Fahrt aufnahm, bewahrte sie zunächst davor, mit Arik alleine sein zu müssen. Angeregtes Geplauder, ein Besuch bei den Herden, der Austausch über die Lernfortschritte einzelner Pferde – all das konnte sie mit Leichtigkeit erfüllen.

Ihr gefiel, wie er sich um sie bemühte. Er ließ ihre Hand kaum jemals los, sein Blick lag auf ihr, wohin sie auch ging, und er überschüttete sie mit Komplimenten. Er teilte ihre Liebe zu den Pferden, und sie sah es gerne, wie behutsam er mit ihnen umging. Das Gespräch floss leicht und mühelos zwischen ihnen, und mit Erstaunen stellte sie fest, dass er sie immer noch zum Lachen bringen konnte. Als er die Geschichte vom Troll in allen Einzelheiten zu hören verlangte, beschloss sie, ihn auf die Probe zu stellen.

»Ich hatte Hilfe«, sagte sie. »Ein Mann aus den Ebenen. Der Troll hat ihm vor Jahren sein Auge genommen, und er war auf Rache aus, genau wie ich.«

Arik nickte abwartend.

»Ich war einige Zeit mit ihm unterwegs. Zwei Wochen, vielleicht. Er hat mir beigebracht, wie man sich im Gebirge bewegt.«

»Dann scheint es ein Glück, dass du ihn getroffen hast.«

»Ja. Ich habe viel gelernt mit ihm.«

»Warum hast du ihn nicht zum Fest eingeladen?«

»Ich weiß nicht viel von ihm. Nur seinen Namen.«

»Hätte der nicht gereicht, um ihn aufzuspüren?«

»Du hörst dich an wie mein Vater!«

»Verzeih mir. Ich bin nur verwundert. Ich denke mir, eine solche Tat, gemeinsam begangen, müsste zwei Menschen zusammenschmieden.«

»Wir haben uns nicht im Guten getrennt. Er war ... starrsinnig.«

Ein Lächeln zupfte an Ariks Mundwinkeln. »Das sind die Sesshaften manchmal.«

»Mag sein.«

Eine Weile schwiegen sie. Irgendwo wieherte eine Stute nach ihrem Fohlen.

Wie schön er doch war: makellose, glattrasierte Wangen, sanfte blaue Augen, die Bewegungen eines Tänzers. Sie erinnerte sich, wie sein Anblick ihr Herz in einen anderen Takt versetzt hatte. Vergangen.

»Bist du nicht eifersüchtig?«

Eine schmale Falte erschien auf Ariks Stirn.

»Sollte ich das denn sein?«

»Ich weiß nicht. Immerhin war ich mit einem fremden Mann alleine in der Wildnis unterwegs. Ist das kein Grund?«

»Für einen anderen Mann vielleicht, der mit einer anderen Frau zusammen ist. Aber ich vertraue dir. Du bist stark und treu. Du würdest keinen anderen berühren, und legte ein anderer seine Hände auf dich, würde dein Schwert ihn durchbohren.«

Sie nickte widerstrebend.

»Richtig.«

Er küsste ihre Hand und legte sie an seine Wange.

»Lass uns feiern gehen, Liebste. Sie warten sicher schon auf uns.«

Sie folgte ihm und wusste nicht, ob er die Probe nun bestanden hatte.

Es gab Wein und Musik und Tanz, und Lianna nahm von allem reichlich. Sie tanzte, bis ihre Füße schmerzten, und trank von dem dunklen Rotwein, bis sie nicht mehr wusste, ob der Platz sich um sie drehte oder sie sich um den Platz, aber solange die Musik spielte, war dieser Unterschied auch nicht von Bedeutung.

Der Mond ging auf und wieder unter, das Feuer brannte nieder und die Melodien wurden süß und traurig, bevor Lianna und Arik das Fest verließen. Er hatte seinen Arm um ihre Schultern gelegt, und wie selbstverständlich brachte er sie zu ihrem Wagen und kam mit ins Innere.

Sie sah ihn an, während er mit einem langen Holzspan die Lampen entzündete. Ein Echo von Musik und Gelächter hallte in ihr nach. Alles konnte gut sein. Dies war ihr perfektes Leben, sie musste nur danach greifen.

Arik kam zu ihr, nahm ihr Gesicht in beide Hände und küsste sie tief und leidenschaftlich. Sie wusste, was sie zu tun hatte: Sie hatte sich früher nie sonderlich spröde ihm gegenüber gezeigt. Ihr Kopf wies ihre Hände an, durch sein Haar zu fahren, wie sie es immer getan hatte, sie war dankbar, dass ihr Kopf sich erinnerte. Er öffnete ihren Gürtel und warf ihn beiseite. Dann streifte er ihr das Kleid über den Kopf, gleich gefolgt vom Unterkleid. Gehorsam hob sie die Arme, und die kostbaren Stoffe fielen zu Boden. Ein Frösteln strich über ihre nackte Haut. Sein hungriger Blick war ihr unangenehm, und so presste sie sich gegen ihn und küsste ihn, damit er sie nicht länger ansah.

»Ich habe dich so vermisst«, flüsterte er dicht an ihren Lippen. »Meine Prinzessin ...«

»*Nenn mich nicht so*«, fauchte sie ihn an und stieß ihn, der zu Tode erschrocken war, von sich. »Ich habe einen *Namen*, falls du dich erinnerst. Den kannst du benutzen.«

»Aber«, sagte er völlig verwirrt. »Du mochtest es doch immer, wenn ich dich so nannte ...«

»Und jetzt mag ich es nicht mehr! Darf ich mich nicht verändern?«

»Doch«, sagte er, verletzt nun, aber nachgiebig. »Natürlich. Ich werde dich künftig nicht mehr so nennen, wenn du es nicht mehr willst.«

»Gut«, sagte sie und rang um ihre Beherrschung.

»Soll ich gehen?«, fragte er nach einer Weile, und sie hörte den flehenden Unterton, der ein »Nein« erbat. Sie fuhr sich mit beiden Händen übers Gesicht.

»Nein«, sagte sie. »Bleib.«

Er lächelte erleichtert und näherte sich ihr wieder, vorsichtiger diesmal. »Es ist gut«, sagte sie und versuchte ein Lächeln. »Ich beiße nicht. Es war nur alles wirklich viel in letzter Zeit. Meine Nerven sind gerade nicht die besten.«

»Ich werde dich ganz wunderbar entspannen, wenn du es zulässt«, murmelte er an ihrem Ohr und drängte sie rückwärts auf ihr Bett.

Sie fügte sich. Er entledigte sich seiner Kleidung, und sie betrachtete seine Brust, auf der goldene Härchen schimmerten, die starken Arme und schmalen Hüften, die langen, wohlgeformten Beine, ohne das Geringste zu empfinden. Er legte sich zu ihr, seine schmalen Hände wanderten über ihre Haut, und sie wandte sich zu ihm und gab die Zärtlichkeiten zurück und ließ sich auf sein Tempo ein, das ihr hektisch erschien. Und nicht viel später legte er sich auf sie und drang in sie ein, und sie schloss die Augen und drehte den Kopf weg und hätte am liebsten auch ihre Ohren verschlossen, damit sie sein Stöhnen nicht hören musste. Ihre Gedanken entfernten sich, es waren schwere, schwielige Hände auf ihrem Körper, deren kleinste Berührungen sie mit schmerzhafter Leidenschaft ersehnte, und ein Blick, der sie umfasste, als gäbe es nichts Ernsteres und Heiligeres, als mit ihr diesen Akt der Liebe zu vollführen, und sie klammerte sich an diese Erinnerung, die sie mehr erregte als alles, was Arik gleichzeitig mit ihr tat, in Gedanken ersetzte sie seinen schmalen, hellen Körper durch einen schweren, auf dem Kampf und Arbeit ihre Spuren hinterlassen hatten, und als sie kam, wandelte sich ihr Stöhnen plötzlich in ein Schluchzen.

Arik erreichte sein Ziel gleich darauf. Keuchend wälzte er sich von ihr, und sie drehte ihm augenblicklich den Rücken zu, um ihr Gesicht zu verstecken und sich verstohlen die Tränen abzuwischen. Sie dachte fieberhaft über eine Erklärung nach, die sie ihm geben konnte, wenn er sie gleich nach dem Grund ihres Weinens fragen würde, doch er fragte nicht, lag nur neben ihr, die Hand auf ihrer Hüfte, und erholte sich, er war offenbar guter Dinge, er hatte es gar nicht bemerkt.

»Arik«, sagte sie nach einer längeren Weile, die schweigend verstrichen war, und an seinem »Mm?«, hörte sie, dass sie ihn aus dem Halbschlaf geholt hatte.

»Was?«, fragte er.

»Liebst du mich?«

Er lachte leise. »Du kennst die Antwort sowieso«, sagte er, drehte sich zu ihr und küsste ihre Schulter. »Natürlich liebe ich dich. Mehr als alles auf der Welt.«

»Bist du sicher?«

»Ich *bin* sicher.« Er strich ihr Haar beiseite und wanderte mit seinen Lippen ihren Hals hinauf. »Was ist los?«, fragte er und versuchte, in ihr Gesicht zu sehen.

Sie drehte sich zu ihm und sah ihn an.

»Nichts ist los. Ich will es nur wissen. Stell dir vor, ich wäre keine Prinzessin. Würdest du mich trotzdem lieben?«

»Ich verstehe nicht ganz«, gab er verwirrt zu. »Wenn du keine Prinzessin wärest, wärest du vielleicht ein völlig anderer Mensch. Vielleicht würden dir all diese zauberhaften kleinen Eigensinnigkeiten fehlen. Man weiß doch nie, welchen Weg man unter anderen Umständen genommen hätte.«

»Du hast mich nicht verstanden. Stell dir vor, ich wäre eine Prinzessin, aber es wäre bedeutungslos für dich. Du würdest mich irgendwo treffen, und ich wäre am Anfang ganz eklig zu dir, unfreundlich und alles. Würdest du dich in mich verlieben?«

»Na ja«, erwiderte er, immer noch sichtlich verwirrt. »Vermutlich nicht. Ich weiß nicht, ob ich mich in jemanden verlieben würde, der eklig und unfreundlich zu mir ist.«

»Das glaube ich nämlich auch«, sagte sie, entzog sich ihm, stand auf und suchte sich etwas zum Anziehen. Sie hatte das dringende Bedürfnis, ein Bad zu nehmen, doch es ging gegen Morgen, alles schlief, und es würde zu viel Unruhe und Geflüster geben, wenn sie jetzt jemanden weckte.

Arik warf sich auf den Rücken und strich sich mit den Händen übers Gesicht.

»Prinzessin ... *Lianna* ... Hör mal, ich kann nichts dafür, wenn du gereizt bist. Ich kenne nicht einmal den Grund. Also lass es nicht an mir aus, ja? Ich bin fast drei Tage nicht aus dem Sattel gekommen, nur um dich zu sehen. Ich verdiene es nicht, Opfer deiner Launen zu werden.«

»Wieso? Ich dachte, sie gefallen dir so gut. Meine zauberhaften kleinen Launen.«

»Lianna, was ist los, bei allen Göttern?«

»Nichts ist los. Und wenn dir mein Ton nicht gefällt, dann such dir doch einen anderen Schlafplatz.«

Er setzte sich auf und schwang die Beine aus dem Bett.

»Gute Idee. Es wird in diesem Lager sicher Menschen geben, die mich nicht behandeln wie einen Prügelknaben.«

Er stieg in Hosen und Stiefel, warf sich sein Hemd über, packte seine verbliebenen Kleidungsstücke und verließ türenknallend ihren Wagen. Sie sah zu und fühlte nichts als große Ratlosigkeit.

Melnir Tiefgräber vernahm mit Freude, dass Eisenfels der Schmied von seiner unangekündigten Reise zurück war und die Schmiede wieder geöffnet hatte. Eisenfels war bekannt dafür, hin und wieder für einen unbestimmten Zeitraum einfach zu verschwinden, was die Geschäfte mit ihm erschwerte. Er war aber genauso bekannt dafür, der beste Schmied zu sein, den es in Hochstahl je gegeben hatte, und deshalb verzieh man ihm seine Eigenarten.

Aus Höflichkeit ließ Melnir einige weitere Tage verstreichen, bevor er sich auf den Weg in die Oberstadt machte, um den Schmied aufzusuchen. Man wollte ja nicht mit der Tür ins Haus fallen.

Als er in die schmale Hangstraße einbog, die zu der abseits gelegenen Schmiede führte, hörte er bereits das Wasserrad klappern, das den Blasebalg der Schmiede antrieb. Aus dem Schornstein stieg Rauch. Gut. Der Schmied hatte seine Arbeit bereits wieder aufgenommen.

Die Tür des flachen Steinhauses stand halb offen. Sonnenstrahlen malten ein helles Dreieck auf den Steinboden. Melnir strich seinen langen Bart glatt, räusperte sich und trat ein.

»Guten Morgen, Meister Eisenfels«, sagte er laut, um das Fauchen des Blasebalgs zu übertönen.

Der Schmied stand an der Esse und stocherte mit dem Schürhaken in den glühenden Kohlen, die dem Anschein nach noch nicht genügend Hitze entwickelten. Er drehte sich erst zu seinem Kunden um, als dieser schon seine Begrüßung wiederholen wollte, weil er meinte, nicht gehört worden zu sein.

»Guten Morgen«, sagte der Schmied und hängte den Schürhaken in seine Halterung zurück. Er wirkte müde.

»Mein Name ist Melnir Tiefgräber. Ich habe einen Auftrag für Euch«, kündigte Melnir an. Der Schmied sah ihn an, als wären diese Worte schwer zu verstehen, nickte dann und wies mit der Hand auf einen kleinen Tisch, der mit zwei Stühlen an der Wand stand. Melnir nahm Platz. Der Schmied setzte sich ihm gegenüber, seine Bewegungen ließen jede Spannkraft vermissen. Hatte vielleicht einen schlechten Tag.

»Ich hoffe, Ihr hattet eine angenehme Reise«, sagte Melnir, entschlossen, die Regeln der Höflichkeit zu achten, die eine kleine Unterhaltung über dies und das verlangten, bevor man zum Geschäftlichen kam.

»Hält sich in Grenzen.« Der Schmied sah hinunter auf seine riesigen Hände, die er auf der Tischplatte gefaltet hatte.

»So … äh … nun, das ist bedauerlich, aber, nun ja, zumindest hattet Ihr gutes Wetter – wir hatten einen wunderbaren Herbst dieses Jahr …«

»Ich habe nicht sehr auf das Wetter geachtet.«

»Äh … ja.« Melnir verstummte hilflos. Natürlich nützte die schönste Höflichkeit nichts, wenn der andere nicht in der Stimmung war, sie zu erwidern.

»Kommen wir also zur Sache«, sagte er schließlich und fühlte sich unhöflich. »Mein jüngster Sohn wird bald volljährig, und er hat den Wunsch geäußert, sich als Wache bei Feuerstein und Partner zu verdingen. Sie brauchen immer fähige Kämpfer, die ihre Handelszüge begleiten. Er soll aber eine vernünftige Waffe führen. Die Straßen sind unsicher heute, aber das wisst Ihr wahrscheinlich selbst am besten. Ich dachte an eine Streitaxt. Nicht allzu schwer. Doppeltes Blatt, wenn möglich, aber wendig in der Handhabung. Je nach Situation ein- oder zweihändig zu führen. Könnt Ihr so etwas machen?«

»Eine Streitaxt?« Der Schmied fuhr sich mit den Händen übers Gesicht und wischte sich Haarsträhnen aus der Stirn. Melnir versuchte, nicht zu auffällig die hässliche gezackte Narbe anzustarren. Er hatte Eisenfels bisher nur aus der Entfernung gesehen und nie mit ihm gesprochen. Seine Bemerkung über die Unsicherheit auf den Straßen kam ihm angesichts eines solchen Zeichens taktlos vor.

»Natürlich kann ich Euch eine Streitaxt machen«, sagte der Schmied.

»Schön«, sagte Melnir. »Was soll Eure Arbeit kosten?«

»Einfaches Blatt oder doppeltes?«

»Wie ich soeben erwähnte«, sagte Melnir leicht ungehalten, »ein doppeltes. Trotzdem eine leichte Waffe, die sich auch einhändig führen lässt.«

»Zehn Goldkronen«, sagte der Schmied.

Melnir, der bereits gewohnheitsmäßig den Mund zu einem »Das ist ja ein Wucherpreis«, geöffnet hatte, schloss ihn wieder. Das war kein Wucherpreis, sondern eine sehr vernünftige Summe.

Er war nicht höflich, und handeln wollte er offenbar auch nicht.

Die Leute hielten ihn nicht umsonst für eigenartig.

»Ich akzeptiere den Preis«, sagte er schnell, ehe der Schmied es sich anders überlegte.

»Gut«, sagte der Schmied.

Eine Pause entstand, in der Eisenfels an Melnir vorbei ins Leere starrte. Melnir fragte sich, ob er seine Anwesenheit vergessen hatte.

»Bis wann wird die Axt fertig sein?«, erkundigte er sich. »Überdies möchte ich vielleicht noch einige Verzierungen angebracht haben. Das Familienwappen vielleicht. Wann soll ich wieder kommen?«

»Kommt in einer Woche«, sagte der Schmied. »Wir besprechen dann alles Weitere.«

Melnir verabschiedete sich und war froh, als er aus der warmen Schmiede wieder hinaus an die frische Luft kam. Er war bereits ein ganzes Stück gegangen, ehe ihm auffiel, dass er nicht einmal eine Anzahlung hatte leisten müssen.

Seltsamer Bursche, dieser Schmied. Es stand nur zu hoffen, dass seine Arbeit wirklich so gut war wie ihr Ruf.

Es war ihr Vater, der Lianna gegen Mittag des nächsten Tages aus dem Bett holte. Sie wusste, wie spät es war, aber sie hatte keinerlei Antrieb verspürt, aufzustehen. Ihr Bett war ruhig und warm, eine friedliche Oase in einer feindlichen Welt, und sie dämmerte entspannt und schläfrig vor sich hin, während die Sonne draußen höher stieg.

Ihr Vater klopfte kurz und trat gleich darauf ein, ohne auf ihr »Herein«, zu warten. Sie wurde aus ihrem angenehmen Halbschlaf befördert, und ein Anflug von Missstimmung befiel sie.

»Papa«, sagte sie, »ich bin *erwachsen.* Du kannst nicht mehr einfach so hereinplatzen, wann immer es dir gefällt.«

»Weißt du, wie spät es ist?«, fragte er, ohne auf ihren Vorwurf einzugehen.

»Nein«, sagte sie, streckte sich und gähnte ausgiebig. »Irgendwann vormittags, nehme ich an.«

»Es ist *Mittag*«, korrigierte er sie. »Die Desilver wollen abreisen. Sie warten darauf, sich von dir zu verabschieden, doch mein Töchterlein räkelt sich noch zwischen den Decken!«

»Ich komme gleich«, sagte sie träge.

Er stand an ihrem Bett und sah zu ihr hinunter.

»Weißt du, wir sind ja alle einiges gewöhnt von dir, aber in letzter Zeit sprengen deine Launen jeden Rahmen.«

»Ich wusste nicht, dass die Desilver schon abreisen wollen! Hätte jemand mir das mitgeteilt, wäre ich früher aufgestanden.«

»Das ist nicht die erste Verletzung deiner Pflichten, seit du von dem Troll zurück bist. Ich weiß nicht, wie oft ich dich in letzter Zeit entschuldigen musste. So geht das nicht weiter! Du hast offenbar vergessen, welche Position du hier zu erfüllen hast.«

»Wohl kaum«, fauchte sie. »Du erinnerst mich ja täglich hundertmal daran!«

»Weil es *nötig* ist«, erklärte er. »Wenn ich dich nicht regelmäßig ermahnen würde, würde man dich wahrscheinlich nur noch draußen bei den Pferden sehen.« Er setzte sich auf die Bettkante und legte ihr die Hand auf die Schulter. Sie starrte auf das verschlungene Muster des Wandteppichs. Seine Stimme war weich, als er weitersprach.

»Ich mache mir Sorgen«, sagte er. »Du siehst unglücklich aus. Ist etwas zwischen dir und Arik nicht in Ordnung?«

»Nein«, sagte sie kurz. »Alles ist gut.«

»Trotzdem hast du dich gestern Abend mit ihm gestritten.«

Sie schlug mit der Faust gegen den Wandteppich. »Warum fragst du, wenn du die Antwort schon kennst?«

»Es ist nicht die Antwort«, korrigierte er. »Du siehst nicht erst heute Morgen unglücklich aus. Dieser Streit kann nicht der Auslöser sein.«

»Woher weißt du eigentlich davon?«

»Ich traf ihn vorhin. Er bot ein Bild des Jammers. Ich erkundigte mich, und er schüttete mir sein Herz aus.«

»Großartig! Mein Verlobter zieht meinen Vater auf seine Seite.«

»Das hat er nicht«, widersprach Van Ranessa, und sie hörte, wie seine Geduld allmählich schwand. »Ich denke nur durchaus, dass mich die Sache etwas angeht.«

»Das tut sie nicht! Mein Liebesleben ist meine Privatsache!«

»Dein Liebesleben ist meine Politik«, erinnerte er sie scharf. »Und es geht mich etwas an, wenn Arik befürchtet, du hättest dein Herz an einen Mann aus den Ebenen verschenkt.«

Ein heißer Strahl der Angst schoss durch ihr Inneres.

»So ein Blödsinn.«

»Und nicht nur dein Herz, möglicherweise?«

»Blödsinn! Warum denkt ihr Kerle immer, wir Frauen hätten uns nicht im Griff, nur weil auf der anderen Seite des Lagerfeuers einer von euch schnarcht? Haltet ihr euch für so unwiderstehlich?«

»Dein Umgangston, Tochter!«

»Mein Leben ist voll von Männern, die alles Mögliche mit mir tun würden, wenn ich sie ließe! Deshalb tun sie's aber noch lange nicht! Weil ich das entscheide!«

Van Ranessa erhob sich.

»Ich habe keine Zeit für sinnlose Streitereien. Zieh dich an und komm nach. Beeil dich, die Desilver warten. Und zu Arik bist du gefälligst freundlich. Ich will nicht, dass Gerüchte die Runde machen.«

Lianna schwieg. Das Muster des Wandteppichs verschob sich vor ihren Augen zu einem Geflecht von Ranken, die nach ihr griffen, sie mit Liebe erdrosselten, mit Fürsorge erstickten, ihr Zukunftspläne um den Hals hängten, die sie in eine dunkle Tiefe zogen.

Die Tür klappte. Van Ranessa war gegangen. Lianna lag und wusste nicht, wie sie sich je wieder bewegen sollte.

Eine Woche nach seinem ersten Besuch suchte Melnir Tiefgräber den Schmied erneut auf, zumindest versuchte er es, denn die Schmiede war verschlossen. Melnir war verärgert. Es regnete und stürmte, und er hatte unter größtem Unwillen die Unterstadt verlassen. Wo trieb Eisenfels sich herum? Hatte er sich schon wieder auf eine seiner Reisen begeben? Der Tag der Abreise seines Sohnes näherte sich. Die Axt musste fertig werden.

Melnir überquerte die nasse Straße, wobei er versuchte, die tiefsten Pfützen zu vermeiden, und klopfte an der Tür des Wohnhauses. Nichts tat sich. Die Fensterläden waren geschlossen. Nichts war zu hören.

»Meister Eisenfels!«, rief er laut. Keine Antwort.

Nach weiterem vergeblichem Klopfen und Rufen gab er es auf. Nass, durchgefroren und äußerst übellaunig kehrte er in die Unterstadt zurück.

Was bildete der sich ein? Schließlich hatte man anderes zu tun, als ihm hinterher zu laufen, und wenn seine Waffen zehnmal die besten von Hochstahl und Umgebung waren.

Keine Art, so was. Nicht mal ein Hinweisschild. Kein Geschäftsgebaren.

Tags darauf trat Melnir den Weg erneut an. Diesmal, wenn er ihn nicht antreffen würde, so schwor er sich, ginge er zur Konkurrenz.

Diesmal war die Schmiede offen, auch wenn keine Arbeitsgeräusche aus ihr drangen. Melnir spähte durch die Tür.

An der kalten Esse saß der Schmied auf einem Hocker und starrte vor sich auf den Boden. Er trug seine Lederschürze und hatte die Ärmel seines Hemdes hochgestreift, doch das war das Einzige, was an Arbeit erinnerte.

»Meister Eisenfels«, sprach er ihn an. Der andere hatte ihn offenbar nicht kommen hören, denn er schrak auf und kam von seinem Hocker hoch, wobei er leicht schwankte.

Melnir trat einen Schritt näher.

»Ich will mich nach der Streitaxt für meinen Sohn erkundigen«, sagte er. »Das wollte ich gestern schon, aber aus unerfindlichen Gründen hattet Ihr geschlossen.«

»Gestern«, murmelte der Schmied, der sich schwer an die gemauerte Wand der Esse lehnte. »Ich war ... krank, gestern. Tut mir leid, dass Ihr den Weg umsonst gemacht habt.«

Melnir musterte den Schmied. Er hatte plötzlich eine recht lebhafte Vorstellung von der Art dieser Krankheit. Der unstete, verschwollene Blick des Mannes und sein Schwanken verrieten ihn.

»Nun, dann freut es mich zu sehen, dass Ihr wieder auf den Beinen seid«, log Melnir. »Wie steht es denn mit der Axt?«

Der Schmied sah ihn an mit einem Blick, der von weither kam.

»Welche Axt?«

»Die Axt, die ich letzte Woche für meinen Sohn in Auftrag gegeben habe.«

»Ich weiß nichts von einer Axt«, murmelte der Schmied.

»Na großartig«, schnaubte Melnir. »Drei Wege hinauf in dieses scheußliche Wetter und eine Woche Zeit verloren, für nichts! Ich bedanke mich wirklich für das Entgegenkommen!«

»Schreit hier nicht herum«, sagte der Schmied mit schwerer Zunge.

»Das ist mein Haus. Hier wird nicht geschrien.«

»Dann sag' ich's Euch ganz leise«, erwiderte Melnir wütend. »Betrachtet den Auftrag als gekündigt! Ich werde mir einen anderen Schmied suchen, der zuverlässig arbeitet und seine Vereinbarungen einhält, anstatt sich zu betrinken!«

»Das könnt Ihr gerne tun«, sagte der Schmied gleichgültig und ließ sich wieder auf seinen Hocker zurückfallen. »Schließt die Tür, wenn Ihr geht.«

Melnir zog die Tür so heftig hinter sich ins Schloss, dass die Holzbohlen krachten.

»Das hätte ich dir vorher sagen können«, ließ er sich am Abend von Keldor Steinschläger belehren, als er mit ihm und einer Handvoll seiner Freunde im Gasthof zum Goldenen Fass saß und den Vorfall besprach. »Mit dem ist nichts mehr anzufangen. Frag mal die Bedienung, wie oft die den in letzter Zeit völlig betrunken raus auf die Straße geschafft haben. Und nicht nur hier, auch drüben in der Ruhigen Einkehr. Total betrunken, sagen die. Das weiß doch jeder.«

»Ich wusste es nicht«, sagte Melnir. »Ich wusste nur, dass er der beste Klingenschmied weit und breit sein soll.«

»Kann ja sein«, mischte sich Bjor Höhlner ein und nahm einen Schluck aus seinem Bierkrug. »Nützt nur nichts, wenn er ein Säufer ist.«

»Er war schon immer sehr eigenartig«, fuhr Keldor fort. »Unfreundlich, ich sag's euch. Ein echter Einzelgänger. Ich hatte mal kurz mit ihm zu tun, aber ich war froh, als das vorbei war. Er hat eine Art, also, ich weiß nicht. Fremdartig.«

»Genau«, sagte Bjor. »Und immer diese Reisen. Unsteter Lebenswandel, das. Sollte er nicht eigentlich sowieso bei den Gròrbrüdern im Orden leben? Als Priester, meine ich? Das sollte er tun, finde ich. Jeder dort, wo er hingehört.«

»Man sagt, er verfügt über irgendwelche Kräfte«, fügte Keldor an. »Also, ich finde das bedenklich. Vielleicht besser, dass ein anderer Schmied die Axt für deinen Sohn anfertigt, Melnir. Wäre vielleicht eine verhexte gewesen, sonst.«

»Jetzt mal langsam«, bremste Melnir, dem die Spekulationen seiner Freunde zu weit gingen. »Nur weil einer ein Einzelgänger ist, muss er nicht gleich ein Hexer sein.«

»Ich frage mich, warum er dann ein solcher Einzelgänger ist«, sagte Keldor und setzte mit Nachdruck seinen Krug auf dem Tisch auf. »Müsste er doch nicht, wenn er nichts zu verbergen hätte.«

»Genau«, bekräftigte Bjor.

»Lasst uns von etwas anderem reden«, bat Melnir, dem das Gespräch aufs Gemüt schlug. »Woher bekomme ich nun auf die Schnelle einen guten Schmied?«

Mit dem ersten Schnee trafen die Sidarthi in ihrem Winterlager bei Wiesenheim ein. Heftige Regenfälle hatten die Straßen beinahe unpassierbar gemacht. Erst nach einem Kälteeinbruch, als der tiefe Morast gefroren war, hatten sie mit den schweren Wagen die letzte Wegstrecke zurücklegen können. Sie steckten mit angespitzten Pflöcken und Seilen Winterweiden ab, ließen die Herden darauf und errichteten Unterstände aus roh zugesägten Brettern, die den Pferden ein gewisses Maß an Schutz vor den Winterstürmen bieten sollten. Ganz gegen ihre sonstigen Gewohnheiten half Lianna bei der schweren Arbeit. Die körperliche Betätigung lenkte sie ab und machte sie müde, so dass sie nachts ruhiger schlief. Alles war ein wenig einfacher, seit Arik wieder abgereist war.

Mit der Zeit stellte sich die gleichmäßige Routine des Winterlagers ein. Den Pferden reichte das alte Gras nicht, das sie unter dem Schnee frei scharrten, sie mussten gefüttert werden und benötigten gleichmäßige Bewegung, um ihre Kondition beizubehalten. Lianna verbrachte täglich mehrere Stunden damit, einige der schweren, kräftigen Wagenpferde zu reiten, die im Winterlager keine Aufgabe hatten. Noch immer unternahm sie gelegentliche Ausflüge zu dem rätselhaften Stein im Wald, aber der Ritt vom Winterlager dorthin war lang, und ihr Interesse erlahmte allmählich, nachdem es ihr immer noch nicht gelungen war, das Rätsel des Steins zu entschlüsseln. Es mochte vielleicht gar keines geben. Vielleicht war der Stein nicht mehr als eine Markierung aus alten Zeiten, eine Gedenkstätte, an der alter Aberglaube klebte.

Mehr als zwei Monde waren nun vergangen, seit sie Thork zuletzt gesehen hatte. Die Erinnerung begann, sich zu verwischen. Hatte er seine Augenklappe links oder rechts getragen? Wie war der Klang seiner

Stimme gewesen? Hatte sie ihn jemals lachen hören, oder schloss ihre Vorstellungskraft hier eine Lücke?

Was sie über ihn wusste, bestand zum größten Teil aus Lücken. Sie fand es beschämend, wie viel sie von sich gesprochen hatte in der kurzen Zeit, die ihnen vergönnt gewesen war. Und er hatte es sich gefallen lassen, hatte geduldig ihrem Geplapper gelauscht, hatte auf ihre Schritte im Gebirge geachtet und sie nachts in der Dunkelheit behütet. Wenn sie sich anstrengte, konnte sie ihre Hände sich erinnern lassen, wie sein kurzer Bart sich angefühlt hatte, sein struppiges, fuchsrotes Haar.

Wenn sie sich anstrengte, konnte sie sich daran erinnern, wie leicht sie sich gefühlt hatte.

Sie wusste nicht, ob das Vergessen ein Segen war oder ein Fluch.

Am Tag der Jahreswende begann es erneut zu schneien, und diesmal schien es dem Winter ernst zu sein. Fluten von dicht wirbelnden Flocken wurden aus dem schweren, grauen Himmel über dem Wagendorf ausgeschüttet. Die Pferde drängten sich missmutig in ihren Unterständen und sahen mit ihrem fingerlangen, schneebestäubten Winterpelz aus wie urtümliche Fabelwesen.

Gegen Mittag kam Erin in Liannas Wagen, einen großen, in Sackleinen gehüllten Klumpen im Arm. Sie war vom Schnee bestäubt und klopfte ihr Tuch über dem Feuer ab, ehe sie den unförmigen Klumpen von seiner Umhüllung befreite.

»Seht her«, sagte sie stolz. »Der Stoff für Euer Hochzeitskleid. Solange wir hier einschneien, kann ich genauso gut mit dem Nähen beginnen.«

Lianna schluckte einen Bissen Brot, der ihr im Mund plötzlich zu Holzwolle geriet. Erin schüttelte den Stoff auf dem Bett zurecht. Er war von einem tiefen Meerblau, fein gewebt und schimmernd, und Erin hatte passende Borten und Pelze zur Verbrämung ausgewählt, die sie nun auf dem Stoff drapierte.

»Schön«, sagte Lianna heiser.

Erin strahlte.

»Habe ich Euch überrascht? Ich war gestern noch in der Stadt, um ihn abzuholen. Es war fast kein Durchkommen auf der Straße. Gefällt er Euch?«

»Er ist … großartig.«

»Es sind dreißig Ellen. Wir können einen richtig weiten Rock draus machen, und vielleicht noch eine Schleppe. Hier, lasst Euch ansehen.«

Erin hielt Lianna das Ende der Stoffbahn über die Schulter, zupfte und legte Falten, während sie unablässig über Schnitt und Raffung sprach. Der Stoff floss durch Liannas Hände, kühl und schwer wie Wasser. Ihn zu tragen würde sich anfühlen wie Ertrinken.

»Ich weiß nicht, ob ich Arik heiraten soll«, hörte sie sich sagen.

Erin hielt inne.

»Aber natürlich sollt Ihr das, Schätzchen. Er ist Euch seit vielen Jahren versprochen.«

»Ein Fehler wird nicht dadurch besser, dass man ihn lange macht.«

Behutsam nahm Erin den Stoff von Liannas Schulter.

»Was ist los, Liebes? Gibt es einen anderen?«

Lianna nickte, während ihr Atem ihr im Hals versickerte.

Erin seufzte.

»Es gibt immer einen anderen. Entscheidend ist nur, dass Ihr bei dem einen bleibt, der Euer Vertrauen genießt. Der Euch versprochen wurde, vor langer Zeit. Ihr müsst standhaft bleiben, das stärkt den Charakter.«

»Dann findest du es nicht schlimm, dass ...?«

»Schätzchen, Ihr seid nicht die erste Braut, die vor der Hochzeit Muffensausen bekommt, und Ihr werdet nicht die letzte sein.«

Lianna nickte zögernd.

»Ich weiß nicht, ob es nur das ist. Der andere ist ... so ... fürsorglich. Er fordert nichts. Er ist so ... welterfahren, obwohl er ein Sesshafter ist. Gegen ihn wirkt Arik wie ein Kind.«

»Der Mann aus den Ebenen?«

Lianna nickte.

»Kein Mann kann Euch alles geben, Liebes. Etwas wird immer fehlen. Ihr müsst Euch nur denjenigen aussuchen, mit dessen Lücken Ihr leben könnt.«

»Ich habe mir gar niemanden ausgesucht! Arik wurde mir ... zugeteilt ... wie wir einen besonders wertvollen Hengst für eine hübsche Stute aussuchen!«

Erin schüttelte den Kopf und legte sanft die Hand auf Liannas Mund.

»Ihr habt ihn ausgesucht, Lianna. Als Ihr vier oder fünf Jahre alt wart – Eure Mutter hat noch gelebt, möge sie bei den Göttern ruhen – habt Ihr mit Arik Verstecken in den Kornfeldern gespielt. Ihr habt ihn auf den Mund geküsst und dabei gestrahlt wie die liebe Sonne. Mit neun Jahren habt Ihr von Pferd zu Pferd seine Hand gehalten, und mit elf oder zwölf habt Ihr die kleine Jula verprügelt, die es wagte, seine schönen blonden Haare zu streicheln. Ihr habt ihn ausgesucht. Ihr wisst es nur nicht mehr.«

Lianna nickte zögernd. Erin nahm die Hand von ihrem Mund und zog sie an sich.

»Armes Mädchen. Euch fehlt eine Mutter. Ich tue, was ich kann, aber sie ist nicht zu ersetzen.«

Lianna legte die Wange an Erins Schulter und ließ sich sanft wiegen.

Mit welcher Lücke würde sie leben können? Sollte sie sich das linke oder das rechte Bein abhacken lassen?

»Ich muss raus hier«, sagte sie und schob Erin von sich. »Ich brauche Bewegung.«

»Draußen herrscht Schneetreiben!«

»Macht nichts. Ich bin bald zurück, keine Sorge.«

In aller Eile hüllte Lianna sich in ihre Winterausrüstung: Pelzmantel und Kappe, hohe, gefütterte Stiefel, schafswollene Handschuhe und ein langer Schal, den sie sich übers Gesicht ziehen konnte, wenn der Wind zu heftig blies. Erin sah zu und wagte noch einige Einwände, die Lianna an sich abprallen ließ. Wie sollte sie einen klaren Gedanken fassen, wenn sie bis zum Hals im Durcheinander steckte? Wenn man andauernd auf sie einredete? Rund um die Uhr gab es jemanden, der etwas von ihr wollte. Niemand fragte, was sie wollte. Sie brauchte Abstand, Luft zum Atmen, oder sie würde nie einen klaren Gedanken fassen können.

Sie stürmte aus dem Wagen und über den flach getrampelten Schnee hinüber zu den Weiden. Einen sehr überraschten Pferdejungen wies sie an, den Schwarzen zu satteln, und fasste selbst mit an, als es ihr nicht schnell genug ging. Der Schwarze fing ihre Unruhe auf, keilte aus, als sie den Sattelgurt anzog, und zwickte den Pferdejungen unsanft in die Jacke.

Behindert durch ihre dicke Kleidung, ließ Lianna sich in den Sattel helfen. Kaum saß sie, trieb sie den Schwarzen vorwärts, und mit gewaltigen Sätzen, als sei ein wildes Tier hinter ihm, hielt er auf die Straße zu.

Er wurde von selbst langsamer, als er sich durch eine Schneewehe hinauf zu einer Linie von Bäumen pflügte, die den Verlauf der Straße markierten. Zu dieser Jahreszeit verlief zwischen den Bäumen nicht mehr als ein verwehter, eisiger Trampelpfad im Schnee, hauptsächlich von den Sidarthi getreten, die am nahen Waldrand Feuerholz besorgt hatten. Die Sesshaften machten ihrem Namen alle Ehre und saßen in ihren Häusern, vermutlich, bis der Frühling kam. Wenn sie dann ins Freie krochen und feststellten, dass in ihren Wäldern einige Bäume fehlten, wäre die Ranessa-Sippe längst über alle Berge.

Frühling. Bis dahin wäre sie mit Arik verheiratet. Die Varellan würden damit zur zweitwichtigsten Familie aller Sidarthi aufsteigen, Arik zum zweitwichtigsten Mann gleich nach Van Ranessa, und nach dessen Tod würde er die Geschicke aller Sidarthi in Abrantes leiten. Er, nicht sie.

Warum musste sie überhaupt heiraten? Warum konnte sie nicht alleine die Sidarthi anführen? Eine Kriegskönigin, schön und stark und mutig und niemandem Rechenschaft schuldig. Die Vorstellung gefiel ihr. Probeweise spürte sie die süße, heroische Einsamkeit dieser Rolle. Es war ein starkes Gefühl.

Sie erreichte die ersten Bäume, die ein wenig Schutz vor dem dichten Schneefall boten. Lianna zügelte den Schwarzen, der unwillig mit dem Kopf schlug. Wenn sie ihn zu sehr rennen ließ, würde er ins Schwitzen geraten und sich mit durchnässtem Fell den Tod holen. Sie klopfte seinen Hals. Ihr edles, blankschwarzes Ross sah mit seinem dichten Winterfell aus wie ein zotteliger Bär, aber sein wildes Temperament war alles andere als im Winterschlaf.

Sie lenkte ihn bergauf, zwischen schneebepackten Tannen hindurch, die aussahen wie massive weiße Kegel, vorbei an hohen alten Buchen, an deren Wetterseite der Schnee klebte. Es war still. Der Schnee schluckte die Schritte des Schwarzen. Unablässig rieselten die Flocken auf Pferd und Reiterin herunter.

Irgendwo dort oben im Wald verlief die Straße nach Wiesenheim, vermutlich nur erkennbar an einem flachen Einschnitt zwischen den Bäumen. Die konnte sie als Orientierung nehmen und, wenn ihr nichts anderes einfiel, auf ihr nach Wiesenheim reiten. In ihrer Tasche hatte sie einige silberne Halbkronen. Genug, um eine Mahlzeit, ein Bett und einen Stallplatz zu bezahlen, falls sie keine Lust hatte, bis heute Abend ins Lager zurückzukehren.

Nach einiger Zeit gelangte sie an den Fuß eines felsigen Abbruches, der sie zwang, nach Westen abzubiegen und seitlich zum Hang weiterzureiten. Der Abbruch wuchs sich zu einer respektablen Klippe aus; sie musste den Kopf in den Nacken legen, um die Bäume am oberen Rand erkennen zu können, und unablässig schneite es. Dann begann das Gelände am Fuß des Felsens, langsam, aber stetig abzufallen. Dichtes Gebüsch und niedrige Tannen drängten sie vom Fels ab und weiter den Berg hinunter.

Der Schwarze dampfte mittlerweile in der kalten Luft, obwohl Lianna behutsam ritt. Auch ihr war unangenehm warm unter ihren Pelzen. Von Weg oder Straße war keine Spur, und je weiter sie ritt, desto unwegsamer wurde das Gelände. Alte, gelbe Tannennadeln hatten sich in der Mähne des Schwarzen verfangen, und er stapfte unwillig durch den tiefen Schnee.

Doch Lianna wollte nicht umkehren. Sie wollte die Straße nach Wiesenheim finden, in die Stadt reiten und sich unter die Sesshaften mischen, und sie hatte nicht die geringste Lust, sich das Gekletter und den Kampf mit schneebeladenem Gebüsch erneut anzutun. Nach vorne musste es einfacher und schneller gehen. Sie trieb den Schwarzen den Hang hinunter, einem Dornengestrüpp ausweichend, bis sich endlich eine Schneise bot, die es ihr erlaubte, über felsiges Gelände wieder bergauf zu reiten.

Sie erreichte das Ende des Felsabbruches und gelangte zwischen verschneiten Findlingen endlich hinauf in ebenes Gelände. Die Bäume standen weniger dicht und ließen sie bereitwillig passieren.

Die Straße sah sie erst, als der Schwarze mit einem Satz den Straßengraben übersprang. Er blieb stehen und spitzte schnaubend die Ohren. Frostiger Dampf stieg von seinen Nüstern.

Lianna sah sich um, doch der wirbelnde Schnee, der sie umgab, ließ wenig erkennen. War das überhaupt die richtige Straße? Alles sah fremd aus. In welche Richtung musste sie reiten? Konnte sie sich etwa so verirren, dass sie vor Einbruch der Dunkelheit nicht mehr aus dem Wald herausfand?

Sie atmete tief durch und wischte sich geschmolzenen Schnee aus dem Gesicht. Dies musste die richtige Straße sein – wie viele davon sollte es geben in einem Wald am Ende der Welt, der sich zwischen zwei bedeutungslosen Kleinstädten erstreckte? Und das wiederum bedeutete, dass sie jedenfalls unter Menschen landen würde, wenn sie dem Weg nur lange genug folgte.

Sie trieb den Schwarzen an und wandte sich nach rechts. Nach geraumer Zeit meinte sie, etwas vage Bekanntes in der Umgebung aufzufangen: der Baum mit dem dicken, abgebrochenen Ast, die sanfte Wegbiegung, die über eine Hügelkuppe führte. Wenn sie sich nicht täuschte, war sie ganz in der Nähe des merkwürdigen Steins. Hier war sie zuletzt gewesen, als kaum eine Puderschicht Schnee die matschige Schicht aus vermodernden Blättern bedeckt hatte.

Sie kniff die Augen zusammen und musterte die Bäume zu ihrer Rechten, und bald sah sie ein schwaches Aufschimmern der metallenen Opfergaben zwischen den Ästen. Sie saß ab und versank augenblicklich bis zum Knie im Schnee. Den Schwarzen am Zügel, näherte sie sich der Stelle, wo der Stein unter dem Schnee begraben war. Zu ihrem Erstaunen war kürzlich jemand hier gewesen: Der Schnee war aufgewühlt, Fußstapfen führten rund um den Stein und in Richtung Wiesenheim davon. Der Besucher hatte Schnee vom Rand des Steins gewischt und seine Gaben hinterlassen: ein Schälchen mit Milch, zwei kleine, flache Brote und eine Lederschnur mit einem grob geschnitzten Holzsymbol. Lianna streifte einen Handschuh ab und tauchte einen Finger in die Milch. Sie war noch warm. Lianna nahm einen Schluck davon und brach sich ein Stück von dem Brot ab. Es war grob und enthielt jede Menge Spelz und offensichtlich keinerlei Salz. Sie spie den Bissen aus und spülte mit Milch nach.

Mit der behandschuhten Hand strich sie die dicke Schneehaube beiseite und suchte nach dem achtzackigen Stern. Wie schon so oft, fuhr sie die Linien nach.

Sie war sicher, Thork würde sehen, was sie übersah.

Mit Gewalt drängten die Tränen nach oben, die sie über die letzten Wochen zurückgehalten hatte. Sie schlug mit der flachen Hand auf den Stein und zog die Nase hoch.

Wann, bei allen Göttern der Verdammnis, würde sie aufhören, sich so wund zu fühlen?

»Heda!«

Lianna sprang auf und riss die Schwerthand an die Seite, aber da war nichts als kalte Luft. Vor ihr, wie aus dem Boden gewachsen, standen zwei Männer – Bauern, der ärmlichen Kleidung nach zu urteilen. Einer der beiden hielt ein rostiges Holzbeil drohend vor sich.

»Habt Ihr mich erschreckt!«

Lianna atmete tief durch und sah sich nach dem Schwarzen um. Der stand ein paar Schritte abseits und zuckte nervös mit den Ohren.

»Was macht Ihr da?«, fragte der mit dem Beil.

»Ausruhen. Es war ein langer Ritt. Ich bin vom Weg abgekommen.«

Der zweite Bauer, dessen untere Gesichtshälfte von einem fusseligen Bart bedeckt wurde, beugte sich zu seinem Begleiter.

»Die ist von dem Zigeunerpack«, murmelte er vernehmlich. »Schau dir mal den Gaul an.«

Lianna machte einen Schritt rückwärts und stieß mit den Hacken gegen den Stein.

»Die ruht nicht aus«, sagte der Fusselbart. »Die klaut unsere Opfer!« Er zeigte auf das Brot, von dem ein Stück fehlte.

»Ich war das nicht!«, verteidigte Lianna sich. »Meint Ihr, ich hätte es nötig, Euer armseliges, schimmeliges Brot zu stehlen?«

»Zigeuner stehlen alles«, sagte der mit dem Beil feindselig. »Kinder, Ernte, Opfergaben. Kühe. Weißt du noch, wie die Kuh vom Schwarzmann verschwunden ist? Das war, kurz nachdem die hier in der Gegend aufgetaucht sind.«

»Wir haben Eure blöde Kuh nicht! Und jetzt lasst mich gehen.«

»Bleib, wo du bist, Mädchen.«

Der mit der Axt schien überlegen zu müssen, was er aus dieser unverhofften Begegnung machen wollte. Der Fusselbart hingegen hatte sich schneller entschlossen.

»Wir nehmen den Gaul«, sagte er. »Als Ersatz für die Kuh vom Schwarzmann.«

»Nähert Euch, und er wird Euch die Knochen zu Klump hauen!«, fauchte Lianna.

Der Fusselbart zog einen mit Lumpen umwickelten Fuß aus dem Schnee und machte einige ungeschickte Schritte in Richtung des Schwarzen, wobei er die Arme hochriss, um das Gleichgewicht zu behalten. Der Schwarze warf den Kopf hoch und wich zurück.

»Steh!«, schrie Lianna. »Steh!«

Der Fusselbart hechtete vorwärts und versuchte, die Zügel zu packen. Da der Schwarze aber gleichzeitig einen Satz zur Seite machte, ging sein Griff ins Leere. Mit schlagenden Steigbügeln galoppierte der Schwarze davon, eine Schneefontäne hinter sich lassend. Lianna fluchte blumig hinter dem Schwarzen her – er würde sich nicht weit von ihr entfernen, aber diese Schmach! Dieser Verrat! - was unklug war, denn für Augenblicke nahm sie den Blick von dem Mann mit der Axt. Als sie sich ihm wieder zuwandte, stand er direkt vor ihr und übergoss ihr Gesicht mit seinem schlechten Atem.

»Dann nehmen wir die hier«, sagte er und zeigte grinsend sein schwarz verfärbtes, lückenhaftes Gebiss. »So wie die aussieht, hat sie sicher etwas Wertvolles dabei.«

Ihr Essmesser! Es steckte noch in ihrem Gürtel unter dem Mantel. Liannas Hand fuhr zwischen die Knöpfe, doch ihre Finger waren zu kalt, um ihr zu gehorchen. Während sie noch unter ihrem Mantel herumtastete, legte der Mann ihr die Axt an die Kehle.

»Keine Bewegung!«

Lianna ließ Atem ausströmen. Diese beiden meinten es scheinbar ernst.

»Bitte, lasst mich gehen.«

Kleinmädchenstimme, zitternde Unterlippe und große, runde Augen. Den Gegner in Sicherheit wiegen.

Der Mann mit der Axt nickte.

»Sicher tun wir das. Sobald du uns gegeben hast, was in deinen Taschen ist.«

»Ich kann nachsehen – wenn du die Axt wegnimmst ...«

Zögernd senkte der Mann die Axt. Lianna steckte die Hände in de Taschen, verlagerte ihr Gewicht vorsichtig nach hinten, dann riss sie den Fuß hoch und trat mit aller Macht nach der Hand, die das Beil führte. Der Mann kreischte auf. Die Axt wirbelte im hohen Bogen durch die Luft und wurde lautlos vom Schnee geschluckt. Während der andere sich noch fluchend die Hand hielt, gelang es Lianna endlich, ihr Essmesser unter dem Mantel zu befreien. Ein Schritt rückwärts brachte sie auf die Steinplatte, und sie hielt das Messer schützend vor sich.

»Ich bin eine Trollbezwingerin«, sagte sie. »Und ihr zwei traurigen Gestalten macht euch am besten schleunigst aus dem Staub, ehe ich euch Beine mache!«

Der eine kroch durch den Schnee, auf der Suche nach seiner Axt, doch der andere hatte sich inzwischen einen armdicken, abgebrochenen Ast gegriffen, mit dem er nun versuchte, Lianna von ihrem Stein zu stoßen.

»Man klaut keine Opfergaben«, knurrte er. »Das macht man nicht, Mädchen! Das erzürnt die Götter. Hat man dir das nicht beigebracht?«

»Du glaubst ehrlich, du könntest die Götter besänftigen, mit diesen armseligen Almosen?«

»Es kommt auf das an, was du im Herzen hast! Du hast kein Herz! Und jetzt geh da runter!«

Der Fusselbart stieß seinen Ast in ihre Richtung, und nur eine rasche Abwehr verhinderte, dass sie das zersplitterte Ende ins Gesicht bekam. Der Ast bohrte sich in ihre Hand, rutschte ab und hinterließ einen tiefen Kratzer, aus dem Blut quoll. Die Kälte betäubte den Schmerz, und erstaunt verfolgte Lianna, wie sich ein dicker, dunkler Blutstropfen löste und auf den Stein fiel.

Ein plötzlicher Ruck holte sie beinahe von den Füßen, der aus dem tiefen Inneren der Erde zu kommen schien. Gleichzeitig brach zu ihren Füßen ein Licht auf, wie wenn man ein Fenster zur Sonne öffnet. Die Bauern schrien. Der Fusselbart ließ seinen Ast fallen und wich zurück. Das Licht drang aus den Sternlinien, umspülte Liannas Füße und wurde so grell, dass sie die Augen zusammenkniff. Dann geriet etwas unter ihr in Bewegung. Lianna klammerte sich an ihr kleines Messer und suchte festen Stand, und dann versank der Stern unter ihren Füßen im Erdboden. Eine Schwelle entstand, dann eine Stufe. Erde und Schnee rieselten auf ihre Füße. Ehe sie noch entschieden hatte, ob es eine kluge Idee war, war sie bis zu den Knien versunken, dann bis zu den Schenkeln.

Dann war die Obenwelt nur noch ein gezackter, grauer Lichtausschnitt, aus dem es zu ihr hinabschneite. In einer Wolke goldenen Lichts sank sie tiefer. Sie streckte die Hände zur Seite aus. Feuchter Fels strich an ihren Fingerspitzen vorbei. Sie schluckte und versuchte, ihren Atem zu beruhigen. Sie hatte es nicht gern eng um sich herum, und nach oben kam sie auf diesem Weg jedenfalls nicht mehr.

Es war völlig still hier unten. Die Luft wurde wärmer. Das Fenster zur Oberwelt schrumpfte zu einem winzigen Lichtpunkt.

Im Inneren der Erde sei Feuer, hatte Thork gesagt. Gewaltige Lohen und geschmolzenes Gestein, hell und heiß wie die Sonne.

Wie tief musste es hinunter gehen, um an dieses Feuer zu gelangen?

Plötzlich verschwand der Fels um sie herum. Der steinerne Stern hatte die enge Röhre passiert und schwebte nun im freien Raum. Lianna mühte sich um all ihr geschultes Gleichgewicht und versuchte, nicht daran zu denken, wie tief es unter ihr möglicherweise noch hinunterging. Immer noch strahlte das Licht aus dem Stern und verwehrte ihr einen Blick auf ihre Umgebung.

Dann, mit einem plötzlichen Ruck, war die Reise beendet. Lianna war tief in die Knie gegangen, um den Stoß abzufedern, und richtete sich nun vorsichtig wieder auf.

Immer noch herrschte völlige Stille. Sie tastete durch das helle Licht wie durch Nebel, ohne dass ihre Hände etwas fanden.

Sehr vorsichtig stieg sie vom Stein und machte einen Schritt. Sandiger Boden knirschte unter ihren Stiefeln. Das Licht blendete sie ein letztes Mal, dann versickerte es im Boden und hinterließ nur ein schwaches Glühen.

Lianna zwinkerte und wartete nervös, bis ihre Augen sich an die veränderten Lichtverhältnisse gewöhnt hatten. Allmählich schälte sich ein Raum aus den Schatten, nicht besonders groß, mit sorgfältig behauenen steinernen Wänden. Es gab ein kleines, steinernes Podest an der einen Wand, auf dem ein hölzernes Kästchen stand. An der anderen Wand hing zu Liannas Erstaunen ein alter, dunkler Wandteppich. Sonst war der Raum leer.

Lianna holte ein Taschentuch hervor und tupfte sich das Blut von der Hand. Zumindest hatte sie jetzt das Rätsel des Steins gelöst – entweder ein unwahrscheinlicher Zufall, oder ihr Blut hatte einen Mechanismus oder einen Zauber ausgelöst. Sie konnte nur hoffen, dass es sie auch wieder nach oben bringen würde, denn Ausgänge sah sie bisher nicht.

»Schweiß oder Tränen hätten es auch getan.«

Lianna wirbelte herum. Wie aus dem Nichts war ein Mann hinter ihr aufgetaucht, der nun beschwichtigend die Hände in ihre Richtung ausstreckte.

»Zaubererhumor«, sagte er und grinste schief. »Muss man nicht teilen. Aber immerhin habt Ihr den Weg hier hinuntergefunden, ohne Euch etwas Wichtiges abzuschneiden.«

»Wer seid Ihr?«

»Ich bin in Eurem Kopf. Keine Sorge, ich weiß mich zu benehmen. Außerdem bin ich ein Wächter – wobei ich eigentlich erst jetzt anfange, Wache zu halten, denn über die Jahre war niemand hier, und es gibt mich nur, wenn jemand den Zauber auslöst. Vielen Dank hierfür übrigens – es ist doch eine schöne Abwechslung zur Nicht-Existenz.«

»Und Ihr redet viel, wie mir scheint.«

»Das ist die Nervosität. Dieses Messer, mit dem Ihr da auf mich deutet – ich habe zwar keinen Körper – glaube ich, nicht im eigentlichen Sinn, schließlich sind wir hier ja im Inneren Eures Kopfes – aber ich bin lebensecht genug, um mich zu fürchten.«

Lianna ließ das Messer vorsichtig sinken, und der andere atmete auf. Er schien jung, kaum älter als sie selbst, und trug eine geflickte Robe. An seinem Knöchel klingelte leise ein Schellenband, wenn er sich bewegte.

»Seid Ihr ein Spielmann?«

»Nein – wie ich schon sagte – ein Wächter. Aber ich wurde nach dem Vorbild eines Spielmannes erschaffen – der, wie ich befürchte, gar nichts von dieser Ehre weiß, und sie womöglich gar nicht zu schätzen wüsste.«

»Warum?«

Der Spielmann hob die Schultern.

»Keine Ahnung. Vielleicht, damit Ihr Euch nicht langweilt, hier im Inneren Eures Kopfes?«

»Aber ich bin nicht im Inneren meines Kopfes!«

»Bitte denkt nach. Wer, wenn nicht Ihr, sollte im Inneren Eures Kopfes sein?«

»Ist das jetzt eine Prüfung? Versucht ihr, mich in den Wahnsinn zu treiben?«

Der Spielmann winkte ab.

»Aber nein. Ich bin Euer Fremdenführer.«

»Na, viel gibt es hier unten ja nicht zu sehen.«

»Ihr müsst genauer hinschauen.«

Der Spielmann machte eine einladende Geste. Immer noch verwirrt trat Lianna an den Wandteppich heran.

»Seht Ihr«, sagte der Spielmann.

Feuchtigkeit und Schimmel hatten die Farben des Teppichs ihrer Strahlkraft beraubt. Lianna erkannte einen großen Umriss, der ein Baum sein musste, und schemenhafte Gestalten unter seinen Zweigen.

Weiches Gras war unter ihren Füßen, als sie einen Schritt machte. Von irgendwoher drang Vogelgezwitscher. Die Luft roch süß nach Frühling.

»Jetzt nehmt doch endlich das Messer runter«, sagte der Spielmann. »Oder wollt Ihr damit den Teppich aufschlitzen?«

»Wo bin ich?«

Der Spielmann seufzte.

»Im Inneren Eures Kopfes. Wie ich bereits sagte.«

Lianna streckte die Hand aus und berührte den Baumstamm zu ihrer Linken. Zarte Blütenblätter rieselten wie Schnee auf sie hinunter.

Der Spielmann schwang sich auf einen niedrigen Ast und ließ die Beine baumeln. Ein braunes Huhn flatterte aus den Zweigen zu ihm hinunter und setzte sich auf seine Schulter. Mit dem Zeigefinger streichelte er das Gefieder, und das Huhn verdrehte den Kopf und gluckste wohlig.

»Wohlan«, sagte der Spielmann, »Seht Euch um.«

Lianna ließ das Messer sinken. Der Himmel über den Zweigen war blau, und die Sonne legte ein flirrendes Lichtmuster auf das Gras.

Lianna ging um den Baum herum. In den Zweigen saß ein großer Vogel, wie Lianna ihn noch nie gesehen hatte. Er hatte einen langen, prächtigen Schweif und glitzerte und schimmerte in allen Farben, er war wunderschön, doch seine Augen waren traurig, und große Tränen fielen aus ihnen hinunter ins Gras. Der Anblick war ihr unerträglich, er öffnete eine Wunde in ihrem Inneren, und sie wandte die Augen ab und floh vor dem Schmerz.

Einige Schritte weiter riss die Wiese ab und stürzte sich in einen Abgrund. Lianna wagte einen Blick hinunter. Tief unten saß ein großes, rotes und goldenes Tier, dessen Kopf von einer Feuerlohe umgeben war und an einen Löwen erinnerte. Lianna sah, wie der riesige Brustkorb sich hob und senkte, und dann öffnete das Tier seine goldenen Augen und sah zu ihr hinauf, doch sein Blick war nicht wild, sondern geduldig und ruhig.

Lianna machte einen Schritt zurück. Der Spielmann hatte sich inzwischen eine Laute aus den unerschöpflichen Tiefen des Baumes gezaubert und spielte eine süße, traurige Melodie. Über das weiche Gras ging sie hinüber zu ihm, um ihn zu fragen, was nun von ihr erwartet werde.

Ein leises Schnauben ließ sie innehalten. Hufe auf dem weichen Gras, beinahe lautlos, und ein vertrauter, so vertrauter Geruch. Doch es war kein Pferd, das an sie herantrat, majestätisch, mit dunklem Blick und aufmerksam spielenden Ohren, es war ein Einhorn.

Sie streckte die Hand aus und ließ es schnuppern, und unendlich sanft legte es die Nase in ihre Handfläche. Sie trat näher und berührte die üppige, schneeweiße Mähne, die durch ihre Finger floss wie Seide.

Das Einhorn senkte den Kopf, und sie begann, es zwischen den Ohren zu kraulen, wie sie es beim Schwarzen immer tat. Das Einhorn schnaufte zufrieden. Sie lehnte sich gegen den festen, soliden Körper, nahm die Wärme in sich auf, den vertrauten Geruch, betrachtete den geschwungenen Rücken, die runde Kruppe, die grazilen Beine und eisenharten kleinen Hufe. Sie wollte aufsitzen und davonreiten, die Einheit mit diesem großartigen Tier spüren, aufbrechen und nicht zurück schauen.

»Meinen Glückwunsch«, sagte der Spielmann hinter ihr leise. »Du hast dich entschieden.« Sie sah über die Schulter. Er stand da und lächelte sie an.

»Und das war alles, was von dir erwartet wurde«, fuhr er fort. »Wie überhaupt im Leben. Es wird nichts von uns erwartet – nur, dass wir uns entscheiden. Kein Richtig oder Falsch, Gut oder Schlecht ... einfach ...« er hob die Schultern und machte eine hilflose Geste, »... eine Entscheidung. Und manchmal ist das mehr, als wir bewältigen können, nicht wahr?«

Sie nickte und schluckte trocken. Er streckte die Hand nach ihr aus.

»Komm mit«, sagte er. »Ich will dir erklären, was du gesehen hast.«

Gehorsam kam sie zu ihm, und er nahm sie mit um den Baum herum.

»Beginnen wir mit dem Einfachen«, sagte er. »Der Baum steht für das Leben. Aus einem winzigen Samenkorn wächst er hinauf in den Himmel, sein Stamm ist hoch und stark, seine Äste sind voller Saft, und er trägt Früchte und bietet ein Heim für unzählige kleine Lebewesen. Doch wie er entstanden ist, muss er vergehen. Wir sehen es nicht, denn wir vergehen viel schneller als er, aber die Zeit wandelt ihn, sie schwächt ihn und wird ihn irgendwann zu Fall bringen. Du hast auch die Zeit gesehen: Sie ist das Tier im Abgrund. Sie ist geduldig. Sie weiß, irgendwann werden die Wurzeln des Baumes zu schwach sein, um ihn zu halten, und er wird fallen. Es geschieht von selbst. Sie muss nur warten.

Siehst du den Vogel in den Zweigen des Baumes? Die Gelehrten nennen ihn Phönix. Er steht für die Liebe. Die Liebe ist stark und hilflos zugleich. Sie macht uns zu den Menschen, die wir sind, lässt uns Heldentaten vollbringen, sie begründet und zerstört Königreiche und gebiert die schönsten Lieder, sie ist das, wonach wir alle streben, macht uns heil, gibt uns Sinn, aber sie kann die Zeit nicht aufhalten und ist dazu bestimmt, zu vergehen. Deshalb weint der Phönix. Trotz der Kräfte, die er entfesseln kann, muss er irgendwann davonfliegen, wenn der Baum fällt.

Und nun zu dem Gefährten, den du für dich gewählt hast. Du hast das Einhorn gewählt, und das Einhorn, Kriegsprinzessin, steht für den Tod.«

Ein Schauer huschte über ihren Rücken.

»Der Tod? Unsinn, ich habe mich nicht für den Tod entschieden!«

»Aber natürlich hast du das.«

Sie sah hinüber zu dem Einhorn, das einige Schritte weiter geruhsam Gras rupfte.

»Es fühlt sich nicht an wie der Tod. Eher wie ein ganz lebendiges ...« Sie warf die Hände in die Luft. »Wie das Leben! Du weißt, was ich meine, oder? Du behauptest schließlich, in meinem Kopf zu sein!«

»Leben und Tod liegen dicht beieinander. Sie können sich auf der Klinge deines Schwertes begegnen. Manche fürchten den Tod, und manche fürchten das Leben. Manche lieben den Tod und leben trotzdem – und manche lieben das Leben und müssen sterben.«

»Das klingt schrecklich klug, aber trotzdem ...«

»Der Tod ist eine gute Wahl, Kriegsprinzessin. Er ist die stärkste Kraft in diesem Bild, stärker sogar als die Zeit, denn sie, die nur für die Lebenden gilt, hat keine Macht über ihn. Die Zeit endet, wo der Tod beginnt. Du fürchtest ihn nur, weil du ihn nicht kennst.«

»Ich kenne den Tod! Meine Mutter ist gestorben, als ich klein war, und ...«

*Einer, der leblos ins Geröll geschleudert wird. Eine Axt, die Funken schlägt, ehe sie zwischen den Steinen zum Liegen kommt. Und keiner mehr, der sie führt ...*

»Ich kenne den Tod«, sagte sie mühsam. »Und er fühlt sich gänzlich anders an.«

Der Spielmann lächelte begütigend.

»Hast du deinen Gefährten verloren?«

»Nein, aber ...«

»Dann kennst du den Tod nicht. Du hast nur seine Nähe gespürt. Aber der Trick ist: keine Angst zu haben.«

»Na gut, nur ... was genau willst du von mir? Was soll ich tun? Ist das hier eine Prüfung? Wenn es eine ist, dann gib mir ein Schwert!«

»Es ist gut, Kriegsprinzessin. Es war eine Prüfung, wenn du es so nennen willst, und du hast sie bestanden, ganz ohne jemanden in Stücke zu hauen.«

»Und jetzt?«

»Erwartest du eine Belohnung?«

»Ich erwarte einen Sinn! Eine Erklärung!«

Der Spielmann lächelte wieder sein trauriges Lächeln.

»Aber es gibt so viele Dinge, die einfach passieren. Gibt es einen Sinn? Einen göttlichen Plan, oder werkeln wir alle nur so vor uns hin und erfinden unsere eigene Geschichte, während wir gehen?«

Er sah hinüber zu dem Einhorn, und es näherte sich leise und legte die Schnauze auf Liannas Schulter. Automatisch strich sie über die weichen Nüstern. Der warme Atem tröstete sie.

»Schließ deine Augen«, sagte der Spielmann, und Lianna gehorchte. Wind kam auf und kroch ihr kalt unter die Kleider. Die Stimme des Spielmannes kam von ferne.

»Der Tod ist das Leben – nur von der Rückseite betrachtet.«

Sturm heulte in ihren Ohren und zerrte an ihrem Mantel. Schwindel überfiel sie, und sie machte einen taumeligen Schritt, der in etwas stecken blieb. Sie riss die Augen auf. Sie stand bis zum Knie im Schnee, ein eisiger Wind strich über ihre Wangen. Rund um sie erhoben sich hohe, stumme Gestalten gegen den Himmel. Bäume. Wald.

Wie, bei allen Göttern, kam sie hier her? Und *wo* war sie? Und warum war es dunkel? Es konnte höchstens Mittag sein.

Sie drehte sich um sich selbst, auf der Suche nach einer Orientierungsmarke. Einige Schritte entfernt war der Schnee aufgewühlt, die Spuren jedoch schon wieder von einer neuen Schneeschicht überzogen. Eine glatte, quadratische Fläche zeichnete sich unter der Schneedecke ab.

Der Stein.

Der neunmalkluge Spielmann, der sie mit Sprüchen über den Tod versorgt hatte. Die Prüfung, oder was immer es gewesen war.

Was, bei allen Göttern, war nur mit ihr passiert?

Die Kälte biss ihr in die Finger, und sie steckte die Hände in die Taschen, auf der Suche nach ihren Handschuhen.

Sie fand keine – dafür aber etwas, das ihr völlig unbekannt war. Warm und schwer lag es in ihrer Tasche, und als sie es hervorholte, schimmerte es matt im Mondlicht. Es war ein Kristall, beinahe so groß wie ihre Handfläche, durchsichtig und klar wie Wasser und zu einer flachen Linse geschliffen. Er saß in einer kunstvoll verschlungenen Fassung aus dickem gelbem Gold.

Um Einzelheiten erkennen zu können, war es zu dunkel. Lianna strich mit den Fingerspitzen über den seltsamen Fund. Was mochte das sein? Woher kam es? War dies etwa die Belohnung für die seltsame Prüfung, deren Sinn sie noch immer nicht verstanden hatte? Und wozu war es gut? Es war kein Schmuckstück, man konnte es nicht tragen, es erfüllte auch sonst keinen sichtbaren Zweck.

Sie ließ das Fundstück in die Manteltasche zurückgleiten. Sie brauchte Licht und Ruhe, um hinter seine Geheimnisse zu kommen, und dafür musste sie zuerst zurück ins Lager.

Der Schwarze war nicht mehr in Sichtweite. Sie pfiff nach ihm und watete durch den Schnee hinauf zur Straße. Der Schnee zeigte ihr eine Hufspur, die sich auf der Straße von ihr entfernte. Lianna konnte nur hoffen, dass der Schwarze nicht den ganzen Weg zurück ins Lager gelaufen war, denn dann würde es ein langer Heimweg werden.

Doch wenn er es getan hatte – müsste der Wald dann nicht voller Leute sein, die sie suchten? Das Lager musste doch kopfstehen, wenn das Pferd der Prinzessin reiterlos zurückkam.

Sie lauschte. Die Stille um sie herum war vollkommen. Leise fluchend machte sie sich auf, den Hufspuren zu folgen.

Einige Zeit später fand sie den Schwarzen. Er hatte einige niedrige Zweige von einer Tanne gerissen und kaute darauf herum. Als sie ihn rief, fuhr sein Kopf in die Höhe und er begrüßte sie mit einem dunklen Wiehern, das nach Liannas Eindruck entschieden vorwurfsvoll klang. Erleichterung überschwemmte sie, sie legte die Arme um seinen mächtigen Hals und drückte das Gesicht in seine Mähne, während er ihr seinen warmen, nach Tannennadeln riechenden Atem in den Nacken blies. Sie lobte und liebkoste ihn ausgiebig, dann schwang sie sich in den Sattel.

»Gehen wir«, sagte sie, und der Schwarze setzte sich gehorsam in Bewegung.

Nach einigem Suchen fand sie ihre Spuren vom Vormittag wieder. Sie waren halb zugeschneit, aber das Mondlicht goss sie mit blauen Schatten aus und zeigte ihr so den Weg zurück ins Lager.

Es war ein kalter Ritt durch den nächtlichen Wald. Lianna war müde. Sie kam nicht dahinter, womit sie nun eigentlich den Tag verbracht hatte. Hatte sie geträumt? Wo war sie gewesen? Käme sie ein zweites Mal in die merkwürdige Kammer, wenn sie einen Blutstropfen auf den Stein fallen ließe? Und wozu diente die ganze Vorrichtung? Sie fand, der Spielmanns-Wächter hätte mit Erklärungen ruhig großzügiger sein dürfen.

Je länger sie ritt, desto ratloser wurde sie. Warum suchte man sie nicht? Machte man sich denn gar keine Sorgen, wenn sie bis in die Nacht wegblieb?

Sie erreichte den Waldrand und ließ die dunkle Masse der Bäume hinter sich. Der Schwarze fiel in Trab. Schnee stäubte unter seinen Hufen. Sie überquerten einen Hügel, und dahinter, in einer Mulde, lag das Wagendorf. Nirgends waren berittene Suchtrupps zu sehen, obwohl im Wagendorf noch Licht brannte. Etwas abseits glommen die Reste eines großen Feuers.

»Na toll«, schimpfte Lianna leise, obwohl sie sich eher verletzt und ratlos als wütend fühlte. »Die vermissen mich überhaupt nicht.«

Sie trieb den Schwarzen den Hügel hinunter und hatte sich bereits auf eine gute Bogenschussweite dem Dorf genähert, als sich ein Reiter aus den Schatten der Wagen löste und in ihre Richtung galoppiert kam. Sie zügelte den Schwarzen und kniff die Augen zu schmalen Schlitzen zusammen, um besser zu sehen, und bald erkannte sie die breite Blesse des braunen Pferdes und den dunklen Lockenkopf der Reiterin.

»Lianna«, keuchte Elva, als sie sich kurz darauf trafen. »Da bist du ja. Alle Götter seien gepriesen! Ich habe mir solche Sorgen gemacht!«

»Und niemand außer dir, wie es scheint«, erwiderte Lianna und drückte die Hand ihrer Freundin, die sie ihr hinüber streckte. »Was ist passiert? Warum sucht mich keiner? Ich habe *Sachen* erlebt, das glaubst du nicht!«

»Keine Zeit für Geschichten«, sagte Elva. »Du musst fort. Sie sind dir drauf gekommen. Dein Vater sagt, er tötet dich, sobald er dich zu Gesicht bekommt, und wer ihn dabei gesehen hat, der glaubt ihm das.«

»Ich verstehe nicht ganz ... Auf *was* gekommen?«

»Gibt es da so viele Möglichkeiten?«, fragte Elva ungeduldig. »Auf deinen heimlichen Liebhaber natürlich.«

Liannas Gehirn brauchte einen Augenblick, bis es die Worte *heimlicher Liebhaber* mit dem grimmigen Thork Eisenfels in Verbindung brachte. Dann wurde ihr plötzlich kalt.

»Das Bild«, flüsterte sie mit vor Schreck geweiteten Augen.

»Genau«, sagte Elva. »Das hat man sich erzählt. Du hast ihm *nackt* Modell gestanden, sagen die Leute. Meine Güte, Mädchen, das mag ja ganz aufregend gewesen sein, aber wie dämlich muss man sein, um die Beweisstücke aufzuheben?«

»Du hast recht«, sagte Lianna. Ihre Stimme klang fremd. »Ich hätte es verbrennen müssen. Aber es war versteckt. Sie können es nicht einfach durch Zufall gefunden haben. Warte ... Erin!«

»Erin?«

»Ich habe mit ihr geredet ... heute Morgen, bevor ich ausgeritten bin. Ich habe ihr erzählt, dass ... ich mich in einen anderen verliebt habe.«

»Dummes Mädchen.« Elva seufzte und schüttelte den Kopf.

»Ich dachte, ich könnte ihr vertrauen! Aber sie muss zu meinem Vater gerannt sein!«

»Sicher nur aus den besten Absichten ...«

»Sie ist eine Verräterin!«

»Warum auch immer sie es getan hat – wenn sie es getan hat – sie hat einen Stein ins Rollen gebracht. Und dieser Stein wird dich erschlagen, wenn du nicht aus dem Weg springst.«

»Erzählen sich die Leute auch, *wer* dieser ... mein ... Liebhaber ist?« Lianna musste sich jedes Wort abringen. Ihre Finger krampften sich in die Mähne des Schwarzen.

Elva lachte kurz und hart auf. »Nein. Ein böses Schandmaul hat verbreitet, du hättest es mit einem *Zwerg* getrieben. Ich hab ihm ein paar Zähne ausgeschlagen und eine oder zwei Rippen gebrochen, glaube ich. Sonst herrscht reges Rätselraten, aber keiner weiß etwas, nur dass es angeblich ein Sesshafter ist. Und behalt es auch bitte für dich. Mir ist lieber, ich weiß es nicht, wenn sie mich fragen.«

»Gut«, sagte Lianna, obwohl sie nicht dachte, dass irgendetwas gut war. »Und was soll ich jetzt tun, deiner Meinung nach?«

»Du musst verschwinden, bevor sie dich erwischen. Ich habe dir ein paar Vorräte gepackt.« Elva klopfte auf ihre Satteltaschen. »Du hast deinen Vater nicht gesehen«, fügte sie hinzu, als Lianna zögerte. »Ich habe ihn noch nie so wütend erlebt. Er war völlig außer sich. Er hat uns verboten, dich suchen zu gehen, als du nicht zurückkamst. Er sagte, er holt jeden, der es versucht, mit Pfeil und Bogen vom Pferd. Und er sagte, er würde dich töten, denn du hättest die Familienehre für immer zerstört.«

»Nein«, sagte Lianna, obwohl ein harter Klumpen aus Angst sich in ihrem Inneren zusammenballte. »Ich schleiche mich doch nicht davon wie eine Verbrecherin. Ich bin die künftige Königin, verdammt!«

»Das bist du nicht mehr«, korrigierte Elva. »Vergiss es. Den Posten bist du los.«

»Trotzdem«, beharrte Lianna und setzte den Schwarzen in Bewegung, um ihren Worten mehr Gewicht zu geben. »Ich tu's nicht. Nicht heimlich.«

»Du begibst dich in Lebensgefahr«, kam Elvas Stimme von hinten, als sie ihren Braunen hinter dem Schwarzen hertrieb.

»Ich bin eine Kriegsprinzessin. Lebensgefahr ist mein tägliches Geschäft«, erwiderte sie leichthin, aber sie fühlte sich elend. Keine Prinzessin zu sein, war ein Zustand, den sie sich schlichtweg nicht vorstellen konnte, und die Leere, die sie bei der Vorstellung empfand, ängstigte sie mehr als Elvas düstere Ankündigungen.

»Du willst es wirklich tun«, sagte Elva hinter ihr. »Götter! Mit dir stimmt wirklich etwas nicht. Willst du zum Wagen deines Vaters gehen, Tür auf, *hallo, hier bin ich wieder*? Weißt du, wie lange du dann noch lebst?«

»Ich weiß nicht, was ich tun will«, gab Lianna zu. »Ich überlege mir gerade etwas.«

»Na, dann viel Erfolg«, sagte Elva. »Hoffentlich fällt dir etwas wirklich Gutes ein.«

Eine kurze Zeit ritten sie schweigend, dann fuhr Elva fort:

»Du hast ja offenbar eine recht unglückliche Wahl getroffen mit deinem geheimnisvollen Liebhaber. Was hat er, dass du gleich die gesamte Familienehre damit zerstört hast? Ist er ein Verbrecher?«

»Nein«, sagte Lianna mit müdem Lächeln.

»Was dann? Verheiratet und zwölffacher Vater?«

»Nicht dass ich wüsste.«

»Was dann?«, bohrte Elva.

»Ich dachte, du wolltest nichts über ihn wissen, für den Fall, dass sie dich ausfragen?«

»Ich will ja nicht, aber ich bin so neugierig!«

»Du solltest dich bei demjenigen entschuldigen, den du verprügelt hast«, sagte Lianna, »denn er hat die Wahrheit gesprochen.«

»*Was*«, sagte Elva. »*Nein.* Ich kann nicht glauben, dass du in dieser Lage noch Witze machst.«

Sie erreichten den Mondschatten der ersten Wagen. Lianna glitt aus dem Sattel und reichte Elva die Zügel.

»Gib ihm etwas zu trinken und etwas Hafer«, bat sie. »Aber nimm ihm nicht den Sattel ab. Wer weiß, vielleicht muss ich doch so plötzlich weg, wie du befürchtest.«

Elva nickte, sie wirkte blass im Mondlicht.

Durch die menschenleeren Gassen zwischen den Wagen ging Lianna zum Wagen ihres Vaters, der neben ihrem eigenen stand. In den meisten Wagen brannte noch Licht.

Sie erreichte ihr Ziel und spähte vorsichtig durch einen Türspalt.

Van Ranessa saß am Tisch, den Kopf in die Hände gelegt. Vor ihm standen ein Tonkrug und ein Becher. Ein Stück Pergament war mit einem Dolch auf die Tischplatte gespießt.

Lianna schluckte und legte die Hand vor den Mund. Die Trauer, die von ihrem Vater ausging, schnitt ihr ins Herz. Sie wollte nicht dafür verantwortlich sein.

Einem Impuls folgend, stieß sie die Tür auf und ging hinein, er sollte sie in den Arm nehmen und über ihr Haar streichen, während sie ihm von ihren Abenteuern erzählte, an nichts anderes wollte sie denken, nicht an Arik und nicht an Thork und schon gar nicht ans Heiraten.

Dass es ein Fehler gewesen war, bemerkte sie zu spät. Van Ranessa schrak hoch, als sie den Raum betrat, und fuhr zu ihr herum. Er hatte das Gesicht eines Fremden.

Lianna zögerte für einen Augenblick, verunsichert, dann lächelte sie ihr mädchenhaftes, etwas schüchternes Lächeln.

»Hallo, Papa«, sagte sie leise.

Van Ranessa erhob sich von seinem Stuhl. Er schwankte leicht, als er zu ihr herüber kam und die Tür hinter ihr mit einem Fußtritt schloss. Dann drehte er sich zu ihr. Lianna wich einige Schritte zurück, das Gefühl bekämpfend, in eine Falle geraten zu sein. Elvas Worte hallten in ihren Ohren. Mochte sie vielleicht recht gehabt haben?

Mit einigen Schritten war Van Ranessa bei ihr, maßlose Wut im Blick. Sie wich zurück, bis sie den Tisch hinter sich spürte. Mit einer groben Bewegung packte er sie vorne am Mantel und zerrte sie zu sich, während sie in wütendem Protest aufschrie, dann sauste seine Faust auf sie hinunter und traf sie mitten im Gesicht.

Sie stürzte rückwärts auf den Tisch. Schmerz explodierte in Nase und Mund, Tränen schossen ihr aus den Augen, und sie schmeckte Blut. Noch ehe sie sich erholt hatte, war er über ihr, packte sie am Kragen und schlug ihren Kopf gegen die Tischplatte, so dass der Schmerz sich verhundertfachte und Ringe aus hellem Licht vor ihren Augen tanzten.

»Du Flittchen«, hörte sie ihn keuchen, während sein nach Alkohol stinkender Atem sie schier betäubte. »Du Zwergenhure! Du hast die ganze Familie in den Dreck gezogen!«

Er fasste über ihren Kopf hinweg, etwas Blitzendes geriet in ihr Gesichtsfeld, und endlich erwachten ihre Kampfreflexe, sie warf sich zur Seite, entkam seinem Griff und rollte vom Tisch auf den Boden, wo ein heftiger Fußtritt in die Rippengegend sie traf, bevor sie auf die Beine kam. Blut lief ihr aus der Nase über das Kinn und tropfte in den Pelzkragen ihres Mantels. Van Ranessa stand zwischen ihr und der Tür, den Dolch in der Faust, den er aus der Tischplatte gezogen hatte. Lianna musste sich nicht umsehen, um zu wissen, dass es keinen weiteren Fluchtweg gab. Das kleine Fenster klemmte schon seit Jahren. Sie tastete nach dem Messer unter ihrem Mantel, aber sie brachte es nicht über sich, es zu ziehen. Ein Teil ihres Bewusstseins begriff immer noch nicht, was da vor sich ging. Der Mann, der ihr mit wutverzerrtem Gesicht und blanker Klinge gegenüberstand, war der gleiche, der sie am Feuer in seinen Armen gewiegt hatte, er hatte ihr Gutenachtgeschichten erzählt und sie getröstet, wenn sie vom Pferd gefallen war, er konnte doch unmöglich eine Klinge gegen sie richten.

»Papa«, sagte sie, und ihre Stimme zitterte unbeherrscht, »überleg doch mal, was du da tust. Du willst mich doch nicht wirklich töten, oder? Du bist betrunken. Vielleicht denkst du noch mal drüber nach.« Sie hörte selbst, wie albern ihr Vorschlag klang.

»Du hast die Familienehre zerstört«, erwiderte Van Ranessa, sie hörte, wie der Alkohol seine Worte verschliff. »Du hast mein Leben zerstört und das Ariks. Du hast unsere ganze Zukunft zerstört.«

»Das habe ich nicht! Niemand hätte es erfahren müssen. Vielleicht hätte ich Arik geheiratet und die ganze Sache irgendwann vergessen. Aber ihr musstet es ja ans Licht zerren! Warum habt ihr das getan? Erin hat gepetzt, und dann habt ihr meinen Wagen durchsucht, stimmt's? Erzähl mir nicht, ihr hättet es durch Zufall gefunden!«

»Wir wollten dich zurück auf den rechten Weg holen! Wir hatten ja keine Ahnung ... Wie hätten wir denn annehmen können ... Der dreckige kleine Steinfresser!« Er spie in Richtung der Zeichnung, die auf den Boden gefallen war. »*Ehrenmann*, dass ich nicht lache! Den Hals werde ich ihm aufschneiden, sobald ich ihn kriege!«

»Du wirst ihn nicht kriegen«, erwiderte Lianna. Der Gedanke an Thork war tröstlich. »Jedenfalls nicht, ohne unter jedem Berg auf dieser Welt nach ihm zu schauen.« Mit dem Handrücken wischte sie sich Blut aus dem Gesicht und betastete vorsichtig ihre aufgeplatzte Unterlippe, in der dunkler Schmerz pochte.

»Was wollen wir denn jetzt machen«, fuhr sie leise fort, sie konnte immer noch nicht glauben, dass der gegen sie gerichtete Dolch eine ernst gemeinte Bedrohung sein sollte, und tatsächlich senkte Van Ranessa die Klinge, langsam, als würde er nachdenken.

»Verlasse mein Haus«, sagte er schließlich. »Das ist es, was du tun wirst. Verlasse mein Volk und meine Familie, und kehre nicht mehr zurück. *Nie* mehr. Ich spreche dich von den Ranessa los. Du bist keine mehr von uns. Du hast Zeit, bis diese Kerze niedergebrannt ist.« Er deutete auf ein Talglicht, das bereits kürzer als Liannas kleiner Finger war. »Solltest du danach noch hier sein, werde ich dich töten lassen.«

Lianna starrte ihren Vater an, fassungslos, die Bedeutung seiner Worte sank erst ganz allmählich in sie. Er machte einen Schritt zur Seite, um ihr die Tür frei zu geben, und sie begriff, dass er es ernst meinte. Mechanisch setzte sie sich in Bewegung. Als sie an ihm vorbei kam, hielt sie inne, um ihm ins Gesicht zu sehen. Es war verschlossen und beinahe maskenhaft starr, und den Funken Versöhnung, den sie sich erhofft hatte, fand sie nicht.

Sie öffnete die Tür und kletterte die drei Stufen hinunter in die kalte Nacht. Mit einem Gefühl der Unwirklichkeit, als hätte sie einen schlimmen, sehr lebhaften Traum, ging sie hinüber zu ihrem Wagen, betrat ihn, machte Licht und sah sich um.

Was packte man ein, wenn man plante, nie wieder zurückzukommen?

Sie öffnete ihre Kleidertruhe, warf den Inhalt auf den Boden und wühlte dann ratlos darin herum. Sie hatte noch immer nicht das Gefühl, gänzlich in der Wirklichkeit angekommen zu sein. Sie begann wahllos, Dinge in ihren Rucksack zu stopfen, der nach kürzester Zeit überquoll.

»Soll ich dir helfen?«

Lianna erschrak fast zu Tode. Es war Elva, die in der Tür stand. Lianna hatte sie nicht kommen hören.

»Ja«, sagte sie und trat gegen den Rucksack, so dass er umfiel und Teile seines Inhalts wieder von sich gab. »Ich könnte jemanden mit klarem Kopf gebrauchen.«

»Er hat dich rausgeworfen, statt dich zu töten«, stellte Elva fest und zog die Tür hinter sich zu. »Du liebe Zeit«, fügte sie mit einem Blick auf Liannas Gesicht hinzu. »Und vorher hat er dich noch ordentlich verprügelt, wie man sieht.« Sie kam zu Lianna, drehte ihr Gesicht ins Licht und untersuchte die Verletzungen vorsichtig. »Ich würde sagen, du kannst in mehr als nur einer Hinsicht Hilfe brauchen.«

»Ist sie gebrochen?« Erschrocken betastete Lianna ihre Nase, an die sie gar nicht mehr gedacht hatte. Offenbar war ihr Geist derzeit nicht in der Lage, mehr als einen Schrecken gleichzeitig zur Kenntnis zu nehmen. »Sie ist doch nicht gebrochen, oder?«

»Nein«, beruhigte Elva sie und drückte sie auf einen Stuhl. »Bleib sitzen. Ich kümmere mich um den Rest.«

Sie wusch Lianna das Blut vom Gesicht und versorgte die Platzwunde, dann leerte sie Liannas Rucksack vollständig aus und begann, ihn aufs Neue zu packen.

»Du brauchst vor allem warme Sachen«, erklärte sie. »Um leichte Sommerkleidung kannst du dich kümmern, wenn es so weit ist. Das heißt, wenn du bis dahin nicht zurück bist.«

»Das werde ich nicht sein«, sagte Lianna undeutlich, da sie sich ein mit Heilkräutern versetztes Tuch gegen den Mund presste, um die Blutung zu stillen. »Ich werde niemals zurückkommen. Ich bin eine Ausgestoßene.« Sie empfand nichts bei diesen Worten, es war, als spräche sie über eine Fremde.

Elva warf ihr einen kurzen Blick zu und beugte sich dann wieder über ihre Arbeit. Ihre Stimme klang brüchig, als sie weiter sprach.

»Du wirst Geld brauchen. Nimm all deine Ersparnisse mit.«

»So etwas habe ich nicht. Wofür hätte ich bisher etwas sparen sollen?«

Elva seufzte tief. »Dann Schmuck. Davon hast du mehr als genug. Du kannst ihn in jeder größeren Stadt verkaufen. Na los«, fügte sie hinzu, als Lianna sich nicht vom Fleck rührte. »Such ihn zusammen und tu ihn in einen Beutel!«

Lianna erhob sich gehorsam und tat, wie ihr geheißen. Elva packte währenddessen den Rucksack und zwei Satteltaschen voll.

»Ich habe dir die wärmsten Kleider eingepackt, die ich finden konnte«, erklärte sie und stellte das Gepäck zu einem Haufen zusammen. »Die zwei Schlafdecken kannst du an den Sattel schnallen, genauso wie das Seil hier. Der Kleinkram ist obenauf im Rucksack, Kamm, Seife, Feuerstein, Zunderschwamm und diese Dinge. Den Beutel mit dem Schmuck solltest du am Körper tragen. Und pass gut drauf auf. Hast du deine Waffen?«

»Ja«, sagte Lianna und nahm ihr Schwert vom Tisch.

»Gut. Panzer?«

»Nein.«

»Grundgütige Götter! Dann hol ihn bitte!«

Gehorsam tauchte Lianna unter ihr Bett und fischte den leichten Lederpanzer hervor, der noch die Spuren des Trolls trug.

»Zieh ihn an«, befahl Elva. »Das ist die einfachste Art, ihn zu transportieren.«

Lianna schlüpfte in das Wams aus zähem Leder, das sich perfekt ihren Körperformen anpasste, und schloss die seitlichen Schnallen, sie tat es automatisch, während ein Teil von ihr sich immer noch weigerte zu begreifen.

»Warte hier«, sagte Elva. »Ich hole dein Pferd.«

Lianna blieb zurück und starrte auf das ordentlich gestapelte und verschnürte Gepäck.

Das war doch lächerlich. Das konnte doch nicht sein. Niemand konnte von ihr verlangen, mitten in der Nacht aufzubrechen, ohne Ziel und Weg.

Diese Gedanken hingen noch in ihrem Kopf fest, als sie bereits im Sattel saß, dick eingehüllt gegen die bittere nächtliche Kälte und trotzdem frierend. Elva stand am Hals des Schwarzen und hielt seine Zügel, als wolle sie ihre Freundin nicht ziehen lassen, und nun rannen ihr Tränen über die Wangen.

»Am besten du reitest hinüber nach Wiesenheim und suchst dir einen Gasthof, der dich noch aufnimmt. Es ist schon spät, aber der eine oder andere sollte noch geöffnet haben«, gab sie mit erstickter Stimme ihre letzten Anweisungen. »Hier«, sie reichte Lianna ein Beutelchen hinauf, in dem es klingelte. »Das sollte reichen, bis du deinen Schmuck verkauft hast.«

»Danke«, sagte Lianna.

»Lass dich mal wieder blicken, ja?«, bat Elva. Lianna lächelte schmal.

»Wie soll ich denn das anstellen?«

»Schick mir eine Nachricht. Nenn mir einen Treffpunkt, und ich werde hinkommen. Ich muss erfahren, ob es dir gut geht. Versprich mir, dass du das tust.«

»Ich versprech's.«

Sie schwiegen einen Augenblick und sahen sich an. Das Talglicht im Wagenfenster ihres Vaters flackerte, die Flamme schwand zu einem Fünkchen.

»Ich muss los«, sagte Lianna. Elva ließ widerstrebend die Zügel des Schwarzen los und machte einen Schritt auf die Seite.

»Was ist dein Ziel?«

»Hochstahl«, sagte Lianna, die sich bis zu diesem Augenblick selbst nicht darüber im Klaren gewesen war.

»Viel Glück.« Elva wischte sich mit dem Ärmel übers Gesicht. »Verdammt! Ich hoffe, er ist es wert.«

»Wiedersehen«, sagte Lianna, wendete endlich den Schwarzen und trieb ihn voran.

»Schick mir eine Nachricht!«, rief Elva hinter ihr her, und sie hob bestätigend die Hand, sah sich aber nicht mehr um.

Sie spürte einen leichten, fernen Schmerz unter der Betäubung, die sie noch immer im Griff hielt. Energisch trieb sie den widerstrebenden Schwarzen voran. Der Himmel war wolkenlos und von Sternen übersät, und der halbe Mond spendete ein blasses, fahles Licht, das gerade ausreichte, damit sie ihren Weg fand. Die Zukunft lag neu und unbeschrieben vor ihr wie die glatte, unberührte Schneedecke, die der Schwarze durchpflügte. Alles war plötzlich anders, alles war möglich geworden. Sie erschrak vor dem Gedanken und schüttelte ihn schnell ab. Zu viel für den heutigen, unglaublichen Tag. Sie würde morgen über diese neue Zukunft entscheiden. Oder übermorgen. Oder irgendwann.

Etwas würde sich schon ergeben.

Als Haldur von Kech durch das Große Tor ins Freie trat, blinzelte er erstaunt und schützte die Augen, die nicht mehr an Tageslicht gewöhnt waren, mit der Hand. Es war ein strahlend sonniger Tag, der Himmel war hoch und durchsichtig blau, und die ganze Oberstadt lag dick eingepackt in knietiefen Schnee. Er schüttelte den Kopf. Als er zuletzt hier oben gewesen war, hatte noch der Herbststurm nasse braune Blätter durch die Straßen gefegt. Man nahm das Verstreichen der Zeit anders wahr, wenn man sich im Stein befand, diese Erfahrung hatte er oft gemacht, aber sie überraschte ihn immer wieder. Im Stein war Zeit eine Sache des Kalenders und der Stundengebete, etwas Unsichtbares, das gemessen wurde, während hier, an der Oberfläche, sich die Jahreszeiten mit schwindelerregendem Tempo abwechselten.

Haldur von Kech fröstelte und zog seine dunkelgraue Priesterrobe enger um sich. Wind. Ach ja. Er drückte Schwaden von Rauch aus den Schornsteinen hinunter in die Straßen und zupfte an seinem langen, schneeweißen Bart.

Er war zu selten hier oben. Er wusste gar nicht mehr, was vor sich ging in der äußeren Welt. Früher, so erinnerte er sich, als er ein junger Mönch gewesen war, der gerade seine Weihe empfangen hatte, war er viel gewandert. Jahrhunderte waren verstrichen seither. Die Welt hatte sich gewandelt. Und er war schon lange nicht mehr gut zu Fuß.

Der Schnee auf der Hauptstraße war niedergetreten und knirschte unter seinen Stiefeln. Als er in die Seitenstraße einbog, die hinter zum Schmiedebach führte, wurde das Vorankommen mühsamer. Wenige gingen hier, und er musste sich seinen Weg durch den tiefen Schnee bahnen. Er hörte schon das Klappern des Wasserrades. Der Bach war also noch nicht völlig zugefroren.

Haldur von Kech hielt inne und legte eine kurze Verschnaufpause ein, als das niedrige Haus am Ende der Straße in Sicht kam. Sein Vorhaben war zutiefst unerfreulich. Die Brüder hatten ihm davon abgeraten, diesen Weg persönlich zu machen, viele hatten sich erboten, statt seiner zu gehen, sie waren der Ansicht, derlei sei nicht Aufgabe eines Priors, und für einen Augenblick bereute er, dass er diese unangenehme Aufgabe nicht jemandem übertragen hatte, der jünger und belastbarer war als er.

Er erreichte das Haus, rückte seine Robe über den mit den Jahren des Studiums schmal gewordenen Schultern zurecht und klopfte.

Nichts geschah.

Er klopfte erneut, diesmal kräftiger.

Ein Rumpeln antwortete aus dem Inneren.

Haldur, der schon halb zu hoffen begonnen hatte, dass niemand hier sei und er damit die unangenehme Aufgabe verschieben oder schließlich doch delegieren könnte, atmete tief durch.

Zu Haus war er. Fragte sich nur, ob er auch ansprechbar war.

Es dauerte lange, bis der Riegel von innen zurückgeschoben wurde und die Tür sich öffnete.

Haldur erschrak zutiefst, als er des anderen ansichtig wurde. Die üble Rede, die über Thork Eisenfels im Umlauf war, schien sich zu bewahrheiten. Er lehnte schwer im Türrahmen, sein gesundes Auge war verschwollen, der Blick trüb, und er blinzelte in das helle Tageslicht, als bereitete es ihm Schmerzen. Er trug seine Augenklappe nicht, und Haldurs Blick wurde unwillkürlich von der tiefen, leeren, vernarbten Augenhöhle angezogen, obwohl er sich redlich bemühte, nicht hinzustarren. Das rötliche Haar hing ihm wirr ins Gesicht, und sein Bart war länger als früher, offenbar hatte er aufgehört, ihn zu stutzen. Sein schmutziges Hemd stand über der Brust offen. Alles in allem bot er einen traurigen Anblick.

»Guten Morgen, mein Sohn«, sagte er sanft, während Mitleid in ihn strömte. Was mochte passiert sein, das einen respektablen, wenn auch eigentümlichen Zwergen in einen solchen Zustand versetzen konnte?

»Ehrwürdiger Vater«, murmelte Thork, offenbar mindestens ebenso erschrocken wie Haldur selbst.

»Darf ich eintreten?«, fragte Haldur.

»Ja«, sagte Thork, »natürlich«, und machte einen unsicheren Schritt von der Tür zurück, um Haldur einzulassen. Haldur schüttelte den Schnee vom Saum seiner Robe und trat ein.

Das Haus befand sich in wenig besserem Zustand als sein Bewohner. Haldur erinnerte sich, dass Thork immer ein großer Freund von Ordnung und Sorgfalt gewesen war – eine Eigenschaft, die er mittlerweile ganz offenbar abgelegt hatte.

Haldur zog sich einen Stuhl heran und setzte sich mit leisem Stöhnen. Der ungewohnte Fußmarsch steckte ihm in den Knochen, und mit leisem Unbehagen dachte er an den Rückweg.

»Setz dich«, forderte er Thork auf, der unsicher im Raum stehen geblieben war. »Wir haben einiges zu besprechen. Das heißt, wenn dein umnebelter Geist in der Lage ist, meinen Worten zu folgen.«

»Ich folge Euch«, versprach Thork und setzte sich gehorsam dem Prior gegenüber.

Haldur zweifelte insgeheim daran, begann aber dennoch. Wie es aussah, würde er den anderen kaum in einem besseren Zustand antreffen.

»Ich habe dich rufen lassen. Zweimal inzwischen. Hast du meine Botschaften nicht erhalten?«

»Doch«, murmelte Thork und sah auf die Tischplatte.

»Dann erkläre mir den Grund, weshalb du ihnen nicht gefolgt bist«, forderte Haldur ihn auf. Er legte eine gewisse Schärfe in seine Worte, schließlich war er hier, um den anderen zur Besinnung zu bringen.

»Ich hab's ... vergessen«, sagte Thork lahm, ohne den Prior anzusehen.

»Vergessen«, schnaubte der. »Nun, Thork Eisenfels, den Ruf deines Priors zu vergessen ist zumindest ein Vergehen, das sich noch nicht auf deiner Liste befindet.«

»Es tut mir leid«, murmelte Thork. »Mir tut alles leid.« Seine Worte klangen, als gehorchte ihm seine Zunge kaum.

»Das ist ein Anfang«, sagte Haldur. »Aber lange nicht genug«, fügte er nach einer Weile, die im Schweigen verstrichen war, hinzu. Thork schien nichts zu seiner Verteidigung vorbringen zu wollen, er saß stumm wie ein Verurteilter und starrte vor sich auf die Tischplatte.

»Du hast Weltenschmiede nicht mit uns verbracht«, sagte Haldur. »Wir hatten dich erwartet, aber dein Platz blieb leer. Es ist eine Sache, mein Sohn, wenn du dem Ruf deines Priors nicht folgst, aber eine andere, wenn du den Ruf deines Gottes missachtest.«

»Ich missachte ihn nicht«, widersprach Thork, nun etwas heftiger. »Ich ... konnte nicht. Ich war ... krank.«

»So krank wie an diesem Morgen?«, fragte Haldur ruhig. Thork schüttelte den Kopf, was ihm offenbar Schmerzen verursachte, denn er vergrub stöhnend das Gesicht in den Händen.

»Man spricht über dich«, fuhr Haldur fort. »Und es sind wenig schmeichelhafte Dinge. Ich wollte sie lange nicht glauben, tat sie als Geschwätz ab, das man über einen Außenseiter verbreitet, doch offenbar sind diese Dinge näher an der Wahrheit, als ich annahm. Sie sagen, du betrinkst dich oft. Sie verwenden hässlichere Worte dafür, die ich dir ersparen will. Sie sagen, du arbeitest nicht mehr. Man könne mit dir keine Geschäfte mehr machen, weil du deinen Teil der Vereinbarung nicht einhältst. Sie sagen, man ginge dir besser aus dem Weg.«

»Damit werden sie wohl recht haben«, erwiderte Thork dumpf und gleichgültig, ohne das Gesicht aus den Händen zu nehmen.

Der alte Zwerg seufzte tief. Das Gespräch entwickelte sich unerfreulicher, als er befürchtet hatte. »Es geht hier nicht nur um deinen persönlichen Ruf. Der kann dir egal sein, meinetwegen. Es geht aber auch um den des Ordens, von dem du ein Teil bist, auch wenn du das offenbar vergessen hast, und dafür trägst du Verantwortung. Ich kann es nicht zulassen, dass einer meiner Brüder ein Leben führt, wie du es augenblicklich tust.«

»Was ist so schlimm an meinem Leben? Es muss sich doch niemand damit befassen, der nicht will. Man könnte mich doch einfach in Ruhe lassen. Ich bin kein Randalierer. Ich schade niemandem.«

»Du schadest dir selbst«, widersprach Haldur sanft.

Zum ersten Mal in diesem Gespräch hatte Haldur für einen Augenblick den Eindruck, der andere würde aus seinem Nebel auftauchen und ihn wirklich zur Kenntnis nehmen.

»Und das wiederum ist meine eigene Angelegenheit«, wehrte er dann ab, und der Augenblick war vergangen. Haldur jedoch gab noch nicht auf.

»Ein Orden ist eine *Gemeinschaft.* Du gehörst ihr an, auch wenn du für dich diesen Sonderweg gewählt hast und nicht mit uns lebst. Wir kümmern uns um dich.«

»Natürlich«, pflichtete ihm der andere bitter bei. »Besonders seit ich den guten Ruf des Ordens schädige.«

Haldur strich sich mit der Hand über die Stirn. Er empfand immer noch Mitleid, aber seine Geduld schwand allmählich. Es war nicht üblich, dass ein Prior einen einfachen Ordensbruder aufsuchte. Allein dieser Umstand hätte Thork schon auf die Knie werfen müssen. Doch da war keine Spur von Reue, nicht die geringste Einsicht.

»Dein Urteil ist ungerecht«, wies er ihn zurecht. »Wir waren immer sehr bemüht um dich. Und nicht zuletzt deshalb möchte ich dir einen Vorschlag machen.« Haldur legte eine kleine Pause ein, um sich der Aufmerksamkeit des anderen zu versichern, der den Blick wieder auf die Tischplatte gesenkt hatte, er saß vornüber gebeugt und wirkte wie ein gebrochener Mann.

»Entscheide dich für ein Leben im Orden«, sagte er leise, aber eindringlich. »Schließe die Schmiede für eine Weile. Ein paar Jahre, vielleicht länger. Sieh dich doch nur an. Dein Sonderweg war eine Sackgasse.«

»Nein«, sagte Thork. Haldur seufzte tief.

»Ich muss dich wohl nicht daran erinnern, dass Gròr dich in besonderer Weise ausgezeichnet hat«, sagte er. »Vor uns anderen, die wir ein Leben im Gebet und Studium verbracht haben. Meinst du nicht, es wäre an der Zeit, diesem Ruf zu folgen?«

»Ich höre keinen Ruf«, knurrte Thork. »Gròr hat diese Kräfte einem Schmied verliehen, keinem Gelehrten. Er wird schon gewusst haben, warum.«

Haldur atmete tief. Wut wallte in ihm auf, doch er kämpfte sie nieder. Er ließ ein wenig Zeit verstreichen. Er musste die Lage entspannen, wenn er Einsicht erzeugen wollte. Er betastete sein Priestersymbol und schöpfte Ruhe aus dem kühlen, glatten Metall, während sein Blick durch den Raum wanderte, in dem Bemühen, sich vom Anblick des zerschlagenen Mannes ihm gegenüber zu erholen. Zwischen schmutzigem Geschirr und einem achtlos zusammengeknüllten Hemd, dessen Ärmel in einem Teller hing, fiel sein Blick auf eine Zeichnung. Er zog sie hervor und betrachtete sie, über die Kunstfertigkeit staunend, mit der sie ausgeführt war. Sie stellte eine junge Frau dar, menschlich, vermutete Haldur, mit einem langen dunklen Zopf und hell schimmerndem Gesicht, ihr schön geschwungener Mund war ernst, doch in ihren Augen lag ein Lächeln.

»Wer ist das?«, fragte er.

Thork sah auf, griff über den Tisch und nahm Haldur die Zeichnung weg, fast riss er sie ihm aus der Hand, drehte sie dann zu sich und betrachtete sie seinerseits, seine Hand, die das Pergament hielt, zitterte, und Haldur erschrak zutiefst über den Schmerz, der in seinem Blick lag. Er hatte eigentlich nur ein wenig aus der angespannten Gesprächssituation ablenken wollen, die Rede auf etwas bringen, von dem er wusste, dass es Thork normalerweise Freude bereitete, doch schien dies eine unglückliche Wahl gewesen zu sein. Haldur beobachtete, wie der andere mit den Fingerspitzen über das Papier strich, den Linien der Zeichnung folgend, es nahm sich aus wie eine Liebkosung, und er versuchte vergeblich zu begreifen, was sich da vor seinen Augen abspielte.

»Ihr würdet es nicht verstehen«, sagte Thork schließlich leise, und Haldur erinnerte sich, dass seine Frage noch im Raum stand.

»Warum?«, gab er zurück. »Die Antwort auf eine so einfache Frage kann nicht sehr kompliziert sein.«

»Seht Ihr? Wie ich sagte. Ihr würdet es nicht verstehen.«

»Im Augenblick verstehe ich tatsächlich wenig. Du sitzt da und starrst auf die Zeichnung einer Frau – einer Menschenfrau, wenn ich es richtig erkannt habe…«

Thork nickte, ohne den Blick von der Zeichnung zu nehmen.

»Also kläre mich auf, was ich davon zu halten habe«, forderte Haldur ihn auf. »Ich gewinne den Eindruck, dass ich durch Zufall etwas Wichtiges auf den Tisch gebracht habe.«

Thork lächelte, ohne den Prior anzusehen, ein Lächeln, dessen Traurigkeit Haldur in die Seele schnitt.

»Wonach sieht es denn aus«, sagte er.

Haldur räusperte sich. »Nun, wenn es eine Zwergin wäre, würde ich sagen, du hättest… hm, dein Herz an sie verloren«, sagte er. Unbehagen stieg in ihm hoch. Man sprach nicht über solche Dinge. Schon gar nicht als Prior eines Ordens, der weltlichen Ablenkungen abgeschworen hatte. Er war ein Mann der Bücher, ein Schriftgelehrter, kein Seelsorger, und mit Gefühlsdingen kannte er sich nicht aus.

»Seht Ihr«, sagte Thork und hatte immer noch dieses Lächeln. »Ihr versteht es nicht. Niemand würde es verstehen. Ich versteh's ja selber nicht. Aber es ist, wie es ist. Ich kann's nicht ändern.«

Haldur bekämpfte den Impuls, aufzustehen und die Flucht anzutreten. Sein Gehirn weigerte sich strikt, eins und eins zusammenzuzählen, obwohl er das Ergebnis bereits kannte. Es war abnormal. Skandalös. Geradezu krank.

»Thork«, sagte er, »du hast doch nicht etwa … Ich meine, du bist doch nicht … Was ich sagen will, ist …« Er unterbrach sich. Was er aussprechen wollte, war so ungeheuerlich, dass er davor zurückschreckte.

Das *konnte* doch wohl wirklich nicht sein.

»Doch«, sagte Thork erneut, seine Stimme blieb leise, wurde aber fester, während er sprach. »Ich habe, und ich bin, und ja, sie ist menschlich.«

»*Aber*«, sagte Haldur entsetzt und versuchte, die *abstoßenden* Gedanken zu vertrieben, die sich ungefragt hinter seiner Stirn einstellten.

»Nichts aber. Es ist, wie es ist.«

»Du bist verwirrt. Du bist irregeleitet!«

»Das glaub ich nicht. Ein bisschen betrunken vielleicht. Aber nicht irregeleitet.«

»Das kann nicht sein!« Haldur rang noch immer um seine Fassung.

»Sie ist eine *Menschliche.*«

»Vater.« Thorks Blick suchte und fand den des Priors. Haldur konnte sich nicht entziehen. Thork wirkte nun wacher, als käme er aus einer tiefen Betäubung zu sich. »Ich habe es mir nicht ausgesucht. Gròr hielt diesen Weg für mich bereit, und nun muss ich ihn gehen, und wenn es mich umbringt, so hat es vielleicht irgend einen Sinn, den ich später erfahre.«

Haldur schüttelte den Kopf. Sein langer weißer Bart zitterte. »Du verlierst jedes Maß. Es steht dir nicht an, dein fehlgeleitetes Empfinden als göttlichen Willen zu deuten. Im Gegenteil, du solltest beten, dass Gròr dir auf den richtigen Weg zurück hilft. Unter diesen Umständen muss ich dich nochmals dringlich auffordern, mit mir in den Orden zu kommen. Lass die äußere Welt hinter dir. Besinne dich auf den Geist. Bete, faste, finde wieder zu dir selbst, füge dich in die Gemeinschaft. Du bist krank. Lass dich kurieren.«

»Nein.«

»Du hast nicht verstanden. Ich habe versucht, deine Einsicht zu wecken, aber es scheint nicht zu fruchten. Daher ordne ich deine Rückkehr an.«

»Wenn es so ist, dann widersetze ich mich dieser Anordnung.«

Haldur schnappte hörbar nach Luft. »Du weißt, dass solches Verhalten zu deinem Ausschluss führen kann!«

»Und wenn«, sagte Thork.

Eine unangenehme Stille senkte sich über den Raum.

»Du bist völlig verwirrt«, sagte Haldur schließlich. »Du kannst nicht ernsthaft deinen Ausschluss riskieren wollen.«

Mit einer raschen Bewegung, die Haldur ihm in seinem Zustand nicht zugetraut hätte, erhob Thork sich und sah dann, mit beiden Händen auf den Tisch gestützt, eindringlich zu dem Prior hinunter.

»Hört mir gut zu, Ehrwürdiger Vater«, sagte er, »denn ich werde mich nicht wiederholen. Es gibt genau eines, was ich keinesfalls riskieren kann, und das ist, dass irgendjemand mich davon *kuriert.* Lieber soll es mich umbringen. Und ich danke Euch sehr, dass Ihr mir zu dieser Einsicht verholfen habt.«

»Das war nicht meine Absicht«, murmelte Haldur, halb zu sich selbst.

»Das kann ich mir denken«, sagte Thork. »Ich danke Euch trotzdem.«

Haldur sah hinauf zu dem anderen, von dem jetzt eine neue Entschlossenheit ausging. Plötzlich erinnerte er wieder ein wenig an den alten Thork Eisenfels, den Haldur so viele Jahre gekannt hatte.

»Und was willst du tun?«, fragte er. »Ich hoffe, dir ist klar, dass es so nicht weitergehen kann.«

»Ich weiß es nicht.« Thork strich sich mit beiden Händen die Haare aus der Stirn, eine Geste, als wolle er Ordnung schaffen. »Aber Ihr habt recht. Es muss etwas geschehen. Ich werde darüber nachdenken.«

Er wandte sich ab, durchquerte mit schweren Schritten den Raum, öffnete ein Fenster und sah für eine Weile hinaus, in Gedanken versunken, während frische, kalte Luft in den Raum strömte. Haldur blieb still am Tisch sitzen. Er war es nicht gewöhnt, dass eine Audienz von einem anderen außer ihm selbst beendet wurde, und fühlte sich irritiert und etwas gekränkt. Er hatte noch nicht entschieden, wie er sich verhalten sollte, als Thork sich ihm wieder zuwandte.

»Verzeiht mir, Ehrwürdiger Vater«, sagte er, und zu Haldurs Zufriedenheit kam er zu ihm und beugte das Knie vor ihm, ganz wie es Vorschrift war. »Mein Verhalten ist unangebracht. Ich befürchte, ich verlängere gerade die Liste meiner Verfehlungen.«

»Es sei dir verziehen«, gestattete Haldur lächelnd. Nun hatte alles wieder seine Richtigkeit. »Ich bin daran gewöhnt, dass du stets mit großer Gründlichkeit vorgehst, mein Sohn, und ganz offensichtlich gilt dies auch für das Brechen von Regeln.«

Er erhob sich und bedeutete Thork mit einer Geste, das gleiche zu tun.

»Ich begebe mich zurück ins Kloster«, sagte er. »Ich wünsche, unterrichtet zu werden, sobald dein Nachdenken ein Ergebnis erbringt. Und ich wünsche, dich täglich zur Abendandacht im Kreis deiner Brüder zu sehen. Andernfalls werde ich deinen Ausschluss anordnen.«

»Sehr wohl, Ehrwürdiger Vater«, sagte Thork fügsam. Haldur sah ihn ein letztes Mal lange und, wie er hoffte, eindringlich an, dann öffnete er die Tür und trat hinaus in den Schnee.

Er kehrte in den Berg zurück mit dem beharrlichen Gefühl, versagt zu haben.

Thorks Entscheidung war getroffen, kaum dass er die Tür hinter seinem Prior ins Schloss gedrückt hatte, aber weil es ihm widerstrebte, Entscheidungen dieser Tragweite binnen Augenblicken zu fällen, nahm er sich einige Tage Zeit, um die Sache gründlich zu überdenken. Er war viel unterwegs in diesen Tagen, ging kreuz und quer durch die Straßen der Oberstadt, auf denen sich der Schnee allmählich niedertrat, und verbrachte viel Zeit in der Unterstadt, wo sommers wie winters die gleiche angenehme Temperatur herrschte, und abends saß er in seinem Wohnraum oder in der dunklen Schmiede und ließ die Eindrücke des Tages an sich vorbei ziehen und dachte nach. Er trank nicht in diesen Tagen, obwohl es ihn hart ankam, auf diese lieb gewordene Gewohnheit zu verzichten, und gleichzeitig war er äußerst erschrocken, er hatte nicht bemerkt, wie sehr er sich schon daran gewöhnt hatte.

Am Abend des dritten Tages stellte er fest, dass auch ein vierter oder fünfter Tag des Nachdenkens seinen Beschluss nicht mehr ändern würde, und am nächsten Morgen machte er sich daran, die nötigen Vorkehrungen zu treffen.

Als Erstes suchte er Farri Harthammer auf, der in der Großen Schmiede unter dem Berg arbeitete. Farri war der einzige Lehrling gewesen, den Thork jemals ausgebildet hatte.

Der vielstimmige Gesang der Ambosse kam ihm entgegen und hüllte ihn ein, als er die Halle betrat. Seine Seele wurde weich und sehnsüchtig, und für einen Augenblick kam sein Entschluss ins Wanken. Dies war sicher der wärmste Ort in der Unterstadt, der gewaltige Schmiedeofen beinhaltete einen ganzen Teich aus glühenden Kohlen, in dem eine große Menge an Werkstücken gleichzeitig erhitzt werden konnte. Drei Zwerge bedienten den Blasebalg, der die Glut anfachte, sein dunkles Fauchen bildete den Hintergrund für die Melodie des Schmiedens. Über allem lag roter Feuerschein.

Thork benötigte etwas Geduld, bis er Farri unter all den Zwergen, die hier ihrer Beschäftigung nachgingen, aufgespürt hatte. Der junge schwarzhaarige Zwerg war gerade dabei, Anweisungen an eine kleine Gruppe von Schmelzern zu verteilen, und war sichtlich überrascht, als sein ehemaliger Lehrmeister plötzlich vor ihm stand.

»Meister Eisenfels«, sagte er und strich sich die Hand an seiner Schürze ab, bevor er sie ihm reichte. »Meine Güte, Euch hab‘ ich lange nicht mehr gesehen. Wie geht es Euch?«

»Man lebt«, sagte Thork kurz. »Kann ich dich für einen Augenblick sprechen? Ungestört, meine ich?«

»Aber natürlich. Hier entlang.« Farri, verwundert, aber eifrig, wies Thork den Weg in einen kleinen Aufenthaltsraum, der an die Schmiede angefügt und im Augenblick leer war, und schloss die Tür. Sie nahmen an dem großen Tisch in der Mitte des Raumes Platz.

»Sprecht«, sagte Farri neugierig. »Was kann ich für Euch tun?«

Thork atmete tief durch, verärgert darüber, dass er nun doch zögerte.

»Möglicherweise können wir beide etwas füreinander tun«, begann er. »Du warst immer ein talentierter Schmied, und mit den Jahren hast du dir überdies einiges an Erfahrung erworben. Ich denke, du könntest dich sehr gut selbständig machen. Hast du jemals daran gedacht?«

Farris Überraschung erneuerte sich.

»Nun ja«, sagte er und strich sich über den Bart, während Thork ihn über den Tisch hinweg ruhig ansah. »Daran gedacht habe ich durchaus, ich sah nur keine Möglichkeit, es zu tun. Es ist kein Bedarf in Hochstahl an einem weiteren Schmiedebetrieb. Ich habe Frau und Kind mittlerweile, ich muss an mein Auskommen denken. Außerdem – ich glaube nicht, dass meine Ersparnisse ausreichen würden. Warum fragt Ihr?«

»Es besteht Bedarf. Es hat sich nur noch nicht herumgesprochen. Ich werde Hochstahl verlassen und suche einen Nachfolger.«

In Farris Gesicht wechselten sich Erstaunen und Unglauben.

»Und Ihr dachtet, dass ich ...?«

»Ich kann mir niemanden vorstellen, dem ich die Schmiede lieber übergeben würde«, erwiderte Thork, als nicht mehr zu erwarten war, dass Farri den Satz vollendete.

»Aber«, sagte Farri. »wohin geht Ihr? Und warum?«

»*Ich weiß es nicht* auf die erste Frage, und *ich habe meine Gründe* auf die zweite«, sagte Thork.

»Und es ist mehr als eine Eurer üblichen Reisen? Ihr plant wirklich nicht, zurück zu kehren?«

»Nicht in absehbarer Zeit. Du musst keine Sorge haben. Wenn ich dir die Schmiede überschreibe, ist sie dein, selbst wenn ich zurückkehren sollte, was nicht zu erwarten ist.«

»Das hab‘ ich nicht gemeint«, sagte Farri beschämt und lief rot an.

»Und selbst wenn, ist es kein Verbrechen. Du bist ein Familienvater. Du musst deine Zukunft sichern, das verstehe ich gut.«

»Ich danke Euch für Euer großzügiges und zweifelsohne schmeichelndes Angebot«, sagte Farri seufzend. »Ich kann es aber nicht annehmen. Ich deutete bereits an, meine Ersparnisse reichen nicht aus, um einen Betrieb zu übernehmen.«

»Du hast mich nicht verstanden«, widersprach Thork. »Es geht mir nicht um den Kaufpreis. Was ich will, ist, Hochstahl mit der Gewissheit verlassen zu können, dass meine Schmiede von jemandem weiter geführt wird, der sein Handwerk versteht und nicht mit den Sachen herumpfuscht. Ich will *beruhigt* sein, verstehst du?«

»Ja«, sagte Farri langsam.

»Gut. Ich schlage vor, du überlegst dir das Ganze und suchst mich auf, wenn du dich entschieden hast. Denke aber nicht zu lange, denn ich will bald aufbrechen.«

»Ja«, sagte Farri wieder, mit einem Gesichtsausdruck, der mittlerweile nur noch Unglauben spiegelte.

Thork erhob sich und öffnete die Tür zur Halle.

»Denk darüber nach«, schärfte er dem jüngeren Zwergen ein, der wie betäubt an ihm vorbei hinausmarschierte. »Ich meine es ernst.«

Er verabschiedete sich und sah zu, wie Farri an seinen Arbeitsplatz zurück kehrte. Er benötigte offenbar eine Weile, bis er sich wieder zurechtgefunden hatte.

Er wandte sich zum Gehen. Er war ziemlich sicher, dass Farri das Angebot annehmen würde, er hatte sich immer darauf verstanden, Gelegenheiten zu ergreifen.

Thork verbrachte den Rest des Tages damit, seine Ausrüstung um die Dinge zu ergänzen, die er auf seiner Winterreise zum Überleben brauchen würde: mit Fell gefütterte Kleidung, Trockennahrung, eine Schlafmatte, die mit einer wasserdichten Außenschicht aus dickem, geöltem Leder versehen war, und ein großzügiger Vorrat an Pfeifentabak. Er suchte einen Rüstungsmacher auf und gab sein immer noch durch den Troll beschädigtes Kettenhemd in Reparatur, um das er sich seit seiner Rückkunft nicht mehr gekümmert hatte. Die längste Zeit verbrachte er jedoch damit, sein Haus aufzuräumen und zu säubern, bis es wieder aussah wie in alten Zeiten. Am Abend war er zum ersten Mal seit langem rechtschaffen müde und schlief ruhig und traumlos.

Zwei Tage später brach er auf, und obwohl er zwischenzeitlich ein Ziel hatte, sagte er niemandem, wohin.

# 6 SCHNEE UND SCHATTEN

»Hereinspaziert«, sagte Lomir. »Da wären wir!«

»Alle Wetter«, sagte Krona beeindruckt und betrat hinter Lomir den kleinen Vorraum, durch den man in die Wohnstube und die Treppe hinauf gelangte. »Das ist dein Zweitwohnsitz? Andere Leute bringen es ihr Leben lang nicht zu einem einzigen solchen Haus.«

Das Haus hatte schon von außen nach Wohlstand ausgesehen, und der Eindruck setzte sich im Inneren fort. Dünne Fäden von Tageslicht sickerten durch die fest verschlossenen Fensterläden ins Innere. Es gab einen großen, sauber ausgefegten Kamin und Möbel, die mit großen Leintüchern abgedeckt waren, um sie gegen Staub zu schützen, was ihnen das Aussehen von seltsamen Klumpen verlieh. Eine Staubschicht bedeckte den Boden, durch die sich die Spuren einer Mäusefamilie zogen.

»Es gehört mir nicht«, erklärte Lomir und stellte mit erleichtertem Aufseufzen seinen Rucksack ab. »Es gehört Regar Wertschatz. Ich darf es nur nutzen.«

»Dann trinke ich bei nächster Gelegenheit einen auf die Gesundheit dieses großzügigen Mannes, der mir einen Winter im Warmen beschert. Die letzten Tage haben mir wirklich gereicht.«

»Wieso?«, fragte Pintel. Seine Stimme klang gedämpft, weil er versuchte, seinen Umhang über den Kopf zu ziehen, ohne die Schließe zu öffnen. »War doch ein Glück, dass der erste Frost so früh kam. Wir wären sonst im Schlamm steckengeblieben.«

Krona sah ihre Gefährten an und erkannte mildes Unverständnis.

»Ist schon gut«, seufzte sie. »Vergesst es. Denkt einfach an meine Worte, wenn ihr mal auf die Fünfzig zugeht. Oder auf die Dreihundert, falls sich das übertragen lässt.«

»Es gibt oben zwei Schlafräume.« Lomir öffnete ein Fenster und stieß die Fensterläden auf. »Ein Bett im einen, im anderen zwei. Es sind Zwergenmöbel, also werden sie für euch Großen ein wenig kurz sein. Es ist aber genug Platz, um noch zwei bequeme Lager herzurichten. Götter!« Er warf einen Blick in die Runde. »Wir werden eine Weile mit Saubermachen beschäftigt sein. Es sah besser aus, als es noch dunkel war hier drin!«

»Kommst du eigentlich auch wieder raus aus deinem Umhang?«, fragte Krona Pintel.

»Nicht ohne Hilfe«, kam seine Stimme erstickt unter dem dicken Wollstoff hervor. »Es gibt da ein Problem mit meinen Ohren.«

Während Krona Pintel aus seinem Umhang befreite, öffnete Lomir die übrigen Fenster. Ein Schwall kalter Luft kam von draußen und pfiff zur offenen Haustür wieder hinaus.

»Was ist?«, rief er Fenrir zu, der unter der Türschwelle stand, als könne er sich nicht entscheiden. »Rein oder raus?«

»Ich würde das gerne flexibel gestalten«, sagte Fenrir.

»Keiner will dich hier drin einsperren«, versicherte Krona ihm. »Aber mach trotzdem die Tür zu, ja?«

Etwas zögernd trat Fenrir in den Vorraum und schloss die Tür hinter sich.

»Lasst uns eine Liste von allem machen, was getan werden muss«, schlug Nardon vor, während er seinen Umhang sorgfältig zusammenfaltete. »Und Aufgaben verteilen. Ich möchte damit fertig sein, wenn es Abend wird.«

»Ich kümmere mich ums Essen«, bot Pintel sofort an. »Lomir, du musst mir nur beschreiben, wo man hier etwas bekommen kann. Dann kaufe ich Lebensmittel und koche uns etwas.«

»Gut«, sagte Lomir. »Ich kümmere mich um die zwei fehlenden Schlafstätten. Jemand muss hier Staub wischen, und wir brauchen einen fürs Feuerholz.«

»Feuer«, sagte Fenrir.

»Na gut«, sagte Nardon widerstrebend. »Staubwischen, dann. Und du?«, fragte er Krona.

»Ich trage die Verantwortung«, sagte sie und ließ sich auf die Ofenbank plumpsen.

»Das ist nicht dein Ernst!«

»Leider nicht. Keine Angst. Ich helfe dir. Ich habe schon Schlimmeres gemacht.«

»Jemand sollte sich der Mäuse annehmen, die in der Wand hier leben«, sagte Fenrir.

»Was für Mäuse?«, fragte Lomir. »Oh. Verstehe. Na, wäre das nicht eine Aufgabe für dich, Herr Jäger?«

»Ich schlage vor, du besorgst eine herkömmliche Mausefalle«, sagte Fenrir mit kaltem Widerschein in den Augen.

»Ist schon gut«, sagte Lomir. »Sollte ein Witz sein. Selbst bei mir geht mal einer daneben.«

Sie machten sich an die Arbeit. Fenrir verschwand durch die Hintertür auf den Hof, während Nardon und Krona die Möbel aufdeckten und die staubigen Leintücher zusammenfalteten. Dann organisierten sie sich Eimer voll eiskalten Wassers aus dem Brunnen und einige Lappen und begannen zu wischen. Krona konnte sich nicht erinnern, wann sie zuletzt eine solche Arbeit getan hatte. Es fühlte sich fremd an. Sie nahm an, dass sie sich den Winter über wieder an solche Tätigkeiten gewöhnen würde.

Als sie ihre Putzaktion endlich abgeschlossen hatten und aus dem blitzsauberen ersten Stock in die ebenso saubere Wohnstube zurückkehrten, brannte dort bereits ein knisterndes Feuer im Kamin. Fenrir war nirgends zu sehen.

»Lass uns Wasser heißmachen«, sagte Nardon und bückte sich stöhnend zu seinem Rucksack. »Ich glaube, ich habe noch einen Rest Teeblätter bei meinen Reisevorräten.« Er fischte ein Beutelchen heraus und richtete sich langsam wieder auf, die freie Hand in den Rücken gepresst. »Tut dir dein Rücken auch so weh? Was für eine Arbeit!«

»Ich wollte nicht schon wieder jammern, aber ja«, sagte Krona mit schwachem Grinsen. »Wie nach drei Längen Kasernenhoftraining.«

Der Tee war gerade fertig, als die Tür aufging und Pintel und Lomir schwer bepackt herein kamen.

»Das ist erst der Anfang«, erklärte Lomir. »Draußen steht ein Leiterwagen mit dem Rest. Wir konnten sogar Matratzen besorgen. Ihr werdet also ganz bequem schlafen.«

»Nachdem ihr gut gegessen habt«, fügte Pintel strahlend hinzu.

»Tretet euch die Füße ab, wenn ihr rein und raus lauft«, befahl Krona finster. »Ich reiße jedem den Arsch auf, der mir hier Dreck rein bringt, klar?«

»Ist ja gut«, sagte Lomir befremdet. »Der Boden draußen ist gefroren, also entspann dich.«

»Seht mal, wen ich hier habe!« Pintel fasste unter seinen Umhang, der eine seltsame Beule aufwies. Eine schwarz-braun gestreifte, halbwüchsige Katze kam zum Vorschein und blickte aus ihren grünen Augen argwöhnisch in die Runde.

»Mausefalle«, erklärte Pintel strahlend. »Haben wir vom Bauern nebenan geliehen. Ist die nicht süß?«

Krona schüttelte den Kopf. »Ihr lasst auch nichts aus.«

»Nö, wieso auch?« Pintel ließ die Katze auf den Boden. »Schließlich werden wir eine Weile hier bleiben.«

Widerstrebend ließen Krona und Nardon sich überreden, die übrigen Sachen von draußen herein zu holen, dann setzten sie sich auf die Ofenbank und tranken endlich ihren Tee, während Lomir und Pintel die Vorräte verstauten. Es sah aus, als könnten sie sich zu fünft getrost für einige Wochen einschneien lassen. Einiges davon behielt Pintel ein und machte sich gleich ans Schälen und Schneiden, während Lomir Töpfe und Geschirr von der Staubschicht befreite, die sich in den letzten Monaten darüber gelegt hatte.

»Da bin ich also«, sagte Krona nachdenklich. »In meinem Winterhaus. Hätte ja nicht gedacht, dass ich es noch dazu bringe. Erstaunlich, wirklich.«

»Und draußen irgendwo ist eine Valdar unterwegs, deren Spur wir verloren haben«, sagte Nardon. »Ich glaube nicht, dass ich diesen Winter sehr genießen werde.«

»Die sitzt genauso irgendwo fest wie wir«, erinnerte Krona ihn.

»Hoffentlich«, sagte Nardon.

»He, Lomir ...« Krona schaute in ihre Tasse. »Dieser Tee ist ein bisschen dünn. Du hast nicht zufällig etwas, womit ich ihn verstärken könnte?«

»Ich bin ein anerkannter Teekoch«, sagte Nardon verständnislos. »Ich weiß nicht, was dir an meinem Tee nicht schmeckt.«

»Bei dir weiß ich nie, wann du einen Scherz machst«, sagte Krona und nahm von Lomir einen verkorkten Tonkrug entgegen, der ein Schild mit der Aufschrift »Echt Steinhäuser Doppelkorn«, trug. Nardon lächelte einstweilen still vor sich hin.

»Vorsicht«, warnte Lomir. »Ist Zwergenschnaps.«

»Nichts anderes hatte ich erwartet.« Mangels einer dritten Hand zog Krona den Korken mit den Zähnen aus dem engen Flaschenhals.

Gegen Ende der zweiten verstärkten Teetasse kehrte auch Fenrir zurück. Krona beäugte ihn argwöhnisch, wie er seine Stiefel auf der Matte am Eingang abtrat, fühlte sich aber zu warm und zu schwer, um Kritik zu üben. Die Katze allerdings, die sich ebenfalls ein Eckchen auf der Ofenbank erobert hatte, sprang in die Höhe, als Fenrir die Wohnstube betrat, gab ein durchdringendes Fauchen von sich und verschwand mit gesträubtem Schwanz in der dunklen Ecke zwischen Holzkorb und Rückwand.

»Was war das denn?«, fragte Fenrir und legte seinen Umhang ab. »Sind wir neuerdings ein Tierasyl?«

»Sie heißt Mausefalle«, sagte Nardon grinsend.

»Tut sie nicht«, widersprach Pintel, der auf einem Hocker stand und in einem Topf über der Kochstelle rührte. »Sie wird einen sehr hübschen Namen bekommen, sobald mir einer einfällt.«

»Jedenfalls ist es das, was sie tun soll«, sagte Krona. »Was sie allerdings nicht tun wird, wenn Pintel sie weiter mit unserem Abendessen füttert.«

»Du herzlose Frau!« Pintel zeigte anklagend mit dem Kochlöffel auf Krona. »Hast du sie mal angesehen? Sie ist nichts als Haut und Knochen. Sie muss erst mal zu Kräften kommen, bevor sie auf die Jagd gehen kann.«

»Sie scheint dich nicht sonderlich gut leiden zu können«, sagte Lomir zu Fenrir. »Passiert dir das öfter mit Tieren?«

»Gelegentlich. Wenn es kluge Tiere sind, die sich einen Rest funktionierenden Instinkt erhalten haben.«

»Wo warst du eigentlich?«, fragte Krona. Fenrir warf ihr einen langen, gelben Blick zu.

»In Ordnung«, sagte Krona friedfertig. »Ich will es gar nicht wissen.«

Einige Zeit später hatte Pintel aus Äpfeln, Zwiebeln, Steckrüben und Rindfleisch ein Abendessen zubereitet, das die Gefährten zu größtem Lob und zu Spekulationen veranlasste, ob ein solches Ergebnis ganz ohne Zauberei zu erzielen sei.

»Ist es«, versicherte Pintel, während er mit einem Stück Brot letzte Soßenreste von seinem Teller wischte. »Mir ist kein Zauber bekannt, der einen Fraß in ein Festmahl verwandeln könnte. Ich nehme an, es gibt keinen. Wenn man Wert auf gutes Essen legt, kann man das auch ohne Zauberei erreichen, und wenn man es nicht tut, entwickelt man auch keinen Zauber dafür. Wobei ein solcher Zauber alles andere als trivial wäre. Er würde weite Gebiete der Materiemanipulation umfassen, wahrscheinlich sogar der Materie-Energie-Wandlung – das heißt, wenn man nicht einfach eine billige Illusion über das schlechte Essen legen würde, und Illusionen haben für mich schnell den Beigeschmack des Betruges. Materiemultiplikation!«

»Gesundheit«, wünschte Lomir hilfsbereit.

»Das wäre ein guter Weg«, sagte Pintel glücklich. »Zumindest, wenn man ein wirklich großes Fest feiert.«

»Du hast einen ganzen Winter Zeit«, sagte Krona gähnend. »Wenn du nichts anderes hast, worüber du dir den Kopf zerbrechen kannst – Feuerwesen zum Beispiel – dann nur zu. Wäre aber nett, wenn du weiter auf die herkömmliche Weise für uns kochen würdest, bis dein Zauber fertig ist. Ich war selten mit einem so guten Koch unterwegs.«

»Danke«, sagte Pintel strahlend und bekam ganz rote Ohren.

Nach dem Essen machte sich Müdigkeit breit. Nicht nur Krona spürte nun, dass der Tag lang und anstrengend gewesen war. Eine Weile saßen sie noch um den Topf, in dem nicht mehr als ein kümmerlicher Rest übrig geblieben war, dann gingen sie einer nach dem anderen schlafen.

Am nächsten Morgen überraschte Nardon die anderen, indem er gestiefelt und gespornt zum Frühstück erschien.

»Was hast du denn vor?«, fragte Lomir erstaunt.

»Ich verstehe die Frage nicht«, sagte Nardon mindestens ebenso erstaunt.

»Na, hier!« Lomir deutete auf Nardons Aufzug. »Willst du schon wieder verreisen?«

»Aber ja«, sagte Nardon. »Du hast gesagt, man schafft es an einem Tag nach Dalen und zurück, wenn man zügig geht.«

»Das ist nicht dein Ernst«, sagte Krona, die ihre erste Tasse Tee noch nicht gehabt hatte und sich deshalb alles andere als belastbar fühlte. »Hast du mal rausgesehen? Es regnet in Strömen!«

»Gestern hast du dich über die Kälte beklagt«, sagte Nardon achselzuckend. »Heute ist es wärmer, dafür passt dir das bisschen Regen nicht. Davon ausgehend, dass das Wetter es dir sowieso nicht recht machen kann, ist heute so gut wie jeder andere Tag.«

»Du spinnst ja!«

»Herrschaften«, schaltete Lomir sich ein. »Kein Streit vor dem Frühstück, bitte. Wir können uns Pferde leihen für den Ausflug, dann sind wir schneller und kommen trockenen Fußes an.«

»Warum die Eile?«, fragte Krona immer noch unfreundlich.

»Weil wir es zufällig eilig haben«, sagte Nardon mit milder Ungeduld. »Auch wenn es dir offenbar schwerfällt, das zu begreifen. Valdari halten keinen Winterschlaf, soweit ich weiß. Wir müssen also damit rechnen, dass Gyldinn da draußen ihren Geschäften nachgeht, und das heißt möglicherweise auch, dass sie sich den Markstein besorgt. Also, wer will mich begleiten?«

»Nur wenn ich muss«, sagte Fenrir, der mit seiner Tasse Tee auf der Ofenbank saß. »Ich werde mir lieber die Gegend ansehen, wenn ihr auf mich verzichten könnt.«

»Ich komme mit«, verkündete Pintel. »In die Stadt, meine ich. Ich habe dort noch einige Bekannte von früher. Ein Besuch in Dalen lohnt sich immer.«

»Ich komme natürlich auch mit«, sagte Lomir. »Ehrensache. Es gibt übrigens keinen Grund, warum wir alle gehen sollten. Um mit einem Schmied zu sprechen, reichen drei Mann völlig aus.«

»Nichts da«, sagte Krona finster. »Ihr könnt nicht wissen, wozu ihr ein zusätzliches Schwert brauchen könnt. Dalen ist ein raues Pflaster.«

»Dann kommst du mit?«, fragte Pintel.

»Einer muss ja aufpassen, dass ihr drei Kleinen nicht zertrampelt werdet.«

»Für jemanden, der nach den Regeln unseres Volkes kaum volljährig ist, nimmst du den Mund ziemlich voll«, sagte Lomir augenzwinkernd. »Aber nichtsdestotrotz, willkommen bei unserer fröhlichen Reisetruppe. Der Bauer hinten am Bach hält einige Ponys. Ich habe mir schon früher welche von ihm geliehen. Keine Sorge! Er hat auch zwei große Pferde.«

»Aber frühstücken darf ich noch, ehe ich mich in den Sattel schwinge?«, knurrte Krona.

»Natürlich«, sagte Lomir freundlich. »Wir wollen doch nicht riskieren, dass du uns unterwegs schwächelst.«

Gegen Mittag des gleichen Tages traf eine ziemlich nasse kleine Reisegruppe vor den Toren von Dalen ein. Die Ponys und das kräftige braune Pferd waren bis zu den Bäuchen mit Schlamm verspritzt, und von den

Kapuzen der Reiter tropfte das Wasser hinunter auf die Hälse der Tiere. Die Stadttore waren geöffnet und wurden gelegentlich von eiligen, vermummten Reisenden passiert, doch Wachen waren nirgends zu sehen.

»Müssen die sich sicher fühlen«, sagte Krona kritisch und wischte sich mit der nassen Hand Regen von der Wange.

»Möchtest du den ganzen Tag hier draußen im Regen stehen?«, fragte Pintel.

»Man weiß, dass einem das blühen kann, wenn man sich zur Wache bewirbt.«

»Seht mal.« Lomir zeigte mit dem Finger. »In der Dienststube brennt Licht.«

Er sprang vom Pferd, wobei er mit gewaltigem *Platsch* in einer der zahlreichen Pfützen landete. Sein Pony, das zu Beginn des Ausfluges weiß gewesen war, machte beleidigt einen Schritt zur Seite und schüttelte den neuerlichen Schwall von Schmutzwasser aus dem Fell.

Auch die anderen kletterten aus den Sätteln. Ihre Pferde hinter sich her ziehend, näherten sie sich dem kleinen, gemauerten Wachhaus hinter dem Stadttor.

»Hallo!«, sagte Lomir laut und klopfte an die halb offen stehende Tür. Stühlerücken kam von drinnen, gefolgt vom Knarzen des Holzfußbodens unter schweren Schritten. Ein großer, grob aussehender Wachmann verbreiterte den Türspalt und spähte hinaus in den Regen.

»Seid gegrüßt und verzeiht die Störung«, sagte Lomir mit einer höflichen Verbeugung. »Wir sind Reisende und kennen uns in der Stadt nicht aus. Wir sind auf der Suche nach einem Waffenschmied. Vielleicht könnt Ihr uns helfen?«

»Die meisten Schmiedebetriebe liegen an der Aurach, im Norden der Stadt«, sagte der Wachmann. »Am besten haltet Ihr Euch stadteinwärts, bis Ihr auf den Gerichtsplatz kommt. Dann haltet Ihr Euch rechts …«

»Verzeiht mir«, unterbrach Lomir die Wegbeschreibung des Wachmannes. »Ich habe mich nicht deutlich genug ausgedrückt. Wir suchen einen ganz bestimmten Waffenschmied. Pintel? Beschreib ihn.«

»Der Mann, den wir suchen, ist ein Zwerg«, sagte Pintel und schob sich neben Lomir in die Türöffnung. »Eine wahrhaft auffällige Erscheinung, denn es fehlt ihm ein Auge, und er hat eine lange Narbe über der linken Gesichtshälfte. Sein Bart ist rötlich und nicht besonders lang – vielleicht so«, er zeigte mit seinen Händen eine reichliche Spanne, »und er hat wirklich riesengroße Hände und Schultern wie ein Troll, falls Ihr mal einen gesehen habt.«

»Ist mir nicht bekannt«, sagte der Wachmann kopfschüttelnd. »Ich kenne nur einen einzigen Zwerg, der in der Stadt als Schmied arbeitet, und auf den passt diese Beschreibung nicht. Aber vielleicht fragt Ihr im Rathaus beim Zunftmeister nach. Sie haben dort Listen von allen, die in der Stadt ein Handwerk betreiben.«

»Wir wissen leider seinen Namen nicht«, sagte Pintel.

»Ihr sucht einen Schmied, dessen Namen Ihr nicht kennt?«, fragte der Wachmann befremdet.

»Wir sahen ihn und seine Arbeit auf dem Herbstfest in Wiesenheim«, erklärte Lomir, ohne mit der Wimper zu zucken. »Wir hatten seinerzeit keine Gelegenheit, mit ihm zu sprechen, aber seine Waffen haben uns sehr beeindruckt. Nun sind wir zu Geld gekommen und möchten es gerne für das eine oder andere seiner Werkstücke ausgeben.«

»Aha.« Der Wachmann bedachte die kleine Gruppe mit einem argwöhnischen Blick.

»Wir sind selbst Händler«, fügte Lomir hinzu. »Wir haben unsere Waren zu schützen. Die Straßen sind unsicher heutzutage, wie Ihr sicher wisst.«

»Ja«, sagte der Wachmann abwartend.

»Ich danke Euch für Eure Hilfe.« Mit freundlichem Lächeln drängte Lomir seine Gefährten rückwärts von der Türschwelle. »Habt noch einen schönen Tag.«

»War das wirklich nötig?«, fragte er Pintel, als sie zurück in ihre mittlerweile nassgeregneten Sättel kletterten. »Es macht mir ja nichts aus, zu lügen, aber ich lege es auch nicht darauf an, wenn ich es vermeiden kann.«

»Tut mir leid«, sagte Pintel geknickt. »Ich habe nicht darüber nachgedacht.«

»Das war offensichtlich.« Lomir rückte sich im Sattel zurecht. »Wir können von Glück reden, wenn er uns nicht einen oder zwei Überwacher hinterher schickt.«

»Dem kann ich abhelfen«, sagte Pintel und wedelte mit den Fingern. »Soll ich?«

»Warte, bis wir wissen, ob wir wirklich verfolgt werden.«

»Ist gut«, sagte Pintel und versenkte die Hände in seinen Manteltaschen.

»Wir hätten fragen sollen, wo sie hier das Rathaus haben«, sagte Nardon, während sie in gemächlichem Trab der Torstraße ins Innere der Stadt folgten.

»Wozu?«, fragte Pintel. »Wir wissen den Namen doch immer noch nicht.«

»Wenn wir uns mit dem Zunftmeister verständigen können, gibt er uns eine Liste von allen eingetragenen Waffenschmieden«, erklärte Nardon. »Zwergen- und Menschennamen unterscheiden sich genug, um eine Zuordnung zu ermöglichen. Und selbst wenn nicht, kann es selbst in einer Stadt dieser Größe nur eine endliche Anzahl von Waffenschmieden geben. Es sollte nicht allzu lange dauern, sie alle aufzusuchen.«

»Was machen wir eigentlich, wenn wir ihn gefunden haben?«, fragte Pintel. »*Hallo, Meister Rotbart, Ihr habt da einen Gegenstand, für den wir uns interessieren, also wärt Ihr so freundlich …?*«

»Wohl kaum«, sagte Lomir.

»Lasst ihn uns doch erst mal finden«, sagte Nardon. »Dann sehen wir ihn uns an, und je nachdem, was er für ein Kerl ist, entscheiden wir weiter.«

»Sehr vernünftig«, sagte Krona und zog geräuschvoll die Nase hoch. »Wenn wir uns bis dahin nicht alle den Tod geholt haben.«

»Wenn du dir von dem bisschen Regen schon den Tod holst, möchte ich wissen, wie du all diese Feldzüge überlebt hast, von denen du immer schwafelst«, sagte Lomir gereizt.

»Das ist ein Unterschied«, sagte Krona. »Kämpfen hält warm, und der Gedanke an eine ordentliche Bezahlung ebenfalls.«

»Beides kann ich dir aber gerade nicht bieten, also halt dich zurück, ja?«

»Leck mich!«

»Herrschaften«, sagte Nardon mit erhobener Stimme. »Ich gebe zu, das Wetter schlägt einem aufs Gemüt, aber reißt euch gefälligst zusammen! Heute Abend werden wir wieder zu Hause sein und uns an einem hübschen Feuer wärmen.«

»Und was machen wir bis dahin?«, erkundigte sich Pintel.

»Wir versuchen es über den Zunftmeister«, sagte Nardon. »Das ist die vernünftigste Lösung.«

Das Rathaus, ein imposantes Gebäude mit bemalter Front und einem hohen Treppenaufgang, war bald gefunden. Während die restlichen

Gefährten in der säulengestützten Eingangshalle warteten, verschwand Nardon erst im Pförtnerhäuschen und dann seitlich in einem langen Gang. Es dauerte geraume Zeit, bis er wieder erschien und ein Blatt Papier schwenkte.

»Ich habe die Namen«, sagte er. »Es war ein wenig mühsam, denn es gibt kein Formblatt für die Herausgabe von Informationen an Fremde, und deshalb tun sie es gewöhnlich nicht. Ich musste wirklich hart arbeiten, bis ich den Amtmann da drin überzeugt hatte.«

»Prima«, sagte Lomir und schaute auf das Papier. »Wie viele sind es? Elf? Na, das ist ja überschaubar.«

»Ist das nicht ein bisschen wenig für eine so große Stadt?«, fragte Pintel stirnrunzelnd.

»Es sind nur die Waffenschmiede«, erklärte Nardon. »Für Hufschmiede, Feinschmiede, Grobschmiede, Goldschmiede und so weiter gibt es jeweils einen extra Amtmann.«

»Hauptsache gut organisiert«, sagte Krona und plätscherte mit der Stiefelspitze in einer Pfütze. »Wir werden jetzt aber nicht etwa zu viert alle elf Adressen abklappern?«

»Ich kenne da eine, die sagt bei jeder Gelegenheit Sätze wie *Wir werden uns auf keinen Fall trennen* oder *Hab ich euch nicht gesagt, ihr sollt euch nicht trennen?*«, warf Lomir ein.

»In diesem Fall rücke ich von diesem Grundsatz ab«, erklärte Krona. »Wir gehen jeweils zu zweit und teilen uns die Adressen auf.«

»Auf nichts ist Verlass«, seufzte Lomir. »Aber bitte schön. Wie du willst.«

»Ich habe gegenüber ein hübsches Wirtshaus gesehen«, sagte Krona. »Zum Goldenen Schwein. Dort treffen wir uns. Gib mir mal die Liste, Nardon.«

»Ich wollte gerade die Adressen in mein Büchlein notieren …«, sagte Nardon, bevor er von einem energisch reißenden Geräusch unterbrochen wurde. »So geht's natürlich auch«, sagte er und nahm die schief abgerissene untere Hälfte der Liste in Empfang.

»Also, Freunde.« Krona faltete ihr Stück der Liste zusammen. »Auf geht's.«

Gegen Abend des gleichen Tages hatte Nardon mehr Schmiedebetriebe gesehen, war mehr schlammige Straßen entlang geritten und hatte öfter nach dem Weg gefragt, als er sich je gewünscht hatte. Er war nicht nur nass, sondern auch müde und frustriert, als sie endlich, es wurde schon dunkel, vor dem Gasthof zum Goldenen Schwein aus dem Sattel rutschten und die Ponys dem Stallburschen in Obhut gaben. Auch Lomir sah angeschlagen aus; nachdem er den ganzen Nachmittag über einen Schmied nach dem anderen in Gespräche verwickelt hatte, damit Nardon sich ungestört umsehen konnte, war er nun ungewöhnlich schweigsam.

Hintereinander betraten sie die warme, rauchige Gaststube und ließen ihre durchnässten Mäntel an der Garderobe neben der Tür. Der Gasthof war jetzt zur Abendessenszeit gut besucht, und die Zwerge konnten sich einen umfassenden Überblick über das Speisenangebot verschaffen, während sie sich zu dem kleinen Tisch hinten in der Ecke vorarbeiteten, an dem sie Krona und Pintel entdeckt hatten. Ein Stapel abgegessener Teller und Schüsseln auf ihrem Tisch und ihre zufriedenen Gesichter verrieten, dass sie sich ihr Abendessen bereits genehmigt hatten.

»Ihr hättet warten können«, beschwerte Lomir sich, während er etwas umständlich auf einen Stuhl kletterte, der ihm eine Handbreit zu hoch war. Pintel rutschte derweil auf seiner Bank zur Seite, um für Nardon Platz zu machen.

»Wir haben gewartet«, versicherte er. »Sooo lange! Aber dann trugen sie immer diese guten Sachen vor unserer Nase herum … Wir dachten, ihr werdet uns schon verzeihen.«

»Wie kommt es, dass ihr so schnell fertig wart?«, fragte Lomir. »Eure erste Adresse muss schon der Treffer gewesen sein.«

»Nicht ganz«, sagte Krona. »Die Frage muss aber lauten: Wie kommt es, dass ihr so lange unterwegs wart? Wir haben schon begonnen, uns Sorgen zu machen.«

»Schneller ging es nicht«, sagte Lomir. »Überall eine kleine Unterhaltung, ein vorgeschobenes Verkaufsgespräch, ein wenig Fachsimpelei über Schwerter und Äxte … nicht, dass ich ein Fachmann wäre, zumindest nicht für die Herstellung – das dauert seine Zeit!«

»Ach so«, sagte Krona. »Ihr habt euch also mit den Leuten unterhalten.«

»Ihr etwa nicht?«, fragte Lomir verwundert.

Krona und Pintel sahen sich an.

»Na ja«, sagte Pintel. »Eher nicht. Sie streckte den Kopf durch die Tür, sah sich den Schmied an, sagte *Verzeihung, falsche Adresse*, und machte die Tür wieder zu. War eine schnelle Sache, eigentlich.«

»Und so gründlich.« Nardon legte die Stirn in die Hand.

»Hat gereicht«, sagte Krona und nahm einen Schluck aus ihrem Becher.

»Was darf ich Euch bringen?«, fragte eine junge Kellnerin in adretter weißer Bluse über Lomirs Schulter hinweg.

»Heißen Gewürzwein«, bestellte Lomir, und auf Nardons Nicken hin: »Zweimal, bitte.«

»Die Wildpastete ist zu empfehlen«, sagte Pintel. »Es gibt so hübsche kleine Petersilienkartoffeln dazu.«

»Wildpastete«, sagte Lomir. »Hier muss völlig unbemerkt der Reichtum ausgebrochen sein.«

»Wir dachten, du als erfolgreicher Geschäftsmann spendierst uns armen Schluckern gerne ein anständiges Abendessen«, sagte Pintel mit zuckersüßem Augenaufschlag.

»Mal sehen. Vielleicht brauchen sie noch jemanden in der Küche oder im Stall. Dann gebe ich euch in Zahlung.«

»Dann lasst uns die Rechnung schnell noch ein wenig verlängern.« Krona reichte ihren Becher der Kellnerin hinüber. »Hier, Schätzchen. Mir noch so eines, ja?«

»Na gut«, sagte Lomir. »Wildpastete dann, für mich.«

»Für mich auch«, sagte Nardon.

»Kommt sofort«, versprach die Kellnerin und warf ein gewinnendes Lächeln in die Runde.

»Was für ein angenehmer, angenehmer Ort.« Lomir verdrehte den Kopf, um dem Mädchen hinterher zu sehen.

»Dann berichtet mal von eurem Erfolg«, sagte Nardon. »Habt ihr euch dem Zwerg zu erkennen gegeben? Habt ihr überhaupt mit ihm gesprochen?«

»Wie kommst du darauf, dass wir ihn getroffen haben?«, fragte Pintel.

»Ganz einfach. Wir haben ihn nicht getroffen, also muss er bei euch dabei gewesen sein, oder wir haben ein echtes Problem.«

»Na ja«, sagte Pintel. »Kein echtes Problem, aber etwas zum Nachdenken. Ich habe das Haus wiedererkannt, aber es war der verkehrte Schmied drin.«

»Hä«, sagte Lomir.

»Genau das waren meine Worte«, sagte Pintel. »Es ist kein Zwerg, sondern, im Gegenteil, könnte man sagen, ein wirklich riesenhafter Mensch. Mittleres Alter, dunkle Haare, bisschen dickleibig. Sein Name ist Odres Toleno.«

»Bist du ganz sicher, dass es das richtige Haus ist?«

»Ja. Irrtum ausgeschlossen. Und um deiner nächsten Frage zuvor zu kommen, ja, wir haben mehr mit ihm geredet als nur *Verzeihung, falsche Adresse*. Ich habe dafür gesorgt, dass er recht gesprächig wurde, und wenn ich es gut gemacht habe, sollte er sich mittlerweile auch nicht mehr so genau an uns erinnern. Er führt den Betrieb schon seit zwanzig Jahren, und er hat nicht vor, daran etwas zu ändern. Er kennt auch keinen Zwerg, auf den die Beschreibung passt. Es ist alles sehr rätselhaft.«

»Dann gibt es nur eine Erklärung«, sagte Lomir. »Der arme Kerl wird in den nächsten Monaten ein plötzliches und tragisches Ende finden.«

»Er sah eigentlich ganz gesund aus«, wandte Pintel ein. »Und so alt ist er auch noch nicht.«

»Herzschlag«, sagte Lomir weise. »Kann ganz schnell gehen, vor allem bei Übergewichtigen.«

»Oh, Mann«, sagte Pintel betroffen. »Der arme Kerl.«

»Noch ist er nicht tot«, sagte Krona. »Vielleicht kriegt er auch einfach nur die Schnauze voll von seinem Geschäft und verkauft den Laden.«

»Würde mir besser gefallen«, sagte Pintel.

»Oder der tote Zauberer hat uns beschissen. Dann wird es schwierig, denn wie reiße ich einem Toten den Arsch auf?«

»Glaub ich nicht«, sagte Pintel. »Normalerweise zwingt der Zauber die Toten, die Wahrheit zu sagen.«

»Aber wenn ich mich recht erinnere, lief es ja nicht ganz so wie im Lehrbuch beschrieben, nicht wahr?«

»Musstest du das erwähnen«, sagte Pintel geknickt.

»Entschuldige«, sagte Krona. »Wie grob von mir, diese schreckliche Erinnerung in dir wach zu rufen.«

»Lass gut sein«, beschwichtigte Lomir. »Er hat schon genug Gewissensbisse deswegen.«

Krona seufzte, wollte nach ihrem Becher greifen, stellte fest, dass der nicht da war, und strich sich mit beiden Händen Haare aus der Stirn.

»Könnte natürlich auch der Weissager gewesen sein, nicht Karcharoth, der uns die Fehlinformation geliefert hat«, sagte Nardon.

»Vielleicht sind wir einfach nur zu früh dran«, sagte Pintel. »Es war Frühling im Weissager. Es kann noch viel passieren während des Winters, auch ohne dass der Schmied sterben muss.«

»Hoffen wir einfach mal, dass der kommende Frühling gemeint ist, nicht irgendeiner«, sagte Krona. »Die Gegend ist zwar nett, aber so lange wollte ich auch wieder nicht bleiben. Ah! Da kommt euer Essen. Und mein Gewürzwein. Danke schön. Ich hatte schon Sehnsucht.«

Das Gespräch kam zum Erliegen, bis die Kellnerin ihr schweres Tablett abgeladen und die Teller und Schüsseln verteilt hatte.

»Es muss der kommende Frühling sein«, sagte Pintel, als sie wieder ungestört waren. »Der Markstein ist aufgewacht, könnte man sagen, oder aufgeweckt worden. Es macht keinen Sinn, dass das erst in einigen Jahren geschehen sollte.«

»Wir gründen uns überwiegend auf Hoffnungen«, sagte Nardon und säbelte ein Stück aus seiner Pastete. »Dass es der kommende Frühling ist, dass die Information überhaupt stimmt, dass wir keinem Betrug aufgesessen sind. Mir gefällt das nicht. Ich hätte gerne mehr Fakten.«

»Dann lass uns Fakten schaffen, indem wir ein wenig Forschung betreiben«, schlug Pintel vor. »Sie haben hier eine der besten Bibliotheken des Königreiches. Wir könnten während des Winters unser Wissen in Dämonologie und Transdimensionalistik auffrischen – oder, in meinem Fall, uns welches zulegen.«

»Ich weiß nicht, ob Bücherlesen mir hilft, mich besser zu fühlen«, seufzte Nardon.

»Nicht?«, sagte Lomir schockiert. »Ich glaube, das ist das erste Mal.«

Der Gewürzwein war heiß, und Krona verbrannte sich prompt die Lippen. Sie merkte selbst, dass sie zu schnell trank. Den Tag über hatte es geholfen, in Bewegung zu bleiben, und Pintels unablässiges Geplapper hatte den Rest erledigt. Jetzt, da sie saß und Pintels Mitteilungsbedürfnis sich gleichmäßig auf alle Anwesenden verteilte, kamen die Gedanken schneller hoch, als sie sie mit Gewürzwein bekämpfen konnte.

Ausgerechnet Breitenbach. Die Götter trieben ein übles Spiel mit ihr, und sie musste entscheiden, ob sie mitspielte.

Aber nicht jetzt. Nicht heute.

Die Tür ging auf, und mit einem Schwall kalter Luft betrat ein neuer Gast die Schankstube. Neben dem Kamin war noch Platz, und der Neuankömmling schälte sich aus seinem schweren, nassen Umhang und setzte sich. Sein halblanges blondes Haar war strähnig vom Regen, seine glatt rasierten Wangen wirkten frisch und gerötet. Kleine Grübchen erschienen in seinen Mundwinkeln, als er die Kellnerin anlächelte, die seine Bestellung aufnahm.

»Krona? Ist was?«

»Hm?«, machte Krona, deren Weinbecher auf halbem Weg zum Mund stehen geblieben war.

Er war höchstens dreißig. Sie würde sich für eine Weile sehr jung fühlen, und Besseres zu tun haben, als über die Scherben ihres Lebens nachzugrübeln.

*Aber ist es nicht genau das, was bleibt? Jeden Tag irgendwie erträglich gestalten.*

»Hörst du eigentlich noch zu?«

»Nur am Rande. Was hast du gesagt?«

»Ich sagte, wir sind ohnehin in der Gegend, wenn wir in die Bibliothek gehen wollen. Da können wir auch gleich regelmäßig nach Toleno sehen.«

»Das ist gut. Ganz meine Meinung. Ich bin sehr gerne hier in der Gegend.«

»Um dich ging es doch gar nicht«, sagte Pintel verwundert. »Oder hast du wissenschaftliche Ambitionen, von denen wir nichts wissen?«

»So würde ich das wohl kaum bezeichnen«, sagte Lomir, drehte sich um und folgte Kronas Blick. Der Blonde lehnte sich in seinem Stuhl zurück, streckte lange, schlanke Beine von sich und ließ den Blick über die anderen Gäste schweifen. Krona lächelte ihn über den Raum hinweg an und prostete ihm zu, und er lächelte erstaunt zurück.

»So einer gefällt dir?«, fragte Lomir verwundert. »Hätte ich nicht gedacht. Er ist so … hübsch.«

»Nenne mir einen Grund, warum Männer nicht hübsch sein sollen«, sagte Krona.

»Es gibt keinen«, gab Lomir zu. »Ich dachte nur, eine Frau wie du würde etwas – nun ja – markantere Männer bevorzugen.«

»Wenn *markant* bedeutet, dass ich gezwungen bin, beim Vögeln die Augen zu schließen, lautet die Antwort nein.«

»Da ist was dran.«

»Ist er nicht ein bisschen jung?«, fragte Pintel und verrenkte sich den Hals, um bessere Sicht zu gewinnen.

»Glaub mir«, sagte Krona. »Nichts steht einer älteren Frau so gut wie ein jüngerer Mann.«

»Tatsächlich«, sagte Pintel beeindruckt.

»Möchte noch jemand ein Urteil über meine Abendbekanntschaft abgeben?«, fragte Krona. »Nardon?«

»Nichts läge mir ferner«, sagte Nardon mit Nachdruck.

»Danke«, sagte Krona. »Nehmt euch ein Beispiel.«

»Wir reden ja bloß«, verteidigte Lomir sich. »Mich interessieren solche Dinge.«

»Du kennst ihn aber doch gar nicht«, sagte Pintel zu Krona.

»Noch nicht«, sagte Krona, nahm ihren Becher und erhob sich. »Ich nehme an, wir werden heute sowieso nicht mehr nach Breitenbach zurück reiten? Es ist schon dunkel, und es regnet immer noch.«

»Wir können uns hier ein Zimmer nehmen und morgen reiten«, sagte Lomir. »Die ganze Aktion hat ja wesentlich länger gedauert als gedacht.«

»Sehr gut. Das wollte ich hören. Wartet nicht auf mich. Könnte später werden.«

Der Junge war ein Volltreffer. Er ließ sich auf einen Gewürzwein einladen, und von ihrem letzten Geld auf noch einen, seine Erzählungen waren unterhaltsam, und sie konnte über seine Witze lachen. Später, als eine kleine Musikantentruppe zum Tanz aufspielte, stellte sich heraus, dass er ein hervorragender Tänzer war, und noch später, in einem dunklen Winkel zwischen Küche und Gastraum, dass er wirklich gut küssen konnte.

Sie bremste seine Begeisterung, sie wollte es nicht heimlich und überstürzt auf der Kellertreppe, er musste ihr die ganze Nacht reichen. Sie drängte ihn zurück in den Gastraum und beglich die offene Rechnung, während er die Mäntel neben der Tür heraussuchte. Die Musiker spielten, und Krona erhaschte einen Blick auf Pintel, der mit der hübschen Kellnerin einen fröhlichen Hüpftanz vollführte. Sie winkte ihm zu, sie war nicht sicher, ob er es sah, und schob sich durch die Tür nach draußen in die kalte Winternacht.

Sie gingen Arm in Arm, frierend unter ihren nassen Mänteln, zum Glück hatten sie es nicht weit. Der Junge wohnte ein paar Straßen weiter, eine schiefe Tür, Tisch und Stuhl und Schlaflager, sein Körper war warm und schwer, und er wusste, wie er sich zu bewegen hatte, und sie nahm alles, was er zu bieten hatte, und in der dunkelsten Zeit vor dem Morgengrauen kam endlich der Schlaf über sie.

Zur völligen Überraschung der Gefährten erschien sie zeitig am nächsten Morgen zum Frühstück.

»Morgen«, sagte sie heiter, und zu der verschlafenen Kellnerin: »Schwarztee, bitte.«

»Du bist früh auf«, bemerkte Lomir zwischen zwei Bissen Rührei. »Hätte ich nicht gedacht.«

»Ich nahm an, wir wollten keine Zeit verlieren. Fenrir soll sich schließlich nicht unnötig Sorgen machen. Er hat uns gestern Abend schon zurück erwartet.«

»Du frühstückst ja gar nicht mit deinem neuen Freund«, sagte Pintel mit vorsichtiger Neugier.

»Muss ich?«, fragte Krona und nahm sich ein Stück Brot aus dem Korb.

»Nein«, beeilte Pintel sich zu sagen. »Natürlich nicht. Ich meinte ja nur …«

»Was er eigentlich sagen wollte, ist: Und, wie war's?«, erklärte Lomir grinsend.

»Kann sein, dass *du* das eigentlich sagen wolltest«, sagte Pintel. »Ich bestimmt nicht. Ich bin viel feinfühliger bei so etwas.«

»Brecht euch nichts«, sagte Krona und sah amüsiert von einem zum anderen.

»Wir nehmen nur Anteil«, sagte Lomir.

»Wie süß von euch.« Krona biss in ihre Brotscheibe.

»Also?«, fragte Lomir, der offensichtlich die Hoffnung noch nicht aufgegeben hatte.

»Nichts also«, sagte Krona. »Ich bleibe grundsätzlich nicht zum Frühstück. Es würde der Sache eine Bedeutung beimessen, die sie nicht verdient.«

»Dann wirst du ihn nicht wiedersehen?«, fragte Pintel.

»Bestimmt nicht«, sagte Krona.

»Der arme Kerl«, sagte Pintel bedauernd.

»Er wird's verkraften«, sagte Krona ungerührt. »Und das war mein letztes Wort in dieser Angelegenheit. Habt ihr euch schon um die Pferde gekümmert? Sind wir startklar?«

»Ja«, sagte Lomir. »Wir können jederzeit aufbrechen.«

Sie sattelten die Pferde und brachten sie auf den Hof, während Lomir die Rechnung beglich. Dann machten sie sich ohne weiteren Verzug auf den Weg zurück nach Breitenbach. Das Wetter tat ihnen einen Gefallen und blieb einigermaßen trocken. Während sie ritten, warf Pintel immer wieder nachdenkliche Blicke hinüber zu Krona, doch sie tat so, als würde sie es nicht bemerken.

Der Winter kam früh in diesem Jahr, und er kam mit Macht. Zunächst legte eine Kältewelle das Land in eisige Starre. Die schlammigen, zerfurchten Straßen gefroren zu steinharten Kraterlandschaften, in deren Tälern die tiefen Pfützen bis auf den Grund gefroren. Die Blätter, die der Herbststurm an den Bäumen gelassen hatte, froren an ihren Zweigen fest und nahmen eine schwärzlich-braune Farbe an, und die borstigen Grasbüschel in Lomirs Vorgarten knirschten unter jedem Schritt und brachen wie Glas. Obwohl sie nichts verschwendeten, schmolz der Holzvorrat zusehends, und die Gefährten begannen, darum zu würfeln, wer am nächsten Tag hinaus musste, um Nachschub zu zerkleinern, denn die Luft schnitt schmerzhaft in die Lungen und atmete sich wie reines Eis.

Ihre regelmäßigen Ausflüge nach Dalen wurden immer beschwerlicher, da Reiten auf den zerklüfteten Straßen nicht mehr möglich war, und bald reduzierten sie die Häufigkeit von zwei- auf einmal in der Woche. Die Überwachung von Odres Toleno ergab im Übrigen keinerlei Neuigkeiten, er ging seiner Arbeit nach und machte nicht die geringsten Anstalten, etwas an seinem Leben zu ändern.

Auch bei den Gefährten stellte sich ein ungewohntes Gleichmaß ein. Das Wetter beschränkte ihren Aktionsradius auf das Dorf, oft sogar aufs Haus. Sie hatten die täglichen Verrichtungen untereinander aufgeteilt, jeder trug seines zur Gemeinschaft bei, und die Tage verstrichen einförmig. Einzig Fenrir bildete mit seiner unregelmäßigen Anwesenheit ein Überraschungsmoment: Er könne unmöglich eine so lange Zeit unter einem Dach verbringen, wie er den Gefährten mitteilte, und da ihm die Kälte nichts auszumachen schien (»Winterpelz«, vermutete Lomir grinsend), ließen sie ihn gehen.

Es war wie Zahnschmerzen. Unmerklich zuerst, kaum mehr als ein fernes Ziehen, doch es steigerte sich mit jedem Tag, bis Krona es nicht mehr ignorieren konnte, sie würde es noch ertragen können für eine Weile, und irgendwann wäre der Tag gekommen, an dem sie mitten hinein musste in den Schmerz, nur dass dieser sich nicht an der Wurzel packen und ausreißen ließ, er konnte lediglich Ruhe geben für eine Weile, wenn sie ihm begegnet war mit aller Gewalt, die sie aufbringen konnte.

Ein Feldzug würde helfen. Einfaches, hartes Leben, die kristallklare Ruhe im Kampf, wenn die Götter eine Münze warfen – Kopf, sie steht es durch, Adler, sie tut auf diesem Acker ihren letzten Atemzug – nur dass sie nie wieder einen Feldzug erleben würde, alles weg, alles, wofür sie so teuer bezahlt hatte, verloren.

Sie schlich um Lomirs Vorräte von Steinhäuser Doppelkorn, doch sie wusste, sie bot keinen schönen Anblick, wenn sie wirklich Ernst machte. Sie würde vielleicht heulen und jedenfalls zu viel erzählen, sie wollte nicht, dass die anderen sie so sahen, sie war angeknackst genug, sie musste nicht vor den Augen aller in Scherben gehen. Sie spürte ohnehin die fragenden Blicke ihrer Gefährten, ihre Anteilnahme an etwas, das sie nicht einmal kannten, aber wann immer jemand nachfragen wollte, trat sie so unwirsch auf, dass sie jedes Mitgefühl im Keim erstickte.

Sie flüchtete sich in das, was ihr noch blieb. Sie bastelte sich eine Übungspuppe aus einer alten Satteldecke und einem Strohballen und funktionierte Lomirs Hinterhof zum Kasernenhof um. Sie bekniete Fenrir, ihr als Trainingspartner zu dienen, doch der lehnte ebenso entschieden ab, als hätte sie versucht, ihn ins Bett zu kriegen. Lomir erklärte sich bereit, ihr die Grundbegriffe im Umgang mit der Axt beizubringen, doch er besaß nur seine Kriegsaxt mit dem Doppelblatt, mit der sie vorsichtig umgehen mussten, um sich nicht zu verletzen, und die für Trainingskämpfe nicht geeignet war. Die Waffe war um einiges zu schwer für Krona, und so begann sie, Klimmzüge an der Teppichstange zu machen und Liegestütze auf dem gefrorenen Boden, bis sie ihre Hände nicht mehr spürte. Sie bearbeitete die Übungspuppe mit den Fäusten, um Schnelligkeit zu trainieren, bis das Strohding unter ihrer Behandlung den Geist aufgab, und die Reste zerkleinerte sie mit Lomirs Axt, bis dieser ihr die kostbare Waffe behutsam, aber entschieden aus den Händen nahm. Immer noch gierte sie nach Bewegung, oder nach der dunklen Erschöpfung, die sich einstellte, wenn sie an ihre Grenzen gegangen war, und so gewöhnte sie sich an, jeden Morgen von den letzten Häusern des Dorfes über die gefrorenen Wiesen hinauf bis zum Waldrand zu rennen und zurück.

Das ging so lange gut, bis sie an einem besonders kalten Morgen in ein Kaninchenloch trat und sich überschlug. Sie kam hart auf dem Boden auf, ihre Zähne knallten aufeinander, und ein stechender Schmerz durchfuhr ihren linken Fuß. Sie zog ihn aus dem Loch und blieb für einen Augenblick liegen. Die eiskalte Luft atmete sich wie Sandpapier. Der Himmel lag bleischwer auf ihr. Durch ihr dünnes Hemd hindurch biss der Frost ihr in die Haut. Keuchend setzte sie sich auf, sie begann schon, vor Kälte zu zittern, und sah hinunter auf das Dorf. Die niedrigen Häuser duckten sich unter ihre Strohdächer. Rauch quirlte aus den Schornsteinen. Irgendwo blökten Schafe.

Sie dachte zurück an die Südlichen Inseln, an weiß gekalkte Mauern, auf denen Eidechsen sich sonnten, an die abrantinische Flagge, wie sie vor einem leuchtend blauen Himmel wehte. Den Duft der Pinienwälder, so wenig vergleichbar mit allem, was sie vorher gerochen hatte.

*Da könntest du noch sein. Wie sie wohl stehen? Ob sie die Roten Höhen gehalten haben? Hättest du bloß nie angefangen, nachzudenken. Dein Kopf ist nicht gemacht dafür. Es kommt nichts Gutes dabei raus, wenn du anfängst, nachzudenken.*

Mühsam arbeitete sie sich in die Höhe und humpelte zurück ins Dorf. Ihr Fuß schmerzte, sie spürte schon, wie er im Stiefel anschwoll, aber er schien nicht gebrochen. Als sie über den Hinterhof das Haus betrat, war ihr nassgeschwitztes Hemd ihr auf dem Rücken festgefroren, und sie konnte sich kaum noch bewegen vor Kälte.

Pintel stand auf einem Hocker hinter der Kochstelle und verschob Pfannen. Es duftete nach gebratenem Speck. Wasser rauschte in dem kupfernen Teekessel, der auf einem Dreibein über dem Feuer stand. Als sie hereinkam, ließ Pintel vor Schreck die Gabel fallen.

»Was ist passiert? Wo kommst du her?«

»Nichts«, murmelte sie mit blauen Lippen und brach auf der Ofenbank zusammen. Pintel sprang zu ihr, und Nardon nahm seinen Platz ein und zog die Pfannen aus dem Feuer.

»Warst du so draußen?«, fragte Pintel besorgt. »Du wirst dir den Tod holen!«

Krona grinste schwach. »Keine Sorge. Der Tod will mich nicht haben. Hier, hilf mir mal aus den Stiefeln.«

Sie stöhnte vor Schmerz, als Pintel ihr den Stiefel über den geschwollenen Knöchel zog.

»Was hast du gemacht?«, fragte Nardon halb besorgt, halb missbilligend. »Auf den Hügeln um das Dorf den Winterkrieg nachgespielt?«

»Man nennt es Training.«

»Das kann nicht gesund sein«, warf Lomir ein, der Geschirr für das Frühstück auf dem Tisch verteilte. »Zu viel Bewegung ist schädlich. Was ist mit deinem Fuß?«

»In ein Loch getreten und auf die Schnauze geflogen. Nicht schlimm.«

»Sag ich doch. Zu viel Bewegung ist ungesund.«

»Du verstehst das nicht«, sagte Krona, die langsam wieder zu Atem kam. »Soldaten müssen regelmäßig trainieren, um einsatzfähig zu bleiben.«

»Mit dem feinen Unterschied, dass du kein Soldat mehr bist.«

»Einmal Soldat, immer Soldat.« Krona wischte sich mit beiden Händen übers Gesicht. »Gibt's Frühstück?«

»Lasst sie«, sagte Nardon. »Sie ist alt genug. Sie weiß es ohnehin besser.«

Krona tauschte ihre Kleidung gegen trockene, warme, und bewegte vorsichtig den verstauchten Fuß, um ihn geschmeidig zu halten. Nach dem Frühstück, während die Zwerge den Abwasch besorgten, nahm sie sich eine Tasse Tee und setzte sich auf die Ofenbank, doch die ersehnte Ruhe stellte sich nicht ein. Sie spürte Pintels Blick und wich ihm aus. Ihre Füße wollten nicht stillhalten, ihre Schulter schmerzte vom harten Aufprall auf dem gefrorenen Boden.

Schützenberg war so nah. Nur durch den Wald und über die Kuppe. Sie wehrte sich mit allen Mitteln, aber sie spürte schon, wie sie sich dorthin auf den Weg machte.

»Möchte mal wirklich wissen, was in dich gefahren ist«, sagte Pintel leise neben ihr. Sie zuckte zusammen. Er kniete neben ihr auf der Ofenbank und sah sie aus seinen riesigen himmelblauen Augen an.

»Meinst du mich?«, fragte Krona überflüssigerweise. »Was soll in mich gefahren sein?«

»Das weiß ich ja gerade nicht«, sagte Pintel. »Ich finde nur, du siehst unglücklich aus. Nicht wie eine, die endlich in dem gemütlichen Winterhaus angekommen ist, von dem sie den ganzen Herbst über geredet hat.«

»Ich bin nicht unglücklich«, sagte Krona mit Nachdruck. »Mir geht's gut.«

»Ich weiß nicht«, sagte Pintel. »Ich finde …«

»Pintel!«

»Ist schon gut«, sagte Pintel geknickt. »Ich dachte einfach, ich frag mal.«

Sie hatte ihn mit Erfolg verscheucht. Er schlurfte hinüber zum Küchenschrank und holte das schmale, aufrollbare Mäppchen heraus, in dem er sein Diebeswerkzeug aufbewahrte. Er nahm es mit zum Tisch und breitete es aus. Aus einem weiteren Beutel holte er eine Reihe von kleinen Tiegeln und Lappen. Dann schob er sich seinen Stuhl näher an den Tisch und begann, die zierlichen Geräte mit einem winzigen Bürstchen zu reinigen. Eine Weile herrschte Stille, nur unterbrochen vom Geklapper des Geschirrs und dem Plätschern aus dem Spüleimer. Dann seufzte Pintel abgrundtief.

»Ich kann's nicht mit ansehen«, sagte er. »Es geht mir wirklich zu Herzen, weißt du? Du in diesem ... Zustand ...«

»Dann schau weg«, knurrte Krona.

»Willst du nicht vielleicht doch …?«

»Geh mir noch einmal damit auf die Nerven, und ich werfe dich aus diesem Fenster.«

»He«, sagte Lomir. »Dies ist mein Haus, und hier wird niemand bedroht, es sei denn, ich tu es selbst. Er meint es nur gut. Ich finde, du solltest eine gewisse Wertschätzung dafür aufbringen.«

Krona starrte finster auf ihre Teetasse hinunter, ohne zu antworten.

Nardon stapelte die letzten sauber gespülten Schüsseln und schob sie ins Regal zurück.

»Vielleicht sollte ich besser nicht fragen«, sagte er im Plauderton an Pintel gewandt, »aber ich würde es trotzdem gerne wissen. Wo hast du das eigentlich gelernt? Dieses Schlösserknacken. Ich meine, das lernt man doch nicht wie Lesen und Schreiben.«

»Nein«, sagte Pintel und grinste. »In der Tat ist es sehr viel schwieriger.«

»Tatsächlich? Nun ja, die meisten Dinge sind schwieriger als Lesen und Schreiben, oder nicht?«

»Ist gut, Superhirn.« Lomir klopfte seinem Freund auf die Schulter. »Setz dich und lass ihn erzählen.«

»Ich hab es von meinem Onkel gelernt«, sagte Pintel, während Nardon der Aufforderung nachkam. »Wir sind eine riesige Sippe, wisst ihr. Ich glaube, ich bin mit der halben Welt verwandt. Ich könnte sogar mit unserer düsteren Kriegerin verwandt sein, ohne es zu wissen, so groß ist meine Verwandtschaft!«

»Bewahre«, warf Krona ein.

»Wer weiß?«, grinste Pintel. »Vielleicht bist du ja meine angeheiratete Großtante dritten Grades?«

»Glaube ich kaum.«

»Mein Onkel jedenfalls«, nahm Pintel den Faden unbeirrt wieder auf. »Ich bin mir gar nicht mal sicher, ob er wirklich mein Onkel ist. Mein Vater nannte ihn *Bruder*, aber das tat er auch mit diesem Zwerg, der für eine Weile bei uns lebte … und mit dem waren wir höchstwahrscheinlich nicht verwandt. Zumindest nicht direkt. Man müsste mal ein paar tausend Jahre zurückgehen …«

»Das Schlösserknacken«, erinnerte Nardon ihn geduldig.

»Ach ja«, sagte Pintel, tunkte das Bürstchen in einen der Tiegel und fuhr fort, das winzige, gebogene Werkzeug zu bearbeiten. »Mein Onkel Thewelin war ein Meister des Schlösseröffnens. Leider war er ein Riese. Größer als jeder andere Mensch, und er wog so viel wie ein Pferd. Eines Tages – besser gesagt, eines Nachts – blieb er in einem Fenster stecken. Das war wohl der Augenblick, in dem er beschloss, die Aufgabe an jemand abzutreten, der kleiner ist. Und ich war der Kleinste.«

»Warum ging er durchs Fenster, wenn er doch so ein meisterhafter Schlösserknacker war?«, fragte Nardon.

»Willst du die Geschichte hören oder nicht?«

»Klar«, sagte Nardon.

»Dann unterbrich mich nicht.«

»Einen Keks?«, fragte Lomir und reichte eine Schüssel herum. »Es hat den Anschein, als könnte die Geschichte länger werden.«

»Ich war immer schon der Kleinste«, fuhr Pintel fort und nahm sich eines der näherungsweise runden Gebilde aus der Schüssel. »Ich habe aufgehört zu wachsen, als ich elf war. Das war auch die Zeit, in der ich zum ersten Mal einen Zauber gewirkt habe. Oder so etwas Ähnliches. Wenn ich richtig wütend war, konnte ich Sachen umwerfen, ohne sie anzufassen. Ich bin nämlich ein Naturtalent«, Stolz klang in seiner Stimme, »die sind selten! Es war natürlich keine richtige Zauberei, weil ich das Ergebnis nicht kontrollieren konnte. Aber es war ein Anfang.«

»Warum hast du nicht gelernt, deine Schlösser mit Zauberei zu öffnen?«, fragte Lomir.

»Weil es mit Werkzeug mehr Spaß macht. Und als ich meine Zauberei-Ausbildung begann, war ich schon ein recht guter Reinlasser.«

»So nennt man das?«

»Wie sonst?«

»*Einbrecher* wäre das Wort, das mir vorschwebt«, schlug Lomir vor.

»*Reinlasser* klingt in Ordnung für mich«, sagte Krona von der Ofenbank aus. »Haltet euch nicht mit Einzelheiten auf, sonst erleben wir das Ende der Geschichte nicht mehr.«

»Mein Onkel Thewelin brachte mir alles bei, was man als Reinlasser so wissen muss«, fuhr Pintel in seiner Erzählung fort, während er das hochglanzpolierte kleine Werkzeug beiseitelegte und sich ein neues vornahm. »Wie man Hunde auf einem Grundstück ablenkt, wie man sich leise bewegt, und wo die typischen Orte sind, an denen Leute ihr Geld verstecken. Ihr dürft nicht glauben, dass wir eine Einbrechertruppe waren. Wir haben das nur getan, wenn es keine andere Möglichkeit gab, und wir haben auch nie alles genommen. Immer nur so viel wie nötig.«

»Es gibt immer eine andere Möglichkeit«, sagte Lomir missbilligend.

»Nicht wenn du eine Gruppe von dreißig wunderlichen Leuten bist«, erklärte Pintel. »Menschen reagieren oft sehr zurückhaltend auf Fremde, und erst recht, wenn sie ein bisschen anders sind.«

»Richtig«, warf Krona ein.

»Zwerge übrigens auch«, sagte Pintel.

»Dann wart ihr nicht sesshaft?«, fragte Lomir, der den Einwurf angelegentlich überhörte.

»Eigentlich schon. Nur nicht immer sehr lang. Wenn ein Reicher seine Juwelen mit dir teilt, ohne es zu wissen, solltest du nicht mehr da sein, wenn er seine Großzügigkeit bereut.«

»Und wie oft kam das vor?«

»Unterschiedlich. Im Winter häufiger, wenn die Vorräte zu Ende gingen. Aber auch wieder seltener, wenn Schnee lag, der eine eilige Abreise verhindert hätte. Als ich mir meine ersten Zaubertricks beigebracht hatte, bin ich abends durch die Gasthäuser gezogen und hab sie vorgeführt. Dafür gab es manchmal Geld oder ein warmes Essen.«

»Klingt nach einer harten Kindheit«, sagte Lomir.

»Gar nicht«, widersprach Pintel. »Ich hatte eine sehr glückliche Kindheit. In einer so großen Familie gibt es immer einen, der gerade etwas Spannendes tut und dich mitnimmt. Es war toll.« Er seufzte tief und starrte vor sich auf den Tisch, das Bürstchen in seiner Hand kam zur Ruhe. »Ich hab sie alle viel zu lange nicht gesehen«, sagte er traurig. »Seit ich mein Stipendium an der Academia Arcana bekam und ein richtiger Zauberer wurde, war ich immer seltener dort. Es ist auch nicht ganz einfach, sie zu besuchen. Man weiß ja nie, wo sie gerade sind.«

»Wie lange hast du sie nicht gesehen?«, fragte Lomir.

»Über ein Jahr«, sagte Pintel düster.

»Das geht ja noch«, sagte Krona. »Es gibt Leute, die ich viel länger nicht gesehen habe.«

»Ein Jahr kann lang sein, wenn man die Leute vermisst«, sagte Pintel.

»Das ist allerdings auch richtig«, gab Krona zu und stand auf, um sich Tee nachzuschenken.

»Was ist mit dir?«, sagte Pintel und sah zu ihr hinauf, als sie an ihm vorbei kam.

»Fängst du schon wieder an?«, fragte Krona.

»Bestimmt nicht«, beeilte sich Pintel zu versichern. »Aber eine Frau wie du hat sicher eine interessante Kindheitsgeschichte. Willst du sie nicht erzählen?«

»Gute Idee«, sagte Lomir. »Mir ist nach Geschichtenerzählen.«

»*Die* Geschichte willst du nicht hören«, sagte Krona.

»Ich hatte schon vermutet, dass sich hinter dieser harten Schale eine schrecklich traurige Kindheit verbirgt«, sagte Lomir mit übertrieben gespielter Anteilnahme.

»So schlimm war's auch wieder nicht.« Krona kehrte auf ihre Ofenbank zurück. Die Katze, die den klangvollen Namen »Mausefalle«, nicht mehr losgeworden war, sprang zu ihr und rollte sich auf ihrem Schoß zusammen. Mit der freien Hand begann Krona automatisch, sie zu streicheln.

»Jetzt zier dich nicht«, sagte Pintel. »Wir fangen auch ganz einfach an. Wo bist du denn aufgewachsen?«

»Burg Waldeck, drüben auf Lichtenau«, sagte Krona.

»Wie nobel«, sagte Lomir erstaunt.

»Hielt sich in Grenzen. Meine Mutter war dort Köchin.«

»Und dein Vater?«

»Der Burgherr. Laut meiner Mutter, aber er hat es nie zugegeben.«

»Schweinerei«, sagte Pintel entrüstet.

»Üblich in Adelskreisen«, sagte Krona schulterzuckend. »Wenigstens hatte er Anstand genug, uns nicht davonzujagen, wie es andernorts mit Mätressen geschieht, die Kinder kriegen.«

»Und?«, fragte Pintel eifrig.

»Was, und?«, fragte Krona zurück.

»Wir wollen Einzelheiten wissen«, sprang Lomir dem kleinen Zauberer bei.

Kronas Finger wechselten in den Nacken der Katze und begannen zu kraulen, was diese mit leisem Schnurren belohnte.

»Ich weiß nicht, was da so spannend dran ist. Ich bin praktisch in der Küche aufgewachsen. Was nicht der schlechteste Ort war in dieser Burg, besonders nicht im Winter. Es war immer warm, und zu essen fiel auch immer was ab. Und Katzen gab es haufenweise.« Sie spürte die Andeutung eines Lächelns in den Mundwinkeln. »Wir haben ihnen so viel Wurst und Sahne gegeben, dass sie am Schluss keine Mäuse mehr fangen mochten.«

»Wie kam es, dass du Kriegerin geworden bist und keine Köchin?«, fragte Pintel.

Das Lächeln verschwand aus Kronas Gesicht. »Für das eine hatte ich Talent, für das andere nicht«, sagte sie. »Und ich hab gesehen, was meine Mutter erdulden musste. Ich hab schon sehr früh begriffen, dass man in der Lage sein muss, sich zu wehren.«

»Wie kommt ein Küchenmädchen an eine Kriegerausbildung?«, fragte Lomir.

»Nicht ganz einfach«, sagte Krona. »Zuerst habe ich auf dem Kasernenhof zugesehen, wenn die ritterlichen Söhne unterrichtet wurden. Dann habe ich mir ein Holzschwert gebastelt und heimlich geübt. Als das kaputt war, hat mir der älteste Sohn, Elwig, der wahrscheinlich mein Halbbruder war, ein altes Übungsschwert besorgt. Aus Stahl. Das war für mich das Größte. Ich hab monatelang Kuchen geklaut, um ihn zu bezahlen.«

»Was für eine nette Vorstellung«, sagte Lomir grinsend. »Wie alt warst du da?«

»Keine Ahnung«, sagte Krona. »Zwölf, vielleicht dreizehn.«

»Und dann?«, fragte Pintel eifrig.

»Ich weiß nicht mehr so genau. Ein paar Jahre später kam ein Junge von einem anderen Hof nach Waldeck, als Schildknappe. Bertram, glaube ich. Er war etwa in meinem Alter. Vielleicht siebzehn. Der bekam die Ausbildung, die ich so gerne wollte. Ich war keine schlechte Kämpferin für mein Alter, ich war groß und hatte Kraft, aber irgendwann kommst du an den Punkt, an dem es ohne Technik nicht mehr weiter geht. Ich verstand mich ganz gut mit Bertram. Er war ein ganz süßer Junge. Blond, mit hübschen Locken.«

»Du warst verknallt«, sagte Lomir und grinste immer noch.

»Wie schön, dass du so viel Spaß hast bei meiner eigentlich nicht sonderlich lustigen Geschichte«, sagte Krona. »Aber ja, ich war verknallt in ihn. Es wurde natürlich nicht gerne gesehen, dass wir Zeit miteinander verbrachten. Genauer gesagt, es war verboten, ich gehörte schließlich zum Personal. Wir haben uns dann heimlich getroffen. Er brachte mir bei, was er auf dem Kasernenhof gelernt hatte, das war eine Menge. Sie hatten extra einen namhaften Ausbilder verpflichtet. Als Gegenleistung durfte er – nun ja. Sagen wir, seine Neugier befriedigen.«

»Ihr habt gefummelt«, sagte Lomir, sein Grinsen hatte mittlerweile kaum mehr Platz zwischen seinen Ohren.

»Auf dich ist doch Verlass«, sagte Krona. »Du bringst es auf den Punkt.«

»Und warum auch nicht?«, sagte Lomir. »Wenn ich euch erzählen würde, mit wem ich schon gefummelt habe, und unter welchen Umständen, käme der Frühling, bevor ich fertig wäre.«

»Ein andermal«, sagte Pintel. »Jetzt will ich erst diese Geschichte hören. Wie schön! Jetzt kommt der romantische Teil.«

»Kommt er nicht«, sagte Krona. »Das Ganze ging etwa ein Jahr lang gut. Wir haben beide eine Menge gelernt in dieser Zeit – Lomir, wenn du das Ende erfahren willst, behalt deine Kommentare für dich! Schwierig wurde es, als Fummeln ihm nicht mehr reichte. Ich wollte nicht. Ich hatte an meiner Mutter gesehen, was passiert, wenn man sich mit Adligen einlässt. Ich hatte nicht die geringste Lust, mein Leben mit einem vaterlosen Kind in einer Küche zu fristen. Ich hab nein gesagt, und er hat es nicht verstehen wollen. Ich hab ihm einen Zahn ausgeschlagen. Und dann war da noch ein anderer Bursche. Ein Spielmann. Jung und furchtbar ängstlich, aber er kam gerade zur rechten Zeit. Wir haben uns ganz gut verstanden, auf eine bestimmte Art, und ich dachte, wenn ich jetzt auf ein Abenteuer ziehe und etwas Großes vollbringe, könnte er ein Lied darüber dichten und mich berühmt machen.«

»Der völlig blauäugige Plan einer sehr jungen Springinsfeld-Kriegerin.«

»Was willst du? Der Plan ging auf.«

»Ihr habt ein Abenteuer gefunden? Was war es? Eine echte Heldentat?« Pintel war kaum auf seinem Stuhl zu halten.

Krona gähnte. »Wir haben einen Drachen vor einer bösen Jungfrau gerettet.«

»Dir ist klar, dass die Geschichte normalerweise andersherum geht?«, schaltete sich Nardon ein.

»Tja«, sagte Krona. »Ist vielleicht der Unterschied zwischen einer Geschichte und dem wirklichen Leben.«

»Und dass Drachen ausgestorben sind ... womöglich nie existiert haben ...«

»Er war der letzte. Hat die große Abreise verschlafen, oder so ähnlich.«

Nardon zog skeptisch die Augenbrauen hoch.

»Gab es auch einen Prinzen in diesem Abenteuer?«, fragte Pintel.

»Tatsächlich, den gab es«, sagte Krona. »Den mussten wir auch noch retten. Himmel, wir hatten echt gut zu tun.«

Pintel schaute etwas enttäuscht drein, und Krona nutzte die Gelegenheit, um ihre Geschichte zum Ende zu bringen.

»Jedenfalls gab die Sache mit dem Drachen mir genug Auftrieb, um mich für das Militär zu melden ... Wo sie mich schließlich nahmen, obwohl ich eine Frau war. Alle glücklich, Ende der Geschichte.«

»Schade«, sagte Pintel. »Ich hätte mir ein anderes Ende gut vorstellen können. Krona und der Prinz, was für ein schönes Paar! Sie lieben sich so sehr, dass sie sich gegen alle gesellschaftlichen Beschränkungen durchsetzen. Er verzichtet auf seinen Adelstitel, sie legt ihr Schwert nieder, und sie heiraten heimlich und bauen irgendwo am Ende der Welt ein Häuschen und kriegen viele süße Kinder und leben glücklich bis ans Ende ihrer Tage.«

»Bestimmt nicht. Vor allem der Teil mit dem Dorf und den süßen Kindern. Glaub mir, das ist nichts für mich.«

Pintel seufzte tief und stützte das Kinn in die Hände. »Hast du jemals später dran gedacht?«, fragte er. »Ans Heiraten, meine ich?«

»Ihr wolltet meine Kindheitsgeschichte hören«, sagte Krona. »Die ist beendet, und eine andere gibt's nicht.«

»Ich würde gerne irgendwann heiraten«, sagte Pintel nachdenklich. »Aber das ist so schwierig. Es müsste eine wirklich sehr kleine Frau sein.«

»Eine Zwergin?«, schlug Lomir sofort vor. »Ich könnte dir ein paar sehr nette junge Zwerginnen vorstellen.«

»Selbst Zwerginnen sind größer als ich«, sagte Pintel trübe.

»Macht nichts«, sagte Lomir. »Du musst nur eine finden, die innere Größe zu schätzen weiß.«

»Das ist schwierig, wenn alle Frauen dir über den Kopf streicheln und dich *niedlich* finden«, seufzte Pintel.

»Hm«, sagte Lomir. »Macht auch nichts. Der Winter ist noch lang, und ich kenne wirklich einen Haufen nette Mädels. Ich höre mich mal etwas um. Da sind sicher einige heiratswillige darunter.«

»Wer heiratet?«, fragte Fenrir und steckte den Kopf durch die Tür.

»Pintel.« Krona grinste breit. »Eine Zwergin. Im Frühjahr.«

»Was?«, sagte Fenrir entgeistert.

»So entstehen Gerüchte«, sagte Pintel. »Komm rein, Fenrir, und mach die Tür zu. Es zieht. Und übrigens, ich heirate niemanden, und schon gar nicht nächstes Frühjahr.«

»Warum so ablehnend«, sagte Lomir. »Nur weil du die Dame noch nicht kennst, musst du dir nicht gleich alle Möglichkeiten verbauen!«

Fenrir trat ein und schloss die Tür hinter sich. Er trug seine übliche leichte Wildniskleidung und wirkte nicht im Geringsten durchgefroren.

»Hallo, Fenrir«, sagte Krona und ließ die Katze von ihrem Schoß, die sich mit gesträubtem Schwanz in ihren Rückzugswinkel zwischen Holzkorb und Rückwand flüchtete. »Wie war dein Ausflug? Dünnes Mäntelchen für die Jahreszeit, findest du nicht?«

»Wer sagt denn, dass ich bei diesem herrlichen Wetter auf zwei Beinen unterwegs bin?« Fenrir zeigte die Zähne bei etwas, das wohl ein Lächeln sein sollte. »Wie könnt ihr es nur hier drin aushalten?«

»Sehr gut, danke der Nachfrage«, sagte Nardon. »Es ist warm, es gibt Tee, und für Leute, die dringend Bewegung brauchen, gibt es den Hinterhof.«

»Tee ist jetzt gerade richtig«, sagte Fenrir, legte seinen Mantel ab und bediente sich am Teekessel. »Was macht ihr gerade? Außer übers Heiraten zu sprechen, meine ich?«

»Wir tauschen Kindheitsgeschichten aus«, sagte Pintel. »Lomir ist dran.«

»Ich?«, sagte Lomir erfreut und geschmeichelt. »Tatsächlich?«

»Ich hatte lediglich Pintel gefragt, von wem er sein Schlösseröffnen gelernt hat«, sagte Nardon. »Aber die Situation ist mir entglitten.«

»Ich will's gerne hören«, sagte Pintel.

»Siehst du«, sagte Lomir. »Du kannst raus gehen und ein paar Klimmzüge machen, wenn's dir zu langweilig wird.«

»Ich glaube nicht.« Nardon gähnte. »Ich nehme lieber noch einen Keks. Du darfst nicht vergessen, deine Geschichte kenne ich schon. Schließlich war ich dabei.«

Fenrir reichte ihm im Vorbeigehen die Schüssel und setzte sich dann mit einem dampfenden Teebecher zu Krona auf die Ofenbank.

»Nun erzähl schon«, drängte Pintel, dessen Arbeit an seinen Werkzeugen endgültig zum Erliegen gekommen war.

»Alles begann an einem warmen Sommermorgen, in einem schattigen, grünen Wäldchen«, holte Lomir aus und lehnte sich behaglich zurück.

»Götter«, sagte Krona. »Denkst du bitte an meine Lebenserwartung? Die ist nicht mehr so irrsinnig hoch, und ich würde das Ende der Geschichte gerne erleben.«

»Pssst«, zischte Pintel böse.

»Meine Pflegeeltern waren schon früh unterwegs. Sie wollten einen kleinen, romantischen Morgenspaziergang machen, bevor sie sich ihren täglichen Pflichten widmeten. Sie waren damals frisch verlobt und planten die Hochzeit, und mein Vater führte gerade seinen Tuchhandel zu ersten Erfolgen. Sie gingen also zwischen Moos und Farnen spazieren und hielten Händchen, als sie plötzlich das Weinen eines Kindes hörten.«

»Das warst du«, sagte Pintel gebannt.

»Genau«, sagte Lomir. »Unter einer alten Eiche, zwischen ihren dicken Wurzeln, fanden meine Eltern ein getöpfertes Gefäß, in dem es zappelte. In dem *ich* zappelte«, verbesserte er sich. »Ich war in eine aufwendig gearbeitete Wolldecke gewickelt, und mein Name stand in Zwergenrunen auf einem flachen Stein.«

»Und konnten deine Eltern Zwergenrunen lesen?«, fragte Pintel.

»Mein Vater. Als Händler hatte er immer wieder auch mit Zwergen zu tun. Er war ein wirklich gebildeter Mann, und weit gereist. An diesem Morgen jedenfalls nahmen sie mich mit nach Hause. Sie sahen es als ein Zeichen der Götter an, dieses kleine Zwergenkind groß zu ziehen.«

»Zumindest so groß wie möglich«, warf Fenrir von der Ofenbank aus lächelnd ein.

»Genau«, sagte Lomir ungerührt. »Ich war ihr erstes Kind. Natürlich haben sie es sich in den nächsten Jahren nicht nehmen lassen, selber noch welche zu bekommen. Vier an der Zahl. Andres, der jetzt den Tuchhandel weiterführt. Jakob, der das auch versucht hat …«, Lomir schüttelte lächelnd den Kopf, »Er hat einfach kein Gefühl für Zahlen. Englin, die mich bereits zum fünffachen Onkel gemacht hat … Alheit, auch drei Kinder. Sie hat das Schreiberhandwerk gelernt. War immer die Klügste von uns …«, Lomir seufzte. »Alle meine Neffen und Nichten sind bereits selbst erwachsen, und es gibt auch schon den einen oder anderen Großneffen … Die Zeit vergeht so schnell bei euch Menschen«, sagte er ungewöhnlich ernst. »Nicht mehr lang, und ich werde der Einzige von allen Geschwistern sein, der noch lebt. Ich werde meine Ur-Ur-Ur-Ur-Ur-Ur-Großneffen und –nichten kennenlernen …«

»Interessanter Gedanke«, sagte Pintel. »Aber gleichzeitig frustrierend.«

»Genau«, sagte Lomir.

»Wie war das so?«, fragte Krona. »Als einziger Zwerg unter Menschen?«

»Ich war nicht wirklich der Einzige«, sagte Lomir. »Vielleicht der Einzige, der in einer Menschenfamilie aufwuchs. Aber die Insel der Stürme ist nicht sonderlich groß. Menschen und Zwerge mussten dort immer schon eng zusammenrücken. Es gab eine Zwergensiedlung keine halbe Länge Fußmarsch entfernt.«

»Tiefensee«, warf Nardon stolz ein. »Mein Heimatort.«

»Der Austausch zwischen Tiefensee und Redingen war lebhaft«, fuhr Lomir fort. »Nicht nur, was den Handel betrifft. Menschen und Zwerge kamen dort immer schon besser miteinander aus als anderswo. Ich habe zuerst eine menschliche Schule besucht, aber später für einige Jahre noch eine zwergische. Und weil ich in Zwergenrunen einiges aufzuholen hatte, hat man mich neben den Klassenbesten gesetzt.« Er grinste Nardon an.

»Er hat mir Süßigkeiten angeboten, um meine Hausaufgaben abschreiben zu dürfen«, sagte Nardon lächelnd.

»Und?«, fragte Pintel. »Durfte er?«

Nardons Lächeln verbreiterte sich. »Kam immer drauf an, was er anzubieten hatte«, sagte er.

»Wie niedlich«, sagte Krona kopfschüttelnd.

»Wir haben alle mal klein angefangen«, sagte Lomir.

»Und manche kleiner als andere«, sagte Krona.

»Das reicht jetzt. Genug Zwergenwitze für heute.«

»Hattet ihr wirklich einen tiefen See in Tiefensee?«, fragte Pintel. »Ich dachte, Zwerge mögen kein Wasser.«

»Wer hat dir denn das erzählt?«, sagte Nardon. »Zwerge mögen kein Wasser, das über ihrem Kopf zusammenschlägt, aber damit sind sie ja wohl nicht allein. Und Tiefensee hat tatsächlich einen See.«

»Sonst wäre der Name unsinnig«, warf Lomir ein.

»Er ist flach«, sagte Nardon, »aber er liegt tief im Berg. Daher der Name.«

»Ein toller Ort«, schwärmte Lomir. »Eine große Höhle, die weit oben einen Ausgang zum Tageslicht hat. Wenn die Sonne scheint, fallen die Sonnenstrahlen bis hinunter auf die Wasseroberfläche. Romantisch, sag ich euch! Bisschen kühl, aber wenigstens hat man einen Grund, zusammenzurücken. Ich war dort immer mit meiner ersten Freundin, Lotti …«

»Das waren die Zeiten, in denen sein Interesse an meinen Hausaufgaben plötzlich abriss«, bemerkte Nardon trocken.

»Lotti war beinahe so gut in der Schule wie du«, sagte Lomir. »Ich konnte das eine mit dem anderen verbinden.«

»Du hast also ein Mädchen an einen kalten, nassen, dunklen Ort geschleppt, um sie für dich arbeiten zu lassen«, fasste Krona zusammen. »Wenn das der unter Zwergen übliche Sinn für Romantik ist, müsst ihr euch nicht wundern, dass es so wenige von euch gibt.«

»Du hast ja keine Ahnung«, sagte Lomir, aber er klang nicht beleidigt. »Ich musste kein Mädchen irgendwohin schleppen. Sie sind immer gerne und freiwillig mitgegangen. Und Rechenergebnisse zu vergleichen, nachdem man sich etwas entspannt hat, ist ja wohl kein Verbrechen.«

»Ehe du tiefer in diese Erinnerungen einsteigst«, sagte Krona, »es ging um Kindheitsgeschichten. Nicht um Liebesabenteuer.«

»Och, ich bin da flexibel«, warf Pintel ein.

»Ich aber nicht«, sagte Krona.

»Komm schon«, grinste Lomir, dem die Sache offenbar Spaß machte. »Du hast dich bisher nicht sehr zurückhaltend gezeigt, wenn es um Liebesabenteuer ging.«

»Das heißt aber nicht, dass ich deine hören will«, sagte Krona.

»Sehr klug«, sagte Nardon. »Es sind unendlich viele Geschichten, und wenn man eine kennt, kennt man sie alle.«

»Klimmzug?«, sagte Lomir süß.

»Nein danke«, sagten Krona und Nardon gleichzeitig.

»Du kannst mir später von Lotti erzählen«, schlug Pintel vor. »Bring doch erst mal die eigentliche Geschichte zu Ende.«

»Nichts über Lotti?«

»Nein.«

»Erina? Nele? Mona?«

»Nein!«

»Agatha? Ketelina?«

»Aufschneider.«

»Ich bin aber schnell fertig mit meiner Geschichte, wenn ich all die pikanten Details auslassen soll.«

»Wir hätten es wissen müssen«, sagte Krona frustriert. »Wir hätten ihm ein Kissen aufs Gesicht drücken sollen, als er begann, zu erzählen.«

»Ich machte meinen Schulabschluss als zweitbester des Jahrgangs«, fasste Lomir zusammen. »Ich begann eine Lehre als Silberschmied bei Raudur Goldmann in Tiefensee, brach sie aber nach drei Jahren ab, als ich mein eigentliches Talent entdeckte: den Handel. Meine eigenen Schmuckstücke waren eher gewöhnlich, aber der Umsatz stieg sprunghaft, sobald ich im Verkauf war. Ich entdeckte dann einige neue Vertriebswege auf der Insel und ging auf meine ersten Handelsreisen. In den folgenden Jahren stieg die Nachfrage in einem Maß, dass mein Arbeitgeber noch drei weitere Schmiedegesellen einstellen musste! Alles lief großartig, bis zu dem Tag, als man Raudur und zwei seiner Mitarbeiter erschlagen in ihrer Werkstatt fand.« Lomirs Gesicht verdüsterte sich. »Es war ein Raubüberfall. Ich war gerade von einer Handelsreise zurückgekehrt, als es geschah. Raudurs Sohn, Kopar, und ich brachen sofort auf.

Wir verfolgten die Mörder bis nach Ording. Dort konnten wir sie stellen. Dummerweise wehrten sie sich. Es kam zu einem Kampf, und als er vorbei war, gab es keine Gelegenheit mehr, sie bei den örtlichen Behörden abzuliefern – sie hatten sich gewehrt, bis sie tot waren.«

»So etwas kommt vor«, sagte Fenrir gleichmütig.

»Und wie ging es weiter?«, fragte Pintel gespannt.

»Nardon hatte in der Zwischenzeit sein Studium begonnen und hatte ein Stipendium in einer dieser wissenschaftlichen Einrichtungen bekommen.«

»Universitas Generalis in Südhafen«, warf Nardon stolz ein. »Die erste Adresse für Wissenschaftler. Nie gehört? Wirklich nicht?«

»Ich war mal in Südhafen stationiert«, sagte Krona. »aber Wissenschaftler sind mir da keine aufgefallen.«

»Wissenschaftler pflegen im Allgemeinen auch eher sparsamen Umgang mit Soldaten«, sagte Nardon.

»Jedenfalls hatte ich ja gerade keine berufliche Verpflichtung, und so beschloss ich, Nardon dorthin zu begleiten«, fuhr Lomir fort.

»Ich war wohl der erste Student, der seine eigene Leibwache mitbrachte«, sagte Nardon grinsend.

»Die hattest du auch bitter nötig. Du hattest diesen Kriegshammer deines Vaters, und du konntest ihn kaum vom Boden heben.«

»Ich hab mich einfach nicht so viel auf dem Schulhof geprügelt wie du.«

»Während Nardon seine Studien betrieb, reiste ich ein wenig auf den Inseln herum und nahm die eine oder andere Gelegenheitsarbeit an.«

»So lange, bis seine wilden Geschichten meine Neugier weckten«, sprang Nardon ein. »Ich konnte nicht die Hälfte glauben von dem, was er mir erzählte, und jetzt, da ich mehr von der Welt gesehen habe, glaube ich davon nicht mehr ein Viertel. Ich nahm einige Freisemester, und wir erlebten einen Haufen haarsträubender Abenteuer. Lomir ist wirklich ein Magnet für Außergewöhnliches.«

»Shakh, zum Beispiel, der noch im Tod seinen Häschern entrann …«

»Nicht diese Geschichte!«

»Warum nicht? Ist sie nicht gut?«, warf Pintel ein, doch Nardon schüttelte energisch den Kopf. »Ein andermal«, sagte er. »Diese Geschichte ist zu lang und zu verwickelt, um sie mit Kindheitsgeschichten zu vermischen.«

»Schön«, sagte Pintel glücklich. »Dieser Winter wird noch ein paar Wochen anhalten. Mehr als genug Gelegenheit.«

»Wer ist jetzt dran?«, fragte Lomir. »Nardon?«

»Ich wüsste nicht, was ich erzählen sollte, das nicht in deinem Bericht bereits enthalten gewesen wäre«, sagte Nardon schulterzuckend. »Meine Kindheit war wenig aufregend. Ich habe zwei jüngere Brüder. Meine Mutter stammt aus Erendor. Da mein Vater sich aber nicht vorstellen konnte, an einem anderen Ort als auf der Insel zu leben, hat sie sich ihm zuliebe dort mit ihm niedergelassen. Wir Inselzwerge sind schon ein besonderes Volk«, fügte er mit leichtem Lächeln hinzu. »Wir hängen an unserem Muttergestein, noch mehr, als Zwerge es ohnehin tun. Vielleicht, weil so viel Wasser drum herum ist. Meine Eltern jedenfalls haben den Grundstein für meine spätere Bildung gelegt. Es war ihnen wichtig, dass ich Wissen sammle, wo immer ich es bekommen kann, und dass ich in der Schule gute Noten schreibe.«

»Die sind also schuld«, sagte Lomir grinsend. »Als ich ihn kennen lernte, dachte ich, es sei eine Laune der Natur, dass ihm ein Buch vor dem Gesicht fest gewachsen ist.«

»Mein Leben war bisher von meiner wissenschaftlichen Karriere geprägt«, sagte Nardon. »Abgesehen von einer gewissen Reiselust, die mich immer mal wieder aus meinem Studierzimmer treibt. Insofern bin ich mit meinem Bericht tatsächlich schon am Ende.«

»Bist du selbst mal in Erendor gewesen?«, fragte Pintel.

»Als Kind und als sehr junger Zwerg«, sagte Nardon. »Ich habe Onkel und Tanten dort.«

»Und? Wie ist es dort?«

»Es gibt das oberirdische und das unterirdische Erendor«, erklärte Nardon. »Das oberirdische ist nicht viel anders als der Rest des Landes. Es existiert ja offiziell nicht mehr, daher gibt es keine Grenzen oder Ähnliches. Die Zwerge dort haben aber ihre Zugehörigkeit zu Abrantes nie offiziell anerkannt, und werden es wohl auch nie tun. Das unterirdische Erendor ist das eigentlich Sehenswerte. Die Legende besagt, dass Brainn, der Erste Lehnsherr von Erendor, eine Vision von Gròr persönlich erhielt, in der er angewiesen wurde, genau dort ein Reich zu errichten. Er tat es und ließ graben, und sie stießen auf die ergiebigsten Goldminen, die je gefunden wurden. Genau genommen ist Erendor Unter dem Berg eine einzige riesige, bewohnte Goldmine.«

»Klingt nicht besonders gemütlich«, warf Pintel ein.

»Das ist es aber«, sagte Nardon. »Wobei gemütlich vielleicht nicht der richtige Begriff ist. Es ist großartig. Beeindruckend. Einzigartig. Sie haben Lichtschächte, in denen Kristalle das Tageslicht ins tiefste Innere des Berges leiten. Größere Strecken kann man in Kanälen auf flachen Booten zurücklegen, und ein Belüftungssystem sorgt für frische Luft, ohne dass man einen einzigen Windhauch spürt. Dann gibt es die Säulenhallen. Riesige Säulen, so dick, dass drei Männer sie nicht umspannen können, und dabei anmutig wie Grashalme. Die Halle des Ersten Lehnsherren ist die größte und schönste, die ich je gesehen habe. Sie ist so groß, dass man vom einen Ende aus das andere nicht sehen kann.«

»Graben sie noch nach Gold?«, fragte Pintel.

»Ja«, sagte Nardon, »aber sie finden nicht mehr viel. Die großen Goldadern sind erschöpft, und mit ihnen die Macht und der Einfluss Erendors. Die goldenen Zeiten sind für sie in jeder Hinsicht vorbei.« Er lächelte traurig. »Vor tausend Jahren hätte man dort sein müssen. Es soll praktisch keine Armut gegeben haben. Kunst und Handwerk standen in voller Blüte. Die Kunstwerke aus jenen Zeiten lassen die Zwerge heute noch staunen, und politisch war Erendor die beherrschende Macht auf Bergen.«

»Kein Wunder«, warf Lomir ein. »Die Menschen hatten sich ja noch nicht weiträumig politisch organisiert. Das Königreich Abrantes existierte noch nicht.«

»Es existierte der Verbund der Landesfürsten«, verdeutlichte Nardon, »der größtenteils von Erendors Wirtschaftskraft und ihrem technischen Wissen abhängig war. Die Menschen hätten sich nie so schnell entwickelt ohne das Wissen der Zwerge.«

»Besten Dank«, sagte Krona finster. »Macht nur so weiter, und ich beginne mich zu fühlen wie der Dorftrottel.«

»Es war so«, sagte Nardon. »Das sind gefühlsunabhängige Fakten. Letztendlich haben die Zwerge selbst den Menschen zu ihrer Vormachtstellung verholfen, die ihnen jetzt zum Verhängnis wird.«

»Sie sollten ein wenig Werbung machen«, sagte Lomir. »*Besucht Erendor, so lange es noch steht*, oder so ähnlich. Besucher bringen Geld, und das würde die örtliche Wirtschaft ankurbeln, und wenn das geschehen ist, baue ich dort vielleicht sogar ein Lebensmittelgeschäft.«

»Mach nur«, sagte Nardon kopfschüttelnd. »Lass dich nicht bremsen.«

»Wovon leben sie eigentlich?«, fragte Pintel. »Es wächst doch nichts unter der Erde?«

»Sie haben Gärten in unzugänglichen Gebirgstälern. Das hat Tradition, denn Erendor ist nicht zuletzt eine Festung, eine nahezu uneinnehmbare, wenn sie die Tore schließen. Die Gärten sichern das Auskommen der Bevölkerung in Kriegszeiten. Außerdem treiben sie Handel mit Erendor Über dem Berg.«

»Toll«, sagte Pintel beeindruckt. »Ich würde das alles wirklich gerne mal sehen.«

»Du kannst jederzeit dorthin reisen«, sagte Nardon. »Sie sehen nicht viele Fremde dort, aber ihre Gastfreundschaft vergisst niemand, der sie einmal erlebt hat.«

»Ja.« Pintel sah sehnsüchtig aus dem Fenster. »Wenn der Winter vorbei ist. Und wenn wir unsere Feuerfrau gefangen haben. Und wenn wir das alles überlebt haben.«

»Na, davon gehe ich aber aus«, sagte Lomir. »Wir alle sind noch ein bisschen zu jung zum Sterben.«

»Hoffentlich«, sagte Nardon.

»Lasst uns keine Trübsal blasen«, sagte Lomir. »Wir wollen lieber noch die letzte Kindheitsgeschichte hören.«

»Falls du mich meinst«, sagte Fenrir, »es wird keine geben.«

»Aber wieso nicht?«, fragte Lomir überrascht.

»Weil ich sie für mich behalte«, sagte Fenrir mit unverbindlichem Lächeln.

»Aber alle haben etwas erzählt!«

»Das ist kein Grund.«

»Gerade deine wäre aber sicher interessant«, sagte Pintel.

»Das kann ich mir denken. Ich halte aber ungern als Belustigungsobjekt her.«

»So ein Unsinn«, sagte Lomir. »Wer will sich denn an dir belustigen!«

»Es gibt keine Geschichte, und damit Ende der Diskussion«, sagte Fenrir.

»Nur ein kleines bisschen«, bettelte Pintel mit der Stimme eines Kindes, das länger aufbleiben will.

»Jetzt lasst ihn in Ruhe!«, sagte Krona mit einer Heftigkeit, die sie selbst überraschte. »Er will eben nicht. Ihr habt eine Art, die Leute zu löchern, die einem wirklich auf die Nerven gehen kann!«

»Hoppla«, sagte Lomir verwundert.

»Lass gut sein«, beschwichtigte Nardon. »Niemand wird hier zu etwas gezwungen.«

Ab diesem Zeitpunkt sprachen sie über Belangloses. Fenrir zog sich nach oben zurück, um zu schlafen, und Krona verbrachte den Rest des Tages damit, den anderen aus dem Weg zu gehen.

Am späten Nachmittag ging sie nach draußen in den Hof, um ein verlorenes Würfelspiel einzulösen und das Feuerholz für den Abend zu hacken. Es war nicht mehr so bitter kalt wie am Morgen, die Luft war still. Eine federleichte, kaum spürbare Berührung legte sich auf ihr Gesicht, als sie ins Freie trat. Sie hob die Laterne. Winzige, zarte Schneeflocken rieselten vom dunklen Himmel und hatten bereits einen feinen weißen Schleier über den Hof gelegt.

Sie hängte die Lampe an den dafür vorgesehenen Haken, zog die Axt aus dem Hackklotz und stellte das erste Holzscheit darauf. Ihre Schulter schmerzte, als sie die Axt schwang und das Blatt tief im Holz versenkte. *Könnte sein, ich habe heute Morgen doch ein wenig übertrieben.* Ein weiterer Schwung, und krachend sprang das Holz auseinander und fiel zu Boden. Stöhnend bückte sie sich und stellte eine der Hälften zurück auf den Klotz.

»Es schneit«, sagte eine Stimme erstaunt. Es war Pintel. Er stand, in seinen Umhang gewickelt, unter der Tür und streckte die Hand aus.

»Es ist Winter«, sagte Krona. »Damit war zu rechnen, oder?«

»Schön«, sagte Pintel. »Ich mag Schnee. Ich mag es, wie er fällt, und wie er so dicke Kissen macht. Vielleicht baue ich einen Schlitten. Das heißt, wenn ich jemanden finde, der mir zeigt, wie das geht.«

»Viel Spaß.« Krach. Das gespaltene Holz polterte zu Boden. Krona schob es mit dem Fuß beiseite und rückte das nächste Scheit zurecht.

»Bist du noch böse?«, fragte Pintel.

Schwung. Krach.

»Warum sollte ich böse sein?«

»Du magst es nicht, wenn man dir Fragen stellt. Über Dinge, die dich bedrücken. Du denkst vielleicht, es würde dich schwach aussehen lassen, wenn du darüber sprichst.«

»Unsinn.« Krona griff nach dem nächsten Scheit.

»Ich mag dich zufällig gerne«, sagte Pintel, »und ich würde gerne wissen, warum du traurig bist. Ich könnte dir vielleicht helfen.«

Krona hielt inne und sah hinüber zu dem kleinen Zauberer, dessen schmales Gesichtchen weiß und spitzig unter der dunklen Kapuze hervor lugte.

»Das ist wirklich nett von dir«, sagte sie, ehrlich berührt. »Aber du kannst mir nicht helfen. Mein Leben dauert schon eine Weile an, und es ist einfach nicht alles gut gelaufen in dieser Zeit. Damit muss ich klarkommen. Das ist alles.«

Pintel zog seinen Umhang fester um sich und begann, von einem Bein aufs andere zu hoppeln.

»Geh wieder rein«, sagte sie und schwang die Axt. »Es ist kalt. Ich will zusehen, dass ich fertig werde.«

Zwei Holzscheite später stand Pintel immer noch auf der Stufe, die in den Hof hinunter führte, und malte mit der Stiefelspitze Muster in die zuckrige Schneeschicht zu seinen Füßen.

»Du bist ja immer noch da«, sagte sie und stellte ein neues Scheit auf den Klotz.

»Ja«, sagte er, ungewöhnlich wortkarg.

»Dann steh nicht rum. Sammel das Holz auf und tu es in den Korb.«

Pintel folgte ihrer Weisung, während sie mit ihrer Arbeit fortfuhr.

»Vielleicht solltest du bald diesen Besuch machen«, sagte er nach einer Weile bemüht beiläufig. »Bevor die Straßen unpassierbar werden.«

»Was für einen Besuch?«, fragte Krona irritiert.

»Na, den in Schützenberg«, sagte Pintel. »Wer immer da auch wohnt.«

»Woher weißt du davon?«

»Du hast es selbst erwähnt«, erinnerte er sie. »Im Blauen Boot in Neuhafen.«

»Tatsächlich«, sagte sie nachdenklich.

»Ja«, sagte er und sammelte das letzte Holzscheit auf. »Ich sollte vielleicht nicht fragen, solange du diese Axt in der Hand hast, aber willst du mir nicht erzählen, wer da wohnt?«

Krona seufzte und hieb die Axt tief in das nächste Holzscheit.

»Ich glaube, es ist jemand, der dir wichtig ist«, sagte Pintel mit einem Seitenblick auf die Axt. »Jemand, bei dem du entgegen deinen Grundsätzen doch mal zum Frühstück geblieben bist?«

»Nein«, sagte Krona. »Nichts in dieser Richtung.« Sie stellte ein neues Holzscheit auf den Klotz und holte aus. Die Axt verfehlte das Scheit und grub sich tief in den Hackklotz.

»Meine Tochter«, sagte Krona.

»Deine *was*«, sagte Pintel völlig verblüfft. »Du hast ein Kind?«

»Sie ist längst erwachsen.«

»Aber … ich dachte, du warst beim Militär?«

»Und? Das eine hat doch mit dem anderen nichts zu tun.«

»Du warst im Krieg. Du hast Seereisen unternommen.«

»Mein Leben ist lang genug für all das.«

»Hm«, sagte Pintel nachdenklich und starrte auf die Axt.

»Du willst wissen, was mit ihrem Vater ist«, vermutete Krona.

»Ja«, sagte Pintel.

»Ich war jung, und er war hübsch, und ich dachte, es wäre die große Liebe. Ich war irgendwas Mitte Zwanzig. Gerade ins Kommando aufgestiegen. Dann sagte er, keine Sorge, ich passe schon auf, und drei Wochen später war ich schwanger. So schnell kann's gehen.«

»Und dann?«, fragte Pintel.

»Ich ließ mich beurlauben und blieb bei Kelara, bis sie ein bisschen älter war. Hauk ging arbeiten und brachte das Geld, er war Zimmermann, und ich war so unglücklich wie noch nie in meinem Leben. Als Kelara laufen konnte, hab ich den Spieß umgedreht. Ich bin zurück in den aktiven Dienst, und er kümmerte sich um das Kind. Ab da war ich viel weg. Wenig zu Hause. Das ging eine Weile gut, und dann ging es nicht mehr gut, aber es ging trotzdem weiter.

Wir haben uns getrennt, als Kelara zehn war. Ich wollte sie mitnehmen, aber sie wollte lieber bei ihrem Vater bleiben. Sie kommt sehr nach ihm.«

»Puh«, sagte Pintel und blies die Backen auf.

»So ist das Leben«, sagte sie und zerrte an der Axt, um sie aus dem Klotz zu bekommen. »Es läuft nicht immer alles glücklich. Gewöhn dich besser gleich daran.«

»Wie lange hast du sie nicht gesehen?«, fragte Pintel.

»Lang.« Krona machte einen großen Schritt rückwärts, als die Axt mit einem Ruck freikam. »Ich war noch nicht bei ihr, seit ich von den Südlichen Inseln zurück bin, und genau genommen habe ich mich auch nicht richtig abgemeldet.«

»Und da überlegst du noch?«, fragte Pintel empört.

»Sie ist nicht gut auf mich zu sprechen«, sagte Krona. »Ich war keine besonders gute Mutter. Nie.«

»Das ist doch egal! Wenn sie deine Tochter ist, musst du dich um sie kümmern.«

»Ich mache alles nur schlimmer.«

»Eltern machen nie alles richtig. Aber sie sind trotzdem Eltern, oder nicht?«

Krona seufzte und wischte sich Haare aus der Stirn.

»Ich werd's mir überlegen.«

»Tu das. Aber nicht zu lang. Wenn die Götter es ernst meinen mit dem Schnee, ist bald kein Durchkommen mehr.«

»Geh rein und nimm das Holz mit, ja? Ich komme gleich nach. Und was wir besprochen haben, bleibt unter uns, verstanden?«

»Ehrensache«, versicherte Pintel ernst. »Ich plappere zwar gerne und viel, aber ich kann wirklich ein Geheimnis für mich behalten.«

»Gut«, sagte sie. »Sonst spalte ich dich auf diesem Hackklotz, und du kannst dir aussuchen, ob längs oder quer.«

»Ist gut«, sagte er unbeeindruckt, packte den Holzkorb und manövrierte sich mit seiner sperrigen Last polternd durch die Hintertür ins Innere.

Am darauffolgenden Tag ließ es sich nicht länger aufschieben. Pintel hatte Recht gehabt mit allem, und so stieg sie nach dem Frühstück in ihre Stiefel. Die Nacht über hatte es unablässig geschneit. In der Wohnstube brannten die Lampen, da kaum etwas von dem trüben Tageslicht durch das Schneegestöber und die dicken Fensterscheiben den Weg ins Haus fand.

»Was machst du?«, fragte Lomir überrascht. »Du willst doch nicht etwa da raus?«

»Ich hab was zu erledigen«, sagte Krona und schlüpfte in ihre gefütterte Weste.

»Was zu erledigen«, wiederholte Lomir. »Und was, bitte? Bei diesem Wetter?«

»Ist wichtig. Und das Wetter hab ich mir nicht ausgesucht.«

»Wohin willst du?«

»Warum interessiert dich das?«

»Entschuldige bitte«, sagte Lomir. »Ich sitze Woche für Woche mit dir hier herum, während es draußen trocken ist, und kaum bricht der erste

Schneesturm des Winters los, gehst du eine Erledigung machen! Da soll ich nicht nachfragen?«

»Schützenberg«, sagte Krona.

»Spinnst du?«, fragte Lomir sie. »Das ist eine halbe Tagesreise!«

»Ich leihe mir von Nachbar Marthes ein Pferd.«

»Trotzdem! Die Straße führt über die Schützenberger Platte. Weißt du, wie es da oben pfeift?«

»Egal«, sagte Krona und angelte nach dem Ärmel ihrer Jacke. »Ich komm schon durch.«

»Ich weiß«, sagte Lomir und warf die Hände hoch. »Der Winterkrieg war schlimmer, und du hast ihn auch überlebt.«

»Genau.«

»Na, dann viel Spaß.«

»Werde ich kaum haben«, sagte Krona, »aber danke. Hat einer meinen zweiten Handschuh gesehen?«

Sie gürtete ihr Schwert und legte ihren schweren Winterumhang um, während sie umher ging und nach dem Handschuh suchte, unterstützt von Pintel, der ihn schließlich aus einer dunklen Ecke unter der Kleidertruhe zog. Ein spitzes kleines Raubtiergebiss hatte sich im dicken Leder verewigt.

»Du solltest ihr mal beibringen, was eine Maus ist«, sagte Krona und steckte den Handschuh zu seinem Zwilling in die Manteltasche. »Das hier ist jedenfalls keine.«

»Pass auf dich auf«, sagte Pintel, schlang seine Arme um Krona und drückte das Gesicht gegen den dicken, kratzigen Wollstoff ihres Umhanges.

»Immer.«

Sie zerzauste sein ohnehin abstehendes Haar und schob ihn dann energisch weg. »Ich muss los. Wenn ich gut durchkomme, bin ich heute Abend wieder hier.«

»Du schaffst es niemals vor Einbruch der Dunkelheit«, gab Lomir zu bedenken.

»Dann sollte ich besser eine Laterne mitnehmen«, sagte Krona. »Danke für den Hinweis.«

Sie öffnete die Tür und trat einen Schritt nach draußen. Eine Windbö schüttete ihr Schnee ins Gesicht, der sich nass und schwer und klebrig auf ihre Wangen legte.

»Ich nehme an, Begleitung kommt für dich nicht in Frage?«, sagte Pintel hinter ihr. »Ich meine nur wegen des Wetters.«

»Das Wetter ist nicht besser, wenn wir zu zweit sind«, sagte sie und zog sich die Kapuze über den Kopf.

»Aber wenn unterwegs etwas passiert«, gab Pintel zu bedenken.

»Pintel«, sagte sie. »Es ist keine Reise ins Ewige Eis. Ich reite bei Scheißwetter in den Nachbarort. Das ist alles.«

»Also gut«, sagte er zögernd. »Dann bis heute Abend.«

»Geh rein«, sagte sie. »Du holst dir den Tod in deinem Hemdchen.«

»Ist gut«, sagte er und machte einen Schritt rückwärts. »Viel Glück.«

Von dem überraschten Bauern Marthes lieh sie sich einen kräftigen Braunen mit fingerlangem, struppigem Winterpelz. Unter den befremdeten Blicken seiner achtköpfigen Familie schwang sie sich in den Sattel und trieb den Braunen energisch vom Hof.

Die Straße war nur durch die Baumreihe kenntlich, die sie begleitete, und die in großen Abständen durch Holzpfähle zur Orientierung ergänzt worden war. Der Wind riss an Kronas Umhang und fand jede noch so kleine Öffnung in ihrer Kleidung, durch die er den Schnee ins Innere trieb, wo er auf ihrer Haut schmolz und eiskalte Flecken bildete. Sie war heilfroh, als die Straße sie in ein dichtes Waldstück führte, wo der Wind abflaute.

Nach einiger Zeit begann die Straße, anzusteigen. Felsen ragten links und rechts zwischen den Bäumen empor. In engen Windungen kletterte sie bergauf, bis sie, oben angekommen, aus dem Wald auftauchte. Ebenes Gelände lag vor ihr, aus dem vereinzelte kahle Obstbäume und schiefe Weidezäune sich heraushoben wie schwarze Spritzer auf einem weißen Laken. Der Wind schien hier von allen Seiten zu kommen und schlug ihr nicht nur den Schnee entgegen, der ohnehin fiel, sondern zusätzlich auch noch den bereits gefallenen, den er in dicken Schleiern vom Boden aufwirbelte. Die Straße war kaum mehr zu erkennen. Sie zog sich ihren Schal über Mund und Nase, so gut es ging, und trieb den Braunen vorwärts, der sich bereitwillig in Bewegung setzte. Eine dicke Schneekruste lag mittlerweile über seiner Kruppe und hing in der struppigen Mähne, doch schien er wohlauf.

Einige Zeit später hatte der scharfe Ostwind sie trotz ihres pelzgefütterten Umhanges völlig ausgekühlt. Ihre Füße steckten wie tote Gegenstände in den Steigbügeln, und sie konnte ihre behandschuhten Hände gegeneinander schlagen und reiben, wie sie wollte, ihre Finger blieben taub.

»Scheiß-Idee«, knurrte sie vor sich hin, während der Braune unbeirrt durch die Schneewehen pflügte, unter denen sich die Straße befand. »Was für eine unglaublich beschissene Schwachsinns-Idee.«

Sie sah den Ort vor lauter Schnee erst, als die ersten Häuser direkt vor ihr auftauchten. In den meisten Fenstern brannte Licht, obwohl es erst Nachmittag war. Niemand war auf der Straße. Sie ritt die gerade Dorfstraße entlang, vorbei an Bauernhöfen und Scheunen, vorbei am Dorfbrunnen und der alten Linde, die den Dorfmittelpunkt markierte, vorbei an einem kleinen Heiligtum, das der Göttin Alrune geweiht war und dem direkt gegenüber ein kleiner Gasthof lag. Erst als sie den anderen Rand des Dorfes erreicht hatte, bemerkte sie, dass sie die Abzweigung verpasst haben musste. Fluchend wendete sie den Braunen und ritt auf ihren eigenen Spuren zurück. Sie war nicht völlig sicher, richtig zu sein, als sie in einen schmalen Seitenweg einbog, den Braunen vor dem letzten Haus anhielt und in dem Schneegewirbel versuchte, etwas zu erkennen, das ihr vertraut vorkam.

Es wirkte größer als beim letzten Mal. Offenbar war ein Stall oder eine Scheune angebaut worden, aber da war noch die Bank neben der Tür, und jetzt schlug auch ein Hund an, dessen heiseres Gebell sie sofort erkannte.

Offenbar war jemand zu Hause, denn aus dem Schornstein quoll Rauch, und eine feine Linie aus Licht schimmerte unter der Tür hervor. Die Fensterläden waren gegen den heftigen Wind geschlossen.

Der Braune wurde unruhig, er senkte den Kopf und zog zum Stall. Sie zügelte ihn hart.

Ihr Herz schlug bis zum Hals. Ihre Entschlossenheit vom Vormittag war dahin. Sie sah auf den Braunen hinunter und überlegte, ob er den sofortigen Rückweg ohne eine Pause verkraften würde, dann schalt sie sich eine Närrin.

»Ich friere mir doch nicht den Arsch ab, um jetzt einfach wieder umzukehren«, murmelte sie nicht sonderlich überzeugt, doch es reichte immerhin, um sie zum Absteigen zu bewegen. Gerade als sie begann, ihre steif gefrorenen Gliedmaßen aus dem Sattel zu quälen, wurde das Gebell mit einem Mal lauter und ein warmes, gelbes Lichtviereck erschien, gedämpft durch den Schnee, der die Luft füllte.

»Wer ist da?«, rief eine weibliche Stimme.

Mit Mühe rutschte Krona aus dem Sattel und konnte ein schmerzerfülltes Stöhnen nicht unterdrücken, als ihre tauben Füße wieder das Gewicht ihres Körpers aufnehmen mussten.

»Ich bin's«, sagte sie laut. »Wollte mal vorbei schauen.«

»Wer?«, kam es zurück. »Ich kenne Euch nicht!«

»Jetzt enttäusch mich nicht«, sagte Krona und zog den Braunen hinter sich her in das gelbe Lichtviereck. »So lange ist es auch wieder nicht her.«

»Mama«, sagte die junge Frau im Türrahmen, die ein dickes Fransentuch gegen den schneidenden Wind eng um die Schultern gezogen hatte. »Das gibt's doch wohl nicht.«

»Naja, doch«, sagte Krona. »Lässt du mich rein, oder muss ich vor deiner Tür erfrieren?«

»Natürlich. Warte. Ich brauche Schuhe, dann versorge ich dein Pferd, und ...«

»Nicht nötig, dass wir beide kalt und nass werden. Sag mir einfach, wo ich ihn unterbringen kann.«

Sie ließ sich Scheune und Hafersack beschreiben und zog den Braunen mit sich. Ihre kalten Finger wollten ihr kaum gehorchen, und sie fluchte pausenlos, bis sie den Braunen endlich von seinem Sattel befreit und mit Wasser und Heu versorgt hatte. Mit dem Wind kämpfend schob sie das Scheunentor zu und arbeitete sich hinüber zum Haus.

Ein großer, zottiger grauer Hund bellte sie warnend an, als sie den Vorraum betrat.

»Halt die Backen, Troll«, sagte sie. »Kennst mich nicht mehr, was?«

»Wie sollte er auch«, sagte die junge Frau, die in der Tür zum Wohnraum erschien. »Es sind über drei Jahre.«

»Hallo, Kelara«, sagte Krona. »Ich freue mich auch, dich zu sehen.«

»Ich habe nicht gesagt, dass ich mich nicht freue«, erwidere Kelara.

Krona seufzte. »Lass uns nicht gleich wieder damit anfangen.« Sie zog ihren Umhang aus, dessen Schultern dick mit Schnee verkrustet waren, und warf ihn über eine Truhe. Der Hund beschnupperte ihn sofort interessiert, während Krona ihre Tochter flüchtig und etwas unbeholfen umarmte.

»Lass dich ansehen«, sagte sie dann und hielt Kelara auf Armeslänge von sich.

Fremd war sie, die junge Frau, wie aus einer anderen Welt. Sie trug eine lange braune Kotta und einen bestickten Überwurf, und ihr welliges Haar war zu einem dicken Zopf geflochten. Sie war ein wenig molliger, als Krona sie in Erinnerung hatte, ein hübsches, adrettes Mädchen.

*Du meine Güte.*

»Siehst aus, als ginge es dir gut«, sagte sie laut.

»Es geht mir gut«, sagte Kelara. »Komm erst mal rein.«

Krona betrat die Wohnstube und wurde sich sofort unangenehm bewusst, dass ihre Stiefel hässliche Pfützen auf dem sauber gefegten Boden hinterließen.

Kelara war offenbar gerade dabei gewesen, Essen zuzubereiten, denn auf dem Tisch lagen Steckrüben, ein Brett und ein Küchenmesser. Kronas Blick ging durch die aufgeräumte Stube, über die bunt karierten Kissen auf den Stühlen, den großen Wandteppich, die glänzend gescheuerten Töpfe, die in Reih und Glied auf einem Regal über der Kochstelle standen. Alles verriet Ordnungsliebe und einen bescheidenen Wohlstand.

»Schön hast du's«, sagte sie und blieb unschlüssig unter der Tür stehen. »Hat sich einiges verändert in den letzten Jahren.«

»Allerdings.« Kelara sah hinüber zu dem aus roten Ziegelsteinen gemauerten Ofen. Dort, auf einem Schaffell, saß ein kleiner Junge, versunken in sein Spiel mit kleinen Holzfiguren.

Etwas riss an Kronas Selbstbeherrschung.

»Das ... ist ...«, sagte sie heiser.

»Janis«, erklärte Kelara. »Er ist jetzt ein Jahr alt.«

Krona schluckte und schluckte an etwas, das sie schwer atmen ließ, während sie durch den Raum zu dem kleinen Jungen hinüber ging.

»Hallo, Janis«, sagte sie und kniete sich vorsichtig neben ihn. »Was spielst du denn da?«

Janis sah von seinen Holztieren auf. Er hatte riesige braune Augen und ein strahlendes Lächeln, das Krona die Tränen in die Augen trieb.

»Er sieht aus wie du«, sagte sie.

Janis musterte sie aufmerksam und hielt ihr dann ein Holzpferdchen entgegen. Sie nahm es aus seinen kleinen Fingern und drehte es zwischen den ihren, während etwas anderes seine Aufmerksamkeit fesselte. Er beugte sich nach vorne und befühlte neugierig den metallenen Beschlag von Kronas Schwertscheide, auf dem sich das Licht spiegelte.

»Janis, nicht!« Krona zuckte bei Kelaras Ausruf ebenso zusammen wie der kleine Junge, dessen Mund sich zu einem erschrockenen Weinen verzog. »Das ist nichts zum Spielen. Mama, nimm es weg!«

»Entspann dich«, sagte Krona. »Es wird noch ein bisschen dauern, bis er es aus der Scheide ziehen kann, und bis dahin kann er sich nicht dran verletzen. Es ist harmlos.«

»Nimm es trotzdem weg«, befahl Kelara. »Ich will nicht, dass er mit so etwas spielt.«

»Er hat es nur angesehen.« Krona erhob sich steif.

»Warum trägst du es überhaupt? Es ist eine ruhige Gegend. Du musst nicht damit herumlaufen.«

»Alte Gewohnheit. Man weiß vorher nie, welche Gegend wirklich ruhig ist. Aber ich kann es ablegen, wenn du dich dann besser fühlst.« Sie löste den Gurt und legte das Schwert auf den sauber gescheuerten Tisch. »Krieg ich einen Tee?«, fragte sie dann in die Stille hinein. »Ich bin ein einziger Eisklumpen.«

»Natürlich«, sagte Kelara steif. »Setz dich doch.«

Krona setzte sich. Kelara goss dampfenden Tee aus einem Kessel über dem Feuer in einen Becher und stellte ihn vor Krona hin, bevor sie sich ihr gegenübersetzte und die Hände auf der Tischplatte verschränkte. Das Schwert lag wie ein seltsamer Fremdkörper zwischen ihnen.

»Ich verstehe nicht, dass du so überrascht bist«, sagte Kelara. »Du wusstest doch, dass wir uns hier niedergelassen haben. Farolt hat Arbeit oben auf der Burg Sparneck.«

»Ja. Ich weiß auch nicht. Bist du nicht ein bisschen jung für all das? Ich meine, um … Mutter zu sein?«

Kelara schob trotzig das Kinn vor.

»Du warst kaum ein paar Jahre älter, als du mich bekommen hast.«

»Da hast du recht. Alle Götter, wie die Zeit vergeht.«

»Allerdings. Kaum vergehen mal drei Jahre, schon schaust du mal wieder rein.«

»Sag bloß nicht, du hättest mich vermisst.«

Kelara stand auf und goss sich Tee ein. Krona sah hinüber zu Janis, der seine Holztiere über den Boden schob. Seine winzigen Füßchen in den dicken, gestrickten Schuhen. Der konzentrierte Ausdruck in dem kleinen, runden Gesicht. So zarte Wangen, und diese riesigen, tiefdunklen Augen, mit denen er vorsichtig in ihre Richtung schielte.

»Was, wenn dein Farolt nicht der Richtige ist? Man weiß nicht, was man braucht, wenn man so jung ist. Oder wen man braucht. Was, wenn er dich unglücklich macht?«

»Das ist mein Leben, Mama. Nicht deines. Ich bin sehr glücklich.«

Sie klang trotzig, aber so hatte sie immer geklungen. Als müsse sie ihr etwas beweisen. Sie setzte sich Krona gegenüber und stellte ihren Teebecher ein bisschen zu heftig ab, sodass Tee auf die sauber gescheuerte Holzplatte schwappte.

»Weißt du«, sagte sie, »ich freue mich wirklich, dich zu sehen. Aber es ist ein starkes Stück, findest du nicht? Tauchst einfach hier auf, als wäre nichts gewesen!«

»Was war denn«, sagte Krona abgelenkt. Sie wusste plötzlich wieder, wie Kelara sich damals angefühlt hatte, diese kleine, süße Last, die weichen Ärmchen, dieser unfassbare Duft. Und dann verging die Zeit, und irgendwann saß man sich gegenüber und war Welten voneinander entfernt.

»Was war denn?«, fuhr Kelara auf. »Du bist einfach verschwunden, ohne ein Wort, für drei volle Jahre! Nicht, dass du dich vorher viel gekümmert hättest. Aber du hättest mir wenigstens Bescheid geben können!«

»Ich habe dir eine Nachricht geschickt«, sagte Krona. »Hast du sie nicht bekommen?«

»*Ich werde wohl eine Weile weg sein. Sorge Dich nicht, ich melde mich wieder*. Sehr beruhigend, wirklich!«

»Du weißt sie auswendig? Ich bin beeindruckt.«

»Man kann sie sich leicht merken. Sie ist nicht sehr lang.«

Krona hob ihren Teebecher und behielt ihn in den Händen, ohne zu trinken.

»Ich hab's nicht böse gemeint«, sagte sie, ohne ihre Tochter anzusehen. »Ich … hatte es nur eilig, damals. Ich musste wirklich dringend weg.«

»Wohin? Wo warst du eigentlich?«

»Südliche Inseln.«

»Und was hast du dort gemacht?«

»Einen Krieg geführt, was sonst.«

»Geht das auch genauer?«

Krona seufzte schwer. »Wozu? Alle Kriege sind gleich. Du hast zwei Seiten, und keiner will sterben.«

»Und was sagt dein Ehemann dazu?«

»Mein … Ehemann?«

»Ich muss dich nicht daran erinnern, dass du ein zweites Mal geheiratet hast, oder? Wie hieß er noch gleich … Mattis? Ganz, ganz große Liebe? Gutaussehender Mann, viel zu jung für dich? Oder hast du den auch schon wieder abgelegt?«

Krona saß steinern und sah hinunter auf ihr Schwert, die Scheide aus gehärtetem Leder fleckig und verkratzt vom langjährigen Gebrauch, man konnte sie ölen und reiben, wie man wollte, die Spuren unzähliger Kämpfe ließen sich nicht mehr beseitigen.

»Mama?«

Krona schrak hoch. »Was?«

»Hab ich etwas Falsches gesagt?«

*Sie legen ihn vor meine Tür. Blut auf seiner Uniform, und seine Augen … seine Augen …*

»Er ist tot«, sagte sie, ihre Stimme klang flach. »Aber vorher waren wir sehr glücklich, danke der Nachfrage.«

»Götter«, sagte Kelara und schlug die Hand vor den Mund. »Das tut mir leid.«

»Ja«, sagte Krona. »Mir auch.«

Sie hatte nicht damit gerechnet, dass Kelara fragen würde. Sie war völlig unvernünftig davon ausgegangen, dass Kelara es wüsste. Die ganze Welt musste es doch wissen.

»Wie ist es passiert?«

»Ein Zweikampf. Eine Forderung auf die Ehre, aber dann war es doch auf Leben und Tod. Der andere hat ihn mit einem Stich ins Herz getötet.«

»Götter«, sagte Kelara wieder.

»Ja. Auf die bin ich nicht sehr gut zu sprechen, wie du dir vorstellen kannst.«

»Deshalb bist du auf diese Inseln gefahren«, sagte Kelara, und das aufrichtige Mitgefühl in ihrer Stimme brachte Krona hart an den Rand ihrer Selbstbeherrschung.

»So ungefähr«, sagte sie, immer noch mit dieser flachen, fremden Stimme.

*Was macht ein Soldat, der nicht mehr leben mag? Er sucht sich einen Krieg.*

»Und warum bist du zurückgekommen?«, fragte Kelara.

»Es lief nicht so, wie ich es mir vorgestellt hatte. Ich war zu erfolgreich. Sie haben mir Orden verliehen und am Lagerfeuer Geschichten über mich erzählt. Das war es nicht, was ich wollte. Deshalb bin ich weg.«

Kelara begann, Steckrüben zu schälen, aber sie tat es schlampig.

»Du wolltest dich also umbringen lassen?«

»Ich hätte es auch selbst tun können, aber ich dachte irgendwie, das wäre nicht der Weg einer Kriegerin.«

»Hast du auch nur einen Augenblick daran gedacht, wie ich mich fühle? Das ist doch nicht zu fassen. Glaubst du nicht, dass es mich vielleicht interessieren könnte, ob meine Mutter tot oder lebendig ist, und wo sie sich herumtreibt? Kannst du dir eigentlich vorstellen, wie es mir geht, wenn ich so etwas erfahre?«

»Ich ging nicht davon aus, dass es für dich einen Unterschied macht. Du hast mich nie im Zweifel darüber gelassen, was du von mir hältst und von meiner … Lebensweise.«

Kelara legte Messer und Steckrübe zurück und strich sich mit beiden Händen übers Gesicht.

»Das alles gehört gar nicht hierher«, sagte Krona. »Es tut mir leid. Ich hätte gar nicht davon angefangen, wenn du nicht gefragt hättest. Lass uns über etwas anderes reden.«

*Schieb es weg. Du weißt, es wartet. Es wartet immer.*

»Gut«, sagte Kelara. »Dann erzähl mir doch, wie dein Leben gerade aussieht. Bist du wieder in der Garde?«

»Nein. Ich bin auf eigene Rechnung unterwegs. Bin gerade bei einem Freund untergekommen. Wir sind da gemeinsam mit ein paar anderen Leuten an einer Sache dran. Bringt mich über den Winter, zumindest.«

»Aha.« Kelara nahm das Schälmesser wieder auf. »Hülle dich nur in dein Geheimnis. Ist vielleicht besser, wenn ich nicht so genau weiß, was du tust.«

»Ja«, sagte Krona und trank endlich einen Schluck Tee.

»Wie geht es deinem Mann?«, fragte sie, als das Schweigen zu lastend wurde. »Habe ich das Glück, ihn zu verpassen?« Ihre Stimme klang gut, fast normal, sie glaubte nicht, dass Kelara den Unterschied bemerken würde.

»Ja«, sagte Kelara und lächelte flüchtig. »Er ist zusammen mit Vater zu meinen Schwiegereltern geritten. Das Dach ist undicht. Er wird wohl demnächst zurück sein.«

»Hauk lebt auch hier?«, fragte Krona überrascht. »Na, das nenne ich ein Familienidyll.«

»Ja, warum auch nicht? Schließlich hat er sich immer um mich gekümmert. Und der kleine Janis liebt ihn über alles.«

»Ich hätte dich mitgenommen, damals. Du hattest die Wahl.«

»Besten Dank. Glücklicherweise war ich bereits alt genug, um zu erkennen, dass deine Art zu leben nichts für mich ist. Was hättest du mit mir gemacht? Mich auf deine Kriegszüge mitgenommen?«

»Blödsinn«, sagte Krona verärgert. »Wir hätten es uns schon eingerichtet. Du warst schließlich kein Baby mehr.«

»Jedenfalls war ich zu jung für Abenteuerreisen.«

»Wir wären nicht in einen verdammten Krieg …«, schrie Krona und hieb mit der flachen Hand auf den Tisch, dass ihr Schwertgehänge klirrte. »Entschuldige«, unterbrach sie sich selbst. »Ich weiß. Ja, es tut mir leid. Du magst es nicht, wenn ich laut werde.«

»Schön, dass du nicht alles vergessen hast«, sagte Kelara kühl.

Krona erhob sich und begann, in dem Wohnraum auf und ab zu gehen.

Der kleine Janis folgte ihr mit den Augen, doch sie wagte es nicht, sich ihm erneut zu nähern.

»Verdammt«, sagte sie. »Warum müssen wir immer streiten? Ich wollte wirklich nur mal reinschauen und sehen, wie es dir geht.«

»Du konntest nicht ernsthaft davon ausgehen, dass ich tue, als wäre nichts gewesen«, sagte Kelara. »Immerhin bin ich deine Tochter, und ein bisschen was habe ich trotz allem von dir geerbt.«

Krona blieb stehen und sah zur Tür.

»Nichts da«, sagte Kelara. »Setz dich wieder. Du bist gerade angekommen. Dein Pferd braucht eine Pause.«

Krona setzte sich und nahm ihren Teebecher wieder zwischen die Hände.

»Wie lange willst du eigentlich noch so weiter machen?«, fragte Kelara nach einer Pause.

»Ich verstehe nicht ganz«, sagte Krona.

»Ich meine dieses, nun ja … unstete Leben«, betonte Kelara.

»Ich nehme an, du hast nicht einmal einen festen Wohnsitz. Willst du dich nicht irgendwo niederlassen?«

»Warum sollte ich das tun?«

»Hast du kürzlich mal in einen Spiegel gesehen? Du bist wirklich nicht mehr die Jüngste.«

»Erfolg misst man in meinem Beruf daran, ob man am Leben bleibt oder nicht. So betrachtet bin ich noch recht erfolgreich.«

»Und du findest es klug, dabei zu bleiben, bis der Misserfolg sich einstellt?«

»Ich weiß nicht«, sagte Krona. »Ein paar Jährchen könnte ich bestimmt noch durchhalten.«

»Und dann?«

»Ich weiß nicht«, sagte Krona wieder und machte eine vage Handbewegung. »Man kann sich schließlich nicht einfach niederlassen, wenn man Lust dazu hat. Man muss auch das Geld dazu haben. Im Augenblick reicht das, was ich habe, gerade für ein paar Mahlzeiten. Wie will ich mich da irgendwo niederlassen?«

»Du könntest arbeiten«, schlug Kelara vor. »Für Arbeit bekommt man Geld, weißt du.«

»Die Arbeit von Soldaten ist der Krieg, Schätzchen, also genau das, wofür ich deiner Ansicht nach zu alt bin.«

»Dann such dir etwas anderes! Auf der Sparneck beschäftigen sie immer Ausbilder für die Knappen und Schildwachen. Wenn du schon mit diesem Ding umgehen kannst«, Kelara wies mit dem Küchenmesser in der Hand auf Kronas Schwert, »dann kannst du es auch jemandem beibringen, oder?«

»Sie nehmen für solche Arbeit lieber Leute, die keinen echten Krieg gesehen haben. Sie mögen es nicht, wenn sich herumspricht, wie dreckig ein Krieg in Wirklichkeit ist. Ganz davon abgesehen, dass sie ohnehin lieber Männer nehmen für solche Sachen.«

»Das heißt also, du wirst dein jetziges Leben weiterführen, bis es dich umbringt.«

»Möglich.« Krona hob die Schultern. »Vielleicht ist mir das sogar lieber, als irgendwo verbraucht und gebrechlich herumzusitzen und meiner Umwelt zur Last zu fallen.«

Kelara tat die letzte geschälte Rübe in die Schüssel zurück, erhob sich und wischte mit der flachen Hand die erdigen Reste vom Tisch in einen Eimer.

»Du siehst, wohin ein solches Leben führt«, sagte sie und klang auf unangenehme Art altklug. »Menschen, die im Leben einen festen Platz einnehmen, haben im Alter nicht solche Probleme.«

»Ich bin nicht *im Alter*!«, sagte Krona empört. »Du hast sie ja nicht alle!«

»Noch nicht. Noch hast du Zeit, dir etwas aufzubauen.«

»Du hast ja nur Angst, dass ich an deine Tür klopfe, wenn ich nicht mehr kann«, sagte Krona. »Sei beruhigt. Das werde ich nicht tun. Allein schon, weil es nicht nur deine Tür ist, sondern auch die deines Vaters. Und, nicht zu vergessen, die deines Ehemannes.«

»Es ist mir egal, ob du ihn leiden kannst oder nicht. Ich bin sehr glücklich mit ihm.«

Krona legte die Stirn in die Hände und schloss für einen kurzen Moment die Augen.

*So müde.*

»Pass auf«, sagte sie und schaffte es kaum, wieder Haltung anzunehmen. »Ich muss wieder los. Ich hab noch was zu erledigen.«

»Schon?«, sagte Kelara überrascht. »Ich dachte, du würdest zum Essen bleiben.«

Der Gedanke, mit ihrem Ex-Ehemann und ihrem Schwiegersohn gemeinsam um diesen Tisch zu sitzen und Suppe zu löffeln, ließ Krona hastig aufspringen.

»Nein, wirklich nicht«, sagte sie und griff nach ihrem Schwert. »Das ist keine sehr gute Idee. Es ist besser, wenn ich gehe. Ich bringe dir hier sonst alles durcheinander.«

»Vielleicht hast du recht«, sagte Kelara zögernd.

»Natürlich hab ich recht«, sagte Krona.

Es widerstrebte ihr, sich in ihren schweren, klammen Mantel zu wickeln, auf dem der Schnee mittlerweile geschmolzen war. Sie tat es mit harten, energischen Bewegungen, ein bisschen zu zackig, als dass es natürlich hätte wirken können.

»Und du wirst den Winter über in der Nähe sein?«, fragte Kelara, als Krona sich an dem Hund vorbei zur Tür bewegte.

»Ja«, sagte Krona. »Zumindest verglichen mit dem, wo ich vorher war.«

»Dann komm doch wieder. Jetzt, wo ich weiß, dass du lebst, werde ich auch nicht mehr so erschrecken.«

»Ist gut.« Krona rang sich ein letztes Lächeln ab. »Wiedersehen. Pass gut auf den Kleinen auf.«

»Wiedersehen.«

Als sie das Haus verließ, glich es einer Flucht.

Sie verspürte nicht die geringste Lust, sich in die Gesellschaft ihrer Gefährten zurück zu begeben. Sie ritt bis zu dem kleinen Gasthof in der Dorfmitte, bezahlte im Voraus für die Unterbringung des Braunen und für eine ausreichende Menge doppelt gebrannten Klaren und betrank sich, gezielt und grimmig, bis sie nichts mehr spürte.

*Sie legen ihn vor meine Tür. Frido und Cladis und ein paar andere. Er ist so still, so still. Sein Gesicht ist weiß, und überall ist Blut, Blut auf seiner Uniform und in seinen schönen braunen Haaren. Er sieht überrascht aus.*

*Sie sagen etwas von einem Zweikampf.*

*Mir ist schlecht.*

*Ich sitze an der Wand, irgendwo, eine fremde Jacke um die Schultern gelegt. Jemand hält meine Hand, redet auf mich ein. Ich bin stumm und taub und blind. Ich spüre nichts.*

*Später. Ich stehe an einer rechteckigen Grube. Ich trage meine Paradeuniform. Ein breites schwarzes Band läuft über meine Brust. Ich halte Blumen in meinen Händen. Vergissmeinnicht und gelbe Butterblumen.*

*Sie schieben mich voran, jemand nimmt die Blumen aus meinen Händen und wirft sie in die Grube. Sie schaufeln Erde hinein, dicke, schwarze, schwere Erde. Ich möchte den Verstand verlieren.*

*Ein großes Schiff. Weiße Segel. An Bord gehen, weggehen. Fern sein.*

*Schmerzen.*

Grelles Licht bohrte sich durch ihre geschlossenen Augenlider bis direkt in ihr Gehirn. Jemand stöhnte, hohl und ohne Stimme, sie brauchte einige Zeit, um zu begreifen, dass sie selbst es war.

Sie bewegte sich vorsichtig. Ihr Kopf drohte zu zerplatzen. Sie lag bäuchlings auf einem harten Strohlager, es raschelte unter ihrem Kopf und unter ihren tastenden Händen.

*Schwert?*

*Hier, an meiner Seite. Jemand hat es abgegürtet und neben mich gelegt.*

Sie hielt sich daran fest, richtete sich auf die Ellenbogen auf, es kam ihr vor, als bräuchte sie eine Ewigkeit für die kleine Bewegung.

*Augen auf. Na los, Soldatin. Schlimmer kann der Schmerz nicht werden.*

Ein kleiner, kahler Raum, helle gemauerte Wände, ein Steinboden, auf dem Stroh verstreut war. Ein kleines Fenster, durch dessen Bespannung helles Tageslicht drang.

*Wo, zum Teufel …*

Dann kamen die Bilder zurück.

*Ein tiefes, schwarzes, rechteckiges Loch. Blumen, im Fall eingefroren, als hätte jemand die Zeit angehalten. Ein weißes Gesicht.*

*Ein kleiner Junge mit wachen braunen Augen, ein Holzpferd fest in der kindlichen Faust.*

Sie atmete tief und zitternd.

*Ein Leben, kaum zum Aushalten.*

Sie warf sich zur Seite und übergab sich heftig. Immer wieder krampfte ihr leerer Magen sich zusammen und zwang sie nach vorne, Tränen liefen ihr über die Wangen, während bittere Galle in ihrem Mund brannte. Schließlich ließen die Krämpfe nach. Krona wischte sich mit dem Handrücken über den Mund, sie zitterte so sehr, dass die kleine Bewegung ihr kaum gelingen wollte. Ihr Magen fühlte sich an wie ein harter, kantiger Klumpen. Sie hatte kaum die Kraft, zu erschrecken, als eine Hand sich auf ihre Schulter legte. Sie sah auf und blinzelte Tränen aus den Augen.

Eine weißhaarige Frau beugte sich über sie. Sie trug eine bodenlange, helle Robe. Um ihren Hals baumelte an einer goldenen Kette ein Amulett, Krona erkannte die eingravierte Endlosschleife, das Zeichen der Göttin Alrune.

»Geht es Euch schlecht?«, fragte die Frau. »Das ist die gerechte Strafe für Euer zügelloses Verhalten.«

»Wo bin ich«, murmelte Krona.

»Der Ort heißt Schützenberg, falls Ihr Euch erinnert«, sagte die Priesterin tadelnd. »Ihr befindet Euch im Tempelhaus der Großen Mutter. Ihr habt gestern Nacht volltrunken die Gastwirtschaft verlassen und seid in eine Schneewehe gestolpert, in der Ihr sicherlich erfroren wäret, wenn nicht ein paar mitleidige Menschen Euch herausgezogen und hier abgegeben hätten.«

»Ich kann mich nicht erinnern«, murmelte Krona.

»Das ist kein Wunder«, sagte die Priesterin. »Ich weiß nicht, wie viel Ihr getrunken habt, aber Ihr wart völlig bewusstlos. Es muss eine Menge gewesen sein.«

»Es war eine Menge«, bestätigte Krona stöhnend.

»Ihr solltet Euch nicht solchen Schaden zufügen«, sagte die Priesterin. »Ihr habt eine Verantwortung für das Leben, das die Große Mutter Euch gegeben hat.«

»Ich hab gar nichts«, knurrte Krona. »Ich trinke, wann immer ich Lust dazu habe, und bin keinem Gott Rechenschaft schuldig.«

»Könnt Ihr aufstehen?«

»Natürlich kann ich aufstehen!«

»Dann möchte ich Euch bitten, dies zu tun«, sagte die Priesterin. »Ich habe Euch Wassereimer und Lappen neben die Tür gestellt. Reinigt damit bitte den Fußboden, bevor Ihr geht.«

»Ihr seid ja gut auf solchen Besuch eingerichtet«, sagte Krona und setzte sich stöhnend auf.

»Das bringt die Nachbarschaft der *Grünen Wildsau* mit sich«, sagte die Priesterin. »Wobei Ihr einen Fall von besonderer Schwere darstellt. Ich dachte schon, Ihr wolltet gar nicht mehr aufwachen.«

»Wie spät ist es?«

»Jenseits des Mittags.«

»Meridias nackter Arsch«, fluchte Krona. »So eine verfluchte Scheiße! Oh«, sagte sie, als sie das schockierte Gesicht der Priesterin bemerkte. »Tut mir leid. Nehmt es nicht persönlich.«

»Ihr seid eine ungehobelte, zügellose Person«, sagte die Priesterin mit einem Höchstmaß an Missbilligung. »Ich kann nur beten, dass die gütigen Götter Euch auf den redlichen Weg zurückführen.«

»Mir würde es genügen, wenn sie mich in Ruhe ließen«, sagte Krona und machte sich an das schwierige Unterfangen, aufzustehen.

Mit entrüstetem Schnauben wandte die Priesterin sich ab. »Ihr wisst, was Ihr zu tun habt«, sagte sie auf dem Weg zur Tür. Sie war schon fast draußen, als sie sich noch einmal umwandte.

»Ihr könnt die Mildtätigkeit der Göttin vergelten, indem Ihr einige Münzen in die Schale am Eingang werft. Wir unterstützen damit die armen Familien im Dorf.«

»Ich würde«, stöhnte Krona, die es mittlerweile auf Hände und Knie geschafft hatte, »wenn ich noch Münzen hätte.«

Der Knall, mit dem die Priesterin die Tür hinter sich zu zog, warf sie auf das sparsame Strohlager zurück.

Als sie wieder konnte, zog sie sich erneut hoch. Auf Händen und Knien schleppte sie sich hinüber zu dem Eimer. Sie fischte den Lappen heraus, der darin schwamm, und steckte ohne weitere Umstände den Kopf in den Eimer.

Der Kälteschock schien ihr Herz anzuhalten und ihr Gehirn zusammenzupressen. Sie tauchte auf und schnappte nach Luft. Ihre Haut brannte, und schlagartig begann sie zu frieren, als das eiskalte Wasser aus ihren Haaren rann und ihr in kleinen Bächen Brust und Rücken hinunter lief. Sie wrang ihre Haare aus, so gut es ging, und schüttelte vorsichtig den Kopf. Der Schmerz war erträglicher. Sie schöpfte mit den Händen Wasser und trank gierig, bevor sie das restliche Wasser auf den Boden kippte und sich ans Aufwischen machte.

Sie gab es auf, als ihre Finger rot und so kalt waren, dass sie sie kaum mehr spürte. Mit dem Fuß schob sie ein wenig Heu über den nassen Fleck auf dem Boden.

Ihren Mantel hatte man ihr ausgezogen und zusammengerollt unter den Kopf geschoben. Sie entfaltete ihn und schüttelte vorsichtig, um ihren Kopf zu schonen, das Stroh heraus. Er war feucht geblieben und brachte die Kälte in ihren Körper zurück, als sie ihn umlegte. Sie überlegte, ob sie darum bitten sollte, sich vor ihrem Aufbruch an einem Feuer trocknen zu dürfen, entschied sich aber dagegen. Sie wollte lieber frieren, als sich eine weitere Moralpredigt einzuhandeln. Sie gürtete ihr Schwert und ging mit unsicheren Schritten zur Tür. Ein Blick hinaus: Die Priesterin war nirgends zu sehen. Eilig verließ Krona das kleine Heiligtum und holte im Stall gegenüber den Braunen ab.

»Könnt Ihr denn schon wieder reiten?«, fragte der Stallbursche, der sie in einer Mischung aus Angst und Sensationslust anstarrte, als sie sich vergeblich mühte, den Fuß in den Steigbügel zu bekommen.

»Halt den Mund«, schnauzte sie ihn an, »und steh nicht im Weg herum!«

Während der Stallbursche vorsichtshalber einen Schritt zurück machte, zog sie den Braunen unsanft hinter sich her bis zu einem großen Stein, der die Hofeinfahrt markierte. Umständlich und unter zahlreichen Flüchen erkletterte sie den glatten und verschneiten Stein und schaffte es tatsächlich von dort aus auf den Rücken des Braunen. Kaum saß sie richtig, setzte der Braune sich bereits in Bewegung und schwenkte heimwärts auf die Dorfstraße ein.

Der Rückweg erwies sich als Tortur. Der Schneefall hatte aufgehört, der Himmel war aufgerissen und die Sonne strahlte auf die frische Schneedecke hinunter, so dass die blendende Helligkeit Krona durch die Augen in den Kopf fuhr wie glühende Messer. Die schaukelnden Bewegungen des Braunen, der sich durch den tiefen Schnee wühlte, weckten eine quälende Übelkeit, die sie immer wieder zwang, anzuhalten, sich seitlich vom Pferd zu beugen und hilflos zu würgen, obwohl ihr Magen leer war und nichts mehr von sich geben konnte. Ein leichter, aber eisiger Wind strich über die Schneedecke und entzog ihr die letzte Körperwärme.

Der Weg über die Schützenberger Platte wollte kein Ende nehmen. Sie hing mehr im Sattel, als dass sie saß, und ließ den Braunen seinen Weg selbst finden, was der mit dankenswerter Zuverlässigkeit auch tat. Hin und wieder hob sie den Kopf und zwang sich, die Augen zu öffnen, und irgendwann kam zu ihrer grenzenlosen Erleichterung der Waldrand als dunkler Strich zwischen Schnee und Himmel in Sicht. Sie hatte kein Gefühl, wie viel Zeit verstrichen war, bis sich endlich einzelne Bäume unterscheiden ließen und die dunkle Höhle unter den schneebedeckten Wipfeln, die das Eintauchen der Straße in den Wald markierte.

*Bald*, versuchte sie sich selbst aufzumuntern. *Nur noch den Berg hinunter, vorbei an diesen Felsen, ein paar Kurven, dann raus aus dem Wald, über ein paar Wiesen und da sind wir. Ein Feuer, ein heißes Bad, eine riesige Kanne Tee und ein Bett.*

*Und Gefährten, die mich mit einem nicht enden wollenden Hagel peinlicher Fragen beschießen werden.*

Sie schauderte.

*Kann man sich nicht mal in Ruhe betrinken, ohne Rechenschaft ablegen zu müssen?*

*Ich muss gleich zu Anfang so entschieden auftreten, dass sie sich nicht zu fragen trauen.*

Sie zweifelte an den Erfolgsaussichten dieses Vorhabens, doch eine neue Welle der Übelkeit beanspruchte ihre ganze Aufmerksamkeit.

Als sie wieder aufsah und sich die Tränen aus den Augen wischte, war der Waldrand ein ganzes Stück näher gerückt. Schon streckten die ersten Bäume ihre dick verschneiten Finger nach ihr aus. Ihre Augen richteten sich auf das wohltuende Dämmerlicht zwischen den Bäumen. Das Schlimmste war geschafft. Gleich würde der Braune die Baumgrenze passieren.

Ihre Vorfreude wurde bitter enttäuscht. Völlig unvermutet machte der Braune einen riesigen Satz zur Seite. Krona wurde aus dem Sattel gehoben und zur Seite geschleudert. Für einen Augenblick flog sie durch die Luft, dann war überall Schnee, der ihr die Sicht nahm, ein harter Aufprall und hektisches Schnauben. Ein Lederriemen schleifte über ihr Gesicht. Mit einer Geistesgegenwart, die sie sich selbst am wenigsten zugetraut hätte, griff sie danach und klammerte sich daran fest. Für einen Augenblick wurde sie mitgeschleift, dann lag sie still. An dem Lederriemen wurde heftig gezerrt, sie klammerte sich mit aller Kraft daran und hob vorsichtig den Kopf. Über ihr ragte der Braune auf. Den Kopf hochgerissen, mit aufgesperrtem Maul und Augen, in denen man das Weiße sah, zerrte er am Zügel und strebte rückwärts.

Stöhnend schlang sich Krona den Zügel ums Handgelenk und kam auf die Knie. Ihr linker Arm, mit dem sie den Sturz aufgefangen hatte, schmerzte, schien aber nicht ernstlich verletzt. Der Braune zog sie auf die Füße, und sie stolperte im fast hüfthohen Schnee vorwärts.

»Ho«, sagte sie laut. »Ho, du irres Vieh! Bleib stehen, verdammt!«

Es gelang ihr, an den Braunen heranzukommen und die Zügel kurz zu fassen. Schnaubend, mit kleinen Sprüngen, die im tiefen Schnee fast wie Schwimmbewegungen anmuteten, tänzelte der Braune um sie herum. Sie klopfte ihm beruhigend den Hals und sah sich nach der Quelle seines Schreckens um.

Da saß ein Wolf unter den Bäumen, keinen Steinwurf entfernt, ein großes, zottiges Tier, und sah unverwandt mit gelbem Blick zu ihr und ihrem verängstigten Pferd hinüber. Erschreckt zog Krona die Luft durch die Zähne und fasste mit der freien Hand nach ihrem Schwert.

»Was, zum Teufel …«, murmelte sie. Wölfe hielten sich gemeinhin fern von Menschen; in der Wildnis flohen sie vor ihnen, und nur in langen und sehr harten Wintern näherten sie sich menschlichen Siedlungen weit genug, um Schafe oder Hühner zu erbeuten. Und ganz bestimmt saßen sie nicht am helllichten Tag am Waldrand und betrachteten vorbeikommende Reiter.

Es sei denn …

»Fenrir?«, sagte sie halblaut. »Bist du das?«

Sie wusste nicht, was sie erwartet hatte; der Wolf jedenfalls zeigte keine Reaktion, er saß reglos und schaute zu ihr hinüber.

»Was ist los?«, sagte sie zu ihm. »Was soll das? Du hast mich zu Tode erschreckt! Und der verdammte Schnee sitzt mir jetzt überall! Als ob ich nicht vorher schon genug gefroren hätte!«

Sie streifte dem Braunen die Zügel über den Hals und bemühte sich, aufzusitzen.

Der Braune, dem mittlerweile der Angstschweiß das Fell dunkel färbte, wich zurück und bewegte sich im Kreis, so dass sie gezwungen war, einbeinig, ein Fuß im Steigbügel verklemmt, hinter ihm her zu hopsen. Als sie sich endlich mühsam und wenig elegant in den Sattel gearbeitet hatte, saß der Wolf immer noch da, den Kopf ein wenig schief, und schien die Darbietung zu genießen.

»Drecksvieh«, fluchte sie und war sich selbst nicht ganz klar, ob sie den Wolf oder den Braunen meinte. Sie trieb den Braunen voran, doch der riss wieder den Kopf in die Höhe und strebte rückwärts. Ein paar Mal drehten sie sich im Kampf um sich selbst, dann gelang es Krona, den Braunen zumindest anzuhalten.

Der Waldrand war verlassen, nirgends war ein Wolf oder ein anderes Tier zu sehen.

»Er ist weg«, sagte sie zu dem Braunen. »Reg dich ab.«

Sie kam sich ein wenig dämlich vor. Hatte sie sich soeben mit einem Wildtier unterhalten? Wenn ja, konnte sie von Glück reden, dass es keine Zeugen für die Szene gab. Mit Restalkohol ließ sich vieles, aber nicht alles erklären.

Sie brauchte eine ganze Weile, bis sie den Braunen an der fraglichen Stelle vorbei manövriert hatte und endlich im Wald den restlichen Heimweg in Angriff nehmen konnte.

Sie gab den Braunen bei seinem Besitzer ab, der offensichtlich erleichtert war, ihn unversehrt zurück zu bekommen, und schleppte sich mühsam hinüber zu Lomirs Haus.

Die Tür sprang auf, kaum dass sie die Hand zum Klopfen erhoben hatte.

»Krona!«, schrie Pintel und warf sich ihr entgegen.

»Nicht so laut«, bat sie gequält und umfasste seine Schultern, während der kleine Zauberer sie in einer innigen Umarmung hielt. »Ist ja gut. Du tust ja gerade, als sei ich wochenlang weg gewesen.«

»Wir haben uns Sorgen gemacht«, sagte Pintel und hob ihr sein strahlendes Gesicht entgegen. »Aber jetzt ist alles gut. Komm rein. Du musst dich aufwärmen. Ich hab Kartoffelsuppe gemacht, mit Speck und ... Krona?«

»Nichts essen«, keuchte Krona zwischen zwei Magenkrämpfen und blieb vorsichtshalber über die Schneewehe gebeugt. »Bloß nicht!«

»Was ist mit dir?«, fragte Pintel erschrocken. »Bist du krank?«

»Könnte man sagen«, kam Lomirs Stimme, der neben Pintel in der Tür erschien und einen kritischen Blick auf Krona warf, die immer noch mit ihrem Magen kämpfte. »So krank, wie man sich nach einem mittelschweren Besäufnis eben fühlt.«

»Woher willst du das wissen«, keuchte Krona und versuchte, sich aufzurichten.

»Man sieht es dir an«, sagte Lomir. »Und ich korrigiere meinen ersten Eindruck: kein mittelschweres Besäufnis, sondern ein Jahrhundertbesäufnis. Eines von der Sorte, die man sich eigentlich sparen sollte, weil die Gefahren in keinem Verhältnis zum Spaß stehen.«

»Darf ich reinkommen«, stöhnte Krona.

»Wenn du mir versprichst, nicht auf den Fußboden zu kotzen.«

»Ist sowieso nichts drin.«

Krona stolperte ins Innere. Sie hielt sich am Türrahmen fest, während Pintel ihr den Mantel abnahm. »Ich brauch was zu trinken«, sagte sie. »Dringend. Ich bin am Verdursten.«

»Immer dieser Brand am nächsten Tag«, sagte Lomir grinsend und schöpfte ihr einen großen Krug voll aus dem Wasserfass, den sie gierig und noch im Stehen leerte.

»Hallo, Krona«, sagte Nardon, der mit einigen Schriftstücken am Tisch saß, als sie wieder aus dem Krug auftauchte. »Meine Güte, du siehst ja schrecklich aus!«

»Du weißt wirklich, wie man einer Frau Komplimente macht«, sagte Krona und versuchte sich an einem Lächeln. Vorsichtig tastete sie sich hinüber zur Ofenbank, wo Fenrir saß und sie amüsiert beäugte.

»Na, Hauptmann«, sagte er. »War ein harter Feldzug gegen den Schnaps, was?«

»Ihr könnt mich alle mal«, knurrte Krona.

»Na, aber«, sagte Lomir in tadelndem Tonfall und grinste dabei.

»In Ruhe lassen!«, fauchte Krona. »Kann man nicht mal einen über den Durst trinken?« Sie mäßigte ganz von selbst ihre Stimme, da ihr Kopf zu zerspringen drohte.

»Einen?«, sagte Fenrir und zog eine Augenbraue hoch.

»Oder zwei«, sagte Krona und setzte sich, Erschütterungen vermeidend, auf die Ofenbank. »Sag mal, warst du das eigentlich, vorhin am Waldrand?«

»War ich was?«

»Der Wolf. Da saß ein Wolf und hat zu mir rüber gesehen.«

»Und warum sollte ich das gewesen sein?«, fragte Fenrir mit einem Lächeln.

»Weil Wölfe normalerweise nicht herumsitzen und sich zufällig vorbeikommende Reiter ansehen. Deshalb.«

»Gut beobachtet«, sagte Fenrir. »Ich würde sagen, für diesen Wolf hat sich das Warten gelohnt. Das Schauspiel, das ihm geboten wurde, war erstklassig.«

»Ich hätte mir den Hals brechen können!«, fauchte Krona in fahrlässiger Lautstärke und presste sich gleich darauf stöhnend die Hand auf die Stirn.

»Ich hielt dich für eine bessere Reiterin. Ich konnte nicht ahnen, dass nur das Wohlwollen deines Pferdes dich da oben hält.«

»Tu das nie wieder!«

»Du solltest dich geschmeichelt fühlen. Es gibt nur sehr wenige, die mich in beiderlei Gestalt gesehen haben.«

»Ist gut. Vielleicht, wenn der Schmerz etwas nachgelassen hat.«

»Wir haben uns Sorgen gemacht«, erklärte Nardon. »Eigentlich wollten wir gestern Abend schon nach dir suchen, aber Pintel konnte uns beruhigen. Schließlich hattest du deine Tochter lange nicht gesehen, da erschien es uns nicht unwahrscheinlich, dass du die Nacht dort verbringst …«

Krona sah Pintel an.

»Ich konnte nicht anders!«, versicherte der mit Verzweiflung in der Stimme. »Sie wollten da raus in die Dunkelheit, um dich zu suchen, obwohl wir einen wirklich üblen Schneesturm hatten! Ich musste es ihnen sagen! Ich konnte sie doch nicht einfach aufbrechen lassen!«

»Die Nächte sind für Zwerge nicht so dunkel wie für Menschen«, gab Nardon zu bedenken.

»Aber Schneesturm ist Schneesturm«, sagte Pintel. »Und je kleiner man ist, desto schneller ist man eingeschneit.«

»Als du heute gegen Mittag aber immer noch nicht zurück warst, erklärte Fenrir sich bereit, dir entgegen zu gehen«, sagte Lomir. »Er bestand darauf, alleine zu gehen. Wir waren wirklich froh, als er zurückkam und berichtete, du seist wohlauf.«

»Aus der Entfernung machte sie diesen Eindruck«, sagte Fenrir mit einem Seitenblick auf Krona. »Bis auf die Tatsache, dass sie aus dem Sattel fiel wie ein Stein, als ihr Pferd mich bemerkte und sich etwas erschreckte.«

Krona reagierte nicht, sie sah immer noch zu Pintel hinüber.

»Sei nicht böse«, bat er mit zunehmender Verzweiflung. »Ich wollte es nicht, ehrlich! Ich war gezwungen, es zu sagen! Es tut mir wirklich leid …«

»Ich verstehe sowieso nicht, warum man ein Geheimnis draus machen muss«, sagte Nardon. »Viele Leute haben Kinder. Da ist doch nichts dabei.«

»Es ist schon was dabei«, sagte Krona und entließ Pintel endlich aus ihrem strafenden Blick. »Es ist nicht einfach zwischen Kelara und mir. Es ist genau genommen sehr schwierig. Der ganze Besuch war ein totaler Reinfall.«

»Ach so«, sagte Fenrir. »Deshalb also das Besäufnis.«

»Unter anderem.«

»Dir ist klar, dass die Dinge dadurch nicht besser werden?«

»Lass stecken«, winkte Krona ab. »Ich hatte heute schon meine Portion Moral. Da war diese Priesterin. Erzählte was davon, wie sie mich aus der Schneewehe gezogen hätte. Oder so ähnlich. Ich war noch nicht ganz wach, aber es hat wirklich für den Rest des Tages gereicht.«

»Gut«, sagte Fenrir. »Du bist alt genug. Du wirst schon wissen, was gut für dich ist.«

»Ja«, sagte Krona müde.

»Tee?«, fragte Pintel schüchtern und hielt ihr einen Becher hin.

»Danke«, sagte sie und rang sich ein Lächeln ab. Sie nahm den Becher, trank einen Schluck und überlegte, was sie tun sollte. Sie sehnte sich danach, ihre feuchten Kleider los zu werden und zu schlafen, doch fühlte sie sich dem Weg die Treppe hinauf nicht gewachsen. Sie blieb sitzen, streckte stöhnend die Beine aus und genoss die Wärme der aufgeheizten Steine in ihrem Rücken. Jetzt, mit der Ruhe, ließ auch die Übelkeit allmählich nach. Sie schloss die Augen und ließ den Kopf nach hinten sinken.

Dann fühlte sie eine Bewegung neben sich, eine Berührung, ein Arm legte sich um sie, sie wurde an eine Schulter gezogen und weiches Haar kitzelte ihre Wange.

»Was machst du«, murmelte sie, ohne die Augen zu öffnen.

»Ich tröste einen Freund, der das nötig hat«, sagte Fenrir dicht an ihrem Ohr. »Und ich möchte das nicht als Aufforderung zu etwas anderem verstanden wissen, Hauptmann, ist das klar?«

»Völlig«, murmelte sie und rückte sich an seiner Schulter zurecht. »Tröste mich, so viel du immer möchtest.«

Sie spürte ihn lächeln, und er drückte ihre Schulter.

»Sie hat einen Sohn«, sagte sie nach einer Weile. »Weißt du, was das bedeutet?«

»Du bist Großmutter«, sagte Fenrir und klang überrascht. »Alle Wetter! Das passt nicht wirklich zu dem Bild, das du von dir vermittelst.«

»Es bedeutet, ich bin alt«, erklärte sie mit schwerer Zunge. »Richtig alt. Nicht nur ein bisschen. Ich hab kein Geld, ich hab keine Anstellung, ich hab keinen Ort, an den ich gehen kann, wenn's ungemütlich wird. Es wird genauso kommen, wie sie es gesagt hat. Ich werde mich zu Tode saufen und in irgendeinem Straßengraben verrecken.«

»Das hat sie gesagt?«

»Nicht direkt. Sie wollte zartfühlend sein. Sie hat es umschrieben.« Sie seufzte. »Ich sollte mir schnellstmöglich etwas suchen, wofür es sich zu sterben lohnt, und das dann durchziehen.«

»Das finde ich ein bisschen verfrüht«, sagte Fenrir. »Du hast noch eine lange Zeit vor dir. Das heißt, wenn du sie nicht durch Besäufnisse wie dieses künstlich verkürzt.«

»Ich kann nichts. Nichts, worauf ich etwas aufbauen kann. Alles, was ich kann, ist Leuten wehtun.«

»Ich bin sicher, du siehst das anders, wenn du dich erst erholt hast.«

»Nein. Ich sehe das immer so. Nur manchmal finde ich's nicht so schlimm.«

»Es ist immer das Gleiche«, sagte Lomir mitfühlend. »Erst das Kotzen, dann der Brand, dann der Weltschmerz. Ich kenne das. Es geht vorbei. Du solltest dich schlafen legen.«

»Ja«, sagte Krona, ohne sich zu bewegen.

»Bringen wir sie rauf«, sagte Lomir.

»Komm, Großmütterchen.« Fenrir verstärkte seinen Griff um Kronas Schultern. »Tu, was der Zwerg dir sagt.«

Gemeinsam schafften sie Krona in den ersten Stock, zogen ihr die feuchten Kleider vom Leib, soweit ihr Gefühl für Anstand es zuließ, und wickelten sie in eine dicke Schicht Decken. Stöhnend tastete Krona sich auf ihr Lager und brach darauf zusammen.

»Geh schon mal vor«, sagte Fenrir zu Lomir. »Ich komme gleich nach.«

»Was machst du denn jetzt«, murmelte Krona, als Fenrir sich mit gekreuzten Beinen neben ihrem Lager niederließ.

»Ich passe auf dich auf«, sagte Fenrir.

»Das ist nicht dein Ernst.«

»Na, doch. Du wärst nicht die Erste, die dem Weltschmerz folgt und versucht, sich in ihr Schwert zu stürzen. Betrunken genug bist du noch. Ganz davon zu schweigen, dass du einfach an deinem eigenen Erbrochenen ersticken könntest.«

»Du willst hier bleiben, bis ich schlafe?«

»Wenn es dich nicht stört.«

»Es stört mich nicht«, sagte sie schlaftrunken. »Du könntest meine Hand nehmen. Wenn es dir nichts ausmacht, meine ich.«

»Erzähle es nicht den anderen«, sagte er und ergriff ihre Hand. »Es würde nicht zu dem Bild passen, das *ich* von mir vermittle.«

»Gut«, murmelte sie.

Sie schwiegen, Kronas Atemzüge wurden tief und regelmäßig.

»Großmütterchen«, murmelte sie. »Warte, bis ich wieder kann, mein Freund. Warte nur.«

Winterwende kam, oder Weltenschmiede, wie die Zwerge es bezeichneten, der höchste Feiertag in der zwergischen Kultur und gleichzeitig Jahreswechsel nach dem Menschenkalender. Die letzten Wochen hatte es abwechselnd geregnet und geschneit, so dass die Gefährten ihre Besuche in Dalen auf das Nötigste beschränkt hatten, denn die Straßen waren die meiste Zeit über unpassierbar gewesen. Kurz vor dem Feiertag sanken die Temperaturen erneut, und dunkle Wolken schütteten neue Schneemengen über dem Land aus.

»Wie feiert man Weltenschmiede bei den Zwergen?«, erkundigte sich Pintel einige Tage vorher.

»Es ist ein religiöses Fest«, erklärte Nardon. »Es erinnert an die Erschaffung der Welt durch Gròr, oder Grandir, wie er in eurer Sprache heißt. Es beginnt damit, dass drei Tage zuvor gefastet wird. Am Morgen von Weltenschmiede geht man zum Gottesdienst – wenn man etwas dafür übrig hat, natürlich. Es gibt dort eine Zeremonie, während der eine tönerne Kugel mit einem zeremoniellen Hammer zerschlagen wird. In ihrem Inneren befindet sich eine kleinere, goldene Kugel, die dann im Mittelpunkt des weiteren Gottesdienstes steht. Es soll natürlich Gròrs Schaffensprozess widerspiegeln. Im Anschluss an den Gottesdienst wird ausgiebig gefrühstückt. Natürlich wird nicht gearbeitet, wie an den Fastentagen übrigens auch nicht. Außerdem ist es Sitte, sich gegenseitig kleine Geschenke zu machen. Traditionell sind es kleine, in Fett gebackene Kuchen, es haben sich aber auch Nüsse oder Äpfel oder Süßigkeiten eingebürgert. Man verbringt den Tag mit der Familie. Abends kann man ein weiteres Mal zum Gottesdienst gehen, und meistens gibt es noch ein großes Festessen.«

»Das klingt toll«, sagte Pintel. »Bis auf das Fasten.«

»Das wir ohnehin verpasst haben«, sagte Nardon. »Hätten wir fasten wollen, hätten wir heute Morgen damit anfangen müssen.«

»Ich will Weltenschmiede feiern«, sagte Pintel strahlend. »Wir schenken uns gegenseitig kleine Kuchen, und ich koche euch ein Festmahl, wie ihr noch keines gesehen habt.«

»Solange ich den Tag nicht mit meiner Familie verbringen muss, bin ich dabei«, sagte Krona und verzog das Gesicht. »Und vom Kuchenbacken lass ich auch besser die Finger. Ihr würdet das Ergebnis nicht essen wollen.«

»Ist gut«, sagte Pintel. »Wir müssen die Vorgaben ja nicht bis in alle Einzelheiten erfüllen.«

»Das würde uns ohnehin schwerfallen«, warf Lomir ein. »Gròr ist vor Ort nicht mit einem Heiligtum vertreten. Ihr habt die Wahl zwischen

Mindari und Skàlmoldr – Alrune und Arathron, für unsere menschlichen Gefährten.«

»Ich finde das sehr verwirrend.« Pintel schüttelte den Kopf. »Warum müssen die Zwerge eigene Namen für die Götter haben? Das macht die Sache nur unübersichtlich.«

»Es sind nicht die Zwerge, sondern die Menschen, die eigene Namen haben«, sagte Nardon. »Die gesamte menschliche Sprache ist übrigens nur eine Abart des Zwergischen.«

»Und wer sagt das?«, fragte Krona.

»Es lässt sich sprachwissenschaftlich nachweisen«, erklärte Nardon. »Man schätzt, dass noch vor zweitausend Jahren Menschen und Zwerge dieselbe Sprache hatten. Sprache ist aber etwas, das sich im Gebrauch wandelt, und da die Zeit bei den Menschen schneller verstreicht, wandelt sich auch die Sprache schneller. Die Sprache eines seit zweitausend Jahren toten Zwergen wäre für unsere Ohren etwas ungewohnt, geschraubt und altmodisch, wie in den alten religiösen Schriften. Ein Mensch könnte sich mit dem gleichen Zwerg überhaupt nicht mehr verständigen, obwohl die Menschen vor zweitausend Jahren noch die gleiche Sprache hatten.«

»Daher kommt es, dass Orda manchmal klingt wie Zwergisch«, sagte Pintel, von der Erkenntnis fasziniert. »Orda ist schließlich eine alte Menschensprache.«

»Die sich nahezu unverändert erhalten hat, da sie keine Gebrauchssprache ist, sondern nur von Zauberern verwendet wird«, ergänzte Nardon nickend.

»Und wieder was gelernt«, sagte Krona gähnend. »Wenn ihr so weiter macht, kann ich mich im Frühling zu einem Academia-Abschluss anmelden, allein durchs Zuhören.«

»Na ja«, sagte Nardon.

»Sag jetzt nichts Falsches.«

»Zumindest würdest du für Aufsehen sorgen.«

»Wie meinst du das?«, fragte Krona, doch Nardon lächelte nur vergnügt in seinen Bart.

Pintel tat alles, um seine Ankündigung bezüglich des Festmahles zu übertreffen. Schon am Vortag des Festes sahen die Gefährten ihn Gemüse putzen und schneiden, in Töpfen rühren, aus denen es dampfte, und Gewürze im Mörser zerstoßen, bis der ganze Wohnraum mit würzigem

Duft angefüllt war. Am nächsten Tag präsentierte er zum Mittagessen stolz und mit glühenden Wangen ein Festmahl, das die Gefährten staunen ließ: da waren gegrillte Schweinerippchen, die unter einer Marinade aus Honig und Gewürzen glänzten, eine gebratene Ente, aus der die Füllung quoll, Bratäpfel mit einem Häubchen aus Butter und Brotkrumen, warmes Fladenbrot, Schüsseln voller Wintergemüse und dampfender Suppen und natürlich die kleinen Kuchen, die Pintel versprochen und spät am vorigen Abend noch gebacken hatte. Selbst Fenrir, der ungeachtet des Wetters viel Zeit draußen verbrachte, hatte sich das Ereignis nicht entgehen lassen wollen und setzte sich mit den Gefährten um den Tisch.

»Du hast deinen Beruf verfehlt«, sagte Lomir nach einer Weile, in der das Essen nicht durch überflüssige Tischgespräche unterbrochen worden war. »Verglichen mit dem hier, bist du ein lumpiger Zauberer.«

Satt wie sie waren, ging der Feiertag ruhig und ohne anstrengende Unternehmungen wie Gottesdienste zu Ende. Am nächsten Morgen hatte sich der dichte Schneefall zu leisem Rieseln abgeschwächt. Während sie bei einem späten Frühstück die Reste des Festmahles aufaßen, berieten sie ihre weitere Vorgehensweise.

»Alle zehn oder zwölf Tage mal einen Blick durchs Fenster zu werfen, ist keine Überwachung«, sagte Lomir. »Und das ständige Hin- und Herreiten ist in einem Winter wie diesem kaum machbar. Das haben wir gesehen; wir waren viel zu selten dort.«

»Und was schlägst du vor?«, fragte Pintel.

»Wir brauchen eine Operationsbasis in Dalen«, erklärte Lomir. »Wir müssen uns irgendwo in Tolenos Nähe einmieten. Das produziert zwar Kosten, die ich gerne vermieden hätte, aber es scheint sich nun nicht anders zu fügen. Es müssen vielleicht nicht alle von uns gehen, aber doch mindestens zwei. Und ihm dann täglich einen kleinen Besuch abstatten. Einer von diesen zweien muss Pintel sein.«

»Ich fühle mich aber hier sehr wohl, danke schön«, sagte der und zog eine Schnute.

»Wir brauchen dort deinen kleinen Zauber, der ihn unser Gesicht vergessen lässt«, sagte Lomir. »Es ist uns auch bisher nicht immer gelungen, ohne Zauberei unbemerkt zu bleiben. Und wir wollen nicht riskieren, dass er sich zu fragen beginnt, was das für seltsame Gestalten sind, die da um sein Haus herum schleichen.«

»Du hast recht«, seufzte Pintel.

»Außerdem sagtest du vor einiger Zeit, du hättest Bekannte in Dalen«, sagte Lomir. »Vielleicht kannst du über sie ein Zimmer oder eine kleine Wohnung bekommen.«

»Ich wusste nicht, dass diese kleine Aussage mal gegen mich verwendet werden würde«, sagte Pintel und blies die Backen auf.

»Es wäre klug, wenn ich der Zweite wäre«, sagte Nardon. »Solange ich hier festsitze, kann ich nicht forschen. Ich brauche die Bibliothek in Dalen.«

»Dann bin ich Nummer Drei«, bot Krona an.

»Mehr als zwei sind im Grunde nicht nötig«, sagte Lomir.

»So? Und wer soll dann auf diese beiden Gehirnakrobaten aufpassen, möchte ich mal wissen?«

»Du tust ja gerade so, als könnten wir das nicht auch selbst«, sagte Nardon.

»Also, ich würde mich sicherer fühlen, wenn du dabei wärest«, sagte Pintel. »Wir wissen nicht, was uns erwartet, und was der Zwerg mit unserer Sache zu tun hat. Wenn Lomirs Vermutung stimmt, könnte er überaus gefährlich sein.«

»Was für eine Vermutung?«, fragte Lomir irritiert.

»Dass der Zwerg einen oder mehrere der Schädel-Artefakte hat. Basierend auf Karcharoths Aussage, dass der Markstein sich die Person mit den meisten Schädeln aussucht.«

»Scharfsinnig«, staunte Lomir. »Ich bin beeindruckt.«

»Umso bedauerlicher, dass du dir deine scharfsinnigen Schlüsse nicht besser merkst«, sagte Pintel.

»Macht nichts«, sagte Lomir. »Ich kann mir unmöglich jeden Scharfsinn merken, den ich von mir gebe. Dafür habe ich ja euch.«

»Jedenfalls könnte es nötig werden, mit dem Zwerg in Kontakt zu treten, um unsere Vermutungen zu überprüfen«, schloss Pintel seine Ausführung.

»Müssen wir in Kontakt treten?«, fragte Fenrir. »Der Zwerg interessiert mich nicht im Geringsten. Mich interessiert einzig der Markstein und möglicherweise vorhandene Schädel.«

»Es ist jedenfalls besser, tatkräftige Unterstützung zu haben und nicht zu benötigen als umgekehrt«, sagte Pintel. »Außerdem ist es lustiger zu dritt.«

»So«, sagte Nardon. »Dann bin ich dir also nicht lustig genug.«

»Na ja«, sagte Pintel. »Der Launemacher bist du nicht gerade.«

»Vielleicht war ich bisher nicht in Laune«, sagte Nardon augenzwinkernd. »Aber Krona soll gerne mitkommen.«

»Dann können wir gleich alle gehen«, sagte Lomir. »Damit sparen wir uns einen mühsamen Informationsaustausch.«

»Ihr könnt gerne alle gehen«, sagte Fenrir. »Ich werde mich keinesfalls unnötigerweise in einer Stadt aufhalten.«

»Spalter«, schnaubte Lomir. Fenrir warf ihm einen seiner langen, gelben Blicke zu und sagte nichts.

»Aber bis an die Stadtmauern kannst du kommen, oder?«, fragte Krona. »Du kannst uns dann dort treffen und dir Neuigkeiten abholen, wenn es welche gibt, und die Zeit dazwischen kannst du dir dort sicher so gut vertreiben wie hier.«

Fenrir nickte.

»Dann wollen wir es so machen«, sagte Krona. »Auch wenn es jammerschade ist um dieses nette Häuschen.«

»Wann wollen wir aufbrechen?«, fragte Pintel. »Falsch, lasst es mich anders sagen. Wann müssen wir aufbrechen?«

»Heute ist so gut wie jeder andere Tag«, sagte Krona.

»Heute schon?«, sagte Pintel entsetzt.

»Es hat aufgehört zu schneien«, sagte Nardon. »Fast, zumindest. Der Himmel sieht heller aus. Wir sollten die Gelegenheit nutzen, solange sie sich uns bietet.«

Pintel seufzte abgrundtief, nickte aber.

Sie räumten auf, packten ihre Sachen, wickelten sich in ihre Mäntel und schlossen das kleine Haus sorgfältig ab. Dann warteten sie geraume Zeit, bis Pintel sich von der kleinen Katze verabschiedet und sich davon überzeugt hatte, dass sie bei Nachbar Marthes ein gutes Auskommen haben würde.

Sie mussten zu Fuß gehen, da weder Marthes noch einer der anderen Nachbarn Pferde auf unbestimmte Zeit entbehren konnte, und es wurde eine mühsame Wanderung. Kaum jemand war vor ihnen auf der Straße unterwegs gewesen, und der lockere Pulverschnee, der sich auf dem zu einer dicken Eiskruste getrampelten alten Schnee häufte, reichte den Zwergen bis zum Oberschenkel. Pintel konnte sich, ohne dass jemand ihm eine Spur bahnte, kaum darin bewegen. Eine Weile nutzten sie die Spur eines Reiters, doch die bog bald nach Norden ab und überließ sie dem unberührten Tiefschnee.

»Wir hätten warten sollen, bis andere für uns eine Spur getrampelt haben«, keuchte Pintel, dem der Schweiß von der Stirn lief, obwohl er als Letzter ging.

»Das Problem ist, dass alle so denken«, sagte Fenrir über die Schulter. »Deshalb trifft man im Winter so wenige Reisende.«

»Was sicher klüger ist als das, was wir hier machen«, sagte Krona, die gerade die Spitze übernommen hatte, und hielt inne, um zu verschnaufen. »Kann mir einer sagen, ob wir überhaupt noch auf der Straße sind?«

»Nö«, sagte Lomir. »Ist aber eigentlich egal. Die Himmelsrichtung stimmt. Also weiter da vorne!«

Mit der Dunkelheit trafen sie in Dalen ein. Vor den Stadttoren verabschiedeten sie sich von Fenrir.

»Was willst du jetzt machen?«, fragte Pintel. »Es ist schon fast dunkel und die Nacht wird sicher kalt, und auch Wölfe müssen etwas essen, oder?«

»Dunkel und kalt nicht für mich«, sagte Fenrir. »Und um mein Abendessen muss ich mich nur ein wenig kümmern.«

»Keine Schafe bitte«, sagte Lomir. »Bauern sind geschickt im Errichten von Wolfsfallen, und sie sind ziemlich rabiat, wenn es um ihre Schafe geht.«

Fenrir schnaubte verächtlich. »Schafe schmecken widerlich. Wölfe reißen sie nur im Notfall, und niemals, wenn sie alleine jagen. Nein, es gibt genügend wohlschmeckende kleine Tiere unter dem Schnee.«

»Keine Details bitte«, winkte Krona ab. »Keiner von uns will das so genau wissen.«

»Macht euch keine Sorgen um mich, war der Kern meiner Aussage«, sagte Fenrir. »Wir treffen uns in zwei Tagen dort drüben am Waldrand, hinter dem alten, unbenutzten Schuppen. Ihr könnt mir dann sagen, wo ihr untergekommen seid, und wo ich euch erreichen kann, falls es nötig wird.«

»Ich seh keinen Schuppen«, sagte Krona und starrte mit zusammengekniffenen Augen in die angezeigte Richtung.

»Er ist trotzdem dort, sei versichert«, sagte Fenrir.

»Ich weiß, welchen Treffpunkt du meinst«, sagte Lomir. »Wir werden um die Mittagszeit dort sein.«

»Viel Erfolg, bis dahin.« Fenrir wandte sich ab und entfernte sich auf den Spuren der Gefährten in Richtung Waldrand.

Die Stadttore waren bereits geschlossen, und sie mussten sich mit einem mürrischen Wachmann herumplagen, ehe er sie durch die kleine Seitentür einließ.

»Und nun?«, fragte Lomir. »Können wir deine Bekannten noch aufsuchen, oder sollten wir das besser morgen bei Tag tun?«

»Die Uhrzeit ist völlig in Ordnung«, versicherte Pintel. »Ich möchte fast sagen, abends ist ihnen lieber als tagsüber. Folgt mir, Freunde.«

Mit Pintel an ihrer Spitze, der zielstrebig voranschritt, tauchten die Gefährten fernab der Hauptstraßen in ein Gewirr winziger, enger, dunkler Gassen ein, wo die Häuser sich aneinander drängten wie ein ungeordneter Haufen verschreckter Hühner, und bogen so oft links und rechts ab, bis selbst die Zwerge die Orientierung verloren hatten.

# 7 DIE EHRE DER DIEBE

»Bist du wirklich völlig sicher, dass wir hier richtig sind?«, fragte Lomir.

»Ja«, sagte Pintel, »warum fragst du?«

»Nur so. Irgendwie hatte ich mir die Art deiner Bekanntschaften etwas anders vorgestellt.«

Sie standen vor einem schmalen Haus in einer engen, dunklen und sehr schmutzigen Gasse. Gelächter und Musik drangen gedämpft zu ihnen heraus. Die Laterne über der Tür schaukelte im Wind und warf ein schwankendes rotes Licht auf die Gefährten.

»Also, meine Herren!« Krona klatschte in die Hände. »Keine falsche Scham!«

»Pintel«, sagte Lomir. »Das hier ist ein Freudenhaus.«

»Ich weiß«, sagte Pintel und erklomm die vereisten Stufen zur Tür.

»Und keines der nobelsten in der Stadt, wie ich anmerken möchte«, sagte Lomir.

»Stört dich das?«, fragte Pintel und betätigte den Türklopfer.

»Na ja«, sagte Lomir. »Kommt darauf an, was wir da drin vorhaben.«

»Wir sprechen mit Lukarde. Ihr gehört der Laden.«

»Und die gibt uns dann ein Zimmer?«, fragte Nardon entsetzt. »Wir sind im völlig falschen Stadtteil, ganz davon zu schweigen, dass ich die Umgebung etwas irritierend finde!«

»Lass dich überraschen«, sagte Pintel grinsend.

»Ungern«, murmelte Nardon, als die Tür aufging. Eine junge Frau mit hübschem, stark geschminktem Gesicht erschien im Türspalt. Nur ein transparentes Stückchen Stoff befand sich zwischen der kalten Nachtluft und ihrer nackten Haut, und sie fröstelte sichtlich.

»Guten Abend, edle Herren … und edle Dame«, beeilte sie sich sichtlich überrascht hinzuzufügen. »Seid willkommen. Euch erwarten die ausgesuchtesten Schönheiten des Landes – das heißt, falls es Euch nicht stört, dass keine Zwerginnen darunter sind.«

»Es stört nicht«, versicherte Pintel freundlich. »Wir sind gekommen, um Lukarde zu sprechen. Richtet ihr bitte aus, es ginge um die Ratten, die sie in ihrem Keller hätte.«

»Aber wir haben keine Ratten …«, sagte die junge Frau erstaunt, und dann, in plötzlicher Erkenntnis: »Ach so. Richtig. Die Ratten. Tretet doch näher, edle Herren … und edle Dame, natürlich.«

Hintereinander traten die Gefährten durch die Tür, die hinter ihnen eilig geschlossen wurde. Die Luft, die sie empfing, war warm und stickig und dick von Duftölen und Räucherwerk, das in üppig verzierten Schalen glomm. Der Boden war belegt mit mehreren Schichten von Teppichen, die so schmutzig und abgetreten waren, dass man das Muster kaum mehr erkennen konnte, die Wände behängt mit Wandteppichen und Gemälden zweifelhafter Qualität, deren Motive offensichtlich den geneigten Besucher auf den Geschmack bringen sollten. An den Wänden entlang waren in lockeren Gruppen bequeme Sitzmöbel aufgestellt, in denen sich einige offenbar derzeit beschäftigungslose junge Damen räkelten und ihre unterschiedlichen Reize freizügig zur Schau stellten. Eine schiefe Holztreppe führte ins Obergeschoss, und mehrere Türen gingen in Nachbarräume, aus denen das Gelächter und die Musik drangen.

»Seid so freundlich, Euch einen Augenblick zu gedulden«, sagte das Mädchen, das sie hereingelassen hatte, und geleitete sie zu einer Gruppe verschwenderisch gepolsterter Stühle, die man an die Feuerstelle gerückt hatte. Ein Tischchen stand dabei, auf dem eine Schale klebriger Süßigkeiten auf Abnehmer wartete. Die Gefährten setzten sich, bis auf Krona.

»Danke«, sagte sie, die unter dem Mantel die Hand auf dem Schwertknauf hatte. »Ich stehe lieber.«

»Wie Ihr wünscht«, sagte das Mädchen. »Möchtet Ihr nicht einstweilen Eure Mäntel ablegen?«

Da die überhitzte Luft den Gefährten binnen Sekunden die Schweißperlen auf die Stirn getrieben hatte, kamen sie der Aufforderung nach. Das Mädchen erschrak sichtlich, als die verschiedenen Arten von Bewaffnung unter den Mänteln zum Vorschein kamen.

»Waffen sind hier nicht sehr gerne gesehen«, sagte sie vorsichtig und ängstlich.

»Versuch, sie uns abzunehmen«, forderte Krona sie freundlich auf. Das Mädchen entfernte sich rückwärts, die Mäntel schützend an sich gepresst.

»Du musst nicht immer gleich so böse sein«, tadelte Pintel. »Sie macht nur ihre Arbeit.«

»Ich war nicht böse«, sagte Krona. »Sie weint ja nicht mal.«

»Benimm dich«, sagte Lomir. »Ich weiß zwar nicht, was Pintel noch mit uns vorhat, aber ich möchte lieber das erleben als einen Rausschmiss.«

Sie warteten kurze Zeit, dann kam das Mädchen wieder und hatte drei Kolleginnen als Verstärkung mitgebracht.

»Die Dame Lukarde lässt sich entschuldigen und bittet Euch, zu warten«, sagte sie. »Es wird noch eine kleine Weile dauern, bis sie sich Eurer annehmen kann. Möchtet Ihr Euch in der Zwischenzeit ein wenig vergnügen?«

»Danke«, sagte Nardon, »aber *nein* danke.«

Lomir und Pintel sahen sich an, beide schienen zumindest die Möglichkeit in Erwägung zu ziehen.

»Nein danke«, sagte Pintel dann. »Das ist nichts für mich. Ich bin eher der romantische Typ, wisst Ihr. Liebe und diese Dinge.«

»Wie schade«, sagte eine zierliche Dunkelhaarige mit rot geschminkten Brustwarzen, die durch ihr hauchdünnes Hängerchen leuchteten. »Ich hatte mich schon gefreut. Ihr seid ganz außerordentlich … niedlich.«

»Da haben wir es«, sagte Pintel seufzend zu Lomir, der einstweilen einer drallen Blondine gestattete, auf seinem Knie Platz zu nehmen und ihm den Bart zu kraulen. »Erkennst du jetzt mein Problem?«

»Wenn Ihr nichts zu tun habt, könnt Ihr mir etwas zu trinken bringen«, sagte Krona zu der Dunkelhaarigen. »Die Luft hier drin macht durstig.«

Die Dunkelhaarige nickte und entfernte sich anmutig.

»Wäre jetzt nicht ein guter Zeitpunkt, uns mitzuteilen, was du vorhast?«, fragte Nardon Pintel.

»Wir werden Argus treffen«, sagte Pintel. »Das hoffe ich zumindest. Argus ist der König von Dalen – so nennt er sich zumindest, und das trifft es auch ungefähr. Niemand hat in der Stadt mehr zu bestimmen als er.«

»Und der verkehrt hier?«, sagte Lomir kopfschüttelnd. »Also, wenn ich König wäre, würde ich mir die Mädels kommen lassen.«

»Natürlich nicht. Wir werden von hier aus zu ihm gebracht. Hier ist so eine Art Kontaktpunkt.«

»Nimm es mir nicht übel, aber es klingt nicht besonders Vertrauen erweckend«, sagte Krona, deren Finger nervös auf ihren Schwertgriff klopften. »Es klingt vielmehr nach organisierter Kriminalität.«

»Das ist es auch«, bestätigte Pintel unbekümmert. »Aber keine Sorge. Argus ist ein Ehrenmann – falls man in diesem Zusammenhang von so etwas sprechen kann. Er sorgt gut für die Leute, die für ihn arbeiten, und er beklaut auch niemanden, der es nicht verkraften könnte.«

»Und woher, wenn die Frage gestattet ist, kennst du diesen Ehrenmann?«, fragte Krona.

»Das ist eine lange Geschichte, die ich gerne erzähle, sobald Zeit dafür ist«, sagte Pintel mit einem Lächeln.

Die Gefährten sahen sich an.

»Ich weiß nicht, ob es klug ist, sich mit solchen … *Personen* einzulassen«, sagte Nardon.

»Wir lassen uns nicht ein«, sagte Pintel. »Sie besorgen uns nur einen Unterschlupf, das ist alles.«

»Vielleicht ist das schon zu viel«, sagte Nardon. »Warum suchen wir uns nicht auf herkömmliche Weise etwas Passendes? Es muss doch auch erlaubte Wege geben, ein Dach über den Kopf zu bekommen.«

»Erstens ist nichts Verbotenes an dem, was wir tun«, erklärte Pintel. »Wir besuchen ein Freudenhaus, weiter nichts. Zweitens dauert die herkömmliche Weise viel zu lange und ist zu kompliziert. Wir können ja kaum an jedem Haus in der Nachbarschaft klopfen und fragen, ob sie ein Zimmer frei haben.«

»Da ist was dran«, gab Nardon zu. »Wohl ist mir trotzdem nicht dabei.«

»Entspann dich«, sagte Pintel fröhlich. »Als ich Argus zuletzt traf, war es ein echtes Erlebnis.«

Die Dunkelhaarige erschien wieder und brachte einen Becher für Krona. Die Kriegerin nahm einen Schluck und verzog das Gesicht. »Es ist schal«, beklagte sie sich. »Das verstehe einer! Draußen findet ein Jahrhundertwinter statt und hier drin schaffen sie es, warmes Bier auszuschenken.«

»Üblicherweise kommt man nicht hierher, um zu trinken«, sagte Lomir.

»Was bleibt mir denn«, sagte Krona und stellte den Becher neben der wenig einladenden Schale mit den Süßigkeiten ab. »Die haben hier nichts, was mir gefällt.«

Sie warteten.

Aus einem der Nebenräume kam ein gut gekleideter, offenbar nicht mehr ganz nüchterner älterer Mann in Begleitung einer jungen Dame, die ihn mit sanftem Druck die Treppe hinauf bugsierte.

Einige Zeit später klopfte es, und eine mit Schleiern bekleidete Dunkelhaarige ließ einen Trupp sehr fröhlicher junger Männer ein, die umgehend in einem der Nebenräume verschwanden, jedoch nicht ohne den Gefährten sehr befremdete Blicke zuzuwerfen. Gleich darauf klopfte es erneut, und ein schnauzbärtiger Mann mit langer Feder am Hut wurde eingelassen.

Die Blondine, die noch immer auf Lomirs Knie saß und sich angeregt mit ihm unterhalten hatte, seufzte. »Ich muss gehen«, sagte sie. »Das ist einer meiner Stammkunden.«

»Der Glückliche«, sagte Lomir und ließ die Blondine aufstehen. »Ich wünsche noch einen angenehmen Abend.«

»Ihr könnt mich gerne einmal zu Eurem Vergnügen besuchen«, bot die Blondine an. »Ich habe keine Vorurteile bezüglich Zwergen, wisst Ihr. Auf die Größe kommt es wirklich nicht an.«

Lomir lehnte höflich ab, während Krona sehr dreckig lachte.

»Ich weiß nicht, was es da zu lachen gibt«, sagte er zu Krona, als die Blondine ging, um den federhütigen Besucher in Empfang zu nehmen. »Sie wird es schon wissen, sie hat schließlich umfangreiche Erfahrung.« Krona nickte nur und winkte ab.

»Da kommt sie«, sagte Pintel, als eine weitere Tür aufging. »Lukarde, die Chefin des Ladens. Seid höflich, bitte.«

Die Dame, auf die er zeigte, trug ein eng geschnürtes fliederfarbenes Gewand, das im Vergleich zu dem, was die Mädchen trugen oder nicht trugen, geradezu hochgeschlossen wirkte. Ihr maskenhaft geschminktes Gesicht und die kohlschwarzen Haare, die zu einer aufwendigen Frisur getürmt waren, verliehen ihr etwas Künstliches. Ihre Augen waren von einem farblosen Grau, als sie zu den Zwergen und Pintel hinunter sah, die sich höflich erhoben hatten.

»Ihr kommt mir bekannt vor«, sagte sie zu Pintel. »Allerdings ist es schon einige Jahre her, nicht wahr?«

»Ganz recht«, sagte Pintel und deutete eine Verbeugung an. »Ich kam gelegentlich, um nach den Ratten in Eurem Keller zu sehen, wie auch heute wieder. Mein Name ist Pintel Luffelheim.«

»Ich erinnere mich«, sagte Lukarde und musterte an Pintel vorbei die Gefährten. »Man hat Euch gesagt, dass Waffen hier nicht gerne gesehen sind?«

»Das hat man«, versicherte Pintel, »es ist nur so, dass … nun ja …«

»Es hat uns nicht sehr beeindruckt«, schloss Krona den Satz nicht ganz in Pintels Sinn. »Aber wir haben bisher niemandem etwas getan, keine Sorge. Und jetzt würde ich gerne dieses Ratten-Dings regeln, wenn's geht. Ich will nicht den ganzen Abend hier herumstehen.«

»Ihr werdet sehen, was Argus davon hält, wenn Ihr unter Waffen vor ihm erscheint«, sagte Lukarde und zog ihre Augenbrauen, die kaum mehr waren als zwei dünne schwarze Bögen, hinauf bis fast zum Haaransatz.

»Ich bin sicher, er hat so viele Bewaffnete da unten, dass ihm von uns keine Gefahr droht«, sagte Pintel mit unbeirrtem Lächeln.

»Gut«, sagte Lukarde. »Wie Ihr wünscht.«

Auf einen Wink hin brachte eines der Mädchen ihre Mäntel und einen pelzbesetzten Umhang, den Lukarde an sich nahm.

»Ihr solltet sie anziehen«, riet sie den Gefährten. »Es ist kühl dort, wo wir hingehen. Und nun folgt mir.«

Durch eine schmale Tür unter der Treppe brachte sie die Gefährten in einen dunklen, schmalen Gang. Eine rußende kleine Öllampe beleuchtete den Hinterausgang und einige weitere Türen. Eine große hölzerne Truhe mit rostigen Beschlägen stand an der Wand.

»Rückt sie beiseite«, befahl Lukarde und zeigte mit dem Kinn. Lomir und Krona packten die Griffe der Truhe, die leichter war, als sie aussah, und schoben sie beiseite. Darunter kam eine Falltür zum Vorschein. Lomir hob sie an und warf einen Blick hinunter in den dunklen Schacht.

»Eine steile Treppe«, meldete er, »und unten ein enger Raum, oder ein Gang.«

»Nein«, sagte Krona und machte einen Schritt rückwärts. »Oh, nein. Das ruft ungute Erinnerungen wach. Da unten sind tausend Gänge und Fallgruben und sehr merkwürdige Bewohner. Argus! Natürlich! Ich wusste doch, ich habe den Namen schon mal gehört. Ich bin nur nicht schnell genug draufgekommen.«

»Wie bitte?«, fragte Pintel irritiert.

»Ich bin da unten schon mal herumgeirrt, und es gehört nicht zu den schönsten Erinnerungen aus meinen jungen Jahren.«

»Nun, diesmal werdet Ihr Euch nicht verirren, denn ich werde Euch führen«, sagte Lukarde.

»Fast richtig«, sagte Krona. »Ich werde mich nicht verirren, denn ich werde da sicher keinen Fuß hinunter setzen.«

»Aber warum nicht?«, fragte Pintel. »Anders werden wir nicht zu Argus gelangen!«

»Dann lassen wir es bleiben. Nardons Idee hatte etwas für sich. Wir fragen einfach in Tolenos Nachbarschaft nach einem Zimmer.«

»Jetzt auf einmal«, sagte Nardon verschnupft.

Lomir trat an die Schwelle und warf einen Blick nach unten.

»So schlimm sieht das gar nicht aus«, sagte er. »Wir könnten einfach mal einen Blick hineinwerfen.«

»Genau«, fauchte Krona. »So fängt es an! Einer sagt, och, lass uns bloß mal gucken, und am Schluss sitzt man in einem unterirdischen Begräbnis-Dings fest und kämpft gegen riesige Rattenmonster!«

»Die Begräbnisstätten wurden längst aufgegeben«, sagte Lukarde ungeduldig. »Wir kommen nicht mal in die Nähe davon. Wann wart Ihr zuletzt da unten? Von fünfzig Jahren?«

»Soll ich dich mal richtig alt aussehen lassen, Schätzchen?«

Ein unsanfter Ellenbogen von Lomir trieb ihr die Luft aus den Lungen und die Tränen in die Augen.

»Unsere Begleiterin ist nicht gerne unter Tage«, sagte er liebenswürdig zu Lukarde. »Sie wird sich aber augenblicklich entscheiden, ob sie uns folgt oder uns alleine gehen lässt. Nicht wahr, Krona?«

»Das ist nicht dein Ernst«, keuchte Krona. »Was sag ich immer?«

»Wir sollen uns nicht trennen«, sagten Lomir und Pintel im Chor.

»Richtig.«

»Dann los, Herrschaften.«

Nardon klatschte in die Hände. »Wir haben uns hier schon genug zum Dorftrottel gemacht. Jetzt sind wir schon hier, jetzt ziehen wir es auch durch.«

Krona starrte in das dunkle Loch, das sich vor ihr auftat. Ein kalter, modriger Luftzug stieg daraus empor wie aus einem Grab. Sie wischte ihre feuchten Handflächen an ihrem Mantel ab.

»Sie geht mit?«, fragte sie und zeigte mit dem Kinn auf Lukarde.

»*Sie* ist Eure einzige Versicherung, da unten nicht für immer verloren zu gehen«, sagte Lukarde und zeigte in einem freudlosen Lächeln die

Zähne. »Aber wenn Ihr mir weiter auf die Nerven fallt, werde ich dafür sorgen, dass Ihr das Tageslicht nicht wiederseht.«

»Du wagst es, mir zu drohen?!«

»Wie es in den Wald hineinruft«, sagte Lomir laut. »Wir gehen jetzt.«

Er machte einen großen Schritt über die Schwelle und begann, die Stufen hinunterzusteigen. Lukarde folgte ihm mit dem Licht. Krona ließ Pintel und Nardon vorangehen und duckte sich dann unter dem niedrigen Türstock hindurch auf die Treppe, die Hand um den Schwertgriff geklammert.

Wie sich schnell herausstellte, war es dort unten sowieso viel zu eng, um einen Schwertkampf zu führen. Am Fuß der Treppe führte ein schmaler, niedriger Gang weiter in die Dunkelheit. Er war so eng, dass Krona beide Wände gleichzeitig mit den Fingerspitzen berühren konnte. Die Decke befand sich kaum eine Handbreit über ihrem Kopf.

Der Grund des Ganges war eben, und Lukarde führte sie rasch voran. Krona versuchte, sich den Weg einzuprägen, indem sie Schritte zählte. Nach kaum zwanzig Schritten bogen sie nach links ab, dann gleich wieder nach rechts. Es war still hier unten, bis auf ihre eigenen Geräusche. Manchmal tauchte im spärlich flackernden Licht eine seitliche Einmündung auf. Krona versuchte, die Seitengänge zu zählen, geriet aber mit ihren Schritten durcheinander und gab das Zählen bald auf. Sie passierten eine große Öffnung, durch die entferntes Rauschen zu ihnen drang, und tasteten sich vorsichtig eine unebene Treppe hinunter. Der Gang machte eine Biegung, und das Rauschen wurde lauter.

Das Licht aus Lukardes Laterne schwankte und zuckte über die gemauerten Wände des schmalen Ganges. Zur Rechten führten halbhohe Öffnungen in einen breiten Nachbartunnel, in dem Wasser floss. Sie passierten einen weiteren Seitengang, der zur Linken abbog. An der Wand neben der Abzweigung bemerkte Krona seltsame Zeichen aus groben Kohlestrichen.

*Wie damals. Was war es noch? Eine Rune zur Abwehr von Krankheiten? Ich erinnere mich nicht. Die Rune von damals hat vielleicht auch völlig anders ausgesehen.*

Dann ging es wieder einige Stufen hinauf und in einen Seitengang. Einige Schritte nach einem weiteren Kohlezeichen hielt Lukarde inne.

»Haltet euch die Augen zu«, sagte sie.

»Bestimmt nicht«, sagte Krona und machte einen raschen Schritt rückwärts, als sie sah, wie Lomir den Ellenbogen ausfuhr.

Lukarde musterte Krona über die Köpfe der Zwerge hinweg.

»Wenn sich jetzt herausstellt, dass Ihr meine kostbare Zeit verschwendet habt ...« begann sie gefährlich ruhig.

»Dann was, Flittchen? Gehst du mit deinen angemalten Fingernägeln auf mich los?«

»Himmeldonnerwetter!«, brüllte Lomir, dass die Wände erzitterten. »Weiber! Und zu Krona gewandt: »Du bist bockiger als ein Esel! Jetzt mach einmal, was man dir sagt! Das kann doch nicht so schwer sein.«

Krona starrte zu dem erzürnten Zwerg hinunter und hatte schon eine Erwiderung auf der Zunge, als Pintel neben Lomir trat, die Hände wie zum Gebet gefaltet, mit flehentlichem Blick.

Sie stöhnte wild und schlug sich die Hand vor die Augen.

»Gut«, hörte sie Nardons Stimme. »Jetzt schnell, ehe sie es sich anders überlegt.«

Zwischen den Fingern hindurch verfolgte Krona, wie Lukarde sich zur Wand drehte. Mit der flachen Hand drückte sie auf einen Stein, der sich in Stirnhöhe in der Mauer befand.

Obwohl er aussah, als sei er unverrückbar fest vermauert, gab der Stein dem Druck nach und ließ sich nach innen bewegen. Zwei weitere folgten ihm, dann ertönte ein tiefes Knacken und Rumpeln, und ein Stück der Wand schwang nach innen und gab einen schmalen Durchgang frei, aus dem Licht drang.

Ein kleiner, dünner Mann mit bemerkenswerten O-Beinen und schütterem blonden Haar trat Lukarde entgegen.

»Ich habe hier Besucher für Argus«, kündigte Lukarde an. »Wenn sie Ärger machen, bin ich unschuldig. Sie kannten das Passwort und wollten vorgelassen werden.«

»In welcher Angelegenheit sind sie hier?«, fragte der dünne Mann und musterte die Gefährten kritisch.

»Ich habe sie nicht gefragt«, sagte Lukarde. »Mir ist lieber, ich weiß zu wenig anstatt zu viel.«

»Es ist keine große Sache«, versicherte Pintel. »Für einen Mann wie Argus ist es ein Klacks, genau genommen.«

»Und wer bist du?«, fragte der dünne Mann argwöhnisch.

»Pintel Luffelheim«, sagte Pintel und vollführte eine angedeutete Verbeugung, die schräg an dem Dünnen vorbei zeigte, weil er sich immer noch die Hand vor die Augen hielt. »Ich habe vor einigen Jahren für Argus gearbeitet.«

»Ich kenne dich nicht.«

»Das macht nichts«, versicherte Pintel freundlich. »Man kann unmöglich alle kennen, die für Argus arbeiten. Es sind so viele.«

»Na gut. Ich übernehme sie«, sagte der Dünne zu Lukarde. »Mal sehen, was Argus sagt.«

»Wenn du sie raus bringst, dann bitte nicht durch meinen Keller«, bemerkte Lukarde. »Gestalten wie diese ruinieren meinen Ruf.«

»Na, aber«, sagte Lomir tadelnd.

»Ihr könnt die Hände runternehmen«, sagte der Dünne. »Folgt mir, und macht bloß keinen Ärger.«

Pintel stieg zuerst durch die Öffnung. Die Zwerge folgten, und zum Schluss Krona, die immer noch mit ihrem Gefahreninstinkt zu kämpfen hatte.

Die Luft war warm und stickig auf der anderen Seite des Durchganges, es roch nach qualmendem Herdfeuer, Essen und ungewaschenen Menschen. Unter ihren Füßen knisterte altes Stroh. Es rumpelte und knackte hinter ihnen, als der Zugang sich schloss. Der Dünne führte sie einen schmalen Gang entlang. In einiger Entfernung hörte Krona Stimmen und Gelächter, dann klappte eine Tür und es ertönten Schritte. Der Gang machte eine Biegung und lieferte sie in einem kleinen, niedrigen Raum ab, der von zahlreichen teuer verglasten Lampen beleuchtet wurde. Die Wände waren mit Holz vertäfelt. Neben dem Dünnen waren drei weitere Männer anwesend. Zwei trugen aufgespannte kleine Armbrüste, deren Bolzen sich auf die Gefährten richteten, ein dritter wog ein leichtes Wurfmesser in der Hand.

»Ich fühle mich so bedroht«, sagte Lomir. »Muss das sein?«

»Das sagt ausgerechnet Ihr mit der größten Streitaxt«, sagte der Dünne. »Beantwortet Euch doch die Frage selbst, wenn es Euch beliebt.«

»Wir tun niemandem etwas. Wir liefern uns nur nicht gerne aus.«

»Und wir sind nichts als vorsichtig. Unsere Schützen werden Euch begleiten, bis Ihr Eure Waffen ablegt oder Argus etwas anderes anordnet.«

»Dann bringt uns endlich zu ihm«, sagte Krona. »Langsam bin ich wirklich neugierig.«

Die Gefährten wurden durch eine Tür in einen weiteren schmalen, niedrigen Gang geführt. Die edle Holzvertäfelung an der Wand war bei näherem Hinsehen in schlechtem Zustand, sie schien Feuchtigkeit gezogen zu haben und verströmte einen modrigen Geruch. Nach etwa zwanzig Schritten und einer weiteren Biegung öffnete der Gang sich in einen Raum, der größer als der vorige und prunkvoll eingerichtet war. Sitzmöbel aus dunklen, polierten Hölzern und kostbaren Brokatstoffen standen an den Wänden, deren Vertäfelung bedeckt war von Gemälden unterschiedlichster Machart. Ein schwerer runder Tisch trug die Reste einer üppigen Mahlzeit: kristallene Karaffen und Kelche, in denen Reste von Rotwein trockneten, silberne Platten, auf denen Berge von Hühnerknochen lagen, soßenverkrustete Teller aus hauchdünnem Porzellan mit achtlos fallen gelassenem Silberbesteck, schwere silberne Kandelaber, von denen das Kerzenwachs auf die mit Flecken übersäte, kunstvoll bestickte Tischdecke tropfte. Die Menschen, die sich hier unten bewegten, hatten offenbar versucht, sich in ihrem Äußeren der Umgebung anzupassen: zerschlissene Hosenbeine ragten unter pelzbesetzten Überwürfen hervor, bestickte Westen verdeckten fleckige Hemden und prunkvolle Hüte saßen auf ungewaschenem, schlecht geschnittenem Haar.

»Was für eine illustre Gesellschaft«, sagte Nardon leise.

In der Mitte des Raumes saß in einem rotsamtenen Ruhesessel ein hoch gewachsener, schlanker Mann, dessen prunkvolle Kleidung bis zum letzten Hemdknopf vollendet wirkte. Welliges, dunkles Haar fiel ihm über die Schultern, und in seinem sorgfältig gestutzten Bart zeigten sich erste Spuren von Grau. Trotz der lässigen Pose, die er einnahm, wirkte er hellwach und auf der Hut. Zwei Männer, die Messer und Schwerter am Gürtel trugen, flankierten ihn auffällig genug, dass keine Zweifel an ihrem Auftrag blieben.

Der Dünne führte die Gefährten bis auf einige Schritte an den improvisierten Thron heran und verbeugte sich dann leicht.

»Hier sind die Fremden, die durch Lukardes Eingang kamen«, sagte er. »Der Kleine hier behauptet, er hätte schon für Euch gearbeitet. Sein Name ist… Löffelheim, oder so ähnlich.«

»Luffelheim«, korrigierte Pintel. »Pintel Luffelheim. Es ist drei oder vier Jahre her.«

»Ich erinnere mich«, sagte Argus und zeigte lächelnd eine Reihe kräftiger, weißer Zähne. »Ihr seid eine Erscheinung, die im Gedächtnis bleibt, kleiner Zauberer. Wie ist es Euch ergangen in der Zwischenzeit?«

»Danke, sehr gut«, strahlte Pintel. »Ich bin weit herum gekommen. Wisst Ihr, die Zauberei, wie man sie an der Academia praktiziert, ist zwar interessant, aber doch gewissermaßen theoretisch, ohne Bezug zur Wirklichkeit. Es ist wesentlich spannender, einen Zauberpfeil zu beschwören, wenn ein Monster mit aufgerissenem Rachen auf einen zu rast, als unter Laborbedingungen an der Academia … Immerhin war meine Ausbildung gut genug, um mich wirklich taugliche Zauber zu lehren, also Zauber, die auch unter Stress noch funktionieren, und das ist ja die eigentliche Kunst … hups! Lomir, was soll das? Nimm deinen Fuß von meinem runter! Ich glaube, er will mich darauf aufmerksam machen, dass ich möglicherweise abschweife. Das ist Lomir Feuerbeil, ein Mann mit weitreichenden Kontakten und ein wahres Organisationstalent. Und, wenn wir gerade dabei sind, dies hier ist mein guter Freund Nardon Haltir von der Insel der Stürme. Er ist wahrscheinlich der klügste Zwerg der Welt, Menschen eingeschlossen. Eine wandelnde Bibliothek, sozusagen. Und dies hier ist Krona Karagin, eine wirklich große und berühmte Kriegerin. Vielleicht habt Ihr schon von ihr gehört?«

»Nein«, sagte Argus, der die Gefährten mit hellem, sehr wachsamem Blick musterte.

»Aber ich habe von Euch gehört«, sagte Krona. »Das ist ein paar Jahre her. Fünfundzwanzig mindestens. Ihr seht viel zu jung aus, um der Argus von damals zu sein.«

»Das macht die gute Luft hier unten«, sagte Argus ungerührt. »Sie hält frisch. Aber nun, junger Herr Luffelheim, wollt Ihr mir nicht eröffnen, was Euer Anliegen ist?«

»Es ist nur ein ganz kleines«, versicherte Pintel. »Wir benötigen einen Unterschlupf in einem ganz bestimmten Stadtviertel. Nicht, weil wir uns verstecken müssten, zumindest nicht vor der örtlichen Gerichtsbarkeit. Es geht darum, dass wir ein Auge auf eine ganz bestimmte Person haben müssen, die es nach Möglichkeit nicht bemerken soll, und das ist schwierig, wenn man keinen Unterschlupf in der Nähe hat, aber Ihr wisst sicher, was ich meine … oder?«

»Was ist das für eine Person?«, fragte Argus.

»Wir nennen keine Namen«, sagte Krona.

»Odres Toleno«, sagte Pintel gleichzeitig, und Krona stöhnte auf. »Er ist ein Schmied«, führte Pintel aus, »und ein völlig unbescholtener Bürger. Es geht auch nicht um eine Straftat oder ähnliches. Genau genommen geht es auch gar nicht um Toleno selbst, sondern um eine weitere Person, die er nach unseren Informationen irgendwann treffen wird, und das wollen wir nicht verpassen.«

»Das klingt, als hätte ich gerade nicht mehr als einen kleinen Bruchteil der Geschichte erfahren«, sagte Argus.

»Ganz recht«, schaltete sich Lomir ein. »Aber ein Mann in Eurer Position weiß sicher besser als jeder andere, dass das Zurückhalten von Informationen oftmals nichts mit Unfreundlichkeit oder Misstrauen zu tun hat, sondern vielmehr mit notwendigem Sicherheitsdenken.«

»Ich kontrolliere die Geschäfte, die in meiner Stadt getätigt werden«, sagte Argus. »Niemand sollte das Risiko eingehen, an mir vorbei etwas abzuwickeln.«

»Eure Kreise werden nicht im Geringsten gestört«, versicherte Lomir. »Es geht wirklich um nicht mehr, als eine bestimmte Person zu treffen, und leider zwingen uns die Umstände, diesen indirekten Weg der Annäherung zu beschreiten.«

»Und wie lange gedenkt Ihr, diesen Unterschlupf zu nutzen?«

»Nicht länger als bis zum Frühjahr«, sagte Pintel. »Hoffen wir zumindest. Ließe sich das machen?«

»Aber sicher«, sagte Argus mit einem breiten Lächeln, das seine Augen nicht erreichte. »Ihr wisst doch: Wer einmal zur Familie gehört, gehört immer zur Familie.«

»Darauf hatte ich gehofft«, sagte Pintel erleichtert.

»Ihr habt aber sicher nicht vergessen, wie es in dieser Familie zugeht? Eine Hand wäscht die andere.«

»Selbstverständlich«, sagte Pintel. »Sagt mir nur, was ich für Euch tun soll.«

Krona hörte, wie Nardon neben ihr den Atem durch die Zähne zog. Dem Zwerg war offenbar so unwohl wie ihr selbst: Sein Gesicht verriet tiefe Besorgnis, er zupfte nervös an seinem Bart, aber er sagte nichts.

»Nachdem es ein kleiner Gefallen ist, den Ihr erbittet, werde ich auch nicht mehr von Euch fordern«, sagte Argus. »In der Tat kommt Ihr mit Eurer Ausbildung mir gerade recht. Es haben sich hier einige Gegenstände angesammelt, die wir für verzaubert halten, deren Verwendungszweck wir aber noch nicht herausfinden konnten. Ich habe Euch als einen ehrlichen, loyalen Mann in Erinnerung. Ihr werdet uns sicher im Gebrauch dieser Gegenstände unterrichten können.«

»Gebt mir ein wenig Zeit dafür, und ich werde tun, was ich kann«, sagte Pintel eifrig. »Die meisten Artefakte enthüllen recht bereitwillig ihre Natur, wenn man sie zu fragen weiß. Es gibt natürlich auch welche, die mit Schutzzaubern belegt sind, um ihre Natur zu verschleiern.

In diesem Fall ist es schwierig, weil man sich auf ein Kräftemessen mit dem Zauberer einlässt, der die Schutzzauber gesprochen hat, und meistens sind das keine Anfänger. Solche Schutzzauber findet man aber überwiegend an sehr mächtigen Artefakten, selten an Gebrauchsgegenständen, und solche Artefakte sind wiederum recht selten, also ist die Wahrscheinlichkeit, dass Ihr ein solches erwischt habt, vergleichsweise gering, und…«

»Also könnt Ihr es tun«, sagte Argus, eine Atempause Pintels nutzend.

»Ja«, sagte Pintel.

»Gut. Ich wünsche, dass Ihr Euch gleich an die Arbeit macht.«

»Hört mal, Leute«, sagte Krona. »Es ist schon spät am Abend. Wir haben einen langen Tag hinter uns und noch keine Unterkunft für die Nacht. Wollen wir die Aktion nicht auf morgen verschieben?«

»Eine erste Sichtung kann er heute Abend noch vornehmen«, bestimmte Argus. »Und was die Unterkunft betrifft, seid Ihr selbstverständlich meine Gäste, bis die Arbeit abgeschlossen ist.«

»Sind wir das«, murmelte Lomir und warf einen argwöhnischen Blick auf die Bewaffneten.

»Wir passen uns an«, erklärte Argus lächelnd. »Legt Ihr Eure Waffen nieder, legen wir unsere Waffen nieder.«

»Dann tragen wir alle sie noch ein bisschen«, sagte Krona. »Allein schon aus Gewohnheit.«

»Rauda wird Euch mit allem versorgen, was Ihr benötigt.« Argus und winkte eine schlanke junge Frau mit kurzem dunklem Haar herbei, die das Geschehen aus einiger Entfernung aufmerksam verfolgt hatte. Er wechselte einige leise Worte mit ihr, dann trat sie auf die Gefährten zu.

»Folgt mir«, sagte sie. »Ich zeige Euch einen freien Schlafplatz, und Euch, Meister Luffelheim, bringe ich an einen Ort, an dem Ihr ungestört arbeiten könnt.«

»Momentchen«, sagte Krona. »Keiner von uns wird alleine irgendwohin gebracht. Alle oder keiner.«

»Selbstverständlich steht es Euch frei, Euren Freund zu begleiten«, sagte Rauda ungerührt.

»Und genau das werden wir tun«, versicherte Krona finster.

Rauda führte die Gefährten aus dem großen Raum hinaus, einen Gang entlang, einige Stufen zur Rechten hinunter und einen weiteren Gang entlang, bis sie vor einer Tür stehen blieb und sie aufstieß. Dahinter lag ein winziger, dunkler Raum. Rauda nahm eine der Fackeln, die in diesem Teil der Anlage die Gänge beleuchteten, betrat den Raum und entzündete eine Fackel neben der Tür. Aus den Schatten schälten sich einige Stühle und ein schwerer, dunkler Tisch, der zweifellos ursprünglich für einen wesentlich größeren Raum angefertigt worden waren.

»Ich bringe Euch die fraglichen Gegenstände«, sagte Rauda. »Benötigt Ihr sonst etwas? Etwas zu essen oder zu trinken?«

»Gut, dass Ihr fragt«, sagte Lomir. »Wir hatten noch kein Abendessen. Wir waren nicht auf einen längeren Aufenthalt eingestellt, wisst Ihr.«

»Ich brauche Papier«, sagte Pintel. »Einen Kohlestift oder Feder und Tinte, und Kreide, wenn es geht.«

Die Gefährten legten ihre Rucksäcke und Mäntel ab, während Rauda ging, um die benötigten Dinge zu holen.

»Bei aller Freundschaft«, sagte Krona zu Pintel, »aber wenn du mir wieder einmal Bekannte vorstellen willst, werde ich vorher auf einem genauen Lebenslauf und Schilderung aller Umstände bestehen.«

»Ich schließe mich an«, sagte Lomir.

»Wir sollten uns hier nicht zu sicher fühlen.« Nardons Blick wanderte unruhig über die Wände. »Möglicherweise sind wir hier allein, aber nicht unbelauscht. Wir wissen es nicht. Es gibt Abhörsysteme, die auch bei genauer Suche unentdeckt bleiben, also achtet auf eure Worte – wenn ihr wisst, was ich meine.«

»Ist klar«, sagte Krona. »Guter Gedanke.«

»Ich weiß nicht, was ihr für Probleme habt«, sagte Pintel. »Es versteht sich doch von selbst, dass wir unseren Unterschlupf nicht umsonst bekommen, und zwar egal von wem. Argus ist vertrauenswürdig, und die Gegenleistung, die er fordert, ist angemessen.«

»Argus ist der Kopf eines die Stadt umspannenden Diebes-Netzwerkes«, betonte Lomir.

»Auch Diebe haben eine Ehre«, sagte Pintel. »Auch wenn sie ihren Ehrbegriff vielleicht ein bisschen anders definieren.«

»Ehre hin oder her«, sagte Krona. »Wir werden jedenfalls heute Nacht Wachen aufstellen. Mein Vertrauen hält sich nämlich durchaus in Grenzen.«

Nach einer Weile kam Rauda zurück und brachte einen flachen Korb, in dem ein Laib Brot, ein Stück in feuchtes Tuch eingeschlagene Butter, ein Ring getrocknete Wurst, vier hölzerne Becher, das von Pintel angeforderte Schreibzeug und ein grober Sack lagen, in dem sich offenbar weitere Gegenstände befanden. Am Arm trug sie einen großen Krug, den sie neben dem Korb auf dem Tisch abstellte.

»Bier«, sagte sie und deutete auf den Krug, »und etwas zu essen, und hier drin befinden sich die Artefakte.« Sie hob den Sack vorsichtig an. »Seid vorsichtig«, fügte sie hinzu. »Einiges davon ist zerbrechlich.«

»Ich bin ein Experte«, beruhigte Pintel sie. »Ich weiß, wie man mit Artefakten umzugehen hat. Es wird nichts kaputtgehen.«

»Ich werde mich in der Nähe aufhalten«, sagte Rauda. »In dem großen Raum, vorne am Ende des Ganges. Falls Ihr weitere Wünsche habt, kommt nur auf mich zu.«

»Danke schön«, sagte Pintel freundlich. »Wir haben vorerst alles, was wir brauchen.«

Rauda nickte und zog sich zurück.

Während die anderen sich um ihr Abendessen kümmerten, öffnete Pintel den Sack und holte vorsichtig ein Stück nach dem anderen heraus. Zuerst kam eine kristallene Phiole zum Vorschein, die eine wasserklare Flüssigkeit enthielt. Pintel platzierte sie sorgfältig in der Mitte des Tisches. Es folgte ein silbernes Medaillon von der Größe einer Münze, das an einer langen Kette hing. Pintel öffnete es, und gleißendes, blaues Licht schlug ihm entgegen, das den winzigen Raum taghell ausleuchtete.

»Was ist das?«, fragte Lomir neugierig.

»Blaues Licht, würde ich sagen«, sagte Pintel und drehte blinzelnd den Kopf weg.

»Und was tut es?«, fragte Lomir.

»Es leuchtet blau«, sagte Pintel.

»Danke für die Auskunft«, sagte Lomir.

»Was erwartest du?«, sagte Pintel. »Leider bin ich nicht so genial, dass ich durch nichts als Handauflegen die Funktion eines Artefaktes erkennen könnte. Außerdem gibt es die unterschiedlichsten Lichtzauber, die an sich schon nützlich genug sind, ohne dass sie sonst noch etwas tun.«

»Und warum ist es dann so blau?«, fragte Krona.

»Geschmackssache«, sagte Pintel. »Wer ein arkanes Licht erzeugen kann, kann das ohne viel Aufwand in allen gewünschten Farben tun.« Er schloss das Medaillon, und der Raum fiel in das flackernde Halbdunkel der Fackel zurück. Als nächstes förderte er einen Ring zu Tage, einen breiten goldenen Reif, auf dem ein großer, blutroter Stein saß. Es folgte ein schäbig aussehender Kamm, dem bereits einige Zähne fehlten.

»Das soll ein Artefakt sein?«, fragte Lomir kopfschüttelnd.

»Das werden wir sehen«, sagte Pintel. »Wartet, da ist noch etwas in dem Sack.« Sein Arm verschwand bis zur Schulter darin, und schließlich fischte er einen großen, abgenutzt aussehenden Lederbeutel zutage, der offensichtlich leer war.

»Das war's.« Pintel schaute prüfend in den Sack. »Mehr kommt nicht.«

»Ich weiß nicht«, sagte Krona, während sie sich ein Stück Wurst abschnitt. »Sieht aus wie ein Haufen Plunder. Diesen hübschen Ring mal ausgenommen, das heißt, falls der Stein echt ist.«

»Lass es dir nicht einfallen, ihn aufzusetzen«, warnte Pintel. »Es könnte ein Ring des Wasseratmens sein, was ziemlich ungünstig ist, wenn man sich an Land aufhält, oder ein Ring der Versteinerung, oder ein Ring des dauerhaften Schlafes, oder ein Ring der Monsterherbeirufung, oder ein Ring des sofortigen Todes!«

»Oder ein Ring des ewigen Reichtums«, sagte Krona. »Finde es heraus, denn er würde sich gut an meiner Hand machen.«

»Keine falsche Hoffnung«, erinnerte Nardon sie, der in dem Raum herum wanderte und die Wände betrachtete. »Schließlich gehört uns nichts davon.«

»Ich habe noch nie von einem Ring des ewigen Reichtums gehört«, sagte Pintel kopfschüttelnd. »Ich bezweifle, dass es so etwas gibt.«

»Was machst du da eigentlich?«, fragte Krona Nardon.

»Ich suche nach Anzeichen einer Abhörvorrichtung«, sagte Nardon. »Aber wenn es eine gibt, ist sie sehr gut versteckt.«

»Also, sie können mich gerne beim Essen belauschen«, sagte Lomir und schnitt sich eine Scheibe Brot ab.

Sie aßen, während Pintel seine Arbeit aufnahm. Er breitete Papier vor sich auf dem Tisch aus, schraubte das Tintenfass auf und begann, die

Seiten mit seiner raschen, nach rechts fliehenden Handschrift zu füllen. Zwischendurch hielt er inne, legte die Stirn in nachdenkliche Falten, lutschte am Ende seines Federkiels und murmelte Unverständliches.

»Was sagst du?«, fragte Krona, die sich zuerst irrtümlich angesprochen fühlte, doch Pintel gab keine Antwort.

»Orda«, sagte Nardon leise, um Pintels Gedanken nicht zu unterbrechen. »Die Sprache der Zauberer.«

Sie sahen zu, wie Pintel auf einem gesonderten Blatt einen fünfzackigen Stern zeichnete, den er mit fremdartigen Symbolen versah. Eine Weile starrte er darauf hinunter, dann schüttelte er den Kopf, strich die Zeichnung so energisch durch, dass die Feder protestierend kratzte, drehte das Blatt um und begann von neuem.

»Ich weiß nicht«, sagte Lomir gähnend, »aber ich finde es äußerst ermüdend, anderen beim Arbeiten zuzusehen. Ich glaube, ich lasse mir den angekündigten Schlafplatz zeigen. Sonst noch jemand?«

»Ich schließe mich an«, sagte Nardon. »Ich kann hier sowieso nicht helfen.«

»Ich kann nicht gleichzeitig auf euch alle aufpassen, wenn ihr in einem anderen Raum schlaft«, sagte Krona.

»Wir beide können uns mit Aufpassen abwechseln«, sagte Nardon. »Und Pintel wird ja nicht die ganze Nacht arbeiten … oder?«

»Wir werden sehen«, sagte Krona. »Kommt zurück und sagt mir, wo ich euch finden kann. Und lasst euch einen Schlafplatz geben, an dem wir alle vier Platz haben, hört ihr?«

»Ist schon gut«, sagte Lomir. »Entspann dich. Wir sind keine Anfänger.«

Die Zwerge verabschiedeten sich, und Krona bezog Posten in der Tür. Nach einer Weile kam Lomir zurück.

»Es ist ein großer Schlafraum«, berichtete er. »Zwanzig oder dreißig Schlafstellen. Du gehst hier den Gang entlang, dann den ersten Gang links und die erste Tür auf der rechten Seite. Unsere Schlafstellen sind gleich links an der Wand.«

»Gang links, Tür rechts«, wiederholte Krona. »Alles klar. Bis später.«

Sie sah zu, wie Lomir den Gang hinunter ging und um die Ecke verschwand. Dann kehrte sie in den Raum zurück, schenkte sich einen Becher Bier ein, zog sich einen der schweren Stühle heran und bezog Posten unter der Tür.

Die Zeit wollte nicht verstreichen. Krona war müde. Der Gang, auf den sie hinaus schaute, schien zumindest um diese Uhrzeit kaum benutzt. Manchmal klappte entfernt eine Tür, und Gemurmel drang zu ihr, dann wurde es wieder still. Pintels Federkiel verursachte gelegentlich unangenehm quietschende Geräusche auf dem Papier. Sie betrachtete seinen über den Tisch gebeugten Rücken. Er hatte sich zwischenzeitlich auf seinen Stuhl gekniet, um besser auf die Tischplatte zu gelangen. Sie überlegte, wann sie ihn zuletzt solange am Stück schweigend erlebt hatte.

Sie schrak hoch, als Pintel sie plötzlich am Ärmel zupfte.

»Es tut mir leid, dich zu wecken«, sagte er, »aber ich brauche deine Hilfe.«

»Ich habe nicht geschlafen«, sagte sie reflexhaft und versuchte, Haltung anzunehmen.

»Hast du«, lächelte Pintel, »auch wenn es nicht sonderlich bequem aussah auf diesem Stuhl. Hier, hilf mir mal mit dem Tisch. Ich will noch sehen, ob es funktioniert, dann mache ich Schluss für heute.«

Gemeinsam rückten sie den schweren Tisch an die Wand, dann kniete Pintel sich auf die frei gewordene Fläche und zog mit der Kreide einen großen fünfeckigen Stern auf den Boden. Die Ecken versah er mit verschlungenen Schriftzeichen. Krona beobachtete ihn mit einer Mischung aus Neugier und Unbehagen.

»Und was wird das?«, fragte sie.

»Eine Art Bannkreis«, erklärte Pintel, der sich wie ein Storch über den Boden bewegte, um nicht auf seine Kreidelinien zu treten. »Nicht um zu bannen in diesem Fall, aber um arkane Energien zu bündeln. Sie verstärken sich dadurch, und der Zauber wird einfacher. Wenn ich mal richtig gut bin, kann ich es auch ohne. Aber das ist noch ein weiter Weg. Was zuerst? Deinen Ring, würde ich sagen. Gib ihn mir mal rüber, bitte.«

Krona holte den Ring vom Tisch und reichte ihn Pintel. Der nahm ihn entgegen und legte ihn in der Mitte des Bannkreises auf den Boden. Krona, die mittlerweile wusste, dass Pintel empfindlich auf Störungen reagierte, wenn er einen Zauber warf, verhielt sich ruhig und behielt die Tür im Auge, während Pintel seinen Gesang anstimmte.

Der Gesang endete.

»Puh«, sagte Pintel und wischte sich mit dem Ärmel Schweißperlen von der Stirn. »Hätte doch vorher eine Mütze Schlaf nehmen sollen. Das war zäh, jetzt.«

»Hat es funktioniert?«, fragte Krona verwirrt. »Ich habe gar nichts gesehen.«

»Ich aber.« Pintel klaubte den Ring aus dem Bannkreis. »Hier. Setz ihn mal auf.«

»Und dann?«, fragte Krona und nahm den Ring zögernd entgegen.

»Nichts sSchlimmes«, versicherte Pintel. »Zieh ihn auf die Rechte, am besten. Komm schon, es wird dir gefallen.«

Krona steckte den Ring an. Obwohl er ihr ein wenig eng vorgekommen war, so lange er noch auf dem Tisch gelegen hatte, passte er perfekt.

»Und jetzt?«, fragte sie.

Pintel stellte einen Stuhl vor sie hin.

»Schlag mal drauf«, sagte er. »Nur ganz leicht.«

»Willst du mich verarschen?«

»Jetzt mach schon.«

Krona ballte die Faust und schlug sie gegen die Lehne.

Holz krachte und splitterte. Der Stuhl brach in sich zusammen, wie von einem Felsblock erschlagen. Erschreckt machte Krona einen großen Schritt zurück und hielt ihre rechte Hand von sich wie eine Giftschlange.

»Alle Götter«, sagte sie. »Was war das denn?«

»Ich nenne ihn den Rammbock-Ring«, sagte Pintel glücklich. »Er verleiht jeder Art von Schlägen eine Riesenkraft. Wenn man sich anstrengt, könnte man damit die Tore einer Festung einschlagen. Ich nehme an, dafür wurde er gemacht.«

»Großartig«, sagte Krona beeindruckt und sah sich den zertrümmerten Stuhl an. »Aber nicht unserer, unglücklicherweise«, fügte sie hinzu und zog sich den Ring vom Finger.

Im Laufschritt kam Rauda hereingestürmt, in der Hand einen langen Dolch.

»Was ist passiert?«, fragte sie und starrte entgeistert auf den zertrümmerten Stuhl.

»Es ist ein Rammbock-Ring«, erklärte Pintel. »Ich wollte nur sehen, ob er funktioniert. Ich nehme an, der Stuhl lässt sich verschmerzen, oder?«

»Ihr habt uns erschreckt.« Rauda steckte den Dolch weg. »Seid so freundlich und probiert nichts aus, was größeren Schaden anrichten kann, ja?«

»Versprochen«, sagte Pintel und erstickte beinahe an einem riesigen Gähnen. »Und heute sowieso nicht mehr. Ich brauche dringend ein bisschen Schlaf. Könnt Ihr dafür sorgen, dass niemand über mein Pentagramm läuft, bitte? Es passieren manchmal seltsame Dinge, wenn die Linien unterbrochen werden. Leute verschwinden, und ähnliches.«

Höchst misstrauisch machte Krona einen Schritt weg von der Zeichnung.

»Ich werde die Tür absperren«, versprach Rauda, die Kronas Unbehagen offensichtlich teilte.

»Fein.« Pintel gähnte erneut. »Dann will ich mir jetzt ein Plätzchen zum Schlafen suchen, ehe ich im Stehen einschlafe wie ein Pferd.«

»Komm mit«, sagte Krona. »Gehen wir zu den anderen.«

»Es verschwindet natürlich keiner«, flüsterte Pintel, als sie außer Hörweite waren. »Nicht bei dieser Art von Pentagramm. Ich dachte nur, es klingt eindrucksvoller als *trampelt nicht darauf herum, es dauert eine Länge, um es neu zu machen.*«

Lomir schlief hörbar, als sie den Raum betraten. Nardon saß gegen die Wand gelehnt und sah müde aus.

»Bin mal gespannt, ob wir ein Auge zu tun werden, bei dem Konzert«, sagte er und gähnte. »Lomir ist nicht der einzige. Wir hätten darauf bestehen sollen, in der Stadt zu übernachten wie ganz normale Reisende.«

»Bedank dich bei ihm«, sagte Krona und wies auf Pintel. »Sobald er wieder ansprechbar ist«, fügte sie hinzu. Pintel hatte sich auf die nächste freie Schlafstatt fallen lassen und rührte sich nicht. Sein Atem ging tief und gleichmäßig.

»Beneidenswert«, sagte Krona.

»Hat er schon Ergebnisse?«, fragte Nardon.

»Der Ring«, berichtete Krona. »Man hat Riesenkräfte damit. Ich hab einen Stuhl zertrümmert, einfach so.«

»Ich hoffe, sie setzen ihn uns nicht auf die Rechnung. Willst du schlafen, oder kann ich?«

»Mach nur. Ich werde Lomir wecken, wenn es nicht mehr geht.«

Die Nacht war lang und unruhig, und der Morgen unterschied sich in nichts von ihr. Nicht der geringste Schimmer von Tageslicht fand seinen Weg so tief unter die Erde, und das Kommen und Gehen im Schlafsaal schien Tag und Nacht gleich zu bleiben.

Die Gefährten standen auf, als sie sich einigermaßen erholt fühlten, und nach einem kurzen Frühstück machte Pintel sich sogleich wieder an die Arbeit. Die anderen harrten bei ihm aus, obwohl die Stunden sich zäh in die Länge zogen. Lomir machte den Versuch eines Spaziergangs, wurde aber schnell von einer Gruppe Diebe abgefangen, die ihm verdeutlichten, dass eine zu ausgeprägte Inaugenscheinnahme der Räumlichkeiten nicht gewünscht war, und kehrte frustriert zu den anderen zurück.

Immerhin lieferte Pintel in regelmäßigen Abständen ein neues Ergebnis.

»Es ist ein Medaillon des Schutzes vor Unsichtbaren«, verkündete er strahlend und hielt das silberne Medaillon in die Höhe. »Alle Unsichtbaren, die in den Lichtschein treten, werden automatisch sichtbar.«

»Wozu brauche ich denn so etwas«, sagte Krona enttäuscht.

»Du vielleicht nicht«, sagte Nardon, »aber für jemanden, der befürchtet, ausspioniert zu werden, ist es durchaus nützlich. Außerdem gibt es eine prima Leselampe ab.«

»Unsichtbarkeitszauber sind nicht unverbreitet«, fügte Pintel hinzu. »Sie sind zwar nicht gerade trivial, aber ungemein praktisch, deshalb gehören sie zum Repertoire eines jeden Zauberers, der etwas auf sich hält.«

»Zu deinem auch?«, fragte Nardon interessiert. Pintel seufzte.

»Ich arbeite noch daran. Und das wird auch noch eine ganze Weile so bleiben. Der Zauber ist wirklich alles andere als trivial.«

Eine Stunde später hatte er die Arbeit an der Kristallphiole beendet.

»Tinktur der Reinigung von Wasser«, sagte er und legte die Phiole vorsichtig auf den Tisch zurück. »Gib es in einen verschmutzten Brunnen, oder in einen Teich, und das Wasser wird klar und trinkbar.«

»Was es nicht alles gibt«, gähnte Krona.

Wieder eine Stunde später hatte der alte, zahnlückige Kamm die Prozedur hinter sich.

»Das ist toll«, sagte Pintel glücklich. »Völlig sinnfrei, aber toll.«

»Was?«, fragten die Gefährten, die mittlerweile dankbar um jede Abwechslung waren, wie aus einem Mund.

»Passt auf.« Pintel hielt den Kamm hoch. »Ich denke jetzt ganz fest daran, dass ich gerne rote Haare hätte, und…« Er vollführte eine ankündigende Geste und zog sich den Kamm durch seinen struppigen blonden Schopf. Dort, wo der Kamm die Haare berühre, färbten sie sich in ein sattes Karottenrot. Die Gefährten staunten und lachten.

»Man muss das natürlich überall machen«, erklärte Pintel, zog an der gefärbten Haarsträhne und schielte, um das Ergebnis zu begutachten.

»Ich hoffe, es lässt sich rückgängig machen«, sagte Krona. »Ich finde nicht, dass Rot dir besonders gut steht. Vor allem so ein halbes.«

Pintel zog den Kamm erneut durch seine Haare. Das Rot verschwand, seine ursprüngliche Haarfarbe kehrte zurück. Strahlend breitete er die Arme aus und verbeugte sich. Die Gefährten applaudierten bereitwillig.

»Wer erfindet nur so etwas«, sagte Krona. »Haben die Leute nichts Besseres zu tun?«

»Ein Zauberer mit Humor«, vermutete Pintel, »oder einer mit schrecklich roten Haaren, der während seiner Schulzeit so viel gehänselt wurde, dass er es einfach nicht mehr aushalten konnte. Oder eine Zauberin, die sich daran störte, dass ihre Haare immer grauer wurden, und die wieder ein bisschen jugendlicher aussehen wollte ...«

»Mach nur weiter«, sagte Krona.

»Entschuldige«, sagte Pintel erschrocken. »War nicht so gemeint. Ich wollte damit nicht andeuten, dass du alt aussiehst, oder etwas ähnliches.«

»Ich darf alt aussehen«, sagte Krona. »Ich bin eine Großmutter, schon vergessen?«

»Aber eine wirklich knackige, wenn ich das so sagen darf«, warf Lomir grinsend ein.

»Na, danke«, sagte Krona. »Jetzt kriege ich schon Komplimente von Zwergen. Sollte mir das Sorgen machen?«

»Willst du ihn mal versuchen?«, fragte Pintel und hielt Krona den Kamm hin.

»Nicht, so lange er mich nur jünger aussehen lässt«, sagte Krona. »Bring mir einen, der mich tatsächlich jünger macht, dann denk ich drüber nach.«

»Gib ihn mir«, sagte Lomir. »Ist das eigentlich ein dauerhafter Effekt?«

»Keine Ahnung«, sagte Pintel. »Ich nehme an, es wächst sich aus. Für einen immerwährenden Effekt war die arkane Aura nicht stark genug.«

Mit versunkenem Blick begann Lomir, seinen Bart zu kämmen, und erzeugte ein breites Spektrum von Regenbogenfarben.

»Ich konnte mich nicht entscheiden«, sagte er, als die Gefährten lachten. »Und? Steht es mir?«

»Du solltest es entfernen, falls du jemals wieder ernst genommen werden willst«, sagte Krona grinsend.

»Das ist ein ideales Diebeswerkzeug«, sagte Nardon.

»Weil alle Diebe eitle Menschen sind?« Krona zog die Augenbrauen hoch.

»Das vielleicht nicht«, sagte Nardon. »Aber stellt euch vor, ein Blonder würde einen Überfall begehen und sich als Schwarzhaariger aus dem Staub machen. Niemand würde ihn erkennen. Ein Wechsel der Haarfarbe ändert das Erscheinungsbild ganz erheblich.«

»Guter Gedanke«, sagte Pintel. », Alle Götter! Du hättest einen meisterhaften Verbrecher abgegeben.«

»Sei so gut und lass die Kollegen hier unten selbst drauf kommen«, bat Nardon. »Ich möchte nicht durch meine Ideen die organisierte Kriminalität unterstützen.«

»Und beeil dich ein wenig mit dem letzten Stück«, sagte Krona. »Ich kriege langsam einen Koller hier unten.«

»Ja, ja«, sagte Lomir. »Der Keller-Koller. Weithin verbreitet bei Menschen.«

»Geht raus, wenn ihr euch zanken wollt«, sagte Pintel. »Je ruhiger ich es hier habe, desto schneller bin ich fertig.«

Obwohl Pintel unter Hochdruck arbeitete, zog sich die Untersuchung des verbliebenen Beutels in die Länge.

»Er wehrt sich, könnte man sagen«, sagte er, als er eine Pause machte, um durstig einen Becher Wasser hinunterzustürzen. »Es ist nicht nur aufwendig, sondern sogar richtig schwierig.«

»Kannst du den Dieben nicht sagen, sie sollen sich mit den vier anderen zufrieden geben?«, fragte Krona ohne viel Hoffnung.

»Nein. Dazu ist dieser alte, abgenutzte Beutel viel zu interessant. Ich habe einen Verdacht.«

»Aha«, sagte Krona fragend, aber Pintel wollte sich nicht näher darüber auslassen und kehrte an seine Arbeit zurück.

Mehr als zwei Stunden später, es war bereits Mittag, sprang er plötzlich in den Bannkreis, ungeachtet der Kreidelinien, die er unter seinen Stiefeln verwischte, hob den Beutel auf und hielt ihn triumphierend in die Höhe.

»Das«, verkündete er den erschreckten Gefährten, »ist die Lösung all unserer Probleme!«

»Inwiefern?«, fragte Lomir alarmiert.

»Das hier«, sagte Pintel, »ist eine Tiefe Tasche.«

»Sieht gar nicht so tief aus«, sagte Krona kritisch.

»Das ist ja der Witz daran«, erklärte Pintel, dessen Wangen vor Aufregung kirschrot waren. »Dieser Beutel ist kein Beutel, sondern eine Verbindung zu einer anderen Dimension. Einer sehr kleinen, genauer gesagt, einer Art Dimensionsblase. Die Blase dieses Beutels dürfte etwa halb so groß wie dieses Zimmer sein, schätze ich. Alles, was klein genug ist, um durch diese Öffnung zu passen, verschwindet durch ein winziges Portal und wandert in die Dimensionsblase, ist also faktisch aus unserer Dimension verschwunden und kann durch keine arkane oder nicht-arkane Methode wieder aufgespürt werden.«

»Ich verstehe, was du meinst«, sagte Nardon fasziniert.

»Ich nicht«, sagte Krona. »Wenn das Zeug verschwindet, sobald ich es hinein gesteckt habe, was hab ich dann davon?«

»Man kann es natürlich wieder heraus holen«, sagte Pintel. »Es funktioniert ähnlich wie der Kamm. Man muss sich das, was man haben will, möglichst bildlich vorstellen, dann liegt es obenauf im Beutel, wenn man hinein greift.«

»Natürlich«, sagte Krona und kam sich dumm vor.

»Es passt so viel hinein, bis die Dimensionstasche voll ist«, sagte Pintel und hopste vor lauter Aufregung von einem Fuß auf den anderen. »Nichts zerbricht, nichts verdirbt, und nichts hat ein Gewicht!«

»Genial«, sagte Lomir.

»Vor allem, wenn man etwas zu verstecken hat«, sagte Nardon mit bedeutungsvollem Blick.

»Wenn wir also die Schädel da hinein tun, oder den Markstein, kann Gyldinn sie mit ihrer Zauberei nicht finden?«, fragte Krona.

»Danke schön«, sagte Nardon wütend. »Warum machst du nicht einen Aushang auf dem Marktplatz? Warum spreche ich wohl in Rätseln, ha?«

»Mach mich nicht an. Du glaubst doch wohl selbst nicht, dass wir hier abgehört werden!«

»Und woher nimmst du diese Gewissheit? Ausgerechnet du, die du eine ausgewiesene Expertin für Zauberei bist?«

»Ich bin keine Expertin für Zauberei!«

»Das wollte ich damit andeuten.«

Krona stöhnte entnervt auf, und Nardon winkte ab.

»Egal«, sagte Lomir. »Das Problem mit dem Beutel ist, dass er nicht uns gehört, sondern den Dieben, und so lange das so ist, löst er kein einziges von unseren Problemen.«

»Vielleicht lässt sich das aber ändern«, sagte Pintel, dessen Augen an dem Beutel hingen. »Alles Verhandlungssache, nehme ich an.«

»Dann verhandle mal«, sagte Lomir. »Es klingt, als könnten wir das kleine Schmuckstück wirklich gut gebrauchen.«

»Du verhandelst nicht«, sagte Krona. »Du sagst den Leuten einfach, der Beutel wäre ein Pfusch und verschluckt alles, was man rein tut, auf Nimmerwiedersehen, und sie könnten dir dankbar sein, wenn du ihn an dich nimmst und ihn entsorgst. Und außerdem wissen wir jetzt gleich, ob wir abgehört werden oder nicht, denn wenn ja, werden sie jetzt gleich hier reinstürmen und unfreundlich zu mir sein.«

»Dann wären sie dämlich«, sagte Nardon. »Aber gut, vielleicht sind sie es ja.«

»Äh«, sagte Pintel mit rotem Kopf, »tut mir leid, aber so etwas kann ich nicht. Ich verhaspel mich dann und fange an zu stottern. Ich bin wirklich ein schrecklich schlechter Lügner. Außerdem ist es nicht fair. Wir kriegen unsere Unterkunft dafür, dass ich ihnen diese Gegenstände identifiziere, nicht dafür, dass ich sie anlüge.«

»Fair?«, fragte Krona und schüttelte ungläubig den Kopf. »Ich höre immer *fair*. Es sind Diebe, Pintel. Verbrecher, falls du das Wort kennst.«

»Aber ich bin keiner, und deshalb bleibe ich lieber bei der Wahrheit«, sagte Pintel und lächelte entschuldigend.

»Dann lass es Lomir machen. Ich bin sicher, er ist ein geübter Lügner, bei seinem Beruf.«

»Wahrheitsverdreher«, schränkte Lomir ein. »Und das auch nur gelegentlich. Alles, was darüber hinausgeht, ist eine Unterstellung.«

Krona stöhnte entnervt auf. »Dann gebt mir das Ding! Ich erkläre ihm das schon.«

»Argus wird nicht mit dir verhandeln wollen«, sagte Pintel. »Ich bin der Mann seines Vertrauens. Außerdem, wenn ich er wäre, würde sogar ich Verdacht schöpfen, wenn die Schwertkämpferin daher käme und mit mir über arkane Artefakte verhandeln wollte.«

»Dann eben nicht!« Krona warf die Hände in die Luft. »Dann lasst uns ehrlich und dämlich sein. Wir verschenken einen Vorteil, aber was soll's.«

»Lass mich doch mal machen«, sagte Pintel. »Ich kriege es vielleicht auch hin, ohne zu lügen.«

»Da bin ich gespannt«, sagte Krona düster.

Kurz darauf erschien Rauda und erkundigte sich nach dem Fortgang der Untersuchungen.

»Argus möchte Euch sehen«, sagte sie. »Er wird allmählich ungeduldig. Bei allen Göttern, Herr Zwerg, was habt Ihr mit Eurem Bart gemacht?«

»Es war ein Experiment«, sagte Lomir. »Steht es mir?«

»Es ist originell, aber es untergräbt Eure Autorität.«

»Na gut«, sagte Lomir seufzend. »Gib mir den Kamm, Pintel. Die Welt ist noch nicht bereit für diese wirklich außergewöhnliche Haartracht.«

Unter Raudas staunenden Augen kämmte er seinen Bart in die Originalfarbe zurück.

»So«, sagte er. »Wir können gehen.«

Rauda führte die Gefährten in den Raum, in dem sie schon am Vortag von Argus empfangen worden waren. Der König der Diebe saß zu Tisch und bediente sich gerade aus einer dampfenden Schüssel mit Bratenstücken.

»Ah«, sagte er erfreut. »Mein Freund, der kleine Zauberer. Tretet näher. Ich lasse ein Gedeck für Euch bringen. Ich hoffe, Ihr wart erfolgreich?«

»Das war ich.« Pintel hielt den Sack mit den Artefakten hoch, den er mitgebracht hatte.

»Setzt Euch«, sagte Argus und wies auf einen freien Stuhl. Ein wenig zögernd näherte Pintel sich und kletterte auf den Stuhl. Gleichzeitig schob sich eine Gruppe von Männern, die Hände auf den Schwertern und Messern, die sie im Gürtel trugen, zwischen ihn und die übrigen Gefährten. Der Positionswechsel geschah fast beiläufig, aber mit der Sicherheit eines gut einstudierten Tanzes, und binnen Augenblicken waren die Gefährten von Pintel abgeschnitten. Kronas Hand legte sich automatisch um den Schwertgriff, und sie reckte den Hals, um zu sehen, was mit Pintel geschah.

»Mach keine Dummheit«, murmelte Lomir neben ihr. »Es sind schon zu viele, wenn man all die Messerwerfer und Armbrustschützen in diesem Raum nicht mit rechnet.«

»Sie krümmen ihm ein Haar, und es werden hier ein paar Köpfe rollen, egal ob meiner dabei ist oder nicht«, knurrte Krona.

»Im Augenblick sieht alles friedlich aus, und im Übrigen würde ich meinen Kopf gerne auf den Schultern behalten«, sagte Lomir. »Also keine vorschnellen Handlungen, wenn ich bitten darf.«

»Was tun sie?«, fragte Nardon, dem durch die Bewaffneten die Sicht verstellt war.

»Sie essen«, sagte Krona. »Um genau zu sein, Argus isst, und Pintel redet.«

Ungeduldig beobachteten sie, wie Argus in aller Ruhe sein Mahl beendete und die Artefakte in Augenschein nahm, die Pintel aus dem Sack holte. Die Tiefe Tasche lag lange zwischen ihnen, und es schien, als hätte Pintel Verhandlungen begonnen.

»Warum lässt man uns nicht dazu?«, fragte Krona den Bewaffneten, der ihr den Weg versperrte.

»Argus diskutiert Dinge von Belang nicht gerne in der Öffentlichkeit«, erklärte der, ohne seine finstere Miene zu verziehen.

»Wir wissen, was die Sachen können«, sagte Krona. »Wir waren dabei, als er sie in Arbeit hatte, und niemanden hat's gekümmert. Also, ist es nicht ein bisschen spät für Geheimniskrämerei?«

»Ich habe meine Befehle, werte Dame«, sagte der Bewaffnete, »und ich verdanke meinen guten Posten der Tatsache, dass ich Befehle nicht hinterfrage. Habt Ihr mich verstanden?«

»Alle Götter«, sagte Krona befremdet. »Das ist ja wie beim Militär hier!«

»Sie wären wahrscheinlich weniger erfolgreich, wenn sie alles erst mal in der Runde ausdiskutieren würden«, warf Nardon ein.

»Wahrscheinlich«, sagte Krona. »Hör mal«, sagte sie und tippte dem finsteren Bewaffneten auf die Brust, »du hast einen guten Posten, sagtest du? Fein. Du bist mir verantwortlich für Pintels Gesundheit. Pintel ist der Kleine mit den Segelohren, falls es dir entgangen ist. Wenn der zu mir zurück kommt und hat auch nur einen Kratzer, kannst du mit deinem hässlichen Bart den Boden hier aufwischen, ohne dich zu bücken! Hab ich mich klar ausgedrückt?«

Der Bewaffnete packte Kronas Handgelenk und entfernte ihren Zeigefinger von seiner Brust.

»Seht Euch um, Frau. Meint Ihr wirklich, Ihr wäret in der Position, mir zu drohen? In diesem Raum sind genug Waffen, um Euch ein Dutzend Mal zu töten.«

»Kann sein«, sagte Krona und lächelte grimmig, »aber einmal genügt, um tot zu sein, und das gilt auch für dich, mein Bester.«

»Hatten wir uns nicht darauf geeinigt, keine Dummheiten zu machen?«, stieß Lomir zwischen zusammen gebissenen Zähnen hervor. »Drohungen auszusprechen zähle ich zu den Dummheiten, also halte endlich den Mund ja?«

»Da kommt er sowieso«, sagte Nardon und wies mit dem Kinn. »Und völlig frei von Kratzern, also war die ganze Aufregung mal wieder umsonst.«

»Erfolg«, strahlte Pintel und schlängelte sich zwischen zwei Wachen hindurch. »Wir kriegen den Beutel. Geliehen, aber ich finde, das macht nichts. Freut ihr euch?«

»Ich warte noch auf die Gegenleistung, ehe ich mich freue«, sagte Lomir. »Ich habe bei unserer letzten Audienz gut zugehört. Es gibt nichts umsonst hier unten.«

»Es ist eine schnelle Sache«, versicherte Pintel. »Ich habe darauf geachtet, dass die Gegenleistung uns nicht zu lange aufhält. Mich, besser gesagt. Ein Tag, höchstens zwei. Ihr könnt euch unsere neue Unterkunft zeigen lassen, während ich es erledige, und danach sind wir perfekt ausgerüstet. Wenn dann der Zwerg auftaucht, können wir den fraglichen Gegenstand in den Beutel umlagern, und kein Zauberer der Welt wird ihn mehr aufspüren können! Und wenn wir erst …«

»Momentchen«, sagte Krona. »Während *du* es erledigst?«

»Ich hatte gehofft, es würde dir entgehen«, sagte Pintel.

»Aber nicht wirklich dran geglaubt, oder?«

»Nein«, sagte Pintel unglücklich. »Nicht wirklich.«

»Also. Worum handelt es sich?«

»Kann ich nicht sagen.«

»Äh«, sagte Krona. »Lass mich mal kurz nachdenken. So, geschehen. Du hast ein Späßchen gemacht. Und jetzt raus mit der Sprache.«

»Es war kein Späßchen«, sagte Pintel. »Es ist eine Sache, die Argus mir aufgetragen hat, weil er mich für vertrauenswürdig hält, und weil ich mich aus verschiedenen Gründen für die Aufgabe eigne. Es ist etwas, das man naturgemäß nur alleine tun kann. Und es ist geheim, weil… nun ja, weil es geheim ist. Ich nehme an, Argus ist die Sache… peinlich, gewissermaßen.«

»Nein«, sagte Krona. »Was immer es ist, es kommt überhaupt nicht in Frage.«

»Krona«, sagte Pintel. »Du weißt, ich frage dich immer gerne nach deiner Meinung, und ich schätze deinen Rat wirklich, aber diesmal konnte ich nicht fragen, weil es ja schließlich geheim ist, und deshalb habe ich es so entschieden und werde es so machen. Es ist wirklich keine große Sache.«

»Nein. Vergiss es. Du wirst auf keinen Fall ohne ausreichende Rückendeckung für diese Kriminellen arbeiten, und sei die Sache noch so klein.«

»Nein«, sagte sie kurz darauf. »Und ich wiederhole es gerne, für den Zauberer zum Mitschreiben: *Nein.*«

»Nein«, sagte sie einige Zeit später. »Ich bestreite ja gar nicht, dass du auch schon zurechtkamst, bevor du mich getroffen hast. Aber nun bin ich hier, und ich sage dir, was du zu tun hast, und das gehört nicht dazu!«

»Bei Meridias stinkenden Tentakeln!«, schrie sie kurz darauf. »Was an dem kleinen Wörtchen *Nein* ist es, das du nicht verstehst?!«

»Es ist mir völlig wurscht, ob ich dir zu befehlen habe oder nicht!«, schrie sie. »Du tust, was ich sage, und zwar zu deinem eigenen Besten! Und du«, schrie sie Lomir an, »halte dich gefälligst raus, ja?!«

»Aber ich habe doch gar nichts gesagt«, protestierte Lomir.

»Aber du wolltest!«, schrie Krona.

»Na, wenn das nun schon verboten ist«, sagte Lomir kopfschüttelnd. »Langsam bekomme ich einen Eindruck davon, warum deine Tochter ein Problem mit dir hat, weißt du?«

Krona erstarrte.

»Aua«, sagte Nardon leise. »Das war richtig böse, Lomir.«

»Das wollte ich nicht«, sagte Lomir betroffen.

Krona hob die Fäuste, aber es war keine Kraft in ihnen.

»Du hast vermutlich recht«, sagte sie und ließ die Fäuste sinken. »Und danke, dass du es mir so zartfühlend beibringst.«

Lomir räusperte sich unbehaglich. »Ich wollte dich nicht verletzen. Aber du kannst uns nicht in aller Öffentlichkeit behandeln, als wären wir Rekruten.«

»Müssen wir das jetzt diskutieren?«, schaltete sich Nardon ein. »Ich korrigiere mich, müssen wir das überhaupt jemals diskutieren? Es führt doch zu nichts. Pintel, was sind denn die Rahmenbedingungen für diesen neuen Auftrag?«

»Ich begebe mich an einen bestimmten Ort in der Stadt, tue dort etwas Bestimmtes und warte, was passiert«, sagte Pintel, dessen besorgter Blick immer noch auf Krona lag. »Mehr kann ich nicht drüber sagen. Das Ganze kann heute schon stattfinden und morgen vorbei sein.«

»Und ist nicht mit einem Risiko für deine Gesundheit oder gar dein Leben verbunden?«

»Na ja«, sagte Pintel und verzog das Gesicht. »Du kannst über die Straße gehen und von einem Karren überfahren werden. Aber das Risiko ist verhältnismäßig gering.«

»Ich bin ebenfalls nicht sonderlich begeistert von diesem Plan«, sagte Nardon.

»Ich auch nicht. Aber ich bin begeistert von der Tiefen Tasche, und ich will sie unbedingt haben, und deshalb tu ich's.«

»Gut«, sagte Nardon. »Nachdem es ohnehin entschieden ist, machen wir das Beste daraus. Bevor du dieses – was auch immer – tust, solltest du mit uns in unseren Unterschlupf kommen, den sie uns hoffentlich gleich zeigen werden. Dort wird unser Treffpunkt sein. Solltest du dort nicht binnen vierundzwanzig Stunden wieder auftauchen, werden wir Argus kontaktieren. Sag ihm das, damit er vorbereitet ist. Und überlege dir wirklich gut, ob du das Risiko eingehen willst.«

Einige Stunden später folgten die Gefährten Rauda aus einer sehr schmalen, schmutzigen Gasse in einen dunklen, verbauten Hinterhof und von dort aus eine hölzerne Außentreppe von zweifelhafter Zuverlässigkeit hinauf. Die Stimmung der Gefährten war so düster wie die Umgebung und besserte sich auch nicht, als sie durch eine quietschende Tür am oberen Ende der Treppe eine halbdunkle, kalte und offenbar lange nicht mehr benutzte Dachkammer betraten.

»Ich werde die Scharniere ölen, bevor ich gehe«, sagte Rauda und zeigte auf die Tür. »Wir hatten seit einigen Jahren keine Verwendung mehr für diesen Unterschlupf. Er ist etwas heruntergekommen.«

»Alle Götter!« Krona ließ ihren Rucksack von den Schultern auf den Boden rutschen, wo er eine kleine Staubwolke aufwirbelte. »Ich darf gar nicht an unser nettes kleines Häuschen denken. Was für ein Abstieg.«

»Man kann heizen«, sagte Rauda und deutete auf eine rußgeschwärzte Feuerstelle unter einem mit Spinnweben verhangenen Abzug. »Ich denke, das ist die Hauptsache. Und ihr seid fast auf Rufweite mit Toleno.«

»Wer wohnt noch in diesem Haus?«, fragte Pintel.

»Kaum jemand. Das Hinterhaus ist verlassen. Es ist baufällig, ihr solltet euch nicht darin aufhalten, vor allem nicht im ersten Stock. Ein Kollege ist dort einmal durch die Decke gebrochen. Sein Bein ist nie mehr richtig zusammen gewachsen. Im Vorderhaus wohnt ein Schreiber, der keine Fragen stellt, so lange wir seine Miete zahlen. Die übrigen Wohnungen, soweit sie noch begehbar sind, benutzen wir für vielerlei Zwecke.«

»Verstehe.«

»Ich nicht«, sagte Krona. »Was für Zwecke?«

»Eure Fragenstellerei ist eine überaus lästige Angewohnheit«, sagte Rauda. »Versucht, Euch davon zu befreien.«

»Macht doch alle, was ihr wollt«, sagte Krona wütend.

»Also gut«, sagte Lomir anscheinend unbekümmert und stellte ebenfalls seinen Rucksack ab. »Dann richten wir uns mal ein.«

Während die Gefährten die unter der Dachschräge gestapelten Möbelstücke hervor holten, notdürftig vom Staub befreiten und auf ihre Haltbarkeit hin überprüften, ölte Rauda die Scharniere der Tür und winkte dann Pintel zu sich.

»Vor der Tür«, sagte sie kurz und zog Pintel mit sich nach draußen.

»Kann mir mal einer helfen«, sagte Krona und starrte in einer Mischung aus Wut und Frustration die Tür an. »Zu welchem Zeitpunkt hab ich eigentlich die Kontrolle über die gesamte Aktion verloren?«

Es dauerte nicht lange, bis Pintel wieder herein kam.

»Rauda lässt Grüße bestellen. Sie hat sich gleich auf den Rückweg gemacht. Sie sagte, hier drin sei die Luft zu dick für ihren Geschmack.«

»Weiß gar nicht, was sie damit gemeint hat«, murmelte Nardon und bemühte sich, niemanden speziell anzustarren.

»Also«, sagte Pintel und räusperte sich, »ähem – ich geh dann mal, wenn's recht ist.«

»Du weißt, dass es nicht recht ist«, sagte Krona düster.

»Müssen wir das schon wieder diskutieren«, seufzte Lomir.

»Ich werde bald zurück sein«, versprach Pintel. »Morgen, im Laufe des Tages.«

»Genauer geht's nicht?«, fragte Krona.

»Nein«, sagte Pintel.

»Wenn du morgen bis Einbruch der Dunkelheit nicht zurück bist, geh ich zu Argus und reiß ihm den Arsch auf«, versprach Krona finster.

»Was nicht sehr hilfreich wäre«, sagte Pintel, »denn wenn ich morgen nicht bis Einbruch der Dunkelheit zurück bin, habe ich ein Problem, und ihr werdet Argus brauchen, um mir zu helfen.«

»Keine Sorge«, sagte Lomir. »Wir sind ja auch noch da. Wir passen schon auf, dass sie keine Dummheiten macht.«

»Ja«, sagte Pintel sehr zögernd. »Versprich mir, dass du nichts Dummes tust.« Sehr ernst schaute er zu Krona hinauf.

»Ich tu niemals etwas Dummes«, sagte Krona. Pintel seufzte.

»Versprich mir, nichts zu tun, das du für klug hältst, wenn die anderen es gleichzeitig für dumm halten. Zum Beispiel, mir heimlich zu folgen, oder etwas ähnliches. Wir alle hätten ein Riesenproblem, wenn du entdeckt würdest.«

»Das hatte ich nicht vor«, sagte Krona, die in diesem Augenblick einen Entschluss fasste.

»Wirklich?«, fragte Pintel zweifelnd.

»Pintel«, sagte Krona. »Du bist ein erwachsener Mensch. Du hast diese Entscheidung getroffen, und obwohl sie mir nicht gefällt, vertraue ich auf dein Urteilsvermögen. Du bist in der Lage, die Gefahren abzuschätzen, die das Unternehmen mit sich bringen mag, zumindest hoffe ich das. Warum sollte ich dich also in Schwierigkeiten bringen?«

»Danke«, sagte Pintel erleichtert und schlang seine Arme um Kronas Mitte. Sie strich unbehaglich über sein struppiges Haar und klopfte ihm leicht auf den Rücken.

»Dann mach dich mal auf den Weg«, sagte sie. »Nicht dass du zu spät kommst.«

»Sie werden nicht ohne mich anfangen«, versicherte Pintel und ließ Krona los. »Wiedersehen, Lomir. Wiedersehen, Nardon.«

»Hoffen wir es«, sagte Nardon mit einem kleinen Lächeln.

Gleich darauf war Pintel durch die Tür verschwunden, die sich mittlerweile völlig lautlos in ihren Angeln bewegte.

Eine Länge später kauerten Krona und Nardon im tiefen Schatten eines Hauseinganges, beide eng in ihre Mäntel gewickelt, die Kapuzen tief ins Gesicht gezogen. Unter ihrem Mantel lag Kronas Hand auf dem Schwertgriff.

»Was zum Teufel macht er da?«, zischte sie und beugte sich gefährlich weit nach vorne. Ein Passant, der auf der belebten Straße schnell voranzukommen versuchte, indem er sich eng an die Häuserwand hielt, warf ihr einen misstrauischen Blick zu und schlug einen Bogen um den Hauseingang.

»Nicht so auffällig«, warnte Nardon. »Es ist ohnehin ein Wunder, dass er uns nicht schon längst entdeckt hat.«

Etwa einen Steinwurf von ihrem Posten entfernt lungerte Pintel auf der Straße zwischen einer Bäckerei, einem Tuchhändler und einer Wurstbraterei herum, ließ sich vom dichten Strom der Passanten außer Sichtweite spülen, tauchte dann am Tresen der Braterei wieder auf, schlenderte über die Straße, lehnte sich gegen einen Mauervorsprung, überquerte die Straße wieder, scheinbar ziellos, stieß mit einem eiligen dicken Mann zusammen, indem er einem Fuhrwerk auswich, und entschuldigte sich scheinbar wortreich.

»Er klaut«, sagte Nardon in maßlosem Erstaunen.

»Was?«, sagte Krona verwirrt.

»Er hat dem Dicken, mit dem er zusammengestoßen ist, etwas aus der Tasche gezogen«, erklärte Nardon. »Einen Geldbeutel wahrscheinlich.«

»Ich verstehe nicht ganz«, sagte Krona.

»Ich auch nicht«, Nardon lehnte sich vorsichtig nach vorne, um besser zu sehen, »aber das ist es, was er da tut. Er beklaut die Leute.«

»Vielleicht überlässt Argus ihm die Tasche, wenn er ihm dafür eine bestimmte Summe zusammenstiehlt?«

»Glaub ich kaum«, sagte Nardon stirnrunzelnd. »Argus hat ein Netzwerk aus Dieben, das die ganze Stadt umspannt. Pintel müsste eine ganze Menge stehlen, damit es für Argus in der Summe einen Unterschied macht. Außerdem ist Argus wahrscheinlich zu klug, um von einem wie Pintel etwas so Gewöhnliches wie Geld zu fordern.«

»Sondern?«

»Wenn ich Argus wäre, würde ich Pintels arkane Fähigkeiten für mich nutzen. Fähige Diebe hätte ich ohnehin genug.«

»Aber was macht er dann da?«

»Keine Ahnung«, sagte Nardon ratlos. »Überdies finde ich, dass er es nicht besonders gut macht. Es ist nur eine Frage der Zeit, bis er erwischt wird.«

»Dann gehen wir hin und bringen ihn dazu, dass er aufhört!«

»Nichts da. Denk an die Abmachung. Wir beobachten und greifen nur ein, wenn es ihm ans Leben geht.«

Krona seufzte tief und warf einen vorsichtigen Blick um die Häuserecke.

»Nie wieder lass ich mir eine Unterkunft über Beziehungen besorgen«, sagte sie. »Man hat nichts als Ärger damit.«

Eine angespannte, aber wenig ergiebige Zeit des Wartens begann. Pintel betrat die Bäckerei und blieb längere Zeit verschwunden. Als er schließlich wieder erschien, wies sein Mantel an der Seite eine verdächtige Beule auf.

»Ich versteh' es nicht«, sagte Nardon kopfschüttelnd.

Sie beobachteten, wie Pintel eine junge Frau in grünem Mantel ins Gespräch verwickelte, während einige kleine Gegenstände aus ihrer Tasche in seine wechselten. Die junge Frau ging weiter, ohne etwas bemerkt zu haben. Pintel hielt sich an der Häuserwand im Windschatten, holte unter seinem Mantel ein Brötchen hervor und begann zu essen. Dann waren plötzlich um ihn herum große Gestalten in dunklen Mänteln, und dann war Pintel verschwunden.

»Verdammte Scheiße!«, fluchte Krona. »Wo ist er hin? Nachrücken!«

Sie sprang aus dem Hauseingang, Nardon, der keine Einwände hatte, direkt auf ihren Fersen. Es waren kaum zehn Schritte bis zu der Stelle, an der Pintel verschwunden war. Das Geschäft auf der Straße ging seinen gewohnten Gang, niemand schien etwas bemerkt zu haben oder beunruhigt zu sein. Eine schmale Seitengasse zweigte dort ab, kaum mehr als ein breiter Spalt zwischen zwei Häusern. Sie war angefüllt mit grauen, schmutzigen Schatten: einige davon entfernten sich, und einer, ein kleiner, schien zu strampeln und gab erstickte Quietschlaute von sich. Im schmutzigen, niedergetretenen Schnee lag ein angebissenes Brötchen.

Krona blieb stehen, die erschreckte Anspannung verließ ihren Körper.

»Komm schon«, sagte sie zu Nardon. »Es ist arschkalt. Lass uns was trinken gehen.«

»Was?!«, sagte Nardon entgeistert.

»Ich hab da vorne eine Kneipe gesehen. Sah ganz hübsch aus. Ich hab jetzt wirklich Lust auf einen Tee, du nicht?«

»Ja, aber erst, seit du es erwähnt hast«, sagte Nardon verwirrt. »Was ist mit Pintel? Wolltest du nicht auf ihn aufpassen?«

»Quatsch«, sagte Krona. »Es wird Zeit, dass er mal lernt, das selbst zu tun.«

»Aber nicht jetzt, wo er von vermummten Gestalten in eine dunkle Gasse gezerrt wird«, wandte Nardon ein und warf einen Blick in die Gasse. Ein kleines Handgemenge schien sich dort abzuspielen. Krona sah es, aber gleichzeitig wurde der Wunsch nach einer ruhigen Tasse Tee übermächtig.

»Es ist ein Zauber«, sagte Nardon und pflanzte seine Stiefel breitbeinig auf die schlammige Straße. »Ein Ablenkungsmanöver. Sieh mal! Selbst die Ratten scheinen kein Interesse an dieser Gasse zu haben. Jemand hat diesen Zauber geworfen, damit die Gasse gemieden wird.«

»Ich will Tee«, beharrte Krona.

»Komm schon.« Nardon setzte sich in Bewegung. Ein zögernder Schritt brachte ihn in den Häuserschatten, ein weiterer unter die schief abgeknickte Dachrinne. Ein Ausdruck höchster Konzentration und Anspannung erschien auf seinem Gesicht, während er die nächsten Schritte machte. Dann, auf Höhe einer überquellenden Mülltonne, hielt er inne.

»Hier ist es besser. Der Zauber verschließt lediglich die Mündung der Gasse. Komm schon! Beeil dich! Wenn wir Pintel jetzt verlieren, sehen wir ihn möglicherweise nie wieder!«

Kronas Kopf war leer. Sie wandte sich ab und machte einige ziellose Schritte auf die Hauptstraße hinaus. Kurze Zeit später stand sie vor den drei schief getretenen, mit Eis und Sand verkrusteten Stufen, die hinauf zur Tür des Gasthofes »Zum goldenen Blatt«, führten, und focht einen seltsamen Kampf.

*Was will ich hier? Irgend etwas ist nicht richtig. Da war etwas, das wichtiger war als Tee trinken.*

*Und was sollte das sein? Kann ich nicht mal für einen winzigen Augenblick meine Ruhe haben?*

*Pintel, der in eine dunkle Gasse gezerrt wird.*

*Definitiv nicht Teil des Plans.*

Sie wirbelte auf dem Absatz herum und erschreckte einen dicken Bürger, der hinter ihr ins »Goldene Blatt«, strebte, zu Tode. Sie schubste ihn beiseite und stürmte die Hauptstraße hinunter. Auf halber Strecke traf sie mit Nardon zusammen.

»Krona«, sagte der Zwerg außer Atem. »Geht es wieder? Wie gut. Ich habe gesehen, wo sie ihn hingebracht haben!«

Sie tauchten in den Schatten der Gasse ein, ohne von seltsamen Wünschen übermannt zu werden, und passierten die Mülltonne. Es war still hier, selbst die Geräusche der Hauptstraße drangen nur gedämpft zu ihnen. Nichts bewegte sich, kein Luftzug, keine Ratten, die den Müll durchwühlten, keine streunende Katze. Es schien, als existierte kein Leben in diesem schmalen Durchgang.

Nach gut zwanzig Schritten endete die Gasse, die zuletzt so schmal geworden war, dass sie hintereinander hatten gehen müssen, an einer hohen Mauer.

»Und jetzt?« Krona blinzelte hinauf zum Mauerrand, der sich außerhalb ihrer Reichweite befand. »Es kann einen Moment dauern, bis wir beide darüber geklettert sind.«

»Nicht nötig«, sagte Nardon. »Wir gehen durch die Mauer, nicht darüber.«

»Aha«, sagte Krona verständnislos.

Nardon streckte die Hand aus und berührte mit dem Zeigefinger eine Reihe von Mauersteinen, die sich in Kronas Augen durch nichts von ihren Nachbarn unterschieden.

»*lykil mena*
    *lykkia orloth strena*
    *synia aerda*
    *fyrsti daia prennr*« sagte er laut und deutlich und stampfte dabei mit dem Fuß auf.

Wie von gewaltiger Hand eingedrückt wichen die fest vermauerten Ziegelsteine zurück, bildeten eine Mulde, dann eine tiefe Kuhle, dann riss das Mauerwerk und floss hinunter zum Erdboden, wo sich ein rechteckiges Loch im Boden befand. Der Beginn einer steilen Treppe war da zu sehen, die in einen dunklen Schacht hinunter führte.

»Ich staune«, sagte Krona.

»Ich weiß nicht, ob das Stampfen dazu gehörte, oder ob der Entführer nur kalte Füße hatte«, erklärte Nardon. »Ich wollte aber jedenfalls sicher gehen.«

»Woher wusstest du das Sprüchlein? Dieses – försti, daia, denner – du weißt schon?«

»Ich hab gut zugehört«, sagte Nardon mit einem Lächeln.

»Ich könnte mir das im Leben nicht merken«, sagte Krona beeindruckt. »Und schon gar nicht nach einmaligem Hören.«

»Es ist für einen Wissenschaftler durchaus nützlich, ein gutes Gedächtnis zu haben«, sagte Nardon. »Und nun? Wir gehen Lomir holen, wäre mein Vorschlag.«

»Kannst du es wieder schließen?«, fragte Krona.

»Nein«, sagte Nardon und starrte ratlos auf das Loch.

»Dann gehen wir da jetzt rein.« Krona zog ihr Schwert. »Wenn es offen bleibt, werden sie Verdacht schöpfen. Wer immer *sie* sind. Wir müssen schnell handeln.«

»Wir haben keine Ahnung, was uns da drin erwartet«, gab Nardon zu bedenken.

»Das werden wir auch nur erfahren, wenn wir reingehen«, sagte Krona. »Mit oder ohne Lomir. Wir gehen rein, sehen uns um, und dann entscheiden wir weiter. Lomir holen können wir dann immer noch.«

Sie machte einen Schritt auf die Treppe und warf mit zusammen gekniffenen Augen einen Blick in den Schacht.

»Sie haben Fackeln aufgestellt. Wie aufmerksam.«

»Na gut«, sagte Nardon. »Aber leise, ab jetzt. Wir sollten uns wirklich nicht erwischen lassen.«

Vorsichtig begannen sie den Abstieg. Krona hielt ihr Schwert vor sich erhoben, die Klinge schimmerte matt im flackernden Feuerschein. Nach zehn oder zwölf Stufen ließ ein plötzliches Rumpeln sie herum fahren. Nardon, der hinter ihr ging, hatte es ebenfalls gehört. Mit großen Sätzen sprang er die Treppe hinauf, doch er kam zu spät. Eine schwere, dicke Steinplatte schob sich über die Einstiegsluke und verschloss sie, ehe er es verhindern konnte. Im letzten Augenblick zog er seine Finger zurück, damit sie nicht eingeklemmt wurden.

»Das ist ungünstig«, sagte er und stemmte sich probeweise gegen die Steinplatte, die selbstverständlich davon völlig unbeeindruckt blieb.

»Ungünstig?!«, schnappte Krona, deren Herz ihr hart bis zum Hals schlug. Die Wände schienen plötzlich näher gerückt, das Licht düsterer. Ihr wurde plötzlich bewusst, wie eng es hier unten war. Sie umklammerte ihr Schwert und zwang ihren Atem zur Ruhe, während Nardon den Verschlussmechanismus untersuchte.

»Wir brauchen einen anderen Ausgang«, sagte er schließlich. »Es gibt hier keine Vorrichtung, mit der dieser sich von innen öffnen ließe. Ich vermute, es gibt einen Öffnungszauber von innen, wie es einen von außen gab.«

»Und das könnte nicht zufällig das gleiche Sprüchlein sein?«

»Unwahrscheinlich. Ich konnte nicht alles übersetzen, aber es kam etwas von Schlüssel, Öffnen und Einlassen darin vor.«

»Versuch es trotzdem«, sagte Krona.

Nardon rezitierte den Spruch. Nichts geschah. Er stampfte mit dem Fuß auf. Nichts. Er hob die Schultern und drehte sich zu Krona um.

»Deutlich professioneller als eine Truhe über einer Falltür«, sagte er mit schiefem Grinsen. »Ich frage mich, ob das hier auch zu Argus' Netzwerk gehört.«

»Bestimmt nicht«, drang eine fremde Stimme zu ihnen. Krona wirbelte herum und brachte ihr Schwert vor sich. Auf der Treppe unter ihr standen zwei schlanke, in dunkle Umhänge gekleidete Männer. Sie trugen leichte Armbrüste, die mit ihren aufgespannten Bolzen auf Krona zeigten.

»Eine falsche Bewegung, und du bist tot«, sagte der eine, aus dessen Kapuze lange blonde Haarsträhnen hervor kamen.

»Euch schneide ich in Streifen!«, fauchte Krona.

»Das wäre zum Beispiel eine falsche Bewegung«, sagte der Blonde. »Leg dein Schwert auf die Stufe unter dir. Dann schubst du es zu uns runter.«

»Fick dich selbst!«

Der Blonde betätigte den Abzug seiner Armbrust.

Der Bolzen schlug in Kronas Schwertarm ein und schleuderte sie rückwärts die Treppe hinauf. Ihr Schwert scharrte hässlich an der gemauerten Wand entlang, bevor es klappernd eine Reihe von Stufen hinunter schlitterte und schließlich, Griff voran, vor den beiden Schützen liegen blieb. Der Blonde bückte sich danach, während sein Begleiter die Armbrust weiterhin auf die Eindringlinge gerichtet hatte.

»Na also«, sagte der Blonde zufrieden. »Geht doch.«

Krona lag zu Nardons Füßen auf den Stufen und hielt ihren rechten Oberarm umklammert, aus dem der Bolzen ragte. Blut floss dunkel über ihre Finger und tropfte auf den Stein. Der Schmerz pulsierte und zog ihr sämtliche Gedanken aus dem Kopf.

*Bleib hier. Bleib hier. Gewöhne dich. Nicht wegtreten.*

»Ist gut«, sagte Nardon und hob die Hände. »Ihr müsst nicht mehr schießen. Wir ergeben uns.«

»Warum nicht gleich«, sagte der Blonde mit einem Lächeln.

»Ja«, murmelte Nardon. »Das frage ich mich allerdings auch.«

»Ich bin sicher, deine streitbare Begleiterin trägt noch weitere Waffen bei sich«, sagte der Blonde. »Entwaffne sie, und dich selbst, und schieb die Waffen runter zu uns.«

Nardon tat wie ihm geheißen.

»Geht es dir gut?«, fragte er leise, während er sich über Krona beugte, um ihren Dolch vom Gürtel zu nehmen.

»Dem reiß ich den Arsch auf«, schwor Krona zwischen zwei keuchenden Atemstößen.

»Das beantwortet nicht meine Frage«, sagte Nardon. »Hat er dich schlimm erwischt?«

»Geht so. Ich glaube, es ist nichts am Knochen.«

»Gut«, sagte Nardon erleichtert und beugte sich nach vorne, um die Waffen wie angewiesen zu übergeben.

»Jetzt kommt runter«, wies der Blonde sie an, der inzwischen einen neuen Bolzen aufgespannt hatte. »Schön langsam, und mit erhobenen Händen.«

Krona ließ sich von Nardon auf die Füße helfen. Ihre Knie zitterten, ihr Kopf fühlte sich an, als sei er mit Watte gefüllt. Sie atmete tief durch und presste den rechten Arm mit dem linken gegen ihre Körpermitte.

»Komm schon«, sagte Nardon und stützte sie vorsichtig. »Folgen wir diesen freundlichen Herren.«

Kurz hinter dem Standort der beiden Schützen war die Treppe zu Ende. Eine niedrige Tür zur Seite stand offen und gestattete einen Blick in eine enge Kammer, in der zwei Stühle und ein Tisch standen. Auf dem Tisch befanden sich die Überreste einer plötzlich unterbrochenen Mahlzeit.

»Hier entlang«, sagte der Blonde, der Kronas Schwert in der Hand trug, und wies den Gang hinunter.

Schon bald gelangten sie an eine Gabelung. Vom linken Gang sahen sie einige Türen abzweigen, bevor er an einer sauber gemauerten Wand endete. Der rechte machte nach einigen Schritten einen Knick und entzog sich damit ihrem Blick.

»Hier hinein«, sagte der Blonde und wies auf eine schwere Tür mit eisernen Beschlägen, die sein Begleiter währenddessen mit einem langen Schlüssel aufsperrte. Er schob einen Riegel zurück und stieß die Tür auf.

»Ich nehme an, die Herrin wird sich persönlich mit euch beschäftigen, sobald ihr Zeitplan es zulässt«, stellte der Blonde in Aussicht und machte eine auffordernde Handbewegung in den diffus erleuchteten Raum hinter der Tür.

»Vielleicht ist es Euch noch nicht aufgefallen, aber im Arm meiner Begleiterin steckt ein Bolzen«, sagte Nardon, während er Krona voran schob.

»Und darüber kann sie froh sein«, sagte der Blonde, »denn wenn er nicht dort steckte, würde es viel stärker bluten.«

»Es sei denn, jemand, der sich darauf verstünde, zöge ihn heraus und versorgte die Wunde?«

»Ich werde sehen, was ich tun kann«, versprach der Blonde wenig motiviert.

»Verbindlichen Dank.«

»Krona!«, kam Pintels Stimme aus dem kleinen, düsteren Raum. »Nardon! Das schlägt doch dem Fass den Boden aus!«

»Ich sehe, die Herrschaften kennen sich?« Der Blonde zog die Augenbrauen hoch.

»Muss eine Verwechslung sein«, sagte Nardon stoisch.

»Ein Pärchen wie ihr zwei ist auch *so* leicht zu verwechseln«, sagte der Blonde. »Nun, die Herrin wird von euch schon erfahren, was für sie interessant ist. Viel Vergnügen in der Zwischenzeit.«

Die Tür schloss sich. Der Schlüssel rappelte im Schloss, und mit Nachdruck wurde der Riegel vorgeschoben.

»Verdammte Scheiße!«, schrie Krona, trat heftig gegen die Tür und umklammerte gleich darauf ihren Arm, während der Schmerz sie vornüber beugte.

»Und was«, sagte Pintel, seine Stimme zitterte, »im Namen aller Götter, die man nicht erwähnen sollte, macht ihr zwei hier?«

»Sie passt auf dich auf, damit dir nichts passiert.« Nardon zeigte auf Krona. »Und ich passe auf sie auf, damit sie keine Dummheiten macht. Zumindest war das der Plan. Ich gebe zu, dass er gründlich gescheitert ist.«

»Gründlich gescheitert?!«, schrie Pintel. »Ihr habt ja keine Ahnung, was ihr angerichtet habt!«

»Darf ich dich daran erinnern, dass du vor uns in dieser Zelle eingetroffen bist?«, fauchte Krona und richtete sich vorsichtig wieder auf.

»Und das war mühsam genug!« Pintel bemühte sich ganz offensichtlich, seine Stimme leise zu halten, mit wenig Erfolg. »Es war Teil eines Plans, ihr Vollidioten! Aber ihr musstet ja eure Nasen hinein hängen und alles durcheinander bringen!«

»Teil eines Plans?«, fragte Nardon.

»Jawohl«, sagte Pintel. »Der Plan besagte: Bring jemanden, der für Argus arbeitet, aber nicht stadtbekannt ist, in die Reihen einer zweiten Diebesgilde, die Argus seit etwa einem Jahr das Wasser abgraben will. Lass ihn dort Kontakt aufnehmen mit einem Argus-Dieb, der vor Längerem als Spion eingeschleust wurde, von dem man aber seit einiger Zeit nichts mehr gehört hat, um den man sich also folglich Sorgen macht, und von dem man vermutet, dass er wichtige Informationen hat. Lass ihn also dort nach dem Rechten sehen, übermittle durch ihn die Informationen, und lass den Spion ihn wieder an die Oberfläche bringen. Das war der verdammte Plan! Er sah nicht vor, dass jemand einen dämlichen Befreiungsversuch starten würde!«

»Darauf hast du dich eingelassen?«, fragte Krona. »Du bist ja irr. Was, wenn der Spion, der dich wieder raus bringen sollte, längst tot ist?«

»Das war das Risiko. Aber jetzt können wir das Ganze sowieso vergessen.«

»Du hast dich absichtlich erwischen lassen«, sagte Nardon.

»Indem ich im Revier der anderen gewildert habe. Sie erlauben keine freiberufliche Tätigkeit. Das tut keine Gilde.«

»Jetzt ist mir auch klar, warum du dich so ungeschickt angestellt hast!«

»Wie schön. Jetzt wisst ihr wenigstens, was ihr da versaut habt.«

»Wir dachten nicht an eine solche Möglichkeit«, sagte Nardon niedergeschlagen. »Wir waren höchst besorgt, als sie dich davonschleppten. Wir konnten ihre Ablenkungszauber umgehen, und ich konnte beobachten, wie sie den Eingang öffneten. Ich gebe zu, wir haben uns zu überstürzter Handlung hinreißen lassen. Wir wollten nur einen Blick durch den Eingang werfen, um die Lage besser einschätzen zu können. Wir hätten damit rechnen müssen, dass man uns auflauert.«

»Ihr hättet euch einfach nur an euer Versprechen halten müssen«, sagte Pintel. Seine Stimme zitterte. Er ging zu Krona und baute sich vor ihr auf, Fäuste geballt.

»Du hast mich angelogen«, sagte er.

»Ja«, sagte sie. »War nötig.«

»Du hast gesagt, du würdest mir nicht folgen. Du hast gesagt, du würdest mir vertrauen.«

»Ich weiß, was ich gesagt habe.«

Pintel holte tief und zitternd Luft. Seine riesigen blauen Augen füllten sich mit Tränen, die über seine Wangen liefen und zitternd an seinem Kinn hängen blieben.

»Jetzt mach kein Theater draus«, sagte Krona unwirsch. »Ich hab's nur gut gemeint.«

»Du hast mich *angelogen*«, wiederholte Pintel, und neue Tränen strömten über seine Wangen. »Ich dachte, wir wären Freunde. Ich habe dir vertraut, das habe ich wirklich.«

»Wir sind Freunde«, fauchte Krona. »Oder was, glaubst du, ist der Grund, dass ich mal wieder in einem dunklen Loch festsitze, diesmal sogar mit einem verdammten Bolzen im Arm? Glaubst du, ich würde so etwas tun für jemanden, der mir am Arsch vorbei geht?«

»Du hast mir wirklich das Gefühl gegeben, mich ernst zu nehmen. Du hast gesagt, du vertraust meinem Urteil. Ich habe dir geglaubt. Es hat sich so gut angefühlt, und es war alles gelogen! Du hattest nie vor, mich machen zu lassen.«

»Götter!«, schrie Krona. »Wie kann man sich nur so anstellen!«

»Es tut mir leid«, sagte Nardon. »Ich weiß, dass dir das nicht hilft, aber es tut mir wirklich unendlich leid.«

»Dir muss es nicht leid tun«, fauchte Krona. »Ich bin hier die Böse, schon vergessen? Ich wollte ihn unbedingt verfolgen. Du warst nur als mein Aufpasser vorgesehen.«

»Ich wollte das Beste draus machen«, versuchte Nardon Pintel zu erklären. »Sie sagte, sie ginge dir jedenfalls hinterher, egal was wir täten. Sie sah nicht aus, als könnten wir sie aufhalten, ohne ihr ernsthaft weh zu tun. Lomir sagte, er hätte versprochen, sich nicht einzumischen, und würde es demnach auch nicht tun, und das hätte auch meine Reaktion sein müssen. Stattdessen dachte ich, ich müsste sie begleiten … nun ja, um Schlimmeres zu verhindern. Und nun muss ich zugeben, dass ich nicht unerheblich zu dem Schlimmeren beigetragen habe. Ich habe unüberlegt den Eingang geöffnet und die Dinge damit überstürzt.«

»Schon gut«, sagte Pintel und wischte sich mit dem Ärmel übers Gesicht. »Ich kann mir schon vorstellen, was sich abgespielt hat.«

»Lass uns überlegen, wie wir uns verhalten«, sagte Nardon sanft und legte Pintel die Hand auf die Schulter. »Das ist wichtig, denn sie werden uns bestimmt zum Verhör holen.«

»Ja«, sagte Pintel und seufzte tief. »Du hast recht. Sie sollten keinesfalls erfahren, dass wir mit Argus in Kontakt stehen.«

»Ahem«, sagte Nardon. »Leider zu spät. Ich habe dämlicher Weise auf der Treppe eine Bemerkung über Argus gemacht, die sie gehört haben.«

»Dann sitzen wir ziemlich tief drin.«

»Was ist mit diesem Kontaktmann, den du treffen solltest?«

»Keine Ahnung. Ich bin ja selbst noch nicht lange hier. Ich nehme an, die Neuigkeit muss sich erst herumsprechen. Sein Name ist Wiesel. Ich kenne ihn von früher. Der Plan war, darauf zu vertrauen, dass er mich ebenfalls erkennt und Kontakt zu mir aufnimmt. Ich habe ein Codewort, das mich als Vertrauensmann von Argus ausweist. Er sollte mir berichten, was er weiß, und mich dann an die Oberfläche schleusen.«

»Und kann er das nicht mit uns dreien machen?«

»Doch, aber es ist dreimal so schwierig. Sagen wir, fünfmal, denn keiner von euch beiden kann sich wirklich lautlos und unauffällig bewegen.«

»Das ist wirklich ungünstig«, sagte Nardon ratlos.

Ein schweres, dunkles Schweigen legte sich über den kahlen Raum. Mit unterdrücktem Stöhnen ließ Krona sich auf dem Boden nieder, lehnte sich an die Wand und untersuchte vorsichtig den Bolzen, der aus ihrem Arm ragte. Ihr Mantelärmel hatte sich voll Blut gesogen, und langsam tröpfelte es ihr aus dem Saum über die Hand. Sie versuchte, das Blut abzuwischen, verteilte es aber nur gleichmäßig. Sie spannte die Muskeln in ihrem rechten Arm und wurde beinahe ohnmächtig vor Schmerz.

»Nardon«, sagte sie mühsam. »Was haben die für Bolzen verwendet? Waren da Widerhaken dran?«

»Keine Ahnung«, sagte Nardon erstaunt. »Ich habe nicht darauf geachtet. Wieso? Du willst doch nicht etwa …?«

»Der Bolzen muss raus. Ich kann meinen Arm nicht gebrauchen, solange er drinsteckt.«

»Wozu willst du denn deinen Arm gebrauchen? Wir sitzen fest! Warte, bis sie einen Heiler schicken.«

»Da denken die doch nicht im Traum daran.«

Mit der Linken tastete sie ungeschickt nach dem Dolch, den sie im Stiefel trug. Ihre Finger waren glitschig vom Blut, doch schließlich gelang es ihr, die schmale Waffe zu ziehen.

»Was machst du?«, fragte Nardon besorgt.

»Ich muss die Wunde ansehen«, sagte Krona mit gefühllosen Lippen. »Den Ärmel aufschneiden.«

»Warte.« Nardon ging neben ihr in die Knie. »Du machst es sonst nur noch schlimmer.«

Er nahm ihr den Dolch ab und begann vorsichtig, den blutdurchtränkten Stoff um die Wunde herum aufzuschneiden. Pintel sah ihm über die Schulter, sein Gesicht war geisterhaft blass.

Mit vorsichtigen Fingern legte Nardon die Wunde frei. Die Wundränder schlossen sich glatt um den Schaft des Bolzens. Krona schloss die linke Faust um den Bolzen.

»Lass das«, sagte Nardon warnend. Krona atmete tief ein und hielt die Luft an.

*Auf Drei.*

*Eins … zwei … drei.*

Der Schmerz sprang sie an und fraß sich in ihre rechte Körperhälfte. Schwarzer Nebel ballte sich vor ihren Augen, presste sich gegen ihre Ohren und zwang sie auf den Boden. Von Ferne hörte sie die besorgten Stimmen ihrer Gefährten.

*Ein merkwürdiger Traum. Dunkle Gänge, Kreidezeichen und riesige Ratten. Wir irren herum, die Zwerge und ich, und Pintel weint, warum eigentlich? Ich habe einen Fehler gemacht, aber ich komme an ihn nicht ran. Kann mich nicht bewegen. Etwas beißt mich in den Arm. Es tut so weh.*

*»Krona?«*

*Es tut mir leid, Pintel. Ich wollte nicht … Ich kann nur einfach nicht …*

»Krona?«

Mühsam riss sie die Augen auf und fand sich in einem engen, düsteren Raum.

Nardon und Pintel beugten sich über sie.

»Du bist doch von allen Göttern verlassen«, schimpfte Nardon und hielt ihr den blutverschmierten Bolzen vors Gesicht. »Wie alt musst du werden, bis du zu Verstand kommst? Immer mit dem Kopf durch die Wand, was?«

Mühsam richtete Krona sich auf. Die Schmerzen in ihrem Arm waren zu einem dunklen Pulsieren abgeklungen.

»Könnt ihr das irgendwie verbinden«, murmelte sie. »Wenn es aufhört zu bluten, bin ich so gut wie neu.«

»So gut wie dämlich«, schimpfte Nardon. »Was glaubst du, dass wir hier ausgestattet sind wie die Heiler, oder was?«

»Wir nehmen ein Stück von ihrem Mantel«, sagte Pintel. »Hier innen, das Futter. Das ist einigermaßen sauber. Beeilung. Zu viel Blutverlust ist ungesund.«

Zu zweit machten sie sich an Kronas Mantel zu schaffen und schnitten mit dem Dolch einen langen Streifen aus dem Futter während sie die Hand auf die Wunde presste und versuchte, gleichmäßig zu atmen.

»Keine Sorge«, murmelte sie. »So viel Blut ist es nicht. Nicht mehr als ein Krug. Sieht nur immer gleich aus, als hätte man ein Schwein geschlachtet. Man kann drei, vier Krüge Blut verlieren, bevor es kritisch wird.«

»Gut zu wissen«, sagte Pintel. »Wir wollen es aber trotzdem nicht ausprobieren.«

Ein reißendes Geräusch ertönte, als der Stoffstreifen freikam. Pintel schüttelte ihn aus und strich ihn sorgfältig glatt.

»Wenn es sich ohnehin herumspricht, dass wir mit Argus zu tun hatten, sollten wir gar nicht versuchen, es abzustreiten«, schlug Nardon vor, während er mit Pintels Hilfe den improvisierten Verbandsstreifen um Kronas Arm wickelte. »Wir lassen nur so viel wie möglich weg. Wir benötigten schnell und kostengünstig eine Unterkunft in Dalen. Pintels Diebeszug sollte die Gegenleistung sein, und er wusste nicht, dass er sich in dieser Straße auf verbotenen Boden begab. Hier, Pintel, drück mal den Daumen drauf.«

Pintel hielt den Verband an seinem Platz, während Nardon einen Knoten machte. »Ich weiß nicht, ob man uns diese Geschichte abnimmt«, sagte er. »Wenn ich es recht verstanden habe, haben Argus und die andere sich die Stadt aufgeteilt. Besser gesagt, die Neue hat einige Stadtteile annektiert, und Argus war bisher nicht in der Lage, sie zurückzugewinnen. Es ist unglaubwürdig, dass er mir nicht gesagt haben soll, wo ich klauen gehen kann und wo nicht.«

»Lass deine Kreativität spielen«, sagte Nardon und zog den Knoten an. Krona stieß scharf die Luft durch die Zähne. »Entschuldigung«, sagte Nardon. »Aber jetzt hält es wenigstens. Er hat es dir gesagt, aber er hat dir nicht den Hintergrund verraten, weshalb du diese Anweisung nicht ernst genommen hast, und da war dieser angetrunkene reiche Bürger, den du über ein paar Straßen hinweg verfolgt hast, und so weiter und so weiter.«

»Weiß nicht«, sagte Pintel zweifelnd. »Bleiben wir bei der Version, bis wir eine bessere haben.

»Gut«, sagte Krona und verzog das Gesicht, als sie die Beweglichkeit ihres Armes testete. »Jetzt zu unserer Flucht.«

»Es wird keine geben«, sagte Nardon.

»Aber natürlich wird es das. Wir haben zwei Waffen: diesen Bolzen und mein kleines Messer, und wenn es sein muss, kann ich auch ohne Waffe jemanden für eine Weile ruhigstellen.«

»Ich darf dich daran erinnern, dass wir die Falltür von innen nicht öffnen können.«

»Es wird einen anderen Ausgang geben.«

»Das wird es sicher«, bestätigte Nardon. »Nur werden sie uns kaum die Gelegenheit geben, ihn zu finden.«

»Dann nehmen wir uns eine Geisel und zwingen sie, die Falltür für uns zu öffnen.«

»Du spinnst ja«, sagte Nardon. »Ich glaube, ich wiederhole mich in diesem Punkt.«

»Es ist eine Diebesgilde«, sagte Pintel. »Das heißt, selbst wenn wir es bis auf die Straße schaffen würden, verginge keine Stunde, bis wir mit durchgeschnittenen Kehlen in einem dunklen Winkel verbluten würden. Wir müssen unauffällig verschwinden, oder besser noch, uns irgendwie mit der Anführerin einigen.«

Krona sah vom einen zum anderen, dann schmiss sie den Bolzen in die Ecke, wo er klappernd an der Wand aufschlug.

»Dann eben nicht«, sagte sie. »Dann warten wir auf ein Wunder. Von mir aus.«

Wunder geschah keines. Für geraume Zeit geschah gar nichts. Die Fackel, die den Raum notdürftig erleuchtete, brannte in ihrer Wandhalterung nieder. Kurz bevor sie im Dunkeln saßen, hörten sie, wie der

Riegel zurück geschoben wurde und ein Schlüssel sich im Schloss drehte. Im Türspalt erschien ein aufgespannter Armbrustbolzen, dann wurde die Tür weiter aufgestoßen, und sie sahen drei mit Armbrüsten Bewaffnete und den Blonden, der ein langes Messer trug.

»Schön ruhig bleiben«, befahl der Blonde. »Ich werde jetzt reinkommen und euch fesseln. Wer eine Dummheit macht, stirbt. Seid versichert, meine Kollegen hier sind hervorragende Schützen. Sie treffen ins Herz genauso wie in den Arm, wenn es sein muss.«

Er betrat den Raum und nahm ein langes Seil entgegen, das einer seiner Begleiter ihm reichte. Dann begann er, seine drei Gefangenen mit den Händen an das Seil zu fesseln.

»Ich sehe, du hast dir selbst geholfen«, sagte er zu Krona und begutachtete ihren Arm. »Oder dir helfen lassen. Tapfer, tapfer. Erspart uns Arbeit.«

Sie wurden aus ihrem Gefängnis und weiter den Gang entlang geführt. Halb erwarteten sie, wie in Argus' Residenz in eine Art von Thronsaal gebracht zu werden, wo die neue Diebeskönigin Hof hielt, doch die Dinge schienen hier anders organisiert. Über einige Stufen stiegen sie hinauf in einen sauberen, hell erleuchteten Kellerraum, in dem eine Gruppe von Leuten um einen Tisch saßen. Zwischen ihnen breiteten sich große Papiere aus, die auf den ersten Blick wie Stadtpläne aussahen. Die Gruppe drehte sich zu ihnen um, als der Blonde kräftig gegen die halb offene Tür klopfte. Ein Zwerg mit geflochtenem Bart und kahl rasiertem Schädel war unter ihnen, mehrere harmlos aussehende junge Männer in bürgerlicher Kleidung, ein kleiner, dünner Mann, der mit seinem mageren Gesicht, der auffallend langen, dünnen Nase und den dünnen, fahlbraunen Haarbüscheln an eine Ratte erinnerte, und eine hochgewachsene, schlanke Frau in den Dreißigern mit blondem Zopf und kühlen, hellen Augen, die sich beim Eintreten der Gefangenen erhob.

»Ich kann nicht glauben, was ich da sehe«, sagte Nardon völlig verblüfft.

»Und mir geht es genauso«, sagte die blonde Frau mit allen Anzeichen der völligen Überraschung. »Nardon Haltir! Wer hätte gedacht, dass wir uns unter solchen Umständen wieder begegnen.«

»Wer hätte gedacht, dass wir uns überhaupt jemals wieder begegnen? Aber ich sehe, du hast die letzten Jahre nicht ungenutzt verstreichen lassen. Du hast Karriere gemacht.«

»Man tut, was man kann.« Die Frau lächelte unverbindlich.

»Momentchen«, sagte Krona und sah zwischen Nardon und seiner Gesprächspartnerin hin und her. »Sieht aus, als wäre das hier so eine Art Familientreffen. Das muss ich erst mal verkraften. Unser Nardon, der unschuldige Gelehrte, hat Freunde in der Unterwelt. Wie kommt es, dass du uns nie davon erzählt hast?«

»Ich wusste es nicht«, sagte Nardon. »Und überdies bin ich mir nicht sicher, ob wir Freunde sind. Immerhin stehe ich hier mit gefesselten Händen, und allem Anschein nach sind es ihre Männer, die mich gefangen halten.«

»Wir haben uns nicht im Streit getrennt«, sagte die blonde Frau. »Jeder ist seiner Wege gegangen.«

»Vielleicht stellst du uns trotzdem mal vor«, sagte Pintel. »Der Höflichkeit halber.«

»Ja«, sagte Nardon. »Freunde, ich darf euch Skerda vorstellen. Zumindest ist das der Name, den sie seinerzeit führte.«

»Ich führe ihn immer noch«, sagte die blonde Frau. »Alte Gewohnheit, oder Sentimentalität, könnte man sagen.«

»Und wo, wenn man fragen darf, hast du diese delikate Bekanntschaft gemacht?«, fragte Krona.

»Das ist eine lange Geschichte«, sagte Nardon mit einem leichten Lächeln. »Ich hatte vor einigen Jahren das Glück, eine wirklich wertvolle alte Karte in die Hände zu bekommen, auf der das Grabmal des Shakh verzeichnet war.«

»Nicht der schon wieder«, murmelte Pintel. »Werden wir die Geschichte je von Anfang bis Ende hören?«

»An mir soll es nicht scheitern«, sagte Nardon. »Shakh jedenfalls ist in Fachkreisen als letzter Hohepriester des Nergal bekannt, des Gottes der Dämonen. Sein Grab war verschollen, bis diese Karte wieder auftauchte. Skerda, ebenso wie Lomir, war Mitglied der Abenteurergruppe, mit der ich der Karte nachging und das Grab wiederentdeckte.«

»So, so«, sagte Krona. »Alte Freunde also. Gebietet da nicht der Anstand, uns diese demütigenden Fesseln abzunehmen?«

»Ich bin nicht sicher.« Skerda musterte Krona prüfend. »Euch habe ich nie zuvor gesehen, und es verbindet mich nichts mit Euch.«

»Krona Karagin«, stellte Nardon vor. »Eine – äh, alte Bekannte von mir. Und Pintel Luffelheim, ebenfalls ein guter Freund.«

»Und was sollte mich dazu bewegen, diesen beiden die Fesseln abzunehmen?«

Nardon sah zu Krona hinauf, die mit hoch gezogenen Augenbrauen den Blick erwiderte.

»Ich bürge für beide«, sagte Nardon, obwohl es ihm offensichtlich schwer fiel.

»Na gut«, sagte Skerda und gab dem glatzköpfigen Zwerg einen Wink. »Um der alten Zeiten willen.«

Der glatzköpfige Zwerg erhob sich und löste die Fesseln.

»Besten Dank«, sagte Krona und rieb sich die Handgelenke. »Wirklich viel besser jetzt.«

»Ich denke, du hast mir einiges zu erklären, alter Freund.« Skerda nahm wieder auf ihrem Stuhl Platz. »Stehst unangemeldet auf meiner Hintertreppe und machst launige Bemerkungen über meinen Mitbewerber…«

»Auch das ist eine lange Geschichte«, sagte Nardon mit schiefem Lächeln, »die sich so nie zugetragen hätte, wenn ich gewusst hätte, dass ich in dieser Stadt alte Bekannte habe.«

»Ich würde lieber sitzen, statt hier sinnlos herumzustehen«, sagte Krona. »Ich habe kürzlich einen Haufen Blut verloren. Einer von Euren komischen Gefolgsleuten hatte wohl einen zittrigen Finger.«

»Solir ist ein Präzisionsschütze«, sagte Skerda kalt. »Er zittert niemals. Ihr werdet ihm schon einen Anlass gegeben haben.«

»Krieg ich trotzdem einen Stuhl?«

Skerda seufzte. »Stühle für unsere freundlichen Besucher«, wies sie den Zwerg an, der mit einem mürrischen Schnauben durch die Tür verschwand und damit begann, die passende Anzahl an Stühlen in den Raum zu räumen.

Endlich saßen sie alle. Krona hob ihr rechtes Knie und stemmte den Fuß gegen das Tischbein. Ihre Finger ruhten auf dem Stiefelschaft, und sie spürte Nardons warnenden Blick auf sich. Pintel hingegen wirkte einigermaßen gelassen, er beobachtete aufmerksam, was um ihn geschah, und warf immer wieder verstohlene Blicke auf das Kartenwerk, das sich vor ihm auf dem Tisch ausbreitete. Skerda schien dies zu bemerken und rollte die Karten mit energischer Bewegung zusammen.

»Also, alter Freund«, sagte sie. »Dann mal raus mit der langen Geschichte.«

»Wir kamen gestern Abend in der Stadt an«, berichtete Nardon. »Keiner von uns hatte das Geld, eine Unterkunft zu mieten, gleichzeitig aber zwangen uns die Umstände, einen längeren Aufenthalt in der Stadt einzulegen. Nachdem wir dies nicht auf der Straße tun wollten, gingen wir auf Pintels Vorschlag ein, einen alten Bekannten zu kontaktieren, der uns in dieser Sache weiterhelfen würde.« Pintel grinste gequält und deutete ein Winken an. »Dieser alte Bekannte brachte uns in Kontakt mit Argus, dem König der Diebe, wie er sich nennt«, fuhr Nardon fort. »Er versprach, uns eine Unterkunft zu stellen, wenn Pintel für eine Weile in seinen Diensten arbeiten würde. Und genau das hat Pintel getan, als er von deinen Leuten geschnappt wurde.«

»Weil in diesem Stadtteil Argus und seine Leute nichts zu suchen haben«, warf Skerda ein. »Ich nehme aber an, Argus hat dir das mitgeteilt?«

»Schon«, sagte Pintel und wurde plötzlich sehr rot, »aber … da war dieser reiche Mann, und er war, äh, betrunken, und ich habe ihn eine Weile verfolgt und wirklich nicht mehr darauf geachtet, wo ich war, und, na ja, ich habe mich vielleicht ein wenig mitreißen lassen …«

Skerda wechselte einen langen Blick mit dem Blonden, der neben ihr Aufstellung genommen hatte.

»Und wie kam es, dass ihr auf meiner Treppe erschienen seid?«, fragte sie.

»Wir hatten Pintel überwacht«, sagte Nardon. »Zu seinem Schutz. Wir verfolgten die Verfolger, und ich konnte den Öffnungszauber belauschen.«

»So«, sagte sie. »Das war eine lange Geschichte überraschend kurz erzählt. Kommen wir nun zu dem, was du ausgelassen hast, Freund Nardon. Was ist das denn für ein alter Bekannter, Herr Pintel?«

»Ich … äh …also … er ist nicht so alt«, stotterte Pintel. »Was ich damit sagen will, ist, ich kenne ihn nicht besonders gut. Eigentlich kenne ich ihn kaum, und wie alt er ist, weiß ich auch nicht. Er ist so schwer zu schätzen. Genau genommen habe ich ihn kaum gesehen … ganz selten, meine ich. Fast nie, sozusagen.«

»Ein großer Blonder mit kinnlangem Haar und Kinnbart«, sagte Krona, der sich an einen Mann mit entsprechendem Äußeren in Argus' Gefolge erinnerte. »Er nannte sich zunächst Schatten, später dann Jorna, und ich habe auch gehört, wie man ihn mit Fanuk ansprach. Ich denke, jeder in diesem Gewerbe hat mehr als nur einen Namen, nicht wahr?«

»Mag sein«, sagte Skerda. »Auf welche Weise seid Ihr denn mit diesem Schatten in Kontakt gekommen?«

»Im Gasthof zum Goldenen Horn«, sagte Nardon. »Man setzt sich dort auf einen bestimmten Platz an der Wand, unter ein Hirschgeweih, und bestellt Hirsebrei.«

»Das ist doch nicht dein Ernst«, sagte Skerda.

»Doch«, versicherte Nardon mit Unschuldsmiene. »Ich kam mir zunächst auch ein wenig dämlich vor, aber es hat funktioniert.«

»Versuchen wir es mit einer anderen Frage«, sagte Skerda. »Was sind das für Geschäfte, die euch nach Dalen brachten?«

»Ein neues Projekt«, sagte Nardon. »Seit unserem Abenteuer mit Shakh hatte ich überwiegend Schreibtischarbeit. Vor einigen Wochen dann bekam ich Kunde von einem Gegenstand, eine Art Fetisch des letzten bekannten Dämonenkultes. Entfernte Kollegen von Shakh, wenn du so willst. Vom wissenschaftlichen Standpunkt aus wäre dieser Gegenstand von unschätzbarem Wert. Ich stellte fest, dass ein wenig Bewegung mir ohnehin gut täte, und machte mich auf die Suche.«

»Mitten im Winter?«

»Man kann es sich nicht immer aussuchen.«

»Und diese beiden?«, fragte Skerda und deutete mit dem Kinn auf Pintel und Krona.

»Krona ist eine alte Bekannte«, sagte Nardon. »Sie arbeitet bei einem Freund, einem Kaufmann, als Leibwache, und erklärte sich bereit, während dieser Reise meinen Rücken frei zu halten.«

Krona warf Nardon einen bitterbösen Blick zu, den er ignorierte. »Pintel trafen wir durch Zufall in Halmesholm«, fuhr er fort. »Es stellte sich heraus, dass wir den gleichen Weg hatten. Wir reisten gemeinsam, und da Pintel ortskundig ist, bat ich ihn, uns in Dalen den Weg zu weisen.«

»Was ist mit den alten Gefährten?«, fragte Skerda. »Dein Freund Lomir? Balthor und Glander?«

»Balthor ist nach Zentallo zurückgekehrt«, sagte Nardon. »Zumindest sind das meine letzten Informationen. Der Kontakt zu Glander ist abgerissen. Und Lomir steckt bis über den Hals in Geschäften. Er bedauerte es sehr, konnte sich aber für mich nicht freimachen.«

»Wie schade«, sagte Skerda, und zum ersten Mal wirkte ihr Lächeln echt. »Ihr wart ein so traumhaftes Gespann.«

»Tja«, sagte Nardon. »Zeiten ändern sich. Es sind immerhin schon zehn Jahre. Eine Zeit, die auch du bemerkenswert gut genutzt hast. Viel weiter kann man es in deinem Gewerbe nicht bringen, nicht wahr?«

»Ich habe durchaus noch Pläne für die Zukunft«, sagte Skerda. »Ich bin keine Freundin friedlicher Koexistenz, wenn du mich verstehst. Ich habe den Kuchen lieber für mich alleine.«

»Ich erinnere mich«, sagte Nardon. »Das war schon früher so.«

»Und es hat mich dahin gebracht, wo ich jetzt bin.« Skerda griff unter ihre Weste und holte eine dicke goldene Kette hervor, die sie um den Hals trug und an der ein goldener Ring mit großem wasserblauem Stein baumelte.

»Ich wusste, dass du ihn genommen hast!«, sagte Nardon und wirkte plötzlich ungewöhnlich aufgewühlt. »Ich wusste es! Ich wusste, er hätte dort sein müssen!«

»Er war dort«, sagte Skerda lächelnd. »Er trug ihn am Finger. Er war nur schlecht sichtbar unter den vielen verrotteten Bandagen.«

»Du hast ihn von seinem Finger genommen«, sagte Nardon fassungslos.

»Erst nachdem er tot war. Vollständig tot, meine ich natürlich. Ich war die erste an seinem Leichnam, wenn du dich erinnerst.«

»Ich erinnere mich, dass wir in den Gängen verzweifelt gegen die Reste seiner Leibwache kämpften und dringend Entsatz benötigt hätten!«

»Ich kam noch rechtzeitig, trotz meines kleinen Umwegs«, sagte Skerda ungerührt.

»Das ist unfassbar«, sagte Nardon kopfschüttelnd.

»Was ist das für ein Ring?«, fragte Pintel und beugte sich neugierig nach vorne. Skerda schloss die Finger um den Ring und ließ ihn unter ihrer Jacke verschwinden.

»Ein Zauberring.«

»Das dachte ich mir gerade«, sagte Pintel. »Aber welche Art von Zauber? Habt Ihr ihn untersuchen lassen? Und wie hat er Euch bei Eurem Aufstieg geholfen? Es heißt, dass in der Alten Zeit Ringe geschaffen wurden, mit denen man die Welt beherrschen kann. Sie tun nichts bestimmtes, keine spektakulären Effekte, Feuerbälle oder Ähnliches, sie sorgen nur einfach dafür, dass ihre Träger immer weiter Karriere machen. Bis hin zum Herrscher über die Welt! Man sagt, die Elfen hätten diese Ringe geschaffen, aber ich glaube, das ist ein Gerücht. Warum sollten sie so etwas tun? Angeblich haben sie sie auch mitgenommen, als sie die Welt verließen, daher kann es eigentlich kaum sein, dass es einer dieser Ringe ist. Sie werden doch wohl kaum einen hier vergessen haben! Trotzdem würde ich ihn zu gerne mal aus der Nähe sehen …«

»Sie hat ihn seit zehn Jahren«, sagte Nardon gedämpft. »Und sie ist Anführerin einer Diebesgilde. Wenn es ein solcher Ring wäre, ließe er sich gehörig Zeit mit der Weltherrschaft, nicht wahr?«

»Stimmt«, sagte Pintel atemlos. »Trotzdem könnte es doch sein, dass er einen ähnlichen Zauber trägt. So etwas kann übrigens üble Nebenwirkungen haben, wenn man es nicht sorgfältig analysiert und richtig anwendet.«

»Euer kleiner Fremdenführer scheint tiefe Einblicke in die arkanen Wissenschaften zu haben«, sagte Skerda mit hochgezogenen Augenbrauen.

»Ich bin …«, sagte Pintel.

»… ein Dieb, der sich auf Zauberzeug spezialisiert hat«, sagte Krona laut.

»… nicht klein!«, sagte Pintel gekränkt. »Man sollte nicht Größe und Körperhöhe verwechseln, wisst Ihr.«

»Ring hin oder her«, sagte Krona. »Ich störe dieses herzige Familientreffen nur ungern, aber dieser stechende Schmerz in meinem Arm macht mich nicht geduldiger, wenn Ihr versteht, was ich meine. Ich wüsste gerne, was nun weiter passiert.«

»Gute Frage«, sagte Skerda. »Ich weiß nicht, ob ich Euch so einfach gehen lassen kann. Irgend etwas habt ihr mit Argus zu tun, und ich weiß noch nicht, was. Außerdem kennt Ihr den Einlass-Zauber.«

»Der ja wohl alle paar Tage geändert wird, wenn Ihr Profis seid«, sagte Pintel. »Das heißt, nicht der Zauber, aber doch wohl das Sprüchlein, das an sich so arkan ist wie mein Stiefel hier. Es liegt ein Passwort-Zauber auf der Tür, und der lässt sich mit *Schweinebraten* aktivieren, wenn man es so festlegt.«

»Hat er alles irgendwo aufgeschnappt«, sagte Krona finster. »Glaubt ihm kein Wort.«

»*Schweinebraten* hätte den Vorteil, dass auch die weniger Sprachbegabten unter Euren Gefolgsleuten es mühelos anwenden könnten«, sagte Pintel. »Wie oft passiert es eigentlich, dass jemand in dieser Gasse steht und verzweifelt Worte murmelt, ohne dass die Tür sich öffnet?«

»Nicht sehr oft«, sagte Skerda. »Ich achte auf eine gewisse grundlegende Intelligenz bei meinen Gefolgsleuten.«

»Könnt ihr mal aufhören, Unsinn zu erzählen, und statt dessen meine Frage beantworten?«, sagte Krona mit erhobener Stimme.

»Ihr meint die bezüglich Eures weiteren Schicksals«, sagte Skerda.

»Gut erkannt.«

»Euer Schicksal steht und fällt mit dem, was ich von Euch erfahre.«

Nardon seufzte und beugte sich nach vorne, bis Skerda seinen Blick erwiderte.

»Ich sage dir jetzt, so viel ich kann«, sagte er. »Wir arbeiten an einem Projekt, das mit Dalen und seinen Gilden nicht im Geringsten zu tun hat. Was ich vorhin darüber berichtete, war nicht gelogen. Es war nicht ganz vollständig, wie du dir sicher denken kannst, aber der Teil, den ich weglassen musste, ist für dich und deine Gilde ganz und gar ungefährlich.«

»Warum erzählst du dann nicht mehr davon?«

»Ich bin durch Eid gebunden«, sagte Nardon, ohne mit der Wimper zu zucken.

»Und Argus?«, fragte Skerda.

»Argus ist ein entfernter Bekannter Pintels. Pintel hat vor vielen Jahren eine Weile für ihn gearbeitet, ist aber nicht lange genug geblieben, um zum inneren Kreis zu gehören. Sein Wissen über Argus und dessen Organisation beläuft sich darauf, dass sie existieren, und wie man mit ihnen in Kontakt tritt.«

»Hirsebrei unterm Hirschgeweih«, sagte Skerda.

»Natürlich nicht«, sagte Nardon. »Es gibt ein Freudenhaus irgendwo in der Innenstadt. Man sagt etwas von Ratten im Keller und lässt sich an eine geheime Falltür bringen.«

»Lukarde«, sagte Skerda. »Ist bekannt. Wie schade. Ich dachte schon, ich könnte etwas Neues lernen. Und aus welchem Grund habt ihr Kontakt mit Argus aufgenommen?«

»Wir warten auf jemanden, der für unser Projekt wichtig werden kann. Und wir wollen verhindern, dass man uns warten sieht. Wir benötigten einen Unterschlupf, und Pintel erbot sich, seine alten Kontakte anzuzapfen. Schließlich wusste ich nicht, dass ich ebenfalls eine alte Bekannte in der Stadt habe.«

»Wie ich dich kenne, ist das alles, was du mir erzählen wirst«, sagte Skerda.

»Ja«, sagte Nardon.

»Du wolltest mir noch nie so recht über den Weg trauen.«

»Na ja«, sagte Nardon, »ahem … nun ja. Kein Zweck, es zu leugnen.«

»Du hast gut daran getan«, sagte Skerda mit einem Lächeln. »Ich bin nicht vertrauenswürdig. Deshalb bin ich auch so erfolgreich. Du hingegen scheinst weniger erfolgreich zu sein, dafür aber einer der vertrauenswürdigsten Männer, die ich je traf. Wenn du sagst, dass eure Geschäfte mit den meinen nichts zu tun haben, glaube ich dir das.«

»Danke«, sagte Nardon.

»Ich könnte euch also laufen lassen, ohne befürchten zu müssen, dass ihr meine Geschäfte stört?«

»Natürlich. Wir haben kein Interesse an deinen Geschäften. Versprochen.«

»Ich bin geneigt, es zu tun«, sagte Skerda.

»Sie laufen lassen?«, fuhr der glatzköpfige Zwerg hoch. »Der Kleine hat auf unserer Straße gearbeitet!«

»Was er nie wieder tun wird, nicht wahr?«, sagte Skerda und sah Pintel an. Der schüttelte eilig den Kopf.

»Und sie!«, rief der Zwerg aus und deutete auf Krona. »Sie hat zwei deiner Männer angegriffen!«

»Dazu kam ich gar nicht«, sagte Krona. »Die haben ja gleich geschossen.«

»Ich nehme an, du wirst nicht damit einverstanden sein, deine beiden Begleiter hierzulassen«, sagte Skerda zu Nardon.

»Richtig«, sagte Nardon. »Das kommt überhaupt nicht infrage.«

»Das dachte ich mir. Immer loyal, wie früher. Nun, ich meinerseits habe kein Interesse daran, auf unbestimmte Zeit meine beschränkten Räumlichkeiten mit Gefangenen zu teilen. Überdies hege ich eine gewisse Dankbarkeit dir gegenüber, Freund Nardon. Schließlich warst du es, der mich zu dem Ring brachte, und der war mir in der Vergangenheit mehr als nur einmal sehr nützlich.«

»Ich denke besser nicht so genau darüber nach«, sagte Nardon kopfschüttelnd.

»Ich lasse euch laufen«, sagte Skerda. »Ihr geht eurem Geschäft nach, und ich meinem. Können wir uns darauf einigen?«

»Ja«, sagte Nardon.

Skerdas Männer wurden unruhig, Zweifel zeigte sich in ihren Gesichtern, doch Skerda erstickte mit einem Blick jede kritische Bemerkung, bevor sie ausgesprochen wurde.

»Ich bringe sie nach oben«, erbot sich der rattengesichtige Mann.

»Gut«, sagte Skerda. »Tu es gleich. Wir haben nicht den ganzen Tag Zeit.«

»Momentchen«, sagte Krona. »Mein Schwert hätte ich schon gerne wieder.«

»Sobald wir oben sind, wird es Euch ausgehändigt«, sagte der rattengesichtige Mann. »Solir, du begleitest mich. Nur der Vorsicht halber. Ich denke, unsere Gäste haben einen gewissen Respekt vor deinen Reflexen.«

Der Blonde, der auf Krona geschossen hatte, nickte kurz.

»Verbindet ihnen die Augen«, sagte Skerda. »Sie haben schon mehr gesehen, als gut für sie ist.«

Krona wollte aufbegehren, aber die beinahe flehentlichen Blicke ihrer Gefährten brachten sie zum Schweigen, und sie ließ es widerstrebend zu, dass einer der Diebe ihr mit einem schmutziges Tuch die Sicht nahm.

Einen längeren Fußmarsch später, der sie durch Gänge, über Stufen, durch Türen und über Straßen geführte hatte, brachte ihr Führer sie zum Stehen. Die Luft war kalt. In der Ferne bellte ein Hund.

»Ihr werdet jetzt hier stehen bleiben«, wies der rattengesichtige Mann sie an. »Und ganz langsam bis hundert zählen. Dann erst werdet ihr eure Augenbinden abnehmen, und dann könnt ihr gehen, wohin ihr wollt.«

»Ich wiederhole mich nur ungern«, sagte Krona, »aber mir fehlt immer noch mein Schwert. Und mein Dolch, und ich könnte schwören, dass meine Gefährten hier ihre Waffen ebenfalls vermissen.«

Ein gedämpftes Klappern drang zu ihnen.

»Zwischen euch liegt ein Sack, der alle Waffen enthält«, sagte das Rattengesicht. »Ihr könnt sie an euch nehmen, sobald ihr mit Zählen fertig seid. Seid versichert, sobald einer von euch eine falsche Bewegung macht, wird es seine letzte sein. Ihr könnt mit dem Zählen jetzt beginnen.«

»Eins«, sagte Krona. »Zwei. Drei. Vier. Fünf, sechs, sieben, acht, neun, zehn, zwölf, zwanzig, dreißig, siebzig, achtzig, neunzig, hundert. Fertig.« Sie riss sich die Binde vom Kopf und ging neben dem Sack in die Knie.

»Ich bin ziemlich sicher, dass die sich das so nicht vorgestellt hatten«, sagte Pintel. »Trägst du deine Augenbinde noch?«

»Nein«, sagte Krona. »Aber hier sind unsere Waffen, und tatsächlich vollständig.«

»Und sie haben dich nicht erschossen«, sagte Pintel und nahm ebenfalls seine Binde ab, was auch Nardon gleichzeitig tat. »Das ist doch ein gutes Zeichen.«

Sie befanden sich in einer engen, dunklen Gasse, die keiner von ihnen kannte. Es war Nacht. Von den Dieben, die sie hierher gebracht hatten, war keine Spur zu sehen.

»Was für eine tolle Aktion«, sagte Krona grimmig und gürtete ihr Schwert. »Sinnlos, ärgerlich, schmerzhaft.«

»War sie denn sinnlos?«, fragte Nardon Pintel.

»Ich fürchte ja«, sagte der unglücklich. »Ich hatte keine Gelegenheit, mit Wiesel zu sprechen. Es war derjenige, der uns hier hinauf brachte. Ich bin sicher, er hat mich erkannt, aber er schien nicht mit mir sprechen zu wollen. Ich kann Argus nur berichten, dass es ihm offenbar gut geht …«

»Vielleicht reicht ihm das ja«, sagte Nardon ohne viel Hoffnung.

»Lasst uns erst mal zurück zu Lomir finden.« Krona schlug sich ihre Kapuze über den Kopf. »Für heute habe ich wirklich genug von Diebesgilden. Wenn wir schon noch mal zu Argus müssen, lasst uns das morgen tun. Verdammt! Ist das kalt!«

»Ja«, sagte Pintel und vergrub die Fäuste in seinen Manteltaschen. »Welchen Weg?«

»Hier entlang«, sagte Nardon und deutete die Gasse hinunter. »Sieht aus, als würde da vorne eine breitere Straße kreuzen. Vielleicht können wir uns von dort aus orientieren.«

Sie setzten sich in Bewegung und hielten nach einigen Schritten inne, als Pintel sich ihnen nicht anschloss. Der kleine Zauberer stand und starrte auf ein gefaltetes Stück Papier hinunter, das er aus seiner Manteltasche gefischt hatte.

»Vielleicht konnte ich meinen Auftrag doch ausführen«, sagte er überrascht. »Das hier ist ein versiegelter Brief von Wiesel. Er ist an Argus gerichtet. Ich hab ihn gerade in meiner Tasche gefunden.«

»Zeig mal«, sagte Krona und nahm Pintel das Papier aus den Händen.

»Mach das Siegel nicht kaputt«, sagte Nardon besorgt, während sie den Brief in den Händen drehte.

»Für wie blöd hältst du mich«, sagte Krona und gab Pintel den Brief zurück.

»Blöd nicht«, sagte Nardon, »aber etwas impulsiv. Manchmal.«

»Von mir aus«, sagte Krona und setzte sich wieder in Bewegung. »Ich lasse mich heute Abend auf keine Diskussionen mehr ein.«

Ein Feuer brannte in der rußverkrusteten Feuerstelle, als sie nach langem Umherirren endlich in ihre neue Unterkunft zurück gefunden hatten. An dem wackeligen Tisch saß nicht nur Lomir, sondern zu ihrer Überraschung auch Fenrir, der sich sichtbar unwohl fühlte.

»Tag zusammen«, sagte Krona und ließ sich auf einen Stuhl fallen. »Fenrir! Was verschafft uns die Ehre? Wenn ich nicht so fertig wäre, würde ich mich freuen, dich zu sehen.«

»Ich rieche Blut«, sagte Fenrir, und sein ohnehin unfreundliches Gesicht nahm einen lauernden Ausdruck an. »Was ist passiert?«

»Sie haben mir einen Bolzen in den Arm gejagt, die Schweine.«

»Nachdem du etwas sehr Rohes und Unfreundliches zu ihnen gesagt hattest«, ergänzte Nardon, schälte sich aus seinem Mantel und hängte ihn in Ermangelung eines Kleiderhakens über einen Stuhl.

»Wer?«, fragte Lomir.

»Deshalb muss man nicht gleich schießen«, sagte Krona.

»Wer?«, fragte Lomir.

»Du solltest einen Heiler aufsuchen«, sagte Fenrir. »Die Wunde reinigen lassen, und lass dir Kräuter geben gegen den Blutverlust.«

»Quatsch«, sagte Krona. »Ich sollte eine Kneipe aufsuchen und das ganze Elend runterspülen. Nichts ist besser bei Blutverlust als ein paar doppelte Klare.«

»Wenn du meinst«, sagte Fenrir.

»Wer, verdammt?!«, trompetete Lomir, und alle erstarrten.

»Was, wer?«, fragte Pintel erschrocken.

»Wer hat geschossen, und was war eigentlich los?«, fragte Lomir, nun, da er die Aufmerksamkeit seiner Gefährten hatte, wieder in normaler Lautstärke.

Einander abwechselnd, berichteten sie.

»Skerda«, sagte Lomir, als sie zu dem Punkt kamen. »Na, das ist aber eine Überraschung.«

»Etwas Ähnliches habe ich auch gesagt«, sagte Nardon lächelnd. »Aber sie ist sich treu geblieben. Erscheint immer da, wo man sie am wenigsten erwartet.«

»Erzählt weiter«, sagte Lomir, und sie kamen der Aufforderung nach.

»Warum hast du gesagt, ich wäre nicht dabei?«, fragte Lomir, als der Bericht zu Ende war.

»Ich hatte das Bedürfnis, meinerseits noch die eine oder andere Überraschung für mich zu behalten«, sagte Nardon. »Ich wusste nicht, ob sie nicht vielleicht ihre Diebe nach dir geschickt hätte.«

»Schade«, sagte Lomir. »Ich hätte sie gerne mal besucht. Um der alten Zeiten willen. Ich bin mir immer noch sicher, sie hat uns damals aus der Gruppenkasse beklaut.«

»Kann sein«, sagte Nardon, »aber die paar Goldkronen machen wirklich keinen Unterschied, jetzt da wir wissen, dass sie den Ring des Shakh hat.«

»Was ist das für ein Ring?«, fragte Fenrir.

»Er soll die eigene Aura verstärken und den Träger machtvoll und gewinnend wirken lassen«, sagte Nardon. »Es war nicht mehr als eine Randnotiz in meinen Forschungen über Shakk. Herausragenden Persönlichkeiten wird gerne eine Unterstützung durch Zauberei zugesprochen.«

»Wahrscheinlich, weil sie auch sehr oft welche in Anspruch nehmen«, warf Pintel ein.

»Mag sein. Ich war, als wir zum Grabmal aufbrachen, der festen Überzeugung, dass Shakh einen auffälligen, außergewöhnlichen Ring getragen haben muss. Solche Geschichten entstehen nicht aus dem Nichts. Ich hätte etwas darum gegeben, in Erfahrung zu bringen, ob Shakh sein Imperium aus eigener Kraft errichtet hat, oder ob er sich arkaner Hilfsmittel bedient hat.«

»Jetzt weißt du's«, sagte Lomir.

»Leider zu spät«, sagte Nardon mit schiefem Lächeln. »Der Forschungsbericht ist veröffentlicht. Keine Gelegenheit mehr, ihn zu ändern.«

»Und wie geht euer Teil der Geschichte?«, fragte Krona. »Ich bin kurz davor, auf diesem Stuhl einzuschlafen, also fasst euch bitte kurz.«

»Selbst die Langversion ist schnell erzählt«, sagte Lomir. »Ich begann, mir Sorgen zu machen, kaum dass ihr aus der Tür raus wart.

Allerdings dachte ich eher daran, dass Argus Pintel überwachen lässt und ihm dadurch auffällt, dass ihr euch nicht an die Abmachung haltet. Als es Nachmittag wurde und ich keinen von euch mehr zu Gesicht bekam, traf ich die Entscheidung, mir Verstärkung zu holen.«

»Wir wollten uns nicht vor morgen Nachmittag treffen«, sagte Krona.

»Ich dachte, ich versuche mein Glück«, sagte Lomir. »Ich ging zu dem Schuppen am Waldrand und begann, zu rufen und ein wenig Lärm zu machen.«

»Zwerge sind unüberhörbar, selbst wenn sie sich um Lautlosigkeit bemühen«, sagte Fenrir. »Ich hatte keine Chance.«

»Er schloss sich mir freundlicherweise an«, sagte Lomir. »Wir durchstreiften die Stadt, natürlich erfolglos, aber zumindest wollten wir dem Glück eine Gelegenheit geben. Morgen Abend hätten wir wie verabredet Argus aufgesucht.«

»Morgen Abend erst?«, fragte Krona. »Bis dahin hätten wir tot sein können!«

»Das hättet ihr heute Nachmittag schon sein können«, entgegnete Lomir. »Du musst bedenken, dass die Entscheidung, Argus zurate zu ziehen, möglicherweise nicht zu eurer Sicherheit beigetragen hätte. Ich nehme nicht an, dass er sonderlich erfreut gewesen wäre, zu erfahren, dass ihr ihn hintergangen habt.«

»Na gut«, sagte Krona gähnend. »Wir sind alle hier. Es geht uns gut... mehr oder weniger zumindest. Pintel gibt morgen sein Brieflein ab, und wenn er nicht den Beutel dafür kriegt, mache ich Skerda ruck-zuck zur Alleinherrscherin über die Stadt. Und mehr will ich über Diebesgilden in meinem Leben nicht mehr erfahren.«

Am nächsten Morgen war Fenrir verschwunden, und niemand wunderte sich wirklich darüber. Pintel traf Rauda und kehrte eine Stunde später von einem Ohr zum anderen strahlend zurück. An seinem Gürtel hing die Tiefe Tasche.

Tage verstrichen, fügten sich zu Wochen. Frischer Schnee legte sich über den schmutzig grauen Schlamm in den Straßen, bildete duftige Hauben auf den Dächern und verlieh der Stadt ein wenig Freundlichkeit. Die Schmiede von Odres Toleno war nach wie vor in Betrieb. Nichts schien ungewöhnlich. Die Gefährten hatten gegenüber der Schmiede einen dunklen Hauseingang entdeckt, in den man auch über das Hinterhaus gelangte, und ihn zum Beobachtungs-Stützpunkt gemacht. Doch trotz mittlerweile beinahe professioneller Überwachungsmethoden geschah nichts. Der Januar verstrich, der Februar kam und brachte eine neue Kältewelle. Ungeachtet der Kälte hatte Fenrir seine Breitenbacher Gewohnheiten wieder aufgenommen, verbrachte die meiste Zeit außerhalb der Stadt und sah nur gelegentlich zu kurzen Besuchen vorbei.

Die Zuversicht der Gefährten, den Zwerg jemals im Leben zu treffen, war längst auf ein Minimum geschrumpft, als Fenrir sie an einem dämmerigen Spätnachmittag mit einem seiner Besuche überraschte, und die Überraschung war diesmal wirklich gelungen. Es war Pintel, dem das Kratzen und Schaben an der Tür auffiel, während die anderen sich einmal mehr in eine wenig ergiebige Diskussion um die Möglichkeiten, die ihnen blieben, falls der Zwerg nicht auftauchte, verstrickt hatten.

»Soll ich mal aufmachen?«, fragte er, die Hand auf dem Türknauf. Krona und die Zwerge sahen irritiert auf.

»Hat denn jemand geklopft?«, fragte Lomir.

»Na ja«, sagte Pintel. »So ähnlich.«

Er öffnete die Tür einen Spalt. Ein vierbeiniger, grauer Schatten drängte eilig ins Innere. Pintel stieß einen erschreckten Schrei aus. Die Zwerge sprangen von ihren Stühlen.

»Hallo, Fenrir«, sagte Krona grinsend. »Was für eine nette Abwechslung.«

Die gelben Augen im Gesicht des Wolfes leuchteten. Er knurrte und fletschte sein beeindruckendes Gebiss.

»Er … er ist es doch, oder?«, fragte Pintel mit zitternder Stimme. »Es ist doch nicht irgendein Monster, oder?«

Der Wolf trabte hinüber zu Fenrirs Bündel, das sie zwischen die Lagerstätten unter die Dachschräge geschoben hatten. Er packte es mit den Zähnen und zerrte es in den mit Decken abgehängten Winkel, der den Gefährten als Waschgelegenheit mit einem Minimum an Abgeschiedenheit diente.

»Er ist es«, sagte Krona. »Verschämt wie eine vierzehnjährige Tempelschülerin. Kein Zweifel.«

»Irgendwann«, kam Fenrirs heisere Stimme hinter dem improvisierten Vorhang hervor, »wasche ich dir den Mund mit Seife aus, Hauptmann.«

»Versuch es«, sagte Krona, immer noch grinsend. »Was verschafft uns denn die Ehre dieses ungewöhnlichen Besuches?«

»Der Zwerg ist in der Stadt«, sagte Fenrir hinter dem Vorhang.

»Was?«, sagte Krona.

»Der Zwerg? Tatsächlich? Wo ist er?«, fragte Nardon.

»Endlich!«, sagte Pintel. »Ich wusste es!«

»Ich sah ihn auf der Straße«, sagte Fenrir. »Es war Zufall, um ehrlich zu sein. Er hat einige Rehe am Waldrand verscheucht. Ich hätte ihn verloren, wenn ich den Umweg zu meiner Ausrüstung hinter dem Schuppen gemacht hätte.« Er schlug den Vorhang beiseite. Er war barfuß und trug seine Ersatzhosen und ein fleckiges Hemd. Sein Blick zuckte unruhig durch den Raum.

»Ihr habt keine Ahnung, was es mich gekostet hat«, sagte er. »Diese Stadt ist laut, und sie stinkt. Es ist fürchterlich.«

»Ach, so ist das«, sagte Lomir in plötzlicher Erkenntnis. »Deine Kleider verwandeln sich nicht mit dir.«

»Natürlich nicht«, sagte Fenrir verächtlich. »Es ist meine Natur. Es ist kein Zauber.«

»Woher sollte ich Ahnung von solchen Dingen haben?«, fragte Lomir verletzt. »Ich war immer ein Zwerg und werde hoffentlich auch nie etwas anderes sein.«

»Ich erwarte kein Verständnis«, knurrte Fenrir. »Am wenigsten von einem Höhlenbewohner. Was starrst du so?«, fauchte er Krona an.

»Entschuldige«, sagte sie und brachte das Grinsen nicht aus ihrem Gesicht. »Dieses Verwandlungs-Dings beflügelte meine Fantasie. Tut mir leid, wirklich.«

»Bewahre«, knurrte Fenrir.

»Keine Sorge«, sagte Krona. »Ich behalte es für mich. Jetzt setz dich endlich.«

»Ich habe noch nie in einer Höhle gewohnt«, murmelte Lomir verletzt, während Fenrir sich einen Stuhl heranzog.

»Lass gut sein«, sagte Krona. »Für ihn ist alles Höhle, was ein Dach drüber hat.«

»Die Geschichte von dem Zwergen bitte«, sagte Nardon. »Von Anfang an.«

»Er kam durch das Osttor in die Stadt«, sagte Fenrir, »und irrte eine ganze Weile ziellos durch die Straßen. Entweder er kannte sich nicht aus, oder er wusste nicht recht, was er in der Stadt anfangen sollte. Er verschwand schließlich im Gasthof zum Grünen Fass. Nicht die teuerste Adresse, würde ich sagen, drunten am Hafen. Ich bin ihm dort hinein nicht gefolgt.«

»Wie konntest du ihm überhaupt folgen?«, fragte Pintel. »Wölfe gehören schließlich nicht ins Stadtbild.«

»Menschen sehen, was sie sehen wollen«, sagte Fenrir, und Verachtung schwang in seiner Stimme. »In diesem Fall ist das nichts als ein großer, wölfisch aussehender Hund.«

»Ist es ihnen zu verübeln?«, fragte Nardon. »Benimm dich wie ein Hund, und du wirst für einen gehalten. Und in diesem Fall möchte ich mich nicht darüber beklagen.«

»Wie viel Geld haben wir noch?«, fragte Krona. »Ich glaube, ich muss mal das Grüne Fass aufsuchen.«

»Dafür wird es reichen«, sagte Lomir, »aber ich bin nicht sicher, ob es klug ist. Mir wäre lieber, wenn er uns überhaupt nicht zu Gesicht bekäme, bis wir wissen, was für ein Kerl er ist.«

»Und wie willst du das machen?«

»Wir beschatten das Grüne Fass von außen. Sobald er es verlässt, folgen wir ihm. Irgendwann und irgendwie muss er sich ja mit Toleno in Verbindung setzen.«

»Also ich weiß nicht«, sagte Krona zweifelnd. »Ich bin kein Meister im Beschatten und solchen Sachen. Was, wenn er uns bemerkt?«

»Er hat nur ein Auge«, sagte Pintel. »Es ist halb so schwer, ihn zu beschatten, weil er nur die Hälfte sieht.«

»Es gibt da jemanden, den er auf seinem gesamten Weg durch die Stadt nicht bemerkt hat«, sagte Lomir und sah Fenrir an.

»Nein«, sagte Fenrir. »Keinesfalls. Nicht, solange es noch andere Möglichkeiten gibt. Ihr habt ja keine Ahnung, was ihr da verlangt.«

Eine kurze, aber heftige und ergebnislose Diskussion später erhob Pintel sich seufzend. »Ich gehe mal hin und sehe, ob er noch dort ist«, sagte er. »Nicht dass er uns wieder verloren geht, während wir hier streiten. Wenn ich nicht zurück komme, ist er noch im Grünen Fass und ich habe dort Posten bezogen. Ich würde gerne gegen Mitternacht abgelöst werden, wenn's recht ist. Kommt einfach zum Eingang, ich werde euch dort abpassen.« Er wickelte sich in seinen Mantel und zog sich die Kapuze über den Kopf. »Bis dann«, sagte er und war durch die Tür verschwunden.

»Warum hast du nur ein solches Problem damit?«, fragte Nardon Fenrir.

»Weil es gegen meinen Instinkt ist«, sagte Fenrir. »Alles hier ist gegen meinen Instinkt. Die Wände. Die vielen Menschen. Der Gestank.«

»Aber da muss doch noch das andere Ich in dir sein«, versuchte Nardon zu verstehen. »Das menschliche Ich, das weiß, was eine Stadt ist, und dass sie harmlos ist.«

»Es gibt kein anderes Ich«, sagte Fenrir. »So wenig wie bei euch anderen. Es gibt nur zwei Formen für das gleiche Ich. Und mehr möchte ich zu dem Thema nicht sagen.«

»Lasst es gut sein«, sagte Krona. »Wir versuchen es auf die andere Weise.«

Das taten sie. Sie verbrachten die Nacht im Wechsel auf der Straße vor dem Grünen Fass, obwohl es klirrend kalt war. Nardon und Pintel verfolgten den Zwerg am nächsten Morgen, als er sich seinen Weg zum Rathaus suchte. Sie betraten hinter ihm die große Eingangshalle und sahen zu, wie er einen Beamten in brauner Kutte anhielt, sich offenbar einen Weg weisen ließ, und dann in dem Gang verschwand, den auch Nardon genommen hatte, als er die Adressen der Dalener Waffenschmiede besorgt hatte. Im Schatten zwischen den hohen, bemalten Säulen warteten sie, bis er wieder auftauchte. Sie durchquerten hinter ihm die Halle und flüchteten sich in einen weiteren Schatten, als er unter der Tür innehielt und einen langen, kritischen Blick auf den belebten Rathausplatz warf. In der Hand hielt er einen Zettel, auf den er immer wieder hinunter sah.

»Ich will sehen, was er da hat«, sagte Pintel und huschte davon, ehe Nardon ihn zurückhalten konnte. Von hinten näherte er sich dem Zwerg und tippte ihm auf die Schulter.

»Verzeiht bitte«, sagte er zu dem Zwerg. »Ihr blockiert den Eingang. Könntet Ihr einen Schritt tun?«

Der Zwerg sah ihn überrascht an und machte gehorsam einen Schritt nach draußen.

»Verbindlichen Dank«, sagte Pintel. »Ich bin nämlich der Hausmeister, müsst Ihr wissen. Es ist meine Aufgabe, den ungehinderten Fluss der Passanten sicher zu stellen.«

»Ich sehe nichts fließen«, sagte der Zwerg. Seine Stimme war nicht besonders laut, aber so dunkel, als käme sie aus den tiefsten Schächten eines zwergischen Bergwerkes.

»Gerade nicht«, sagte Pintel eilig, »aber könnte doch jeden Augenblick, nicht wahr? Wir haben hier wirklich eine Menge wichtiger Ämter. Das Eichamt … das Gildenamt … das Standesamt ... man weiß nie, wozu man die mal braucht. Ich meine, viele Bürger gehen zu diesen Ämtern, und …«

»Ich stehe nicht mehr in Eurer Tür«, sagte der Zwerg. »Also, warum geht Ihr nicht Euren Geschäften nach und lasst mich die meinen erledigen?«

»Natürlich«, sagte Pintel und legte verstohlen den Kopf schief, um einen Blick auf den Zettel zu erhaschen. Der Zwerg schloss seine riesige Hand um den Zettel und versenkte ihn in seiner Manteltasche. »Ich wünsche Euch noch einen schönen Tag«, sagte Pintel und machte verstohlen einige Gesten hinter dem Rücken des Zwergen. Der Zwerg ging die Stufen zum Rathausplatz hinunter, ohne sich noch einmal umzusehen.

Nardon verließ sein schattiges Eck und schloss zu Pintel auf.

»Hausmeister«, sagte er. »*Hausmeister*?!«

»Mir fiel nichts besseres ein, auf die Schnelle«, sagte Pintel äußerst vergnügt. »Es ist aber ohnehin egal. Er wird sich nicht dran erinnern.«

»Du meinst das hier?«, fragte Nardon und ahmte Pintels Gesten nach.

»Genau«, sagte Pintel. »Mein süßer, kleiner Vergessenszauber. Wenn ich ein wirklich mächtiger Zauberer wäre, könnte ich ihn größere Zusammenhänge vergessen lassen. So reicht es leider nur für einen kleinen Hausmeister, der ihn ohnehin nicht sonderlich interessiert hat. Aber doch besser als nichts, nicht wahr?«

»Konntest du etwas erkennen?«

Pintel grinste. »Eine Adresse. Rate mal, von wem.«

»Odres Toleno.«

»Genau.«

»Dann nichts wie hin.«

Später am Tag beobachteten Krona und Fenrir, der in der Zwischenzeit seine Ausrüstung aus dem Schuppen am Waldrand geholt hatte, wie der Zwerg bei Odres Toleno anklopfte und ins Innere gebeten wurde.

»Bitte«, sagte Krona. »Ich komme niemals nahe genug heran. Du schon.«

»Ich kann doch nicht in das Haus rein«, sagte Fenrir.

»Die Tür zur Schmiede steht einen Spalt offen. Ich bin sicher, du hast das ebenfalls bemerkt. Vielleicht reicht das ja aus.«

Fenrir schwieg und starrte hinüber zum Haus.

»Bitte«, sagte Krona. »Ich werde auch nicht hinsehen. Auch wenn's mir schwer fällt.«

»Das ist meine geringste Sorge.« Fenrirs gelbe Augen flackerten unruhig.

»Ach, wirklich?«, sagte Krona. »Na, wenn das so ist ...«

Fenrir sah zwischen Krona und der Schmiede hin und her, dann machte er einen Schritt rückwärts in den dunklen Hauseingang, und gleich darauf strich ein großer, struppiger Wolf an der überraschten Krona vorbei und näherte sich in schnüffelnden Schlangenlinien wie zufällig der Schmiedetür.

»So schnell geht das?«, murmelte Krona und betrachtete den Kleiderhaufen, der zurückgelassen wie eine abgestreifte Haut im Hauseingang lag. »Alle Götter! Da hat man ja gar nichts davon.«

Für geraume Zeit strich der Wolf um die Schmiedetür, als wollte er etwas von der warmen Luft abbekommen, die ins Freie strömte. Dann bog er um die Hausecke und war aus Kronas Blick verschwunden.

Kronas durch die viele Warterei der letzten Zeit arg strapazierte Geduld wurde ein weiteres Mal hart auf die Probe gestellt, bis Fenrir endlich wieder auftauchte. Mit gesenkter Nase und flach angelegten Ohren trabte er an der Häuserwand entlang, baute sich vor Kronas Hauseingang auf und fletschte knurrend die Zähne.

»Was?«, fragte Krona.

Der Wolf knurrte und machte einige Schritte auf sie zu.

»Hör auf damit«, sagte Krona. »Ich fühle mich bedroht, wirklich.«

Der Wolf verlagerte sein Knurren in die Tiefe und starrte an Krona vorbei auf den Kleiderhaufen.

»Ach so«, sagte Krona. »Der Herr wünschen sich ungestört anzukleiden. Verstehe. Ich mache mich einstweilen auf den Rückweg, wenn es recht ist.«

Sie drückte sich an der Wand entlang aus dem Hauseingang, ihre Augen wichen nicht von dem drohenden Wolfsgebiss.

»Du würdest mich doch nicht beißen, oder? Das würdest du nicht. Du weißt, ich habe noch die Narben von Karcharoths Schoßhündchen. Das reicht eigentlich.«

Der Wolf knurrte.

»Ist schon gut! Reg dich nicht auf. Ich bin ja schon weg.«

Kurz darauf trafen sie sich im Unterschlupf.

»Der Zwerg übernimmt den Betrieb«, berichtete Fenrir. »Für ein Jahr oder etwas länger. Toleno hat vor, Dalen zu verlassen. Die Gründe wollte er nur andeuten. Etwas mit seiner Schwester in Thosbach. Er plant aber eine Rückkehr, deshalb hat er bei der Gilde einen Vertreter beantragt. Er hat Gesellen und einen Lehrling und einen guten Kundenstamm und will all das nicht einfach aufgeben. Der Zwerg war bei der Gilde, um nach Arbeit zu fragen, und sie haben ihn zu Toleno geschickt. Er hat offenbar einen guten Ruf in seinem Gewerbe.«

»Wann soll dieser Wechsel statt finden?«, fragte Krona.

»Sofort«, sagte Fenrir. »Toleno hat mit seiner Abreise nur gewartet, bis der geeignete Vertreter gefunden war.«

»Prima«, sagte Pintel, der in einem Suppenkessel über der Feuerstelle rührte. »Dann sollten wir Meister Rotbart mal einen Besuch abstatten, sobald er eingezogen ist. Am besten, wenn er nicht da ist.«

»Du willst einbrechen?«, fragte Lomir mit hoch gezogenen Augenbrauen.

»Willst du nicht wissen, ob er den Markstein hat?«, fragte Pintel.

»Doch«, sagte Lomir. »Aber ich dachte, wir könnten mit ihm reden.«

»Und wenn er nicht mit sich reden lässt, haben wir verspielt, weil er dann gewarnt ist«, sagte Krona. »Nein. Einbrechen ist völlig in Ordnung für mich. Wir haben ihn beschattet, Pintel hat ihn behext. Da kommt es nun auch nicht mehr drauf an.«

Lomir blies die Backen auf und sah sehr zweifelnd drein.

»Ich hab genug von der Beschatterei«, sagte Krona. »Es muss langsam mal Bewegung in die Sache kommen.«

»Nur mal gucken«, beteuerte Pintel im Tonfall eines Kindes, das länger aufbleiben will. »Ich mach auch nichts kaputt. Er wird überhaupt nicht merken, dass ich da war. Ich will den Markstein nur mal sehen. Ich leg ihn auch bestimmt zurück. Und ich will wissen, ob er noch welche von den Schädel-Artefakten hat.«

»Also gut«, sagte Lomir zögernd. »Aber geben wir ihm ein paar Tage, bis er eingezogen ist.«

Der Einzug des Zwergen gestaltete sich schnell und unspektakulär. Schon am nächsten Tag hatte er seine Sachen aus dem Gasthof zum grünen Fass geholt. Eine Stunde später verließ Odres Toleno mit einem großen Bündel auf dem Rücken das Haus, und der Wechsel war vollzogen.

Eine Woche später empfing der Zwerg seinen ersten Besuch, allerdings ohne es zu ahnen. Er schien ein sehr geregeltes Leben zu führen, und da er abends das Haus nicht verließ, nutzte Pintel die Gelegenheit nach Einbruch der Dämmerung, wenn er ging, um seine Einkäufe zu tätigen. Krona und Fenrir, der sich seit der Ankunft des Zwergen häufiger in der Stadt aufhielt, hatten sich als Rückendeckung erboten. Fenrir bezog Posten in dem Hauseingang gegenüber der Schmiede, während Krona Pintel möglichst unauffällig um die Häuserecke folgte, um an den rückwärtigen Eingang des Wohnhauses zu gelangen. Sie durchquerten einen engen Innenhof, der durch die Rückwände der Schmiede und des Wohnhauses und zwei hohe Mauern gebildet wurde. Die rückwärtig verlaufende Gasse war schmal und wenig belebt.

Während Pintel sein Diebeswerkzeug hervorholte und sich an die Arbeit machte, sah Krona sich um. Der Hinterhof war nicht einsehbar, dennoch verspürte Krona deutliche Nervosität.

»Ich hasse solche Aktionen«, murmelte sie. »Das ist das letzte Mal, ich schwör's.«

»Was hast du?«, fragte Pintel, der ein gebogenes Werkzeug in das Schloss eingeführt hatte und es vorsichtig darin bewegte. »Wir hatten schon tausendmal gefährlichere Situationen.«

»Es geht nicht um die Gefahr«, erklärte Krona leise. »Ich bin einfach kein Einbrecher.«

»Macht nichts«, sagte Pintel fröhlich, fischte ein zweites, dünneres Werkzeug aus seiner Manteltasche und steckte es zu dem ersten ins Schloss. »Dafür hast du ja mich.«

Er drehte das Werkzeug. Es klickte. Er drückte die Klinke und schob die Tür auf.

»Bitte schön«, sagte er und machte eine einladende Handbewegung. »Hereinspaziert!«

Mit einem letzten misstrauischen Blick in die Runde folgte Krona Pintel nach drinnen.

»So«, sagte Pintel. »Jetzt stell dich vor das Fenster zur Straße und breite deinen Mantel aus. Ich will nicht, dass man den Lichtschein von draußen sieht.«

»Welchen Lichtschein?«, fragte Krona, während sie der Bitte nachkam.

»Den Lichtschein, den ich gleich mache.« Pintel tastete sich durch den fast dunklen Raum hinüber zum Herd, in dessen Feuerkuhle noch Kohlen glommen. Er zog eine Kerze aus der Manteltasche und entzündete sie. Schwarze, verzerrte Schatten sprangen auf. Die Flamme mit der Hand abschirmend, bewegte Pintel sich durch den Raum. Die Schatten wichen, wo er ging, und enthüllten solide, aber einfache Möbel. Toleno schien keinen großen Wert auf Luxus gelegt zu haben. Ein Tisch, vier Stühle darum, ein Schrank, eine schwere Truhe, eine Lagerstatt, eine gemauerte Feuerstelle mit einfachen Regalen, ein mit Stroh bestreuter Dielenboden: mehr hatte der Raum nicht aufzuweisen. Neben der Kochstelle führte eine niedrige Tür in einen Nebenraum, eine zweite Tür stand halb offen.

»Vorratsraum«, sagte Pintel, nachdem er den Kopf hindurch gesteckt hatte. »Nicht, dass viel drin wäre. Unser Zwerg ist offenbar ein ganz Genügsamer.«

»Fängst du bitte endlich mit der Suche an«, drängte Krona. »Ich will hier nicht übernachten.«

»Entspann dich. So schnell kommt Meister Rotbart nicht zurück.«

»Das weißt du nicht. Vielleicht beeilt er sich heute?«

»Du kannst froh sein, dass du nie versucht hast, eine Einbrecherin zu werden«, sagte Pintel kopfschüttelnd. »Dir fehlen einfach die Nerven für dieses Geschäft.«

»Jetzt such!«

»Ist ja gut! Das kann ja nicht so lange dauern, bei dem bisschen Einrichtung.«

Er öffnete den Schrank. Die Scharniere knarrten. Hektisch sah Krona sich um, konnte aber durch die geölte Bespannung der Fenster draußen auf der Straße nichts erkennen.

»Nichts«, meldete Pintel. »Ein paar Kleidungsstücke.« Er verschwand im Schrank und kam kurz darauf wieder zum Vorschein. »Auch keine doppelte Rückwand oder Ähnliches.« Er schloss den Schrank und marschierte hinüber zur Truhe. Längere Zeit kramte er darin herum. Krona hörte leises Klirren.

»Kettenhemd«, sagte Pintel. »Stiefel, Mantel, ein Rucksack… aber leer… und eine Axt. Oje. Eine wirklich große Axt. Weißt du, ich glaube, ich könnte die nicht mal heben.«

»Musst du ja auch nicht«, sagte Krona ungeduldig.

»Du hast recht.« Pintel erhob sich und klappte die Truhe zu. »Ich habe auch noch nie von einem Zauberer gehört, der gleichzeitig ein Axtkämpfer war. Zauberei ist so zeitaufwendig, dass man kaum gleichzeitig Waffentraining machen kann. Und wenn man ein guter Zauberer ist, muss man das auch gar nicht. Man hat dann ganz andere Möglichkeiten, sich zu wehren, oder sich aus einer Gefahrensituation zu bringen, abhauen, wie der Volksmund sagt. Meine Spezialität.«

»Such, verdammt!«

»Ist ja gut«, maulte Pintel. »Wo steht eigentlich geschrieben, dass man sich während der Arbeit nicht unterhalten darf?«

Krona stöhnte wild. Pintel zog die einzige Schublade auf, die der Tisch aufwies, starrte hinein und seufzte tief.

»Etwas gefunden?«, fragte Krona, deren Herz mit einem Mal seine Schlagzahl verdoppelte. *Der verdammte Markstein. Endlich.*

»Ja«, sagte Pintel und zog ein Blatt Papier aus der Schublade.

»Pintel«, sagte Krona, die sich fühlte, als ginge plötzlich eine kalte Dusche auf sie nieder. »Das ist nicht, was wir suchen. Was wir suchen, ist irgendwie rund und hat einen fetten Kristall in der Mitte. Was du da hast, ist Papier. Erkennst du den Unterschied?«

»Sieh doch mal«, sagte Pintel, seine blauen Augen waren riesig und rund in seinem blassen Gesicht. Er brachte das Papier zu Krona ans Fenster und hielt es ihr unter die Nase. Es war die Kohlezeichnung einer jungen Frau. Ihre Gesichtszüge waren ebenmäßig und von großer Schönheit. Große dunkle Augen blickten sanft auf den Betrachter, und ein langer dunkler Zopf schmiegte sich an ihre Schultern.

»Das ist sie«, sagte Pintel andächtig. »Das ist die Frau, die ich in dem Weissager gesehen habe. Ist sie nicht wunderschön?«

»Hübsches Mädchen«, sagte Krona nach einem flüchtigen Blick. »Die wirklich interessante Frage ist aber: Was macht ein Bild von ihr in der Schublade dieses Zwergen?«

»Sie ist schön genug, dass man ein Bild von ihr haben möchte, oder nicht?«, sagte Pintel, ohne den Blick von der Zeichnung zu lösen. »Mann! Ich würde etwas darum geben, sie zu treffen.«

»Das wirst du. Das Bild ist der Beweis, dass Zwerg und Mädchen sich bereits kennen. Du hast im Weissager gesehen, dass sie irgendwann im Frühling hier auftaucht. Wir müssen nur warten.«

»Ja«, sagte Pintel, in die Zeichnung versunken.

»Leg es zurück«, sagte Krona.

»Ja«, sagte Pintel, ohne sich zu rühren.

»Jetzt!«, schnappte Krona, und Pintel zuckte zusammen.

»Ist ja gut! Nimm es nicht persönlich, aber beim nächsten Einbruch suche ich mir eine andere Begleitung. Es ist schrecklich unentspannt mit dir.«

»Du bist nicht hier, um dich zu entspannen!«, fauchte Krona.

»Aber auch nicht, um einen stressbedingten Zusammenbruch zu erleiden«, maulte Pintel und kehrte mit der Zeichnung zum Tisch zurück. Krona öffnete und schloss ihre Fäuste und atmete tief und zitternd.

Pintel stöberte noch ein wenig in der Schublade und schob sie dann wieder zu.

»Nichts«, meldete er. »Langsam gehen mir die Möglichkeiten aus.«

»Lagerstatt?«

»Hatte ich gerade vor.«

Die Durchsuchung der Decken und Felle erbrachte nichts, ebenso wenig wie die der Küche. Der Vollständigkeit halber durchsuchte Pintel auch einen weiteren kleinen Nebenraum, der eine Waschgelegenheit und einen Badezuber enthielt.

»Nichts«, sagte er ratlos, als er zu Krona zurückkehrte. »Eine letzte Möglichkeit haben wir noch. Ich wollte nicht unbedingt darauf zurückgreifen, aber es scheint, als ließe es sich nicht vermeiden.«

»Welche?«

»Zauberei.«

»Geht das auch genauer?«

»Ich kann versuchen, den Markstein auf arkanem Weg aufzuspüren. Seine Aura einzufangen, sozusagen. Falls er sich hier befindet.«

»Und warum«, sagte Krona, mühsam um Beherrschung bemüht, »veranstalten wir diese dämliche Sucherei, wenn du so etwas kannst?«

»Weil es ziemlich unangenehm sein wird, wenn ich ihn finde«, sagte Pintel. »Das Arkanum des Marksteins wird extrem mächtig sein. Wenn ich ihn finde, ist es, als würde ich direkt in die Sonne starren, nur dass ich nicht die Augen zukneifen kann, weil man das mit dem inneren Auge nicht tun kann, wenn du verstehst, was ich meine. Dicke Kopfschmerzen sind das mindeste, was man zu erwarten hat.«

»Verstehe«, sagte Krona.

»Im schlimmsten Fall werde ich ohnmächtig«, sagte Pintel. »Erschrick nicht. Bring mich einfach an die frische Luft, ja?«

»In Ordnung«, sagte Krona.

Pintel holte tief Luft, schloss die Augen und murmelte einige Worte. Dann streckte er, ohne die Augen zu öffnen, die Hände vor sich aus und begann, sich im Kreis zu drehen, zweimal, dreimal. Nichts geschah. Er öffnete die Augen und ließ die Arme sinken.

»Das war's«, sagte er. »Nichts. Der Markstein ist nicht hier.«

»Verdammte Scheiße«, sagte Krona.

»Lass uns gehen«, seufzte Pintel. »Der Zwerg könnte langsam von seinem Einkaufsbummel zurück kommen, und das wäre doch ein bisschen viel Ärger wegen nichts.«

Er löschte die Kerze, und Krona verließ ihren Posten am Fenster. Sie verschwanden durch die Hintertür, die Pintel sorgfältig absperrte, und kehrten eilig in sicheres Gebiet zurück.

Die Krisensitzung, die sie wenig später abhielten, verlief in gedrückter Stimmung.

»Ich habe es satt!«, verkündete Krona. »Die Zeit vergeht, und wir tun nichts als warten!«

»Beschatten«, korrigierte Lomir. »Nichts als beschatten.«

»Meinetwegen. Deshalb passiert auch nicht mehr!«

»Es passiert doch was«, sagte Nardon. »Es erscheint uns nur so langsam, weil wir die Information schon so lange haben. Der Zwerg ist da, Toleno ist weg. Es entwickelt sich definitiv in die richtige Richtung.«

Krona stöhnte auf. »Und worauf warten wir als nächstes?«

»Auf den Markstein«, sagte Nardon. »Ist doch klar. Es gibt zwei Möglichkeiten. Entweder, der Zwerg erwirbt ihn noch bis zum Frühjahr, auf die eine oder andere Weise, oder die junge Frau bringt ihn mit. Vielleicht war das überhaupt unser Fehler. Wir waren selbstverständlich davon ausgegangen, dass der Markstein sich im Besitz des Zwergen befindet, weil er ihn in der Hand hatte, als Pintel in den Weissager sah. Genauso gut ist aber möglich, dass er sich im Besitz der jungen Frau befindet.«

»Und was sollte sie damit bei dem Zwerg?«, fragte Krona zweifelnd.

»Das weiß ich nicht«, sagte Nardon. »Ihn für eine Schmiedearbeit bezahlen? Ihn um Rat fragen? Habt ihr denn etwas gefunden, woraus sich schließen ließe, dass der Zwerg ein Zauberer ist?«

»Nichts«, sagte Pintel. »Wenn der ein Zauberer ist, bin ich ein Schmied.«

»Dann die andere Variante«, sagte Nardon. »Ist doch vorstellbar. Wahrscheinlich weiß sie gar nicht, was sie da in Händen hält.«

»Wenn ich mir vorstelle, wir hätten *sie* beschatten können, anstatt unsere Zeit mit dem knurrigen Zwerg und dem blöden Toleno zu verschwenden«, sagte Pintel frustriert. »Ich darf gar nicht daran denken.«

»Wir hatten keinen Anhaltspunkt über ihren Aufenthaltsort«, erinnerte Nardon ihn. »Nur diese Schmiede.«

»Hab ich eine solche Zeichnung von jemandem in der Schublade, der mir noch Geld schuldet?«, fragte Krona nachdenklich. »Ich weiß nicht. Mir passt das nicht zusammen.«

»Sie wird jedenfalls über kurz oder lang bei ihm auftauchen«, kürzte Lomir die Diskussion ab. »Und spätestens dann taucht auch der Markstein auf. Die Frage ist, wollen wir so lange warten, bis wir einschreiten? Ich meine nein. Die Frau ist ein Risikofaktor. Überdies halte ich es für wahrscheinlicher, dass der Zwerg der eigentliche Besitzer des Marksteins ist. Oder wird.«

»Aber wann?«, fragte Pintel. »Zu welchem Zeitpunkt? Wir können ihn doch nicht auf Schritt und Tritt beschatten. Und was er in seinem Haus macht, entgeht uns völlig.«

»Nicht notwendigerweise«, sagte Fenrir. Alle verstummten und sahen ihn an.

»Ich sehe keine andere Möglichkeit, daher bin ich bereit, es zu tun«, sagte Fenrir.

»Was?«, sagte Pintel verwundert.

»Aber«, sagte Lomir, »hattest du nicht immer ein Riesen-Problem damit?«

»Sei still«, sagte Krona. »Alles, was wir an dieser Stelle sagen, ist *ja*, und *danke*. Wir wollen doch nicht, dass er es sich anders überlegt, oder?«

»Wa-as?«, fragte Pintel.

»Die Hunde-Nummer«, sagte Lomir und ertrug ungerührt einen vernichtenden Blick aus Fenrirs gelben Augen.

»Ach so«, sagte Pintel, und ein Strahlen breitete sich auf seinem Gesicht aus. »Toll. Du gibst uns sofort Bescheid, wenn die Frau auftaucht, ja?«

»Ich gewinne den Eindruck, dass sich bei unserem Zauberer ein paar Prioritäten verschoben haben«, sagte Nardon. »Bei mir aber nicht. Ich würde lieber über den Markstein unterrichtet werden.«

»Ich setze mich wieder mit euch in Kontakt«, sagte Fenrir und erhob sich. Seine hoch gewachsene Gestalt krümmte sich zusammen, bis seine Hände den Boden erreichten, die keine Hände mehr, sondern Pfoten waren. Die hell-dunkle Pelzmaske erschien in seinem Wolfsgesicht, er schüttelte seinen struppigen Pelz und entledigte sich der letzten Kleidungsstücke, die lose um seinen Körper hingen. Krona ließ ihn zur Tür hinaus, und lautlos verband er sich mit den tiefen Schatten der nächtlichen Stadt.

# 8 ANKUNFT UND AUFBRUCH

»Meister … äh, hier! Meister Zwerg! Wartet!«

Thork, der gerade die Außentür der Schmiede hatte schließen wollen, hielt inne, um den beleibten Mann zu betrachten, der eilig die schlammige Straße entlang in seine Richtung schnaufte.

»Eisenfels ist der Name«, sagte er und stieß die Tür wieder auf, um den Mann einzulassen. Der seufzte erleichtert und wischte sich mit dem Zipfel seiner großen weißen Schürze die Schweißperlen von der Stirn.

»Gut, dass ich Euch noch antreffe. Meister, äh … Eisenfels?«

»Richtig.«

»Mein Name ist Bjor Küchenmeister. Wie der Name schon sagt, ich bin Erster Koch in der Blauen Traube. Die beste Adresse am Platz! Ich bin sicher, Ihr habt schon davon gehört?«

»Nein«, sagte Thork. »Die Stadt ist groß.«

»Ja, natürlich.« Eilig ließ der Mann seinen Blick durch die Schmiede hüpfen. »Wie gefällt sie Euch übrigens, die Stadt? Ihr könnt gar nicht glauben, wie dankbar ich war, als ich erfuhr, dass Meister Toleno uns nicht ohne einen Nachfolger im Stich lässt. Es ist so unglaublich schwer, einen fähigen Klingenschmied aufzutreiben.«

»Die Stadt? Nun, wie ich bereits sagte. Sie ist groß.«

Und laut. Und eng. Diese Menschen lebten alle auf einem riesigen Haufen, wie in einem Ameisenbau. Die Häuser innerhalb der dicken Stadtmauern drängten sich aneinander, als könnten sie alleine nicht stehen. Wenn es regnete, versank die Stadt im Schlamm, und man konnte nicht trockenen Fußes zum Nachbarhaus gelangen. Es überstieg Thorks Verständnis, warum die Menschen diesen Dreck ertrugen, statt ihre Straßen einmal ordentlich zu pflastern, genauso wie er keinen Sinn darin sah, dass sie ihre Abfälle einfach auf die Straße warfen, wo sie, kaum dass die Sonne darauf schien, einen betäubenden Gestank entwickelten und Generationen von Ratten als Lebensgrundlage dienten. Sobald er in der Lage wäre, über diese Übel hinwegzusehen, könnte er vielleicht einen Blick für die Schönheiten der Stadt entwickeln: die lichten Säulenhallen des Tempelplatzes, die hellen, bemalten Fronten der Herrschaftshäuser, die unzähligen Brücken, die leicht und schwungvoll den Fluss überspannten. Bis dahin versuchte er, die Stadt in Würde zu ertragen, so wie sie ihn ertrug.

Er richtete seine Gedanken zurück aufs Geschäftliche.

»Wie kann ich Euch dienen?«, fragte er den dicken Koch, der ihm gerade etwas von Weintrauben dargelegt hatte, die man in Hühnchen füllte.

»Ja«, sagte der Koch. »Ich benötige einen Satz Küchenmesser. Ein langes, gezahntes, ein langes mit glatter Schneide, zwei kurze Schälmesser, ein Tranchiermesser, ein Fleischbeil. Könnt Ihr so etwas, oder stellt Ihr nur Waffen her?« Er warf einen beeindruckten Blick auf die langen Klingen, die in Wandhalterungen auf ihre Vollendung warteten.

»Ich wäre eine schlechter Schmied, wenn ich nichts als Waffen herstellen könnte«, sagte Thork, der sich mit Kreide auf einer Tafel Notizen machte. »Natürlich kann ich Euch Messer machen.«

»Sehr gut«, sagte der Koch. »Welches Holz verwendet Ihr für die Griffe?«

»Ich verwende kein Holz. Griff und Klinge sind aus einem Stück Stahl gezogen. Kein Holz wird Euch so gut in der Hand liegen.« Holz. Die Menschen gaben sich doch viel zu schnell mit der zweitbesten Lösung zufrieden.

»Ich sehe, Ihr seid ein Experte«, sagte der Koch. »Wann kann ich mit der Fertigstellung rechnen?«

»Drei Wochen.«

»Drei Wochen?«, wiederholte der Koch entrüstet. »Für fünf Messer und ein Beil?«

»Das ist nicht zu viel, wenn man bedenkt, dass mit diesen Messern noch Eure Enkel arbeiten werden.«

»Na gut«, sagte der Koch zögernd. »Ich werde mir in der Zwischenzeit eben behelfen müssen. Welchen Preis verlangt Ihr?«

»Neunzehn Goldkronen«, sagte Thork nach kurzem Rechnen.

Der Koch blies seine dicken Backen auf. »Das ist teuer.«

»Setzt Euch«, lud Thork seinen Kunden ein. »Trinkt einen Becher Tee, und wir reden über den Preis.«

»Ich bin in Eile«, sagte der Koch, kam aber der Aufforderung dennoch nach und nahm einen dampfenden Becher Tee in Empfang.

Eine halbe Stunde später hatte Thork mehr über das Zubereiten von Speisen gehört, als er je hatte wissen wollen, war sich aber mit dem Koch über einen Preis von fünfzehn Goldkronen einig geworden.

*Zwölf, und ich hätte ein gutes Geschäft gemacht*, dachte er, als er seinen Besucher in den nasskalten Frühlingsabend entließ. *Sie können einfach nicht feilschen, diese Menschen.*

Noch ehe er die Tür vollständig schließen konnte, zwängte sich ein großer, nasser Schatten durch den Spalt, huschte in den Raum, blieb dann an der Esse stehen, die noch die Hitze des Tages abstrahlte, und schüttelte sich heftig. Ein strenger Geruch nach nassem Hund machte sich breit.

»Na, Frekir?« Thork musterte den riesigen, mageren Hund, den er für einen Wolf gehalten hätte, wäre er irgendwo außerhalb der Stadt auf ihn getroffen. »Da bist du wieder.«

Der Hund stellte den Schwanz auf und winselte.

»Komm mit. Lass mich sehen, ob ich noch etwas habe, das du fressen kannst.«

Gehorsam folgte der Hund dem Zwerg nach nebenan in das kleine Wohnhaus, das direkt an die Schmiede angebaut war.

»Warst lange weg diesmal«, sagte Thork zu ihm, während er aus Haferflocken, Wasser und Wurststücken einen dicken Brei rührte. »Zwei, drei Tage? Dachte schon, ich wäre dich los.« Frekir knurrte leise und nicht unfreundlich und ließ den Zwerg nicht aus den Augen. Thork stellte ihm die Schüssel mit dem Brei hinunter und beobachtete ihn, wie er ihn gierig hinunter schlang.

*Manchmal könnte ich wetten, er versteht jedes Wort, das ich sage.*

»Ich muss noch das Holz für morgen hacken«, sagte er zu dem Hund und zog seine Jacke an.

Der Hund zuckte mit dem Schwanz, ohne seine Mahlzeit zu unterbrechen.

Die Luft war kalt, der Winter hatte seinen Kampf gegen den drängenden Frühling noch nicht gänzlich aufgegeben, doch Thork empfand den frischen Wind, der die Stadt von den Ausdünstungen des Tages reinigte, als angenehm. Er stellte das erste Holzscheit auf den Hackklotz und begann seine Arbeit.

Es dauerte nicht lange, da war Frekir wieder an seiner Seite, er leckte sich mit seiner großen rosa Zunge das Maul und legte sich ungeachtet des dichten Nieselregens auf die Steinstufen zum Wohnhaus.

Die Arbeit hielt Thork warm, dennoch beeilte er sich, damit fertig zu werden. Der Tag war lang gewesen und er wünschte sich hinein ans Feuer: eine Pfeife, ein bisschen still sitzen und die Ruhe genießen. Während er einen neuen Holzklotz vom Stapel nahm, kam Frekir unvermutet wieder auf die Füße, schüttelte den Regen aus seinem Pelz und verschwand im Inneren.

»Recht hast du«, murmelte Thork. »Wirklich kein Wetter, um freiwillig ...«, Er unterbrach sich, als er den Hund von innen kurz und warnend bellen hörte.

Besuch? Er legte das Holzscheit zurück auf den Klotz, behielt die Axt aber in der Hand. Er hörte Frekirs Krallen auf dem Holzboden schaben, dann erschien er wieder in der Tür, hinter ihm eine Gestalt, ein dunkler Schattenriss gegen den gelben Lichtausschnitt der Türöffnung.

Behutsam lehnte Thork die Axt gegen den Klotz.

»Da bist du ja«, sagte er.

»Ja«, sagte sie. »Da bin ich.«

Sie ging die drei Stufen hinunter in den Hof, er hörte die Ledersohlen ihrer Stiefel über den Stein schaben.

»Wurde auch langsam Zeit«, sagte er.

Sie blieb im Hof stehen, zwei, drei Schritte von ihm entfernt, und sah ihn an. Ihr Blick aus den dunklen Kirschenaugen trafen ihn wie eine sanfte, gewaltige Flut. Er stellte fest, dass seine Erinnerung ihrem Zauber nicht gerecht wurde.

»Ich habe nicht geheiratet«, sagte sie.

»Ja«, sagte er. »Ich weiß.«

»Ich konnte es nicht. Ich konnte nicht einfach zurück. Du hast dich geirrt.«

»Ja.«

Er sah ihr zu, wie sie von einem Fuß auf den anderen trat und mit dem Ende ihres Zopfes spielte. Ihr Gesicht schimmerte weiß wie Kirschblüten. Feine Regentropfen lagen auf ihrem Haar. Er machte einen Schritt auf sie zu, streckte die Hand aus und strich ihr - vorsichtig, um den Traum, wenn es einer war, nicht zu zerstören – mit dem Finger über die feuchte Wange.

»Du bist ja ganz kalt«, sagte er. »Komm rein. Du musst nicht hier im Regen stehen.«

Gehorsam folgte sie ihm ins Innere.

Ihr Gepäck hatte sie in der Mitte des Wohnraumes auf dem Boden abgestellt. Thork nahm es und räumte es beiseite, während sie umher ging und sich umsah.

»Das ist ein Menschenhaus«, stellte sie fest. »Warum wohnst du in einem Menschenhaus? Ist das nicht alles ein bisschen zu groß für dich?«

»Dies ist eine Menschen*stadt*«, sagte er. »Der Schmied, für den ich einspringe, ist ein Mensch. Und mittlerweile hab ich mich dran gewöhnt.«

»Nett hast du's hier.« Sie musterte die spartanische Einrichtung.

»Schön, dass es dir gefällt«, sagte er und fragte sich, wozu bei den Göttern dieses Gespräch gut war.

»Woher wusstest du, dass ich nicht geheiratet habe?«

»Ich traf ein paar deiner Leute, auf der Suche nach dir«, sagte er und wartete ab, ob sie mehr wissen wollte.

»Ach so«, sagte sie. »Und ich war in deiner komischen Zwergenstadt.«

»Hochstahl.«

»Genau.«

»Ich weiß. Die Nachricht hat mich erreicht. Ich war einige Wochen nach dir nochmals dort.«

»Verdammt! Wir müssen uns knapp verpasst haben. So ein Pech!«

Sie zog sich einen Stuhl an den Tisch und setzte sich.

»Wer weiß, wozu es gut war«, sagte er.

»Warum bist du zurück nach Hochstahl?«, fragte sie. »Dieser Zwerg in deiner Schmiede – deiner ehemaligen – meinte, ich müsse keine Nachricht hinterlassen, denn du würdest sowieso nicht wiederkommen.«

»Ich hatte es auch nicht geplant. Aber als ich die Neuigkeiten von den Sidarthi erfahren hatte, wollte ich sehen, ob du vielleicht auf der Suche nach mir warst.«

»Das war ich«, sagte sie düster. »Und genau genommen finde ich es ganz schön dreist von dir, dich hier gemütlich niederzulassen und zu warten, bis ich vorbei komme.«

»Du bist die Fahrende«, erinnerte er sie. »Ich der Sesshafte. Ich fand diese Vorgehensweise vernünftig. Wir hätten sonst bis an unser Lebensende herumreisen und uns verpassen können.«

Sie seufzte und rieb sich mit beiden Händen übers Gesicht.

»Es ist vorbei«, sagte er sanft.

»Du hast keine Ahnung, was ich durchgemacht habe«, warf sie ihm vor.

»Du kannst mir irgendwann davon erzählen«, schlug er vor und näherte sich ihr behutsam.

»Vielleicht. Nicht jetzt«, sagte sie.

»Nein«, sagte er und nahm sie endlich in die Arme. »Nicht jetzt.«

Sie schlang die Arme um ihn und drückte ihr kaltes Gesicht gegen seinen Hals, und er hielt sie fest und atmete den Duft ihrer Haare und spürte ein Glück in sich aufsteigen, das in seiner Größe schier so unerträglich war wie der Schmerz, den es ablöste.

»Ich brauche etwas zu essen«, sagte sie irgendwann und hob ihr Gesicht zu ihm. Ihre Wangen waren warm und rosig geworden, und zu seiner Überraschung entdeckte er Tränenspuren auf ihnen. »Ich bin völlig ausgehungert.«

»Bekommst du«, versprach er.

»Und ein Bad. Kannst du mir ein Bad richten?«

»Kann ich.«

Sie aß, was sich noch in seinen Vorräten befand, während das Wasser im Kessel zu rauschen begann, und er saß bei ihr am Tisch und sah ihr zu und konnte es immer noch nicht fassen.

Als sie satt war, hockte sie sich hinunter zu Frekir, der ausgestreckt vor dem Feuer lag, und kraulte ihn hinter den Ohren, was der Hund mit mattem Schwanzklopfen quittierte.

»Nettes Tier«, sagte sie zu Thork, der sich in einem kleinen Nebenraum um ihr Bad kümmerte. »Sieht aus wie ein Wolf.«

Thork beschränkte seine Antwort auf ein zustimmendes Knurren.

»Seit wann hast du ihn?«, fragte sie.

»Ich bin nicht sicher, ob ich ihn habe«, erklärte Thork. »Es hat eher den Anschein, als hätte er mich. Er verschwindet immer mal wieder für ein paar Tage, taucht aber immer wieder auf. Hätte ihn wohl nicht füttern sollen.«

»Ich finde, er passt zu dir. Wie heißt er?«

»Ich nenne ihn Frekir«, sagte er und schaute durch die Tür hinüber in den Wohnraum. »Ob er einen anderen Namen hat, weiß ich nicht. Dein Bad ist fertig.«

Sie blieb auf dem Boden sitzen, um sich die Stiefel auszuziehen.

»Ich wage ja kaum zu hoffen«, sagte er, »aber dein schreckliches Pferd hast du wohl immer noch?«

»Natürlich«, sagte sie mit Betonung. Der erste Stiefel gab nach, und sie schüttelte ihn ab.

»Äh... und es steht nicht zufällig hier vor meiner Tür?«, fragte er vorsichtig.

»Klar. Ich dachte, ich hol's über Nacht rein, damit es nicht so allein ist.«

Er starrte sie an, und sie brach in Gelächter aus.

»Es war ein Witz«, sagte sie. »Du erinnerst dich? Humor? Tatsächlich hab ich's im Stall der Goldenen Krone untergebracht. Das ist wirklich nicht das, was er gewohnt ist, aber wir müssen uns beide einschränken.« Sie wurde den zweiten Stiefel los und rappelte sich vom Boden auf.

»Es ist gar nicht so einfach, von Geld zu leben, weißt du«, erklärte sie und begann, sich auszuziehen.

»Vielleicht gehst du nach nebenan, bevor das Wasser wieder kalt ist«, schlug er vor und wandte sich rasch ab. Das Geschirr, das sie für ihr Abendessen benutzt hatte, gab ihm etwas zu tun, obwohl es überlaut in seinen Händen klapperte.

»Ist gut«, sagte sie, und er hörte sie lächeln. Sie verschwand nach nebenan, eine Spur aus fallen gelassenen Kleidungsstücken hinter sich her ziehend.

Sein Gesicht brannte, während er das Geschirr abwusch, und er schalt sich einen Narren. Er hatte geglaubt, ihr gelassener begegnen zu können, nun, da er für sie sein gesamtes früheres Leben hinter sich gelassen hatte, aber Unbehagen und Unbeholfenheit waren noch ganz die alten und lähmten und ärgerten ihn gleichzeitig. Er atmete tief durch.

»Prinzessin«, rief er hinüber in den Nebenraum, aus dem er es plätschern hörte. »Brauchst du etwas?«, und hoffte gleichzeitig, die Antwort sei nein.

»Ja«, kam es prompt. Er nahm seinen Mut zusammen und spähte vorsichtig durch einen Türspalt.

Sie musste einen ganzen Seifenklumpen im Wasser aufgelöst haben, denn es war milchig-trüb, und Schaum trieb darauf. Sie lag bis zum Hals darin, ihre Knie bildeten zwei Inseln, und sie hatte ihr nasses Haar auf dem Kopf zusammengeknotet.

»Was?«, fragte er unwirsch.

»Schrubb mir den Rücken«, sagte sie lächelnd.

»Meine Güte«, sagte er und näherte sich widerstrebend. »Kannst du das nicht selbst?«

Sie bespritzte ihn mit Badewasser. »Das hab ich am meisten vermisst über den Winter. Deine liebreizende Art.«

Er schluckte trocken und ging am Kopfende des Badezubers in die Knie. Seine Hände zitterten, als er sie auf ihre Schultern legte, die sich glatt und warm und nass anfühlten, sein Blick suchte vergeblich einen unverfänglichen Ruhepunkt, bis er schließlich aufgab und sein Auge schloss. Mit den Fingerspitzen strich er über ihren Hals und den Rücken hinunter, bis er ins Wasser eintauchte, dann ihre Arme entlang wieder nach oben, verfolgte die Linie ihres Halses hinauf bis zum Haaransatz und zurück zu ihren Schultern, und ein Echo seines Schmerzes klang in ihm nach, als er sich zu begreifen bemühte, dass das Warten vorbei war. Ihre Haut war weich und einladend, er hörte das Wasser gegen den Rand des Zubers schwappen, als sie seiner Berührung entgegen kam, sie atmete tief, und er biss sich gewaltsam auf die Unterlippe, um die Kontrolle zu behalten. Sie lehnte den Kopf an seine Schulter und atmete gegen seinen Hals, während sie ihre Hände auf seine legte und so verhinderte, dass er sie wieder wegzog.

»Du wirst eine Weile bleiben, oder«, sagte er und bemerkte, wie zittrig seine Stimme klang. »Wir müssen nichts überstürzen.«

»Ich will es aber überstürzen«, flüsterte sie, drehte den Kopf und küsste seinen Hals Sein gesamtes Körperempfinden reduzierte sich für diesen Augenblick auf das kleine Fleckchen Haut, an dem er ihre Lippen und ihre Zunge spürte.

»Bist du denn nicht müde von der Reise?«, versuchte er es erneut, aber sein Widerstand geriet ins Wanken.

»Nein«, murmelte sie. »Kein bisschen.« Sie nahm seine Hände und führte sie über ihre Brüste hinunter, unter Wasser und die Innenseiten ihrer Schenkel entlang, so weit er reichen konnte.

»Sag mir eins«, flüsterte sie. »Hast du dich in der Zwischenzeit mit einer anderen getröstet? Sei ehrlich.«

Er gab einen Laut von sich, fast wie ein kurzes, bitteres Lachen, während sein Gehirn versuchte, mit dem Ansturm von Eindrücken fertig zu werden, die seine Hände ertasteten.

»Ich nehme an, das ist wieder einer deiner Witze?«

»Nein«, widersprach sie dicht an seinem Ohr. »Ich mein's ernst.«

»Dann rate mal«, sagte er und ließ seine Hände die Tätigkeit fortführen, die sie ihm gezeigt hatte.

»Ich weiß nicht«, murmelte sie. »Eine hübsche blonde Zwergin vielleicht? Hat sie dein Bett gewärmt, als es draußen so viel Schnee gab?«

»Nein«, sagte er.

»Eine dunkelhaarige?«

»Nein.«

»Irgendeine andere?«

»Auch keine andere.«

»Kein einziges Mal?«

»Niemals.«

Sie seufzte, er wusste nicht ob vor Erleichterung oder weil seine Hände im Schutz des seifentrüben Wassers mutiger wurden. Mit einer Hand hob er ihren Kopf zu sich und küsste sie, die sich ihm entgegen drehte und ihn so mit einem Schwall warmen Seifenwassers überschüttete. Was er unter Wasser tat, schien ihr zu gefallen Er hörte ihren tiefen Atem, sie stöhnte unterdrückt in seinen Bart, er stellte sich vor, wie ihre Brust sich hob und senkte und wagte es endlich, zu blinzeln und sie vorsichtig anzusehen. Ihr Körper glänzte vor Nässe und war schöner, als er ihn sich in den langen Winternächten ausgemalt hatte. Sie bewegte sich nun heftiger, hielt seinen Arm fest und ließ ihn nicht weg, Wasser klatschte auf den Holzboden, und er betrachtete sie und sein Staunen war fast größer als die Erregung, die sich in ihm ausbreitete.

Plötzlich aber löste sie ihren Griff, drehte sich in dem Zuber um und kniete sich hin, sodass sie direkt seinem Blick begegnete.

»Was ist los?«, fragte er verwirrt. Ihre Stimmungen wechselten schneller, als er sich darauf einstellen konnte.

»Du solltest wissen, dass es bei mir anders war«, sagte sie, überraschend ernst.

»Was? Ich versteh nicht ganz.«

Er sah, wie sie schluckte.

»Ich hatte jemanden in meinem Bett seither«, sagte sie.

»Und ...?«

»Nichts und. Ich dachte nur, du solltest es wissen.«

Er hob die Hände und ließ sie wieder fallen. »Ich verstehe immer noch nicht.«

»Es könnte doch sein«, sagte sie und schlang die Arme um sich, als würde sie frieren, »dass es einen Unterschied macht für dich.«

Er sah sie an, spürte ihre plötzliche Unsicherheit, und schrittweise begann er zu begreifen.

»Es macht keinen«, sagte er. »Du bist hier. Nichts, was vorher war, ist noch wichtig.«

Ihre Unterlippe zitterte, und sie wischte sich mit einer Hand übers Gesicht, eine zittrige Bewegung, er war nicht sicher, ob sie nur Badewasser abwischte.

»Es ist alles gut«, versicherte er ihr. Sie streckte ihm die Arme entgegen wie ein kleines Mädchen, und er half ihr aus dem Zuber und wickelte sie in ein Handtuch und brachte sie hinüber in den Wohnraum, wo er sie auf sein Lager legte und sie im Arm hielt, bis sie sich ausgeweint hatte, und dann entledigte er sich seiner Kleidung und begann mit der ihm eigenen Gründlichkeit, die Gegenwart des anderen von ihrem Körper zu tilgen.

Später lagen sie eng verschlungen unter der Felldecke. Ein Talglicht brannte drüben auf dem Tisch und füllte den Raum mit flackernden Schatten. Frekir war nirgends zu sehen. Thork starrte gegen die Decke, weit entfernt von Schlaf, und versuchte immer noch zu begreifen. Es war ein völlig normaler Tag gewesen, so normal die Tage in dieser verrückten Stadt sein konnten, nichts besonderes, bis er hinaus gegangen war, um Holz zu hacken. Er lächelte. Es würde nicht genügend Holz geben morgen früh.

Lianna in seinen Armen bewegte sich, und er sah, dass auch sie wach lag.

»Du musst schlafen, Prinzessin«, sagte er leise. »Du hattest einen langen Tag.«

»Du kannst aufhören, mich so zu nennen«, sagte sie. »Ich bin keine Prinzessin mehr. Sie haben mich verbannt und alles.«

»Wie ich dich nannte, hatte noch nie etwas mit deinem Status zu tun«, erklärte er ihr. »Deshalb werde ich dich auch weiterhin so nennen, wenn es mir gefällt.«

»Stell dir vor! Ich hatte kaum eine halbe Kerzenlänge, um mein Zeug zu packen. Verabschieden konnte ich mich sowieso von niemandem. Und *geschlagen* hat er mich.«

»Wer?«

»Mein Vater. Er hat mir fast die Nase gebrochen. Ich sah schrecklich aus.«

»Mein armes Mädchen«, sagte er und küsste ihr Haar.

»Ja«, sagte sie. »Aber ich hab mir einen Vorteil draus gemacht. Ich kam bei Bauersleuten unter. Ich habe ihnen erzählt, ich wäre auf der Flucht vor meinem brutalen Ehemann. Sie haben mir jedes Wort geglaubt.«

»Tatsächlich.«

»Und jetzt habe ich nichts mehr. Kein Geld, keine Familie, keine Freunde, nicht mal mehr einen Namen.«

»Du hast mich.«

»Ja.« Sie richtete sich auf die Ellenbogen auf, um ihn anzusehen. Über ihrer Nase stand eine steile Falte.

»Ab jetzt musst du für mich alles sein«, sagte sie. »Du musst mein Vater sein, meine Familie, mein bester Freund, mein Geliebter, meine Zukunft. Du musst immer für mich da sein. Wirst du das tun?«

Er strich ihr mit dem Finger über die Wange und unterdrückte ein Seufzen.

»Ja«, sagte er.

»Gut.« Sie legte sich zurück in seinen Arm und rückte ihr Gesicht an seiner Schulter zurecht. »Mein Zwerg«, sagte sie, und es klang etwas Endgültiges darin.

»Was hast du eigentlich den Winter über gemacht?«, fragte sie ihn nach einer Weile, ihre Stimme wurde schläfrig.

Er atmete ein und wieder aus, ein langer, zittriger Atemzug.

»Nichts von Bedeutung«, sagte er. »Schlaf«, und binnen kurzem kam sie dieser Aufforderung nach, während er wach lag und zusah, wie das Talglicht herunterbrannte und verlosch, und als das erste graue Morgenlicht unter der Tür hindurch in den Raum sickerte, lag er immer noch wach und lauschte ihrem Atem und versuchte, das Glück zu ertragen, das größer war als er fassen konnte.

Als Lianna erwachte, war es heller Tag. Sie streckte sich unter der Felldecke, in die sie sorgsam eingewickelt war. Sie fühlte sich warm und trocken und ausgeschlafen, ein Luxus, den sie lange nicht mehr hatte genießen können. Sie öffnete die Augen und blinzelte in den Raum, der angefüllt war mit Geräuschen, die von draußen herein drangen: ein Fauchen und rhythmisch klingendes Hämmern. Thork war nirgends zu sehen, nur sein wolfsartiger Hund lag wie ein lebendiger Teppich neben ihrer Schlafstatt.

»Guten Morgen«, murmelte sie, und Frekir klopfte mit dem Schwanz auf den Boden, als wolle er antworten.

»Wo ist mein Zwerg?«, fragte sie ihn, während sie die Beine aus dem Bett schwang. »Schon bei der Arbeit, was? Ist das zu fassen! Oh, habe ich dich getreten? Entschuldige. Mach doch mal Platz, damit ich aufstehen kann.«

Frekir rührte sich nicht vom Fleck und sah sie nur aus seinen gelben Augen unverwandt an, und so stieg sie vorsichtig über ihn drüber. Der Holzboden knarrte unter ihren nackten Füßen, als sie hinüber zur Kochstelle tappte. Das Feuer war niedergebrannt, Reste von Glut leuchteten schwach unter einer dicken Ascheschicht. Auf den warmen Steinplatten um die Kochstelle herum war ihre Kleidung ausgebreitet, offensichtlich gewaschen und kaum mehr feucht. Über der Glut hing ein Kessel, in dem sich dem Duft nach Tee befand.

»Ist er nicht ein Schatz?«, sagte sie über die Schulter zu Frekir. »Ich glaube, du hast dir in dieser Stadt überhaupt den besten Platz ausgesucht.«

Sie hob eines ihrer Hemden auf und schüttelte es aus. Frekirs Blick folgte jeder ihrer Bewegungen. Sie zog sich rasch das Hemd über den Kopf.

»Was starrst du mich eigentlich so an, sag mal? Muss das sein?« Frekir schnaufte tief und legte seinen Wolfsschädel zurück auf die Pfoten. »Na, wenn's dir Spaß macht«, sagte sie. Sie zog sich fertig an, schenkte sich einen Becher Tee ein und begann, durch den Raum zu wandern, während sie in kleinen Schlucken trank. Sie schaute in den Schrank, wo einige wenige Kleidungsstücke sauber zusammengefaltet lagen, entdeckte in einer Schublade Papier, Kohle und Rötelstifte, und stieß in einer hölzernen Truhe auf Thorks Wildnisausrüstung: Rucksack, Schlafmatte, Regenzeug, daneben sein Kettenhemd, dunkel schimmernd, und seine Streitaxt, das Blatt sorgsam gefettet und in Tücher gewickelt. Sie strich mit den Fingerspitzen über die kühlen, beweglichen Ringe des Kettenhemdes und hing für einen Augenblick einer Erinnerung nach, die plötzlich nicht mehr schmerzte. Ich bin angekommen, führte sie sich nochmals vor Augen. Es ist vorbei.

Sie klappte die Truhe zu und richtete sich auf. Sie verspürte das Bedürfnis, Thork zu sehen, ihn zu berühren, sich ihrer Ankunft zu versichern.

Sie stellte ihren Becher ab und steckte den Kopf durch eine Tür, von der sie annahm, dass sie hinüber in die über Eck angebaute Schmiede führte.

Wärme schlug ihr aus dem kleinen, dunklen Vorraum entgegen, und die Arbeitsgeräusche waren plötzlich lauter. Sie hörte nun auch Stimmen, eine davon dunkel und vertraut. Sie schüttelte ihr Haar zurecht, durchquerte den Vorraum und schaute um die Ecke.

Die Tür, die hinaus auf die Straße führte, stand offen, und Sonne drang in den Raum, in dessen Mitte sich eine große Esse befand, aus der es glühte. Ein junger Bursche trieb den Schleifstein, an dem ein anderer, etwas älterer Mann eine Klinge schärfte. Ein weiterer hämmerte ein Stück rot glühendes Metall. Thork stand an der Esse und schien einen Schmelzvorgang zu überwachen. Er trug eine schwere Lederschürze und hatte die Ärmel seines Hemdes hochgerollt, sein Blick war konzentriert, sein Haar und Bart leuchteten im roten Schein der glühenden Kohlen.

Lianna atmete tief durch. Etwas in ihrem Inneren begann zu flattern wie ein kleiner Vogel. Sie lehnte sich in möglichst lässiger Pose gegen die Wand und verschränkte die Arme.

»Morgen, Jungs«, sagte sie.

Jedes Geräusch in der Schmiede erstarb. Der Mann am Schleifstein vergaß die Klinge in seinen Händen, die Hammerschläge des anderen setzten aus, der Lehrling hörte auf zu kurbeln, sodass der Schleifstein allmählich zum Halt kam. Alle Augen lagen auf ihr, als sei sie eine göttliche Erscheinung. Lianna, hoch zufrieden, lächelte ihr strahlendstes Lächeln.

»Guten Mittag, möchte man eher meinen«, sagte Thork, trat von der Esse zurück und rieb sich mit einem Tuch über Gesicht und Nacken. »Was starrst du so?«, fuhr er den Schleifer an, der begonnen hatte, zwischen dem Zwerg und der unbekannten Schönen in der Tür hin und her zu sehen. »Hast du nichts zu arbeiten?« Mit schweren Schritten durchquerte er die Schmiede, nahm Lianna am Ärmel und zog sie in den kleinen, dunklen Vorraum, während hinter ihm die Arbeit zögernd wieder aufgenommen wurde.

»Du bringst mir den ganzen Betrieb durcheinander«, knurrte er.

»Findest du?«, sagte sie. »Ich hab doch gar nichts gemacht.«

Im Halbdunkel spürte sie die Hitze, die von seinem Körper ausging, er schien angefüllt damit wie ein Stein, der in der Sonne lag. Sie drängte sich gegen ihn, versteckte das Gesicht an seinem Hals und spürte, wie seine Arme sich um sie schlossen.

»Warum warst du nicht bei mir, als ich aufgewacht bin?«, fragte sie.

»Das siehst du doch«, sagte er. »Ich musste die Schmiede öffnen.«

»Dann macht es für dich wohl gar keinen Unterschied, ob ich da bin oder nicht?«

»Unsinn. Das glaubst du doch nicht wirklich. Aber ich habe hier zwei Gesellen und einen Lehrling. Was hätte ich denn tun sollen? Sie wieder nach Hause schicken?«

»Warum nicht?«

»So einfach ist das nicht«, erklärte er. »Ich stecke jetzt drin in diesem Geschäft und kann nicht einfach für ein paar Tage aussteigen. Schließlich müssen wir auch von etwas leben.«

Sie seufzte tief. »Irgendwie hatte ich mir das anders vorgestellt«, beklagte sie sich.

Sie spürte, wie er lächelte. »Das sind wir normalen Leute, Prinzessin. Du wirst dich daran gewöhnen«, sagte er, und es klang so liebevoll, dass sie ihm nicht böse war. Sie küsste ihn auf die Wange, auf den Bart, auf den Mundwinkel. »Du riechst gut«, murmelte sie. »Lass uns rüber gehen.«

»Prinzessin«, sagte er, undeutlich, weil sie fortfuhr, sein Gesicht zu küssen, »warte ... ich ... du hast doch gesehen ... Lianna, bitte ...« Sie versuchte, seinen Widerstand wegzuküssen, doch er blieb beharrlich und schaffte es schließlich, sie auf Armeslänge von sich zu halten.

»Prinzessin«, setzte er an, und zufrieden sah sie, wie schwer es ihm fiel.

»Was?«, sagte sie ungehalten.

»Es geht nicht. Nicht jetzt. Mein Stahl ist wahrscheinlich längst überhitzt, und die Gesellen werden nicht aufhören, mir Fragen zu stellen.«

»Na und? Du wirst in ihrer Achtung steigen, wie du es nie für möglich gehalten hättest.«

»Na, besten Dank«, sagte er mit hörbarem Unbehagen. »Auf diese Art der Achtung lege ich nun wirklich keinen Wert.«

»Ich dachte, du könntest mir die Stadt zeigen. Danach, meine ich.«

»Die Stadt ist nicht sonderlich sehenswert.«

»Wie bitte? Dalen gilt als eine der schönsten Städte überhaupt, wenn ich dich darauf aufmerksam machen darf!«

»Tatsächlich? Tut sie das?«, fragte er erstaunt.

»Zwerge«, schnaubte sie lächelnd.

»Nimm den Hund mit, wenn du ihn dazu bewegen kannst, dich zu begleiten. Und behalte ein Messer im Stiefel. Für alle Fälle. Sei vorsichtig, wenn du etwas kaufst. Es gibt mehr Betrüger als Fliegen in dieser Stadt. Und pass auf, wenn du…«

»Thork«, unterbrach sie ihn, »du magst es nicht für möglich halten, aber ich war schon in ähnlichen Städten. Ich weiß auf mich achtzugeben.«

»Nimm den Hund trotzdem mit«, sagte er.

»Ist gut. Und ich werde Geld brauchen. Du hast kaum mehr etwas zu essen.«

»Es ist welches in dem Krug über dem Herd. Nimm dir, was du brauchst.«

»Mach ich«, sagte sie und küsste ihn ein letztes Mal, bevor sie ihn widerstrebend losließ. Er strich sich Haarsträhnen aus der Stirn und rückte seine Augenklappe zurecht.

»Also dann«, sagte er. »Bleib nicht so lange fort. Ich könnte dich sonst zu sehr vermissen.«

»In Ordnung«, versprach sie und sah ihm lächelnd nach, als er wieder zu seiner Arbeit zurückkehrte.

»Sie ist endlich aufgetaucht«, berichtete Fenrir, als er seine Wandlung hinter dem Waschvorhang abgeschlossen hatte. »Gestern am späten Abend.« Er zog scharf die Luft ein und blickte sich nach allen Seiten um. »Bist du sicher, dass uns niemand gefolgt ist?«

»Ganz sicher», sagte Krona. «Entspann dich, Fenrir.«

»Diese Stadt macht mich fertig.«

»Irgendwas über den Markstein?«, fragte Krona, ohne auf Fenrirs Klage einzugehen.

»Nein«, sagte er. »Die beiden hatten anderes zu tun als Neuigkeiten auszutauschen. Glaub es oder nicht, aber sie sind ein Paar.«

»Nein«, sagte Krona verblüfft. »Wer hätte das gedacht. Armer Pintel.«

»Ich verbrachte die Nacht in der Schmiede. Ich wollte wirklich nicht Zeuge werden, wie sie ... na ja.« Fenrir räusperte sich verlegen, während Krona vor unterdrücktem Lachen schier platzte.

»Du bist wahrscheinlich der sittlichste Hund, der in dieser Stadt rumläuft«, neckte sie ihn.

»Ich bin kein *Hund*«, knurrte er wütend.

»Entschuldige. So war es nicht gemeint. Und wie wirst du jetzt weiter vorgehen?«

»Am liebsten wäre mir, wir würden hingehen und sie zur Rede stellen«, sagte Fenrir.

»Das hatten wir doch schon hundert Mal. Wir wollen warten, bis wir unsere Hände auf den Markstein legen können.«

Fenrir seufzte tief und strich sich mit den Händen übers Gesicht. »Ich weiß«, sagte er. »Es ist nur ... ich hasse diese Stadt. Und ich hasse es, für einen *Hund* gehalten zu werden. Vorhin hat sie doch tatsächlich ausprobiert, ob ich Befehlen gehorche. Sitz, und Platz, und Komm her. Ich wurde noch nie zuvor so erniedrigt!«

Diesmal gelang es Krona nicht mehr, ihr Lachen zu unterdrücken. »Na, wenn von Pintels endlosen Schwärmereien nur die Hälfte wahr ist, dann ist sie genau der Typ Frau für dergleichen. Und nicht nur bei Hunden. Eine wie sie kriegt auch gestandene Männer dazu, Stöckchen zu apportieren, oder nicht?«

»Was den Zwerg betrifft, gebe ich dir recht«, sagte Fenrir. »Was mich betrifft: Sollte sie es nur einmal wieder versuchen, werde ich sie ins Bein beißen.«

»Tu es nicht. Sonst reißt dir der Zwerg den Kopf ab, und das wäre in verschiedener Hinsicht ungünstig.«

»Ich muss los«, sagte Fenrir. »Ich will sie nicht zu lange allein lassen. Wie geht's den anderen?«

»Gemischt. Nardon vergräbt sich jeden Tag in seiner Bibliothek, Lomir hat sich unter den ansässigen Zwergen ein paar Freunde gemacht – Freundinnen, sollte ich wohl eher sagen – und Pintel langweilt sich zu Tode. Jetzt versuch, die beiden möglichst lückenlos zu beschatten. Irgendwo muss das verdammte Ding doch auftauchen.«

Fenrir nickte. »Morgen um die gleiche Zeit«, sagte er, und gleich darauf huschte ein wölfischer Schatten ins Freie und war verschwunden.

»Alle Götter«, sagte Thork. »Wer soll das alles essen? Hast du vor, die gesamte Nachbarschaft einzuladen?«

Auf dem Tisch im Wohnraum befanden sich, liebevoll arrangiert, drei Fladenbrote, ein in Tuch eingeschlagenes Stück Butter, ein faustgroßes Stück Käse, eine Räucherwurst, eine Schale Sauerkraut, ein Beutel Haferflocken, ein Tontopf voller Honig, ein kleines Hügelchen Winteräpfel, ein halber Mandelkuchen, ein Säckchen Nüsse und ein gerupftes, ausgenommenes Huhn.

»Mal kürzlich in deiner Vorratskammer gewesen?«, entgegnete Lianna. »Sie ist *leer*, mein Herz. Das hier ist ja wohl nur das absolut Lebensnotwendige.«

»Mandelkuchen«, sagte Thork.

»Geizkragen«, sagte Lianna.

Thork seufzte tief. »Schon gut. Ist ja auch egal. Ich nehme an, du hast noch etwas Geld übrig gelassen?«

»Ein wenig«, sagte sie und gab ihm den Beutel zurück, den sie aus dem Krug über dem Herd geholt hatte. Diesmal konnte er seinen Schreck nicht verbergen.

»Wo ist der Rest?«

»Das ist der Rest.«

»Das kann nicht sein«, sagte er und versuchte, im Kopf zu überschlagen, was die Lebensmittel gekostet haben mochten.

»Ich hatte noch einige andere Ausgaben«, sagte sie verletzt. »Ich musste meine Kleidung ergänzen. Du wirst nicht wollen, dass ich in Fetzen gehe, oder? Und ich musste die Unterkunft des Schwarzen sicherstellen. Schließlich bleibe ich nun länger als einige Tage.«

»Tu mir das nicht an«, bat er. »Sag mir bitte nicht, dass mein hart und mühsam verdientes Geld in die Unterkunft dieses ... dieses ... *Tieres* geflossen ist.«

»Ich zahle es dir zurück, sobald ich wieder zu Geld gekommen bin«, bot sie ihm an. Ihre Stimme klang nun geradezu böse, sie hatte die Arme verschränkt und schoss Blitze aus ihren Kirschenaugen zu ihm hinunter.

»Vergiss es«, sagte er. »Darauf kommt's nun auch nicht mehr an. Versuch nur einfach künftig, es nicht schneller auszugeben, als ich es verdiene, ja?«

»In Ordnung«, sagte sie, plötzlich besänftigt. Er schaute zu ihr hinauf und fühlte sich manipuliert.

Sie verstauten die Vorräte in der kühlen Vorratskammer, und Thork schürte ein Feuer an, um das Huhn zu braten.

»Das kann übrigens ganz schnell gehen«, sagte Lianna, die auf dem Tisch saß, mit den Beinen baumelte und Thork zusah. »Dass ich zu Geld komme, meine ich.«

»Tatsächlich? Willst du dir Arbeit suchen?«

»Nein! Ich bitte dich! Ich habe etwas, das ich verkaufen will.«

»So? Was ist es?«

Sie rutschte vom Tisch. »Keine Ahnung, aber es ist bestimmt höllisch wertvoll. Ich würde gern wissen, was du dafür verlangen würdest.«

Sie ging hinüber zum Schrank, wo Thork ihren Rucksack verstaut hatte. Nach einigem Herumkramen zog sie etwas hervor, kam zu Thork und legte es ihm auf die Hand.

»Und? Was sagst du?«

Er betrachtete den Gegenstand überrascht, beinahe aus der Fassung gebracht. Das Gefühl bedrängte ihn, diesen Gegenstand zu kennen, ihn irgendwo schon gesehen zu haben.

Ein klarer Stein, ungewöhnlich groß, gefasst in fein gehämmertes, rotes Gold.

Thork brachte sein Auge nahe heran, um das verschlungene Muster genauer zu betrachten.

»Wozu könnte es gut sein?«, fragte Lianna. »Man kann es nicht an der Kleidung tragen, man kann es sich nicht um den Hals hängen ...«

»Ich bin sicher, es ist kein Schmuckstück.«

»Was dann?«

»Ich weiß es noch nicht. Komm mit rüber in die Schmiede. Ich muss mir das genau ansehen, und das Licht ist drüben besser.«

Eine Warnung ging von dem Ding aus, die Thork nicht in Worte fassen konnte. Am liebsten hätte er das Ding von sich geschleudert. Behutsam schloss er die Hand darum und nahm es mit nach nebenan.

»Frag mich, wie ich's gefunden habe«, forderte Lianna ihn auf, während sie ihm eifrig hinüber in die Schmiede folgte. Er öffnete die Tür, um zusätzliches Licht in den Raum zu lassen, und aus einem unklaren Bedürfnis heraus, einen Fluchtweg zu haben.

»Wie hast du's gefunden?«, fragte er und legte den Gegenstand auf dem Amboss ab.

»Das ist überhaupt die allerbeste Geschichte«, strahlte sie.

Er stützte sich mit den Ellenbogen auf dem Amboss auf, der ihm, wenn er nicht auf einen niedrigen Schemel stieg, zum Arbeiten einige Handbreit zu hoch war, und beugte sich über den Gegenstand.

Unter goldenem Blattwerk und Knotenmustern waren Runen eingearbeitet. Es waren fünf.

*Loki, Skirnir, Nergal. Und die anderen beiden – vergessene Runen für vergessene Götter – sie müssen für Dolgr und Fryja stehen.*

Dies war mehr als eine kostbare Opfergabe aus der Altvorderenzeit, als die Vergessenen noch verehrt wurden. Überhaupt schien das Artefakt nicht alt. Ein wenig Staub hatte sich in den winzigen Hohlräumen der Verzierungen gesammelt, aber das Gold war satt und glänzte.

Während Lianna eine ausführliche Geschichte von Steinplatten und begehbaren Teppichen vor ihm ausbreitete, grübelte er vergeblich darüber nach, wo er das Ding schon einmal gesehen hatte. Die Erkenntnis kitzelte ihn an den Rändern seines Geistes, blieb aber hartnäckig außer Reichweite.

»Du hörst ja gar nicht zu«, kam Liannas vorwurfsvolle Stimme zu ihm.

»Erzähle es mir später«, bat er. »Dieses Ding erfordert meine ganze Aufmerksamkeit. Es ist etwas seltsam daran.«

»Was?«

»Das versuche ich gerade herauszufinden.«

Seine priesterlichen Kräfte lagen in ihm wie ein tiefer, stiller Teich, an den lange niemand mehr gerührt hatte. Vorsichtig nahm er Kontakt auf, brachte sie zum Fließen und lenkte sie auf den Gegenstand, der schwer und golden schimmernd vor ihm auf dem Amboss ruhte.

*Zeig mir deine Aura, Ding. Lass mich sehen, was du wirklich bist.*

Die Luft um den Gegenstand begann zu flimmern, ein Leuchten brach aus ihm, wurde heller und immer heller. Weißglühendes Licht umhüllte Thork. Mit einem Aufkeuchen wich er zurück und schlug die Hand vor das gesunde Auge, eine unsinnige Schutzmaßnahme, denn es war sein inneres Auge, in welches das Licht eindrang und sich wie ein gut gezieltes Messer in seinen Schädel bohrte. Schmerz explodierte hinter seiner Stirn. Panisch und am Rande einer Ohnmacht versuchte er, die Verbindung zu dem Gegenstand zu lösen. Seine Sinne schwanden. Das Licht wurde allmählich schwächer und verlosch schließlich.

Von weit her drang Liannas Stimme zu ihm, die voller Angst seinen Namen rief. Ihre Hände, die ihn schüttelten, brachten ihn wieder zu sich.

»Nicht«, murmelte er. »Nicht bewegen.« Er blinzelte vorsichtig. Er lag auf dem kühlen Steinboden der Schmiede, obwohl er sich nicht daran erinnerte, gefallen zu sein. Sein Körper zitterte, Übelkeit krampfte seinen Magen zusammen, und eine ganze Heerschar von Zwergenschmieden schienen mit ihren Hämmern auf seinen Kopf einzuschlagen. Es fühlte sich an wie nach einem schweren Besäufnis.

»Was ist los?«, fragte Lianna. »Was ist mit dir?« Sie kniete über ihm, ihr Gesicht war weiß vor Schreck.

»Es wird schon wieder«, murmelte er, obwohl es eine halbe Lüge war.

Minuten später konnte er sich so weit bewegen, dass er sich auf einen Schemel helfen lassen konnte.

»Was ist passiert?«, fragte Lianna.

»Ich habe das Ding auf seine arkane Natur hin untersucht.« Thork presste die Hände gegen die Stirn, um den Schmerz zu lindern.

»Und?«, fragte sie, immer noch besorgt.

»Es hatte etwas dagegen. Eine Art Abwehrzauber vielleicht. Gròr, noch nie zuvor habe ich eine solche Aura gesehen. Und ich wünsche es mir wirklich nicht noch einmal.«

Lianna schaute hinüber zu dem Artefakt, das völlig unverändert auf dem Amboss lag.

»Ich habe nichts gesehen«, sagte sie. »Es lag einfach nur da, die ganze Zeit.«

»Ein Zauber muss nicht sichtbar sein, um zu wirken.«

Eine Weile saß er still, das Gesicht in die Hände gelegt, und versuchte ruhig zu atmen, damit der Schmerz abfloss. Lianna umschlich derweil den Amboss, als säße auf ihm ein wildes Tier.

»Dann ist es also gefährlich«, sagte sie.

»Nicht unbedingt. Vielleicht nur, wenn man es untersuchen will. Wie lange hast du es schon bei dir?«

Lianna rechnete nach. »Etwas weniger als drei Monde.«

»Und es hat dir nichts getan.«

»Und wozu ist es nun gut?«

Er seufzte. »Ich weiß es nicht«, sagte er. »Es hat mir nichts preisgegeben.«

Lianna streckte eine vorsichtige Hand nach dem Ding aus, als erwarte sie, sich die Finger zu verbrennen. Als nichts geschah, griff sie nach dem Gegenstand, und plötzlich wusste Thork, wo er das Ding schon gesehen hatte.

*Flammen, die sie umlodern. Ein überwältigendes Gefühl der Gefahr. Wenn ich zu spät komme, wird etwas Schreckliches passieren.*

*Gròr – bin ich nun rechtzeitig?*

»Ich verkaufe es besser schnell, bevor es dir wieder etwas tut«, verkündete Lianna.

Vor lauter Schreck nahm Thork das Gesicht aus den Händen und blinzelte in das trübe abendliche Dämmerlicht, das ihn ins Auge schnitt wie hochsommerliche Mittagssonne.

»Das kann nicht dein Ernst sein«, sagte er. »Wir können es unmöglich verkaufen!«

»Was heißt hier *wir*«, wies sie ihn zurecht. »Was immer es ist, es ist meines.«

»Wenn dir das lieber ist – *du* kannst es unmöglich verkaufen. Es ist mächtig, und ich weiß nicht, was es tut.«

»Auch ohne das zu wissen, kann man einen Haufen Geld dafür bekommen, oder nicht? Allein schon das viele Gold, und hast du je einen so großen geschliffenen Stein gesehen?«

»Wenn du es verkaufst, gerät es vielleicht in falsche Hände und richtet Unheil an«, gab er zurück, obwohl er sich in seinem derzeitigen Zustand einem Streit mit ihr nicht gewachsen fühlte.

»Dann verkaufe ich's an einen Zauberer«, schlug sie vor. »Der weiß, wie er damit umzugehen hat – und wenn es so mächtig ist, wie du sagst, bekomme ich vielleicht viel mehr dafür, als ich dachte ...«

»Noch schlimmer! Warum nicht gleich an einen der gehörnten Fürsten der Unterwelt?«

»An die ist so schwer ranzukommen«, sagte sie mit Unschuld. Thork seufzte tief und schüttelte den Kopf, was er fast gleichzeitig bereute.

»Lass uns später darüber reden – wenn diese Kopfschmerzen mich nicht bis dahin umgebracht haben.«

»Mein armer Zwerg«, sagte sie, kam zu ihm und küsste ihn auf die Stirn. »Verzeih mir. Ich bin rücksichtslos. Warum legst du dich nicht drüben ein wenig hin, während ich mich um das Huhn kümmere?«

Er knurrte leise, stützte sich auf sie und kam von seinem Hocker hoch. »Es hatte seine Gründe, warum ich auf unserer gemeinsamen Reise das Kochen übernommen hatte«, sagte er nicht unfreundlich.

»Stell dich nicht an. Ich werde wohl in der Lage sein, ein Huhn zu braten.«

»Wie du meinst«, erwiderte er, ihm war nicht danach, einen neuen Streit zu verursachen, nachdem er soeben im letzten Augenblick einen abgebogen hatte. »Mach die Tür zu, bitte, ja«, bat er sie und tastete sich, möglichst wenig Erschütterung verursachend, hinüber in den Wohnraum.

»Schau mal, wer da kommt«, hörte er ihre Stimme und ersparte sich den Blick ins Licht. Auch so erkannte er die Krallen, die auf dem Steinboden der Schmiede kratzten, als Frekir sich an Lianna vorbei ins Innere drängelte. Thork erreichte sein Lager, streckte sich stöhnend aus und schob den Hund beiseite, der ihn besorgt beschnüffelte. Im Liegen ließ der Schmerz allmählich nach und machte einer dumpfen Müdigkeit Platz. Am Rande verfolgte er, wie Lianna den Hund als treuloses Stück Tier ausschalt, der sie mitten in der Stadt einfach ihrem Schicksal überlassen hatte, und begleitet von ihrem Geplauder und ihrem Gewerkel an der Kochstelle schlief er ein.

Als Lianna ihn aufweckte, fühlte er sich besser. Der Kopfschmerz war zu einem Schatten geschrumpft. Während sie die Teile des Huhnes aßen, die Liannas Behandlung zum Trotz genießbar geblieben waren, ließ Thork sich die Geschichte vom Fund des Artefaktes in allen Einzelheiten schildern.

»Und du bist sicher, dass es sich genau so zugetragen hat?«, fragte er, als sie geendet hatte. »Ein Teppich voller Monster? Ströme von Blut? Abgehauene Köpfe, und alles?«

Sie deutete mit einem Hühnerknochen auf ihn, von dem sie gerade das letzte Fleisch abgenagt hatte.

»Du meinst, ob ich übertreibe? Ist es das, was du mir unterstellst? Ich wäre eine Aufschneiderin?«

»Nein«, versicherte er eilig. »Das nicht. Vielleicht ein wenig... ausgeschmückt?«

Sie warf den Knochen auf den Tisch. »Jetzt hör mal zu, Herr Zwerg! Mein Körper ist *bedeckt* von Narben, und du zweifelst an meiner Geschichte?«

»Bedeckt von Narben? Das wäre mir aber aufgefallen.«

»Du hast nur nicht richtig hingeschaut«, behauptete sie und zerrte an ihrem Hemd. »Siehst du!« Triumphierend zeigte sie ihm ihre nackte Schulter. »Zähne, eindeutig!«

»Schon gut«, sagte er, obwohl er nichts sah. »Setz dich wieder. Lass uns lieber darüber nachdenken, was wir als nächstes tun.«

»Ich hab noch ein paar andere, weiter unten«, sagte sie, und ein Schnurren mischte sich in ihre Stimme, das ihm bedeutete, dass sie ihm das Nachdenken in nächster Zeit schwer machen würde. Sie kam um den Tisch und setzte sich rittlings auf seinen Schoß.

»Willst du sie sehen?«, murmelte sie dicht an seinem Mund.

»Na ja«, sagte er schwach, »schon, aber ...«, Er unterbrach sich, als sie ihre Hände auf sein Gesicht legte und ihren Mund auf den seinen. Ihre Zunge hatte eine Art, sich bei ihm willkommen zu machen, der er nichts entgegenzusetzen hatte. Er erkannte seinen Widerstand als sinnlos an und schob den neuen Gedanken beiseite, der sich ihm gerade noch als wichtig aufgedrängt hatte, die Wichtigkeit schmolz unter ihren Zärtlichkeiten und wurde von der Hitze weggebrannt, die in seinem Körper erwachte. Nichts war wichtig neben ihrem Körper, dessen Schönheit ihn überwältigte, irgendwelches Zauberwerk konnte ihm gestohlen bleiben, er wollte nicht länger vernünftig sein und sich zurückhalten, und er konnte es auch gar nicht mehr.

Als die Leidenschaft verebbt war und sein Kopf wieder zu arbeiten begann, bewertete er die Angelegenheit ein wenig anders.

»Prinzessin«, sagte er zu ihr, die warm und schläfrig auf ihm lag und ihre Beine um ihn geschlungen hatte. »Hast du das Ding vorhin aus der Schmiede mit herübergebracht?«

»Hmm ... nein.«

»Dann lass es mich jetzt holen, damit wir es im Augen haben.«

»Es liegt gut da drüben«, murmelte sie. »Und ich liege gut hier. Du gehst nirgendwohin.«

»Ich bin doch gleich wieder da.«

»Nein. Ich musste den ganzen Winter auf dich verzichten. Du kannst das nicht von mir verlangen.«

»Es ist nebenan«, erinnerte er sie lächelnd. »Nicht am anderen Ende der Stadt. Komm schon, lass mich aufstehen. Ich wollte das vorhin schon tun, aber ...«

Sie küsste seinen Hals. »Was aber?«

»Na ja«, sagte er. »Du warst schneller.«

»Gut so«, sagte sie und zwinkerte ihn an.

»Lass mich gehen«, bat er, obwohl es ihm schwer fiel, und begann vorsichtig, sie von sich zu schieben. Mit unwilligem Knurren wälzte sie sich von ihm und wickelte sich in die Decke.

»Ich zähle bis zehn«, sagte sie, während er nach seinen Hosen angelte.

»Länger will ich gar nicht brauchen«, versicherte er ihr.

Er spürte ihren Blick in seinem Rücken, als er den Raum durchquerte.

In der Schmiede war es ungewöhnlich kühl. Die warme Luft aus der Esse wurde durch die offene Tür hinaus auf die Straße getragen.

Der Amboss, auf dem das Artefakt gelegen hatte, war leer.

Heiße Wut durchfuhr ihn wie ein Blitz. Er trat einen Werkzeugtisch gegen die Wand, dass es knallte. Scheppernd verteilte sich verschiedenstes Werkzeug über den Boden. Dann fiel Thork auf einen Hocker und vergrub das Gesicht in den Händen.

*Wie kann man nur so unfassbar dumm sein.*

»Thork!«, hörte er Liannas erschrockene Stimme hinter sich. »Was ist...?« Ihre Schritte näherten sich.

»Ach du Scheiße«, sagte sie dann sehr betroffen. Er nahm die Hände vom Gesicht und sah ihr zu, wie sie durch den Raum eilte und durch die offene Tür auf die Straße schaute. Sie war barfuß und hatte die Bettdecke um sich gewickelt.

»Niemand«, sagte sie, als sie gleich darauf zurück kam. »Scheiße!«, schrie sie und versetzte dem Werkzeugtisch einen weiteren Tritt. »Scheiße, Scheiße, Scheiße!«

»Schrei nicht herum«, sagte Thork. »Es ändert nichts.«

»Wo ist der verdammte Hund?«, schrie sie. »Warum bellt er nicht, wenn ein verdammter Einbrecher kommt? Was ist das für ein Scheiß-Köter?!«

»Frag ihn, wenn du ihn siehst. Ich sehe ihn nicht. Muss durch die offene Tür raus sein.«

»Zusammen mit dem Einbrecher, vermute ich«, schnaubte Lianna.

»Jetzt schieb's nicht auf den Hund«, sagte er und erhob sich schwerfällig. »Wir hätten es nicht einfach offen herumliegen lassen sollen.«

»Warum nicht? Es ist ein Haus. Es sind Wände drum herum. Bei sich zu Hause lässt man Sachen herumliegen, oder nicht?«

»Ich hatte von Anfang an ein blödes Gefühl bei der Sache«, sagte er düster.

»Jetzt komm mir nicht mit dieser *Hab ich's nicht gleich gesagt*-Geschichte!«, schrie sie ihn an.

»Ich hab's ja eben nicht gesagt«, stellte er richtig. »Das ist ja das Problem.«

Er ließ sie schreien, es hatte keinen Sinn, sie beruhigen zu wollen. Währenddessen ging er die Reihe seiner Werkstücke durch. Sie waren vollzählig, nichts fehlte. Als nächstes untersuchte er Tür und Schloss. Es waren keinerlei Spuren von Gewalt daran zu sehen. Wer immer sich Zutritt verschafft hatte, hatte dies mit großem Geschick getan und ohne Spuren zu hinterlassen. Er beschloss, als nächstes die Nachbarn nach möglichen Beobachtungen zu fragen. Die Schmiede stand einzeln, etwas entfernt von den anderen Häusern der Straße, trotzdem mochte jemandem etwas aufgefallen sein.

Es gab ihm zu denken, dass ausgerechnet jetzt, da Lianna das Artefakt mitgebracht hatte, bei ihm eingebrochen wurde – und nicht im Wohnhaus, wo man Vermögen oder Wertgegenstände vermuten konnte, sondern hier, in der Schmiede, die für einen Dieb wenig Verwertbares aufwies. Und das Wenige, das zu stehlen sich gelohnt hätte – ein Langschwert, dem nur noch die Politur fehlte, und einige halb fertige Klingen – war vollzählig zurückgeblieben. Der Dieb hatte nichts als das Artefakt mitgenommen.

Er mochte nicht an einen Zufall glauben.

Er schloss die Tür und ging hinüber zu Lianna, die mittlerweile bitterlich weinte. Plötzliche Erleichterung machte sich in ihm breit, die ihn überraschte. Es war weg, und wenn sie es nicht wiederfanden, was wahrscheinlich war, musste er sich nicht weiter darum kümmern. Keine arkanen Artefakte, keine Abenteuer, keine Schwierigkeiten. Einfach eine Weile in dieser Stadt leben, arbeiten, mit Lianna zusammen sein, die Zeit mit ihr in Ruhe auskosten, keine Ablenkung, ein gleichmäßiges, stilles Glück.

Er würde nicht traurig sein, falls er das Ding nie wieder sähe. Sollten andere sich darum kümmern. Er war nicht für alles in der Welt verantwortlich.

Während Thork sein Bestes tat, um Lianna zu trösten, war der von ihr so bitter vermisste Gegenstand nur einen Straßenzug weiter Gegenstand ungeteilter Aufmerksamkeit.

»Warum hast du es mitgenommen?« Kronas Stimme war laut und unbeherrscht, sie marschierte in der kleinen Dachkammer auf und ab, als wollte sie die Wände hinaus drücken.

»Hab ich dir das geheißen? Ich kann mich nicht erinnern.«

»Ich behalte mir vor, selbst über meine Handlungen zu entscheiden, besten Dank«, entgegnete Fenrir leiser, aber nicht weniger unfreundlich. »Ich benötige keine Befehle von dir, Hauptmann.«

»Es geht nicht ums Befehlen, verdammt!«, schrie sie. »Wir wollten sie beobachten, erinnerst du dich? Wir wollten wissen, was sie mit der Sache zu tun haben! Das können wir uns jetzt schenken!«

»Ich dachte, wir wollten den Markstein«, widersprach Fenrir. »Bitte, hier habt ihr ihn. Und es würde nichts schaden, wenn ihr alle euch etwas dankbarer zeigen würdet. Habt ihr eine Ahnung, was es mich kostet, mich in dieser Gestalt in einer Stadt aufzuhalten? Wie viele Instinkte ich ständig niederkämpfen muss?«

»Gut«, sagte Lomir laut. »Genug jetzt. Setz dich, Krona.« Er wies auf einen leeren, wackeligen Stuhl, der an einem ebenso wackeligen Tisch stand, um den die anderen sich versammelt hatten. »Setz dich hin«, wiederholte er überdeutlich, und widerstrebend gehorchte sie.

»Sag du mir nicht, was ich zu tun habe«, fauchte sie den Zwerg an, bevor sie sich den Stuhl zwischen die Beine klemmte und düster auf das Artefakt starrte, das in der Mitte auf dem Tisch lag und in schwerem, sattem Gold glänzte.

Pintel und Nardon waren völlig in das Studium des Gegenstandes versunken. Der Zwerg strich sich beständig über den langen Bart, während Pintels Wangen vor Aufregung glühten und er unablässig sprach und Nardon auf diese und jene Kleinigkeit aufmerksam machte.

»Schön«, sagte Lomir. »Nachdem wir uns jetzt alle wieder beruhigt haben – das gilt auch für dich, Pintel ...«

»Ich bin völlig ruhig«, beteuerte Pintel atemlos.

»Dann sei still, nur für einen Augenblick«, befahl Lomir. »Also, ich denke, wir sollten Fenrir zunächst erzählen lassen, was er herausgefunden hat. Mir fehlen noch so einige Informationen, und ich denke, euch geht's genauso.«

»Besonders die, die wir jetzt nie kriegen werden«, knurrte Krona und fing sich von Lomir einen Blick ein, der ein verzagteres Gemüt zu Stein hätte erstarren lassen.

Fenrir lehnte sich zurück uns strich sich mit beiden Händen übers Gesicht.

»Viel ist es nicht«, sagte er. »Was ich weiß, ist folgendes. Sie hat es aus einer unterirdischen Anlage in der Nähe von Wiesenheim. Ein abgelegenes Waldstück, vermutlich schon ein Ausläufer des Nebelsteig-Berges. Sie ist zufällig darauf gestoßen.«

»Was hatte sie in dem Wald verloren?«, warf Nardon ein und sah von dem Artefakt hoch.

»Ausritt oder etwas. Keine Ahnung«, erwiderte Fenrir. »Ist sicher nicht von Bedeutung für den Fund. Was sie erzählte – das heißt, wenn sie die Wahrheit spricht – klang wie eine seltsame Art von Prüfung ihrer Gesinnung und Kampfkraft. Sie bestand ihn und fand das Artefakt in ihrer Tasche, als sie zurück an der Oberfläche war.«

»Also alles Zufall?«, fragte Lomir.

»Wohl kaum«, sagte Pintel. »Erinnert euch, was Karcharoth gesagt hat. Es dürfte zu viel des Zufalls sein, wenn der Markstein gerade dann wieder auftaucht, wenn auch die Schädel wieder in Umlauf geraten. Ich bin sicher, die Schädel haben ihn irgendwie aufgeweckt.«

»Klingt nicht sehr beruhigend für mich.« Krona betrachtete misstrauisch das schwere goldene Artefakt auf der rissigen Tischplatte.

»Ist es auch nicht«, bestätigte Pintel. »So mächtige arkane Gegenstände können durchaus ein gewisses Eigenleben entwickeln. Es gibt da diese großartige Geschichte von einem Ring, der ...«

»Warum war es bewacht, wenn es doch gefunden werden wollte?«, fragte Krona laut, um Pintels Ausführungen zu bremsen.

»Das ist logisch«, sagte Pintel. »Es wollte vielleicht nicht von irgendeinem Waldschrat gefunden werden, der es die nächsten zwanzig Jahre unter seinem Kopfkissen einlagert.«

»Du sagtest soeben, wenn sie die Wahrheit spricht«, sagte Nardon zu Fenrir. »Hast du denn Grund, daran zu zweifeln?«

»Ich weiß es nicht«, gab Fenrir zu. »Ich halte sie für unberechenbar. Sie ist leichtsinnig und liebt die große Pose.«

»Aber dieser Zwerg ist ihr Gefährte, wie es hieß. Würde sie ihn anlügen, nur der Pose wegen?«

»Ich denke schon - wenn es ihr gerade Spaß macht.«

»Menschen«, knurrte Nardon.

»Möchtest du ein paar Beleidigungen loswerden?«, fragte Krona. »Ich bin gerade in Stimmung.«

»Ruhe jetzt«, polterte Lomir. »Versucht wenigstens einmal, euch nicht zu benehmen wie ein Haufen Idioten! Also, weiter. Fenrir, was gibt es noch?«

»Der Zwerg hat das Artefakt untersucht«, berichtete Fenrir. »Das ist der Teil, den ich leider verpasst habe. Ich kam erst kurz darauf wieder dazu. Die Untersuchung ist dem Zwerg aber nicht gut bekommen.«

Pintel, dessen Finger auf der fein gearbeiteten Oberfläche des Artefaktes spazieren gingen, nahm eilig die Hand weg und vergrub sie in seiner Jackentasche.

»Welcher Art war die Untersuchung?«, fragte Nardon höchst interessiert.

»Ich nehme an, sie war arkaner Natur«, erwiderte Fenrir. »Es ... nun ja, es roch danach, gewissermaßen. Er scheint eine Art Schock erlitten zu haben, ich kenne die genaue Benennung nicht. Aber es hat – *etwas* – mit ihm gemacht.«

»Er ist also doch ein Zauberer«, sagte Krona düster. »Na großartig. Die Sache wird ja immer besser.«

»Kann nicht sein«, widersprach Pintel. »Der ist kein Zauberer, ich schwöre es euch. Ich war in seinem Haus. Es gab nichts dort als einen Haufen Anhaltspunkte dafür, dass er ein Schmied ist. Was er schließlich auch ist. Ich habe noch nie von einem Zauberer gehört, der gleichzeitig Schmied ist.«

»Immerhin hat er die Finger weit weniger tief drin, als wir zuerst befürchtet hatten«, sagte Lomir und starrte gedankenverloren auf das Artefakt. »Das Ding ist nicht seines, sondern ihres, und er hat keinen von den Schädeln.«

»Es ist ein Markstein«, machte Pintel ihn aufmerksam. »Kein Ding, Lomir. Du bist schließlich auch ein Zwerg und nicht *der Kurze mit dem Bart.*«

»Egal«, sagte Lomir, immer noch in Gedanken.

»Der Zwerg ist in Ordnung«, sagte Fenrir. »Das habe ich euch von Anfang an gesagt, und ich bin immer noch dieser Meinung.«

»Wobei die Frage erlaubt sein muss, woher du das so sicher wissen willst?«, fragte Lomir.

»Ich weiß es. Ich spüre solche Dinge auf eine Art, die ihr nicht verstehen könnt. Ich hatte auch Jerina gegenüber von Anfang an meine Vorbehalte. Krona und Pintel erinnern sich bestimmt.«

»Ich erinnere mich«, sagte Krona, »dass du sagtest, *ich weiß nicht, ich kann sie nicht leiden, sie ist irgendwie komisch*. Hilfreicher wäre natürlich gewesen, wenn du gesagt hättest, *He Leute, das ist gar nicht Jerina, sondern ein Feuerwesen von den bekloppten Feuerebenen, das uns bei nächster Gelegenheit den Arsch aufreißen wird.*«

»Ich bin kein Hellseher«, knurrte Fenrir. Seine gelben Augen leuchteten gefährlich.

»Geht das schon wieder los«, sagte Lomir. »Vielleicht geht ihr zwei besser auf die Straße runter und schlagt euch die Köpfe ein, damit wir anderen endlich in Ruhe planen können.«

»Recht hast du«, sagte Nardon. »Inzwischen sollten wir das gute Stück wegpacken, falls ihr nichts dagegen habt. Schließlich haben wir uns die Tiefe Tasche nicht aus Langeweile erstritten.« Er schob den Markstein zu Pintel hinüber, der ihn in der Tiefen Tasche verschwinden ließ.

»Wie soll es nun weiter gehen?«, fragte Lomir in die Runde. »Wir müssen abwägen, ob wir noch etwas Zeit in die Beobachtung der beiden investieren – was davon abhängt, wie viel wir uns noch davon versprechen – oder ob wir uns auf die Jagd nach dem Zentallo-Schädel machen.«

»Ich denke nicht, dass hier noch viel Information zu holen ist«, sagte Nardon. »Der Zwerg hatte ja wohl ursprünglich nichts mit der Sache zu tun, und die Menschliche ist auch eher zufällig hineingeraten. Wir müssen nicht annehmen, dass sie tiefer in die Angelegenheit verstrickt sind. Ich denke, wir sollten sie vergessen und dem Zentallo-Schädel nachgehen.«

»Äh, na ja«, warf Pintel ein. »Da ist noch was. Ich weiß nicht, ob ihr's wusstet, aber wir sind nicht die Einzigen, die ein Auge oder zwei auf die Beiden geworfen haben.«

»Ich versteh nicht ganz«, sagte Krona.

»Ich war heute Mittag mal etwas unterwegs. Sie hat sich die Stadt angesehen, und – hm, ich hab sie ein bisschen begleitet, ohne dass sie's merkte, versteht ihr…« Plötzlich leuchteten seine Ohren feuerrot.

»Ja«, sagte Krona, »aber warum?«

»Sie ist so schön.« Pintel seufzte sehnsüchtig. »Ich habe gesehen, wie sie sich neue Hemden gekauft hat ... *Götter ...*«

»Verstehe«, sagte Lomir und grinste breit. »Voll und ganz. Und weiter?«

»Na ja, mein Gedanke ist, dass sie ja ganz offenbar nicht grundsätzlich etwas gegen kleine Männer hat, und vielleicht möchte sie sich irgendwann mal verändern, diesbezüglich, und bis dahin könnte ich sie doch im Auge behalten, und ...«

»Das war es nicht, was Lomir mit seiner Nachfrage meinte«, unterbrach Krona ihn. »Zumindest will ich das hoffen. Du sagtest, noch jemand hätte ein Auge auf sie geworfen?«

»Na ja, da war dieser Kerl, er fiel mir nur auf, weil er sich immer irgendwo in ihrer Umgebung herumdrückte ... dunkle Haare, kleiner silberner Ohrring, wahrscheinlich ein Fahrender.«

»Vielleicht nur ein weiterer ihrer zahlreichen heimlichen Verehrer«, vermutete Lomir und schaute Pintel an, immer noch grinsend, der unbehaglich auf seinem viel zu hohen Stuhl herum rutschte.

»Glaub ich nicht«, sagte Pintel. »Es sah mir eher so aus, als würde er sie beschatten. Ich hab also diesen Beschatter mal etwas beschattet, und er hielt sich noch lange in der Straße auf, auch als sie längst wieder zu Hause war. Genau genommen so lange, bis ein anderer kam und ihn ablöste. Die beobachten die rund um die Uhr, glaube ich.«

»Aber warum?«, fragte Nardon.

»Keine Ahnung. Wenn ihr wollt, gehe ich schnell fragen. Sie stehen bestimmt noch in der Straße herum.«

»Nein«, sagten Lomir und Krona gleichzeitig.

»Interessant«, sagte Nardon. »Vielleicht hängen wir doch noch mal einen Tag dran und gehen der Sache auf den Grund.«

»Ich würde es nicht gern sehen, wenn dem Zwerg etwas zustößt«, sagte Fenrir. »Vielleicht sollten wir ihn warnen.«

»Gute Idee«, sagte Pintel. »Wir gehen rüber und sagen, *hallo Meister Rotbart, wir beschatten dich schon seit einer ganzen Weile, und dabei ist uns aufgefallen, dass du beschattet wirst, wir dachten du solltest das wissen.*«

»Eisenfels«, sagte Fenrir und warf Pintel einen bösen Blick zu. »Das ist sein Name.«

»Ist mir recht«, sagte Pintel unbeeindruckt.

»Einen Tag noch«, sagte Krona. »Mehr bin ich nicht bereit auf diesen Zirkus zu verwenden. Wir machen noch ein paar Beobachtungen, und dann packen wir unsere Sachen. Ob und wie wir eine Warnung aussprechen, können wir uns dann noch überlegen. So«, sagte sie und erhob sich. »Gibt's noch was? Wenn nicht, geh ich nämlich und such mir eine nette Kneipe. Ich brauche etwas Ablenkung.«

»Trifft sich gut«, sagte Lomir. »Ich bin verabredet.«

»Ich nehme an, mir bleibt dann die Aufgabe der Überwachung«, vermutete Fenrir düster.

»Ich helfe dir gerne«, erbot sich Pintel eifrig. »Oh Götter, was würde ich drum geben, wenn ich sie von einem gemütlichen Feuer aus überwachen könnte ... und so nah ...«

Fenrir schnaubte. »Es ist nicht so beneidenswert, wie du dir vorstellst«, sagte er.

»Du hast ja keine Ahnung, was ich mir vorstelle«, seufzte Pintel.

Fenrir erhob sich. »Morgen, um dieselbe Zeit«, sagte er, ging zur Tür und verschwand ohne ein Geräusch nach draußen.

Kurz darauf kratzte und jaulte ein großer, dunkler Schatten so lange an der Tür des Schmiedehauses, bis der Zwerg öffnete und ihn einließ.

Lianna teilte nicht im Geringsten Thorks Gelassenheit bezüglich des Diebstahls. Obwohl er ihr sagte, wie aussichtslos das Unterfangen sei, wollte sie doch nichts unversucht lassen, um wieder in den Besitz des Artefaktes zu gelangen. Sie ließ es sich nicht nehmen, sämtliche Nachbarn ein zweites Mal persönlich aufzusuchen, was ebenso wenig erbrachte wie Thorks Befragung am Abend zuvor. Sie durchstreifte den ganzen Tag über die Märkte von Dalen, in der Hoffnung, jemand könne versuchen, es zu verkaufen. Schließlich, am Nachmittag, schaltete sie die Stadtwachen von Dalen ein.

Thork ertrug es klaglos, dass vier Offiziere der Wache in seiner Schmiede herumstolperten, die Arbeit vollständig zum Erliegen brachten, ungezählte Fragen stellten, praktisch überall die Nase hineinsteckten und dabei eine Unordnung schufen, die zu beseitigen den Zwerg einen halben Abend kosten würde, wie er im Kopf überschlug, und ihm schließlich eröffneten, was er bereits wusste: Der Dieb hatte keine Spuren hinterlassen, und das Artefakt war verschwunden.

Schließlich zogen die Offiziere der Wache ab, und Stille kehrte ein. Thork hatte die Gesellen und den Lehrling für heute nach Hause geschickt und ließ sich, einigermaßen erschöpft, auf einen Stuhl im Wohnraum fallen.

»Hast du das für eine gute Idee gehalten?«, fragte er Lianna, die müde, aber unruhig in der Stube umherstrich. »Mir diese federbüschigen Hohlköpfe auf den Hals zu hetzen? Die können doch froh sein, wenn sie mit dem Löffel zum Mund finden.«

»Ich dachte, es wäre ihre Aufgabe«, verteidigte sie sich. »Für Ordnung sorgen und das. Wofür werden sie bezahlt, wenn sie es nicht tun?«

»Ich fürchte, das weiß keiner«, sagte Thork müde. »Tu mir einen Gefallen, hör auf, im Kreis zu rennen. Du machst mich schwindlig.«

Sie blieb stehen, sah ihn an und zupfte am Ende ihres Zopfes.

»Morgen werde ich weitersuchen«, verkündete sie.

»Ist gut«, sagte er. »Du bist dir aber hoffentlich klar darüber, dass du den Kieselstein im Gebirge suchst. Es ist aussichtslos. Wenn ich der Dieb wäre, hätte ich das Ding längst aus der Stadt gebracht.«

Sie seufzte tief.

»Wir brauchen es nicht«, versicherte er ihr. »Wir kommen auch ohne es aus. So schlecht verdiene ich hier nicht.«

»Trotzdem«, sagte sie. »Es ist nicht fair. Ich habe es errungen, verstehst du? Und jetzt ist es einfach weg, und einer läuft damit herum, der keinen Finger dafür krumm gemacht hat! Ist das vielleicht gerecht?«

»Vieles im Leben ist nicht gerecht. Ich befürchte, die Erfahrung wirst du nicht zum letzten Mal gemacht haben.«

»Verschone mich. Keine Großvater-Sprüche, wenn ich bitten darf.«

»Na schön«, sagte er gleichmütig und schob seinen Stuhl zurück. »Du könntest einem alten Mann helfen, die Schmiede aufzuräumen, wie wäre das?«

»Muss das jetzt gleich sein?«, maulte sie.

»Komm schon«, sagte er. »Aufräumen hilft gegen Übellaunigkeit.«

»Tatsächlich? Bei mir ist das genau anders herum«, widersprach sie, folgte ihm aber gehorsam hinüber in die Schmiede.

Eine Weile beschäftigten sie sich schweigend mit dem Sortieren und Wegräumen von Werkzeugen. Liannas Interesse an dieser Beschäftigung erlosch allerdings rasch, und sie begann, durch den Raum zu wandern und sich umzusehen. Während er Hämmer und Zangen zurück in ihre Halterungen hängte, nahm sie das Langschwert, das heute Politur und Schliff erhalten hatte, bevor die Offiziere der Stadtwache eingetroffen waren, und schwang es probeweise.

»Würdest du bitte aufpassen, was du tust«, sagte er und zog den Kopf ein.

»Ich bin eine Kriegerin«, sagte sie und drehte sich mit dem Schwert um sich selbst. »Ich habe alles im Griff.«

Er knurrte zweifelnd und fischte seine Pfeife aus dem Werkzeugkasten, er wusste sicher, er hatte sie nicht dort hinein gelegt. Er verstaute die Pfeife in seiner Westentasche und stellte den Werkzeugkasten auf seinen Platz zurück.

»Es ist ein großartiges Schwert«, sagte Lianna, die eine Reihe von Ausfällen und Finten antäuschte. Mit leisem Zischen durchschnitt die Klinge die Luft.

»Es ist viel zu lang für dich«, sagte er. »Der Auftraggeber ist selbst für Menschenverhältnisse sehr groß.«

»Das macht doch nichts«, sagte sie. »Es hat eine perfekte Balance. Und es ist einfach schön.«

»Danke«, sagte er und achtete darauf, dass seine Stimme nicht zu stolz klang.

»Warum hat es diese feinen Linien auf der Klinge?«, fragte sie und führte die Klinge nah an ihr Gesicht, um besser zu sehen.

»Die entstehen beim Schmieden«, erklärte er. »Der Stahl wird insgesamt zehnmal gefaltet.«

»Gefaltet?«

»Genau. Auf die doppelte Breite gehämmert, über den Falz gezogen, zusammengeklappt, dann wieder auf die doppelte Breite gehämmert, und so weiter. Insgesamt zehnmal. Es entstehen tausendvierundzwanzig Schichten auf diese Weise. Eine solche Klinge ist um vieles stabiler und flexibler als eine nicht gefaltete. Sie wird kaum jemals brechen.«

»Aha«, sagte sie, immer noch staunend. »Das hat es also mit den Zwergenwaffen auf sich. Aber wenn das Ergebnis so viel besser ist, warum haben unsere Schmiede das nicht längst übernommen?«

»Du meinst die Menschenschmiede?« Thork gestattete sich ein Lächeln. »Nun, zum einen dauert es auf diese Weise etwa zehnmal so lang, eine Klinge zu machen. Aber zum anderen braucht es einen bestimmten Stahl dafür, und wir teilen das Geheimnis seiner Zusammensetzung nicht. Du glaubst nicht, was es mich gekostet hat, in dieser Stadt ordentlichen Zwergenstahl zu bekommen.«

»Selbst schuld«, sagte sie lächelnd. »Ihr könntet euer tolles Geheimnis schließlich auch mit uns teilen.«

»Wir müssen die wenigen Güter schützen, die ihr uns noch lasst«, erwiderte der Zwerg ernst.

Sie sah von dem Schwert auf und zu ihm hinüber. »Das ist es, was ihr Zwerge empfindet? Dass wir euch etwas wegnehmen?«

»Schau dich doch mal um«, sagte er. »Früher gab es riesige Zwergenkönigreiche, es gab sie noch zu Lebzeiten meines Großvaters. Erendor, Gorak, das sind Namen, die einem Zwergen die Tränen in die Augen treiben können, denn sie sind kaum mehr als Erinnerungen an eine glorreiche Vergangenheit.«

»Hab ich nie gehört«, gab Lianna zu.

»Siehst du. Noch vor dreihundert Jahren waren sie jedem bekannt, auch jedem Menschen. Aber es gibt einfach so viele von euch, und ihr werdet immer mehr.«

»Es macht ja auch Spaß, sich zu vermehren«, gab sie zurück und grinste schalkhaft.

»Kann ja sein«, sagte er, »aber ihr fangt in einem Alter damit an, in dem wir noch nicht einmal volljährig sind. Das verschafft euch einen Vorsprung. Ganz zu schweigen davon, dass ihr reichlich maßlos seid in der Anzahl eurer Kinder.«

»Hör auf«, sagte sie. »Du machst mir ein schlechtes Gewissen, ein Mensch zu sein.«

»So war's nicht gemeint«, versicherte er ihr.

Er beendete seine Arbeit, während sie in der Begutachtung des Schwertes fort fuhr.

»Ich würde wahnsinnig gerne ein solches Schwert haben«, sagte sie. »Kannst du mir eines machen?«

»Es ist mir eine Ehre«, sagte er ernst.

»Sag mal ... Wäre es dir lieber, wenn ich eine Zwergin wäre?«

»Was ist das denn für eine unsinnige Frage?«

»Gar kein Unsinn«, widersprach sie. »Ich denke manchmal nach über solche Sachen.«

»Du bist perfekt, genau wie du bist«, sagte er und wurde mit einem strahlenden Lächeln belohnt. »Und jetzt«, sagte er, »wenn du dich von diesem Schwert trennen kannst, könnten wir rübergehen. Ich bin fertig hier.«

In seine letzten Worte mischte sich ein Geräusch, das sie beide erschreckt inne halten ließ: ein Reißen, Scheppern und Poltern, unmittelbar gefolgt von Frekirs lautem, wildem Knurren.

Mit wenigen Schritten waren sie nebenan im Wohnraum.

»*drek*«, fluchte Thork. »Nimmt denn der Ärger kein Ende?«

Ein faustgroßer Stein lag auf dem Fußboden. Die Fensterbespannung hing in Fetzen. Durch die entstandene Öffnung strich ein frischer Luftzug und trug Gelächter, Stimmen und Hufgetrappel ins Innere.

»Was soll das?«, fragte Thork verwirrt.

Weitere Steine flogen durch das zerstörte Fenster in den Innenraum und polterten von außen gegen die Tür, begleitet von Rufen und Gegröle.

»Was wollen die?«, flüsterte Lianna.

»Wissen deine Leute, dass du hier bist?«, fragte er, dem ein unguter Verdacht kam.

»Nein! Wie sollten sie? Und warum? Sie interessieren sich nicht mehr für mich. Ich bin ausgestoßen.«

Mit wenigen Griffen holte Thork seine Axt aus der Truhe und befreite das Blatt von seiner schützenden Hülle.

»Wir werden sehen«, sagte er.

Vorsichtig näherte er sich dem Fenster, um einen Blick nach draußen werfen zu können, und zuckte zurück, als zischend ein Pfeil ins Innere geflogen kam und klappernd zu Boden fiel. Beifall kam von draußen, Gelächter und anfeuernde Rufe. Thork verstand nicht, was gesprochen wurde, aber es klang dem, was Lianna gelegentlich sprach, viel zu ähnlich.

»Das würden die doch nie tun«, hörte er Lianna hinter sich fassungslos sagen.

»Hört auf mit dem Unsinn!«, rief er nach draußen. »Und zwar in eurem eigenen Interesse!«

Seine Drohung wurde mit Hohngelächter aufgenommen.

»Du glaubst doch nicht, dass wir uns jetzt fürchten!«, rief einer von draußen.

»Ihr solltet besser«, gab Thork zurück. »Es wäre klüger.«

Erneut brandete Gelächter auf.

»Wir haben gerade erst angefangen!«, rief ein anderer, und ein dritter: »Warte noch ein wenig, bis wir dich zu einem Tänzchen bitten!«

»Wollen doch mal sehen, was nötig ist, um den Steinfresser aus seinem Bau zu locken«, rief einer, und andere johlten. Neue Steine flogen.

»Hört sofort auf damit!«, schrie Lianna, die sich hinter Thork postiert hatte. Durch das zerstörte Fenster fiel Licht auf das Schwert in ihrer Hand und ließ die Klinge kalt und silbrig schimmern. »Was fällt euch ein!«

»Schaut mal«, sagte einer. »Die kleine Hure ist auch daheim. Da haben wir ja Glück gehabt.«

»Halt's Maul, Hure«, brüllte der Wortführer. »Sonst verpassen wir dir ein paar, dass du hinterher aussiehst wie der Steinfresser! Verdient hast du's!«

Lianna keuchte auf und wollte voran stürmen, doch Thork hielt sie fest.

»Das ist doch genau, was die wollen! Wir rennen blindlings auf die Straße, und sie müssen uns nur noch niederknüppeln. Bleib erst mal hier.«

»Aber ich will sie treten, diese Scheißkerle!«

»Sag mir lieber, was das zu bedeuten hat. Was ist das? Ein Racheakt?«

»Sieht so aus.« Sie duckte sich, als weitere Steine durch die Fensteröffnung polterten.

»Sie müssen dir auf den Fersen gewesen sein«, vermutete er düster. »Du bist kaum zwei Tage hier.«

»Verdammte Scheiße«, fluchte sie. »Ich habe nichts gemerkt.«

»Komm raus, Prinzesschen-Schätzchen«, flötete einer der Angreifer von draußen. »Du wirst staunen, was ich dir zu bieten habe!«

»Nichts hast du, schwanzloser Sohn einer Ziege!«, schrie sie. »Verzieh dich!«

Jemand traf endlich das zweite Fenster und riss die Bespannung in Fetzen. Es war eine ganze Gruppe von Randalierern da draußen, Thork schätzte vier oder fünf, obwohl seine Sicht aus den beiden zerstörten Fenstern mehr als beschränkt war. Es konnten genauso gut mehr sein.

Er senkte die Axt, die ihm nichts nützte. Er war wütend, und daher sprang ihm die Energie geradezu in die Hand. Er ballte sie zusammen und warf sie. Leuchtend blau zischte die Kugel ins Freie und schlug auf der Straße ein. Straßendreck spritzte, Pferde schnaubten entsetzt, es gab hektisches Hufgetrappel.

»Und jetzt verschwindet«, sagte Thork laut, »wenn ihr nicht wollt, dass der nächste dort einschlägt, wo ihr steht!«

Stimmen in aufgeregtem Welsch erhoben sich über dem Hufgetrappel.

»Sie empören sich, dass du ein Zauberer wärst«, übersetzte Lianna. »Damit hatten sie wohl nicht gerechnet.«

Neue Steine und Hohnreden flogen, und auch der eine oder andere Pfeil schwirrte ins Innere und fiel zu Boden, ohne Schaden anzurichten.

»Was machen wir?«, fragte Lianna. »Wir könnten durch die Hintertür raus und sie dann seitlich kriegen.«

»Nur im Notfall«, wehrte Thork ab. »Ich will ihnen wirklich nicht das Haus und alles kampflos überlassen. Die legen mir das in Trümmer, wenn ich nicht aufpasse.«

»Kommt raus, so lange ihr noch könnt«, schrie einer der Angreifer. »Es ist Zeit zu tanzen! Und mir gehört die Süße zuerst!«

Thork sammelte sich für einen weiteren Energieball. Diesmal, so nahm er sich vor, würde er einen der Angreifer treffen. Sie ließen ihm keine Wahl.

Er spannte sich, seine Hand kam hoch und nach vorne. Er hielt die Energie zurück und wartete darauf, dass sich ihm durch eine der Fensteröffnungen ein gutes Ziel bot. Der letzte Energieball hatte einen unangenehmen, brenzligen Geruch hinterlassen.

Thork ließ die Hand sinken.

»Thork«, sagte Lianna, aufkeimende Panik in der Stimme. »Hier riecht's angebrannt, findest du nicht?«

Der erste Energieball hatte die Straße getroffen und war verpufft. Er hatte nichts in Brand gesetzt. Ein solcher Zauber war gar nicht in der Lage, etwas in Brand zu setzen.

Er warf einen Blick über die Schulter. Unter der Hintertür hindurch quoll dicker schwarzer Rauch in den Raum.

»Das Brennholz«, sagte er entsetzt. »Und es steht ein ganzer Sack Späne draußen, zum Anschüren. Sie haben die Hintertür damit angezündet.«

Er sah, wie ihre Augen sich mit Angst füllten, und kämpfte Panik nieder. Feuer.

»Vergiss die Hintertür. Wir brauchen einen neuen Plan.«

»Na?«, rief einer von draußen. »Wird's euch schon warm?«

Flammen schlugen unter der Tür durch, lange hungrige Zungen, die über den Boden leckten und kleine Ableger hinterließen, die ihrerseits knackend und knisternd um sich griffen.

Er sah sich um. Über ihm, zwischen den Dachbalken, glomm eine winzige Flamme, kaum mehr als ein heller Fleck, doch gleich darauf sprang sie lodernd auf. Hitze wurde frei, beißender Rauch ließ ihre Augen tränen. Fast gleichzeitig fingen andere Stellen des Daches Feuer. Die Spitze des nächsten Pfeiles, der den Weg ins Innere fand, war mit brennendem Tuch umwickelt, schlitterte über den Holzboden und setzte den Teppich in Brand. Schlagartig nahm die Hitze zu.

»Sie haben das verdammte Strohdach in Brand geschossen«, sagte Thork. »Wir müssen raus hier!«

»Was ist mit der Schmiede?«, fragte sie und hustete, als sie Rauch einatmete. »Die hat doch Steinwände!«

»Aber einen hölzernen Dachstuhl. Es ist nur eine Frage der Zeit, bis es übergreift. Und du wirst nicht darin sein wollen, wenn das brennende Dach herunter kommt.«

Die Hitze legte sich schmerzhaft auf ihre Gesichter. Das Feuer griff um sich, sprang mit erschreckender Geschwindigkeit vom Teppich auf das Nachtlager über und verwandelte es in eine riesige Fackel. Schon liefen die ersten Flammen vom Dach aus knackend die hölzernen Wände hinunter. Frekir, den Schwanz zwischen die Hinterbeine geklemmt, jaulte laut, packte Thork am Hosenbein und versuchte, als wollte er Liannas Vorschlag bekräftigen, ihn in Richtung der Schmiede zu ziehen.

Thork hustete. Tränen stürzten ihm aus dem gesunden Auge und verschleierten ihm die Sicht.

Durch dicke Rauchschwaden, Lianna vor sich her schiebend, folgte er dem Hund hinüber in die Schmiede, wo der Rauch dünner war, und schloss die Tür zum Vorraum.

Auch hier brannte das Dach bereits an einigen Stellen. Es war nur eine Frage von Augenblicken, bis hier die Verhältnisse erreicht waren, vor denen sie aus dem Wohnhaus geflohen waren.

Lianna hustete so krampfhaft, dass sie sich beinahe übergab.

»Wir müssen raus hier«, sagte er und half ihr auf. »Wir sind sonst erstickt, bevor wir verbrannt sind.«

»Aber sie werden dich einfach abschießen«, keuchte Lianna. »Wo ist dein verdammtes Kettenhemd?«

»Es ist drüben, und ich werde garantiert nicht noch mal rübergehen, um es zu holen. Es war keine Zeit dafür. Mach dir keine Sorgen«, fügte er hinzu, als er ihr angstvolles Gesicht sah. »Einen Zwerg schießt man nicht so ohne weiteres ab«, obwohl er sich eine gute Chance gab, dass es genau so geschehen würde.

»Gut«, sagte sie. »Ich geh zuerst. Mir tun sie nichts.«

»Kommt nicht in Frage. Du hast gehört, was sie dir tun wollen.«

»Aber es sind meine Leute!«

»Falsch. Es sind Feinde. Nichts anderes.«

Frekir knurrte wild und kratzte an der Tür, richtete sich dann auf die Hinterpfoten auf und drückte die Türklinke mit seinem Gewicht herunter. Die Tür sprang auf. Frischer Wind drang ins Innere. Die Flammen heulten und rissen mit einem gewaltigen Satz einen Großteil des Strohdaches an sich. Frekir sprang ins Freie und verschwand. Durch die offene Tür sahen sie die Reiter auf ihren unruhig tänzelnden Pferden. Sie trugen Kapuzenmäntel und hatten sich Tücher vors Gesicht gebunden, die nur die Augen freiließen.

»Also gut«, sagte Thork laut, um gegen das Krachen der Dachbalken und das Heulen der Flammen anzukommen. »Wir gehen gleichzeitig.«

Lianna nickte und bezog seitlich der Tür Posten. Sie hustete immer noch, ihre Schwerthand zitterte. Er rief den Zauber wieder in sich wach, den er zuvor abgebrochen hatte. Rauch brannte in seinen Lungen, er krümmte sich zusammen, als er hustete. Der Zauber flackerte. Langsam begann die Energie, ihm zu entgleiten. Er richtete sich auf und warf den Zauber.

Er traf nicht den Reiter, sondern das Pferd. Der Energieball riss ein riesiges, schwarz verkohltes Loch in den Hals des Tieres. Es gab einen kurzen, qualvollen und fast menschlich klingenden Schrei von sich, bevor es tot zusammenstürzte und seinen Reiter unter sich begrub.

Thork hörte Lianna schreien, als sie mit dem Schwert vor sich ins Freie stürmte. Er ließ seine letzte Energie zusammenströmen und warf einen weiteren Ball, viel kleiner als die vorherigen, aber ausreichend, um einen der Reiter schreiend vom Pferd zu holen. Dann folgte er Lianna ins Freie, die Axt vor sich.

Es waren noch fünf Angreifer übrig, und sie waren alle beritten. Aus dem Augenwinkel sah Thork, wie Lianna, wütend wie eine Furie, versuchte, einen der Reiter mit ihrem Langschwert vom Pferd zu holen, der aber parierte ihre Schläge mit einem kleinen Holzschild und schien wenig beeindruckt von den Attacken seiner Gegnerin. Dann versperrte ein anderer Reiter ihm die Sicht. Er zügelte sein schnaubendes Pferd direkt vor dem Zwergen und holte mit einem Morgenstern zum Schlag aus.

Thork kannte keine hinderlichen Skrupel. Tief versenkte sich die Axt in den Hinterleib des Tieres. Das Fell brach auf, dunkles Blut ergoss sich auf die Straße, und mit einem Aufstöhnen brach das Pferd zusammen. Der Reiter schrie vor Wut und Schmerz, als sein Bein unter dem um sich schlagenden und sich wälzenden Pferd eingeklemmt wurde. Mit einem Satz brachte Thork sich aus der Reichweite der wirbelnden Hufe. Lianna veranstaltete immer noch Schattenfechten mit ihrem Gegner und schrie wild und wütend auf ihn ein, Thork verstand die Sprache der Sidarthi nicht, aber er nahm an, dass »Schwanzloser Sohn einer Ziege«, noch zu den harmloseren Bezichtigungen gehörte. Sie schien sich nicht ernsthaft in Gefahr zu befinden, ihr Gegner hatte sein Schwert nicht einmal gezogen.

Thork beschloss, dem Tanz ein Ende zu machen und zu tun, was sie nicht konnte. Die Axt erhoben, setzte er sich in Bewegung. Er plante, mit Wucht gegen das Pferd anzurennen, es im ersten Schlag zu fällen und sich dann den Reiter vorzuknöpfen, doch er kam nicht so weit. Ein anderer Reiter versperrte ihm erneut den Weg. Offenbar wollte man ihn gezielt von Lianna fernhalten. Thork sprang zur Seite, doch auch da war plötzlich ein Reiter, und ein dritter kam dazu. Ehe er etwas unternehmen konnte, war er von drei schwitzenden, schäumenden Pferdeleibern umrundet, die den Kreis um ihn immer enger zogen. Thork keuchte. Seine Kehle war plötzlich schmerzhaft ausgetrocknet, seiner Handflächen feucht. Sein Herzschlag dröhnte ihm in den Ohren.

»Pferdeschlächter«, sagte einer der Reiter hinter seiner Maske. »Dafür sollst du zahlen.«

»Jawohl«, stimmten die anderen ihm zu. »Teuer sollst du bezahlen!«

Thork drehte sich im Kreis, die Axt schützend vor sich. Der Kreis war undurchdringlich, er schien nur aus rollenden Augen, rot unterlaufenen Nüstern und gefährlich blitzenden Hufeisen zu bestehen, und aus drei Schwertklingen, die sich nun auf ihn richteten und ihn in grausamem Katz-und-Maus-Spiel umkreisten. Fieberhaft ging Thork seine Möglichkeiten durch. Er hatte keine. Er spürte, wie seine erschöpften Energiequellen sich tröpfchenweise auffüllten, doch der Augenblick Konzentration, selbst vor einem noch so schwachen Zauber, konnte ihn in dieser Situation das Leben kosten.

Einer der Reiter setzte seine Schwertklinge an Thorks Schulter an und schubste ihn vorwärts. Schmerzhaft ritzte die Klinge seine Haut, er stolperte nach vorne in eine weitere Klinge, die ihn wieder zurückweichen ließ. Dann hörte er Liannas schmerzerfüllte Schreie, und blind für alles andere stürmte er vorwärts. Er führte einen mächtigen Streich gegen die Mauer aus Leibern, die ihn umgab, traf einen Sattel und das Bein eines Reiters, der aufheulte, er befreite die Axt und holte erneut aus, als ein gewaltiger Aufprall ihn nach vorne schleuderte. Er stürzte. Rund um ihn war Getrappel und Staub und das gefährliche Blitzen von Hufeisen, und aus dem Augenwinkel sah er, wie eines der Höllentiere über ihn kam. Wild schnaubend füllte es sein gesamtes Gesichtsfeld, eine gestaltlose, entfesselte Masse, einer Lawine gleich, er stöhnte entsetzt auf und schützte den Kopf mit den Armen, und dann spürte er, wie er zwischen die Hufe geriet, ein Tritt von der Wucht eines Vorschlaghammers ließ ihm Rippen brechen, er wurde beiseite geschleudert und blieb liegen.

Jeder Atemzug ein stechender Schmerz. Er lag still und versuchte, möglichst flach zu atmen und zu begreifen, dass er noch lebte. Warm lief es ihm übers Gesicht und tröpfelte ihm durch den Bart auf die Lippen. Er schmeckte Blut. Er wagte eine Bewegung und fand eine heftig blutende Platzwunde auf der Stirn. Die Bewegung schickte einen heißen, schier unerträglichen Schmerz durch seinen Körper. Sein Brustkorb schien in Flammen zu stehen und zu eng zu sein auch nur für den kleinsten Atemzug. Durch das Rauschen seines Blutes drang ein anderes Geräusch zu ihm, ein sich infernalisch steigerndes Donnergrollen und Fauchen. Er blinzelte. Durch einen roten Schleier sah er, wie das Dach seines Hauses nachgab und in einer gewaltigen Flammenlohe einstürzte. Ein Meer aus Funken wurde in den Himmel geschleudert und regnete um ihn nieder. Die Hitze raubte ihm den letzten Rest Atem. Er kam auf alle Viere und schleppte sich weg, bis die Hitze nicht mehr völlig unerträglich war. Dann richtete er sich auf, so gut er konnte, und sah nach Lianna.

Alles war in Rot getaucht, rot vom Blut, das ihm übers Gesicht lief, rot von dem gewaltigen Feuer, das die Umgebung taghell erleuchtete, und gesprenkelt von Funken.

Sie hatten Lianna umringt, er konnte sie zwischen den Beinen ihrer Pferde sehen, sie war in die Knie gegangen, aber zumindest lebte sie noch. Sie waren zu fünft. Einem lief Blut den Oberschenkel hinunter und färbte seine Hosen und das Fell seines Pferdes dunkel, und er war es, der ein Schwert gegen Lianna gerichtet hatte. Sie rempelten sie mit ihren Pferden an, schlugen mit Fäusten nach ihr und zerrten sie an ihrem Zopf hoch, wenn sie stürzte. Sie stieß auf Welsch Beleidigungen aus, ihre Stimme war heiser. Er kam auf die Füße, hob seine Axt auf, obwohl sie viel zu schwer für ihn war, und näherte sich schwankend dem Kreis.

»Lasst sie in Ruhe«, sagte er laut und sah sich verblüfft um, als die gleichen Worte fast gleichzeitig, wie ein Echo, von hinten über seine Schulter klangen.

Ein Reiter hatte sich unbemerkt von hinten genähert. Sein weißes Pferd tänzelte nervös und rollte die Augen zum Feuer. Der Reiter lenkte es mit einer Hand, in der anderen hielt er eine kleine Armbrust, ein Bolzen lag auf der Sehne, und er richtete sie ruhig und ohne zu zittern gegen die Angreifer. Er trug keine Maske. Thork schaute hinauf in das schöne, ebenmäßige, von Feuerschein rot übergossene Gesicht. Er wusste sofort, wen er da vor sich hatte.

Die fünf, die Lianna umringt hatten, trieben ihre Pferde auseinander und wichen zurück. Sie hustete und wischte sich mit einem rußfleckigen Ärmel über das Gesicht. Sie war von Staub und Ruß bedeckt, Blut lief ihr den Hals hinunter.

»Ich sagte euch, *sie* solltet ihr nicht anrühren«, sagte er mit befehlsgewohnter Stimme. »Ihr hättet besser daran getan, euch daran zu halten.«

Die vier sahen vor sich auf die Hälse ihrer Pferde und wagten keine Erwiderung.

»Arik, du Dreckschwein«, sagte Lianna und kam von den Knien hoch. »Das verzeih ich dir nie.«

Der Reiter verzog keine Miene.

»Es gibt mehr Dinge, die ich dir zu verzeihen habe, als umgekehrt«, sagte er. Er nahm die Armbrust und richtete sie gegen Thork.

Thork stand still. Der stählerne Bolzen zeigte genau auf seine Brust, von sicherer Hand aufs Ziel gerichtet. Thork zweifelte nicht, dass er treffen würde, wenn er los ginge. Er sah hinauf in das Gesicht des anderen und begegnete seinem Blick. Er wusste nicht, wie lange der Augenblick dauerte, da sie sich ansahen, ruhig, als würden Chaos und Inferno von ihnen abrücken und ihnen Platz lassen, und schließlich richtete Arik die Armbrust auf das brennende Haus und schoss den Bolzen ab, und er verschwand in den Flammen.

»Zieht euch zurück«, befahl er seinen Männern, dann wendete er seinen Schimmel auf der Hinterhand und galoppierte davon.

Thork atmete tief und zitternd. Der Schmerz kehrte zurück.

Die fünf verbliebenen Reiter nahmen ihre verletzten Kumpanen vor sich auf die Pferde, wendeten dann und trabten davon, begleitet von Liannas sich überschlagenden Verwünschungen. Dann drehte sie sich zu ihm. Unter der Rußschicht sah er die Verzweiflung in ihrem Gesicht, ihr Schwert schleifte auf dem Boden. *Es ist wirklich zu lang für sie*, dachte er.

»Was hast du nur getan«, sagte sie, Tränen in der Stimme. »Wie konntest du nur?«

»Was meinst du«, murmelte er. Die Welt begann, leise um ihn zu schaukeln.

»Ich dachte wirklich, du würdest sterben«, sagte sie. »Ich meine, da war nichts zwischen dir und diesem Bolzen als dein verdammtes Hemd, und du stehst einfach da, als wäre nichts! Du hättest doch irgendwas tun müssen!«

»Ich wusste, er würde nicht schießen. Ich hab's in seinen Augen gesehen.«

»Blödsinn! Weißt du überhaupt, wer das war?«

»Ja«, sagte er.

»Götter«, sagte sie und strich sich zerzaustes Haar aus der Stirn. Ihr Blick glitt über das Schlachtfeld, auf dem zwei Pferde zurückgeblieben waren, das eine lag mit zerrissenem Hals in einer riesigen, langsam im Boden versickernden Blutlache, dem anderen quollen Gedärme aus dem aufgeschlitzten Leib. »Was hast du nur getan«, sagte sie, und dann brach sie in die Knie und übergab sich heftig.

Er konnte ihr nicht zu Hilfe kommen, seine Bewegungen waren viel zu langsam, und außerdem erhob sich erneut Kriegsgebrüll über dem Rauschen des Feuers. Er drehte sich schwankend um, die Axt vor sich. Drei Gestalten stürmten auf ihn zu, eine davon untersetzt, möglicherweise ein Zwerg. Waffen leuchteten rot im Schein des Feuers.

*Gròr, dir ist klar, dass ich mit diesen Dreien unmöglich fertig werde? Sie werden mich einfach niederhauen. Ich will nicht anmaßend sein, aber ich hoffe, du hast dir das gut überlegt.*

Er machte einen schwankenden Schritt nach vorne. Die drei Angreifer bremsten ihren Lauf noch einige Schritte von ihm entfernt und sahen sich um.

»Wo sind sie?«, fragte die Kriegerin, die den kleinen Trupp angeführt hatte, und drehte sich um sich selbst.

»Schon weg«, erwiderte der große Mann hinter ihr. »Wir sind zu spät.«

»Nimm die Axt runter«, sagte einstweilen der Zwerg zu Thork. »Wir sind Freunde.«

»Ich kenn' Euch nicht«, sagte Thork und tat nichts, um sein Misstrauen zu verbergen.

»Ich weiß. Mein Name ist Lomir Feuerbeil. Freut mich, dich kennenzulernen – offiziell, meine ich.«

Er hielt Thork die Hand entgegen, und der ergriff sie nach einer langen, zögernden Pause.

»Thork Eisenfels.«

»Ich weiß. Normalerweise frage ich die Leute, denen ich begegne, wer sie sind, woher sie kommen, und wie sie heißen. Das erübrigt sich in unserem Fall, wie ich dir bei Gelegenheit erklären werde – hoppla! Ist dir nicht gut?«

»Es ist nichts«, murmelte Thork. »Paar Rippen gebrochen. Kann nicht atmen. Muss mich setzen, für einen Augenblick.«

Als er wieder zu sich kam, saß er auf dem Boden, eine Hauswand im Rücken, und die fremde Kriegerin fächelte ihm mit den Händen Luft zu. Ihm war übel, und kalter Schweiß stand auf seiner Haut, obwohl er die Hitze des Feuers spürte.

»Geht's wieder?«, fragte sie. Er nickte schwach. Stimmengewirr drang über ihre Schulter zu ihm, das Läuten von Glocken und eiliges Fußgetrappel.

»Es ist ein Löschkommando eingetroffen«, sagte die Kriegerin. »Wobei es bei dir nichts mehr zu löschen gibt. Sie schützen nur die Häuser rundum.«

Thork nickte wieder. »Lianna«, murmelte er.

»Es geht ihr gut«, sagte die Kriegerin. »Sie ist hier.«

Gleich darauf war Lianna bei ihm und warf sich in seine Arme, er stöhnte laut auf und hätte vor Schmerz beinahe erneut das Bewusstsein verloren. Sie schreckte zurück.

»Was ist mit dir?«

»Rippen gebrochen«, erklärte er, mühsam um Atem ringend. »Diese Höllentiere sind auf mir herumgetrampelt.« Er schloss die Augen und verdrängte schaudernd die Erinnerung.

»Mein Armer«, sagte sie und streichelte sein Gesicht. »Es tut mir so leid.«

»Wird schon wieder«, murmelte er.

»Aber wie wird es werden? Was machen wir jetzt? Alles, was wir hatten, brennt gerade ab!«

»Ich habe dich. Das ist alles, was ich brauche.«

»Romantischer Schwachsinn«, sagte die Kriegerin. »Was du vor allem brauchst, ist ein gutes Versteck, wo niemand dich finden kann. Es sei denn, du hast genug Geld in deinen Taschen, um den Schaden zu bezahlen.«

»Aber ich habe ihn nicht verursacht!«

»Und du meinst, danach fragen die?«

Thork sah die Kriegerin verunsichert an.

»Toleno wird sein Hab und Gut ersetzt haben wollen. Er ist ein angesehener Bürger dieser Stadt. Du bist ein Fremder, und überdies nicht mal ein Mensch. Was glaubst du, auf wessen Seite die Stadtbüttel sich schlagen werden?«

»Was kümmert dich das alles überhaupt?«

»Das ist eine lange Geschichte, die ich dir bestimmt nicht neben einem brennenden Haus erzählen werde. Kommt mit. Wir bieten euch Unterschlupf, und dann ist auch Zeit für Geschichten.«

»Ich werde mich nicht heimlich davonschleichen, und schon gar nicht mit euch Fremden!«

Die Kriegerin lachte hart auf.

»Glaub mir, Meister Zwerg, wir sind die einzigen Freunde, die ihr zwei Schätzchen in dieser Stadt habt.«

»Das kann ich nur unterstreichen«, fügte der Zwerg mit dem sorgfältig geflochtenen Bart hinzu. »Wir wollen euch nichts Böses, im Gegenteil. Wir versuchen, zu verhindern, dass du im Schuldturm landest – was in doppelter Hinsicht fatal wäre.«

»Schuldturm?«

»Eine menschliche Erfindung. Wenn jemand seine Schulden nicht bezahlen kann, werfen sie ihn da rein und lassen ihn darin verrotten.«

»Und wie soll das beim Abzahlen der Schulden helfen?«

»Ich sagte nicht, dass es eine sinnvolle Erfindung sei.« Der Zwerg verzog das Gesicht. »Jedenfalls sollst du nicht unschuldig dort landen und am Gelbfieber sterben, während deine Liebste versucht, deine Schulden abzuarbeiten.«

Lianna legte die Hand über den Mund, ihre Augen wurden weit vor Schreck.

»Und ich bin an allem Schuld«, sagte sie entsetzt.

»Mach es wieder gut, indem du dein Herzblatt hier überzeugst, seinen Starrsinn aufzugeben«, sagte die Kriegerin. »Und das am besten, bevor es hier von Stadtwachen wimmelt.«

»Wir müssen außerdem mit euch über das Artefakt sprechen«, ergänzte der Zwerg. »Wir benötigen alle Informationen, die ihr uns geben könnt.«

»Welches Artefakt?«, fragte Lianna.

»*Das* Artefakt«, sagte der Zwerg mit Betonung.

»Was«, sagte Lianna. »Wie ...?«

»Gehört alles zur Geschichte, die wir euch in Ruhe erzählen werden«, unterbrach die Kriegerin.

»Ihr seid Diebe«, keuchte Lianna.

»Der Zweck heiligt die Mittel«, sagte die Kriegerin achselzuckend. »Also, was ist? Könnt ihr euch mal entscheiden?«

»Thork«, sagte Lianna, »wir *müssen* mit diesen Leuten gehen. Die haben mein Artefakt.«

»Was ist das für ein Grund«, murmelte er, dem inmitten all des roten Lichtes schwarze Flecken vor den Augen tanzten.

»Ein guter. Und ich will nicht, dass die dich in den Schuldturm werfen.«

»Ich achte das geltende Recht.«

»Aber ich nicht!«, schrie sie ihn an. »Geltendes Recht ist mir scheißegal! Ich will nicht, dass sie dir das antun, nur weil ich...«

Sie schluchzte auf. Tränen stürzten aus ihren Augen, sie schlug die Hand vor den Mund und wandte sich ab.

»Prinzessin«, sagte er und streckte die Hand nach ihr aus, obwohl ihm dabei übel wurde vor Schmerz, »weine nicht. Du weißt, ich kann das nicht ertragen.«

»Und ich«, schluchzte sie, »kann nicht ertragen, wenn sie dich einsperren!«

»Vielleicht tun sie's ja nicht. Vielleicht lassen sie mit sich reden. Schließlich, es ist dumm, so etwas zu tun. Ich muss arbeiten, damit ich etwas zurückzahlen kann.«

»Und wenn doch?«, sagte sie, ihre Stimme zitterte unbeherrscht. »Du hast heute erst mit den Wachen zu tun gehabt. Du weißt, was du von ihnen erwarten kannst.«

Thork seufzte.

»Bitte«, sagte sie. »Du kannst das Risiko unmöglich eingehen. Ich *brauche* dich. Du musst hier bei mir sein. Du hast es versprochen.«

»Also gut«, seufzte er. »Gib mir noch einen Augenblick, und dann gehen wir in Gròrs Namen mit diesen Leuten.«

Sie wischte sich die Tränen ab und verteilte damit den Ruß gleichmäßig übers Gesicht.

»Danke«, flüsterte sie und küsste ihn zart auf die Wange.

Thorks erste Tat am nächsten Morgen war, still und mit geschlossenem Auge liegen zu bleiben und mit aller verzweifelten Kraft die Überzeugung in sich wach zu rufen, die Geschehnisse in seiner Erinnerung seien nichts als ein bizarrer, schwerer Traum. Wem geschah schließlich auch so etwas. Arkane Artefakte, die auftauchten, verschwanden und offenbar wieder auftauchten, Reiter, die sein Haus anzündeten und ihn über den Haufen ritten, eine Bande höchst obskurer Personen, die sich als Freunde ausgaben und offenbar zumindest teilweise nicht ganz richtig im Kopf waren, denn wer behauptete schon klaren Sinnes, sich in einen Hund verwandeln zu können. Eine eilige, heimliche Flucht durch enges Straßengewirr, als wäre er Brandstifter und nicht Opfer … Es gab einige Lücken in diesem eigenartigen Traum, oder was immer es war, und er hatte das bestimmte Gefühl, dankbar für jede einzelne sein zu können.

Er bewegte sich und unterdrückte ein Stöhnen. Der Schmerz war real. Er hielt still, zapfte seine Energiequelle an und lenkte Heilung wie sanftes, warmes Wasser über seinen zerschlagenen Körper. Der Schmerz ließ nach. Er blinzelte, auf das Schlimmste gefasst, und das Schlimmste traf ein.

Eine Dachkammer, mit Schatten und Spinnweben angefüllt, das winzige Fenster ließ kaum Licht in den Raum. Einige offenbar von ihren Besitzern vor langer Zeit hier abgestellte und vergessene Möbelstücke. Die Gestalt eines schlanken, jungen Zwergen, der sich über ihn beugte und ihn mit ernstem Gesicht betrachtete.

»Guten Morgen«, sagte der Zwerg.

»Da bin ich mir nicht sicher«, knurrte Thork.

»Wie fühlst du dich?«, fragte der andere.

»Was glaubst du?«, gab Thork zurück. »Mein Haus ist abgebrannt und alles. Ich hatte schon angenehmere Tage.«

»Ich meinte deine Verletzung«, erinnerte ihn der Zwerg mit sanfter Stimme.

»Ach so.« Thork richtete sich vorsichtig auf. »Besser, aber wirklich nur, was das betrifft.«

»Du hast dich überraschend schnell erholt«, stellte der Zwerg fest.

»Kenne ich deinen Namen? Ich kann mich nicht erinnern«, fragte Thork, ohne auf den Einwurf des anderen zu antworten.

»Nardon Haltir«, sagte der andere. »Wir wurden uns gestern Abend vorgestellt, aber ich kann mir denken, dass du nicht mehr alles mitbekommen hast. Du warst reichlich mitgenommen.«

»Man hat mein Haus angezündet und mich in einen Straßenkampf verwickelt.«

»Das erwähntest du bereits.«

Steif wie ein alter Mann kam Thork auf die Füße.

»Wo ist Lianna?«, fragte er, plötzlich besorgt.

»Sie brach bereits bei Sonnenaufgang auf«, berichtete Nardon. »Sie sagte, sie hätte etwas zu erledigen.«

»Und ihr habt sie gehen lassen?«, fragte Thork entsetzt. »Seid ihr von Sinnen? Diese Brandstifter und Verbrecher laufen frei in der Stadt herum, und ihr ...«

»Hallo«, sagte Nardon. »Reg dich ab. Krona und Pintel sind bei ihr. Glaubst du, wir würden sie ohne Eskorte ziehen lassen? Ein bisschen Verstand kannst du uns ruhig zutrauen.«

»Im Augenblick verlasse ich mich auf nichts«, knurrte Thork. »Hat sie gesagt, was sie da erledigen will?«

»Nein«, sagte Nardon. »Beruhige dich. Krona ist eine professionelle Schwertkämpferin, und Pintel ein aufmerksamer Beobachter. Und deine Lianna trägt ihr Schwert sicher auch nicht zur Zierde.«

»Man weiß nicht, wie viele die anderen sind.«

»Es sind gefährliche Zeiten angebrochen, für uns alle. Wenn du erst alles weißt, wirst du erkennen, dass einige marodierende Menschen unser geringstes Problem sind.«

»Großartig«, stöhnte Thork. »Genau die Art von Zuspruch, die ich an einem Morgen wie diesem brauche.«

»Mittag«, korrigierte Nardon.

»Noch viel besser.« Thork ließ sich auf einem dreibeinigen Hocker am Tisch nieder, der unter seinem Gewicht gefährlich knarzte. »Dann stehen meine drei Mitarbeiter längst vor den Ruinen meiner Schmiede und fragen sich, was sie jetzt unternehmen sollen.«

»Das ist nicht mehr dein Problem«, sagte Nardon sanft.

»Gestern um die gleiche Zeit war es das noch. Gestatte, dass ich eine Weile brauche, um mich umzugewöhnen.«

»Das verstehe ich gut.«

Thork griff in die Taschen seiner Weste und leerte ihren Inhalt auf den Tisch: ein kleiner, abgenutzter Feuerstein, drei Kupferpfennige, eine Pfeife, ein Taschentuch.

»Was für eine Armut«, sagte er, hin- und hergerissen zwischen Lachen und Weinen. »Nicht einmal Tabak.«

»Dem kann abgeholfen werden.« Nardon förderte aus seiner Jackentasche einen kleinen Lederbeutel zutage, den er Thork reichte. »Es gibt übrigens auch Tee, wenn du welchen möchtest.«

»Ja«, sagte Thork dankbar. »Gerne.«

Nardon zog sich einen Stuhl an den Tisch, und eine Weile saßen die Zwerge sich schweigend gegenüber und tranken Tee. Thork besah sich den anderen. Er war noch sehr jung, bestimmt noch keine siebzig, und sein Blick war ungewöhnlich nachdenklich. Nach Thorks erster Schätzung war er der einzige Vernünftige in diesem irren Haufen.

»Was sind das für haarsträubende Geschichten und schauerliche Gefahren, von denen alle ständig reden?«, fragte er schließlich und brachte seine Pfeife in Gang.

»Sie sind in der Tat haarsträubend«, sagte Nardon. »Aber ich würde es vorziehen, darüber zu berichten, wenn die anderen zurück sind. Es sind Dinge, die sicher auch Lianna interessieren werden.«

»Und wann sind *die anderen* zurück?«

Ein Lächeln huschte über Nardons Gesicht.

»Ungeduldig?«

»Es war nur eine Frage«, sagte Thork unfreundlich.

»Bald, wie ich hoffe. Krona und Pintel sind, wie ich sagte, zu Liannas Bewachung aufgebrochen, Fenrir behält unten die Straße im Auge, damit wir keine unliebsamen Überraschungen erleben, und Lomir – nun, er müsste längst hier sein. Er hat es vorgezogen, sich einen anderen Platz zum Schlafen zu suchen.«

»Grund zur Sorge?«

Nardon schüttelte den Kopf, sein Lächeln zeugte nun von Verlegenheit. »Noch nicht. Er verspätet sich gerne mal, wenn er – hm, auswärts schläft.«

»Aha«, sagte Thork, ohne zu verstehen.

»Ja«, sagte Nardon.

Eine Pause entstand, die Thork mit Rauchwolken füllte, die er in den staubigen Dachstuhl hinauf schickte, und die erst durch Schritte auf der Treppe unterbrochen wurde. Mit leisem Quietschen tat sich die Tür auf, und herein kam der große, dunkelhaarige Mensch, der Thork am gestrigen Abend als Fenrir vorgestellt worden war.

»Sie kommen«, sagte er. »Lomir ist bei ihnen. Dann können wir endlich unseren Rat beginnen.«

»Ich würde es vorziehen, es Frühstück zu nennen«, sagte Nardon. »Ich hoffe, sie haben etwas mitgebracht.«

»Es sah so aus«, sagte Fenrir und ließ sich im Schneidersitz auf dem Boden nieder. Seine Bewegungen waren geschmeidig und verursachten kaum ein Geräusch. Thork sah ihn an und versuchte zu ergründen, an wen ihn dieser große, dünne Mensch mit den seltsamen gelben Augen erinnerte.

»Guten Morgen, Meister Eisenfels«, sagte Fenrir und fletschte die Zähne in einem angespannten Lächeln. »Es freut mich, Euch wieder wohlauf zu sehen.«

»Du bist der, von dem sie behaupten, er könne sich in einen Hund verwandeln«, sagte Thork und brachte eine Rauchwolke zwischen sich und den anderen, die jedoch von seinem eigenartigen Blick durchschnitten wurde wie Nebel von Sonnenstrahlen.

»Das ist falsch«, sagte Fenrir.

»Das dachte ich mir«, wies Thork den anderen zurecht. »Ich glaube nicht jeden Unsinn, den man mir erzählt.«

»Kein Hund. Obwohl ich ganz offensichtlich in einer Stadt recht gut als einer durchgehe. Ein Wolf. Ich bin ein Wolfswandler.«

»Ich bin nicht in der Stimmung für Scherze«, erklärte Thork unfreundlich.

»Es ist keiner«, versicherte Nardon. »Ich hab's mit eigenen Augen gesehen. Anfangs ist es – nun ja, fremd, würde ich sagen, aber man gewöhnt sich daran, mit der Zeit.«

»Ihr habt meine wahre Natur besser erkannt als mancher andere«, sagte Fenrir. »Und mir einen Namen gegeben, der meinem eigentlichen ähnlich genug ist. Frekir ist das zwergische Wort für Wolf, nicht wahr?«

»Ja«, sagte Thork fassungslos, »aber woher weißt du ...?«

»Ich weiß viel über Euch. Ich habe geraume Zeit mit Euch gelebt. Ihr wart freundlicher zu mir als die meisten anderen in dieser Stadt.«

Thork schüttelte den Kopf. »Geschwätz«, knurrte er. »Kann nicht sein.«

»Glaubt es oder nicht«, sagte Fenrir gleichmütig. »Es ist nicht meine Aufgabe, Euch von irgendetwas zu überzeugen. Doch gerade Ihr solltet wissen, dass es mehr gibt zwischen Himmel und Erde, als man mit bloßem Auge erkennen kann.«

»Ich hoffe, du versuchst, mir einen Bären aufzubinden«, sagte Thork, »und zwar in deinem Interesse. Denn sollte ich herausfinden, dass etwas Wahres an deiner Behauptung ist, wirst du schmerzhafte Bekanntschaft mit dieser Faust machen.«

»Bitte!«, rief Nardon gereizt. »Nicht schon wieder eine Prügelei. Die von heute Morgen ist längst ausreichend. Deine Gefährtin«, fügte er auf Thorks fragenden Blick hinzu, »meinte, ihn ohrfeigen zu müssen. Sie behauptete, er hätte sie angestarrt, in einer, nun, *privaten* Situation.«

»Komm her, Bursche«, sagte Thork und machte seine Faust locker. »Du bist fällig.«

Fenrir kam auf die Füße, zum Sprung bereit. Thork schob den Hocker zurück und erhob sich.

Hinter ihnen flog die Tür auf.

»Guten Morgen allerseits«, trompetete Lomir, marschierte zwischen den beiden hindurch zum Tisch und legte ein verschnürtes Bündel ab. »Frühstück!«

»Lomir«, sagte Nardon, höchst erleichtert. »Gut, dass du kommst. Die Situation begann gerade zu eskalieren.«

»Du kannst auch nicht genug kriegen vom Prügeln, was?«, sagte Lomir zu Thork. »Gestern erst diese Riesensause, und kaum bist du wieder auf den Beinen, suchst du dir neuen Ärger. Unglaublich, wirklich.«

»So war es nicht«, beteuerte Thork. »Er hier! Er hat meine Gefährtin angestarrt!«

»Und das wundert dich?«, fragte Lomir unbeschwert. »Jeder normale, nicht blinde Mann starrt sie an. Du solltest dich langsam daran gewöhnen. Hier, setz dich. Nimm ein Stück Kuchen.«

Thork kam weder der einen noch der anderen Aufforderung nach, er blieb stehen und wartete, bis hinter Krona und Pintel Lianna die Dachkammer betrat und die Tür hinter sich schloss.

»Wo warst du?«, begrüßte er sie unfreundlich. »Musst du dich unbedingt draußen herumtreiben?«, doch sein Ärger wandelte sich in Sorge, als er ihre verweinten Augen sah. »Was ist los?«

»Nichts«, sagte sie. »Alles in Ordnung.«

Während die anderen sich zum Frühstück um den Tisch versammelten, kramte sie einen Beutel aus ihrer Tasche und legte ihn in seine Hand. Er fühlte sich an, als sei er mit Münzen gefüllt.

»Was ist das?«, fragte er.

»Das sind dreiundfünfzig Goldkronen«, sagte sie und zog die Nase hoch. »Ein jämmerlicher Preis, zugegeben, aber mehr war auf die Schnelle nicht zu erzielen.«

»Ich verstehe nicht...«

»Ich hab den Schwarzen verkauft.«

»Du hast *was*«, sagte er fassungslos.

»Jetzt tu nicht so«, fuhr sie ihn an. »Wir brauchen das Geld, oder nicht? Oder wovon willst du unsere Ausrüstung ersetzen?«

»Da wird sich ein anderer Weg finden«, sagte er und drückte ihr den Beutel wieder in die Hand. »Geh und kauf ihn zurück.«

»Und ich dachte, du freust dich! Dir kann man nichts recht machen.«

»Unsinn«, sagte er. »Wie soll ich mich über etwas freuen, das dich traurig macht? Wir suchen einen anderen Weg.«

»Und was für einen? Glaubst du, ich hätte es getan, wenn ich irgendeine andere Möglichkeit gesehen hätte?«

»Hab ein bisschen Geduld. Mir fällt schon noch etwas ein.«

»Ich kaufe ihn nicht zurück«, sagte sie und biss sich auf die zitternde Unterlippe. »Ich habe es so entschieden, und so wird's gemacht. Er hat es richtig gut dort. Besser als bei mir. Er hat eine ganze Herde hübscher Stuten, und riesige Wiesen.« Er sah, wie sie tief und stockend einatmete und gewaltsam ein Schluchzen unterdrückte. Er zog sie in seine Arme und hielt sie fest, lange standen sie so, und sie klammerte sich an seine Schultern, dass es schmerzte.

»Ich musste das tun«, flüsterte sie. »Ich bin doch schuld an allem.«

»Du bist an gar nichts schuld«, beruhigte er sie leise.

»Doch. Sie kamen wegen mir, oder nicht? Es tut mir so leid.«

»Du kannst nichts dafür.«

»Ich wollte wirklich mit dir dort leben, weißt du? Wie ganz normale Leute. Ich wollte für dich kochen und all das.«

»Na, da hab ich ja noch mal Glück gehabt«, sagte er und strich ihr Haarsträhnen aus der Stirn. Sie ließ ihn los.

»Versuch nicht, witzig zu sein. Das erschreckt mich.«

»Ist gut«, sagte er.

»Was ist mit euch zwei Süßen?«, kam Kronas Stimme von hinten. »Sollen wir euch etwas übrig lassen, oder werdet ihr von Liebe satt?«

»Wehe, einer von euch hat meinen Gewürzkuchen angerührt«, sagte Lianna und drängte sich zwischen Lomir und Nardon an den Tisch.

»Zu spät«, sagte Lomir mit vollem Mund, schluckte dann und grinste. »War nur ein Scherz. Hier ist er.«

Unschlüssig blieb Thork stehen und betrachtete die Frühstücksrunde, in der Lianna sich bewegte, als wären diese Leute seit Monaten ihre besten Freunde. Für ihn hingegen schien kein Platz zu sein. Er unterdrückte ein Seufzen und verfluchte stumm seine Unbeholfenheit.

»Was ist?«, fragte Lomir über die Schulter. »Keinen Hunger?«

»Nein«, sagte Thork, dankbar für die Ausflucht.

»Dann setz dich doch trotzdem zu uns«, schlug Lomir vor. »Hinter diesen Brettern im Eck hab ich vorhin noch einen Hocker gesehen.« Er zeigte in eine staubige, dunkle Ecke. Gehorsam holte Thork den Hocker, wobei er eine ganze Spinnenfamilie zu eiliger Flucht veranlasste, und setzte sich, sein Unbehagen gewaltsam niederkämpfend, an ein Tischeck.

Nardon schob ihm seinen halb vollen Teebecher hinüber und seine Pfeife, die mittlerweile ausgegangen war, und er benutzte beides, um sich daran festzuhalten. Lianna scherzte währenddessen mit Lomir, zupfte an seinem prachtvollen, sorgfältig geflochtenen Bart und behauptete, er würde nach Rosenwasser riechen. Sie schien alle trüben Gedanken verscheucht zu haben. Thork sah zu ihr hinüber, es tat ihm gut, sie lachen zu sehen. Er wandte erst den Blick von ihr, als er seinerseits spürte, dass man ihn anstarrte. Es war der kleine Zauberer, Pintel, der, das spitze Kinn in die Hand gestützt, ihn unversteckt aus seinen riesigen blauen Augen anschaute.

»Jetzt muss ich dich mal was fragen«, sagte er, ohne das Kinn aus der Hand zu nehmen.

»Frag«, seufzte Thork. »Sie fragen alle, früher oder später.«

»Ich glaube nicht, dass ich das meine, was du glaubst, was ich meine«, sagte Pintel.

»Was meinst du?«, fragte Thork verwirrt.

»Ich meine deinen Bart«, erklärte Pintel. »Ich frage mich, warum er so kurz ist. Das heißt, ich frage dich, nicht mich. Von mir könnte ich darauf wohl kaum eine Antwort bekommen. Es ist ja ungewöhnlich für einen Zwerg, sich den Bart zu stutzen. Alle Zwerge, die ich bisher traf, wollten immer möglichst lange Bärte haben. So wie Lomir. Sein Bart ist wirklich sehr lang, findest du nicht?«

»Du machst mir Kopfweh«, sagte Thork.

»Was ist mit meinem Bart?«, fragte Lomir quer über den Tisch. »Falls jemand euch erzählt hat, er würde nach Rosenwasser riechen, ist es nichts als üble Verleumdung.«

»Kopfweh, wirklich? Das tut mir leid«, sagte Pintel erschrocken. »Aber warum ist er nun so kurz?«

»Alte Gewohnheit«, erklärte Thork. »Als ich ein Lehrling war, geriet eines Tages der Bart meines Lehrmeisters in Brand. Es war ein schlimmer Unfall, und ich habe daraus gelernt.«

»Uh«, sagte Pintel beeindruckt. »Konnte dein Lehrmeister gelöscht werden?«

»Ja.«

»Du bist nicht sehr gesprächig, was?«

»Nein.«

»Die andere Geschichte, die, von der du meintest, dass ich sie meinte, als ich deinen Bart meinte, hab ich mir schon von Lianna erzählen lassen.

Die weiß, wie man eine gute Geschichte erzählt, wusstest du das?«

»Ja.«

»Ich könnte ihr stundenlang zuhören«, sagte Pintel und sah hingerissen zu Lianna hinüber.

»Na, da haben sich ja zwei gefunden«, sagte Thork und nahm einen Schluck von seinem mittlerweile nur noch lauwarmen Tee.

Als sein Becher wenig später leer war, hatte auch Lianna ihr Frühstück beendet und kam zu ihm hinüber.

»Übrigens«, sagte sie und setzte sich auf sein Knie, »rate, wer mir heute Morgen begegnet ist.«

»Ich weiß nicht«, sagte er.

»Arik«, sagte sie. »Er war in dem Gasthof, wo ich den Schwarzen untergebracht hatte. So hat er uns übrigens aufgespürt. Er hat mich verfolgen lassen, als ich den Schwarzen besuchen kam.«

»Du hast mit ihm gesprochen?«, fragte Thork, während alle seine Sinne ihm Gefahr vermeldeten.

»Ja«, sagte sie. »Eigentlich wollte ich ihn niederschlagen, aber dann kam es doch anders. Er sagte, er hätte mich so sehr vermisst, dass er alle möglichen Leute mobilisiert hätte, um mich zu finden. Er ist ein Mann mit weitreichenden Kontakten, wie du dir denken kannst. Er bedauerte, nicht mit mir über das gesprochen zu haben, was vorgefallen war, und er wollte es wirklich gerne erfahren. Und er wollte verhindern, dass mir etwas zustößt.«

»Wie rührend«, knurrte Thork. »Und das ist auch der Grund, warum er das Haus anzünden lässt, in dem du dich aufhältst.«

»Das wollte er nicht«, erklärte sie. »Das hat er mir versichert. Die Jungs sollten dir nur einen gehörigen Schrecken einjagen. Die Situation ist ihm dann leider aus der Hand geraten.«

»Ach was«, knurrte Thork.

»Er sagt, er hat die falschen Leute ausgesucht. Sie waren einfach zu draufgängerisch und zu begierig auf eine Prügelei. Und zu – nun ja, zwergenfeindlich.«

»Sei so lieb, nimm das andere Knie. Auf dieses hier ist gestern ein Pferd drauf getreten.«

»Ich glaube nicht, dass wir von ihm noch etwas zu befürchten haben«, sagte sie, während sie seiner Aufforderung nachkam. »Er war wirklich bestürzt über den Ausgang der Dinge.«

»Das hätte er sich mal vorher überlegen sollen«, knurrte Thork.

»Ja. Aber er ist eben noch immer verliebt in mich, und wütend, und enttäuscht, und all das. Er hat mich gefragt, ob es wirklich mein Ernst ist, dass ich – nun ja, einen wie dich ihm vorziehe.«

»Ich wette, er hat es weniger höflich formuliert.«

»Hat er.«

»Übrigens frage ich mich gelegentlich das gleiche.«

»Es ist mein Ernst«, versicherte sie ihm. »Es ist der beste Tausch, den ich je gemacht habe.«

Er gestattete sich ein kurzes Lächeln und drückte ihre Hände. »Hat die Stadtwache gesagt, was sie mit ihm tun wird?«, fragte er.

»Die Stadtwache?«

»Ich nehme doch an, du hast ihn den Wachen ausgeliefert.«

»Nein«, sagte sie erstaunt. »Warum hätte ich das tun sollen?«

»Ich habe mich wohl verhört!«

»Ich habe dir gerade erklärt, dass er mich immer noch liebt«, erinnerte sie ihn. »Das kann ich ihm doch kaum zum Vorwurf machen.«

»Ich liebe dich auch, und ich zünde nicht anderer Leute Häuser an!«

»Na ja«, wandte sie ein, »schließlich bin ich auch bei dir. Du hast keinen Grund, so etwas zu tun.«

»Das war die längste Zeit anders«, sagte er sehr ernst.

»Sprich nicht davon«, bat sie ihn und küsste sein Gesicht. »Ich will nicht mehr dran denken. Lass uns diese Stadt verlassen, wir sehen ihn nie wieder, wir vergessen einfach alles, was war, ja? Wir tun einfach, als hätte es nie etwas anderes gegeben als uns beide. Lass uns das tun.«

»So willst du mit der Sache umgehen?«, fragte er zweifelnd.

»Ja«, sagte sie. »Bitte.«

Er unterdrückte ein Seufzen. »Dann machen wir es so.«

Sie strahlte auf, schlang ihm die Arme um den Hals und bedeckte ihn mit Küssen.

Er, der plötzlich die Blicke der anderen auf sich spürte, schob sie sachte von sich, während das Blut ihm in die Wangen schoss.

»Ja«, sagte er völlig verlegen. »Nun. Vielleicht können wir allmählich erfahren, was es mit allem auf sich hat.«

»Klar«, sagte Lomir vergnügt. »Gerne. Wir haben nur auf euch beide gewartet.«

»Stimmt gar nicht«, widersprach Pintel. »Wir haben nur darauf gewartet, bis Lomir endlich mit Frühstücken fertig ist. Von dem, was er verputzt, werden anderswo ganze Familien satt.«

»Na dann«, sagte Krona. »Lehnt euch zurück und nehmt euch noch einen Tee. Es wird eine lange Geschichte.«

Einige Zeit später war Thork vollständig erschlagen und verwirrt.

»Alle Götter«, sagte er. »Alle gütigen Götter! Wer hätte das ahnen können, als es seinen Anfang nahm!«

»Ich wusste schon immer, dass es mit diesem Markstein, wie ihr ihn nennt, etwas sehr Wichtiges auf sich haben muss«, sagte Lianna. »Im Übrigen finde ich es empörend, dass ihr ihn einfach gestohlen habt, und ich hätte ihn gerne zurück.«

»Hast du nicht zugehört?«, fragte Krona. »Ich habe mein eigenes verdammtes Blut vergossen für diese Tiefe Tasche, und genau da drin bleibt er!«

»Dann gebt ihn mir mitsamt der Tasche, und ich bewahre ihn weiterhin darin auf.«

»Nichts da«, sagte Krona.

»Also, ich würde schon …«, begann Pintel schüchtern.

»Ich sagte, nichts da«, sagte Krona. »Es gibt ein paar Leute hier am Tisch, die einen Narren an euch gefressen haben. Deshalb sind wir euch auch zu Hilfe gekommen. Aber ich gehöre nicht dazu. Ich bleibe lieber noch ein bisschen misstrauisch.«

»Der Markstein gehört mir!«, begehrte Lianna auf.

»Falsch«, sagte Krona. »Er gehört … keine Ahnung, wem. Ist außerdem völlig egal, denn *wir* bewahren ihn auf.«

»Schau mal«, sagte Pintel und hielt die Tiefe Tasche hoch. »Er ist da drin, und es geht ihm gut. Und ich wäre wirklich glücklich, wenn du ihn mir noch ein Weilchen leihen könntest. Zur Untersuchung. Es ist eine einmalige Möglichkeit für mich, verstehst du. Man kriegt wirklich nicht alle Tage ein solches Artefakt in die Hände. Bei mir ist es das erste Mal, und viele Zauberer haben längere Karrieren als meine, und bekommen nie etwas Vergleichbares zu Gesicht …«

»Aber ihr habt es geliehen, ohne vorher zu fragen!«, sagte Lianna.

»Und es tut uns schrecklich leid«, sagte Pintel.

»Tut es nicht«, sagte Fenrir.

»Egal«, sagte Pintel. »Wir haben es nicht böse gemeint. Die Umstände zwangen uns dazu.«

»Müssen wir uns wirklich mit diesem Unsinn aufhalten?«, fragte Krona.

»Na ja«, sagte Pintel. »Immerhin hat sie ihn gefunden. Oder er sie. Wie auch immer. Das verschafft ihr ein Anrecht darauf, in meinen Augen.«

»Sie wusste überhaupt nicht, was das Ding kann«, sagte Krona.

»Das macht keinen Unterschied«, entgegnete Pintel.

»Lass es ihm noch ein Weilchen«, sagte Thork. »Ich glaube wirklich, dass es bei ihm in guten Händen ist.«

»Auf welcher Seite bist du eigentlich, sag mal?«, fragte Lianna ihn empört.

»Auf deiner, immer«, sagte Thork. »Das solltest du wissen.«

»Ihr solltet allmählich begreifen, dass es nicht *eure Seite* und *unsere Seite* gibt«, sagte Nardon. »Zumindest hoffe ich sehr, dass wir alle auf einer Seite sind, nämlich gegen Gyldinn. Was dann nicht zuletzt die Frage aufwirft, ob ihr uns auf unserer Queste unterstützen wollt.«

»Welche Pläne habt ihr denn?«, fragte Thork.

»Zentallo«, sagte Krona. »Wie hieß der Typ noch?«

»Varinn Thara«, half Nardon aus.

»Genau der. Seines Zeichens Zauberer. Der soll ja angeblich den nächsten Schädel haben. Wenn er ihn noch hat.«

»Zentallo«, wiederholte Thork. »Es wird schwierig werden, dorthin zu gelangen.«

Krona stöhnte entnervt auf. »Noch so einer! Es ist ein bisschen Wasser dazwischen, na und? Warum müsst ihr Zwerge euch so anstellen, wenn es um Schiffe geht?«

»Ich stelle mich nicht an«, sagte Lomir verstimmt. »Immer diese Verallgemeinerungen! Ich bin ein hervorragender Schwimmer.«

»Das ist ... nun, wenn nicht gelogen, so doch maßlos übertrieben«, warf Nardon ein. »Jeder weiß, dass Zwerge nicht schwimmen können. Wir haben eine höhere spezifische Dichte als Menschen. Wir gehen einfach unter.«

»Ich meine nicht wegen des Wassers«, sagte Thork. »Wenngleich ich zugeben muss, dass es für mich angenehmere Arten zu reisen gibt. Ich meine wegen der politischen Lage.«

»Was für eine politische Lage?«, fragte Pintel stirnrunzelnd.

»Ich erfuhr es vor einigen Tagen von einem Kunden«, sagte Thork. »Abrantes und Zentallo haben die diplomatischen Kontakte abgebrochen, und das ist kein gutes Zeichen, ungestüm, wie die Menschen sind. Ihr habt offenbar nichts darüber gehört?«

»Ein Krieg!« Krona lachte auf. »Götter! Das ist der erste seit zwanzig Jahren, in dem ich nicht mitten drin stecke.«

»Noch kein Krieg«, sagte Thork. »Noch ist es, wie ich sagte.«

»Wir haben nichts gehört«, sagte Pintel. »Wir haben uns aber auch nicht gekümmert. Wir waren sehr beschäftigt … nun ja, euch zu beschatten, und all das.«

»Sie führen bereits Krieg«, sagte Krona. »Sie tun es nur nicht hier. Darf ich euch erinnern? Die Südlichen Inseln.«

»Das ist ungünstig«, sagte Nardon finster. »Es werden wenig Schiffe hinunter nach Zentallo fahren, wenn die Zeiten so unsicher sind. Nicht dass ich große Sehnsucht nach einem Schiff hätte! Ich hatte nur gerade begonnen, mich damit abzufinden …«

»Wir finden eines«, versprach Lomir. »Was ein echter Geschäftsmann ist, der rollt nicht sofort alle Segel ein, nur weil ein paar Diplomaten Heimaturlaub bekommen. Verlasst euch darauf. Ich finde euch ein Schiff. Fragt sich nur, für wie viele Personen?«

»Du.« Thork zeigte auf Nardon und erhob sich. »Unter vier Augen.«

Verblüfft erhob Nardon sich und folgte dem anderen nach draußen.

»Warum ich?«, fragte er, als die Tür hinter ihm ins Schloss fiel. Sie standen auf der obersten Treppenstufe. Die Geräusche der Stadt drangen gedämpft zu ihnen.

»Einem von euch muss ich Vertrauen schenken«, sagte Thork, »und du scheinst mir der vernünftigste zu sein.«

»Danke schön«, sagte Nardon ein wenig verlegen. »Und worum geht es?«

»Ich muss eine Entscheidung treffen, die ich kaum treffen kann, weil ich viel zu wenig weiß. Diese Geschichte ist … unglaublich. Und ihr alle, ihr wirkt auf den ersten Blick … nun ja. Befremdlich ist das Mindeste.«

»Verstehe ich«, sagte Nardon. »Ging mir am Anfang genau so. Wir sind aber alle Opfer der Umstände, gewissermaßen. Nimm Krona zum Beispiel. Sie ist eine vollständig aufrichtige Person. Etwas unbeherrscht, das macht es manchmal anstrengend mit ihr, aber zuverlässig. Es gibt nichts, was sie nicht für jemanden tun würde, den sie als Freund betrachtet. Aber als ich sie zum ersten Mal traf, kam sie geradewegs aus dem Gefängnis und sollte aufgehängt werden. Du weißt, was ich meine?«

»Ja«, sagte Thork.

»Wir alle sind vertrauenswürdig. Wir wussten nur nicht, ob du es auch bist. Wir sahen dich in dieser Zauberkugel, und du hattest ein Artefakt der Gegenseite. All die Geheimniskrämerei der vergangenen Wochen war nicht unser Wunsch.«

»Er wollte mich auf den Arm nehmen, nicht wahr? Niemand kann sich in ein Tier verwandeln.«

»Er kann«, sagte Nardon. »Ich habe es selbst gesehen.«

Thork tat einen tiefen Atemzug und ließ die Luft langsam ausströmen. Reste eines dumpfen Schmerzes lauerten in seinem Brustkorb. Flammen stiegen vor seinem inneren Augen auf, Wiehern und Hufgetrappel füllten seine Ohren.

»Ich hatte auf ein wenig Regelmäßigkeit gehofft«, sagte er. »Ich bevorzuge üblicherweise ein ruhiges Leben.«

»Verstehe ich«, sagte Nardon wieder. »Ich auch, glaub mir. Aber es scheint, als hätte man nicht immer Einfluss darauf.«

»Ja«, sagte Thork.

Sie schwiegen und sahen hinunter in den halb dunklen Hinterhof.

»Ich frage mich, ob du eine Wahl hast«, sagte Nardon nach einer Weile. »In doppelter Hinsicht sogar. Zum einen hat Krona recht: Sie werden dich für den Brand der Schmiede verantwortlich machen.«

»Bin ich das denn nicht?«

»Nein. Verantwortlich ist der Schütze, von dessen Bogensehne der brennende Pfeil losging. Nur werden sie den nicht kriegen, und so werden sie gerne dich nehmen, wenn du es zulässt. Zum zweiten denke ich, dass deine Gefährtin ihre Entscheidung bereits getroffen hat. Sie wird *ihren* Markstein wohl kaum aus den Augen lassen und uns somit auf jeden Fall begleiten. Du wirst sie kaum ziehen lassen wollen, oder?«

»Nein«, sagte Thork schweren Herzens.

»Dann ist es eigentlich entschieden«, sagte Nardon.

»Ich habe kein gutes Gefühl. Ich weiß nicht. All das könnte schlimm enden.«

»Völlig richtig. Nur wird es auf jeden Fall schlimm enden, wenn wir nicht wenigstens etwas versuchen.«

»Zentallo also.«

»Ja.«

»Ich hasse Schiffsreisen.«

»Wem sagst du das«, sagte Nardon voller Inbrunst.

»Und Toleno?«, fragte Thork, gerade als Nardon vorschlagen wollte, wieder nach drinnen zu gehen. »Ich habe seine Existenz zerstört. Er ist ein anständiger Mensch. Er hat es nicht verdient, dass ich mich davonstehle wie ein Dieb.«

»Regle die Angelegenheit mit ihm direkt«, sagte Nardon. »Ich meine, sobald wir unsere dringende Angelegenheit geregelt haben. Du kannst dir dann mit ihm gemeinsam Gedanken über eine Wiedergutmachung machen, wenn du dich schon zuständig fühlst.«

Thork schwieg und starrte hinunter in den schattigen Hinterhof.

»Ich würde gerne wieder reingehen«, sagte Nardon und zeigte auf die Tür. »Mir wird langsam kalt.«

»Du meinst also, man kann diesen seltsamen Leuten vertrauen«, sagte Thork.

»Ja«, sagte Nardon. »Davon bin ich überzeugt.«

»Geh schon mal rein», sagte Thork. «Ich komme gleich nach.»

Er wartete, bis Nardon im Inneren verschwunden war, dann holte er das Symbol seines Gottes hervor, das er an einer langen Kette unter der Kleidung trug. Der kleine Himmelsausschnitt über ihm war grau und verwaschen wie ein altes Gewand. Um ihn herum ragten die Bauwerke der Menschen auf, schnitten ihn ab von Stein und Erde. Seine Finger wanderten rastlos über die gezackte Rune.

*Warum, Gròr? Ich versuche nur, zur Ruhe zu kommen. Warum schickst du mich diese Wege? Ist es eine Prüfung? Warum ich? Es ist nichts Besonderes an mir.*

*Ich weiß, ich sollte nicht fragen. Ich sollte nicht zweifeln. Ich zweifle nicht an dir, Gròr. Nur an mir. Der beste Schmied kann keine gute Klinge machen, wenn das Werkzeug schwach ist.*

Er schloss die Finger um das Zeichen. Das Metall lag warm und schmeichelnd in seiner Hand.

Er versuchte, seinen Lebensweg aus der Ferne zu betrachten, wie eine Zeichnung, von einem Fremden angefertigt. Die ruhigen Jahre in Hochstahl. Der Troll, der ihn entstellt hatte. Schon damals hatte er sich nach dem Sinn gefragt, und dann wieder, als er plötzlich die göttliche

Kraft in sich entdeckte. Und plötzlich verstand er, dass alles ihn zu ihr geführt hatte: Sein Lebensweg hatte sich mit ihrem verbinden müssen.

Lianna war der Schlüssel zu allem. Solange er ihr folgte, konnte er nicht irren.

Er fand ein Lächeln in seinem Mundwinkel. Gròr bewies einen seltsamen Humor.

Er stieß die Tür auf und ging hinein zu ihr.

## Wird in Band 2 – Herz aus Stein – fortgesetzt.

# Danksagung

Dass dieses Buch überhaupt entstehen konnte, grenzt an ein Wunder. Meine ersten Versuche mit der Idee liegen beinahe zwanzig Jahre zurück. Inzwischen bin ich mehrfach umgezogen und habe eine ungezählte Menge an Computern verschlissen, herbe Datenverluste inbegriffen. Ich bin diejenige, die eine zerknitterte Originalzeichnung einer Landkarte wegschmeißt, weil sie ja noch den Scan als Datei hat, nur um dann die Datei zu löschen, weil es ja noch die Originalzeichnung gibt. Aus den Anfangszeiten der Feuerjäger sind eigentlich nur Krona und ich übrig geblieben, und man sieht daran: Eine echte Frauenfreundschaft ist unzerstörbar.

Mein aufrichtiger Dank gilt allen, die diesem Projekt ins Leben verholfen haben: Franziska fürs Erbsenzählen und Beratung in nautischen Dingen, Daniela für anfeuernde Begeisterung und kritisches Testlesen, meiner Lektorin Carmen Weinand für ihr besonnenes Auge bei gleichzeitiger totaler Hingabe, der „Fehlerfee“ Sabine Steck für das Kehren in den Ecken und nicht zuletzt meinem Verleger Jürgen für seinen unverbrüchlichen Glauben an das Gute im Buch. Außerdem: Danke, Alex, für alles. Was ich an dir habe, vergesse ich nicht.

Und nein, Lomir, zum letzten Mal: Dieses Buch kann nicht „Lomir und die Weltretter“ heißen.

Bamberg, im Januar 2015

Susanne Pavlovic

Dieses Buch ist für dich, Jaromir. Du bist mein wahrer Held, und du wirst deinen Weg machen.